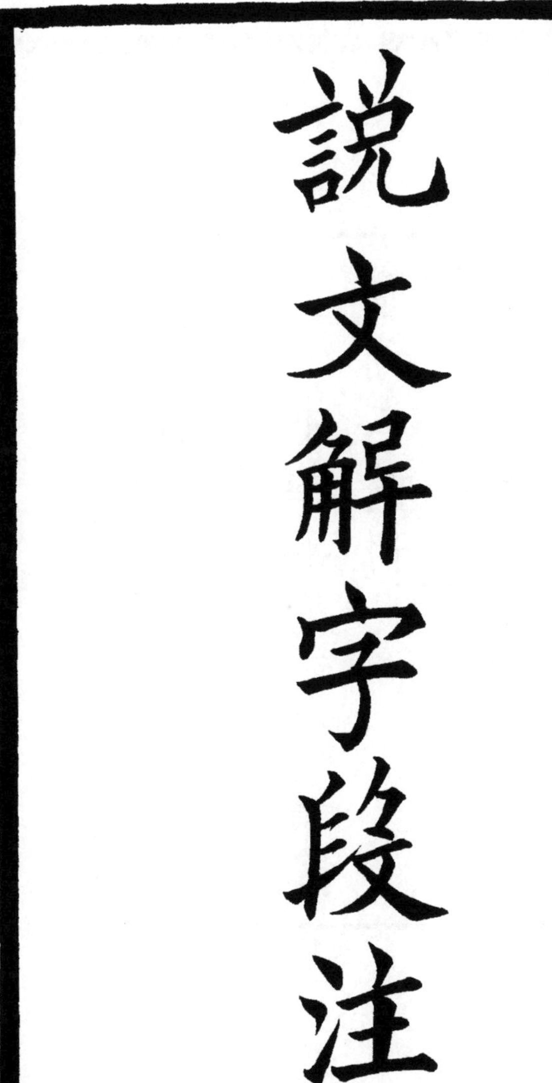

說文解字段注

四部備要

經部

上海中華書局據經韻樓

原刻本校刊

桐鄉　陸費逵總勘
杭縣　高時顯 吳汝霖輯校
杭縣　丁輔之監造

說文解字第五篇下

金壇段玉裁注

丹 巴越之赤石也（巴郡南越皆出丹沙蜀都賦丹沙赩熾出其坂謂巴也吳都賦賦赬丹明璣謂越也丹者石之精故凡藥物之精者曰丹）象采丹井（謂丹也采丹之井史記所謂丹穴也蜀吳二都賦注皆云出山中有穴）丶象丹形（都寒切十四部）凡丹之屬皆从丹

𠂈 古文丹 彬 亦古文丹（按此似是古文彤）

雘 善丹也（按南山經曰雞山其下多丹雘侖者之山其下多青雘然則凡采色之善者皆偁雘蓋本善丹之名移而他施耳亦猶白丹青丹黑丹皆曰丹也）从丹蒦聲讀與靃同（各本作讀若隺今依尚書音義正烏郭切五部）周書曰惟其斆丹雘（杍材文斆孔穎達正義本作斆衞包改作塗俗字也）

彤 丹飾也（春秋經曰丹桓宮楹）从丹彡（以丹拂拭而涂之故从丹彡彡者毛飾畫文也飾拭古今字）彡其畫也（說从彡之意）彡亦聲（小徐有此三字然則彤古音當在七部矣今音徒冬切）

文三　重二

青 東方色也（考工記曰東方謂之青）木生火从生丹（丹赤石也赤南

方之色也倉經切十一部丹青之信言必然俗言信若丹青謂其相生之理有必然也援此以說从生丹之意凡青之屬皆从青古文青

靜宷也上林賦靚糚張揖注曰謂粉白黛黑也按靚者靜字之假借采色詳宷得其宜謂之靜考工記言畫繢之事是也分布五色疏密有章則雖絢爛之極而無淟涊不鮮是曰靜人心宷度得宜一言一事必求理義之必然則雖縣勞之極而無紛亂亦曰靜引伸假借之義也安靜本字當从立部之竫从青爭聲疾郢切十一部

文二　重一

丼八家爲一井穀梁傳曰古者公田爲居井竈葱韭盡取焉風俗通曰古者二十畝爲一井因爲市交易故稱市井皆謂八家共一井也孟子曰方里而井井九百畝其中爲公田此古井田之制因象井韓而命之也象構韓形謂井也韓井上木闌也其形四角或八角又謂之銀牀●罋象也缶部曰罋汲缾也丼子郢切十一部古者伯益初作井出世本凡丼之屬皆从丼

汬突池也按玉篇作澤地雖不言出說文然恐說文古本如是廣韵汫濴小水也濴蓋卽汬从丼瑩省聲按凡从𤇾之字皆曰熒省聲則瑩當作熒烏迥切十一部

阱陷也穿地陷獸从𨸏丼於大陸作之如井丼亦聲疾正切十一部

穽阱或

从穴。中庸音義曰阱本作穽同引說文穽或阱字也今本釋文於或下妄沾爲字按古本說文多云某或某字見於經典釋文者往往如是周禮注所謂古字多或也今本說文盡改之云某或作某非古也若讀釋文竄改者則益可歎矣

汬 古文阱从水。鍇本作阱或从水玉篇云古文作汬

㓝 罰辠也。假借爲典型字 从刀井。易曰：井者法也。此引易說从井之意井者法也也蓋出易說司馬彪五行志引易說同風俗通亦云井者法也節也春秋元命包曰荆刀守井也飲水之人入井爭水陷於泉刀守之割其情也又曰网言爲詈刀守詈爲罰罰之爲言內也陷於害也已上見玄應大唐衆經音義徐堅初學記夫井上爭水不至用刀至於詈罵當罰五罰斷不用刀也故許以罰入刀部謂持刀罵詈則應罰以荆入井部謂有犯五荆之辠者則用刀法之同一从刀而一系諸受法者一系諸埶法者且从井非爲入井爭水視元命包之說正如摧枯拉朽安置妥帖矣故其書百世師承可也 井亦聲。戶經切十一部按此荆罰正字也今字改用刑刑者剄也見刀部其義其音皆殊異

刱 造法刱業也。蒙上文井者法也而言故云造法刱業國語孟子字皆作創趙氏韋氏皆曰創造也假借字也 从井刅聲。讀若創。初亮切十部

文五 重二

皀 穀之馨香也。禾部曰穀續也續當作粟粟者嘉穀實也曲禮曰黍曰薌合粱曰薌其薌卽香

字左傳引周書曰黍稷非馨明德惟馨馨者香之遠聞者也香者芳也象嘉穀在裹中之形謂白也大雅謂秬虋芑爲嘉穀毛傳謂苗爲嘉穀許書謂禾爲嘉穀虋芑苗禾一物也連裹曰穀曰粟去裹曰米米之馨香曰皀裹者禾部所謂稃也稽也糠也穀皮是也匕所㠯扱之說下體从匕之意匕部曰匕所以比取飯一名柶扱者收也或說皀一粒也顏氏家訓曰在益州與數人同坐初晴見地下小光問左右是何物一蜀豎就視云是豆逼耳皆不知所謂取來乃小豆也蜀土呼豆爲逼時莫之解吾云三蒼說文皆有皀字訓粒通俗文音方力反衆皆歡悟凡皀之屬皆从皀又讀若香又字上無所承疑有奪文按顏黃門云通俗文音方力反不云出說文然則黃門所據未嘗有方力反矣而許書中卿鄉字从皀聲讀若香之證也又鳥部鵖鴔字从皀聲爾雅音義云鵖彼及反郭房汲反字林方立反是則皀有在七部一音當云讀若某在又讀若香之上今奪

卽卽食也卽當作節周易所謂節飲食也節食者檢制之使不過故凡止於是之䛐謂之卽凡見於經史言卽皆是也鄭風毛傳曰卽就也从皀卪聲此當云从卪皀卪亦聲其訓節食故从卪皀卪節古通也今音子力切古音在十二部

既小食也此與口部嘰音義皆同玉藻少儀作機假借字也引伸之義爲盡也已也如春秋日有食之既周本紀東西周皆入於秦周既不祀正與小食相反此如亂訓治徂訓存既者終也終則有始小食則必盡盡則復生从皀旡聲居未切十五部論語曰不使勝

食既 鄉黨篇文此引經說假借也論語以旣爲气如商書以𢿘爲好詩以叚爲姑之類今論語作氣气氣古今字作氣蓋魯論也許偁蓋古文論語也或云謂不使肉勝於食但小小食之說固可通然古人之文云不使勝則已足不必贅此字

冟 飯剛柔不調相著 按玉篇作飯堅柔調也無不字非也堅與柔不龢謂不純堅不純柔柔者與堅者兩相附箸飯之不美者也米者謂之糳則純有性者也 从皀冖聲讀若適 施隻切十六部

文四

鬯 以𩰪釀𩰲艸芬芳攸服以降神也 攸服當作條暢周禮鬯人注大雅江漢箋皆云芬香條暢可證也郊特牲云周人尚臭灌用鬯臭鬱合鬯臭陰達於淵泉云鬱合鬯與下文蕭合黍稷皆謂二物相合也周禮鬱人職凡祭祀賓客之祼事和鬱鬯以實彝而陳之注云築鬱金煑之以和鬯酒按此正所謂鬱合鬯也鄭注序官鬱人云鬱鬱金香草宜以和鬯注鬯人云鬯釀秬爲酒芬香條暢於上下也是鬯與𩰲之分較然矣秬釀爲鬯芳艸築煑爲𩰲二者攪和之爲𩰲鬯許說略同故於鬯言秬釀於𩰲言芳艸其鬯下兼言𩰲艸者於分中見其合謂用秬釀及築煑之𩰲艸合和之降神鬯主於秬釀也故說字形曰中象米匕所以扱之又按江漢傳云秬黑黍也鬯香草也築煑合而鬱之曰鬯此鬱鬯不爲二物又謂鬯爲香艸皆與後來許鄭異攷王度記云天子以鬯諸侯以薰大夫以蘭芝士以蕭庶人以艾

禮緯云鬯艸生郊中候云鬯艸生庭徐氏中論云煑鬯燒薫以揚其芬皆謂鬯爲艸名與毛說合者也竊謂鬱者蘊積鬯者條暢凡物必蘊積而後條暢秬釀非不可言鬱香艸未嘗不言鬯也則秬艸二物固可各兼一名矣 从凵 音祛

凵器也 凵部云凵盧飯器 中象米 謂※也※即米字斜書之 匕所㠯扱之 士冠士昏禮皆以柶扱醴柶卽匕也 易曰不喪匕鬯 震卦辭經言鬯者多矣獨偁此文者說鬯从匕之意也與豐麗等字引易同鬯丑諒切十部 凡鬯之屬皆从鬯

鬱 芳艸也十葉爲貫 十當作千百字下曰十百爲一貫是也周禮注作十亦誤 百廿貫 廿者古文二十也周禮注作二十 築㠯煑之爲鬱 鬱人注鄭司農云鬱草名十葉爲貫百二十貫築以煑之鐎中停於祭前按許說同此今本注百二十貫之下衍爲字賈公彥誤連築爲句矣築鬻二字見肆師職注云築鬱草煑之鬱人注云築鬱金煑之以和鬯酒又云鬱者鬱金香草宜以和鬯是則鄭意謂築之煑之以和秬黍所釀之鬯酒乃用於祼也凡以鬱和鬯謂之鬱鬯如鬱人云和鬱鬯以實彝是不和鬱者但謂之秬鬯如鬯人掌共秬鬯而飾之是也許意與鄭略同 从臼缶冖 音覭 鬯 臼叉手也缶瓦器冖覆也鬯之言暢也又手築之令釁乃盛之於缶而覆之封固以幽之則其香气暢達此會意之恉也 彡其飾也 此說从彡之意其物用於祭祀喪紀賓客者也故必飾其器鬱迂勿切十五部 一曰鬱鬯 此連鬯爲文釋之 百艸之蕐遠方鬱人

所貢芳艸合釀之㠯降神 謂凡言鬱鬯者用中國百艸之華及遠方鬱人所貢芳艸二者合而釀之芬芳條暢可用降神是曰鬱鬯此別一義也前說芳艸築煮爲鬱合秬釀爲鬯此說謂合釀艸華及遠國芳艸爲鬱鬯不必合秬酒而後爲鬯也肆師職大鄭注亦謂築煮香艸爲鬯水經注溫水篇引應仲遠地理風俗記語乃仲遠檃栝許書而爲之者

鬱 逗謂鬱人之鬱字 今鬱林郡也 以上三鬱字舊作鬱今依漢志作鬱或說正以鬱釋鬱許意古書云鬱人所貢卽今鬱林郡地之人也水經溫水至鬱林廣鬱縣爲鬱水地理志武帝元鼎六年更名桂林爲鬱林

[篆] 禮器也 古說今說皆云爵一升韓詩說爵觚觶角散總名曰爵其實曰觴 [篆] 象雀之形 各本作象爵之形四字今正古文全象爵形卽象雀形也小篆改古文嫱之首象其正形下象其側形也 中有鬯酒又持之也 又手也祭統尸酢夫人執柄夫人受尸執足柄者尾也 所㠯飮器象雀者 各本雀作爵今正 取其鳴節節足足也 節節足足雀音如是廣雅曰鳳皇雄鳴卽卽雌鳴足足宋書符瑞志因之皮傳之說耳卽略切二部爵引伸爲爵秩字假借爲雀字韓詩說曰爵盡也足也白虎通說爵祿曰爵者盡也所以盡人材古爵音同焦醮潐字皆取盡意

[篆] 依古文四聲韵 古文爵如此象形 首尾喙翼足具見爵形卽雀形也程氏瑤田通藝錄曰前有流喙也腦與項也胡也後有柄尾也容酒之量其口左右後出者翅也近前二柱聳翅將飛皃也其量腹也腹下卓爾鼎立者其足也

古爵之存於今者驗之兩柱拄眉而酒盡古經立之容不能昂其首也不昂首而實盡取節於兩柱之拄眉梓人所謂鄉衡者如是

⿱巨鬯 黑黍也 一稃二米㠯釀 生民曰誕降嘉穀維秬維秠毛曰秬黑黍也秠一稃二米也禾部稃穭也秠一稃二米天賜后稷之嘉穀也是則黑黍名鬯自其一稃二米言之則謂之秠以釀酒是曰鬯釀經典曰⿱巨鬯鬯故其字从鬯也黑黍容有不一稃二米者 从鬯矩聲 其呂切五部 秬 ⿱巨鬯或从禾 今經典字皆如此作

⿰鬯叓 列也 列當从玉篇作烈字之誤也烈火猛也引伸爲凡猛之偁⿰鬯叓謂酒氣酷烈左傳嘉栗旨酒栗讀爲烈⿰鬯叓引伸爲迅疾之義今俗用駛疾字當作此 从鬯 ⿱巨鬯鬯灌地臭陰達於淵泉其氣烈也 叓聲讀若迅 叓聲卽史聲史與迅雙聲唐韵疏吏切古音亦在一部

文五　重二

食 亼米也 各本作一米也玉篇同蓋孫強時已誤矣韵會本作米也亦未是今定爲亼米也由亼字俗罕用而誤也以合下云亼口例之則此當爲亼米信矣亼集也集衆米而成食也引伸之人用供口腹亦謂之食此其相生之名義也下文云飯食也此食字引伸之義也人食之曰飯因之所食曰飯猶之亼米曰食因之用供口腹曰食也食下不曰飯也者何也食者自物言飯者自人言嫌其義不顯故不以飯釋食也飯下何以云食也自饔篆以下皆自人言故不嫌也周禮膳夫職注曰食飯也曲禮食居人之左注食飯屬也凡今人食分去入二聲飯分上去二聲古皆不如此分別 从皀

亼聲或說亼皀也此九字當作从亼皀三字經淺人竄改不可通皀者穀之馨香也其字从亼皀故其義曰亼米此於形得義之例乘力切一部凡倉之屬皆从倉鍇本此下有讀若粒三字衍文

饙脩飯也脩各本作滫誤今依爾雅音義引正脩倉頡篇作餐脩之言溲也水部曰溲渼汏也飯者人所飯也饙爾雅作餴釋言曰饙餾稔也孫云蒸之曰饙均之曰餾郭申之云今呼餐音脩餐飯爲饙饙均孰爲餾詩釋文引字書云饙一蒸米也劉熙云饙分也衆粒各自分也按大雅泂酌行潦挹彼注茲可以餴饎箋云酌取行潦投大器之中又挹之注之於此小器而可以沃酒食之餴者以有忠信之德齊絜之誠以薦之故也此謂以水溲熱飯古語云餐飯从倉奉聲奉从卉聲賁奔亦从卉聲十五部與十三部合音也府文切

饙餴或从賁賁聲也

餴或从奔奔聲也今詩字如此

餾飯气流也流各本作蒸今依泂酌正義引改餥下云馬食穀多气流四下也然則飯气流者謂气液盛流也據孫郭爾雅注及詩釋文所引字書似一蒸爲餴再蒸爲餾然許不如此說从倉留聲力救切三部

飪大孰也特牲禮請期曰羹飪注飪孰也飪亦假稔爲之釋言饙餾稔也字又作餁餁同飪从倉壬聲如甚切七部

肝古文飪从肉

恁亦古文飪心部恁下云齋也此古文系後人增竄小徐說李舟切韵不云亦古文飪

饔孰食也已孰可食者也小雅毛傳曰孰食曰饔周禮注曰饔割亨煎和之稱

从食雝聲於容切九部 饔 米櫱煎者也者字今補米部曰櫱芽米也火部曰煎熬也以芽米熬之爲飴今俗用大麥釋名曰餳洋也煑米消爛洋洋然也飴小弱於餳形怡怡也内則曰飴蜜以甘之

从食台聲与之切一部 𩛛 籒文飴从異省異省聲 餳

飴和饊者也不和饊謂之飴和饊謂之餳故成國云飴弱於餳也方言曰凡飴謂之餳自關而東陳楚宋衞之閒通語也楊子渾言之許析言之周禮小師注管如今賣飴餳所吹者周頌箋亦云 从食昜聲各本篆作餳云易聲今正按餳从昜聲故音陽亦音唐在十部釋名曰餳洋也李軌周禮音唐是也其陸氏音義周禮辭盈反毛詩夕清反因之唐韵徐盈切此十部音轉入於十一部如行庚觲等字之入庚韵郭璞三倉解詁曰楊音盈協韵晉灼漢書音義反楊惲爲由嬰其理正同耳淺人乃易其餳聲之偏旁玉篇廣韵皆誤从易然玉篇曰餳徒當切廣韵十一唐曰糖飴也十四清曰餳飴也皆可使學者知餳糖一字不當从易至於集韵始以餳入唐韵餳入清韵畫分二字使人眞贗不分其誤更甚猶賴類篇正之餳古音如洋語之轉如唐故方言曰餳謂之餹郭云江東皆言餹音唐

饊 熬稻粻餭也餭依韵會从食各本作䅊蓋因許書無餭改之耳楚辭方言皆作餦餭古字蓋當作張皇招魂有餦餭些王曰餦餭餳也方言曰餳謂之餦餭郭云即乾飴也諸家渾言之許析言之熬乾煎也稻稌也稌者今之稬米米之黏者鬻稬米爲張皇張皇者肥美之意也既又乾煎之若今煎粢飯然是曰饊飴者熬米成液爲之米謂禾黍之米也饊者謂乾熬稻米之張

皇爲之所者一濡一小乾相盉合則曰餳此許意也楊王郭以錫飴釋餦餭渾言之也豆飴謂之䜴見豆部 从食㪔聲 穌旱切十四部

餅 麪餈也 麥部曰麪麥末也麪餈者餅之本義也方言曰餅謂之飥或謂之餦或謂之餛是也 从食幷聲 必郢切十一部

餈 稻餅也 方言曰餌謂之餻或謂之粢或謂之𩛩或謂之餣或謂之䬣謂米餅也周禮糗餌粉餈注曰餌餈皆粉稻米黍米所爲也合蒸曰餌餅之曰餈糗者擣粉熬大豆爲餌餈之黏著以粉之耳餌言糗餈言粉互相足按許說與鄭不同謂以稬米蒸孰餅之如麪餅曰餈今江蘇之餈飯也粉稬米而餅之而蒸之則曰餌鬻部云鬻粉餅也是也今江蘇之米粉餅米粉團也粉餅則傅之以熬米麥之乾者故曰糗餌米部云糗熬米麥也可證餈則傅之以大豆之粉米部曰粉傅面者也可證也許不言何粉大鄭云豆屑是也 从食次聲 疾資切十五部周禮故書作茨假借字也

𩟄 餈或从齊 齊聲

粢 餈或从米 猶从食也內則音義曰餈本或作粢按粢與禾部秶各義

饘 糜也 米部曰糜糝也糝以米和羹也按以米和羹者鼎實也故正考父鼎銘曰饘於是粥於是以餬余口詳鬻部 从食亶聲 諸延切十四部 周謂之饘宋衛謂之餰 此五字各本作宋謂之餬四字今依檀弓音義初學記正餰者䰞之或字見䰞部去虔切淺人妄謂䰞饘同字故於此改餰爲餬耳

餱 乾食也 小雅乾餱以愆釋言毛傳皆曰餱食也大雅毛傳又云餱糧食也凡乾者曰餱故許曰乾食無羊或負其餱亦必乾者乃可負也小徐曰今人

謂飯乾。从食侯聲。平溝切。四部。周書曰。時乃餱粻。粜誓文。今書作糗糧。據正義引鄭注糗擣熬穀也。與周禮注糗同。然則古文尚書作糗矣。許或兼偁歐陽夏侯書與。粻字不見米部。而大雅云以時其粻。又云乃裹餱糧。則餱粻卽餱糧。釋言詩箋皆曰粻糧也。大雅

餱也。釋言曰。餥餱食也。从食非聲。非尾切。十五部。陳楚之閒相謁而食麥飯曰餥。方言曰。餥食也。陳楚之內相謁而食麥饘謂之餥。郭曰音非。

酒食也。大雅泂酌傳曰。饎酒食也。七月大田箋同。按酒食者可喜之物也。故其字从食喜。商頌大糦是承。傳曰。糦黍稷也。周禮饎人。大鄭注云。饎人主炊官也。特牲饋食禮注曰。炊黍稷曰饎。皆依文爲訓。由黍稷而炊之爲酒爲食。其事相貫。饎本酒食之偁。因之名炊曰饎。因之名黍稷曰饎。引伸之義也。方言。糦孰食也。氣孰曰糦。據毛詩箋則古文以喜爲饎。从食喜聲。昌志切。一部。詩曰。可以饙饎。大雅文。謂行潦之水可用於酒食之饙。

饎或从配。配聲也。周禮注曰。故書饎作䊩。蓋轉寫多

饎或从米。商頌字如此作。特牲注曰。古文饎作糦。

具食也。廿部曰。具共置也。禮經凡言饌。注曰。陳也。陳與置義同。論語曰。有酒食先生饌。从食算聲。士戀切。十四部。

籑或从巽。巽聲。論語先生饌。馬云。飲食也。鄭作餕。食餘曰餕。按馬注者古論。鄭注者校周之本。以齊古讀正凡五十事。其讀正者皆云魯讀爲某。今从古。此不云今从古。則是从魯論作餕者。何晏作饌

从孔安國馬融之古論也據禮經特牲少牢注皆云古文籑作餕許書則無餕有籑饌字是則許於禮經从今文不从古文也但禮經之籑訓食餘而許籑饌同字訓爲具食則食餘之義無箸且禮經言饌者多矣注皆訓陳不言古文作餕食餘之字皆作籑未有作饌者然則禮饌籑當是各字饌當獨出訓具食也籑餕當同出訓食餘也乃與禮經合若論語魯餕古饌此則古文假饌爲餕此謂養親必有酒肉既食恆餕而未有原當情以是爲孝也○又按禮記之字於禮經皆从今文而皆作餕疑儀禮注當云今文籑作餕

養 供養也今人分別上去古無是也 从食羊聲余兩切十部

𢼊 古文養

飯 食也自饎篆已上皆自物言之自籑篆已下皆自人言之然則云食也者謂食之也此飯之本義也引伸之所食爲飯今人於本義讀上聲於引伸之義讀去聲古無是分別也禮記音義云依字書食旁作卞扶万反謂所食也食旁作反符晚反謂食之也二字不同今則混之故隨俗而音此字陸語殊誤古祇有飯字後乃分別作餅俗又作飰此正如汳水俗作汴也唐以前書多作餅字後來多譌爲餅字 从食反聲符萬切十四部按大徐不違許意故切符萬而不云扶晚也

𩚵 襍飯也从食丑聲女久切三部按米部曰粈襍飯也此𩚵篆葢俗增故非其次宜删

飤 糧也从人食祥吏切一部按以食食人物其字本作食俗作飤或作飼經典無飤許云秣食馬穀也不作飤馬此篆淺人所增故非其次釋爲糧也又非宜删

饡 以羹澆飯也此飯用引伸之義謂以羹澆飯而食之也考工記注曰瓚讀饡屨之

𡳐𡳐卽饡字也玉篇曰𡳐者饡之古文然則本作𡳐轉寫作𡳐耳內則注曰狼臅膏臆中膏也以煎稻米則似今膏𡳐矣釋名曰肺𦢊𦢊饡也以米糝之如膏饡也以羹澆飯者饡之本義膏饡者漢人所爲 从食贊聲 則幹切十四部

𩞁 晝食也 此猶朝曰饔夕曰飧也晝食曰𩞁俗譌爲日西食曰𩞁見廣韵今俗謂日西爲晌午頃刻爲半晌猶𩞁之遺語也 从食象聲 書兩切十部

餳 𩞁或从昜

飧 餔也 小雅傳曰孰食曰饔魏風傳曰孰食曰飧然則饔飧皆謂孰食分別之則謂朝食夕食許於饔不言朝於飧不言孰互文錯見也趙注孟子曰朝食曰饔夕曰飧此析言之公羊傳趙盾食魚飧左傳僖負羈饋盤飧趙衰以壺飧從皆不必夕時渾言之也司儀注曰小禮曰飧大禮曰饔餼掌客上公飧五牢饔餼九牢侯伯飧四牢饔餼七牢子男飧三牢饔餼五牢此飧饔與常食不同且多生腥不皆孰物 从夕食 會意俗作飱非也思魂切十三部 按伐檀正義引說文飧水澆飯也从夕食正以釋文則字林語與說文異

餔 申時食也 各本申時上有日加二字今依廣韵類篇韵會正淮南書云日至於悲谷是謂餔時餔一作晡引伸之義凡食皆曰餔又以食食人謂之餔 从食甫聲 博狐切五部

𥂔 籀文餔从皿浦聲 皿飲食器也

餐 吞也 口部曰吞咽也鄭風曰使我不能餐兮魏風曰彼君子兮不素餐兮是則餐猶食也鄭風還予授子之粲兮釋言毛傳皆曰粲餐也謂粲爲餐之假借字也餐訓吞引伸之爲人食之又引伸之爲人所食故曰授餐飧與餐其義異其音異其形則飧或作

殞餐或作餮鄭風釋言音義誤認餐爲飧字耳而集韵類篇竟謂飧餮一字 从食奴聲 七安切十四部
與十三部之飧迥別魏伐檀一章三章分用 湌 餐或从水 䭑 嘰也 口部曰嘰小食
也 从食兼聲讀若風溓溓 風溓溓未聞禾部曰稴讀若風廉之廉蓋同此未識孰是
力鹽切七部 一曰廉絜也 一謂讀若廉潔之廉也轉寫奪若字 饁 餉田也 釋詁
豳傳皆曰饁饋也孫炎云饁野之餉 从食盍聲 筠輒切古音葢在十五部 詩曰饁彼南
畝 豳風小雅文 饟 周人謂餉曰饟 周頌曰其饟伊黍正周人語也釋詁曰饁饟饋
也 从食襄聲 人漾切十部 餉 饟也 饋各本作饟今依韵會本孟子說葛伯仇餉云老弱
饋食又云有童子以黍肉餉 从食向聲 式亮切十部 饋 餉也 饋之言歸也故饋多
假歸爲之論語詠而饋饋孔子豚齊人饋女樂古文皆作饋魯皆作歸鄭皆从古文聘禮歸饔餼五牢鄭云今文歸或爲饋今
本集解陽貨微子篇作歸依集解引孔安國語則當作饋也 从食貴聲 求位切十五部按今字以餽爲
饋此乃假借其義本不相通也孟子餽孔子豚漢禮樂志齊人餽魯而孔子行已作此字 饗 鄉人飮
酒也 豳風朋酒斯饗曰殺羔羊傳曰饗鄉人飲酒也其牲鄉人以狗大夫加以羔羊此傳各本譌奪依正義攷定如
是許君所本也饗字之本義也孔沖遠曰鄉人飲酒而謂之饗者鄉飲酒禮尊事重故以饗言之此不知亯燕之亯正作亯

獻也左傳作亯爲正字周禮禮記作饗爲同音假借字猶之左傳作宴爲正字宴安也禮經周禮作燕爲同音假借字也沖遠證之以用樂或上取其說迂曲矣至若毛詩二云我將我亯下文二云既右饗之二云以亯以祀下文二云神保是饗二云亯以騂犧下文二云是饗是宜毛詩之例凡獻於上曰亯凡食其獻曰饗左傳用字正同凡左氏亯燕字皆作亯惟用人其誰饗之字作饗 从鄉从皀 鄉食會意 鄉亦聲 許兩切十部

饛 盛器滿皃 小雅傳曰饛滿簋皃許謂字之本義不專謂簋也故易爲器 从皀蒙聲 莫紅切九部 詩曰有饛簋飧

飵 楚人相謁食麥曰飵 方言餥飵食也陳楚之內相謁而食麥饘謂之餥楚曰飵凡陳楚之郊南楚之外相謁而餐或曰飵或曰䬴秦晉之際河陰之閒曰䭇𩝠此秦語也 从皀乍聲 在各切五部

䬴 相謁食麥也从皀占聲 奴兼切七部

䭇 秦人謂相謁而食麥曰䭇𩝠从皀㥯聲 烏困切十三部

𩝠 䭇𩝠也从皀豈聲 五困切十三部豈聲在十五部合音也

餬 寄食也 左傳餬其口於四方方言曰餬寄也寄食曰餬引伸之義釋言曰餬饘也是 从皀胡聲 戶吳切五部

飶 食之香也 周頌傳曰飶芬香皃許云食之香爲其字从食也 从皀必聲 毗必切十二部與艸部苾音同義近 詩曰有飶其香

飫 燕食也 燕同宴安也安

食者無事之食也無事食則充腹而已故語曰猒飫釋言曰飫私也私卽安食之謂此非周語房烝立成之飫亦非毛傳脫屨升堂之飫其字下與飽餉饒餘相屬則其義略同也从倉芺聲依據切古音在二部今字作飫詩曰

㱃酒之饇此引常棣六章說叚借也饇韓詩作醧說曰跣而上坐謂之宴能者飲不能者已謂之醧毛詩叚饇爲醧故傳曰饇猒私也〔今本奪猒字〕脫屨升堂謂之饇〔今本句首衍不字〕毛韓義一也故曰許引此詩說醧之叚借也此猶引作政爲作好引蔑席爲篾席也說詳酉部

飽猒也甘部曰猒飽也是爲轉注从倉包聲博巧切古音在三部

𩚻古文飽从采聲采古文孚也孚聲在三部

𩛁亦古文飽从卯聲卯聲亦在三部

餶猒也賈思勰齊民要術曰食飽不餶按猒飽也餶則有猒棄之意皆猒中之義也呂覽曰甘而不噮玉篇集韵引同噮卽餶字廣韵曰噮甘而猒也是也集韵鐸韵又引伊尹曰甘而不餶肥而不饢从倉肙聲烏玄切十四部按篇韵集韵皆於縣切在霰韵類篇亦無平聲

饒飽也饒者甚飽之䛐也引以爲凡甚之偁漢謠曰今年尚可後年饒謂後年更甚也近人索饒討饒之語皆謂已甚而求已也从倉堯聲如昭切二部

餘饒也从倉余聲以諸切五部

餀食臭也食臭謂殠而食之也儀禮音義引孟子飯殠从倉艾聲呼艾切十五部爾雅曰餀謂之喙釋器文今爾雅喙作餯按許作喙二徐李燾及集韵類篇皆同

汲古初印本亦不誤而毛扆改作餘

餞送去食也各本少食字今依左傳音義補毛傳曰祖而舍軷飲酒於其側曰餞从食戔聲才線切十四部詩曰顯父餞之大雅文

餫野饋曰餫左傳晉荀首如齊逆女宣伯餫諸穀杜云野饋曰餫運糧饋之敬大國也按餫之言運也遠䡾也穀齊地魯之禮不當至此是野饋也犧象不出門嘉樂不野合傳書餫者譏之也小雅黍苗箋云營謝轉餫之役有負任者有輓輦者有將車者有牽傍牛者可證餫爲運糧从食軍聲王問切十三部

館客舍也鄭風大雅傳曰館舍也按館古假觀爲之如白虎通引于邠斯觀又引春秋築王姬觀于外沈約宋書曰陰館前漢作觀後漢晉作館東觀餘論曰漢書郊祀志作益壽延壽館封禪書云作益延壽觀漢書衍一壽字耳自唐以前六朝時凡今道觀皆謂之某館至唐始定謂之觀从食官聲古玩切十四部周禮五十里有市市有館館有積㠯待朝聘之客遺人職凡賓客會同師役掌其道路之委積五十里有市市有候館候館有積鄭云候館樓可以觀望者也以觀望釋館釋名曰觀者於上觀望也

饕貪也从食號聲土刀切二部叨俗饕从口刀聲今俗與饕分別異用

饕籀文饕从號省

餮貪也从食殄省聲鉉本作殄省聲不明於平入一理妄改之也他結切十二部春秋傳曰謂之饕餮左傳文十

八年文今傳作餮賈服及杜皆曰貪財爲饕貪食爲餮此蒙上文貪于飲食冒于貨賄分言之非許意也

饖 飯傷熱也 周禮禮記皆言食齊視春時鄭皆曰飯宜温按温者不寒不熱之謂也曲禮曰毋揚飯注云嫌欲疾也按飯傷熱則或揚之矣爾雅音義引倉頡篇饖食臭敗也廣韵本之與許異玉篇無饖 从食歲聲 於廢切十五部

饐 飯傷溼也 魚部曰鮑饐魚也是引伸之凡淹漬皆曰饐也字林云饐飯傷熱溼也混饐於饖葛洪云饐飯餿臭也本論語孔注而非許說 从食壹聲 乙冀切古音在十二部

餲 飯餲也 飯餲者謂飯久而味變餲之言鬱也今江蘇俗云餲生當作此字鄉黨篇食饐而餲孔曰饐餲臭味變也皇侃云饐謂飲食經久而腐臭也餲謂經久而味惡也是則孔注本作饐臭餲味變也今本誤倒耳據論語及許說饐餲是二事析言之也釋器云食饐謂之餲則統言之李充云皆飲食壞敗之名是也 从食曷聲 乙例烏介二切十五部 論語曰食饐而餲

饑 穀不孰爲饑 釋天文又曰仍饑爲荐按論語年饑因之以饑饉鄭本皆作飢 从食幾聲 居衣切十五部

饉 蔬不孰爲饉 釋天文按許書無蔬字此蔬當是本作疏疏之言足也凡艸菜可食者皆有根足而生也 从食堇聲 渠吝切十三部

䬴 飢也 廣韵作飢皃 从食戹聲讀若楚人言恚人 於革切十六部恚與戹皆十六部聲也

餒 飢也从食妥聲 各本篆作餧解作委聲非也今

正攷論語音義曰餒奴罪反說文魚敗曰餒本又作餧字書同爾雅音義亦云餒奴罪反說文魚敗曰餒字書作餧別字書於說文則陸所據說文从妥明矣按妥聲乃與奴罪切音相近猶捼必妥聲乃與女禾切相近綏必妥聲乃得妥綏爲古今字也若五經文字目餧飢也經典相承別作餒爲飢餒以餧爲餧餇蓋張時說文已改从委聲與陸所據說文不同故其字各異餒古音十七部餧爲餧餇俗字許艸部作萎一曰魚敗曰餒論語魚餒而肉敗釋器曰肉謂之敗魚謂之餒按魚爛自中亦飢義之引伸也

飢 餓也與饑分別葢本古訓諸書通用者多有轉寫錯亂者亦有之从食几聲居夷切十五部

餓 飢也从食我聲五箇切十七部

餽 吳人謂祭曰餽方言䭔餟餽也三字皆謂祭戰國策三十三飲食餔餽高注吳謂祭鬼爲餽古文通用讀與饋同按祭鬼者餽之本義不同饋也以餽爲饋者古文假借也高說與楊許同今本高注淺人增竄不可從从食鬼會意鬼亦聲俱位切十五部

餟 祭酹也酉部曰酹餟祭也史記孝武帝紀其下四方地爲餟食封禪書作醊食漢郊祀志作腏方言餟餽也从食叕聲陟衛切十五部

䬽 小餟也方言䭔餽也玉篇云䭔同䬽廣雅稅祭也稅亦同䬽从食兌聲輸芮切十五部

䬲 馬食穀多气流四下也謂汗液前後左右四面流下也䬲與淋雙聲義近由於食穀多也故从食从食夌聲里甑切六部

䬴 食馬穀也以穀飤馬也周南傳曰秣養也

小雅乘馬在廄摧之秣之傳曰摧挫也秣粟也按挫謂以莝飤之粟謂以粟飤之也秣同䬴 从食末聲 莫撥切十五部

文六十二 重十八

亼 三合也从人一象三合之形 許書通例其成字者必曰从某如此言从入一是也从入一而非會意則又足之曰象三合之形謂似會意而實象形也 凡亼之屬皆从亼 亼讀若集 秦入切七部

合 亼口也 各本亼作合誤此以其形釋其義也三口相同是爲合十口相傳是爲古引伸爲凡會合之偁釋詁曰敆郃盍翕仇偶妃匹會合也妃合會對也 从亼口 侯閤切七部

僉 皆也 釋詁曰僉咸胥皆也 从亼从吅从从 吅驚嘑也从相聽也 七廉切七部 虞書曰僉曰伯夷 虞當作唐堯典文

侖 思也 龠下曰侖理也大雅毛傳曰論思也按論者侖之假借思與理義同也思猶鰓也凡人之思必依其理倫論字皆以侖會意 从亼冊 冊聚集簡冊必依其次第求其文理力屯切十三部 䈚 籀文侖 古文冊作笧

今 是時也 今者對古之偁古不一其時今亦不一其時也云是時者如言目前則目前爲今目前已上皆古如言趙宋則趙宋爲今趙宋已上爲古如言魏晉則魏晉爲今魏晉已上爲古班固作古今人表漢人不與焉而謂之古今人者謂近乎漢

者爲今人遠乎漢者爲古人也作古今人表者所以補漢書之所無存漢已前之崖略也亦謂三皇至漢以前迭爲古今人也古今人用字不同謂之古今字張揖作古今字詁是也自張揖已後其爲古今字又不知幾更也古今音之不同近世言之冣詳自商周至近世不知凡幾古今也故今者無定之詞約之以是時則兼賅矣召南傳曰今急辭也今急疊韵 从亼乀 會意乀逮也乀亦聲居音切七部 乀古文及 見又部

舍市居曰舍 食部曰館客舍也客舍者何也謂市居也市居者何也周禮遺人曰凡國野之道十里有廬廬有飲食三十里有宿宿有路室路室有委五十里有市市有候館候館有積鄭云一市之閒有三廬一宿候館及廬宿皆所謂市居曰舍也此市字非買賣所之謂賓客所之也舍可止引伸之爲凡止之偁釋詁曰廢稅赦舍也凡止於是曰舍止而不爲亦曰舍其義異而同也猶置之而不用曰廢置而用之亦曰廢也論語不舍晝夜謂不放過晝夜也不放過晝夜即是不停止於某一晝一夜以今俗音讀之上去無二理也古音不分上去舍捨二字義相同 从亼屮口 屮口二字今補全書之例成字則必曰從某而下釋之也从亼者謂賓客所集也 屮象屋也 象屋上見之狀說从屮之意 口象築也 口音圍說从口之意始夜切古音在五部

文六 重一

會合也 見釋詁禮經器之蓋曰會爲其上下相合也凡曰會計者謂合計之也皆非異義也 从亼

曾省亼曾合而增之會意黃外切十五部曾益也說从會之意土部曰增益也是則會者增之假借字如會祖會孫之會卽合益義凡會之屬皆从會。古文會如此

朇益也朇裨古今字今字作裨益古字作朇朇益裨行而朇廢矣从會卑聲符支切十六部

䢅日月合宿爲䢅各本作爲辰今依廣韵集韵類篇訂左傳晉侯問伯瑕曰何謂六物對曰歲時日月星辰是謂也公曰多語寡人辰而莫同何謂辰對曰日月之會是謂辰故以配日按辰以配日者謂以從子至亥配從甲至癸也十日十二辰見周禮馮相氏哲蔟氏注云日謂從甲至癸辰謂從子至亥從子至亥者日月一歲十二會所會之處謂之十二次星紀之次爲丑玄枵之次一名天黿爲子豕韋之次一名娵訾爲亥降婁之次爲戌大梁之次爲酉實沈之次爲申鶉首之次爲未鶉火之次爲午鶉尾之次爲巳壽星之次爲辰大火之次爲卯析木之次爲寅是也據說文則日月之合宿謂之䢅據周禮左傳則日月䢅處謂之辰也䢅者卽左傳之會字非左傳之辰字也从會辰辰時也日月以時而會故从辰會會意會亦聲各本作辰亦聲攷廣韵十四泰有䢅音黃外切十七真無䢅字是可證說文本作會亦聲也玉篇曰䢅時真切日月會也今作辰蓋當希馮時說文已有作辰亦聲者而顧從之集韵類篇亦沿誤耳皆誤讀左氏者爲之也大徐用孫愐唐韵爲音而不必盡用唐韵如此字廣韵入泰不入真可證十五部

文三　重一

倉 穀藏也藏當作臧臧善也引伸之義善而存之亦曰臧臧之之府亦曰臧俗皆作藏分平去二音穀臧者謂穀所臧之處也广部曰府文書藏庫兵車藏廥芻稾藏今音皆徂浪切 蒼黃取而臧之蒼舊作倉今正蒼黃者匆遽之意刈穫貴速也 故謂之倉蒼倉疊韵 从食省口象倉形七岡切十部 凡倉之屬皆从倉

仺 奇字倉葢从古文巨

牄 鳥獸來食聲也牄葢壁中文如此孔安國以今文字讀之易爲蹌蹌鄭云飛鳥走獸蹌蹌然而舞僞孔說本之許則經從牄字說爲鳥獸來食聲與鄭異鄭易字許不易字也鄭注大司樂亦引鳥獸牄牄公羊春秋有頓子牄 从倉鳥獸來食故从倉 爿聲七羊切十部 虞書曰鳥獸牄牄咎繇謨文

文二 重一

入 内也自外而中也 象從上俱下也上下者外中之象人汁切七部 凡入之屬皆从入

内 入也今人謂所入之處爲內乃以其引伸之義爲本義也互易之故分別讀奴荅切又多假納爲之矣周禮注云職內主入也內府主良貨賄藏在內者然則職內之內是本義內府之內是引伸之義 从冂入小徐曰冂音坰按當音覓許冂冂異篆冂者覆也覆在外各本無入字今依韵會補奴對切十

五部自外而入也釋會意之恉𡴆入山之罙也廣韵作入山㴱皃於形得義从山从入會意闕此闕謂闕其音讀也大徐鉏箴切篇韵同乃後人强爲之音以其字似岑因謂音岑耳

糴市穀也从入糴米部曰糴穀也故市穀从入糴糴亦聲今徒歷切古音在三部左傳晉大夫有糴茷

仝完也宀部曰完全也是爲轉注从入从工从工者如巧者之製造必完好也疾緣切十四部

全篆文仝从王按篆當是籒之誤仝全皆从入不必先古後篆也今字皆从籒而以仝爲同字

純玉曰全考工記玉人云天子用全大鄭云全純色也許玉部云全純玉也後鄭周禮注同許按云純玉曰全者引經說此字从玉之意

𠓝古文仝按下體未宷其所從汗簡作𠓝古文四聲韵載王庶子碑亦作𠓝疑近是

从二入也以形爲義

㒳从此㒳各本作兩今按兩从㒳㒳从从也闕此闕亦謂音讀不傳也大徐良奬切乃因㒳字從此謂同㒳音

文六　重二

缶瓦器所㠯盛酒漿釋器陳風傳皆云盎謂之缶許云盎盆也罌缶也似許與爾雅說異缶有小有大如汲水之缶蓋小者也如五獻之尊門外缶大於一石之壺五斗之瓦甒其大者也皆可以盛酒漿秦人鼓之㠯節謌鼓之錄切擊也韵會鼓作擊李斯傳廉藺傳漢楊惲傳皆可證象形

字象器形方九切三部俗作缻凡缶之屬皆从缶

㲉未燒瓦器也土部曰瓦未燒曰坏㲉與坏不但義同而音取相近故集韵謂爲一字披尤切也从缶㱿聲讀若筩莩同謂讀與筩莩之莩同也漢書非有葭莩之親張晏曰葭蘆也莩葉裏白皮也晉灼曰莩葭裏之白皮也師古曰莩者蘆筩中白皮至薄者也張說非也按張說本同惟轉寫蘆誤爲葉耳司馬彪律歷志以葭莩灰抑其端當亦謂此劉注葭莩出河內豈以河內者爲缶㲉莩音孚則㲉亦音孚孚古音同浮是以在一部爲坏字在三部爲㲉字大徐苦候切玉篇苦谷切

匋作瓦器也作字各本無今依玉篇補大雅陶復陶穴箋云復穴皆如陶然正義引說文匋瓦器竈也按穴部云窯燒瓦竈也瓦部云甄匋也然則依玉篇爲長作瓦器者㲉之燒之皆是其事故匋之字次於㲉今字作陶陶行而匋廢矣陶見𨸏部再成丘也从缶包省聲疑作勹聲亦是皆形聲包會意也徒刀切古音在三部古者昆吾作匋裴駰曰出世本呂覽昆吾作陶高云昆吾顓頊之後吳回黎之孫陸終之子已姓也爲夏伯制作陶冶埏埴爲器按顓頊產老童老童產黎左傳云顓頊氏有子曰黎爲祝融是也帝嚳誅黎而以其弟吳回爲黎後奉黎之祀故高云吳回黎之孫實則吳回之孫也國語昆吾爲夏伯韋云昆吾祝融之孫陸終第一子名樊爲己姓封於昆吾衛是也其後夏衰昆吾爲夏伯遷於舊許按帝繫世本皆言昆吾者衛是也昆吾始封在衛故哀十七年左傳衛侯夢見人登昆吾之觀也其後遷於舊許故昭十二年傳楚靈王曰昔我皇祖伯父昆吾舊許是宅也其後滅於湯商頌

云韋顧旣伐昆吾夏桀楚世家曰昆吾氏夏之時嘗爲侯伯桀之時湯滅之是也據高說是始封之昆吾作匋據古史考云夏時昆吾氏作瓦張華博物志云桀作瓦尸子云夏桀臣昆吾作陶是謂湯所滅之昆吾與桀作匋以舜匋河濱而有虞氏上匋斷之則高說是而他說失之也 **案史篇讀與缶同** 許書言案者二條疑後人所羼入史篇者史籒所作大篆十五篇也詳酉部讀與缶同者謂史篇以匋爲缶古文假借也匋與缶古音同在三部故得相假借據此可知史篇四言成文如後世倉頡爰歷之體

罌 缶也 缶太平御覽作罃今按作缶爲是許意缶罌罃一物也方言瓬瓭甒罃甄甇甈瓮瓿甊甕罌也自關而西晉之舊都河汾之閒其大者謂之甀自關而東趙魏之郊謂之瓮或謂之甖甖其通語也甀即䍋罌即甖瓦部曰罌謂之甈瓮罌也康瓠破罌也史漢淮陰矦傳曰信乃益爲疑兵乘船欲渡臨晉而伏兵從夏陽以木罌缻渡軍襲安邑木罌缶者以木爲罌缶狀實兵於其中不欲人知故不爲盆狀韋昭云以木爲器如罌缻以渡軍無船且尚密也韋說是也罌缶器之大者 **从缶賏聲** 烏莖切十一部

䍋 小口罌也 上文罌者兼大口小口渾言之此云小口罌則析言之也小口則宁物必垂下之故曰䍋淩人注云鑑如甀大口以盛冰謂如䍋而大口也醢人注曰塗置甀中百日則成矣方言罃周洛韓鄭之閒謂之甀或謂之罃按罃者缾之長頸者䍋不長頸方俗或同名 **从缶𠂹聲** 池僞切古音在十七部

䍌 小缶也 按方言曰瓿甊罌也自關而西晉之舊都河汾之閒其大者謂之甀其中者謂之瓿甊又曰缶謂之瓿甌許意缶罌一物也故云瓿小缶也即楊之中者

謂之瓿甊也从缶咅聲蒲候切廣韵薄侯切四部缾罋也易井卦辭曰羸其瓶左傳衞孫
蒯飲馬於重丘毀其瓶按瓶亦評缶左傳具綆缶此缶之小者从缶并聲薄經切十一部瓶
缾或从瓦罋汲缾也井下曰外象構韓形●其罋也井𠬝辭曰甕敝漏按缾罋之本義爲汲器
經傳所載不獨汲水者偁缾罋也許云汲缾分別言之許固謂缾不專用汲矣罋俗作甕从缶雝聲烏貢
切九部𦈢下平缶也下當作不字之誤也凡器無不下平者以從乏之意求之當是不平缶反
正爲乏也又以讀若⿱日羽求之⿱日羽與替雙聲替者一偏下也集韵類篇皆引說文瓨也一書引說文皆用大徐本何以乖異若是
廣雅𦈢瓶也从缶乏聲讀若簿引⿱日羽土盇切七部罃備火長
頸缾也左傳襄九年宋災具綆缶備水器杜曰缶汲器也水器盆鑒之屬也是謂汲水貯水之分師古注五行志
則謂缶卽盎也水器者罃瓮之屬引許氏說文解字罃備火今之長頸瓶也按各本無今之二字備火長頸缾者備火之汲罋
則長其頸以多盛水且免傾覆也其說左傳者杜爲長从缶熒省聲烏莖切十一部按近人謂罌罃
一字依許則劃然二物二字也罌大罃小用各不同方言廣雅說雖不與許同而罌罃亦畫爲二今本廣雅甂瓶之下奪一也
字缸瓨也瓦部曰瓨似罌長頸受十斗缸與瓨音義皆同也史漢貨殖傳皆曰醯醬千瓨从缶
工聲下江切九部𦈥瓦器也从缶或聲于逼切一部⿰缶蕩瓦

器也詩斯干乃生女子載弄之瓦傳曰瓦紡專也箋云紡專習其壹所有事也案專同塼紡專正義不言何物廣韻廿二霰云䥴紡錘集韻霰韻云䥴一曰紡甎然則婦人撚綫錘頭古用塼爲之婦人所重者紡績故箋云習其壹意於所有事也許云瓦器渾言之未及詳說耳紡錘下垂如戈鐏之在底故其字亦七鈍切从缶薦聲作甸切十二部

䍃瓦器也从缶肉聲以周切三部

䍡瓦器也篇韵皆云似瓶有耳从缶霝聲郎丁切十一部

䍄缺也刀缺謂之𠛪瓦器缺謂之䍄詩云白圭之𠛪引伸通用也从缶占聲都念切七部

缺器破也俗誤作缺又通用闕从缶夬聲各本作決省聲今正傾雪切十五部

罅裂也考工記旊人所謂薜也引伸爲凡裂之偁从缶虖聲呼迓切古音在五部

缶燒善裂也說从缶之意

罄器中空也釋詁毛傳皆曰罄盡也引伸爲凡盡之偁如韓詩罄天之妹毛詩俔磬也郭注爾雅云今人呼厭極爲罄皆是古書罄磬多互相假借从缶殸聲苦定切十一部殸古文磬字依石部耳部香部古當作籒詩曰缾之罄矣小雅文不偁罄無不宜而偁此者於从缶之意切也

罊器中盡也釋詁曰罊盡也皿部曰盡器中空也从缶毄聲苦計切十六部爾雅音義引說文口地反

缿受錢器也易入難出器也史記酷吏列傳惡少年投缿漢書趙廣漢教吏爲缿筩蘇林曰缿如瓨可受投

書飾古曰缿若今盛錢藏瓶爲小孔可入而不可出 从缶后聲 大口切又胡講切按胡講音之轉也古音在四部大當作火 古㠯瓦 今㠯竹 說从缶之意也趙傳缿筩缿即以瓦者筩即以竹者許云今以竹則許時用竹者多也今市中錢筩皆用竹

文二十一　重一

矢 弓弩矢也 弓弩所用鉃之矢也 从入 矢欲其中 象鏑栝羽之形 鏑謂丨也金部曰鏑矢鋒也栝作括者誤栝謂八也木部曰桰矢桰檃弦處岐其耑以居弦也羽謂一也羽部曰翦矢羽是也矢羽從而橫之何也以識其物耳矢之制詳於考工記矢人式視切十五部 古者夷牟初作矢 山海經曰少皞生般般是始爲弓矢郭曰世本云牟夷作矢揮作弓弓矢一器作之兩人於義有疑此言般之作是按弦木爲弧挨木爲矢穀傳系諸黃帝堯舜之下蓋不妨有同時合成之者夷牟郭作牟夷孫鄉作浮游 凡矢之屬皆从矢

䠶 弓弩發於身而中於遠也 謂用弓弩發矢於身而中於遠也詩禮記以射爲䠶數之數 从矢从身 會意食夜切古音在五部 射 篆文䠶 射者小篆則䠶者古文此亦上部之例也何不以射入寸部而以䠶傳見也爲其事重矢也 从寸寸法度也亦手也 說从寸之意射必依法度故从寸寸同又射必用手故从寸

矯 揉

箭箝也揉當作柔許無揉有柔煣也箭者矢竹刃爲矢也不言矢言箭者矯施於笴不施於鏑羽也箝籋也柔箭之箝曰矯引伸之爲凡矯枉之偁凡云矯詔者本不然而云然也 从矢喬聲居夭切二部

矰隿射矢也周禮司弓矢注云矰矢茀矢用諸弋射注云結繳於矢謂之矰矰高也茀矢象焉茀之言刜也二者皆可以弋飛鳥刜羅之也前於重又微輕行不低也詩云弋鳧與鴈 从矢曾聲作滕切六部

侯春饗所射侯也饗者鄉人歓酒也春饗所射侯謂天子諸侯養老先行大射禮之侯也天子諸侯養老皆如鄉飲酒之禮故亦謂之饗文王世子曰設三老五更羣老之席位注云三老如鄉飲酒禮之賓五更如介羣老如衆賓魯頌曰魯侯戾止在泮飲酒箋云徵先生君子與之行飲酒之禮而因以謀事也此天子諸侯養老即鄉飲酒之證也辟廱下曰天子饗飲辟廱也泮下曰諸侯鄉射泮宮也饗皆謂養老也古者鄉飲鄉射必聯類而行鄉大夫士之射必先行鄉飲酒之禮天子諸侯則先大射後養老天子諸侯賓射於朝燕射於寢大射於澤於射宮射宮者大學也行葦爲養老之詩箋云先王將養老先與羣臣行射禮擇其可與者以爲賓今我成王承先王之法度亦既序賓矣有醇厚之酒醴以告黃耇之人徵而養之王制曰王親視學注云謂習射習鄉以化之習射即大射習鄉即養老此天子大射而養老之證也七月行葦皆詠公劉之詩七月言朋酒斯饗行葦箋言先王將養老先與羣臣行射禮先王即謂公劉此諸侯大射而養老之證也大射張皮侯而棲鵠其禮大故得專侯名郊廟祭祀必先大射不言祭但言饗舉饗以晐祭也不言秋但言春何也舉春以晐秋也辟廱下

但言饗不言射舉饗以晐射也 从人 爲人父子君臣者各以爲父子君臣之鵠故其字从人鄭云侯制上廣下狹蓋取象於人張臂八尺張足六尺是取象率焉 从厂象張布 梓人爲侯上兩个與其身三下兩个半之注云个者鄉射禮記所謂舌也侯凡用布三十六丈侯之張布如厓巖之狀故从厂 矢在其下 象矢集之也乎溝切四部 天子射熊虎豹服猛也諸侯射熊虎大夫射麋麋惑也 熊虎豹當依周禮作虎熊豹轉寫誤倒也諸侯射熊虎各本作射熊豕虎獵豕字今正此本周禮言春官所射也司裘曰王大射則共虎侯熊侯豹侯設其鵠諸侯則共熊侯豹侯卿大夫則共麋侯皆設其鵠鄭曰以虎熊豹麋之皮飾其側又方制之以爲臺謂之鵠著於侯中所謂皮侯王之大射虎侯王所自射也熊侯諸侯所射豹侯卿大夫以下所射諸侯之大射熊侯諸侯所自射豹侯羣臣所射卿大夫之大射麋侯君臣共射焉按梓人云張皮侯而棲鵠者謂此也諸侯射熊虎與今本不同者鄭曰故書則共熊侯虎侯杜子春云虎當爲豹是則鄭從杜改許從故書也天子諸侯服猛大夫去惑說其義也郊特牲曰虎豹之皮示服猛也漢五行志曰麋之爲言迷也 士射鹿豕爲田除害也 鄉射禮記曰凡侯天子熊侯白質諸侯麋侯赤質大夫布侯畫以虎豹士布侯畫以鹿豕鄭云此所謂獸侯也梓人張獸侯則王以息燕是也息者休農息老物也燕謂勞使臣若與羣臣飲酒而射是則士射鹿豕在王息燕時不在大射而許牽合言之容鄭以前說禮不同也鄭云士不大射士無臣祭無所擇故司裘於大射不言士鹿豕爲田害

故大蜡迎虎其祝曰毋若不寧矦不朝于王所故伉而射汝也十九字韵會用考工記作四十二字非也梓人曰祭侯之禮以酒脯醢其辭曰惟若寧矦毋或若女不寧侯不屬于王所故抗而射汝強飲強食詒女曾孫諸侯百福大戴禮略同抗舉也許作伉大戴作亢

矦古文矦

𥏳傷也謂矢之所傷也引伸爲凡傷之偁从矢傷省聲各本篆作𥏳注曰昜聲鉉於傷下觴下曰𥏳省聲知字本作𥏳今正爲傷省聲式羊切凡傷聲之字皆同此切也

短有所長短㠯矢爲正从矢按此上當補不長也三字乃合有所長短以矢爲正說从矢之意也榘字下曰矢者其中正也正直爲正必正直如矢而刻識之而後可裁其長短故詩曰其直如矢韓詩曰如矢斯朸豆聲按考工記曰豆中縣謂縣繩正豆之柄也然則豆聲當作从豆从豆之意與从矢同也都管切十四部

矤況詞也各本況下有也誤今刪況當作兄古今音殊乃或假況許書當本作兄也兄長之兄引伸爲兄益詩常棣傳曰況滋也桑柔傳曰兄滋也召旻傳曰兄茲也兄況不同以兄爲正滋茲不同許皆訓益兄詞者增益之詞其意益其言曰矤是爲意內言外今俗所云已如是況又如是也尚書多用矤字俗作矧从矢引省聲从矢之意今言矧則其詞有一往式忍切十二部从矢取詞之所之如矢也說从矢之意今言矧則其詞有一往不可止者

知詞也白部曰𥏼識詞也从白从亏从知按此詞也之上亦當有識字知𥏼義同故𥏼作知从

口矢識敏故出於口者疾如矢也陟离切十六部

矣語已詞也已矣疊韵已止也其意止其言曰矣是爲意內言外論語或單言矣或言已矣如學而子張篇皆云可謂好學也已矣公冶長篇不可得而聞也已矣已矣乎吾未見能見其過而內自訟者也俗本句末刪矣者非淮南書說矣與也二字不同从矢㠯聲于己切一部

文十　重二

高崇也山部曰崇嵬高也象臺觀高之形謂合也从冂口上音莫狄切下音圍與倉舍同意倉舍皆从口象築也合與冂皆象高古牢切二部凡高之屬皆从高

亭小堂也集韵曰傾覆切瓜屋也从高省冋聲去頴切十一部

廎高或从广元次山唐廎宋人多謂廎即亭字非也今按可讀如今之廳頃聲宋本有聲

亭民所安定也亭定疊韵周禮三十里有宿鄭云宿可止宿若今亭有室矣百官公卿表曰縣道大率十里一亭亭有長十亭一鄉鄉有三老有秩嗇夫後漢志曰亭有長以禁盜賊風俗通曰亭留也蓋行旅宿會之所館釋名曰亭停也人所停集按云民所安定者謂居民於是備盜賊行旅於是止宿也亭定疊韵亭之引伸爲亭止俗乃製停渟字依釋名則漢時已有停字而許不收徐氏鉉云低價停僦伺六字皆後人所加是也亭有樓故从

高 从高省丁聲特丁切十一部 亳 京兆杜陵亭也六國表湯起于亳徐廣曰京兆杜縣有亳亭錢氏大昕史記攷異曰殷本紀湯始居亳皇甫謐曰梁國穀熟爲南亳湯所都也立政三亳皆非京兆之亳亭秦本紀寧公二年遣兵伐蕩社三年與亳戰亳王奔戎遂滅蕩社徐廣云蕩一作湯社一作杜皇甫謐以爲亳號湯西夷之國又云周桓王時自有亳王號湯非殷也封禪書于杜亳有三杜主之祠蓋京兆之亳乃戎王號湯者之邑徐廣以爲殷湯所起其不然乎然此篇稱作事者必於東南收功實者常於西北乃述禹興西羌周始豐鎬而及湯之起亳則史公固以關中之亳系之湯矣按許不言三亳而獨言杜陵亳亭者正爲其字从高則以此亭當之也然十里一亭者秦制亳亭之名秦漢乃有之亳之字固不起於亭也以解字爲書不得不有涉於皮傅者 从高省乇聲旁各切五部古亦借薄爲之如禮記薄社北牖

文四 重一

冂 邑外謂之郊郊外謂之野野外謂之林林外謂之冂與魯頌毛傳同邑國也岠國百里曰郊野郊外也平土有叢木曰林皆許說也爾雅釋地邑外謂之郊郊外謂之牧牧外謂之野野外謂之林林外謂之坰多謂之牧牧外五字依野有死麕燕燕干旄傳叔于田箋斷之淺人妄增也牧李巡作田王砯注素問作邑外謂之郊郊外謂之甸甸外謂之牧牧外謂之林林外謂之坰坰外謂之野所僻更

繆象遠介也介各本作界誤今正八部曰介畫也冂像遠所聯亙一象各分介畫也古熒切十一部

凡冂之屬皆从冂冋古文冂从口象國邑像國邑在冂內也坰冋或从土詩爾雅皆如此作

市買賣所之也釋詁曰之往也古史考曰神農作市本繫辭說也世本曰祝融作市市有垣从冂垣所以介也故从冂从

乁象物相及也乁古文及字依韵會本㞢省聲舉形聲包會意也時止切一部

冘冘冘逗行皃冘冘各本作淫淫今依玉篇集韵類篇正玉篇別立冘部云冘行皃則知冂部有冘者孫強所增也而引說文作淫淫是唐時譌本耳後漢書盧植傳注所引不誤羽獵賦三軍芒然窮冘閱與孟曰冘行也如曰冘懈怠也古籍內冘豫義同猶豫巴東灩澦堆亦曰猶豫坤元錄作冘豫樂府作淫豫然則冘是遲疑蹢躅之皃矣从儿出冂儿者古文奇字人也冘者遠望人行若行若不行之皃余箴切七部

央央中也央逗複舉字之未刪者也月令曰中央土詩箋云夜未渠央古樂府調弦未詎央顏氏家訓作未遽央皆卽未渠央也渠央者中之謂也詩言未央謂未中也毛傳央且也且者薦也凡物薦之則有二至於艾而爲二矣下文夜未艾艾者久也箋云芟末曰艾以言夜先雞鳴時合初昏與艾言之是央爲中也从大在冂之內大逗人也人在冂內正居其中於良切十部央旁同意央取大之中居旁取兩旁外廓

故曰同意一曰久也此別一義隺高至也从隹上欲出冂上翔欲遠行也胡沃切古音在二部易曰夫乾隺然見繫辭今易作確按釋文二云確苦角反馬韓云剛皃說文二云高至按陸不二云說文作隺蓋釋文固作隺然淺人改爲從石耳許書有确無確

文五　重三

𩫏度也此以音說義與蒦度也音義略同民所度居也釋名曰郭廓也廓落在城外也按城𩫏字今作郭郭行而𩫏廢矣邑部曰𩫏齊之郭氏虛也𢧵下云萬物郭皮甲而出當作𩫏郭今之廓字也从回象城𩫏之重內城外𩫏兩亭相對也謂上亼下亼也內城外𩫏兩亭相對漢典略曰雒陽二十街街一亭十二城門門一亭此城內亭也百官公卿表縣道十里一亭此城外亭也或但从口音韋謂篆作𩫏也按當出𩫏篆在皆从𩫏之下凡𩫏之屬皆从𩫏

𩫖缺也以疊韵爲義古者城闕其南方謂之𩫖闕之義同缺何氏公羊傳注曰天子周城諸侯軒城軒城者缺南面以受過也按毛詩傳曰闉曲城也闍城臺也城門上有臺謂之闍周官匠人詩靜女所謂城隅也無臺謂之𩫖詩子衿所謂城闕也三面有臺而南方無臺故謂之𩫖猶軒縣之缺南方泮水之缺北方不敢同天子也毛詩城闕當作𩫖闕其假借字非象闕之闕也詩曰在城闕兮傳曰乘城而見闕箋申之曰登高而見於城闕明非城墉不完

如公羊疏所疑也本城𩫏之字故从𩫖引伸爲凡缺之偁故先之曰缺也从𩫖夬聲讀若拔物爲決引也以物塞其口拔其物使內出𩫏傾雪切十五部

文二

京人所爲絕高丘也釋丘曰絕高爲之京非人爲之丘郭云爲之者人力所作也按釋詁云京大也其引伸之義也凡高者必大从高省丨象高形舉卿切古音在十部凡京之屬皆从京

就高也廣韵曰就成也迎也即也皆其引伸之義也此複舉字之未刪者从京尤尤異於凡也說从尤之意京者高也高則異於凡疾僦切三部

就籒文就

文二　重一

亯獻也下進上之詞也按周禮用字之例凡祭亯用亯字凡饗燕用饗字如大宗伯吉禮下六言亯先王嘉禮下言以饗燕之禮親四方賓客尤其明證也禮經十七篇用字之例聘禮內臣亯君字作亯士虞禮少牢饋食禮尚饗字作饗小戴記用字之例凡祭亯饗燕字皆作饗無作亯者左傳則皆作亯無作饗者毛詩之例則獻於神曰亯神食其所亯曰饗如楚茨以亯以祀下云神保是饗周頌我將我亯下云旣右饗之魯頌亯祀不忒亯以騂犧下云是饗是宜商頌以假以亯下

二云來假來饗皆其明證也鬼神來食曰饗卽禮經尙饗之例也獻於神曰亯卽周禮祭亯作亯之例也各經用字自各有例周禮之饗燕左傳皆作亯宴此等葢本書固亦非由後人改竄

从高省獻者必高奉之曲禮曰執天子之器則上衡國君則平衡後世亦以舉案齊眉爲敬

⊖象孰物形禮經言饋食者薦孰也許兩切十部亯象薦孰因以爲飪物之偁故又讀普庚切亯之義訓薦神誠意可通於神故又讀許庚切古音則皆在十部其形薦神作亯亦作享飪物作亨亦作亯易之元亨則皆作亨皆今字也

孝經曰祭則鬼亯之孝經孝治章文

凡亯之屬皆从亯

亯篆文亯後篆者上部之例也據玄應書則亯者籀文也小篆作亯故隸書作亨作享小篆之變也

𦎫孰也今俗云純孰當作此字純醇行而𦎫廢矣周禮司裘注假借爲埻的字

从亯羊凡从𦎫者今隸皆作享與亯之隸無別

讀若純常倫切十三部

一曰鬻也鬻饘也

𦎫篆文𦎫

𥳑㫗也㫗各本作厚今正㫗厚古今字𥳑篤亦古今字𥳑與二部竺音義皆同今字篤行而𥳑竺廢矣公劉毛傳曰篤厚也此謂篤卽竺𥳑字也

从亯竹聲

讀若篤冬毒切三部

𩫏用也此與用部庸音義皆同玉篇曰𩫏今作庸廣韵曰𩫏者庸之古文

从亯从自自知臭句自鼻也知臭味之芳殠

香所食也香當作亯轉寫之誤也上說从自之意此說从亯之意鼻聞所食之香而食之是曰𩫏今俗謂㬰爲用是也

讀若庸同

余封切九部

文四　重二

𣆪厚也厚當作䈞上文曰䈞𣆪也此曰𣆪篤也是爲轉注今字厚行而𣆪廢矣凡經典𣆪薄字皆作厚从反亯倒亯者不奉人而自奉𣆪之意也胡口切四部凡𣆪之屬皆从𣆪

𠅘長味也此與西部醰音同義近醰以覃會意也引伸之凡長皆曰覃葛覃傳曰覃延也凡言覃及覃思義皆同經典葛覃字亦假蕈爲之从𣆪鹹省聲當作鹹省鹹亦聲以从鹹故知字本義爲味長也徒含切古音在七部詩曰實覃實吁大雅文傳曰覃長也訏大也許作吁疑轉寫誤

𠧪古文覃𠅘篆文覃省今隸本此以古𠧪篆𠅘推之則𠅘乃籀也先籀後篆者上部之例也

𡌴山陵之𣆪也𣆪各本作厚今正山陵之厚故其字从厂今字凡𣆪薄字皆作此从厂从𣆪𣆪亦聲胡口切四部

𡋯古文厚从后土从土后聲也

文三　重三

畐滿也方言悀偪滿也凡以器盛而滿謂之悀注言涌出也腹滿曰偪注言勑偪也按廣雅悀愊滿也本此而玉篇云腹滿謂之涌腸滿謂之畐與今本方言異玄應書畐塞注曰普逼切引方言畐滿也是則希馮玄應所據方言皆作

畐也許書無偪逼字大徐附逼於辵部今乃知逼卽逼迫字當作畐偪逼行而畐廢矣荀卿子充盈大宇而不窕入郤穴而不偪淮南兵略訓入小而不偪處大而不窕凡云不偪者皆謂不塞淮南俶真訓處小𥁞而不塞要略訓置之尋常而不塞汜論訓內之尋常而不塞齊俗訓大則塞而不入小則窕而不周偪與塞義同畐偪正俗字也釋言曰逼迫也本又作偪二皆畐之俗字从高省謂亯也象高厚之形謂田也凡畐之屬皆从畐讀若伏芳逼切按畐伏二字古音同在第一部今音同房六切

良善也从畗省亾聲呂張切十部□古文良玉篇不錄□亦古文良□亦古文良玉篇作𦤎

文二　重二按此部小徐在亯部之前

㐭穀所振入也穀者百穀緫名中庸注曰振猶收也手部曰振舉也周禮注曰米藏曰廩宗廟粢盛粢各本作粢今正粢稻餅之或字也粢者稷之或字也甸師以共齍盛鄭注齍作粢云粢稷也穀者稷爲長是以名云在器曰盛按小宗伯注云齍讀爲粢六粢謂六穀黍稷稻粱麥苽是則六穀稷爲長故單舉粢也許於皿部曰齍黍稷器也盛黍稷在器中也字依周禮此作粢盛者齍粢古今字禮記多用粢盛故許從之與鄭同也蒼黃㐭而取之故謂之㐭蒼舊作倉今正㐭而取之之㐭當作凜凜凜寒也凡戒慎曰凜凜亦作懍

懍漢書通作廩廩許云䕨而取之故謂之㐭䕨㐭疊韻如上文蒼黃取而藏故謂之倉藏倉疊韻也上文云穀所振入也者周禮所謂廩人掌九穀之數以待國之匪頒賙賜稍食也此云宗廟粢盛蒼黃䕨而取之者穀梁傳所謂甸粟而內之三宮三宮米而藏之御廩周禮所謂廩人大祭祀則共其接盛舉其重者以釋㐭之音義也鄭云大祭祀之穀藉田之收藏於神倉者也不以給小用釋言廩𢾭也臧氏鏞堂曰𢾭古本當作鮮舍人云廩少鮮也公羊桓公廩注云連新於上財令半相連耳襄廿三年所傳聞注亦云廩廩近升平皆廩鮮也之義玉裁按此與漢書廩廩庶幾賈誼爲此廩廩皆䕨䕨之假借也 从入 穀所入故从入 从回 回之訓轉也而此从回之意則如下所云 象屋形 謂外□舍下云□象築此云象屋者屋在上者也㐭之戶牖多在屋 中有戶牖 謂內口小徐曰戶牖以防蒸熱也力甚切七部 凡㐭之屬皆从㐭

廩 㐭或从广稟 會意也稟亦聲

稟 賜穀也 賜穀曰稟中庸既稟稱事鄭注周禮宮正內宰廩人掌固皆云稍食祿稟也又司稼注云賙稟其艱阨晉惠帝云官黿可給稟凡若此類今本多譌爲廩卽有未譌者亦皆讀爲力甚切矣今之廩膳生員於古當作稟膳 从㐭禾 禾猶穀也穀在於㐭周禮所謂以待賙賜稍食也凡賜穀曰稟受賜亦曰稟引伸之凡上所賦下所受皆曰稟左傳言稟命則不威是也筆錦切七部

亶 多穀也 亶之本義爲多穀故其字从㐭引伸之義爲厚也信也誠也見釋詁毛傳 从㐭旦聲 多旱切十四部

啚 嗇也 下文云嗇愛濇也水部曰濇不滑也凡鄙吝字當作

此鄙行而啚廢矣論語鄙夫周書鄙我周邦皆當作此从囗音韋○猶聚也从㐭㐭受也㐭所以受穀引伸之凡受皆曰㐭聚而受之愛濇之意也方美切十五部啚古文啚如此

文四　重一

嗇愛濇也嗇濇疊韵廣韵引作𧻎𧻎與濇皆不滑也大雅二云好是家嗇力民代食箋二云但好任用是居家之吝嗇於聚斂作力之人令代賢者處位食祿又二云家嗇維寶代食維好箋二云言王不尚賢但貴吝嗇之人與愛代食者而已老子曰治人事天莫若嗇詩序云其君儉嗇褊急从來㐭來者㐭而藏之故田夫謂之嗇夫說从來㐭之意也嗇者多入而少出如田夫之務蓋藏故以來㐭會意嗇夫見左傳所引夏書漢制十亭一鄉鄉有三老有秩嗇夫游徼皆少吏之屬許云田夫謂之嗇夫者若郊特牲先嗇司嗇報嗇嗇皆謂農古嗇穡互相假借如稼穡多作稼嗇左傳小國爲蕞大國省穡而用之卽省嗇也所力切一部一曰棘省聲來㐭者會意棘省聲者形聲別一說也棘省謂省竝朿爲朿朿來亦象朿故二云棘聲然少迂矣凡嗇之屬皆从嗇嗇古文嗇从田

牆垣蔽也土部曰垣牆也左傳曰人之有牆以蔽惡也故曰垣蔽釋宮曰牆謂之墉釋名曰牆障也从嗇小徐曰取愛嗇自護也爿聲才良切十部按凡爿聲二徐多肊改爲牀省聲此爿聲小徐云亦當言牀省韵會遂改之牆籒文从

二禾𤮮籒文亦从二來按玉篇云𤯍者籒文𤮮者古文與今本異

文二　重三

來周所受瑞麥來麰也也字今補詩正義此句作周受來牟也五字周頌詒我來麰箋云武王渡孟津白魚躍入王舟出涘以燎後五日火流爲烏五至以穀俱來此謂遺我來牟書說以穀俱來云穀紀后稷之德按鄭箋見尚書大誓尚書旋機鈐合符后詩云來牟書云穀其實一也下文云來麰麥也此云瑞麥來麰然則來麰者以二字爲名毛詩傳曰牟麥也當是本作來牟麥也爲許麰下所本後人刪來字耳古無謂來小麥麰大麥者至廣雅乃云麳小麥麰大麥非許說也劉向傳作釐麰文選典引注引韓詩內傳貽我嘉麰薛君曰麰大麥也與趙岐孟子注同然韓傳未嘗云來小麥二麥一夆象其芒朿之形二麥一夆各本作一來二縫不可通惟思文正義作一麥二夆今定爲二麥一夆夆卽鏠字之省許書無峯則山耑字可作夆凡物之標末皆可偁夆夆者朿也二麥一夆爲瑞麥如二米一稃爲瑞黍葢同夆則亦同稃矣廣韵十六咍引埤蒼曰䅘麰之麥一麥二稃周受此瑞麥此一二兩字亦是互譌二麥一稃亦猶異晦同穎雙觡共柢之類其字以从象二麥以來象一芒故云象其芒朿之形洛哀切古音在一部

天所來也故爲行來之來自天而降之麥謂之來麰亦單謂之來因而凡物之至者皆謂之來許意如是猶之相背韋之爲皮韋朋鳥之爲朋攩鳥西之爲東西之西子月之爲人偁烏之爲烏呼之烏皆引

伸之義行而本義廢矣如許說是至周初始有來字未詳其恉詩曰詒我來麰今毛詩詒作貽俗字也麰作牟古文假借字也凡來之屬皆从來

䅘詩曰不䅘不來毛詩無此語釋訓曰不䅘不來也爾雅多釋詩書葢江有汜之詩不我以古作不我䅘䅘者來之也不我䅘者不來我也許葢兼偁詩爾雅當云詩曰不我䅘不䅘不來也轉寫譌奪不可讀耳䅘與以不同者葢許兼偁三家詩也从來矣聲牀史切一部

𢓊䅘或从彳今韵書字書以𢓊俟同竢訓待非也

文二　重一

麥芒穀有芒朿之穀也稻亦有芒不偁芒穀者麥以周初二麥一鏠箸也鄭注大誓引禮說曰武王赤烏芒穀應許本禮說秋穜厚薶故謂之麥薶麥疊韵夏小正九月樹麥月令仲秋之月乃勸種麥毋或失時麥以秋穜尚書大傳淮南子說苑皆曰虛昏中可以穜麥漢書武帝紀謂之宿麥麥金也金王而生火王而死程氏瑤田曰素問云升明之紀其類火其藏心其穀麥鄭注月令云麥實有孚甲屬木許以時鄭以形而素問以功性故不同耳从來有穗者也也字今補有穗猶有芒也有芒故从來來象芒朿也从夂夂思隹切行遟曳夂夂也从夂者象其行來之狀莫獲切古音在一部凡麥之屬皆从麥

麰來麰逗麥也見毛傳从麥牟聲

莫浮切三部 ⿱艹牟 麰或从艸 麧 堅麥也 謂麥之堅者也史漢皆云亦食糠覈耳孟康曰覈麥糠中不破者也晉灼曰覈音紇京師人謂麤屑爲紇頭按廣韻引漢書食糠麧爲是孟注晉音皆是麧字後人妄改漢書耳麧在沒韻覈在麥韻音不同也孟注與許說合 从麥气聲 乎沒切十五部 ⿰麥貨 小麥屑之覈 此晉灼所云京師人謂麤屑爲麧頭也上文堅麥兼大小麥言此單謂小麥又堅麥謂梱者此謂屑之而仍有核覈同果中核之核今所謂粗麪也⿰麥貨與麧皆謂堅者故類言之 从麥貨聲 蘇果切十七部 ⿰麥差 礦麥也 謂以石礦礦之是曰⿰麥差也 从麥差聲 昨何切十七部 一曰擣也 別一義 麩 小麥屑皮也 麩之言膚也屑小麥則其皮可飤嘼大麥之皮不可食用故無名 从麥夫聲 甫無切五部 麱 麩或从甫 麪 麥屑末也 屑字依類篇補末者屑之尤細者齊民要術謂之勃今人俗語亦云麪勃勃取蓬勃之意非白字也廣雅⿰米幾謂之麪篇韻皆云麩麪也麩即末也末與麪爲雙聲⿰米幾與麪爲疊韻 从麥丏聲 彌箭切十二部 ⿰麥啻 麥覈屑也 上文云麥屑之覈謂其堅此云覈之屑謂其糪碎礦之尚未成末麩與麪末分是爲⿰麥啇廣韻二云麩⿰麥啇又云⿰麥啇麩皆謂麩末離析九章筭術曰小⿰麥啇之率十三半大⿰麥啇之率五十四麥八斗六升七分升之三得小⿰麥啇二斗五升一十四分升之一十三麥一斗得大⿰麥啇一斗二升李籍音義曰細曰小⿰麥啇粗曰大⿰麥啇然則九章之小⿰麥啇許所謂麪也九章之

大麴許所謂麩及麴也十斤爲三斗然則一秳爲三斛也蓋出古算經从麥啻聲直隻切又音敵十六部

麷鬻麥也周禮籩實有麷大鄭云熬麥曰麷後鄭云今河閒以北煑穜麥賣之名曰逢後鄭謂逢卽麷之遺語也穜釋文直龍反是穜稑之穜程氏瑤田曰熬煑蓋通偁熬乾煎也荀卿子午其軍取其將若撥麷蓋麥乾煎則質輕撥去之甚易故以爲易之況今南方蒸稉米爲飯曝乾爝之呼爲米蓬與鄭二云逢者合籩食皆乾物餌餈亦必以粉坌之然則煑麥非麥粥也今人通呼乾煎爲爝說文鬻熬也从麥豊聲讀若馮馮从馬仌聲漢時馮姓之馮蓋已讀如今音矣敷戎切九部

麮麥甘鬻也荀卿書冬日則爲之饘粥夏日則與之瓜麮釋名曰煑麥曰麮麮亦齲也煑熟亦齲壞也按麥甘鬻者以麥爲粥其味甜也急就篇云甘麮殊美奏諸君是也其法當用大麥爲之或去皮或粉之皆可爲粥其性清虛於夏日宜大麥甘故今煎飴餹亦用大麥从麥去聲丘據切五部

⿰麥殸餅籟也餅籟者堅築之成餅也方言⿰麥殸⿰麥才⿰麥穴⿰麥卑⿰麥彖麴也自關而西秦豳之閒曰⿰麥殸晉之舊都曰⿰麥才齊右河泲曰⿰麥穴或曰⿰麥卑北鄙曰⿰麥卑麴其通語也从麥㱿聲讀若庫許音庫合音也今音空谷切依㱿聲也

⿰麥穴餅籟也从麥穴聲戶八切十五部

⿰麥才餅籟也从麥才聲昨哉切一部

文十三　重二

夊行遲曳夊夊也也字今補曲禮曰行不舉足車輪曳踵玉藻曰圈豚行不舉足齊如流注云孔子執圭足縮縮如有循是也玉篇曰詩云雄狐夊夊今作綏象人兩脛有所躧也通俗文履不箸跟曰屣屣同躧躧屣古今字也行遲者如有所拕曳然故象之楚危切玉篇思佳切十五部凡夊之屬皆从夊

夋行夋夋也夋夋行皃一曰倨也亢部㚇下曰夋倨也故㚇㚇字从夋會意从夊允聲七倫切十三十四部

复行故道也彳部又有復復行而复廢矣疑彳部之復乃後增也从夊畐省聲房六切三部按畐聲在一部合音也

夌越也凡夌越字當作此今字或作淩或作凌而夌廢矣檀弓喪事雖遽不陵節鄭曰陵躐也躐與越義同廣韵陵下云犯也侮也侵也皆夌義之引伸今字槩作陵矣从夊兂越之義也力膺切六部兂高大也說从兂之意一曰夌徲也彳部曰徲久也凡言陵遲陵夷當作夌徲今字陵遲陵夷行而夌徲廢矣玉篇云夌遲也廣韵云陵遲也遲與徲同也匡謬正俗釋陵遲曰陵爲陵阜之陵而遲者遲遲微細削小之義古遲夷通用或言陵夷其義一也言陵阜漸平喻王道弛替耳玉裁謂許書作夌則知說陵爲陵阜非也夌徲爲𨓆之反語古遲𨓆通用夌徲言時久則弛替遲古讀如夷夌夷疊韵字耳以左傳下陵上替說之許前義於下陵近後義於上替近下陵與上替其事常相因也

致送詣也言部曰詣候至也送詣者送而必至其处也引伸爲召致之致又爲精致

之致月令必工致爲上是也精致漢人祇作致糸部緻字徐鉉所增凡鄭注俗本乃有緻 从夊从至 夊猶
送也陟利切十五部 憂 和之行也 商頌毛傳曰優優和也廣雅釋訓憂憂行也行之狀多而憂憂
爲龢之行和當作龢憂今字作優以憂爲𢝊愁字 从夊𢝊聲 於求切三部 詩曰布政
憂憂 商頌文今詩作優優 愛 行皃也 心部曰㤅惠也今字假愛爲㤅而㤅廢矣愛行皃也故从
夊 从夊㤅聲 烏代切古音在十五部 夌 行夌夌也从夊闕讀
若僕 各本篆作𡕝今依廣韵作夌與小徐注合此闕謂形上體作兂不知其說也讀若僕則知夌夌即今俗語僕僕
道途之謂趙注孟子曰僕僕煩猥皃皮卜切三部 竷 繇也舞也 繇當作䌛䌛徒歌也上也字衍
謠舞者謠且舞也詩序曰維清奏象舞也武奏大武也禮記文王世子明堂位祭統皆云管象舞大武象與大武皆謂周頌武
篇鄭注祭統云吹管而舞武象之樂也樂記說武以咏歎淫液發揚蹈厲並言則舞兼歌矣故其字从章从夊 从夊
从章樂有章也 說从章之意 夅聲 已上十字今更正夅聲在九部與八部合韵苦感切
八部 詩曰竷竷鼓我 鼓各本作舞今依韵會訂士部引壿壿舞我則此當同詩作鼓矣今小雅
伐木作坎坎毛無傳而陳風曰坎坎擊鼓聲也魏風傳曰坎坎伐木聲也魯詩伐檀作欿欿竷竷鼓我容取三家與毛異
[illegible] 𡿺蓋也 司馬彪輿服志乘輿金鍐劉昭引蔡邕獨斷曰金鍐者馬冠也高廣各五寸上如五華形在馬

髦前薛綜注東京賦同按在馬髦前則正在馬之𡿺蓋其字本作金叜或加金旁耳馬融廣成頌揚金叜而拖玉瓌字正作叜可證西京賦璿弁玉纓薛曰弁馬冠叉髦也徐廣說金鋄一云金爲馬叉髦然則弁也叉髦也叜也一也叜或誤作㚇鋄或誤作鍐玉篇又誤作金鍐皆音子公反非也𡿺蓋者人囟也見囟部 象皮包覆𡿺謂爪下有兩臂謂人而夊在下人足也 讀若范亡范切七部八部

夏中國之人也以別於北方狄東北貉南方蠻閩西方羌西南焦僥東方夷也夏引伸之義爲大也从夊从頁从臼臼兩手夊兩足也胡雅切古音在五部𡕥古文夏

畟治稼畟畟進也釋訓曰畟畟耜也周頌毛傳曰畟畟猶測測也箋云農人測測以利善之耜熾菑是南畝也按畟畟古語測測今語毛以今語釋古語故曰猶周禮雉氏注曰耜之者以耜測凍土剗之然則畟測皆進意 从田儿儿亦人字田人者農也 从夊夊言其足之進足進而耜亦進矣初力切一部 詩曰畟畟良耜許書耜作枱鈶二形見木部云耒耑也

㚇斂足也鵲鵙醜其飛也㚇二句見釋鳥今爾雅㚇作翪許所據異也 从夊从夊斂足故 兇聲子紅切九部

夒貪獸也一曰母猴謂夒一名母猴犬部曰猴夒也玃犬母猴也由部曰禺母猴屬爪部曰爲母猴也單評猴衆評母猴其實一也母猴與沐猴獼猴一語之轉母非父母字詩小雅作猱毛曰猱猨屬樂記作獿

隸之變鄭曰獿獮猴也佀人似人面手足从頁句巳止夂其手足巳止

象其似人手夂象其足奴刀切古音在三部𩠐即魖也即鉉作神疑神是鬼部曰魖耗鬼也神魖謂鬼之神者也甘泉賦曰捎夔魖而扶獝狂東京賦曰殘夔魖與罔象皆夔魖連文可證國語木石之怪夔罔兩韋注或云夔一足越人謂之山繅或作㺐富陽有之人面猴身能言廣韵曰山魈出汀州獨足鬼也神魖謂山繅之尤靈異者若大荒東經云有獸狀如牛蒼身而無角一足出入水則必風雨其光如日月其聲如雷名曰夔黄帝得其皮爲鼓聲聞五百里此獸也非鬼也薛注二京合而一之恐非是如龍一足从夂孟康曰夔神如龍有角人面薛綜曰木石之怪如龍有角按从夂者象其一足象有角手人面之形云如龍則有角可知故𠂉象有角又止巳象其似人手頁象其似人面渠追切十五部古假歸作夔樂緯云昔歸典協律即夔典樂也地理志歸子國即夔子國也

文十五　重一

𣥠對臥也謂人與人相對而休也引伸之足與足相抵而臥亦曰舛其字亦作僢王制注釋交趾云浴則同川臥則僢足是也又引伸之凡足相抵皆曰僢典瑞兩圭有邸注云僢而同本是也淮南書及周禮注多用僢字从夂𠂇相背相背猶相對也昌兖切古音在十三部凡舛之屬皆从舛

𨇨楊雄作舛从足蹐春聲也李善注魏都賦引司馬彪莊子注曰踳讀曰舛舛乖也

按司馬意舛踳各字而合之楊許則云踳爲舛之或也蓋訓纂篇如此作諸家多用踳駮謂譌舛也舞樂也用足相背說从舛之意从舛無聲文撫切五部按諸書多作儛𦐀古文舞从羽亾亾聲也攴部曰攺讀與撫同然則以亾爲無也古矣舝車軸耑鍵也金部鍵一曰轄也車部轄一曰鍵也然則許意謂舝轄同也以鐵豎貫軸頭而制轂如鍵閉然邶風傳曰脂舝其車小雅傳曰閉關設舝皃皆謂舝必行而後設也車軸耑謂之軎軎今字作轊大馭右祭兩軹軹故書作斬杜子春云斬謂兩轊也或讀斬爲簪簪笄之笄按鐵貫軸如笄貫弁然軸耑名斬者以鐵名之也子春易爲軹非也兩穿相背从舛據許說則每耑爲兩穿每穿鍵以一鐵兩穿相對故其字从舛禼省聲胡戛切十五部禼古文禼字禼各本作偰今依厹部正禼讀如偰故漢書以禼爲稷偰字

文三　重一

䑞䑞艸也楚謂之葍秦謂之藑艸部曰藑茅葍也一名䑞是一物三名也蔓地生而連華象形生而二字依爾雅音義補匧象葉蔓華連之形也从舛亦狀蔓連相鄉背之皃舛亦聲舒閏切十三部隸作舜按此與艸部蘼舜音同義別有虞氏以爲謚者堯高也舜大也舜者俊之同音假借字山海經作帝俊凡䑞之屬皆从䑞[illegible]古

䔢⿰䔢𡴀 蕚榮也釋言曰皇華也釋草曰蕍芛葟華榮許蕚部曰榮也䔢部曰艸木蕚也此云蕚榮者絫言之 从䔢𡴀聲𡴀見㞢部形聲包會意各本譌生則非聲大徐本篆文右半譌生非也戶光切十部 讀若皇爾雅曰⿰䔢𡴀蕚也今釋言作皇非 葟 ⿰䔢𡴀或从艸皇皇聲釋艸如此作

文二　重一

韋 相背也故从舛今字違行而韋之本義廢矣酒誥薄韋農父馬云韋違行也據羣經音辨則古文尚書當如是 从舛□聲宇非切十五部 獸皮之韋此韋當作圍謂繞也 可㠯束物枉戾相韋背物字依韵會補生革爲縷圍束物可以矯枉戾而背其故也 故借㠯爲皮韋其始用爲革縷束物之字其後凡革皆偁韋此與西朋來子烏五字下文法略同皆言假借之恉也假借專行而本義廢矣 凡韋之屬皆从韋 韋 古文韋 韠 韍也巿部曰韠也巿小篆作韍 所㠯蔽前者鄭注禮曰古者佃漁而食之衣其皮先知蔽前後知蔽後後王易之以布帛而獨存其蔽前者不忘本也按韠之言蔽也韍之言亦蔽也 㠯韋故从韋 下廣二尺上廣一尺其頸五寸記玉藻文也玉藻曰韠下廣二尺上廣一尺長三尺其頸五寸襍記

云會去上五寸會謂頸下縫也會已上長五寸卽所謂其頸長五寸也又云紕以爵韋六寸不至下五寸謂頸五寸之下下五寸之上中長二尺兩邊皆紕以爵韋左右各廣三寸也又云下五寸純以素謂下五寸緣以生帛也鄭云其頸五寸其緣當亦用爵韋

一命緼韠再命赤韠 玉藻曰一命緼韍幽衡再命赤韍幽衡三命赤韍葱衡鄭云尊祭服故變韠言韍又云玄端服稱韠玄冕爵弁服之韠稱韍然則韠韍同物殊其名耳許於此言一命緼韠再命赤韠於市下言天子朱市諸侯赤市大夫赤市葱衡許意卑者偁韠尊者偁韍說與鄭少異緼者赤黃之閒色所謂韎也緼之假借字也

从韋畢聲 卑吉切十二部

韎 **茅蒐染韋也** 左傳云韎韋 **一入曰韎** 入字宋本汲古初印本同與五經文字毛詩定本合毛扆修版改入爲又則倒易其是非矣小雅毛傳曰韎者茅蒐染韋也一入曰韎(句)韐(逗)所以代韠也士冠禮注云韎韐緼韍也此鄭以緼釋韎以韍釋韐玉藻一命緼韍注云緼赤黃之閒色所謂韎也按赤黃之閒色曰縓糸部縓帛赤黃色是也爾雅一染謂之縓緼者縓之假借字一入曰韎卽一入曰縓也三君注國語云一染曰韎詩箋云韎茅蒐染也茅蒐韎聲也韐祭服之韠合韋爲之又駁異義云齊魯之閒言韎聲如茅蒐字當作韎陳留人謂之蒨韋注國語云茅蒐今絳草也急疾呼茅蒐成韎此皆詩箋所謂茅蒐韎聲也士冠禮韎韐注云士染以茅蒐因以名焉今齊人名蒨爲韎(句)韐之制似韠已上諸文今本譌舛特甚悉爲正之

从韋末聲 莫佩切十五部按許云末聲鄭駁異義云韎齊魯之閒言韎聲如茅蒐字當作韎今詩箋版本二體不別葢鄭所據亦作末聲

鄭讀當从未聲也鄭必知當从末聲者未聲與文冤爲類末聲與元寒爲類文冤與尤侯相似也元寒與魚模相似也茅蒐爲韎聲則當从末矣唐韵莫佩切劉李周禮音妹者鄭未聲之說也廣韵音末諸經音莫介反者許末聲之說也

韢 橐紐也 橐車上大橐也紐系也一曰結而可解也 从韋惠聲 胡計切十五部 一曰盛虜頭橐也 呂覽北郭騷告其友曰盛吾頭於笥中奉以託以白晏子也退而自刎其友因奉以託按託者橐之假借字一云虜頭者如函梁君臣之首之類

韜 劍衣也 少儀曰劍則啓櫝蓋襲之加夫襓與劍焉注曰夫襓劍衣也夫或爲煩皆發聲按許書無襓字襓與韜音相近襓即韜也曹憲廣雅祓襓袾劍衣也袾音陳律反按熊氏安生義疏引廣雅夫襓木劍衣也木蓋本作朮熊認爲艸木字夫朮曹本乃作袪袾知今本廣雅多增益偏旁而不古矣引伸爲凡包藏之偁 从韋 以韋爲之也熊一云木劍衣非是櫝既木爲之矣 舀聲 土刀切古音在三部

韝 臂衣也 各本作射臂決也誤甚決箸於右手大指不箸於臂今依文選荅蘇武書注正射韝者詩之拾禮經之遂內則之捍也毛傳曰拾遂也大射注曰遂射韝也以朱韋爲之箸左臂所以遂弦也凡因射箸左臂謂之射韝非射而兩臂皆箸之以便於事謂之韝許不言射韝者言臂衣則射韝在其中矣東方朔傳曰綠幘傅青韝韋昭曰韝形如射韝以縛左右手於事便也崔豹古今注曰攘衣廝役之服取其便於用耳乘輿進食者服攘衣按攘衣即韝也以繩纕臂謂之綦以衣斂袖謂之韝其字或作褠見後漢書或作構見南都賦 从韋 繕人注曰韝扞箸左臂裹以韋爲之 冓聲 古侯切四

部

韘射決也所㠯拘弦衞風童子佩韘毛曰韘決也能射御則帶韘小雅車攻傳曰決所以鉤弦也鄭注周禮曰抉挾矢時所以持弦飾也注鄉射禮大射儀云決猶闓也以象骨爲之箸右大巨指以鉤弦闓體按卽今人之扳指也經典多言決少言韘韘惟見詩毛公釋爲決而箋云韘之言沓所以彄沓手指此以禮經之極釋韘也大射云朱極三注云極猶放也所以韜指利放弦也以朱韋爲之食指將指無名指各一小指短不用鄭意以韘極沓三字雙聲且極用韋爲之故字从韋決則用象骨爲之故不从毛而易其義許說从毛也以字从韋論之鄭爲長矣內則言佩決詩言佩韘葢言一可以包二㠯象骨句韋系句箸右巨指从韋繕人注云士喪禮抉用正王棘若檡棘則天子用象骨與按用棘蓋施諸死者疑生者用象若骨故鄉射大射禮注皆云用象骨許意正如是用韋爲系箸右巨指故字从韋但今世扳指不用系士喪禮注云決以韋爲之藉又云以紐環大擘本恐生者皆不必然也枼聲失涉切八部釋文大涉切詩曰童子佩韘

弽韘或从弓

韣弓衣也月令帶以弓韣高誘曰韣弓韜也按革部韇下曰弓矢韇也韇葢又在韣之外容以木爲之飾以皮耳故服注左云氷櫝丸葢也如劒衣在劒櫝之內从韋蜀聲之欲切三部

韔弓衣也秦風虎韔毛曰虎虎皮也韔弓室也又交韔二弓毛曰交韔交二弓於韔中鄭風作鬯毛曰鬯弓弢弓从韋長聲丑亮切十部詩曰交韔二弓

𩏼履後帖也帖帛書署也引

伸爲今俗語帮貼之字凡履跟必帮貼之令堅厚不則易敝臣瓚曰躡跟曰跕按履緊曰跕屣也跕與帖音同急就篇履舄鞜裒絨緞紃師古引說文爲注 从韋段聲 此形聲包會意也段取堅意古本葢祇有鍛緞二篆自从段譌爲从叚而篇韵皆有鍛緞音乎加切此鍛篆之上亦妄增鍛篆云履也从韋叚聲正如石部碬譌爲碫各本說文乃作碫耳今删鍛篆徒玩切篇韵皆上聲徒管切十四部

緞 鍛或从糸 今俗以爲錦緞之段

韤 足衣也 左傳曰褚師聲子韤而登席謂燕禮宜跣也 从韋蔑聲 望發切十五部

⿰韋尃 軶裹也 軶轅前也以皮裹之 从韋尃聲 匹各切五部按玉篇云韛扶豆扶武二切尻衣也亦於鍛下韏上與說文同攷許書韤足衣也絝脛衣也則當別有尻衣卽史漢萬石君傳所謂中裙也而廣韵九麌曰韛幒也幒卽許之幒字疑說文本有韛尻衣也从韋甫聲之文因與⿰韋尃相似而佚之如鼏鼏衵衫皆佚其一之比

韏 革中辨謂之韏 釋器革中絕謂之辨郭注中斷皮也革中辨謂之韏注復平分也如郭說則正文當云辨中絕謂之韏立文不當如是今按當云革辨謂之韏中乃衍文衣部䙅下云韏衣也衣襵古曰韏亦曰䙅積亦曰緛然則皮之縐文襞者曰韏何疑文部曰辬駁文也許所據爾雅不同郭本而淺人以郭本易之 从韋𠔉聲 九萬切十四部

𩏙 收束也 漢律曆志曰秋⿰米焦也物⿰米焦斂乃成孰鄉飲酒義曰西方者秋秋之爲言揫也 从韋 取圍束之義 ⿰米焦聲讀若酋 ⿰米焦从焦聲焦从雥省聲卽由切三部 [illegible]

韉或从要亦取圍束之意韉韉或从秋手韓井橋也橋各本作垣今依史記孝武本紀索隱正井橋見曲禮莊子說苑淮南子曲禮奉席如橋衡注曰橋井上挈皐衡上低昂者莊子曰鑿木爲機後重前輕挈水若抽數如泆湯其名爲槔槔本又作橋淮南書今夫橋直植立而不動俛仰取制焉高曰橋桔皐上衡也說苑曰爲機重其後輕其前命曰橋終日溉韭百區不倦橋陸音義音居廟反按其義當同橋舉也井韓見史漢孝武紀封禪書郊祀志枚乘傳莊子秋水篇其字多作井幹司馬彪云井幹井闌也崔譔云井以四邊爲幹猶築之有楨幹晉灼曰井上四交之幹常爲汲者所契傷是諸家皆說井幹爲井闌按井韓爲木架四圍中其圍橫圓木爲橋〔如字〕毋兩旁木有軸可轉中設鹿盧縣綆上下故言橋而韓見也从韋取其帀也說韋同□倝聲胡安切十四部諸書榦亦音寒

文十六今刪韈則十五　重五

弟韋束之次弟也以韋束物如輈五束衡三束之類束之不一則有次弟也引伸之爲凡次弟之弟爲兄弟之弟爲豈弟之弟詩正義引說文有第字从古文之象文各本作字今正說文小篆有从古文之像似者凡三曰弟曰革曰民皆各像其古文爲之特計切十五部凡弟之屬皆从弟

弟古文弟从古文韋省古文韋見韋部丿聲丿右戾也房密几一蔑

二切

罤周人謂兄曰罤昆弟字當作此昆行而罤廢矣釋親罤兄也郭注今江東通言曰罤按昮弟者罤弟之誤男子先生爲兄後生爲弟此本定偁謂兄罤者周人語也詩惟王風有昆字此周人謂兄之證也諸經皆言兄如尚書乃寡兄勖春秋衛侯之兄縶周禮父之讎兄弟之讎從父兄弟之讎詩瞻望兄兮皆是惟禮喪服經傳大功已上皆曰昆弟小功已下同異姓皆曰兄弟不相淆亂蓋禮經欲別服之親疏隆殺遂以周人謂兄者專系之同姓大功已上以爲立言之別也戴先生曰兄弟與昆弟在儀禮喪服爾雅釋親截然有辨喪服傳曰何如則可謂之兄弟傳曰小功已下爲兄弟此傳中引傳相證明也爾雅曰母與妻之黨爲兄弟又曰婦之黨爲婚兄弟壻之黨爲姻兄弟詩小雅兄弟無遠鄭箋云兄弟父之黨母之黨蓋兄弟云者或專言異姓或兼同姓異姓皆舉遠不以關大功之親記曰兄弟皆在他邦加一等不及知父母與兄弟居加一等此惟小功已下卽於疏故加等若大功已上則昆弟也世父母叔父母也從父昆弟也豈可以皆在他邦及少孤相依而加等哉大功之親分當相恤其不相恤是賊其性者也小功已下而相恤斯進之也記又曰夫之所爲兄弟服妻降一等篇內明言夫之昆弟無服此兄弟服卽所謂小功者兄弟之服是也謂夫爲之小功者妻降一等則緦如從祖祖父母從祖父母及外祖父母從母在小功章夫之諸祖父母在緦麻章此降一等之謂禮記服問篇公子之妻爲公子之外兄弟謂爲夫之外祖父母從母緦也禮之稱兄弟通乎尊卑如是凡同姓異姓既漸卽於疏者而與之相親好皆得稱兄弟玉裁按大司徒聯兄弟鄭曰兄弟昏姻嫁娶也與調人職兄弟不同知以昆弟兄弟異其辭者惟禮經他經不尒从弟眔眔者

逮也鰥下曰从魚眔聲則此亦可眔聲合韵也古冤切十三部

文二　重一

夂從後至也至當作致象人兩脛後有致之者致送詣也凡夂之屬皆从夂讀若黹陟侈切玉篇竹几切十五部

夆相遮要害也要害猶險隘也从夂丰聲乎蓋切十五部南陽新野有夆亭

夆啎也午部曰啎逆也夆訓啎猶逢迎逆遌遻互相爲訓釋訓曰甹夆掣曳也掣曳者啎逆之意夆古亦借爲鏠峯字从夂丰聲讀若縫敷容切九部

夅服也从夂午相承不敢竝也上从夂下从反夂相承不敢竝夅服之意也凡降服字當作此降行而夅廢矣下江切九部

夃秦人市買多得爲夃爲當作謂之一字此秦人語也方言不載从乃从夂益至也說从乃夂之意乃夂者徐徐而益至也古乎切五部詩曰我夃酌彼金罍周南文今毛詩作姑酌傳曰姑且也許所據者毛詩古本今作姑者後人以今字易之也如尚書壁中古文本作無有作𢻸本作黎民俎飢之類夃者姑之假借字如𢻸俎者好阻之假借字玉篇曰夃今作沽引論語求善價而夃諸未審其所本之論語

㐄跨步也跨當作夸夸步謂大張其兩股也从反夂苦瓦

切十七部哥从此以午爲聲

文六

久從後灸之也也字今補久灸疊韵火部曰灸灼也灼灸也灸有迫箸之義故以灸訓久士喪禮鬲幎用疏布久之鄭曰久讀爲灸謂以蓋塞鬲口也既夕苞筲甕甒皆木桁久之鄭曰久讀爲灸謂以蓋案塞其口此經二久字本不必改讀蓋久本義訓從後歫之引伸之則凡歫塞皆曰久鄭以久多訓長久故易爲灸以釋其義考工記灸諸牆以眂其橈之均鄭曰灸猶柱也以柱兩牆之閒許所偁作久與禮經用字正同許蓋因經義以推造字之意因造字之意以推經義無不合也相歫則其候必遲故又引伸爲遲久遲久之義行而本義廢矣象人兩脛後有歫也歫各本作距今正歫止也距雞距也舉友切古音在一部周禮曰久諸牆以觀其橈凡久之屬皆从久

文一

桀磔也裴駰引謚法曰賊人多殺曰桀故引伸爲桀黠字从舛在木上也通俗文曰張伸曰磔舛在木上張伸之意也毛詩雞棲於杙爲桀其引伸之義釋宮作榤俗字也渠列切十五部左傳桀石以投人此假桀爲揭也揭高舉也凡桀之屬皆从桀

磔辜也辛部曰辜辠也掌戮殺王

之親者辜之注辜之言枯也謂磔之鄭與許合也大宗伯以疈辜祭四方百物大鄭從故書作罷辜云罷辜披磔牲以祭爾雅祭風曰磔郭云今俗當大道中磔狗云以止風按凡言磔者開也張也刳其胷腹而張之令其乾枯不收字或作矺見史記

从桀石聲 陟格切古音在五部今俗語云磔破者當作此字音如作

椉覆也 加其上曰椉人乘車是其一耑也 **从入桀** 入者覆之意也食陵切六部 **桀黠也** 說从桀之意方言黠慧也自關而東趙魏之閒謂之黠史記云桀黠奴凡黠者必强故桀訓黠入桀者謂籠罩桀黠 **軍法入桀曰乘** 各本奪入桀二字則不可通今依韵會補此偁軍法說字形會意猶引易艸木麗于地說麗引豐其屋說豐也云軍法者蓋出漢志兵書四種內入桀者以弱勝强書序云周人乘黎左傳車馳卒奔乘晉軍乘之證也

椉古文 **乘从几** 凭几者亦覆其上故从几然則兖亦可以爲依凴字

文三 重一

六十三部 文六百三十七 今章部刪一字則六百三十六

重百二十二 凡七千二百七十二字 此第五篇都數

說文解字第五篇下

說文解字第六篇上

金壇段玉裁注

木 冒也 以疊韵爲訓冃部曰冒冡而前也 冒地而生東方之行从屮下象其根 謂屮也屮象上出象下垂莫卜切三部 凡木之屬皆从木

橘 橘果出江南 禹貢荆州厥包橘柚考工記曰橘踰淮而北爲枳屈原賦曰受命不遷生南國兮許言出江南者卽考工屈賦所云也王逸注云言橘受天命生於江南 从木矞聲 居聿切十五部

橙 橘屬 南都賦曰穰橙鄧橘蜀都賦劉注曰蜀有給客橙 从木登聲 丈庚切廣韵宅耕切古音在六部

柚 條也佀橙而酢 釋木柚條郭云似橙實酢生江南列子曰吳楚之國有大木焉其名爲櫾碧樹而冬生實丹而味酸食其皮汁已憤厥之疾按今橘橙柚三果莫大於柚莫酢於橙汁而橙皮甘可食本草經合橘柚爲一條渾言之也 从木由聲 余救切三部按爾雅亦作櫾列子山海經皆作櫾許則云櫾者崐崘河隅之長木也 夏書曰厥苞橘柚 苞俗作包今正禹貢文

樝 樝 果佀棃而酢 內則柤棃注曰柤棃之不臧者爾雅郭注山海經郭傳皆云樝似棃而酢澀按卽今棃之內粗味酸者也張揖注子虛賦云樝似棃而甘乃以同類而互易其名耳陶隱居譏鄭公不識樝恐誤 从木虘

聲側加切古音在五部

棃棃果也各本作果名二字淺人改也釋木棃山樆謂棃之山生者曰樆也樆本亦作離子虛賦檗離朱楊裴駰引漢書音義云離山棃也師古注急就篇云棃一名山樆非是从木𥝢聲力脂切十五部𥝢古文利見刀部

梬梬棗也三字一句梬棗果名非今俗所食棗也南都賦曰梬棗若留張揖注子虛曰梬梬棗也李善引說文亦云梬棗似柹於此可以訂刪複字者之非矣佀柹而小一曰㮕各本無而小一曰㮕五字今合齊民要術衆經音義廣韵子虛南都二賦李善注引訂補按梬卽釋木之遵羊棗也郭云實小而圓紫黑色今俗呼之為羊矢棗引孟子曾晳嗜羊棗何氏焯曰羊棗非棗也乃柹之小者初生色黃熟則黑似羊矢其樹再接卽成柹矣余客臨沂始覩之亦呼牛妳柹亦呼㮕棗此尤可證以柹得棗名孟子正義不得其解玉裁謂凡物必得諸目驗而折衷古籍乃為可信昔在 西苑萬善殿庭中曾見其樹葉似柹而不似棗其實似柹而小如指頭內監告余用此樹接之便成柹古今注曰㮕棗實似柹而小味亦甘美師古曰梬棗卽今之㮕棗也㮕與遵音相近㮕卽遵字也一曰㮕者一名㮕也本作一曰李善改為名曰以便於文也許無㮕篆蓋俗字不列也內則芝栭賀氏云芝木椹栭軟棗釋文云栭本又作檽檽者㮕之誤賀氏作㮕許不妨作㮕也梬棗者柹屬故受之以柹篆〇又按衆經音義㮕棗如兖切說文云似柹而小或作檽非體也似玄應所據本有㮕篆其解當云梬棗也從木㮕聲似柹而小乃梬篆下語也〇司馬氏光曰君遷子卽今牛奶柹按吳都劉注桾櫏子如瓠形玉篇曰桾櫏子如雞子不當以羊棗當之从木甹

聲以整切十一部㮕而兖切柹赤實果言果又言實者實謂其中也赤中與外同色惟㮕內則曰
棗栗榛柹从木𠂔聲鉏里切古音在十五部俗作柿非枏梅也从木冄
聲汝閻切七部梅枏也可食从木每聲莫桮切古音在一部按釋木曰
梅枏也毛詩秦風陳風傳皆曰梅枏也與爾雅同但爾雅毛傳
皆謂楩枏之枏毛公於召南摽有梅曹風其子在梅小雅四月
侯栗侯梅無傳而秦陳乃訓爲枏此以見召南等之梅與秦陳
之梅判然二物召南之梅今之酸果也秦陳之梅今之楠樹也
楠樹見於爾雅者也酸果之梅不見於爾雅者也樊光釋爾雅
曰荊州曰梅揚州曰枏益州曰赤楩孫炎釋爾雅曰荊州曰梅
揚州曰枏陸機疏草木曰梅樹皮葉似豫樟皆謂楠樹也枏亦
名梅後世取梅爲酸果之名而梅之本義廢矣郭釋爾雅乃云
似杏實酢篇韵襲之轉謂酸果有枏名此誤之甚者也然則許
以枏梅二篆廁諸果之閒又云可食豈非始誤與曰此淺人所
改竄也如許謂梅酸果其立文當先梅篆云酸果也次枏篆云
梅也棃杏李桃等不云可食何必獨云可食哉許意某爲酸果
正字故某篆解云酸果也从木从甘其字當本廁柹下杏上而
枏梅二篆當本廁諸木名之閒淺人易其處又增竄其文耳以
許書律羣經則凡酸果之字作梅皆假借也凡某人之
字作某亦皆假借也假借行而本義廢固不可勝數矣楳
或从某某聲召南釋文曰韓詩作楳杏杏果也內則桃李梅杏从木向
省聲向各本作可誤今正莕以杏爲聲亦作荇从行聲則知杏莕字古皆在十部也今何梗切〇六書故云唐本曰

从木从口

柰 柰果也 假借爲柰何字見尚書左傳俗作奈非 从木示聲 奴帶切十五部

李 李果也从木子聲 良止切一部古李理同音通用故行李與行理竝見大李與大理不分

杍 古文 尚書音義曰梓材音子本亦作梓馬云古作梓字治木器曰梓正義曰此古杍字今文作梓按正義本經作杍音義本經作梓據二家說蓋壁中古文作杍而馬季長易爲梓匠之梓也如馬說是壁中文假借杍爲梓匠字也

桃 桃果也从木兆聲 徒刀切二部

㮭 冬桃 釋木曰旄冬桃郭云子冬孰按作旄者字之假借二部三部合韵取近也釋文曰字林作㮭今本譌爲字林作楙 从木敄聲讀若髦 莫候切三部按釋文及篇韵皆音毛鼎臣蓋檢唐韵無此字因以楙字當之故音茂也

亲 亲實如小栗 韵會作木名實如小栗六字周禮籩人記曲禮內則左傳毛詩字皆作榛假借字也榛行而亲廢矣鄭云如栗而小與許合齊民要術引詩義疏云榛栗有二種 从木辛聲 側詵切十二部蜀都賦作樼 春秋傳曰女摯不過亲栗 左傳莊二十四年文

楷 楷木也孔子冢蓋樹之者 皇覽云冢塋中樹以百數皆異種傳言弟子各持其方樹來種之按楷亦方樹之一也儒行曰今世行之後世以爲楷楷法式也楷之言稽我稽古而後世又於此焉稽也 从木皆聲 苦駭切十五部以下言木名故先之以孔冢所樹

梫 桂也 釋木梫木桂郭

曰今南人呼桂厚皮者爲木桂葉似枇杷而大按南方草木狀云桂有三種葉似枇杷者爲牡桂牡木音同許言梫桂也者梫爲桂之一而桂不止於梫也蜀都賦其樹則有木蘭梫桂劉逵曰梫桂木桂也 从木𠬸省聲 七荏切七部

桂 江南木 本艸曰桂生桂陽牡桂生南海山谷箘桂生交阯桂林山谷 百藥之長 本艸經木部上品首列牡桂箘桂味辛溫主百病養精神和顏色爲諸藥先聘通使故許云百藥之長檀弓內則皆薑桂竝言劉逵引本艸經正文曰箘桂圓如竹出交阯然則其樹正圓如竹故名箘桂今本艸云無骨正圓如竹不系之正文無骨蓋謂空心也左思賦邛竹緣嶺箘桂臨崖正以竹之實中者與桂之虛中者反對也 从木圭聲 古惠切十六部

棠 牡曰棠牝曰杜 艸木有牡者謂不實者也小雅云有杕之杜有睆其實此牝者曰杜之證也陸機詩疏曰赤棠與白棠同耳但子有赤白美惡子白色爲白棠甘棠少酢滑美赤棠子澀而酢無味俗語云澀如杜是也依陸說是棠杜皆有子然種類甚多今之海棠皆華而不實蓋所謂牡者曰棠也 从木尚聲 徒郎切十部

杜 甘棠也 召南蔽芾甘棠毛曰甘棠杜也釋木曰杜甘棠本無不合棠不實杜實而可食則謂之甘棠凡實者皆得謂之杜則皆得謂之甘棠也牡棠牝杜析言之也杜得偁甘棠互言之也釋木又曰杜赤棠白者棠魏風傳用之此以其木色之異異其名與杜甘棠說異卽與分牡牝說異爲許所不取戴先生曰爾雅謂杜甘曰棠毛公失其句讀蓋依陸機疏白棠卽甘棠子美赤棠卽杜子澀爲此說耳非許意亦非爾雅意也先生又曰梨山樠謂梨山生

曰樆榆白枌謂榆之白者曰枌今按毛傳云枌白榆也誠當於白爲讀漢書音義云離山梨也是爾雅當同音義乙其字矣

从木土聲徒古切五部借以爲杜塞之杜

槢 槢木也莊子淮南有槢槢字皆謂械楔不爲木名

从木習聲似入切七部

樿 樿木也可目爲櫛玉藻曰櫛用樿櫛髮晞用象櫛禮器曰樿勺鄭曰樿木白理中山經曰風雨之山其木多棷樿郭曰樿木白理中櫛

从木單聲旨善切十四部

韡 韡木也可屈爲杅者屈當作詘詰詘紆曲也糸部云紆詘也是也杅當作盂盂飲器也玉篇曰韡木皮如韋可屈以爲盂

从木韋聲于鬼切十五部

楢 柔木也工官目爲耎輪大鄭引鄭子書秋取柞楢之火工官若周之輪人漢之考工室也耎輪者安車之輪也郭注山海經云楢剛木中車材剛木即柔木蓋此木堅韌故柔剛異偁而同實耳

从木酋聲讀若糗以周切三部

椐 樱椐木也集韻作樱類篇作櫑是宋初本不同也宋刻鉉本及李氏五音韻譜作櫑毛刻初印同季刻版作樱按櫑字無攷樱椐木合二木爲名未知何木也釋木曰樱柜椐郭注云未詳或曰椐當爲柳柜柳似柳皮可以煑作飲郭易椐爲柳而後釋柜柳則篇韵以柜柳釋椐非也說文蓋取諸爾雅樱與樱形似椐與柜聲同樱疑樱之誤

从木邕聲渠容切九部

棆 棆毋杶也按毋杶當作毋疵皆字之誤也釋木棆無疵古毋無通用故許作毋玉篇棆木名也杶無杶木也二字爲伍蓋謂一物也廣韵云無杶木

一名掄是也楊雄蜀都賦說木有桃郭二云掄梗屬似豫章从木侖聲讀若易卦屯之屯陟倫切十三部楈楈木也上林賦有楈邪南都賦作楈枒郭璞曰楈邪似幷閭皮可作索按未審即許所云楈木否也从木胥聲讀若芟刈之芟芟在七八部胥在五部合韵也唐韵私閭切楧楧梅也楧梅合二一字成木名今各本刪去楧字是楧即柟矣釋木時英梅齊民要術引郭注二云英梅未聞今本注二云雀梅殆非郭語南都賦曰楧柘檍檀與櫻梅山梀等各爲一條楧梅非今之梅類明矣从木央聲於京切古音在十部李善於兩切一曰江南橦材其實謂之楧橦帳極也與此不相涉以唐式柴方三尺五寸曰一橦音鍾解之下文又不屬也況漢人曰章唐人乃曰木鍾乎枷字下曰淮南謂之楧宜以訂正此句一說蜀都賦布有橦華劉逵二云橦樹名謂此橦材堅實者謂之楧也實下當有者字楑楑木也未詳从木癸聲求癸切十五部一曰度也度徒落切此與手部揆音義皆同揆專行而楑廢矣⿰木咎⿰木咎木也六書故以烏白當之未知是否从木咎聲讀若晧晧各本作皓非今正古老切古音在三部椆椆木也中山經虎首之山多苴椆椐郭曰椆未詳也音彫从木周聲讀若丩職畱切三部樕樸樕小木也樸當作樸樸樸正俗字也各本無小字今依五音韵譜韵會集韵類篇補召南林有樸樕毛曰樸樕小木

也釋木云樕樸心樕樸卽詩之樸樕俗書立心多同小又艸書心似小毛傳說文當本作心木譌爲小木耳詩正義云某氏曰樸樕斛樕也有心能溼江河閒以作柱孫炎曰樸樕一名心據此及許立文之次弟知樸樕乃木名非凡小木之偁也斛俗作槲槲樕欒之類樸爾雅音義作樸廣韵曰枎木名其心黃枎卽爾雅心字 从木敕聲 桑屋切三部

⿰木彝木也 未詳 从木彝聲 羊支切廣韵以脂切十五部

梣 青皮木 淮南書曰夫梣木色青翳而蠃蝸瘉睆此皆治目之藥也高曰梣木苦歷木名也生於山剝其皮以水浸之正青用洗眼瘉人目中膚翳正文各本譌誤今考定如是按本艸經謂之秦皮以一名岑皮而聲誤作秦耳其木一名石檀陶隱居云是樊槻木槻音規集韵云江南樊雞木其皮入水綠色可解膠益墨樊雞卽樊槻也 从木岑聲 子林切七部玉篇作今切

或从𡨄省𡨄籒文寑 見宀部

棳木也 未詳俗以爲梁上楹之字 从木叕聲 職說切十五部 益州有棳縣 棳上當有毋地理郡國二志益州皆有毋棳縣

椃木也 未詳 从木號省聲 乎刀切二部

棪 遬其也 釋木棪樕其郭曰棪實如柰可食南山經傳曰棪別名速其子似柰而赤可食按遬籒文速字也今爾雅作樕爲俗字 从木炎聲讀若三年導服之導 三年導服詳示部禫下棪讀如淡與導服相似也山海經傳音剡爾雅音義餘念反唐韵以冉切

[illegible]木也 未詳

从木遄聲市緣切十四部

椋 即來也釋木曰椋即棶釋文曰棶埤蒼字林作來本說文也案評曰即來單評曰來唐本艸謂之椋子木 从木京聲呂張切十部

樻 樻木也未詳 从木費聲房未切十五部

樗 樗木也各本樗與⿰木虖二篆互譌今正毛詩音義爾雅音義五經文字可證也假令許書與今互異則陸氏張氏當辨明之如種種之例矣豳風小雅毛傳皆曰樗惡木也惟其惡木故豳人祇以爲薪小雅以儷惡菜今之臭椿樹是也所在有之有一種葉香者可食 从木雩聲各本作虖聲今正丑居切五部

楀 楀木也未詳小雅楀維師氏箋云楀氏也集韵類篇皆云楀木名⿰扌禹姓引詩⿰扌禹維師氏唐石經初刻從手後改從木按篇韵皆無⿰扌禹字釋文五經文字急就篇顏注皆從木 从木禹聲王矩切五部

虆 虆木也釋木諸慮山櫐欇虎櫐郭曰今江東呼櫐爲藤虎櫐今虎豆纏蔓林樹而生中山經畢山其上多櫐〔依齊民要術藝文類聚〕郭曰今虎豆貍豆之屬櫐一名縢音耒按櫐者虆之省其物在艸木之閒近於艸者則爲艸部之藟詩之藟也近於木者則爲木部之虆釋木之山櫐虎櫐也縢藤古今字謂之縢者可以爲緘縢也虆之屬不一統名之曰虆木 从木藟聲形聲包會意力軌切十五部

籒文

桋 赤梀也釋木曰桋赤梀白者梀毛傳曰桋赤梀也郭云赤梀樹葉細而岐銳白梀葉圓而岐爲大木按梀釋文音山厄反許書無梀字蓋古只作朿也 从木夷聲以脂切十五部 詩曰隰有杞桋

小雅文

栟 栟櫚逗椶也 各本奪椶字今依韵會本補廣雅劉逵引異物志皆曰栟櫚椶也上林甘泉賦字作并閭南都吳都賦字作栟櫚許書有栟無櫚櫚因栟之木旁而同之耳 从木并聲 府盈切十一部

椶 栟櫚也 互訓也蜀都賦椶枒楔樅四木名也 从木嵏聲 子紅切九部按椶與召南之緫音義略同毛曰緫數也數讀數罟之數 可作萆 艸部曰萆雨衣一名衰衣按可作萆之文不系於栟下而系椶下者此樹有葉無枝其皮曰椶可爲衰故不系栟下也椶本皮名因以爲樹名故栟閭與椶得互訓也張揖注上林賦曰并閭椶也皮可以爲索今之椶繩也玉篇云椶櫚一名蒲葵今按南方艸木狀云蒲葵如栟櫚而柔薄可爲簦笠出龍川是蒲葵與椶樹各物也謝安之蒲葵扇今江蘇所謂芭蕉扇也椶葉縷析不似蒲葵葉成片可爲笠與扇

椅 梓也 釋木曰椅梓渾言之也衛風傳曰椅梓屬析言之也椅與梓有别故詩言椅桐梓漆其分别甚微也故爾雅說文渾言之 从木奇聲 於离切古音在十七部按賈逵說又作檹

檟 楸也 釋木槐小葉曰榎郭云槐當爲楸楸細葉者爲榎又大而皵楸小而皵榎郭云老乃皮粗皵者爲楸小而皮粗皵者爲榎又稻山榎郭云今之山楸按榎者檟之或字左傳孟子作檟爾雅别言之許渾言之 从木賈聲 古雅切古音在五部 春秋傳曰樹六檟於蒲圃 見左傳襄四年

梓 楸也从木宰省聲 卽里切一部按許知宰省聲而非辛聲者於或字知之也或字蓋古文之遺與

榟 梓或不省

楸 梓也 左傳史漢以萩爲楸如秦周伐雍門之萩淮北常
山已南河濟之閒千樹萩是也左傳萩一作秋
从木烁聲 七由切三部 檍 梓屬大者可爲棺椁小者
可爲弓材 按檍檍古今字心部意今作億艸部蓄今作薏
水部澺今作澺人部億今作億然則經典檍字
即說文之檍何疑考工記取榦之道七柘爲上檍次之此即所
謂小者可爲弓材也唐風隰有杻釋木毛傳皆曰杻檍也許無
杻字豈其字正作紐俗作杻與大鄭云檍讀如億萬之億陸機
云今官園種之正名曰萬歲取名於億萬共汲山下人或謂之
牛筋或謂之檍材可爲弓弩榦也今各本椋檍二篆之閒有檍
篆云杶也从木意聲蓋淺人謂不當闕檍字而增之本云檍杻
也後又譌杻爲杶不可通考韵會云說文作檍
今文作檍則黃氏所據鍇本未誤也今刪檍篆 从木啻聲
於力切
一部 柀 黏也 黏各本作檆徐鉉因增一檆篆非也今刪
檆篆依爾雅正檆爲黏釋木曰柀黏上音
彼下音所咸反即今之杉木也黏與杉爲正俗字郭云黏生江
南可以爲船及棺羅氏願爾雅翼曰柀似杉而異杉以材偁柀
又有美實而材尤文采其樹大連抱高數仞葉似杉木如柏作
松理肌理細輭堪爲器用古所謂文木也其實有皮殼大小如
棗而短去皮殼可生食本艸有彼子即柀子也引蘇恭說本艸
誤入蟲部陶隱居木部出之按依羅氏說則柀與杉有別今人
恆用者皆杉非柀也爾雅說文渾言
之耳南方艸木狀曰杉一名柀黏 从木皮聲 甫委切古
音在十七
部按爾雅音義音彼又匹彼反集韵類篇本之皆補靡普靡二
切今爾雅音義彼譌作披非也蘇恭本艸彼子注云彼當作柀

柀仍音彼成化刻本彼亦譌披一曰析也析各本譌折今正葉石君寫本及類篇正作析按柀析字見經傳極多而版本皆譌爲手旁之披披行而柀廢矣左傳曰披其地以塞夷庚韓非子曰數披其木毋使木枝扶疏戰國策范雎引詩曰木實繁者披其枝披其枝者傷其心史記魏其武安傳曰此所謂枝大於本脛大於股不折必披方言曰披散也東齊聲散曰廝器破曰披此等非柀之字誤卽柀之假借手部披訓從旁持木部柀乃訓分析也陸德明包愷司馬貞張守節吳師道皆音上聲普彼反是可證字本從木也矣

榛榛木也邶風山有榛傳曰榛木也小雅營營青蠅止于榛傳曰榛所以爲藩也衞風箋曰樹榛栗椅桐梓漆六木於宮可伐以爲琴瑟从木秦聲側詵切十二部一曰叢木也各本作一曰菆也艸部曰菆蓐也今依玄應書卷十一所引爲長倉頡篇淮南高注漢書服注廣雅皆云木叢生曰榛菆一作蕪

栲山樗也樗舊作樗今改釋木唐風傳皆曰栲山樗梡栲古今字許所據作梡也陸機云山樗與下田樗無異葉似差狹耳方俗無名此爲栲者今所云栲者葉如櫟木皮厚數寸可爲車軸或謂之栲郭云栲似樗色小白生山中因名云亦類漆樹俗語曰櫄樗栲漆相似如一按二說似許爲長从木尻聲讀若糗讀若糗三字依陸機補陸云許愼正以栲讀爲糗今人言考失其聲耳古音在三部今苦浩切

杶杶木也禹貢杶幹栝柏釋文杶本又作櫄山海經成侯之山其上多櫄木郭曰似樗樹材中車轅吳人呼櫄音輴車从木屯聲敕倫切十三部夏書曰杶榦栝柏櫄或

从熏 杻 古文杶 按依汗簡所載近是卽屯字側書之耳集韵徑作杻非也 橁 杶也 此杶木別名非卽杶字也左傳孟莊子斬雍門之橁以爲公琴 从木筍聲 相倫切十二部

桵 白桵 逗 棫也 也字今補大雅芃芃棫樸釋木毛傳皆云棫白桵也陸機曰其材理全白無赤心者爲白桵直理易破可爲犢車軸又可爲矛戟矜 从木妥聲 鉉曰當从綏省聲按鉉因說文無妥字故云尒綏下則又云當作從爪從安省抑思妥字見於詩禮不得因許書偶無妥字而支離其說也儒隹切古音在十七部

棫 白桵也从木或聲 于逼切一部

楒 楒木也 未詳玉篇不載 从木息聲 相卽切一部

椐 樻也 大雅其檉其椐釋木毛傳皆云椐樻也陸機云節中腫似扶老卽今靈壽是也今人以爲馬鞭及杖郭云腫節可以爲杖按杖以木者曰靈壽亦曰扶老漢書孔光傳賜靈壽杖孟康曰扶老杖也服虔曰靈壽木名郭注山海經亦云靈壽木名似竹有枝節常璩云朐忍縣有靈壽木劉逵云靈壽木出涪陵楊雄作靈節銘皆是也以竹者名扶老杖中山經其上多扶竹郭云卬竹也高節實中中杖名之扶老竹漢書之卬竹杖王逸少以卬竹杖分贈老友皆是也靈壽木與卬竹皆以節勝陸氏云椐卽靈壽然椐與靈壽俱見山海經郭不云一物若陶潛云策扶老以流憩則又未識其爲椐與靈壽也 从木居聲 九魚切五部按郭音祛字林紀庶反

樻 椐也 从木貴聲 求位切十五部詩音義曰去塊反何音匱

栩 柔也 見唐風毛傳陸機曰栩今柞櫟

也徐州人謂櫟爲杼或謂之爲栩按毛傳說文皆栩柔櫟爲一木櫟下但云木也不云卽栩也然則陸機專據徐州語言合之
耳从木羽聲况羽切五部其皁一曰樣按各宋本及集韵類篇皆同毛氏依小徐
作其實皁非也艸部曰皁斗櫟實也一曰樣斗許蓋謂栩爲柞櫟與陸機同𣏚栩也莊子狙公賦芧司馬
云芧橡子也芧卽柔字橡卽樣字柔本樹名因用爲實名也从木予聲此與機杼字以下形上聲左形
右聲分別讀若杼按玉篇時渚切廣韵神與切是也大徐直呂切則與機杼字同音五部樣栩
實也樣橡正俗字爾雅舊注曰柔實爲橡子以橡殼爲柔斗者以䕘䕘似斗故也橡子儉歲可食以爲飯豐年牧豬
飤之可以致肥也見齊民要術从木羕聲徐兩切十部按樣俗作橡今人用樣爲式樣字像之假借也唐
人式樣字從手作㨾杙劉劉杙見釋木當讀劉劉爲句郭云劉子生山中實如梨酢甜核堅未知許意然
否也今人以杙爲橜弋字乃以橜弋爲隿射字从木弋聲與職切一部枇枇杷木
也四字句从木比聲房脂切十五部桔桔梗逗藥名本艸經曰桔梗味辛
微溫主胷脅痛如刀刺腹滿腸鳴幽幽驚恐悸氣戰國策曰今求柴胡桔梗於沮澤則絫世不得一焉从木桔梗
艸類本艸經在艸部而字從木者艸亦木也吉聲古屑切十二部一曰直木鄭有桔柣之門蓋取
直木爲門限之義釋宮曰柣謂之閾柞柞木也詩有單言柞者如維柞之枝析其柞薪是也有柞棫連言

者如皇矣旱麓緜是也陸機引三蒼棫卽柞也與許不合假令許謂棫卽柞則二篆當聯屬之且詩不當或單言棫或單言柞或柞棫並言也鄭詩箋云柞櫟也孫炎爾雅注櫟實橡也齊民要術援爾雅注合柞栩櫟爲一亦皆非許意从木乍聲在各切五部按柞可薪故引伸爲凡伐木之偁周禮有柞氏周頌傳曰除艸曰芟除木曰柞古無二音也

枰枰木出橐山中山經曰傅山西五十里曰橐山其木多樗多備木按樗者枰之誤許所引山海經櫄字今作栒洛字今作涔劦字今作驗其不同如此廣韵十一模曰黃枰木可染十姥曰枰木名可染繒按周禮注曰染艸茅蒐橐盧豕首紫茢之屬橐盧豈卽黃枰與抑字音相近而艸木異類也玉篇乃佚枰字从木乎聲他乎切五部

榗榗木也未詳尚書大傳曰南山之南有木名橋高高然而上父道也南山之陰有木名梓晉晉然而俯子道也高與橋晉與梓皆疊韵梓字當是榗字梓從宰省聲不與晉同韵也从木晉聲子賤切古音在十二部書曰竹箭如榗六字未詳疑當作周禮曰竹榗讀如晉八字職方氏其利金錫竹箭注云故書箭爲晉蓋許所見故書作榗榗本木名故書借爲竹名也大射儀幎用錫若絺綴諸箭注云古文箭作晉吳越春秋晉竹十廋晉竹卽箭竹皆與周禮故書同讀如晉者許謂榗之音同晉也轉寫譌致不可讀矣

椽椽羅也釋木檖蘿秦風毛傳曰檖赤羅也陸機郭璞皆云今之楊檖也實似梨而小酢可食按蘿者羅之誤从木㒸聲徐醉切十五部詩曰隰有樹椽今詩爾雅作檖

椵椵木

可作牀几 牀錯本作伏疑誤釋木曰櫰椵本艸陶隱居說人參曰高麗人作人參讚曰三椏五葉背陽向陰欲來求我椵樹相尋椵樹葉似桐甚大陰廣圖經亦言人參春生苗多於深山背陰近椵漆下潤溼處是則椵爲大木故材可牀几郭云子大如盂者未知是不也 从木叚聲讀若賈 古雅切五部

橞 橞 木也 未詳 从木惠聲 胡計切十五部

楛 楛木也 大雅榛楛濟濟陸機曰楛其形似荊而赤葉似蓍上黨人蔑以爲筥箱又屈以爲釵按禹貢惟箘簬楛楛不與上文杶榦栝柏爲伍而與箘簬爲伍楛之用蓋與箘簬同也 从木苦聲 侯古切五部 詩曰榛楛濟濟

櫅 櫅 木也 釋木曰櫅白棗按許不云白棗與爾雅異蓋爾雅本作齊白棗今人所食棗白乃孰是也櫅乃別一木廣韵曰櫅榆堪作車轂正與許合轂軸異耳楊雄蜀都賦枇櫅楔楬章樵注云櫅榆屬 可㠯爲大車軸 从木齊聲 祖稽切十五部

杒 杒木也 未詳 从木乃聲讀若仍 如乘切六部按乃聲在一部合韵也

櫇 櫇木也 未詳疑卽仁頻也上林賦有仁頻孟康曰仁頻椶也李善曰仙藥錄云檳榔一名椶然則仁頻卽檳榔也 从木頻聲 符真切十二部

樲 酸棗也 釋木曰樲酸棗孟子曰舍其梧檟養其樲棗趙曰樲棗小棗所謂酸棗也按孟子本作樲棗宋刻爾雅單行疏及玉篇唐本艸又本艸圖經皆可證今本改作樲棘非是樲之言副貳也爲棗之副貳故曰樲棗本艸經曰酸棗味酸平主心

腹寒熱邪結氣聚四肢酸疼温痹煩心不得眠諸家皆云似棗而味酸 从木貳聲 而至切十五部

樲 樸棗也 釋木言棗之名十有一繼之言櫬梧繼之言樸枹者是今爾雅樸不謂棗也疑許所據有不同故云尒寇宗奭曰御棗甘美輕脆今人所謂撲落酥者是樸棗豈卽御棗歟樸樸古今字大雅毛傳曰樸枹木也方言曰樸盡也南楚凡物盡生者曰樸生郭云今種物皆生曰樸地生也又曰樸聚也楚謂之樸郭云樸屬藂相箸皃按詩爾雅之樸皆當同方言作樸樸從僕附也考工記樸屬猶附箸文選廛閈撲地字皆當作樸樸釋木毛傳皆訓樸爲枹許以爲棗名則徧矣 从木僕聲 博木切三部

橪 酸小棗 此云酸小棗則上文樲酸棗者與棗大小同矣 上林賦枇杷橪柿按廁橪於枇杷柿之閒然則皆果也與許說合淮南子伐橪棗以爲矜亦云橪棗郭云橪橪支木音煙與許異 从木然聲 人善切十五部 一曰染也 染小徐作柔皆未詳

柅 柅木也實如棃 今字以爲檷字 从木尼聲 女履切十五部

梢 梢木也 未詳廣韵曰梢船舵尾也又枝梢也此今義也釋木曰梢梢擢郭云梢音朔按梢擢字蓋本從手作捎 从木肖聲 所交切二部

⿰木隸 ⿰木隸木也 未詳 从木隸聲 郎計切十五部

⿰木寽 ⿰木寽木也 未詳 从木寽聲 力輟切十五部

梭 梭木也 未詳 从木夋聲 私閏切玉篇且泉切十三部今人訓織具者用爲杼字也於其雙聲讀之也廣雅作椶

⿰木畢 ⿰木畢木

也未詳从木畢聲卑吉切十二部 楋 楋木也未詳从木刺聲盧達切十五部 枸 枸木也可爲醬出蜀史漢皆云枸醬詳艸部蒟下从木句聲俱羽切四部按小雅南山有枸毛曰枸枳枸也枳枸卽禮記之椇許於枸下不言枳枸椇字亦不錄 樜 樜木出發鳩山北山經曰發鳩之山其上多柘木許所據柘作樜也發鳩山卽水部涷水所出之發包山淮南書亦作發包古音包鳩同在三部許不言樜同柘而廣韵謂一字非許意也从木庶聲之夜切古音在五部 枋 枋木可作車禮周官皆以枋爲柄古音方聲丙聲同在十部也从木方聲府良切十部 橿 枋也謂一木二名考工記注曰今世轂用雜榆輻以橿牙以橿郭注山海經曰橿中車材南都賦吳都賦說木皆有橿从木畺聲居良切十部一曰鉏柄釋名曰鋤齊人謂其柄曰橿橿然正直也頭曰鶴似鶴頭也 樗 樗木也釋木檴落郭云可以爲杯器素按小雅新是穫薪箋云穫落木名也陸云依鄭則字宜木旁樗檴古今字也司馬上林賦字作華師古曰華卽今之樺皮貼弓者莊子華冠亦謂樺皮爲冠也樺者俗字也㠯其皮裹松脂所謂樺燭从木虖聲乎化切古音在五部讀若華 檴 或从蒦 檗 黃木也本艸經之蘗木也一名檀桓从木辟聲博戹切十六部俗加艸作蘗多誤爲蘗字 梤 香木

也芬爲艸香故梤爲香木从木芬聲形聲包會意也撫文切十三部按棻字多作棻蓋由篆體本作棻象香气上出

榝似茱萸出淮南釋木椒榝醜菉郭云菉萸子聚生成房皃榝似茱萸而小赤色內則注曰藙煎茱萸也漢律會稽獻焉爾雅謂之榝按鄭云藙卽榝許於艸部有茱萸有藙此云似與鄭說小異本艸經木部云吳茱萸一名藙是則一物異名亦不待煎成始爲藙也从木茱萸藙字在艸部榝字在木部故許不云一物然茱萸在本艸經木部茱從艸而爾雅在釋木則從艸從木一也殺聲所八切十五部

槭槭木可作大車輮未詳今何木大車牛車也輮車輞考工記之牙也从木戚聲子六切三部

楊蒲柳也各本作木也二字今依藝文類聚初學記本艸圖經太平御覽所引正釋木云楊蒲柳許所本也按蒲蓋本作浦浦水瀕也王風不流束蒲毛云蒲艸也箋云蒲蒲柳孫毓云蒲艸之聲不與戎許相協箋義爲長是則晉人讀蒲柳爲浦柳之明證古今注曰蒲柳生水邊又曰水楊蒲楊也枝勁細任矢用任矢用者左傳云董澤之蒲是也絫呼曰蒲柳單評曰蒲音同浦至唐而失其讀矣从木昜聲与章切十部古假楊爲揚故詩楊之水毛曰楊激揚也廣雅曰楊揚也佩觿曰楊柳也亦州名古書州名皆作楊矣

檉河柳也釋木毛傳同陸機云生水旁皮正赤如絳一名雨師羅願云葉細如絲天將雨檉先起氣迎之故曰雨師按檉之言赬也赤莖故曰檉廣韻釋楊爲赤莖柳非也从木聖聲敕貞切十一部

柳少楊也各本作小楊今依孟子正義蓋古本

也古多以少爲小如少兒卽小兒之類楊之細莖小葉者曰桞周禮故書衣接櫝之材鄭司農讀爲歰桞後鄭云桞之言聚也引書分命和仲度西曰桞穀按度西曰桞穀者今文尚書也宅西曰昧谷者後鄭所讀之古文尚書也詳見尚書撰異

从木丣聲丣古文酉力久切三部古多假桞爲酉如鄭印癸字子桞桺卽丣名癸字酉也仲尼弟子列傳顏幸字子桞桺亦卽丣幸者辛之譌也已上海寕錢馥字廣伯說

𣙗大木可爲鉏柄未詳从木㝷聲詳遵切十二部

欒欒木似欄欄者今之楝字本艸經有欒華未知是不借爲圜曲之偁如鐘角曰欒屋曲枅曰欒是从木䜌聲洛官切十四部禮天子樹松諸侯柏大夫欒士楊士楊二字當作士槐庶人楊五字轉寫奪去也禮謂禮緯含文嘉也周禮冢人以爵等爲丘封之度與其樹數賈疏引春秋緯天子墳高三仞樹以松諸侯半之樹以柏大夫八尺樹以欒草士四尺樹以槐庶人無墳樹以楊柳欒草二字欒之誤也白虎通引春秋含文嘉語全同正作大夫以欒又廣韵引五經通義士之冢樹槐然則此士下有奪可知矣含文嘉是禮緯白虎通云春秋含文嘉蓋引春秋禮二緯而春秋下有奪字唐封氏聞見記引禮經及說文皆譌舛

栘棠棣也釋木曰唐棣栘常棣棣唐與常音同蓋謂其花赤者爲唐棣花白者爲棣一類而錯舉故許云栘棠棣也棣白棣也改唐爲棠改常爲白以棠對白則棠爲赤可知皆卽今郁李之類有子可食者小雅常棣論語逸詩唐棣實一物也郭注唐棣云似白楊江東呼夫栘白楊大樹也古今注云栘楊

亦曰核楄亦曰蒲核圜葉弱蒂微風善搖此正今之白楊樹安得有轉轉偏反之擧耶因一核字掍合之从木多聲弋支切古音在十七部

棣白棣也小雅傳曰常棣棣也秦風傳曰棣唐棣也常與唐同字可證矣渾言之則白棣亦謂唐棣也豳風傳云鬱棣屬从木隶聲特計切十五部

枳枳木似橘考工記橘踰淮而北爲枳本艸經所謂枳實也枳可爲籬周書小開曰德枳維大人从木只聲諸氏切十六部

楓楓木也厚葉弱枝善榣一名欇欇各本榣作搖今正少一欇字今依韵會補釋木曰楓欇欇犍爲舍人曰楓爲樹厚葉弱莖大風則鳴故曰欇欇按欇木葉榣白也榣樹動也厚葉弱枝故善榣善榣故名欇欇嵇含南方艸木狀分楓人楓香爲二條實一木也从木風聲方戎切古音在七部招魂楓心南爲韵上林賦楓一作氾是也

權黃華木釋木曰權黃英按英華一也郭云未詳而釋艸亦云權黃華郭云今謂牛芸艸爲黃華艸部英下一曰黃英然則爾雅木曰黃英艸曰黃華許則英華字互易从木雚聲巨員切十四部一曰反常論語曰可與立未可與權孟子曰執中無權猶執一也公羊傳曰權者何權者反於經然後有善者也

柜柜木也趙注孟子曰杞柳柜柳也郭注爾雅曰柜柳似柳皮可煑作飲廣韵柜下云柜柳按柜今俗作欅又音譌爲鬼柳樹未知許所說是此否从木巨聲其呂切廣韵居許切五部按周禮梐枑注故書枑作拒從手俗本從木作柜非

槐槐木也釋木曰櫰槐大

葉而黑守宮槐葉晝聶宵炕按此皆槐之異者 从木鬼聲 戶恢切十五部 穀 楮也 此篆
體依五經文字正各本作穀者從隸便也小雅傳曰穀惡木也
陸機疏曰江南以其皮擣爲紙謂之穀皮紙絜白光輝按山海
經傳曰穀亦名構 从木殸聲 古祿切三部 楮 穀也从木者
聲 丑呂切五部 柠 楮或从宁 宁聲 檵 枸杞也 四牡四月傳皆曰杞枸檵
也他杞字無傳讀詩者有三杞之說焉 从木繼省聲 按繼下云一曰反㡭爲㡭然則此云㡭聲足矣
疑或竄改之也古詣切十五部 一曰堅木也 堅各本作監誤今正此別一義謂堅木偁檵堅檵雙聲如
蒯與筋也 杞 枸杞也 按釋木毛傳皆云杞枸檵芑枸檵也郭注爾雅云今枸杞也是則枸
檵爲古名枸杞雖見本艸經而爲今名許檵篆下當云枸檵杞也杞篆下當云杞枸檵也乃合今本後人亂之耳 从
木己聲 墟里切一部 枒 枒木也 上林賦有胥邪史記作胥餘南都賦作櫧枒蜀都吳
都賦單評之曰枒艸木狀作椰其木葉在顛略似棗樹而實大如瓠繫在顛若挂物今俗用椰瓢是也 从木牙
聲 五加切古音在五部 一曰車网會也 网俗本作輞今正考工記輪人注曰牙讀如訝謂輪
輮也世閒或謂之网書或作輮按車人牙作輮車部曰輮車网也車輪之肉今北人謂之瓦即古語之牙也謂之牙者如艸木
萌芽句曲然襍佩之璜曰牙亦猶是也車网必合衆曲而成大圜故謂之网會网會絫言之也牙枒葢古今字 檀

檀木也鄭風傳曰檀彊刃之木刃今韌字楔醯似檀齊人諺曰上山斫檀楔醯先殫从木亶聲徒乾切十四部

櫟櫟木也秦風隰有苞櫟傳曰櫟木也陸機曰苞櫟秦人謂柞櫟為櫟河內人謂木蓼為櫟椒樧之屬其子房生為梂木蓼子亦房生故說者或曰柞櫟或曰木蓼機以為此秦詩也宜從其方士之言柞櫟是也按陸意謂秦詩當是柞櫟今觀許櫟梂二篆連屬正與陸所云木蓼子房生為梂者合然則許意謂木蓼也艸部云草斗櫟實也一曰樣斗木部栩下云柔也其草一曰樣此則謂草斗為櫟實正陸所謂秦人謂柞櫟為櫟又云栩今柞櫟也草下櫟實字非木部之櫟許意栩柔樣草為一物是名柞櫟亦名櫟而非柞也亦非子梂生之櫟也柞與棫為類櫟似椒樧鄭箋大雅云柞櫟也則以柞與柞櫟合為一耳从木樂聲郎擊切古音在二部

梂櫟實此櫟實與草下櫟實各物草下當云草斗柞櫟實損柞字耳釋木曰櫟其實梂陸機云椒樧之屬其子房生為梂木蓼子亦房生然則許何為以梂字專系諸木蓼也曰艸部以莍系諸茮樧矣則以梂系諸櫟也莍與梂皆謂聚生成房橡斗不尒也梂與莍古通用椒聊箋云一梂之實蕃衍滿升非其常也此假梂為莍也今俗語謂鯀多叢聚曰一梂椒子每梂數十百顆詩人言其盛則曰每梂將盈升不識正義何以不解也木蓼唐本艸謂之木天蓼蘇頌云木高二三丈三四月開花似柘花五月採子子作毬一曰鑿首豳風毛傳曰鑿屬曰錡木屬曰銶釋文曰錡韓詩云木屬銶韓詩云鑿屬也按許用韓詩說也鑿所以穿木也鑿首謂鑿柄鑿柄必以木為之今木工尚然矣故字從木金部無銶許所據詩然也从木求

聲 巨鳩切三部

欄 欄木也 各本篆作楝下文云柬聲今改正按考工記以欄爲灰字作欄許於繱下云木似欄然則此當同考工記可知矣廣韵廿五寒欄下云木名從古字古音也欄俗作楝乃用欄爲蘭檻俗字欄實曰金鈴子可用浣衣 从木闌聲 郎電切十四部按莊子非練實不食或謂卽欄實欄實非珍物似非昀解也

檿 山桑也 釋木曰檿桑山桑大雅毛傳曰檿山桑也禹貢檿絲史記檿作酓酓同音假借字也 从木厭聲 於琰切七部 詩曰其檿其柘

柘 柘桑也 三字句各本無柘字今補山桑柘桑皆桑之屬古書竝言二者則曰桑柘單言一者則曰桑曰柘柘亦曰柘桑如淮南注烏號云柘桑其木堅勁烏時其上是也桑柘相似而別見胡氏通鑑釋文辨誤 从木石聲 之夜切古音在五部漢志琅邪郡靈門高⿱石木山⿱石木乃原之誤水經注可證師古謂卽柘字誤

楖 楖木可爲杖 小徐云今楖栗之屬 从木厀聲 親吉切十二部

檈 檈味 逗 稔棗也 釋木還味稔棗釋文云還字林作檈不言出說文疑或取字林增此 从木還聲 似沿切十四部

梧 梧桐木 三字句釋木曰櫬梧賈思勰曰注云今梧桐皮青者曰梧桐案今人以其皮青號曰青桐也玉裁謂此今人所植梧桐樹也其華五出子如珠綴於瓢邊瓢如羹匙賈氏云青桐九月收子炒食甚美如菱芡是也 从木吾聲 五胡切五部 一曰櫬 一曰猶一名也本爾雅

榮 桐木也 見釋木按梧下云梧桐木榮下曰桐

木此卽賈思勰青桐白桐之別也白桐華而不實材中樂器青桐則不中用毛詩椅桐梓漆爰伐琴瑟其白桐與又云其桐其椅其實離離則青桐亦評桐渾言之也郭注爾雅於榮桐木曰卽梧桐於櫬梧曰今梧桐皮青者本不誤今本刪節乃不可通

从木熒省聲永兵切十一部一曰屋梠之兩頭起者爲榮士冠禮鄉飲酒禮皆云東榮鄭曰榮屋翼也韋注甘泉賦同梠楣也楣齊謂之檐楚謂之梠檐之兩頭軒起爲榮故引伸凡揚起爲榮卑汙爲辱

桐榮也从木同聲徒紅切九部

橎橎木也未詳从木番聲讀若樊附轅切十四部

榆榆白枌見釋木陳風東門之枌傳云枌白榆也然則釋木榆白爲逗枌爲句顯然許意亦如此讀別榆一種以起下也榆莢可食亦可爲醬酉部所謂醔𨡕也从木俞聲羊朱切古音在四部

枌枌榆也三字句各本少枌淺人以爲複字而誤刪之枌榆者榆之一種漢初有枌榆社是也从木分聲扶分切十三部

梗山枌榆有朿山枌榆又枌榆之一種也有朿故名梗榆卽齊民要術所謂刺榆者也方言凡草木刺人自關而東或謂之梗郭注云梗榆是也今莢可爲蕪荑也荑當作夷爾雅急就篇皆不從艸釋木無姑其實夷郭云無姑姑榆也生山中莢圓而厚〔莢各本作葉急就篇注引不誤〕剝取皮合漬之其味辛香所謂蕪荑按齊民要術分姑榆刺榆山榆爲三云刺榆木甚堅肕山榆可以爲蕪荑依許說則刺榆山榆一物也賈氏言種植皆得諸目驗豈許有未諦與姑

楰即周禮之梓杜子春作梏楰鄭注周易大過曰枯音姑謂無姑山楰廣雅山楰毋估也是則山枌楰即爾雅無姑之證

从木叜聲古杳切古音在十部按梗引伸為凡柯莖骾刺之偁 樵散木也小雅樵彼

桑薪列子書以蕉為樵按上下文皆木名也此字廁此恐非其舊次當與柴篆為伍 从木焦聲昨焦切古

音二部三部 松松木也从木公聲祥容切九部集韵思恭切關內語也按俗皆從

關內語惟徽州讀祥容切 𣐞松或从容容聲也此如頌額同字 樠松心木

疑有奪誤當作松心也一曰樠木也廣韵廿二元注曰松心又木名也所據古本也蒙上文松木言之故曰松心謂之樠蓋松

心微赤故與𥢶璊同音又松心有脂莊子所謂液樠廣韵養韵釋樠曰松脂正樠為松脂之誤也一曰樠木也者別有木名樠

如左傳卒於樠木之下馬融廣成頌陵喬松履脩樠漢書烏孫國山多松樠是也小顏云樠木名其心似松是小顏所據已同

今本矣舊有樠㮰二字一㒼聲一兩聲左傳樠木音義云郎蕩反又莫昆武元二反馬援傳章懷注曰水經注武陵五溪謂雄

溪樠溪酉溪潕溪辰溪蠻土俗雄作熊樠作朗潕作武是皆認樠為㮰末別其字而強說其音也 从木㒼

聲莫奔切十五部 檜柏葉松身釋木衛風毛傳皆曰檜柏葉松身禹貢作栝 从木

會聲古外切十五部 樅松葉柏身見釋木郭引尸子曰松柏之鼠不知堂密之有美樅按堂

密謂山如堂者 从木從聲七恭切九部 柏鞠也釋木曰柏椈禖記暢臼以椈鄭曰椈柏也

按椈者鞠之俗柏古多假借爲伯仲之伯促迫之迫 从木白聲 博陌切古音在五部張參曰經典相承亦作栢

机 机木也 山海經單狐之山多机木族簡之山多松柏机桓郭曰机木似榆可燒以糞稻田音飢按葢即榿木也今成都榿木樹讀若豈平聲揚雄蜀都賦曰春机楊柳机榿古今字榿見杜詩王安石詩以榿滋移爲韵韵會音邛其切與蜀語合 从木几聲 居履切十五部

枮 枮木也 未詳 从木占聲 息廉切七部

梇 梇木也 未詳 从木弄聲 盧貢切九部 益州有梇棟縣 益州漢郡名也前志字作弄後志作梇

楰 鼠梓木 釋木小雅毛傳皆曰楰鼠梓也陸機郭璞皆云楸屬 从木臾聲 羊朱切四部 詩曰北山有楰

桅 黃木可染者 各本篆文譌作桅今依韵會所據本正小徐二云史記貨殖傳千畝巵茜又書記多言鮮支皆此是鍇本固作梔字證一玉篇列字次弟與說文同而梇楰杒榙四字之閒字作梔之移切不作桅桅字乃在下文孫强等增竄之処證二水部染下引裴光遠曰從木木者所以染梔茜之屬也此用史記梔茜而亦譌作桅證三桅今之梔子樹實可染黃相如賦謂之鮮支史記假巵爲之 从木巵聲 巵各本譌作危音過委反今依韵會所據正章移切十六部釋木桑辨有葚梔此別一義

杒 桎杒也 未詳何木 从木刃聲 而震切十二部

榙 榙𣟰 逗 果似李 史記上林賦榙𣟰字同許漢書文選皆作荅遝假借字也郭云荅𣟰似李

廣韵引埤蒼同 从木荅聲讀若嚃 嚃口部無卽舌部䑙之異文也毋嚃羹見曲禮土合切七部按各本二篆先後失次今從玉篇

樑 榙樑木也从木遝聲 徒合切八部

某 酸果也 此是今梅子正字說見梅下 从木甘闕 此闕謂義訓酸而形從甘不得其解也玉裁謂甘者酸之母也凡食甘多易作酸味水土合而生木木之驗也莫厚切古音在一部

槑 古文某从口 從口者甘之省也兩之者皃其酢醶

櫾 崐崘山河隅之長木也 崐崘當作昆侖山字依類篇補西山經曰槐江之山西望其大澤其陰多榣木郭曰榣木大木引國語榣木不生危按榣卽櫾字韋注晉語亦云榣木大木也晉語一本作拱木非許謂櫾爲長木榣爲樹動他書則櫾爲橘柚榣爲長木用字之不同也穆天子傳曰天子釣于河以觀繇之木郭云姑繇大木姑繇亦卽櫾也 从木䌛聲 按許書有䌛無繇或傳寫之誤以周切三部

樹 木生植之緫名也 植立也假借爲尌豎字 从木尌聲 形聲包會意常句切四部

𣚍 籒文 籒文從豆不從壴者豆柄直亦有直立之義豆與壴同在四部爲諧聲寸則謂手植之也

本 木下曰本从木从丅 此篆各本作㮺解云從木一在其下今依六書故所引唐本正本末皆於形得義其形一從木上一從木丅而意卽在是全書如此者多矣一記其處之說非物形也大雅以本奏爲奔走假借也布忖切十三部

𣎴 古文 此從木象形也根多竅似口故從三

口柢木根也道德經深其根固其柢長生久視之道韓非解老曰樹木有曼根有直根直根者書之所謂柢也柢也者木之所以建生也曼根者木之所以持生也按直者曰直根橫者曰曼根柢或借蔕字爲之又借氐字爲之節南山傳曰氐本也是从木氐聲都禮切十五部

朱赤心木松柏屬朱本木名引伸假借爲純赤之字糸部曰絑純赤也是其本字也从木一在其中赤心不可像故以一識之若本末非不可像者於此知今本之非也章俱切古音在四部又按此字解云赤心木松柏屬當廁於松樠檜樅柏之处今本失其舊次本柢根株末五文一貫不當中骿以他物蓋淺人類居之以傅會其一在上一在中一在下之說耳

根木株也从木艮聲古痕切十三部

株木根也莊列皆有厥株駒株今俗語云椿从木朱聲陟輸切古音在四部

末木上曰末从木从上此篆各本作朩解云从木一在其上今依六書故所引唐本正莫撥切十五部六書故曰末木之窮也因之爲末殺末減略末又與蔑莫無聲義皆通記曰末之卜也語曰吾末如之何末由也已

⿰木畟細理木也⿰木畟見西山經南都賦郭曰⿰木畟似松有刺細理劉淵林注蜀都賦曰楔似松有刺按蜀都楔字蓋⿰木畟之譌从木畟聲子力切一部按此篆亦失其舊次當與諸木名爲伍

果木實也上文言果多矣故總釋之引伸假借爲誠實勇敢之偁从木象果形在木之上謂田也古火切十七部

⿰木絫木實

也絫者今之累積字從絫言其多也假借則扁榼謂之櫐似盤中有隔也从木絫聲力追切按當依
廣韵力委切十六部杈杈枝也三字句廣韵曰方言云江東言樹枝爲椏杈也枝如手指相錯之形故從
叉从木叉聲初牙切古音在十六部枝木別生條也艸部曰莖枝主也榦
與莖爲艸木之主而別生條謂之枝枝必岐出也故古枝岐通用从木支聲章移切十六部條
小枝也毛傳曰枝曰條渾言之也條爲枝之小者析言之也从木攸聲徒遼切古音在三部
朴木皮也洞簫賦秋蜩不食抱朴以長吟李注抱音附引倉頡篇朴木皮也顏注急就篇上林賦厚朴曰
朴木皮也此樹以皮厚得名按廣雅云重皮厚朴也从木卜聲匹角切三部按凡鞭扑字作扑卽攴
字也凡樹皮字從木作朴凡棫樸樸屬字作樸卽樸之省也凡朴素字作樸皆見說文枚榦也毛傳曰榦
曰枚引伸爲銜枚之枚爲枚數之枚豳風傳曰枚微也魯頌傳曰枚枚礱密也皆謂枚爲微之假借也从木攴
會意可爲杖也說從攴之意也攴小擊也因爲鞭扑字杖可以擊人者也故取木攴會意莫桮切十五部
詩曰施于條枚大雅文栞槎識也槎衺斫也槎識者衺斫以爲表志也斫之
以爲表識如孫臏斫大樹白而書之曰龐涓死此樹下是其意也禹貢隨山栞木夏本紀作行山表木此古說也今尚書益稷
禹貢皆作隨山刊木九山刊旅周禮曰刊陽木左傳曰井堙木刊木非不言刊也然刀部曰刊剟也剟刊也刊者除去之意與

栞訓槎識不同蓋壁中古文作栞今文尚書作栞則未知何時改爲刊也據正義已作刊則非衛包所改从木幵闕此云闕者謂幵形不可識無由知其形聲抑會意也說文之例先小篆後古文惟此先壁中古文者尊經也

夏書曰隨山栞木夏書謂禹貢也讀若刊此謂同音苦寒切十四部

栞篆文从幵李斯輩作栞史漢所引禹貢作栞故知今文尚書作栞也

欇木葉榣白也榣各本從手今正榣樹動也凡木葉面青背白爲風所攝則獵獵然背白盡露故曰榣白楓厚葉弱枝善榣一名欇欇是也釋木又有欇虎欇則未得其解从木聶聲之涉切七部

栠弱皃小雅大雅皆言荏染柔木毛曰荏染柔意也論語色厲而內荏孔曰荏柔也按此荏皆當作栠桂荏謂蘇也經典多假荏而栠廢矣从木任聲如甚切七部

枖木少盛皃周南桃之夭夭毛曰桃有華之盛者夭夭其少壯也邶風棘心夭夭毛曰夭夭盛皃按夭下曰屈也屈者大之反然屈者大之兆也故枖字從夭从木夭聲聲疑衍文以會意包形聲也於喬切二部詩曰桃之枖枖按韵會引說文从木夭聲之下不言引詩桃之枖枖而云通作夭引詩棘心夭夭至鍇注棘心夭夭始援厥草唯夭桃之夭夭等語是黃氏所據鍇本作詩曰棘心夭夭明甚枖從木夭會意故偁棘心夭夭說從木夭之意如引豐其屋說寷從宀豐引艸木麗于地說⿱艹麗從艸麗同一例也淺人不知此例故改夭夭爲枖枖又易棘心爲桃之好學深思者當能知之矣

槙木頂也人頂曰顛

木頂曰槙今顛行而槙廢矣 从木真聲 都季切十二部 一曰仆木也 人仆曰顛木仆曰槙顛行而槙廢矣頂在上而仆於地故仍謂之顛槙也大雅人亦有言顛沛之揭枝葉未有害本實先撥此以木爲喻故毛曰顛仆沛跋揭見根皃是毛詩之顛槙之假借也般庚若顛木之有由櫱義亦同槙考工記槙理亦或假槙

梃 一枚也 凡條直者曰梃梃之言挺也一枚疑當作木枚竹部曰箇竹枚則梃當云木枚也方言曰箇枚也鄭注禮經云个猶枚也今俗或名枚曰個音相近按枚榦也一莖謂之一枚因而凡物皆以枚數左傳以枚數闔謂枚枚數之猶云一一數之也直者則曰梃如孟子制梃漢書白梃皆是禮經脯梃字本作挻亦作梃俗作脡誤也詳肉部 从木廷聲 徒頂切十一部

⿱驫木 衆盛也 焱部曰焱盛皃驫與燊同意三馬三火皆盛意也 从木驫聲 驫見馬部唐韵甫虯切曹憲廣雅音曰香幽必幽二反廣韵甫烋切又音標然則驫音當在三部明矣而鉉云所臻切篇韵皆同與許二云驫聲者不合蓋燊屬會意驫屬形聲而皆訓盛燊讀若莘莘征夫之莘因强同之耳 逸周書曰⿱驫木疑沮事 各本脫⿱驫木字今依玉篇補周書文酌解七事三聚疑沮事聚古讀如驟與⿱驫木音近⿱驫木疑沮事猶二云蓄疑敗謀也各本此下有闕字者淺人不解周書語妄增也

標 木杪末也 杪末謂末之細者也古謂木末曰本標如素問有標本病傳論是也亦作本剽如莊子二云有長而無本剽者是也標在冣上故引伸之義曰標舉肆師表齍盛告絜注二云故書表爲剽剽表皆謂徽識也按表剽皆同標 从木票聲 敷沼切二部

杪 木標末也 方言曰杪小也木細枝謂之杪郭注言杪梢也按引伸之凡末皆曰杪王制言歲之杪是也 从木少聲 亡沼切二部

朶 樹木𠂹朶朶也 凡枝葉華實之垂者皆曰朶朶今人但謂一華爲一朶引伸爲易之朶頤李鼎祚曰朶頤垂下動之皃也 从木象形 謂𠂹也丁果切十七部 此與采同意 宋本作采今本作采按采采會意朶則不同言其挭槩而已當云與采同意

桹 高木也 此泛言高木謂之桹非謂桄桹及檳榔也門部閬訓門高義相近 从木良聲 魯當切十部

橌 大木皃 未見其證小徐說以左傳橌然授兵登陴今左傳自唐石經而下皆從手 从木閒聲 古限切十四部

枵 木皃 大徐本作木根非也木根則當廁於本柢根株四篆処矣枵木大皃莊子所云呺然大也木大則多空穴莊子曰大木百圍之竅穴似枅似圈似臼似洼者似污者故左氏釋玄枵云枵虛也 从木号聲 許嬌切二部 春秋傳曰歲在玄枵枵虛也 依韻會本訂見襄廿八年左氏傳許檃栝其辭耳傳曰玄枵虛中也枵秏名也爾雅曰玄枵虛也孫炎云枵之言秏秏虛之意也許亦以虛正釋枵字玄枵以虛得名如天駟以房得名天根以氐得名左氏云虛中猶言虛之區域耳不必泥於杜注玄枵三宿虛星在其中之說

榣 樹榣皃 榣各本作搖今正榣之言招也樹高大則如能招風者然漢志郊祀歌體招搖若永望注招搖申動之皃按此招搖與柖榣同師古招音韶猶玉篇柖時昭切也 从木

召聲止搖切二部 榣 樹動也榣之言搖也今俗語謂煽惑人爲招搖當用此從木二字謂能招致而搖動之也 从木䍃聲余昭切二部 朻 高木下曲也从木丩丩亦聲此韻會所據小徐本也今二徐本皆分樛朻爲二篆樛訓下曲朻訓高木乃張次立以鍇改鍇而然鍇云詩作樛爾雅作朻依詩爲正鍇意許書作朻未是也今考釋木曰下句曰朻南有樛木毛傳曰木下曲曰樛下曲卽下句也樛卽朻也一字而形聲不同許則從丩聲者容許當曰毛詩亦作朻也玉篇分引詩爾雅而云二同甚爲明晳丩者相糾繚也凡高木下句垂枝必相糾繚故曰從木丩丩亦聲吉虯切三部 枉 衺曲也本謂木衺曲因以爲凡衺曲之偁 从木㞷聲迂往切十部 橈 曲木也引伸爲凡曲之偁見周易考工記月令左傳古本無從手撓字後人肊造之以別於橈非也 从木堯聲女教切二部 扶 扶疏逗四布也扶疏古刊本從手非也今依玉篇五音韻譜集韻類篇正扶之言扶也古書多作扶疏同音假借也上林賦垂條扶疏劉向傳梓樹生枝葉扶疏上出屋揚雄傳枝葉扶疏呂覽樹肥無使扶疏是則扶疏謂大木枝柯四布疏通作胥亦作蘇鄭風山有扶蘇毛曰扶蘇扶胥木也釋文所引不誤正義作小木誤也毛意山則有大木隰則纔有荷華是爲高下大小各得其宜後人以鄭箋掍合而改之 从木夫聲防無切五部 檹 木旖施也旖各本作檹施集韻類篇作柅皆非也㫃部旖下曰旗旖施也旗旖施故字從㫃木如旗之旖施故字從木旖

九辨紛旖旎乎都房王注旖旎盛皃引詩旖旎其華九歎注同然則今曹風猗儺毛曰猗儺柔順也猗儺卽旖施旎者施之俗也椸者又旎之譌也上林賦旖旎從風張揖云旖旎猶阿那漢書文選皆作猗柅韵書紙韵作猗猊椅柅旖旎哿韵作旑㫊[illegible]檹其實皆同字也 從木旖聲 形聲包會意於离切古音在十七部 賈侍中說檹卽椅也 也各本作木今依篇韵 可作琴 賈說檹卽椅字之異者也椅可作琴見衞風

杪 ⿰木曶也 ⿰木曶各本作相高二字今正玉篇曰杪木忽高也以⿰木曶字之解解之是杪訓⿰木曶也杪者言其杪末之高 從木小聲 私兆切二部玉篇子了切

⿰木曶 曶高皃 各本無曶字今按玉篇杪下云忽高者正用⿰木曶之解也倏忽字今作忽許作曶曶高者忽然而高如桑穀一暮大拱西京賦神山崔巍倏從背見之類 從木曶聲 形聲包會意呼骨切十五部

槮 長木皃 本作木長今正九辨萷櫹槮之可哀郎許之櫹槮二字也王注蓋獨立也上林賦紛溶萷蔘郭云支竦擢也蔘槮同槮李善音森 從木參聲 所今切七部 詩曰槮差荇菜是也 見周南今詩作參許所據作槮謂如木有長有短不齊也

梴 長木也從木延聲 丑連切十四部 詩曰松桷有梴 見商頌毛云長皃按此篆疑後人所增毛詩本從手作挻不從木也商頌音義曰有挻丑連反又力鱣反長皃柔挻物同耳字音羶俗作埏又道德經音義曰挻始然反河上云和也聲類云柔也字林云長也丑連反一曰柔挻方言云取也玉裁謂挻埴字俗作埏古作挻挻柔也陸

氏於商頌云挺長皃又云柔挻物同謂柔挻與長皃無二字也於老子挻埴云和也柔也而又引字林云長也謂長與柔挻無
二字也陸氏毛詩本從手作挺明甚今本音義作木旁延非也白氏六帖於松柏類引詩松桷有梴勑延切字正作挻之俗字
是亦可以證商頌之本作挺也五經文字木部有梴云見詩頌蓋所據已爲誤本矣故曰梴挺篆淺人以誤本毛詩羼入者也手
部云挺長也此正用商頌傳也是說明而治說文者可刪此篆矣 櫹 長木皃 櫹與槮同義聯文淺
人以梴梗其閒非也九辨櫹卽櫹淺人加艸耳吳都賦說竹曰櫹矗森萃史記上林賦紛容蕭蔘蕭同櫹 从木肅
聲 山巧切古音在三部廣韵蘇彫切玉篇息六切 杕 樹皃 樹當作特字之誤也在顏黃門時已誤矣唐風
有杕之杜毛曰杕特皃許所本也引伸爲舟舵高注淮南曰杕舟尾也柁舵皆俗字 从木大聲 特計切十
五部顏黃門云詩河北本皆爲夷狄之狄讀亦如字此大誤也按近人有謂古無入聲與於江左者據黃門此條則河北非無
入聲也 詩曰有杕之杜 此句詩凡六見 臬 木葉陊也 陊落也小徐云
此亦擇字按此與蘀義同音不必同相爲轉注非一字也言部訬讀若㲋此臬讀如薄然則㲋之在二部或五部難定也玉篇
云臬同欂則合㲋聲㲋聲爲一其誤甚矣 从木㲋聲讀若薄 他各切 格 木
長皃 以木長別於上文長木者長木言木之美木長言長之美也木長皃者格之本義引伸之長必有所至故釋詁
曰格至也抑詩傳亦曰格至也凡尚書格于上下格于藝祖格于皇天格于上帝是也此接於彼曰至彼接于此則曰來鄭注

大學曰格來也凡尚書格爾衆庶格汝衆是也至則有摩𢊁之義焉如云格君心之非是也或借假爲之如雲漢傳曰假至也尚書格字今文尚書皆作假是也有借格爲庋閣字者亦有借格爲扞格字者 从木各聲 古百切古音在五部

槸 木相摩也 釋木曰木相磨𣙗按大雅作之屏之其菑其翳脩之平之其灌其栵爾雅立死菑蔽者翳木相磨𣙗除灌木叢木已見於上則𣙗即栵也以文法論栵必非木名毛云栵栭也栭謂之而小木相迫切與爾雅義無不合也栭爲小木如鮞爲魚子 从木埶聲 魚祭切十五部按埶考工記輪人以爲槷𢵧字又匠人以爲臬字又輪人注以爲危隉字

𣡌 或从藝作 據此則藝字古有之矣

枯 槁也 从木古聲 苦孤切五部 夏書曰唯箘輅枯 禹貢文今尚書作惟箘簵楛按惟作唯轉寫誤也輅當依竹部引書作簬楛作枯則許所據古文尚書如是竹部引書作楛非也 枯 逗各本無此字今補 木名也 此釋書之枯非枯槀之義如引𡋯讒說而又釋𡋯引曰圛而又釋圛引帝重莧席而又釋莧皆非𡋯圛莧本義必別釋以曉人也木名未審何木周易大過之枯鄭音姑謂無姑山榆周禮壺涿氏杜子春讀橭爲枯二云枯榆木名疑當是枯榆也而馬云可以爲箭或謂枯乃楛之假借未知其審考工記注引尚書箘輅枯音義曰枯尚書作楛鄉射禮注引國語肅慎貢枯矢音義曰枯字又作楛然則鄭所據尚書國語皆作枯與許所據合也

槀 木枯也 枯槀禾槀字古皆高在上今字高在右非也凡潤其枯槀曰槀如慰其勞苦曰勞以膏潤物曰膏尚書槀飫周禮槀人小行人若國

師役則令槀襘之義皆如是鄭司農以漢字通之於槀人曰槀讀爲犒犒師之犒主宂食者故謂之犒於小行人曰槀當爲犒謂犒師也葢漢時盛行犒字故大鄭以今字易古字此漢人釋經之法也左傳國語皆有犒字左傳服注曰以師枯槀故饋之飲食韋注國語曰犒勞也計左國皆本作槀今本作犒者亦漢人所改如牛人軍事共其犒牛此必後鄭從大鄭所易也小行人經文從大鄭易爲犒而注之曰故書犒作槀今本則譌舛難讀矣何注公羊曰牛酒曰犒高注淮南曰酒肉曰餉牛羊曰犒漢㡉彰長碑又作勞𩞄許不錄犒𩞄字者許以槀爲正字不取俗字也 从木高聲 苦浩切二部鄭箋詩讀橋

樸 木素也 素猶質也以木爲質未彫飾如瓦器之坯然士喪禮周禮槀人皆云獻素獻成注云形法定爲素飾治畢爲成是也引伸爲凡物之偁如石部云磺銅鐵樸是也作璞者俗字也又引伸爲不奢之偁凡云儉樸是也漢書以敦朴爲天下先假朴爲樸也 从木菐聲 匹角切三部今詩棫樸周禮樸屬借用此字

楨 剛木也 此謂木之剛者曰楨非謂木名也吳都賦之楨廣韵之女楨則爲木名 从木貞聲 陟盈切十一部 上郡有楨林縣 地理郡國二志同

柔 木曲直也 洪範曰木曰曲直凡木曲者可直直者可曲曰柔考工記多言揉許作煣云屈申木也必木有可曲可直之性而後以火屈之申之此柔與煣之分別次弟也詩荏染柔木則謂生木柔之引伸爲凡耎弱之偁凡撫安之偁 从木矛聲 耳由切三部

㭊 判也 土裂曰㘵木判曰㭊㭊二字今可用今人從手作拆甚無謂也自專以㭊爲擊㭊字而㭊之

本義廢矣 从木㡿聲 他各切五部按此古音也以今語言讀之則丑格切 易曰重門擊榛 繫辭傳文按欜下引易重門擊欜欜之本義也引經言轉注也此引易擊榛者欜之借字也引經言假借也易有異文兼引之而六書明矣

朸 木之理也 考工記曰陽木稹理而堅陰木疏理而柔毛詩傳曰析薪必隨其理毛詩如矢斯棘韓詩棘作朸毛曰棘棱廉也韓曰朸隅也學者皆不解及觀抑詩維德之隅毛曰隅廉也箋申之云如宮室之制內有繩直則外有廉隅然後知斯干詩謂如矢之正直而外有廉隅也韓朸爲正字毛棘爲假借字如矢之直則得其理而廉隅整飭矣毛韓辭異而意一也 从木力聲 以形聲包會意也防下曰地理朸下曰木理泐下云水理皆從力力者筋也人身之理也盧則切一部 平原有朸縣 見地理志

材 木梃也 梃一枚也材謂可用也論語無所取材鄭曰言無所取桴材也貨殖傳曰山居千章之材服虔云章方也孟康云言任方章者千枚按漢人曰章唐人曰橦音鐘材方三尺五寸爲一橦材引伸之義凡可用之具皆曰材 从木才聲 昨哉切一部

柴 小木散材 月令乃命四監收秩薪柴以供郊廟及百祀之新燎注云大者可析謂之薪小者合束謂之柴薪施炊爨柴以給燎按尞柴祭天也燔柴曰柴毛詩車攻假柴爲積字 从木此聲 士佳切十六部

榑 榑桑神木日所出也 叒下曰日初出東方湯谷所登榑桑叒木也然則榑桑即叒木也東下曰從日在木中杲下曰從日在木上皆謂榑木也淮南高注亦曰榑桑日所出也

从木尃聲防無切五部 杲明也衞風杲杲出日毛曰杲杲然日復出矣 从日
在木上讀若稾日在木中昒也日在木上旦也古老切二部 杳冥也冥窈也莫
爲日且冥杳則全冥矣由莫而行地下而至於榑桑之下也引伸爲凡不見之偁 从日在木下烏皎
切二部 𣓌角械也角蓋角闕之角 从木卻聲其逆切古音在五部 一曰
木下白也未詳 栽築牆長版也古築牆先引繩營其廣輪方制之正詩曰俾立
宅家其繩則直是也繩直則豎楨榦題曰楨植於兩頭之長杙
也旁曰榦植於兩邊之長杙也植之謂之栽栽之言立也而後
橫施版於兩邊榦內以繩束榦實土用築築之一版竣則層絫
而上詩曰縮版以載捄之仍仍度之薨薨築之登登是也然則
栽者合楨榦與版而言許云築牆長版爲栽者以版該楨榦也
中庸故栽者培之鄭云栽猶殖也今時人名艸木之殖曰栽築
牆立版亦曰栽鄭同許說長版者五經異義曰戴禮及韓詩說
八尺爲版五版爲堵五堵爲雉版廣二尺積高五版爲一丈五
堵爲雉雉長四丈古周禮及左氏說一丈爲版版廣二尺五版
爲堵一堵之牆長丈高丈三堵爲雉一雉之牆長三丈高一丈
以度爲長者用其長以度爲高者用其高也毛詩說亦云一丈
爲版五版爲堵公羊說五版而堵五堵而雉百雉而城鄭君曰
左氏傳說鄭莊公弟段居京城祭仲曰都城過百雉國之害也
先王之制大都不過三國之一中五之一小九之一今京不度
非制也古之雉制書傳各不得其詳案天子之城九里公城七
里侯伯之城五里子男之城三里今以左氏說鄭伯之城方五

里積千五百步也大都三國之一則五百步也五百步爲百雉則知雉五步五步於度長三丈則雉長三丈也雉之度量於是定可知矣按何注公羊曰八尺曰版堵凡四十尺此用今戴韓說也鄭箋詩曰春秋傳云五版爲堵五堵爲雉雉長三丈則版六尺自用其說也若異義今無全書未識許氏何從而於此但云長版不箸丈尺是作說文時於今說八尺古說一丈皆疑之而不敢定矣 从木𢦏聲 昨代切一部今分平去二聲古無是也中庸注可證 春秋傳曰楚圍蔡里而栽 左傳哀公元年文莊二十九年曰水昏正而栽杜云樹版榦定元年城成周庚寅栽杜云設版築

築 所㠯擣也 所㠯二字今補此蒙上築牆言所用築者謂器也其器名築因之人用之亦曰築手部曰擣築也是也築者直舂之器鄭注周禮引司馬法云輦一斧一斤一鑿一梩一鉏周輦加二版二築正義曰築者築杵也 从木筑聲 陟玉切三部 𥳑 古文 按此從土筥聲也今本篆體譌舛故正之

榦 築牆耑木也 耑謂兩頭也假令版長丈則牆長丈其兩頭所植木曰榦釋詁曰楨榦也舍人曰楨正也築牆所立兩木也榦所以當牆之兩邊鄣土者也栽誓注曰題曰楨旁曰榦正義云題曰楨謂當牆兩端者旁曰榦謂在牆兩邊者也然則舊說皆謂楨爲兩耑木榦爲夾版兩邊木許不介者舊說析言之爾雅與許皆渾言之也大雅傳亦以榦釋楨許於楨下渾云剛木 从木倝聲 古案切十四部按詩多以翰爲榦故爾雅毛傳曰翰榦也言六書之假借也榦俗作幹 一曰本也 四字今補文選魏都賦注盧諶贈劉琨詩注皆引說文榦本也按上

文云枝榦也引詩施于條枚與此訓相足木下曰本木身亦曰本 檥 榦也 釋詁曰楨翰儀榦也許所據爾

雅作儀也人儀表曰榦木所立表亦爲榦其義一也史記烏江亭長檥船待檥船者若今小船兩頭植檣爲系也 从

木義聲 魚羈切古音十七部 構 蓋也 此與冓音同義近冓交積材也凡覆蓋必交積材 从

木冓聲 以形聲包會意古后切四部 杜林以爲椽桷字 杜林用構爲桷字桷

古音如穀杜意構造字用冓椽桷字用構蓋倉頡訓纂一篇及倉頡故一篇中語 模 法也 以木曰模以金

曰鎔以土曰型以竹曰笵皆法也漢書亦作橅 从木莫聲讀若嫫母之嫫 女部

曰嫫母都醜也莫胡切五部 桴 眉棟也 也各本作名今正釋宮棟謂之桴許云眉棟者爾雅渾言之許

析言之鄭注鄉射禮記曰五架之屋正中曰棟次曰楣前曰庪注鄉飲酒禮曰楣前梁也許之眉棟卽禮經之楣也許广部之

广卽禮經之庪也許以屋櫋聯曰楣則棟前曰眉棟謂棟之近前若眉者也豈許所據禮經楣作眉與張載注靈光殿賦亦曰

眉梁 从木孚聲 附柔切三部 棟 極也 極者謂屋至高之處繫辭曰上棟下宇五架之屋正

中曰棟釋名曰棟中也居屋之中 从木東聲 多貢切九部 極 棟也 李奇注五行志

薛綜注西京賦皆曰三輔名梁爲極按此正名棟爲極耳今俗語皆呼棟爲梁也搜神記漢蔡茂夢坐大殿極上有禾三穗主

簿郭賀曰極而有禾人臣之上祿也此則似謂梁按喪大紀注曰危棟上也引伸之義凡至高至遠皆謂之極 从木

亟聲渠力切一部

柱楹也柱之言主也屋之主也从木主聲直主切古音在四部按柱引伸爲支柱柱塞不計縱橫也凡經注皆用柱俗乃別造從手拄字音株主切

楹柱也釋名曰楹亭也亭亭然孤立旁無所依也按禮言東楹西楹非孤立也自其一言之耳考工記蓋杠謂之桯桯卽楹如欒盈史記作欒逞其比也从木盈聲以成切十一部春秋傳曰丹桓宮楹左氏莊二十三年傳文

樘柱也各本柱上有衺字今刪文選靈光殿賦長笛賦李注皆引說文柱也長門賦李注引字林樘柱也皆無衺字惟樘字或作牚或作撐皆俗字耳玉篇云樘柱也亦無衺蓋樘本柱名如靈光枝樘杈枒而斜據枝樘與層櫨曲枅芝栭爲儷然則訓爲柱無疑也樘可借爲堂歫猶柱可借爲支柱而支柱遂正釋樘俗閒謂撐拄必用衺木遂沾一衺字矣从木堂聲丑庚切李善引說文恥孟反古音在十部

欂壁柱也壁柱謂附壁之柱柱之小者此與欂櫨之欂各字篇韵皆兩存不混从木蒪聲弼戟切古音在五部○按各本在榰篆之後誤也今移正

榰柱氐也氐各本作砥誤今正日部昏下曰氐者下也广部曰底一曰下也氐底古今字玄應書引作柱下知本作柱氐矣今之磉子也釋言曰榰拄也卽榰柱之譌磉在柱下而柱可立因引伸爲凡支拄拄塞之偁古用木今吕石从木此說古用木故字從木也柱氐之用石久矣尚書大傳曰天子賁庸諸侯疏杼大夫有石材庶人有石承鄭曰石材柱下質也石承當柱下而已不出外爲飾也廣雅礎磶䃌礩也磶見西京景福

殿二賦字作舃碩見西都賦字作磌礎見淮南書許注曰楚人謂柱碣爲礎按礎者濕也碩者賓也舃者如人之舄也磌者塡也皆謂石此云古用木者溯其始言之

耆聲章移切十五部

易曰榰恆凶是恆上六爻辭釋文曰振恆張璠作震今易皆同張者聲辰聲合韵冣近許偁蓋孟易也

𣏾 欂櫨也明堂位注曰山節刻欂櫨爲山也按梧論語禮器明堂位爾雅舊本皆作節

从木咨聲子結切十二部

𣝏 欂櫨逗柱上枅也魏都賦靈光殿賦景福殿賦長門賦李注皆引說文欂櫨柱上枅也王莽傳爲銅薄櫨師古曰柱上枅也亦本說文枅今本作栭誤欂櫨柔呼之也單呼亦曰櫨詞賦家或言欂櫨或言櫨一也釋名曰盧在柱端如都盧負屋之重也此單言櫨也廣雅曰欂謂之枅此單言欂也李善引倉頡篇曰枅柱上方木許說格也欂櫨也枅也一物三名也

从木薄聲篇韵皆有補各補戟二切五部按各本篆作欂解云壁柱从木蒪聲而無欂篆今尋文義當有欂欂二篆欂與榓榁爲類欂則蒙上文格欂櫨也言之淺人誤合爲一正如冥鼏袗袀之比爲分別依類補正之

櫨 欂櫨也依全書通例正

从木盧聲落胡切五部

伊尹曰果之美者箕山之東青鳧之所有甘櫨焉夏孰也語見呂覽本味篇鳧作鳥不言夏孰高誘曰箕山在潁川陽城之西青鳥崑崙山之東二處皆有甘櫨之果上林賦盧橘夏孰應劭曰伊尹書云果之美者箕山之東青鳥之所有盧橘夏孰史漢注作青馬依文選作青鳥爲長葢即山海經之三青鳥疑鳥鳧

皆烏之誤也漢志道家者流有伊尹五十一篇小說家者流有伊尹說二十七篇許董下秏下鰤下及此皆取諸伊尹書相如用盧橘夏孰太冲猶譏其不實後人以給客橙枇杷等當之繆甚 一曰宅櫨木出弘農山也鄭注周禮說涂州之屬有橐蘆未知是不

枅 屋欂櫨也按有枅有曲枅枅者倉頡篇云柱上方木也曲枅者廣雅云曲枅枅謂之欒薛綜西京賦注云欒柱上曲木兩頭受櫨者釋名欒攣也其體上曲攣拳然也然則曲枅謂之欒欒以承欂櫨故靈光殿賦曰層櫨磥垝以岌峩曲枅要紹而環句二者竝言景福殿賦亦櫨欒對舉魏都賦亦云欒櫨疊施皆可證曲枅與枅爲二事 从木幵聲古兮切十五部亦作槅

栵 栭也大雅其灌其栵毛曰栵栭也栭與灌爲類非木名謂小木叢生者如魚子名鯤鮞也許云栵栭也者字之本義曲枅加於柱枅加於曲枅栭又加於枅以次而小故名之栭毛取小木之義故亦曰栵栭也 从木𠛱聲良薛切十五部 詩曰其灌其栵大雅文許說爲本義毛傳爲引伸假借之義

栭 屋枅上標也標靈光殿賦王命論二注皆作梁今按作標爲長標者表也高也薛注西京賦曰栭斗也張載注靈光曰栭方小木爲之栭在枅之上枅者柱上方木斗又小於枅亦方木也然後乃抗梁焉靈光層櫨曲枅之下曰芝栭欑羅景福蘭栭積重之下曰櫼櫨各落此可證栭與枅非一物釋宮云栭謂之格合二事渾言之許則析言之也諸家襲爾雅者皆少分別 从木而聲如之切一部 爾雅曰栭謂之格偁爾雅者欲見渾言析言兩不相背也

檼

棼也林部曰棼複屋棟也注詳彼矣釋名及郭璞謂棟爲穩非也从木㥯聲於靳切十三部

橑榱也九歌曰桂棟兮蘭橑王云以木蘭爲榱也按西都賦列棼橑以布翼下又云裁金壁以飾當西京賦結棼橑以相接下又云飾華榱與璧璫魏都賦棼橑複結下又云朱桷森布而支離橑必與棼連言而別於榱桷則榱桷爲屋椽橑爲複屋之椽可知簷霤在複屋故廣韵曰屋橑簷前木此穩橑二篆相屬亦此意也當是本作橑穩椽也謂屬於穩之椽从木尞聲盧浩切二部

桷榱也榱也者渾言之釋宮云桷謂之榱是也下文椽方曰桷者析言之从木角聲形聲包會意也古岳切三部椽方曰桷桷之言棱角也椽方曰桷則知桷圜曰椽矣周易或得其桷虞曰桷椽也方者謂之桷春秋傳曰刻桓宮之桷左氏莊二十四年經文

椽榱也左傳以大宮之椽歸爲盧門之椽釋名曰椽傳也相傳次而布列也从木彖聲直專切十四部

榱椽也二字依韵會補秦名屋椽也周謂之椽齊魯謂之桷上二句各本作秦名爲屋椽周謂之榱大誤今依左傳桓十四年音義周易漸卦音義正謂屋椽秦名之曰榱周曰椽齊魯曰桷也名本妄改乃或疑釋文有誤矣釋宮音義云榱秦名屋椽也周謂之榱齊魯謂之桷此淺人改周椽爲周榱耳其引字林云周人名椽曰榱齊魯名榱曰桷則字林始與說文乖異矣榱之言差次也自高而下層次排列如有等衰也从木衰聲所追切古音在十七部

楣秦名屋

櫋聯也齊謂之厃楚謂之梠秦名屋櫋聯也者秦人名屋櫋聯曰楣也與秦名屋櫰曰楣同解李善注文選引說文曰梍梠秦名屋櫋聯失其義矣齊謂之厃各本厃作檐今依厂部厃下正厃屋梠也秦謂之楣齊謂之厃禮經正中曰棟棟前曰楣又爾雅楣謂之梁皆非許所謂楣者从木眉聲武悲切十五部

梠楣也釋名曰梠旅也連旅之也士喪禮注曰宇梠也宀部曰宇屋邊也从木呂聲力舉切五部

梍梠也梍之言比敘也西京賦曰三階重軒鏤檻文梍按此文梍謂軒檻之飾與屋梠相似者从木㿝聲讀若枇杷之枇房脂切十五部

櫋屋櫋聯也釋名曰梠或謂之櫋櫋緜也緜連榱頭使齊平也上入曰爵頭形似爵頭也按郭云雀梠即爵頭也九歌曰擘蕙櫋兮既張从木臱聲各本作邊省聲非今正武延切十二部讀如民

檐梍也檐之言隒也在屋邊也明堂位重檐注云重檐重承壁材也姚氏鼐云漢時名檐為承壁材以其直垂而下如壁从木詹聲余廉切八部俗作簷按古書多用檐為儋何之儋

橝屋梠前也梠與霤之閒曰橝从木覃聲徒含切古音在七部一曰蠶槌方言蠶槌備矣獨無橝字

樀戶樀也按戶樀謂門檐也郭注爾雅及篇韵皆云屋梠則不專謂門从木啻聲樀之言滴也與霤滴相近都曆切十六部爾雅曰檐謂之樀見釋宮樀朝門鉉本無此三字鍇本

有之門部闠下云闠謂之樀樀廟門也許以此樀爲朝門之樀彼樀爲廟門之樀正謂此檐彼闠分朝廟形異而義隨之也葢本舊說

讀與滴同

植 戶植也 釋宮曰植謂之傳傳謂之突郭曰持戶鎖植也見埤蒼邵氏晉涵曰墨子爭門𨷲決植淮南云縣聯房植高曰植戶植也植當爲直立之木徐鍇以爲橫鍵非也按今豎直木而以鐵了鳥關之可以加鎖故曰持鎖植植之引伸爲凡植物植立之植 从木直聲 常職切一部

櫃 或从置 置亦直聲也漢石經論語置其杖而耘商頌置我鞉鼓皆以置爲植

樞 戶樞也 戶所以轉動開閉之樞機也釋宮曰樞謂之椳 从木區聲 昌朱切四部

槏 戶也 通俗文云小戶曰𢨨口減反集韵槏𢨨㭱三同口減切戶也按許𢨨爲古文戶不爲槏 从木兼聲 苦減切七部

樓 重屋也 重屋與複屋不同複屋不可居重屋可居考工記之重屋謂複屋也釋名曰樓謂牖戶之閒諸射孔樓樓然也樓樓當作婁婁女部曰婁空也囧下曰窗牖麗廔闓明 从木婁聲 洛侯切四部

櫳 房室之疏也 按疏當作𤕟𤕟者通也𤕟者門戶疏窗也房室之窗牖曰櫳謂刻畫玲瓏也 从木龍聲 盧紅切九部

楯 闌檻也 闌門遮也檻櫳也此云闌檻者謂凡遮闌之檻今之闌干是也王逸楚辭注曰檻楯也從曰檻橫曰楯古亦用爲盾字 从木盾聲 食允切十三部

櫺 楯閒子也 闌楯爲方格又於其橫直交處爲圜子如綺文瓏玲故曰櫺左傳車曰忽靈亦其意

也文選注作窗閣子从木需聲郎丁切十一部

杗棟也从木亡聲武方切十部爾雅曰杗廇謂之梁按此條當以此八字冠於從木亡聲之上而刪去棟也二字門部闇謂之樀正其例也棟與梁不同物棟言東西者梁言南北者上文言棟而未及梁故於此補之杗廇者杗之言网也廇者中庭也架兩大梁而後可定中庭也釋宮曰杗廇謂之梁其上楹謂之棳今宮室皆如此不得謂梁爲棟也

梀短椽也此當與桷椽榱爲類而廁此者亦以補前也廣雅梀椽也从木束聲丑錄切三部

杇所㠯涂也涂塗古今字涂者飾牆也土部曰墐涂也墁仰涂也墀涂地也論語曰糞土之牆不可杇也秦謂之杇關東謂之槾从木按此器今江浙以鐵爲之或以木戰國策豫讓變姓名入宮塗廁欲以刺襄子襄子如廁心動執問塗者則豫讓也刃其杅曰欲爲智伯報讎杅謂涂廁之杅今本皆作扞侯旰切繆甚刃其杅謂皆用木而獨刃之以楮下云古用木故從木例之疑杅古全用木故杇槾古字也釫鏝今字也亏聲哀都切五部經傳多假爲于盂字

槾杇也釋宮曰鏝謂之杇釋文云鏝本或作槾按孟子作墁从木曼聲母官切十四部

椳門樞謂之椳見釋宮謂樞所檃謂之椳也椳猶淵也宛中爲樞所居也弓淵大射儀作隈考工記作畏亦此意與上文戶樞義互相足其文則以戶與門區別之實則戶與門制同从木畏聲烏恢切十五部

楣門樞之橫梁釋宮曰楣謂之梁郭曰門戶上

橫梁今本爾雅作楣字之誤也釋文楣亡悲反或作棢亡報反埤蒼云梁也呂伯雍云門戶之橫梁也說文曰楣秦名屋櫋聯也陸引埤蒼字林以證楣引說文以證楣謂楣楣義不同今本脫誤不可讀陸於楣不引說文者隨繙閱所得也棖言樞之下楣言樞之上門上爲橫梁鑿孔以貫樞今江浙所謂門龍也

从木冒聲莫報切古音在三部

梱

門橛也橛下云一曰門梱也門部曰闑門梱也然則門梱門橛闑一物三名矣謂當門中設木也釋宮橛謂之闑廣雅橛機闑朱也朱同梱史記孫叔敖傳曰楚俗好庳車王欲下令使高之相教閭里使高其梱居半歲民悉自高其車史記張釋之馮唐傳曰閫以內者寡人制之閫以外者將軍制之漢書閫作闑韋昭曰此郭門之梱也門中橛曰梱鄭注曲禮曰梱門限也與許不合

从木困聲苦本切十三部

榍

限也𨸏部限下云一曰門榍也門部云閾門榍也亦一物三名矣釋宮柣謂之閾柣郭千結反柣卽榍字也漢人多作切考工記注云眼讀如限切之限限切謂門限也漢書外戚傳切皆銅沓黃金塗師古曰切門限也千結反按西都賦玄墀釦切釦切卽漢書之切皆銅沓黃金塗也文選切作砌誤西京賦云金戺卽釦切也西京賦又云設切厓隒卽西都賦之仍增厓而衡閾也廣雅柣戺橉切也切今本亦譌砌橉見淮南書匡謬正俗云俗謂門限爲門䅵者爾雅柣謂之閾郭音切今言門䅵是柣聲之轉耳字當爲柣而作切音玉裁謂柣當爲榍而作切音如多方大淫泆有辭泆又作佾馬本作屑是其比也

从木屑聲先結切十二部

柤

木閑也門部曰閑闌也廣雅曰柤樘柱距也距當作歫歫止也

从木且聲側加切按當依廣雅

士加切古音在五部

槍 歫也 止部曰歫止也一曰槍也按槍有歫迎鬬爭之意通俗文曰剡木傷盜曰槍今俗作鎗 从木倉聲 七羊切十部 一曰槍攘也 三字句攘各本從木誤今正莊子在宥傖囊崔譔作戕囊云戕囊猶搶攘晉灼注漢書曰搶攘亂皃也按許無從手之搶凡槍攘上從木下從手

楗 歫門也 歫各本作限非今依南都賦注所引正老子釋文亦作距門也月令脩鍵閉愼管籥注曰鍵牡閉牝也管籥搏鍵器也周禮司門掌授管鍵以啓閉國門先鄭云管謂籥也鍵謂牡按楗閉卽今木鎖也諸經多借鍵爲楗而周禮司門作管蹇先鄭云蹇讀爲鍵今本乃互易蹇鍵字 从木建聲 其獻切十四部

櫼 楔也 玄應書曰說文櫼子林切今江南言櫼中國言屆楔通語也屆側洽切按子林切蓋本說文音隱今江浙語正作知林切不作子林也木工於鑿枘相入處有不固則斫木札楔入固之謂之櫼櫼亦作鉆戰國策蘇秦謂趙王曰柱山有兩木一蓋呼侶一蓋哭問其故曰吾苦夫匠人且以繩墨案規矩刻鏤我一曰此非吾所苦也是故吾事也吾所苦夫鐵鉆然自入而出夫人者今臣使於秦而三日不見無有爲臣鐵鉆者乎鉆自入而出謂以大鐵鉆釘入大樹一邊既析破乃取樹之一邊爲用夫人者言此人取所苦也今四川建昌山中取杪方皆以楔釘入取陽面一塊而樹尚卓立蘇秦以此喻離間之人也蘇秦謂鐵器許謂木札其用正同周禮注飛鉆當作此解砧音 从木韱聲 子廉切七部

楔 櫼也 今俗語曰楔子先結切考工記曰牙得則無槷而固注曰鄭司農云槷摋也蜀人言摋曰槷玄謂槷讀如涅從木埶省聲按槷摋皆假借

字檄卽楔之假借也釋木楔荊桃爲木名南都蜀都二賦皆有楔 从木契聲 先結切十五部

柵 編豎木也 豎各本作樹今依篇韵正豎部曰豎堅立也通俗文曰木垣曰柵 从木冊聲 依韵會本楚革切十六部

杝 落也 玄應書謂杝欐籬三字同引通俗文柴垣曰杝木垣曰柵按釋名亦云籬離也以柴竹作疏離離也柵礩也以木作之上平礩然也皆杝柵類舉落廣雅作落廣韵引音譏作樒齊民要術引仲長子曰杝落不完垣牆不牢掃除不淨笞之可也杝者杝之譌小雅析薪杝矣傳曰析薪者必隨其理謂隨木理之迤衺而析之也假杝爲迤也凡笆籬多衺織之故其義相通 从木也聲 池尒切古音在十七部按池尒之音傳合下文讀若陁爲之非許意也許意讀如離而又如陁 讀又若陁 又字鉉本無非也許時杝爲籬字人人所知而杝之讀又或如陁故箸之陁古皆作他非也趙凡夫鈔本作陁

㯻 行夜所擊木 行夜各本譌夜行木作者今依御覽正行去聲巡也周禮宮正夕擊柝而比之注云莫行夜以比直宿者修閭氏比國中宿互㯻者先鄭云㯻謂行夜擊㯻九家易曰柝者兩木相擊以行夜也孟子注云柝行夜所擊木也左傳賓將掫注云掫行夜也 从木橐聲 从橐者蓋虛其中則易響今之敲梆是也他各切五部 易曰重門擊㯻 注詳柝下

桓 亭郵表也 檀弓注曰四植謂之桓按二植亦謂之桓一柱上四出亦謂之桓漢書瘞寺門桓東如淳曰舊亭傳於四角面百步築土四方有屋屋上有柱出高丈餘有大板貫柱四出名曰桓表縣所治夾兩邊各一桓陳宋

之俗言桓聲如和今猶謂之和表飾古曰卽華表也孝文紀誹謗之木服虔曰堯作之橋梁交午柱崔浩以爲木貫柱四出名桓

从木亘聲 胡官切十四部釋訓曰桓桓威也

楃 木帳也 周禮巾車翟車有楃字從木釋文及各本從手非也釋文云握劉音屋賈馬皆作幄攷幕人注曰四合象宮室曰幄許書無幄有楃楃蓋出巾車職今本周禮轉寫誤耳鄭云有楃則此無蓋謂上四車皆有容有蓋翟車以楃當容不云有蓋也釋名云幄屋也以帛衣版施之形如屋也故許曰木帳

从木屋聲 於角切三部

橦 帳極也 極棟也帳屋高处也宋本葉鈔本小徐本作帳柱按西京賦都盧尋橦謂植者也

从木 以木爲之故從木

童聲 宅江切三部

杠 牀前橫木也 方言曰牀其杠北燕朝鮮之閒謂之樹自關而西秦晉之閒謂之杠南楚之閒謂之趙東齊海岱之閒謂之樺按廣韵作牀前橫無木字然則橫讀古曠反孟子徒杠其引伸之義也爾雅素錦韜杠丨部曰旂旗杠皃則謂直者也

从木工聲 古雙切九部

桯 牀前几 方言曰榻前几江沔之閒曰桯趙魏之閒謂之椸按古者坐於牀而隱於几孟子隱几而臥內則少者執牀與坐御者舉几是也此牀前之几與席前之几不同謂之桯者言其平也考工記蓋桯則謂直杠

从木呈聲 他丁切十一部

桱 桱 此複舉字之未删者 桯也東方謂之蕩 蕩集韵類篇皆從竹作簜桱蕩皆牀前几之殊語也而方言不載

从木巠聲 古零切十一部廣韵古定切似杉而硬之木

牀 安身之

几坐也 鉉本作安身之坐者五字非是牀之制略同几而庳於几可坐故曰安身之几坐牀制同几故有足有桄牀可坐故凥下曰処也從尸得几而止引孝經仲尼凥而釋之、曰謂閒居如此按得几而止者謂得牀而止也仲尼凥者謂坐於牀也上文曰凭依几也乃謂手所馮之几漢管寧常坐一木榻積五十餘年未嘗箕股其榻上當膝處皆穿此皆古人坐於牀而又不似今人垂足而坐之證也牀亦可臥古人之臥隱几而已牀前有几孟子隱几而臥是也孟子曰舜在牀琴蓋尚書佚篇語也而古坐於牀可見琴必在几則牀前有几亦可見然則古人之臥無横陳者乎曰有之弟子職曰先生將息弟子皆起敬奉枕席問疋何止內則曰父母舅姑將衽長者奉席請何趾論語曰寢不尸左傳掘地下冰而牀焉鮮食而寢皆是也內則云少者執牀與坐御者舉几謂晨興時也鄭以所衽為所坐也

从木爿聲 今書牂牂牂牆壯戕狀將字皆曰爿聲張參五經文字爿部曰爿音牆九經字樣鼎字注云下象析木以炊篆文𣎳析之兩向左為爿音牆右為片李陽冰亦云木字右旁為片左為爿音牆許書列部片之後次以鼎然則反片為爿當有此篆六書故曰唐本說文有爿部蓋本晁氏說之參記許氏文字一書非臆說其次弟正當在片後鼎前矣二徐乃欲盡改全書之爿聲為牀省聲非也顧野王片部後出牀部則其誤在前耳仕莊切十部

枕 臥所㠯薦首者 㠯字今補警枕曰頴見少儀

从木冘聲 章衽切八部

楲 楲窬逗 褻器也 史記萬石君列傳石建取親中帬廁牏身自浣滌徐廣曰一讀牏為竇竇音豆言建又自洗蕩廁竇瀉除穢惡之穴也呂靜云楲窬褻器也音威豆裴駰

按蘇林曰牏音投賈逵解周官楲虎子窬行清也孟康曰厠行清窬行清空中受糞者也東南人謂鑿木空中如曹謂之𢉃玉裁謂賈孟說是也虎子所以小便也行清所以大便鄭司農謂之路厠者也清圊古今字穴部窬下曰一曰空中也空中與孟說合今馬子其遺象也楲窬二物許類舉之 从木威聲 於非切十五部

櫝 匱也 此與匚部匵音義皆同匵匣也論語韞匵而藏諸作匵龜玉毀於櫝中作櫝 从木賣聲 徒谷切三部 一曰木名 未詳 又曰櫝木枕也 木枕大徐作大梡梡字之誤也木梡謂以圜木爲梡少儀所謂頒也謂之頒者圜轉易醒令人憬然故鄭注曰警枕

櫛 梳比之總名也 比讀若毗疏者爲梳密者爲比釋名曰梳言其齒疏也數言比比於梳其齒差數也比言細相比也按比之尤細者曰笸見竹部 从木節聲 阻瑟切十二部按考工記櫛字櫛之古文也

梳 所㠯理髮也 所㠯二字今補器曰梳用之理髮因亦曰梳凡字之體用同稱如此漢書亦作疏 从木疏省聲 疏通也形聲包會意所葅切五部

㭘 劒柙也 柙當作匣聲之誤也少儀所謂劒櫝也廣雅㭘室郭劒削也 从木合聲 胡甲切七部按廣韵古沓巨業二切

槈 薅器也 蓐部曰薅披去田艸也槈者所以披去之器也槈刃廣六寸柄長六尺說詳耨下 从木辱聲 奴豆切三部 鎒 或作从金 从木者主柄从金者主刃

㭒 苿臿也 从木 謂柄 入象形 从入者象兩刃也

眀聲舉朱切廣韵況于矩于二切五部苿兩刃臿也兩刃臿者謂臿之兩邊有刃者也臿
者刺土之器釋器曰㪺謂之疀㪺鍫疀臿皆古今字作臿者就舂臼之義引伸之俗作郭衣鍼之鍤非也金部曰銛鈂鍦皆臿
屬鍫河內謂臿頭金也此云兩刃臿則又與凡臿不同方言曰臿燕之東北朝鮮洌水之閒謂之㪺宋魏之閒謂之鏵或謂之
鏵江淮南楚之閒謂之臿沅湘之閒謂之畚趙魏之閒謂之喿東齊謂之梩按苿鏵古今字也方言渾言之許析言之耳高注
淮南曰臿鏵也青州謂之鏵有刃也三輔謂之𨪎釋名鍤插也掘地起土也或曰銷銷削也能有所穿削也或曰鏵鏵刳也刳
地爲坎也其板曰葉象木葉也高劉皆作鏵高云有刃當作有兩刃奪一字耳苿字亦作鋘吳越春秋夫差夢兩鋘殖吾宮牆
大宰嚭占之曰農夫就成田夫耕也公孫聖占之曰越軍入吳國伐宗廟掘社稷也玄應曰苿古文奇字作鋘李賢引何承天
纂文張揖字詁作鋘鋘又鋘之俗承天改吳吳爲吳因又改鋘爲鋘耳非張揖有鋘字也吳蕚皆在古音第五部从木
謂柄𦫵象形从𦫵者謂兩刃如羊兩角之狀互瓜切古音在第五部宋魏曰苿也方言
云宋魏之閒謂之鏵是也嘗論方言之字多爲後人以今易古以俗易正此其一耑也釫或从金
亐亐聲也蕚蕚聲蕚亐聲鏵卽釫字也梠臿也周禮注引司馬法曰輂一斧一斤一鑿一梩疏云梩或解
謂臿或解謂鍫鍫臿亦不殊孟子蓋歸反蔂梩而掩之趙曰蔂梩籠臿之屬可以取土者也按蔂卽欙之假借字可以舁土者
梩同梠可以臿地揠土者趙以籠屬釋蔂以臿屬釋梩也从木㠯聲詳里切一部郭注方言音駭
一

曰徙土輂此別一義謂梠卽欙孫奭孟子音義云梩土轝也本此廣韵曰梩臿之切徙土轝出六韜齊人語也按此四字與宋魏曰茉文法同方言云臿東齊謂之梩是也由此言之疑一曰徙土輂五字當移在此下

梩或从里㠯聲里聲同在一部

梠耒耑也梠今經典之耜耒下曰耕曲木也此云耒耑也與京房耜耒下耓也耒耜上句上也相合曲木考工記所謂上句者二尺有二寸也耒耑所謂庛長尺有一寸也許意上曰耒下曰枱皆謂木材錯於庛之金是曰耕曰䅽鄭注周禮則云耒爲木枱爲金故云古者耜一金兩人併發之又云庛讀爲刺刺耒下前曲接耜又注月令於孟春云耒耜之上曲也於季冬云耜耒之金也說與許異鄭本匠人耜廣五寸而云許則謂記文枱䅽不分渾言之記云耜廣五寸者謂䅽也故於耦下易之云耕廣五寸从木台聲弋之切按當云詳里切今俗作耜鈶本乃以訓臿訓徙土輂之梠注云今作耜則大誤矣玉篇同誤後人所改也一部

鈶或从金台聲以其木也故從木以其屬於金也故亦從金

辝籒文从辝從木辝聲也辝者籒文辭

楎六叉䅽叉各本誤叉廣韻廿三䰟曰三爪犂曰楎此謂一犂而三爪也許云六爪犂者謂爲三爪犂者二而二牛竝行如人耦耕也一犂一牛二犂則二牛共用三人食貨志所云趙過法用耦犂二牛三人也其上爲樓貯穀下種故亦名三腳樓今陝甘人用之一曰䅽上曲木䅽轅按集韵類篇皆無犂轅二字似可刪許云耕上曲木爲耒此云犂上曲木爲楎者正謂耒耑也故廣韵云楎犂頭玉篇云楎犂轅頭也从

木軍聲讀若緯緯音徽今篇韻皆云呼歸切文徽合韻也或如渾天之渾益都耆舊傳落下閎字長公於地中轉渾天戶昆切十三部

櫌摩田器也漢石經論語櫌不輟五經文字曰經典及釋文皆作耰鄭曰耰覆種也與許合許以物言鄭以人用物言齊語深耕而疾耰之以待時雨韋曰耰摩平也齊民要術曰耕荒畢以鐵齒鎉楱再偏杷之漫擲黍穄勞亦再偏按先云再偏杷之卽國語所謂疾耰待時雨也後云勞亦再偏卽鄭所謂覆種也許云摩田當兼此二者賈又曰春耕尋手勞秋耕待白背勞古曰耰今曰勞勞郎到切集韻作橯若高誘云耰椎也如淳云椎塊椎也服虔孟康云櫌鉏柄也椎塊尚近之鉏柄之說未可信矣从木憂聲於求切三部論語曰櫌而不輟微子篇

櫡斫也齊謂之茲箕各本作鎡錤今依爾雅正其實箕尚誤當作其耳斤部曰斫擊也釋器曰斪斸謂之定釋文云斸本或作櫡引說文齊謂之茲箕一曰斤柄自曲據陸氏以說文語系之或作櫡之下則說文有櫡無斸可知今本斤部出斪斸二篆皆云斫也夫爾雅斪斸本一物安得二之且考工記注引爾雅作句櫡又爾雅音義云斪本或作拘是則句拘皆訓曲不爲別一器名也句櫡者李巡云鉏也郭璞云鉏屬葢似鉏而健於鉏似斤而不以斫木專以斫田其首如鉏然句於矩故謂句櫡也斤部斪斸二篆淺人依爾雅俗本增之今刪管子曰美金以鑄戈劍矛戟試諸狗馬惡金以鑄斤斧鉏夷鋸櫡試諸木土謂斤斧鋸試諸木者鉏夷櫡試諸土者也韋曰夷者所以削艸平地也云齊謂之茲其者孟子引齊人言曰雖有茲基不如待時齊謂斫地

欘也趙注云耒耜之屬約略言之耳月令修耒耜具田器鄭曰田器鎡錤之屬然則鎡錤之非耒耜可知矣韋注國語云耨茲其也亦分別未審 一曰斤柄性自曲者 此別一義謂斫木之斤及斫田之器其木首接金者生而內句不假揉治是之謂欘考工記曰半矩謂之宣一宣有半謂之欘一欘有半謂之柯一柯有半謂之磬折鄭司農云倉頡篇有柯欘 从木屬聲 陟玉切三部

櫡 斫謂之櫡 見釋器櫡一作鐯俗字也凡斫木之斤斫地之欘皆謂之櫡櫡之言箸也箸直略反郭云钁也金部云钁大鉏也 从木 欘櫡皆重柄故字皆從木 箸聲 張略切五部

杷 收麥器 方言云杷宋魏之閒謂之渠挐亦謂之渠疏郭云無齒爲朳按耒部云䎩冊叉也可以劃麥河內用之䎩亦杷也杷引伸之義爲引取與掊捊義略同 从木巴聲 蒲巴切五部

椴 穜樓也 穜者今之種字樓者今之耬字廣韵曰耬種具也今北方謂所以耩者曰耬耩者種也小徐本樓作椴 一曰燒麥柃椴也 燒猶爇也柃椴者爇麥器名 从木役聲 與辟切十六部

柃 木也 上林賦張揖注曰檔似柃按云木也非其交當作柃椴也二字蓋蒙上釋柃字耳 从木令聲 郎丁切十一部

柫 擊禾連枷也 方言曰僉宋魏之閒謂之欇殳或謂之度音量度自關而西謂之棓蒲項反或謂之柫音拂齊楚江淮之閒謂之柍音悵快亦音車鞅或謂之桲音勃齊語耒耜枷芟韋云枷柫也所以擊草也〔草當作禾〕王莽傳必躬載柫釋名曰枷加也加杖於柄頭以撾穗

而出其穀也或曰羅枷三杖而用之也或曰了了杖轉於頭故以名之也戴先生曰羅連語之轉今連枷之制與古同

从木弗聲敷勿切十五部

枷　拂也从木加聲古牙切十七部淮南謂之柍出方言

杵　舂杵也舂擣粟也其器曰杵繫辭曰斷木爲杵掘地爲臼臼杵之利萬民以濟从木午聲昌與切五部

槩　所㠯杚斗斛也所以二字今補月令正權槩鄭高皆云槩平斗斛者槩本器名用之平斗斛亦曰槩許鄭高皆云其器也凡平物曰杚所以杚斗斛曰槩引伸之義爲節槩感槩梗槩从木既聲工代切十五部

杚　平也杚非器也廁於此者因上文云杚斗斛而釋之也按許書有杚無扢杚在入聲則古沒切亦居乙切去聲則古代切亦古對切無二字也廣韵去入聲皆作扢從手皆從木之誤耳集韵代沒二韵皆於杚字之外別出扢字則由未知廣韵之爲字誤也杚者平物之謂平之必摩之故廣雅曰杚摩也廣韵摩之訓本此古杚與槩二字通用班固終南山賦槩青宮觸紫宸曹植贈丁儀王粲詩員闕出浮雲承露槩泰清李善注云西都賦杚仙掌與承露廣雅杚摩也槩與杚同古字通今書籍此等杚字皆譌作扢而今文選後漢書抗仙掌以承露又與李善所引迥異凡學古者當優焉游焉以求其是顏黃門云觀天下書未偏不可妄下雌黃是也从木气聲古沒切十五部杚與刉劃磯音義皆相近

[木省]　木參交㠯支炊籅者也支各本作枝今依集韵類篇正竹部曰籅漉米籔也籔炊籅也籅籔二字爲一物謂米旣淅將炊而漉之令乾又以

三交之木支此籅則瀝乾尢易也三交之木是爲楷从木省聲所綆切十一部讀若驪駕漢平帝紀禮娶親迎立軺併馬服虔曰立軺立乘小車也併馬驪駕也按驪之言麗也駢下云駕二馬也駕二馬爲麗駕楷讀若驪駕之驪此淸支二部合韵也按玉篇曰杫楷檝三同思漬切肉几也集韵說同考方言曰俎几也西南蜀漢之郊曰杫音賜後漢書欒崧家貧爲郎常獨直臺上無被枕杫是則肉几應作杫檝支籅應作楷不知何以合之而亦可以證十一十六部合韵之理也

柶 禮有柶凡言禮者謂禮經十七篇也禮經多言柶士冠禮注曰柶狀如匕以角爲之者欲滑也柶匕也鄭云如匕許云匕也小異蓋常用器曰匕禮器曰柶匕下曰一名柶从木四聲息利切十五部

桮 㔶也匚部曰㔶小桮也析言之此云桮㔶也渾言之方言盂槭盞温閜盪𥃩杯也桮其通語也古以桮盛羹桮圈是也从木否聲布回切一部俗作杯

𠥜 籒文桮鉉本作𠥜

槃 承槃也承槃者承水器也內則曰進盥少者奉槃長者奉水請沃盥左傳曰奉匜沃盥特牲經曰尸盥匜水實于槃中古之盥手者以匜沃水以槃承之故曰承槃內則注曰槃承盥水者吳語注曰槃承盥器也大學湯之盤銘曰苟日新日日新又日新正謂刻戒於盥手之承槃故云日日新也古者晨必洒手日日皆然至於沐浴𩕄面則不必日日皆然據內則所云知之槃引伸之義爲凡承受者之偁如周禮珠槃夷槃是也从木般聲薄官切十四部

鎜 古文从金蓋古以金後乃以木

盤 籒文从皿今字皆作盤

榹

槃也急就篇槫榼椑榹榹當與許訓同釋木以爲榹桃桃字夏小正作柂桃从木虒聲息移切十六部

案几屬考工記玉人之事案十有二寸棗栗十有二列大鄭云案玉案也後鄭云案玉飾案也棗栗實於器乃加於案戴先生云案者棜禁之屬儀禮注曰棜之制上有四周下無足禮器注曰禁如今方案隋長局足高三寸此以案承棗栗宜有四周漢制小方案局足此亦宜有足按許云几屬則有足明矣今之上食木槃近似惟無足耳楚漢春秋淮陰侯謝武涉漢王賜臣玉案之食後漢書梁鴻傳妻爲具食不敢於鴻前仰視舉案齊眉方言曰案陳楚宋魏之閒謂之槝自關而東謂之案後世謂所凭之几爲案古今之變也从木安聲烏旰切十四部

檈圜案也檈圜疊韵从木睘聲似沿切十四部

椷篋也匚部曰匧笥也竹部曰笥飯及衣之器也方言椷杯也與許異漢天文志閒可椷劒蘇林曰椷音函容也此假椷爲含也从木咸聲古咸切七部

枓勺也勺下曰所以挹取也與此義相足凡升斗字作斗枓勺字作枓本不相謀而古音同當口切故枓多以斗爲之小雅維北有斗不可以挹酒漿維北有斗西柄之揭大雅酌以大斗皆以斗爲枓也考工記注曰勺尊斗也尊斗者謂挹取於尊之勺士冠禮注亦曰勺尊斗也所以𣂇酒也此等本皆假斗爲枓而俗本譌爲尊升遂不可通少牢注曰凡設水用罍沃盥用枓此則用本字趙世家使廚人操銅枓張儀傳說此事作金斗喪大記沃水用枓周禮鬯人作斗从木斗聲鈄本作從斗非也之庾切音之轉也古當口切在四部

柄枓柄也枓柄者勺柄也勺謂

之枓勺柄謂之杓小雅言西柄之揭大雅傳曰大斗長三尺張儀傳令工人作爲金斗長其尾令可以擊人天官書天文志皆
云杓攜龍角魁枕參首北斗一至四爲魁象羹枓五至七爲杓象枓柄也 从木勺聲 甫遙切二部按索隱
引說文匹遙反 櫑 龜目酒尊 五經異義韓詩說金罍大器也天子以玉諸侯大夫以金士以梓古
毛詩說金罍酒器也諸臣之所酢人君以黃金飾尊大一碩金飾龜目蓋刻爲雲靁之象許君曰謹案韓詩說天子以玉經無
明文謂之罍者取象雲靁博施故從人君下及諸臣同按異義從古毛說說文同也故云龜目酒尊刻木爲雲靁象爾雅彝卣
罍器也小罍謂之坎然則櫑有小大燕禮罍水在東則罍亦以盛水 刻木作雲靁象 句 象
施不窮也从木从畾畾亦聲 此五字今補正刻木至從畾此述古毛說說從
木從畾之意也刻爲龜目又通體刻爲雲靁古之刻雲如古文之[illegible]刻靁如古文之回所以刻爲雲靁者以雲靁施澤不窮人
君之櫑爲諸臣取酒自酢者故象之也畾者靁之省凡許言畾聲皆靁省聲也魯回切十五部 罍 櫑或从
缶 蓋始以木後以匋 𥁰 櫑或从皿 𦉪 籀文櫑从缶回 猶籀
文靁作䨓也漢書文三王傳孝王有䨓尊如此作 椑 圜榼也 漢書曰美酒一椑椑見急就篇及廣雅按
考工記廬人句兵椑注云椑隋圜也 从木卑聲 部迷切十六部 榼 酒器也 師古注急
就篇曰榼盛酒之器其形榼榼然也孔叢子曰子路嗑嗑當飲十榼 从木盍聲 枯蹋切八部 橢

車笭中橢橢器也 橢橢當作隋隋山部隓山之隋隋者今本亦譌作隓隓者隋隋狹長皃也史記索隱引三蒼云橢盛盬鼓器他果反師古注急就篇云橢小桶也所以盛盬鼓廣韵曰橢器之狹長 从木隋聲 徒果切十七部廣韵他果切

槌 關東謂之槌關西謂之持 方言槌宋魏陳楚江淮之閒謂之植自關而西謂之棏郭云槌縣蠶薄柱也度畏反植音值棏音陽按持與植葢一字古音同在一部也依方言當作關西謂之棏關東謂之持容許所據不同耳 从木追聲 直類切十五部

持 槌也从木寺聲 各本作特省聲淺人所改也特又何聲耶持卽方言之植月令具曲植鄭曰植槌也呂覽作具挾曲高曰挾讀曰朕三輔謂之挾關東謂之得淮南書作具撲曲高曰薄持也三輔謂之撲按高注持卽持之誤得卽持之假借字也篇韵皆云持一作棏一作櫝朕本謂橫者高注蓋統言之耳陟革切古言在一部

栚 槌之橫者也關西謂之㯕 方言槌其橫關西曰㯕宋魏陳楚江淮之閒謂之㯓音帶齊海岱之閒謂之繏相卞反按栚㯕朕三同關西謂之撰西當作東㯕當同簨簨虞之簨橫者曰簨方言作繏亦同音也呂覽注曰挾讀曰朕三輔謂之朕正與方言關西曰㯕合 从木灷聲 許倂賸字皆灷聲是本有灷篆而佚之也直衽切七部

槤 胡槤也 胡各本作瑚今正瑚雖見論語禮記然依左傳作胡爲長明堂位曰有虞氏之兩敦夏后氏之四璉殷之六瑚周之八簋而苞注論語曰瑚璉者黍稷器也夏曰瑚商曰璉周曰簠簋杜注左云夏曰瑚周曰簋孔沖遠云包

鄭等注論語賈服等注左傳皆云夏曰瑚杜亦同之或別有所據或相從而誤按此非相從而誤漢人所據戴記不同也璉當依許從木據明堂位音義本作四連周禮管子以連爲輦韓勑禮器碑胡輦器用卽胡連也司馬法夏后氏謂輦曰余車殷曰胡奴車周曰輜輦疑胡輦皆取車爲名 从木連聲 里典切廣韵力展切十四部

槤 所目几器 謂所以庋閣物之器也几可庋物故凡庋曰几廣韵曰橫兵闌 从木廣聲 胡廣切十部 一曰帷屏屬 各本屏下有風之二字今依李善吳都賦注正吳都賦曰房櫳對櫎櫎之字一變爲榥再變爲榥雪賦注引文字集略曰榥以帛明牕也

椇 所目舉食者 所目二字今補 按椇梮二字同椇四圍有周無足置食物其中人舁以進別於案者案一人扛之椇二人對舉之也漢書溝洫志山行則梮韋昭曰梮木器如今轝牀人轝以行也左傳襄九年陳畚梮杜曰梮土轝也梮同椇人轝土轝與食轝形製則一史記梮作橋許則云山行乘欙而盛土之梮孟子毛傳皆謂之虆虆卽欙梮卽椇字應劭注漢書曰梮或作欙爲人所牽引也此蓋物重則舁之而又輓之故曰欙孔沖遠左傳正義作從手之挶乃誤字也 从木具聲 俱燭切古音在四部

榖 繘耑木也 繘汲井綆也綆耑木者下耑有罋上耑有木以爲硾繫之言系也釋木以爲繫梅字 从木𣪊聲 古詣切十六部

檷 絡絲柎也 柎各本作檷今依易釋文玉篇廣韵正釋文作跗柎跗古今字柎咢足也絡絲者若今絡絲架子姤初六繫於金柅九家易曰絲繫於柅猶女繫於男故以喻初宜繫二也 从木爾

聲奴禮切十六部讀若昵昵各本作柅今依易釋文正昵或暱字合韵也易曰繫於金柅六字各本無今依易釋文補

機　主發謂之機下文云機持經者機持緯者則機謂織具也機之用主於發故凡主發者皆謂之機槩栝之辭从木幾聲居衣切十五部

榺　機持經者三倉曰經所居機榺也淮南氾論訓曰後世爲之機杼勝複以便其用而民得以揜形御寒勝者榺之假借字戴勝之鳥首有横文似榺故鄭云織紝之鳥小雅云杼軸其空榺卽軸也謂之軸者如車軸也俗作柚謂之榺者勝其任也任正者也从木朕聲詩證切六部按集韵引廣雅榺謂之榺今廣雅榺作椮誤也

杼　機持緯者椮梭皆俗字从木予聲直呂切五部按此與木名之𣏌以左形右聲下形上聲爲別

椱　機持繒者繒字不可通玉篇作繪按當作會會者經與緯之合也緯與經合處其不緊則有椱入經之間以緊之魯季敬姜說織曰持交而不失出入不絶者梱也梱可以爲大行人也持交正許所云持會也趙注孟子梱屨曰梱猶叩椓也織屨欲堅故叩之也此與敬姜說梱義同字皆當從木孫氏孟子音義從手誤淮南氾論訓云機杼勝複複卽椱之假借字也从木复聲扶富切三部

楥　履法也今鞋店之楦也楥楦正俗字从木爰聲吁券切十四部讀若指撝手部撝下曰一曰手指也按撝古音在十七部此合韵也今人語音爲正

㮴　蠻夷吕木皮爲匧狀如籢尊之

形也未詳所本今字果實中曰核而本義廢矣按許不以核爲果實中者許意果實中之字當用覈也小雅肴核維旅班固蔡邕作肴覈左思作斉槅槅卽覈也今本毛詩作核非古也周禮其植物宜覈物覈猶骨也廣韵云㮕果子㮕也出聲譜戶骨切此字近是玉篇亦云核戶骨切果實中也从木亥聲古哀切一部

棚棧也通俗文曰板閣曰棧連閣曰棚析言之也許云棚棧也渾言之也今人謂架上以蔽下者皆曰棚从木朋聲薄衡切古音在六部

棧棚也竹木之車曰棧不言一曰者其義同也小雅傳曰棧車役車箋云棧車輦者許云竹木之車者謂以竹若木散材編之爲箱如柵然是曰棧車棧者上下四旁皆偁焉公羊傳云亡國之社掩其上而柴其下周禮喪祝注作奄其上而棧其下謂以竹木布於地也从木戔聲士限切十四部

栫以柴木雝也雝者今之壅字也文選注引以柴木壅水玉篇類篇同然此不獨施於水無水爲長也上文棧云竹木謂竹木之整齊者此云柴木謂散材不整齊者橫直皆可云栫左傳吳囚邾子於樓臺栫之以棘杜曰栫擁也釋器槮謂之涔江賦栫澱爲涔此則聚積柴木於水中也从木存聲徂悶切十三部按篇韵皆在甸切

槶匡當也匡當今俗有此語謂物之腔子也槶亦作簂亦作蔮士冠禮注云滕薛名蔮爲頍釋名曰簂恢也恢廓覆髮上也魯人曰頍齊人曰帨按鄭劉所說槶之一耑耳从木國聲古悔切古音在一部

梯木階也孟子父母使舜完廩捐階趙曰階梯也階以木爲之便於登高从木

弟聲土雞切十五部棖杖也未詳从木長聲宅耕切廣韵直庚切古音在十部一曰法也未詳釋宮曰棖謂之楔玉藻注棖門楔也鄭風箋棖門梱上木近邊者按門兩旁木亦法之一端也鄭說梱爲門限故曰門梱上木桊牛鼻環也各本環上有中字今依玄應刪玄應曰桊牛拘也今江以北皆曰牛拘以南皆曰桊居院切按呂氏春秋曰使烏獲疾引牛尾尾絶力動而牛不可行逆也使五尺童子引其棬而牛恣所以之順也棬者桊之譌字从木𠔉聲居倦切十四部椯箠也淮南氾論訓是猶無鏑銜橜策錣而御馯馬也高注錣椯頭箴汙道應訓又曰策馬捶也端有箴以刺馬謂之錣按二注是箠策椯一物也竹部曰策馬箠也从木耑聲兜果切古音當在十四部一曰度也手部揣下曰度高曰揣一曰捶之此云椯箠也一曰度也然則椯與揣音義略同如椯與揣皆訓度也一曰椯剟也刀部曰剟刊也椯與剟雙聲橜弋也弋下曰橜也从木厥聲瞿月切十五部與氏部氒音同義相近莊列橜株駒一曰門梱也上文云梱門橜也與此爲互訓此亦樴弋之一耑耳橜或借厥梱或借困荀卿曰和之璧井里之厥也玉人琢之爲天子寶晏子作井里之困樴弋也釋宮曰樴謂之杙在牆者謂之楎在地者謂之臬大者謂之栱長者謂之閣弋杙古今字樴周禮作職牛人曰祭祀共其享牛求牛以授職人而芻之注云職讀爲樴樴謂之杙可以繫牛引伸凡物一枚曰一樴鄉射禮記薦脯五樴注云樴猶梃也爲記者異耳鄉飲酒

禮記鱐膴五挺注云挺猶樴也今本儀禮樴譌職挺譌挺及脡今依張淳葉林宗所據釋文正 从木戠聲
之弋切一部 杖 持也 杖持疊韵凡可持及人持之皆曰杖喪杖齒杖兵杖皆是也兵杖字俗作仗非門下
二云兵杖在後欃下云積竹杖可證 从木丈聲 直兩切十部 柭 棓也 从木犮
聲 北末切十五部 棓 棁也 棓棒正俗字天官書紫宮左三星曰天槍右五星曰天棓淮南書寒浞殺羿於
桃棓 从木咅聲 步項切按咅聲在四部合韵也 棁 木杖也 木一本作大穀梁傳宣十
八年曰邾人戕繒子于繒戕猶殘也棁殺也棁殺謂杖殺之今本注疏釋文皆譌從手而唐石經初從木作棁後改從手唐玄
度之紕繆也後漢禰衡傳手持三尺棁杖按經典用爲梁上短柱之棳 从木兌聲 他活切又之說切十
五部○棁篆舊在椎柯二篆後今移正 椎 所㠯擊也 所㠯二字今補器曰椎用之亦曰椎方言
曰掇抌椎也南楚凡相椎搏曰掇或曰揔沅涌澆幽之語或曰攩郭云今江東人亦名椎爲攩按方言椎字今本多譌從手作
推 齊謂之終葵 考工記大圭長三尺杼上終葵首注曰終葵椎也爲椎於其杼上明無所屈也按考
工記終古終葵椎皆用齊言蓋齊人作 从木隹聲 直追切十五部 柯 斧柄也 見豳
風毛傳考工記曰一欘有半謂之柯注云伐木之柯柄長三尺又盧人注曰齊人謂柯斧柄爲椑按柯斧者大斧也柯之假借
爲枝柯 从木可聲 古俄切十七部 柄 柯也 柄之本義專謂斧柯引伸爲凡柄之偁周

禮禮經作枋丙聲方聲同在十部也 从木丙聲 陂病切古音在十部 棅 或从秉 秉聲
古亦在十部也莊子天道篇天下奮棅而不與之偕管子山權數篇此謂君棅按古又以秉爲柄如左傳國子實執齊秉前五
行志殺生之秉終矣 柲 欑也 欑各本誤從手葉本誤從彳今正此即下文積竹杖也考工記廬人爲廬器戈
柲六尺有六寸殳長尋有四尺車戟常酋矛常有四尺夷矛三尋注云柲猶柄也按戈戟矛柄皆用積竹杖不比他柄用木而
已殳則用積竹杖而無刃柲之引伸爲凡柄之偁左傳剝圭以爲戚柲戚柄不用積竹 从木必聲 兵媚
切古音在十二部 欑 積竹杖 詳竹部籚下殳部殳下鄭注考工記曰矛戟柄竹欑柲 从木
贊聲 在丸切十四部 一曰穿也 此與金部鑽音義皆同 一曰叢木 倉頡篇云
欑聚也衆經音義云儹欑同喪大記君殯欑至於上注云欑猶菆也按注謂與檀弓菆塗同也欑菆叢皆聚意 杘
籆柄也 竹部曰籆所以收絲者也方言籆榬也兗豫河濟之閒謂之榬郭云所以絡絲也絡謂之格郭云所以轉
籆絡車也按注籆字蓋衍籆卽絡車也所以轉絡車者卽杘也此與檷異物 从木尸聲 女履切十五部
柅 杘或从木尼聲 中山經注曰檷音絡柅之柅易姤初六繫于金柅釋文曰柅說文作檷按
昔人謂檷柅同字依許則柅者今時籆車之柄檷者今時籊絲於上之架子以受籆者也故曰絡絲柎臣鉉等曰上文云柅木
實如梨此重出 榜 所㠯輔弓弩也 經傳未見此義竹部曰殷榜也假借之義也辭章家用榜

人則舟部之舫人也从木㫄聲補旨切古音在十部

檠榜也秦風竹閉緄縢毛曰閉紲緄繩縢約也小雅角弓傳曰不善紲檠巧用則翩然而反既夕記說明器之弓有柲注云柲弓檠也弛則縛之於弓裏備損傷也以竹爲之引詩竹柲緄縢考工記弓人注云紲弓䪙弓有䪙者爲發弦時備頓傷引詩竹䪙緄縢合此言之禮謂之柲詩謂之閉周禮注謂之䪙禮古文作柴四字一也皆所謂檠也紲者繫檠於弓之偁緄則繫之之繩謂之檠者正之也謂之榜者以竹木異體從旁傅合之之言凡言榜笞榜箠者取義於縲紲凡後世言標榜者取義於表見在外也从木敬聲巨京切十一部

檃栝也檃與栝互訓檃亦作㯶亦假借作隱栝亦假借作括尚書大傳子贛曰檃栝之旁多曲木良醫之門多疾人砥厲之旁多頑鈍荀卿大略篇大山之木示諸檃栝檃栝者矯制袤曲之器也方言所以隱權謂之篻郭云搖㰏小櫼也按權以索繫於篻而後可打是篻者所以檃其權也如許云矢檃弦處謂之矢栝矢栝所以檢弦也般庚尚皆隱哉某氏注云相隱括共爲善政公羊傳何序云隱括使就繩墨孫卿書云劫之以勢隱之以阨阨而用之得而後功之隱皆讀爲檃漢刑法志隱之以勢臣瓚注曰秦政急峻隱括其民於隘狹之法是也凡古云安隱者皆謂檃栝之而安也俗作安穩聲形皆變也从木隱省聲於謹切十三部按篇韵皆引說文㯶栝也不省心

栝檃也从木昏聲古活切十五部一曰矢栝檃弦處檃各本作築不可通今正釋名曰矢末曰栝栝會也與弦會也云檃弦處者弦可隱其閒也此亦檃栝之一耑耳而別言之者俗但知栝爲矢栝字嫌義

不備故箸之也矢栝字經傳多用括他書亦用筈

棊 簙棊 竹部曰簙局戲也六箸十二棊 从木其聲 渠之切一部

椄 續木也 今栽華植果者以彼枝移椄此樹而華果同彼樹矣椄之言接也今接行而椄廢 从木妾聲 子葉切八部

栙 栙雙也 三字句竹部曰䉶栙雙也 廣韵曰栙雙帆未張又曰䉶雙帆也按廣韵有舽艭䑫艭艂艭皆疊韵字 从木夅聲讀若鴻 下江切九部

桰 炊竈木 今俗語云竈㮇是也廣韵云㮇火杖栖㮇古今字也 从木舌聲 臣鉉等曰當從甛省乃得聲按徐說非也栝甛銛等字皆從西聲西見谷部轉寫譌為舌耳他念切七部

槽 嘼之食器 嘼各本作畜獸二字今正嘼六嘼也馬櫪曰槽方言櫪梁宋齊楚北燕之閒謂之樎皁皁與槽音義同也 从木曹聲 昨牢切古音在三部按大雅乃造其曹曹蓋槽之假借謂造於飤豕之處也

臬 射埻的也 埻的各本作準的今正土部曰埻射臬也二字互訓日部曰的明也埻準的的皆古今字李善東京賦注引作埻可證古本不作俗字矣臬古假藝為之上林賦弦矢分藝殪仆文穎曰所射準的為藝左傳陳之藝極皆是也臬之引伸為凡標準法度之偁釋宮曰樴謂之杙在牆者謂之臬康誥曰陳時臬事考工記匠人作槷𠂤部曰賈侍中說隉法度也皆臬之假借字也 从木自聲 五結切十五部李陽冰曰自非聲以去入為隔礙也

桶 木方受六升 疑當作方斛受六斗廣雅曰方斛謂之桶月令角斗甬注曰甬今斛也甬即桶

今斛者今時之斛凡鄭言今者皆謂漢時秦漢時有此六斗斛與古十斗斛異史記商君平斗桶呂不韋仲春紀角斗桶故知起於秦也 从木甬聲 他奉切九部

櫓 大盾也 盾瞂也戰盾也秦風毛傳曰伐中干也伐卽瞂干卽戰櫓其大者也釋名曰盾大而平者曰吳魁隆者曰須盾櫓或假杵爲之流血漂杵卽流血漂櫓也 从木魯聲 郎古切五部

樐 或从鹵 鹵聲也始皇本紀亦假鹵爲之天子出行鹵簿鹵大楯也以大盾領一部之人故名鹵簿

樂 五聲八音總名 樂記曰感於物而動故形於聲聲相應故生變變成方謂之音比音而樂之及干戚羽旄謂之樂音下曰宮商角徵羽聲也絲竹金石匏土革木音也樂之引伸爲哀樂之樂 象鼓鞞 鞞當作鼙俗人所改也象鼓鼙謂𢆶也鼓大鼙小中象鼓兩旁象鼙也樂器多矣獨像此者鼓者春分之音易曰雷出地奮豫先王以作樂崇德是其意也 木 逗謂从木 虡也 虍部曰虡鐘鼓之柎也五角切古音在二部

柎 闌足也 柎蒙上文木虡言之闌字恐有誤韵會本闌作鄂柎附正俗字也凡器之足皆曰柎小雅鄂不韡韡傳云鄂猶鄂鄂然言外發也箋云承華者曰鄂不當作柎柎鄂足也鄂足得華之光明則韡韡然盛古聲不柎同箋意鄂承華者也柎又在鄂之下以華與鄂喻兄弟相依郭璞云江東呼草木子房爲柎草木子房如石榴房蓮房之類與花下鄂一理也 从木付聲 甫無切四部

枹 擊鼓柄也 柄各本作杖今依文選注玄應書正左傳音義引字林亦作柄左傳右援桴而鼓禮運明堂位皆云由桴土鼓玄應云衞宏詔定古文官書枹桴二

字同體音扶鳩切鼓椎也按桴本訓棟借爲鼓柄字耳 从木包聲 甫無切按當依廣韵縛謀切三部

椌 柷樂也 樂記注曰椌楬謂柷敔也此釋椌爲柷釋楬爲敔也謂之椌者其中空也 从木空聲 苦江切九部

柷 樂木椌也 樂上當有柷字椌各本作空誤周頌毛傳曰柷木椌也圉楬也許所本也 所吕止音爲節 按鉉本此六字大誤柷以始樂非以止音也鍇本此篆已佚而見韵會者亦譌舛不可讀今按當作以止作音爲柷釋樂曰所以鼓柷謂之止葢椌之言空也自其如桼桶言之也柷之言觸也自其椎柄之撞言之也皋陶謨合止柷敔鄭注云柷狀如桼桶而有椎合之者投椎其中而撞之爾雅郭注云柷如桼桶方二尺四寸風俗通廣雅云三尺五寸深一尺八寸風俗通云尺五寸中有椎柄連底挏之令左右擊止者其椎名劉熙云柷柷也故訓柷爲始以作樂也 从木祝省聲 昌六切三部

槧 牘樸也 樸素也猶坏也牘書版也槧謂書版之素未書者也論衡曰斷木爲槧釋名曰槧版之長三尺者也槧漸也言漸漸然長也楊雄曰天下上計孝廉及內郡衞卒會雄常把三寸弱翰齎油素四尺以問其異語歸卽以鉛摘次之於槧西京雜記曰懷鉛提槧 从木斬聲 自劒切八部

札 牒也 片部曰牒札也二字互訓長大者曰槧薄小者曰札曰牒釋名曰札櫛也編之如櫛齒相比也司馬相如傳曰上令尚書給筆札師古曰札木簡之薄小者也 从木乙聲 側八切古音在十二部

檢 書署也 書署謂表署書函也後漢祭祀志曰尚書令奉玉牒檢皇

帝曰二分璽親封之訖太常命人發壇上石尚書令藏玉牒已復石覆訖尚書令以五寸印封石檢按上云玉牒檢者玉牒之玉函也所謂玉檢也下云石檢者上文云石覆訖是也檢以盛之又加以璽印周禮注曰璽節印章如今斗檢封矣廣韵云書檢者印窠封題也則通謂印封爲檢矣公孫瓚傳曰袁紹矯刻金玉曰爲印璽每有所下輒皁囊施檢章懷曰檢今俗謂之排排如今言標簽耳 从木僉聲 居奄切七部引伸爲凡檢制檢校之偁

檄 尺二書 各本作二尺書小徐繫傳已佚見韵會者作尺二書蓋古本也李賢注光武紀曰說文以木簡爲書長尺二寸謂之檄以徵召也與前書高紀注同此蓋出演說文故語加詳云尺二寸與錯本合但漢人多言尺一未知其分別之詳後漢書水經注皆曰李雲上書云孔子言帝者諦也今尺一拜用不經御省是帝欲不諦乎又後漢書儒林傳云詔曰乞楊生師卽尺一出升文選注引蕭子良古今篆隸文體曰鶴頭書偃波書俱詔板所用在漢時則謂之尺一簡獨斷曰策書長二尺以命諸侯王三公三公以罪免亦賜策以尺一木 从木敫聲 胡狄切古音在二部

棨 傳信也 此字蒙上槧札檢檄爲文若今之文書也漢孝文紀除關無用傳張晏曰傳信也若今過所也如淳曰兩行書繒帛分持其一出入關合之乃得過謂之傳也李奇曰傳棨也師古曰古者或用棨或用繒帛棨者刻木爲合符也按用繒帛謂之繻終軍傳曰關吏予軍繻是也用木謂之棨此云傳信也是也傳讀張戀反釋名曰棨詁也以啓語官司所至詁也當謂此今本譌舛不可讀爲正之如此 从木啓省聲 康禮切十五部今字棨釋爲兵闌

楘 車歷錄 句

束文也（束文上當疊歷錄字今奪文宋本葉本趙本韵會皆同一本作交非秦風五楘梁輈傳曰五五束也楘歷錄也梁輈輈上句衡也一輈五束束有歷錄考工記輈欲頎典大鄭云頎讀爲懇典讀爲殄駟車之轅率尺所一縛懇殄似謂此也按此所謂曲轅轐縛也歷錄者歷歷錄錄然㓜眹分明皃歷錄古語也小雅約之閣閣毛云約束也閣閣猶歷歷也革部曰車軸束謂之鞪）从木敄聲（莫卜切三部）詩曰五楘梁輈

梐　梐枑（逗）行馬也（周禮掌舍掌王之會同之舍設梐枑再重注曰故書枑爲拒杜子春讀爲梐枑梐枑謂行馬玄謂行馬再重者以周衛有外內列按許亦從杜子春作梐枑也）从木陛省聲（邊兮切十五部按當作坒聲與非部陛下陛省聲不同）周禮曰設梐枑再重

枑　梐枑也　从木互聲（胡誤切五部○按舊一篆先枑後梐今正又此二篆舊次當與柤槍等篆爲伍而楘楇當聯文）

极　驢上負也（當云驢上所以負也淺人刪之耳廣韵云驢上負版蓋若今馱鞍或云負笈字當用此非也風土記曰笈謂學士所以負書箱如冠箱而卑者也謝承後漢書曰負笈隨師然則笈者書箱人所負以徒步者不得合爲一也）从木及聲（其輒切七部）或讀若急（云或者云及聲則既讀若及矣又或讀若急也）

⿰木去　极也（廣韵曰版置驢上負物）从木去聲（去魚切五部）

楇　大車枙（枙當作軶隸省作軛車部曰軶轅前也楇考工記作鬲大鄭云鬲謂轅端厭牛領者大車者鄭云平地任載之

車也通曰軶大車之軶曰槅釋名曰槅扼也所以扼牛頸也馬曰烏啄下向叉馬頸似烏開口向下啄物時也西京賦曰五都貨殖既遷既引商旅聯槅隱隱展展此正謂大車也下文云冠帶交錯方轅接軫謂乘車也 从木鬲聲 古覈切十六部按左思蜀都賦以槅爲覈

橾 車轂中空也 考工記以轂圍之防捎其藪注曰捎除也防三分之一也鄭司農云捎讀如桑螵蛸之蛸藪讀如蜂藪之藪謂轂空壺中也玄謂此藪徑三寸九分寸之五壺中當輻菑者也藪者猶言趨也蜂藪者衆輻之所趨也舊本經注多誤字今校正之如是按記文蓋本作捎其橾大鄭乃易爲藪故云讀爲後人直用大鄭說改記文耳程氏瑤田通藝錄曰防與王制祭用數之仂同十分之一也藪謂鑿深捎之以待置輻也記曰六分其輪崇以其一爲之牙圍參分其牙圍而漆其二椁其漆內而中詘之以爲轂長是則轂長當三尺二寸五分四釐一豪六絲六不盡由是以轂長爲圍以圍之十一爲鑿深十一當三寸二分五釐四豪一絲六忽六不盡用其成數得三寸輻廣亦三寸也車人大車輻廣三寸柏車羊車不見輻廣亦三寸可知故下文云凡輻量其鑿深以爲輻廣先鄭言蜂藪後鄭言衆輻所趨則藪之名義當起於輻鑿也按先後鄭說直以轂空壺中與衆輻之孔相接故云壺中當輻菑者也合二者爲一以釋經而未知輻孔不通壺中壺中以受軸橾以受輻劃然二事鄭不若程氏之精確也許字作橾從喿喿鳥羣鳴也亦與衆趨之義合其云車轂中空也亦未該 从木喿聲讀若藪 大鄭云讀爲藪者易橾爲藪也注經之法也許云讀如藪者擬其音也字書之體也山樞切古音當在二部讀如燥急就篇有轈字橾藪轈雙聲宜分別壺中曰轈

輻孔曰橾曰藪楇盛膏器孟子荀卿列傳談天衍雕龍奭炙轂過髡劉伯莊云轂字衍裴駰云劉向別錄過字作輠輠者車之盛膏器炙之雖盡猶有餘流者言淳于髡不盡如炙輠也按方言車釭齊燕海岱之閒謂之鍋或謂之錕自關而西謂之釭盛膏者乃謂之鍋此謂關西謂盛膏者曰鍋也脂施於車釭故釭或得楇名而楇自別有物如今時御者亦系小油缾於車以備用是也過輠鍋三字同从木咼聲乎臥切十七部按當依篇韵古禾切

柅馬柱也謂系馬之柱也蜀志劉備解綬縛督郵馬枊華陽國志曰建寧郡存駹縣雍闓反結壘於駹縣山繫馬枊柱生成林从木卬聲吾浪切十部按亦平聲

棝棝斗逗可射鼠从木固聲古慕切五部

欙山行所乘者河渠書作橋丘遙反徐廣曰一作輂几玉反輂直轅車也漢書作梮韋昭曰梮木器也如今轝牀人轝以行也應劭曰梮或作欙為人所牽引也尚書正義引尸子山行乘欙孔傳亦作欙按輂梮橋三字同以梮為正橋者音近轉語也欙與梮一物異名梮自其盛載而言欙自其輓引而言纍大索也欙從纍此聲義之皆相倚者也應釋欙韋釋梮皆是兼二說而後全孟子虆梩趙云虆籠屬毛詩傳捄虆也亦謂土籠舁之曰梮人引之而行則曰欙也虆者欙之假借字或省作樏者非也毛詩之捄亦梮之假借字也从木纍聲力追切十五部虞書曰予乘四載皋陶謨文水行乘舟陸行乘車山行乘欙澤行乘輴此四載之故訓也故系之虞書猶河渠書溝洫志

謂臯陶謨夏書則亦以此四句統系之、夏書也輴史記作毳亦作橇漢書作毳如淳曰毳音茅蕝之蕝謂以版置泥上以通行路也服虔曰木毳形如木箕擿行泥上孟康說同尚書正義引尸子作蕝引愼子爲毳者患塗之泥也徐廣注史記作楯爲孔傳作輴凡此諸字皆一聲之轉其義一也車部曰軓車約軓也此乘軓當讀同毳非車約軓之謂

榷 水上橫木句所㠯渡者 釋宮曰石杠謂之徛孟子歲十月徒杠成(古本如是)趙岐釋爲步度郭釋云步渡彴然則石杠者謂兩頭聚石以木橫架之可行非石橋也凡直者曰杠橫者亦曰杠杠與榷雙聲孝武紀曰榷酒酤韋昭曰以木渡水曰榷謂禁民酤釀獨官開置如道路設木爲榷獨取利也凡言大榷揚榷辜榷當作此字不當從手 从木隺聲 江岳切古音在二部

橋 水梁也 水梁者水中之梁也梁者宮室所以關舉南北者也然其字本從水則橋梁其本義而棟梁其假借也凡獨木者曰杠騈木者曰橋大而爲陂陀者曰橋古者挈皐曰井橋曲禮奉席如橋衡讀若居廟反取高舉之義也 从木喬聲 巨驕切二部

梁 水橋也 梁之字用木跨水則今之橋也孟子十一月輿梁成(古本如是)國語引夏令曰九月除道十月成梁大雅造舟爲梁皆今之橋制見於經傳者言梁不言橋也若爾雅隄謂之梁毛傳石絕水曰梁謂所以偃塞取魚者亦取亙於水中之義謂之梁凡毛詩自造舟爲梁外多言魚梁 从木水 會意 刅聲 呂張切十部

[illegible] 古文 水闊者必木與木相接其際也 一

㮴 船總名 漢書溝洫志漕船五百㮴其字從木古本從手 从木叜

聲穌遭切古音在三部 䉵海中大船廣韵㯓下曰木㯓說文云海中大船謂說文所說者古義今義則同筏也凡廣韵注以今義列於前說文與今義不同者列於後獨得訓詁之理葢六朝之舊也即如此篆玉篇注云海中大船也泭也是爲古義今義襍糅漢人注經固云大者曰筏小者曰桴是漢人自用筏字後人以㯓代筏非漢人意也从木發聲房越切十五部 楫所㠯擢舟也各本作舟櫂也許無櫂字手部曰擢引也楫所以引舟而行故亦謂之擢而漢書劉屈氂傳外戚傳百官表皆用輯濯爲楫擢假借也毛衞風傳曰楫所以擢舟也此許所本今據以正今毛詩擢譌櫂淺人所改也鄧通傳以濯船爲黃頭郎司馬相如傳濯鷁牛首皆擢舟之義也詩爾雅音義引說文舟棹也則其誤久矣棹又櫂之俗从木咠聲子葉切七部方言曰楫謂之撓或謂之櫂櫂亦擢之譌也擢櫂正俗字 欚江中大船也越絕書曰欚溪城者闔廬所置船宮也葢欚與蠡古通用从木蠡聲盧啓切十六部 校木囚也囚繫也木囚者以木羈之也易曰屨校滅趾何校滅耳屨校若今軍流犯人新到箸木靽何校若今犯人帶枷也此字似當與下文械杽等篆爲伍矣周禮校人注曰校之言校也主馬者必仍校視之校人馬官之長按此引伸假借之義也陸德明曰比校字當從手旁張參五經文字手部曰校經典及釋文或以爲比校字案字書無文張語正謂說文無從手之校也故唐石經考校字皆從木用張說也但訂以周禮鄭注則漢時固有從手之校矣比校字古葢無正文較榷等皆可用从木交聲古孝切二部 樔

澤中守艸樓 謂澤中守望之艸樓也艸樓蓋以艸覆之藝文類聚艸譌作竹左傳成十六年正義引此文樔譌爲橧 从木巢聲 形聲包會意也從巢者謂高如巢鉏交切二部

采 捋取也 大雅曰捋采其劉周南芣苢傳曰采取也又曰捋取也是采捋同訓也詩又多言采采卷耳傳曰采采事采之也此謂上采訓事下采訓取而芣苢傳曰采采非一辭也曹風采采衣服傳曰采采衆多也秦風蒹葭采采傳曰采采猶萋萋也此三傳義略同皆謂可采者衆也凡文采之義本此俗字手采作採五采作彩皆非古也釋詁曰采事也此言假借采事同在一部也 从木从爪 此與采同意采之訓曰禾成秀人所收也則采亦可云木成文人所取也此采爲五采字而毛詩屢言采采與倉宰切

柿 削木朴也 各本作削木札樸也今依玄應書卷十九正朴者木皮也樸者木素也柿安得有素則作朴是矣知札爲衍文者玄應引倉頡篇曰柿札也此下文云陳楚謂之札柿玄應曰江南名柿中國曰札山東名朴豆廣韵柿注曰斫木札然則札非簡牒之札乃柿之一名耳許以札柿系諸陳楚方言則此云削木朴已足小雅伐木許許許書作所所毛云許許柿皃泛謂伐木所斫之皮許云削木猶斫木也顏氏家訓必云削札牘之柿又廣爲之證恐非許意晉書王濬造船木柿蔽江而下柿之證也漢書中山靖王劉向田蚡傳多言肺附謂斫木之柿札也己於帝室親近猶柿札附於大木材也此柿之假借字也後漢楊由傳風吹削肺亦柿之假借也一譌爲脯再譌爲哺釋之者曰削哺是屏障之名絕無證據 从木朩聲 朩在六篇柿肺沭字皆從之隸變作柿肺沛殊誤而柿之誤作柹果肺之

誤作乾肺沛之誤作沛水其譌又不勝改也芳吠切十五部 陳楚謂之札柿 各本作陳楚謂櫝爲柿今依韵會所引鍇本正札柿柔言之非謂札牘之柿漢書注柿札字亦正用此也此箸柿語所出 横 闌木也 闌門遮也引伸爲凡遮之偁凡以木闌之皆謂之横也古多以衡爲横陳風傳曰衡門横木爲門也考工記衡四寸注曰衡古文横假借字也 从木黄聲 戶盲切古音在十部 梜 檢柙也 檢柙皆函物之偁然則梜亦謂函物之器也曲禮羹之有菜者用梜謂箸爲梜此引伸之義也 从木夾聲 古洽切八部 桄 充也 見釋言陸氏音義曰桄孫作光按堯典光被四表某氏傳曰光充也用爾雅爲訓也桄讀古曠切所以充拓之圻堮也必外有桄而後內可充拓之令滿故曰桄充也不言所以者仍爾雅文也桄之字古多假横爲之目部曰從几足有二横横卽桄字今文尚書曰横被四表孔子閒居曰以横於天下鄭曰横充也樂記曰號以立横横以立武鄭曰横充也皆卽釋言之桄充也今文尚書作横被故漢書王莽傳王褒傳後漢書馮異傳崔駰傳班固傳魏都賦注所引東京賦皆作横被古文尚書作光被與孫叔然爾雅合某氏傳光充也不誤鄭注釋以光耀葢非淮南書横四維卽尚書之横被四表也玄應曰桄音光古文横橫二形聲類作輄今車牀及梯轝下横木皆是也 从木光聲 古曠切十部 檇 以木有所擣也 宋永嘉戴侗曰今人猶有此語 从木雋聲 遵爲切按當從廣韵將遂切古音在十三十五部也公羊傳作醉李 春秋傳曰越敗吳於檇

李定公十四年事檇李地名杜預曰吳郡嘉興縣南醉李城是

椓擊也此與攴部敎音義皆同詩云椓之丁丁又云椓之橐橐呂刑曰爰始淫爲劓刵椓黥从木豖聲竹角切三部

朾撞也撞從手各本誤从木从禾今正通俗文曰撞出曰打丈鞕丈莖二切與說文合謂以此物撞彼物使出也三蒼作敲周禮職金注作擣他書作敲作數實一字也朾之字俗作打音德冷都挺二切近代讀德下切而無語不用此字矣从木丁聲宅耕切十一部

柧棱也柧與棱二字互訓殳以積竹八觚觚當作柧觚行而柧廢矣史記酷吏傳曰漢與破觚而爲圜應劭曰觚八棱有隅者通俗文曰木四方爲棱八棱爲柧按通俗文析言之若渾言之則急就奇觚謂四方版也从木瓜聲古胡切五部又柧棱逗殿堂上最高之處也文選西都賦曰設璧門之鳳闕上觚棱而棲金爵後漢書正作柧棱李賢引說文爲注

棱柧也从木夌聲魯登切六部俗作楞

𣡌伐木餘也商頌傳曰櫱餘也周南傳曰肄餘也斬而復生曰肄按肄者櫱之假借字也韋昭曰以株生曰櫱方言烈枿餘也陳鄭之閒曰枿晉衛之閒曰烈秦晉之閒曰肄或曰烈枿者亦櫱之異文从木獻聲五葛切十五部按獻聲在十四部合韵也商書曰若顚木之有甹𣡌般庚上文今尚書作由櫱本又作枿馬云顚木而肄生曰枿

櫱𣡌或从木辥聲今經典用此字

不古文𣡌从木無頭謂木禿其上而

僅餘根株也

桙亦古文𣡗 從木𡴀聲也𡴀者夆之或字見羊部古文四聲韵作桙

枰平也 此門閑也戶護也之例謂木器之平偁枰如今言棊枰是也上林賦華楓枰櫨吳都賦枰仲君遷本皆作平木名也非許所說 从木平平亦聲 蒲兵切十一部

拉折木也 此與手部拉義殊猶榣與搖之別也 从木立聲 盧合切七部

槎衺斫也 栞下曰槎識也魯語里革曰山不槎櫱李善注西京賦引賈逵解詁曰槎邪斫也韋曰槎斫也按賈云衺斫者於字從差得之周禮有柞氏周頌曰載芟載柞毛云除木曰柞柞皆卽槎字異部假借魚歌合韵之理也 从木𡍮聲 側下切十七部按徐爰注射雉賦千荷切此爲舊音漢書貨殖傳作山不差櫱此爲古字今漢書譌爲茬字 春秋傳曰山不槎 宋本皆如此惟趙鈔本作山木不槎今按當於槎下補櫱不當於山下添木也許書亦有謂國語爲春秋傳者此其一也

檮檮柮 逗二字今補 斷木也 謂斷木之榦㯻頭可憎者 从木𠷎聲 徒刀切古音在三部 春秋傳曰檮柮 左傳無檮柮惟文十六年有檮杌杜預曰檮杌凶頑無疇匹之皃趙注孟子曰檮杌嚚凶之類按蓋取斷木之可憎爲惡人名也出聲兀聲同部許所據與今異

柮檮柮也 舊作斷也二字今更正今人謂木頭爲榾柮於古義未遠也 从木出聲讀若爾雅貀無前足之貀 女滑切十五部玉篇當骨切引說文五骨切○按二篆舊先後倒置今依全書通例正之

亦與桂栖同
析破木也斯下云析也柀下云一曰析也詩多言析薪一曰折也
以斤破木以斤斷艸其義一也魏都賦注引說文析量也與今本異从木从斤先激切十六部棷
木薪也按禮運假棷爲藪字从木取聲側鳩切四部梡
對析言之梡之言完也从木完聲胡本切玉篇口管胡管二切十四部㮯梡木未
析也此梡當作完完全也通俗文曰合心曰㮯纂文曰未判爲㮯頁部頑下云㮯頭也凡全物渾大皆曰㮯完㮯雙聲
完頑疊韵从木圂聲胡昆切十三部楄楄部逗方木也部字衍當刪左傳正
義引說文楄方木也可證方木泛言非專謂棺中笭牀故不與棺槨等篆爲伍也何平叔景福殿賦曰爰有禁楄勒分翼張亦
方木之一耑也从木扁聲部田切十二部春秋傳曰楄部薦榦左傳昭廿
五年文今作楄柎藉榦杜云楄柎棺中笭牀也榦骸骨也楅㠯木有所畐束也畐依
韵會本各本作逼逼者後人以俗字改之也泛云㠯木有所畐束則不專謂施於牛者引詩特其一證耳鄉射禮命弟子設楅注
楅猶幅也所以承笴齊矢者按記云楅髤橫而拳之南面坐而奠之南北當洗是以木有所畐束也从木畐
聲彼即切一部詩曰夏而楅衡魯頌文注詳角部枼楄也方木也
枼逗薄也枼上當有一曰二字凡木片之薄者謂之枼故葉牒鍱箕偞等字皆用以會意廣韵偞輕薄美好皃

从木枼聲 與涉切八部按鉉曰當從卅乃得聲此非也毛傳曰葉世也葉與世音義俱相通凡古侵覃與脂微如立位盇蓋疌屮協荔軜內籥爾遝隶等其形聲皆枝出不得專疑此也

槱 積木燎之也 木各本作火今依玉篇五經文字正大雅芃芃棫樸薪之槱之傳曰槱積也山木茂盛萬民得而薪之賢人衆多國家得用蕃興按如毛說則槱謂積薪而已至鄭箋乃以煙祀槱尞爲說許不但云積木而兼云燎之者爲其字之從火也不云尞之而云燎之者燎放火也尞柴祭天也毛曰萬民薪之而已故但云燎 从木火酉聲 余救切三部 詩曰薪之槱之周禮以槱燎祠司中司命 見大宗伯燎依許火部當作尞祠今周禮作祀許從毛說又引周禮者廣槱證也鄭注周禮曰槱積也

禉 槱或从示 柴祭天神也 各本作柴祭天神或從示不今正謂其字有從示者以燔柴乃祀天神之禮故從示也各本作天神趙本作大神

休 息止也 周南曰南有喬木不可休思 从人依木 許尤切三部

庥 休或从广 釋詁曰休戾也又曰庇庥廕也此可證休庥同字

㮓 竟也 弓人注曰恆讀爲㮓㮓竟也大雅恆之秬秠毛云恆徧也徧與竟義相足 从木亙聲 古鄧切六部

亙 古文㮓 按今字多用亙不用㮓舟在二之閒絶流而竟會意也恆之字本從心從亙

械 桎梏也 从木戒聲 胡戒切古音在一部 一曰械 逗此字今補 器之總名 趙注

孟子曰械器之總名禮記音義引郭璞三蒼解詁同 一曰械逗此字今補 治也各本治作持恐是唐人諱改今依李善長笛賦注正 一曰有所盛曰器無所盛曰械各本作有盛爲械無盛爲器詩車攻釋文引無所盛曰械今據正按器部曰器皿也何注公羊云攻守之器曰械大傳異器械注云禮樂之器及兵甲也王制器械異制注云謂作務之用皆可爲有盛無盛之證師古注宣帝紀與各本同恐淺人所改也若六書故云唐本說文曰或說內盛爲器外盛爲械外盛未安當作外戒

杽 械也械當作梏字從木手則爲手械無疑也廣雅曰杽謂之梏杽杻古今字廣韵曰杽杻古文 从木手會意 手亦聲敕九切三部

桎 足械也所目質地所目質地四字依周禮音義補桎質疊韵也周禮掌囚注鄭司農云桎者兩手共一木也桎梏者兩手各一木也玄謂在手曰梏在足曰桎中罪不桊手足各一木耳按後鄭從許說也韋昭云兩手共一木曰桊兩手各一木曰梏 从木至聲之日切十二部

梏 手械也所目告天所目告天四字依周禮音義補梏告疊韵也 从木告聲古沃切三部

櫪 櫪撕逗 柙指也柙各本作押今正柙指如今之拶指故與械杽桎梏爲類莊子曰罪人交臂曆指曆指謂以櫪撕柙其指也通俗文曰考具謂之櫪撕考俗作拷尉繚子曰束人之指而訊囚之情 从木厤聲郎擊切十六部

撕 櫪撕也二字疊韵撕讀同析 从木斯聲先稽切十六部

棺

櫳也李善注長楊賦引釋名曰檻車上施闌檻以格猛獸亦囚禁罪人之車也按許云檻櫳也者謂罪人及虎豹所居假借爲凡闌檻字 从木監聲胡黯切八部 一曰圈圈者養嘼之閑

櫳 檻也从木龍聲字有偏旁稍移而爲二字者柔栩也杼機持緯者也龔房室之䆅也櫳檻也是也竊有疑焉龔與櫳皆言橫直爲窗櫺通明不嫌同偁如檻亦爲闌檻許於楯下云闌檻是也左木右龍之字恐淺人所增盧紅切九部

柙 檻也所㠯臧虎兕也所也二字依廣韵補論語虎兕出於柙馬曰柙檻也引伸爲凡檢柙之偁如上文云柙指是也 从木甲聲烏匣切廣韵胡甲切八部 古文柙

棺 關也以疊韵爲訓門閉戶護之閉也 所㠯掩屍屍各本作尸誤今正釋名曰棺關也關閉也 从木官聲古丸切十四部

櫬 棺也玉篇曰親身棺也按天子之棺四重諸公三重諸侯再重大夫一重士不重天子水兕革棺最在內諸侯杝棺最在內檀弓君即位而爲椑椑謂杝棺親屍者椑堅箸之言也 从木親聲初僅切十二部 春秋傳曰士輿櫬左傳僖六年文

槥 棺櫝也櫝匱也棺之小者故謂之棺櫝急就篇棺椁槥櫝櫝即槥也高帝紀令士卒從軍死者爲槥應劭曰小棺也今謂之櫝臣瓚引金布令曰不幸死死所爲櫝傳歸所居縣賜以衣棺 从木彗聲祥歲切十五部

椁 葬有木𩫏也木𩫏者以木爲之周於棺如城之有𩫏也檀弓曰殷人棺椁注椁大也以木爲之言郭大

𣏟桰也 从木𠭥會意 𠭥亦聲 𠭥亦二字今補古博切五部

楬 楬櫫也 三字句趙鈔本及近刻五音韵譜作楬櫫宋本葉本類篇集韵宋刊五音韵譜皆作楬桀蓋宋時大徐本固有二故同一五音韵譜而流傳不一也今按作桀不可通桀自訓磔雖杙有評榤者然頗迂遠楬櫫見周禮注職金楬而璽之注曰楬書其數量以著其物也今時之書有所表識謂之楬櫫廣雅曰楬櫫杙也廣韵曰楬櫫有所表識也楬櫫漢人語許以漢人常語爲訓故出櫫字於說解仍不大列櫫篆漢酷吏傳曰瘞寺門桓東楬著其姓名著櫫同字可證也韵會楬下引說文曰杙也櫫也此小徐真本而語似不完師古注漢書曰楬杙也椓杙於瘞處而書死者名也師古杙也之云蓋本說文但說文杙字當作弋 从木曷聲 其謁切十五部今字揭行而楬廢矣 春秋傳曰楬而書之 未見疑是引周禮楬而璽之

梟 不孝鳥也故日至捕梟磔之 漢儀夏至賜百官梟羹漢書音義孟康曰梟鳥名食母破鏡獸名食父黃帝欲絕其類使百吏祠皆用之如淳曰漢使東郡送梟五月五日作梟羹以賜百官以其惡鳥故食之也 从鳥在木上 五經文字曰從鳥在木上隸省作梟然則說文本作梟甚明今各本云從鳥頭在木上而改篆作梟非也此篆不入鳥部而入木部者重磔之於木也倉頡在黃帝時見黃帝磔此鳥故製字如此古堯切二部

棐 輔也 尚書多言棐釋詁曰弼棐輔比俌也按棐蓋弓檠之類 从木非聲 府尾切十五部按此篆失其舊次

文四百二十一古本皆作二十一毛扆剜沾閑篆於部末改作二十二非也今刪檍槮二

篆則四百十九　重三十九

東動也見漢律曆志从木官溥說从日在木中木榑木也日在木中曰東在木上曰杲在木下曰杳得紅切九部凡東之屬皆从東

𣡗二東曹从此謂其形也謂曹以會意也闕謂義與音皆闕也鍇曰按說文舊本無音鉉亦不箸反語

文二

林平土有叢木曰林周禮林衡注曰竹木生平地曰林小雅依彼平林傳曰平林林木之在平地者也冂部曰野外謂之林引伸之義也釋詁毛傳皆曰林君也假借之義也从二木力尋切七部

凡林之屬皆从林

𣞤豐也釋詁曰蕪無茂豐也釋文云蕪古本作𣞤从林𣞤會意𣞤逗此字今補或說規模字或說𣞤是規模之模字也或之者疑之也故木部模下不錄从大卌謂𣞤從大卌會意也卌逗此字今補數之積也卌篆不見於本書故釋其義耒部耤下曰卌叉用卌字漢石經論語年卌見惡焉是卌爲四十并猶廿爲二十并卅爲三十并也其音則廣韵先立切四十之合聲猶廿讀如入卅讀如趿也廣韵引說文云數名卽此已上十四字說從𣞤之意林者木

之多也說從林之意𣞤與庶同意𣞤各本作卌誤𣞤從林大卌庶從广芡其製字之意
略同皆貌其衆盛也文甫切五部按此蕃𣞤字也隸變爲無遂借爲有無字而蕃無乃借廡或借蕪無爲之矣商書
曰庶艸緐𣞤洪範文今尚書作蕃廡晉語黍不爲黍不能蕃廡亦同鬱木叢者
依韵會本秦風鬱彼北林毛曰鬱積也鄭司農注考工記曰惌讀如宛彼北林之宛菀柳傳曰菀茂林也桑柔傳曰菀茂皃按
宛菀皆即鬱字从林鬱省聲迂弗切十五部楚叢木小雅傳曰楚楚茨棘皃小徐引
小謝詩曰寒城一以眺平楚正蒼然一名荆也一名當作一曰許書之一曰有謂別一義者有謂別一名
者上文叢木泛詞則一曰爲別一義矣艸部荆下曰楚木也此云荆也是則異名同實楚國或評楚或評荆或絫評荆楚
从林疋聲創舉切五部棽木枝條棽儷也也各本作皃今依集韵類
篇正人部儷下云棽儷也棽儷者枝條茂密之皃借爲上覆之皃東都賦鳳蓋棽麗李善注引七略雨蓋棽麗麗與儷同力支
切張揖大人賦注曰林離摻攡也摻攡所林所宜二反蓋即棽儷从林今聲丑林切七部楙
木盛也此與艸部茂音義皆同分艸木耳釋木楙木瓜則專爲一物之名从木矛聲莫候
切四部麓守山林吏也左傳山林之木衡鹿守之杜曰衡鹿官名也按鹿者麓之假借字天
子曰林衡諸侯曰衡鹿皆守山林吏也晉語史黯曰主將適螻而麓不聞韋曰麓主君苑囿者从林鹿聲

盧谷切三部按此亦形聲包會意守山林之吏如鹿之在山也一曰林屬於山爲麓春秋傳曰沙麓崩春秋僖公十四年文三傳同穀梁傳曰林屬於山爲麓周禮王制皆云林麓鄭云山木生平地曰林生山足曰麓詩大雅旱麓毛曰麓山足也蓋凡山足皆得偁麓也亦假借作鹿易卽鹿無虞虞翻曰山足稱鹿鹿林也

𥶳古文从彔彔聲

棼複屋棟也複屋考工記謂之重屋木部曰欇棼也是曰欇曰棼者複屋之棟也曰橑者複屋之椽也竹部曰笮者在瓦之下棼上者也姚氏鼐曰椽棟旣重軒版垂檐皆重矣軒版卽屋笮或木或竹異名在瓦之下椽之上檐垂椽端椽亦謂之橑考工記重屋鄭以複笮釋之而他書所稱曰重檐曰重橑曰重軒曰重棟曰重棼名舉其一爲言爾按左傳治絲而棼之假借爲紛亂字从林分聲符分切十三部

森木多皃从林从木按篇韵皆云森長木皃疑篇韵所據爲長從林從木正謂有木出平林之上也讀若曾參之參所今切七部

文九　重一

才艸木之初也引伸爲凡始之偁釋詁曰初哉始也哉卽才故哉生明亦作才生明凡才材財裁纔字以同音通用從丨上貫一將生枝葉也一逗地也一謂上畫也將生枝葉謂下畫才有莖出地而枝葉未出故曰將艸木之初而枝葉畢寓焉生人之初而萬善畢具焉故人之能曰

才言人之所蘊也凡艸木之字才者初生而枝葉未見也屮者生而有莖有枝也㞢者枝莖益大也㞢者益茲上進也此四字之先後次弟昨哉切一部凡才之屬皆从才

文一

說文解字第六篇上

說文解字第六篇下

金壇段玉裁注

叒 日初出東方湯谷所登榑桑句叒木也按當云叒木榑桑也日初出東方湯谷所登也榑桑已見木部此處立文當如是宋本葉本宋刻五音韵譜集韵類篇皆作湯別刻作暘毛扆改湯爲暘非也尚書暘谷自說青州嵎夷之地非日出之地也日出之地豈羲仲所能到天問日出自湯谷次于蒙汜淮南天文訓曰日出于湯谷浴于咸池拂于扶桑是謂晨明墬形訓注曰扶木扶桑也在湯谷之南海外東經曰湯谷上有扶桑十日所浴大荒東經曰湯谷上有扶木一日方至一日方出皆載於烏按今天文訓作暘谷以王逸楚辭注史記索隱文選注所引正之則暘亦淺人改耳離騷緫余轡乎扶桑折若木以拂日二語相聯蓋若木卽謂扶桑扶若字卽榑叒字也象形枝葉蔽翳而灼切五部凡叒之屬皆从叒 叒 籒文 桑 蠶所食葉木从叒木榑桑者桑之長也故字从叒桑不入木部而傳於叒者所貴者也息郎切十部

文二 重一

之 出也引伸之義爲往釋詁曰之往是也按之有訓爲此者如之人也之德也之條條之刀刀左傳鄭人醢

之三人也召南毛傳曰之事祭事也周南曰之子嫁子也此等之字皆訓爲是之有訓爲上出者戴先生釋梓人曰頰側上出者曰之下垂者曰而須鬣是也象艸過屮過於屮也枝莖漸益大有所之也莖漸大枝亦漸大勢有日新不已者然一者地也凡屮之屬皆从屮止而切一部

生 艸木妄生也生妄疊韵妄生猶怒生也从屮在土上讀若皇户光切十部𡉚 古文按从屮从壬會意也鉉本無此然宋本文二之下有重一兩字則知固有此篆與小徐本同乏部古文往作𨓚从此

文二　重一

帀 匊也匊各本作周誤今正勹部匊帀徧也是爲轉注按古多假襍爲帀从反之而帀也反之謂倒之也凡物順並往復則周徧矣子荅切七八部凡帀之屬皆从帀周盛說周盛者亦博采通人之一也

師 二千五百人爲師小司徒曰五人爲伍五伍爲兩五兩爲卒五卒爲旅五旅爲師師眾也京師者大眾之稱眾則必有主之者周禮師氏注曰師教人以道者之稱也黨正旅師閭胥注曰正師胥皆長也師之言帥也从帀从𠂤會意疎夷切十五部𠂤四帀眾意也𠂤下曰小𠂤也小𠂤而四圍有之是眾意也說會意之恉𥝢 古文師

文二　重一

𡳿(出) 進也 本謂艸木引伸爲凡生長之偁又凡言外出爲內入之反 象艸木益茲上出達也 茲各本作滋今正茲艸木多益也艸木由才而屮而屮而出日益大矣尺律切十五部 凡出之屬皆从出

𢾍 游也 游本旗游字假借爲出游字詩邶風曰以敖以游經傳多假敖爲倨傲字 从出从放 五牢切二部按此篆當刪說見四篇放部

𧶠 出物貨也 周禮多言賣價謂賣買也 从出从買 出買者出而與人買之也韵會作買聲則以形聲包會意也莫邂切十六部

糶 出穀也 米部曰糴市穀也出穀之字从出糶市穀之字从入糴 从出从糶糶亦聲 他弔切二部

𡰵 槷𡰵 逗 不安也 此釋槷𡰵易也 从出臬聲 五結切十五部 易曰槷𡰵 槷一本作埶非也困上六于臲卼釋文云臲說文作劓卼說文作𡰵一云𡰵不安也陸云說文作劓𡰵與今本不同小徐本作易曰劓𡰵困于赤芾劓字與陸氏合而多困于赤芾四字則爲九五爻辭又不與陸合鍇注仍引上六爻辭恐四字淺人所增也九五劓刖荀王作臲䠇鄭云劓刖當爲倪仉則兩爻辭義同矣許作槷𡰵蓋孟易也尚書邦之杌隉槷與隉臲劓倪同𡰵與杌䠇卼仉同杌䠇卼仉皆兀聲以說文檮杌作檮𡰵例之則𡰵聲兀聲同𡰵當是从臬出聲五忽切因不立臬部誤謂从出臬聲耳臬聲則與槷同音五結切非也許書有𡰵無杌

文五

𣎳 艸木盛𣎳𣎳然 𣎳𣎳者枝葉茂盛因風舒散之皃小雅萑葦淠淠毛曰淠淠衆皃淠淠者𣎳𣎳之假借也小雅胡不旆旆毛曰旆旆旒垂皃旆旆者亦𣎳𣎳之假借字非繼旐之旆也魯頌作伐伐按玉篇𣎳作市引毛傳蔽市小皃玉裁謂毛詩蔽市字恐是用韍郩之市字經傳韍多作芾作茀可證也 象形 謂屮也不曰从屮而曰象形者艸木方盛不得云从屮也 八聲 八爲賔之入聲在十二部而合於十五部 凡𣎳之屬皆从𣎳 讀若輩 普活切十五部

𣎵 艸木𣎵孛之皃 當作𣎵孛艸木之皃周易拔茅茹以其彙征吉釋文云彙古文作𦯧按𦯧即𣎵字之異者彙則假借字也𣎵孛疊韵 从𣎳畀聲 于貴切十五部

孛 𣎵孛也 依全書通例補孛字春秋有星孛入于北斗穀梁曰孛之爲言猶茀也茀者多艸凡物盛則易亂故星孛爲𣎵孛引伸之義誖悖字从孛 从𣎳从子 一字今補會意蒲妹切十五部 人色也故从子 故字今補說从子之意 論語曰色孛如也 鄉黨篇文今作勃此證人色之說也艸木之盛如人色盛故从子作孛而艸木與人色皆用此字○按各本孛篆在索篆之下非也今移正

索 艸有莖葉可作繩索 當云索繩也與糸部繩索也爲轉注而後以艸有莖葉可作繩索發明从𣎳之意今本乃淺人所刪耳爾雅曰紼繂也謂大索經史多假索爲索字又水部曰澌水索也索訓盡

从𣎳糸。𣎳糸者謂以艸莖葉糾繚如絲也。詩曰晝爾于茅宵爾索綯。以艸者如蔽秆茅麻是。以竹者竹部之筊是。以木者櫻𣡽之屬。是穌各切。五部。杜林說𣎳亦朱市字。未詳。疑當作索亦朱市字。市者篆文𣫞也。杜林說索爲𣫞字。从糸𣎳聲。與杜林說構爲𣫞字、㝵爲貶損字、畀爲麒麐字、鼂爲朝日字正同。

𣎵止也。从𣎳盛而一横止之也。會意。卽里切。古音當在十五部。詩萬億及秭與醴妣禮皆韵可證也。而肯任聲。楊雄作䏂。又疑𣎳在一部。

南艸木至南方有枝任也。此亦脫誤。當云南任也。與東動也一例。下乃云艸木至南方有枝任也。發明从𣎳之意。漢律曆志曰。大陽者南方。南任也。陽氣任養物。於時爲夏。云艸木至南方者。猶云艸木至夏也。有枝任者。謂夏時艸木暢楙。丁壯有所枝格任載也。故从𣎳。按古南男二字相假借。从𣎳羊聲。那含切。古音在七部。𡴘古文。

文六　重一

生進也。象艸木生出土上。下象土。上象出。此與屮出𣎳以類相從。所庚切。十一部。凡生之屬皆从生。

丰艸盛丰丰也。引伸爲凡豐盛之偁。鄭風子之丰兮。毛曰。丰豐滿也。鄭曰。面皃丰丰然豐滿。方言。好或謂之妦。妦卽丰字也。从生上下達也。上盛者根必深。敷容切。九部。

產生也。从生彥省聲。所簡切。十四部。通用爲[illegible]字。

按今南北語言皆作楚簡切

隆 豐大也 隆者漢殤帝之名不云上諱而直書其字者五經異義云漢幼小諸帝皆不廟祭而祭於陵既不廟祭似可不諱然漢志河內郡隆慮應劭曰隆慮山在北避殤帝名改曰林慮也又郡國志林慮故隆慮殤帝改漢制生而諱故孝宣更名此蓋殤帝在位時所改而書成於和帝永元十二年以前未及諱至安帝建光元年許沖上書時不追改故不云上諱祐曰上諱者今天子之名又在開卷也林與隆合韵故毛詩臨衝韓詩作隆衝 从生降聲 力中切九部

甤 艸木實甤甤也 甤與蕤音義皆同甤之言垂也 从生豕聲 豕與甤皆在十六部鍇作豕聲最善鉉作豨省聲非也唐玄應引亦云豕聲 讀若綏 綏當作緌禮家緌與蕤通用故知之儒追切古音在十六部

甡 衆生竝立之皃 大雅毛傳曰甡甡衆多也其字或作詵詵或作駪駪或作侁侁或作莘莘皆假借也周南傳曰詵詵衆多也小雅傳曰駪駪衆多之皃 从二生 所臻切十二部 詩曰甡甡其鹿

文六

乇 艸葉也 當作艸華皃下云𠂹采上貫一華則有采葉不當言采也 𠂹采 直者莖也斜垂者華之采也禾篆亦以下垂象其采 上毌一下有根 在一之下者根也一者地也 象形字 謂雖中从一而於六書爲象形字也陟格切五部凡乇聲字皆在五部用以會意者古文𠂹字ナ旁从此 凡乇之

屬皆从乇

文一

𠂹　艸木華葉𠂹　引伸爲凡下𠂹之偁今字垂行而𠂹廢矣　象形　象其莖枝華葉也此篆各書中直惟廣韵五支及夢英所書作𠂹是爲切古音在十七部　凡𠂹之屬皆从𠂹

𠂹　古文　地理志曰武功垂山古文以爲敦物豈古文𠂹與物字相似故與

文一　重一

𠌶　艸木華也　此與下文蘤音義皆同蘤榮也釋艸曰蘤荂也蘤荂榮也今字花行而𠌶廢矣　从𠂹亏聲　況于切五部　凡𠌶之屬皆从𠌶

荂　𠌶或从艸从夸　夸聲亦亏聲也釋艸有此字郭曰今江東呼華爲荂音敷按今江蘇皆言花呼瓜切方言曰華荂晠也齊楚之閒或謂之華或謂之荂吳都賦曰異荂蓲蘛李善曰荂枯瓜切

韡　盛也　小雅傳曰韡韡光明也　从𠌶韋聲　于鬼切十五部　詩曰𠌶不韡韡　咢各本作萼俗字也今正今詩作鄂亦非也毛云咢猶咢咢然言外發也鄭云承華者曰咢皆取咢布之意

文二　重一

䔢 榮也見釋艸艸部曰葩華也𠌶部曰𩃬華榮也按釋艸曰蕍荂莖華榮渾言之也又曰木謂之華艸謂之榮榮而實者謂之秀榮而不實者謂之英析言之也引伸爲曲禮削瓜爲國君華之之字又爲光華華夏字 从艸𠌶𠌶亦聲此以會意包形聲也戶瓜切又呼瓜切古音在五部俗作花其字起於北朝 凡𠌶之屬皆从𠌶

皣 艸木白華皃皃各本作也今依文選西都賦注正賦曰蘭茝發色曄曄猗猗 从𠌶从白不入白部者重華也𣎵下曰艸華之白也重白故入白部也左思白髮賦曰予觀橘柚一皜一曄貴其素華匪尚綠葉則音在八部也筠輒切

文二

𥝌 木之曲頭止不能上也此字古少用者玉篇曰亦作㝵非是㝵在一部禾當在十五十六部古兮切玉篇古溪古兮二切 凡𥝌之屬皆从𥝌

𥠩 𥠩𥡴逗二字各本無今補 多小意而止也小意者意有未暢也謂有所妨礙含意未伸廣韵𥠩𥡴皆訓曲枝果按𥠩𥡴字或作枳椇或作枳枸或作枝拘皆上字在十六部下字在四部皆詰詘不得伸之意明堂位俎殷以椇注椇之言枳椇也謂曲橈之也莊子山木篇騰蝯得柘棘枳枸之閒處勢不便未足以逞其能宋玉風賦枳句來巢空穴來風枳句空穴皆連緜字空穴即孔穴枳句來巢陸機詩疏作句曲來巢謂樹枝屈曲之處鳥用爲巢逸莊子作桐乳致巢乃譌字耳

淮南書龍夭矯燕枝拘亦屈曲盤旋之意其入聲則爲迟曲𥠄𥝩枳枝迟𥝩與棋句枸拘曲皆疊韵也𥠄𥝩與迟曲皆雙聲字也急就篇沽酒釀醪稽極程王伯厚云稽極當作𥠄𥝩蓋詘曲爲酒經程寓止酒之義又按釋地枳首蛇枳本或作𥠄此則借𥠄枳爲岐字亦同部假借也故郭釋以岐頭蛇从禾从支支者枝格之意只聲職雉切按古音在十六部亦音支一曰木也一說𥠄是木名也

𥝩𥠄𥝩也上篆下釋𥠄𥝩之義此祗二云𥠄𥝩也全書之例如此从禾从又句聲俱羽切古音在四部讀如苟亦如勾又者从丑省說从又之意丑紐也紐者不伸之意一曰木名一說𥝩是木名也木名但謂單字

文三

稽畱止也玄應書引畱止曰稽高注戰國策曰畱其日稽畱其日也凡稽畱則有審愼求詳之意故爲稽攷禹會諸侯於會稽稽計也稽攷則求其同異故說尚書稽古爲同天稽同也如流求也之例从禾从尤取乙欲出而見閡之意旨聲古兮切十五部凡稽之屬皆从稽

𥢔特止也錯曰特止卓立也按如有所立卓爾當用此字从稽省卓聲此說形聲包會意卓者高也竹角切二部

𥡳𥡳𥝩而止也𥠄𥝩謂之雙聲𥡳𥝩謂之疊韵从稽省咎聲讀若皓古老切古音咎聲告聲皆在三部賈侍中說稽𥢔𥡳三

字皆木名有木名稽有木名穡有木名穡也皆別一義

文三

巢 鳥在木上曰巢在穴曰窠 穴部曰穴中曰窠樹上曰巢巢之言高也窠之言空也在穴之鳥如鴝鵒之屬今江蘇語言通名禽獸所止曰窠 从木象形 象其架高之形鉏交切二部 凡巢之屬皆从巢

𡿺 傾覆也 周禮硩蔟氏掌覆夭鳥之巢 从寸臼覆之 寸巢猶硩蔟也 寸人手也 古寸與又通用臼今補 从巢省 臼者巢之省以手施於巢傾覆之意也方斂切七部按解云從寸從臼而各本篆體作叟誤今依玉篇廣韵集韵類篇更正 杜林說曰爲貶損之貶 此亦如以構爲構以索爲市以鼂爲朝以冓爲麒也巢在上覆之而下則與貶損義相通上林賦適足以㝵君自損晉灼曰㝵古貶字

文二

桼 木汁可已髤桼物 木汁名桼因名其木曰桼今字作漆而桼廢矣漆水名也非木汁也詩書梓桼桼絲皆作漆俗以今字易之也周禮載師桼林之征二十而五大鄭曰故書桼林爲漆林杜子春云當爲桼林是則漢人分別二字之嚴今注疏譌舛爲正之如此周禮巾車注髤桼字皆作桼不作漆漢人多假桼爲七字史記六律五聲八音來始

來始正桼始之誤尚書大傳漢律曆志皆作七始史漢同用今文尚書也 从木 各本無今補韵會作象木形亦誤 象形 謂左右各三皆象汁自木出之形也親吉切十二部 桼如水滴而下也 也字補說象形之意也左右各三象水滴下 凡桼之屬皆从桼

髤 桼也 韋昭曰㕞桼曰髤飾古曰以桼桼物謂之髤今關東俗謂之捎桼捎卽髤聲之轉耳髤或作髹按以桼桼物皆謂之髹不限何色也鄉射禮記曰楅髤注云赤黑桼也巾車注云髤謂赤多黑少之色韋也漢書中庭彤朱殿上髤桼西都賦謂之彤庭玄墀然則或赤或黑或赤黑兼或赤多黑少皆得云髤 从桼髟聲 許尤切三部髟必由切

䰍 桼垸已句復桼之 垸者以桼和灰垸而髤也既垸之復桼之以光其外也 从桼包聲 舉形聲包會意也匹皃切古音在三部篇韵步交切

文三

朿 縛也 糸部曰縛束也是爲轉注禮記曰納幣一束束五兩兩五尋 从囗木 囗音韋回也詩言束薪束楚束蒲皆囗木也書玉切三部 凡束之屬皆从束

柬 分別簡之也 釋詁曰流差柬擇也韵會無簡字爲長凡言簡練簡擇簡少者皆借簡爲柬也柬訓分別故其字從八一說當作分別簡之簡在也在存也 从束八 爲若干束而分別之也古限切十四部 八分別也

說從八之意 [illegible]小束也齊民要術曰麻葉欲小縛欲薄爲其易乾从束开聲讀若繭古典切十四部

剌戾也戾者韋背之意凡言乖剌剌謬字如此謚法愎很遂過曰剌从束从刀刀束者束字今補刀束如导下言寸白刺之也旣束之則當藏弃之矣而又以刀毀之是乖剌也盧達切十五部

文四

㯻橐也廣韵曰橐大束从束圂聲胡本切十三部按五經文字云捕幺反廣韵云符霄切是以㯻音爲橐音也凡㯻之屬皆从㯻

橐囊也按許云橐囊也囊橐也渾言之也大雅毛傳曰小曰橐大曰囊高誘注戰國策曰無底曰囊有底曰橐皆析言之也囊者言實其中如瓜瓤也橐者言虛其中以待如木欜也玄應書引蒼頡篇云橐囊之無底者則與高注互異許多用毛傳疑當云橐小囊也囊橐也則同異皆見全書之例如此此蓋有奪字又詩釋文引說文無底曰囊有底曰橐與今本絕異从㯻省石聲他各切五部

囊橐也从㯻省[illegible]聲[illegible]各本作襄省二字淺人改也今正奴郎切十部

櫜車上大橐云車上大橐者謂可藏任器載之於車也樂記注曰兵甲之衣曰櫜鍵櫜言閉藏兵甲也大雅周頌毛傳曰櫜韜也齊語垂櫜而入韋曰櫜囊也引伸之義凡韜於外者皆爲櫜周禮膏物注云膏當爲櫜蓮芡之

實有櫜韜 从橐省咎聲 古勞切古音在三部 詩曰載櫜弓矢 周頌文

㯻 囊張大皃 石鼓文其魚維何維鱮維鯉何以㯻之維楊及柳㯻讀如苞苴之苞蘇軾詩作貫非也 从橐省缶聲 符宵切古音在三部

文五

囗 回也 回轉也按圍繞周圍字當用此圍行而囗廢矣 象回帀之形 帀周也羽非切十五部 凡囗之屬皆从囗

圜 天體也 圜環也呂氏春秋曰何以說天道之圜也精氣一上一下圜周復襍(高曰襍猶帀)無所稽留故曰天道圜何以說地道之方也萬物殊類殊形皆有分職不能相爲故曰地道方按天體不渾圜如丸故大戴禮云參嘗聞之夫子曰天道曰圓地道曰方盧云道曰方圓耳非形也淮南子曰天之圓不中規地之方不中矩白虎通曰天鎮也其道曰圓地諦也其道曰方許言天體亦謂其體一氣循環無終無始非謂其形渾圜也下文云圓圜全也斯爲渾圜許書圓圜圓三字不同今字多作方圓方員方圜而圓字廢矣依許則言天當作圜言平圓當作圓言渾圓當作圓 从囗睘聲 王權切十四部

團 圜也 鄭風霝露團兮周禮假專爲團大司徒注曰專圜也 从囗專聲 度官切十四部

𡈁 規也 規有法度也 从囗肙聲 似沿切十四部

囩 回也 二字疊韵雲字下曰象雲回轉形沄字下曰轉流也凡從云之

字皆有回轉之義 从口云聲 形聲包會意也羽巾切十三部 圓 圜全也 全集韵類
篇作合誤字也圜者天體天屈西北而不全圜而全則上下四旁如一是爲渾圜之物商頌幅隕既長毛曰隕均也按玄鳥傳
亦曰員均也是則毛謂員隕皆圓之假借字渾圜則無不均之処也箋申之曰隕當作圓圓謂周也此申毛非易毛 从
口員聲讀若員 王問切十三部按古音如云 回 轉也 淵回水也故顏回字子淵
毛詩傳曰回邪也言回爲𡜲之假借也又曰回違也亦謂假借也𡜲衺也見交部 从口中象回轉
之形 中當作口外爲大口內爲小口皆回轉之形也如天體在外左旋日月五星在內右旋是也戶恢切十五部
回 古文 古文象一气回轉之形 圖 畫計難也 左傳曰咨難爲謀畫計難者謀之而
苦其難也國語曰夫謀必素見成事焉而後履之謂先規畫其事之始終曲折歷歷可見出於萬全而後行之也故引伸之義
謂繪畫爲圖聘禮曰君與鄉圖事釋詁曰圖謀也小雅傳曰慮圖皆謀也 从口 規畫之意 从啚 逗
難意也 說從啚之意啚者嗇也嗇者愛濇也愼難之意同都切五部 圛 回行也 謂回曲而
行 从口睪聲 羊益切古音在五部 商書曰 商各本譌尚今依廣韵玉篇正曰字各本無今
補 曰圛 句絕商書謂洪範曰圛唐衞包改爲曰驛而尚書正義詩齊風正義皆作曰圛此天寶以前未改之本也
自貞觀以前史記宋世家集解云尚書作圛引鄭注圛色澤而光明也周禮大卜注引洪範曰雨曰濟曰圛曰蟊曰剋齊風鄭

箋云古文尚書弟爲圛皆古文尚書作圛之明證也古文尚書弟爲圛圛者謂夏侯歐陽作弟古文尚書則作圛也言此者證詩
之弟字亦當爲圛而訓明也知今文尚書作弟者宋世家作涕可證也今本鄭箋作以弟爲圛衍一字而不可通矣圛
者者字依廣韵五經文字補舊讀圛圛升雲爲句誤甚升雲半有半無此釋書曰圛之義與
本訓回行不同故箸之如莧席別於火不明望讒別於以土增大道文法正同升雲半有半無正某氏氣落驛不連屬王肅霍
驛消滅如雲陰所本如許說則商書圛字正繹之假借讀若驛國邦也邑部曰邦國也按邦
國互訓渾言之也周禮注曰大曰邦小曰國邦之所居亦曰國析言之也从囗从或戈部曰或邦也古或
國同用邦封同用古惑切一部壼宮中道釋宮曰宮中衖謂之壼郭云巷閤門道也按大雅室家之壼毛
曰壼廣也箋云壼之言梱也室家相梱致皆引伸假借之義从囗象宮垣道上之形
從囗象宮垣也餘象道按上當是從東省從東者內言不出於閫之意與玉篇此字入㚇部苦本切郭呂泣邱屯反古音在十
二部詩曰室家之壼囷廩之圜者从禾在囗中
去倫切十二部圜謂之囷見詩魏風傳考工記注吳語韋注急就篇顏注方謂之京管子
曰新成囷京史記倉公傳見建家京下方石釋名曰京矜也寶物可矜惜者投之其中也急就篇門戸井竈廡囷京廣雅曰京
庾廩廘倉也按吳語注員曰囷方曰鹿鹿即京也廘者鹿之俗圈養畜之閑也畜當作嘼轉寫

改之耳閑闌也牛部曰牢閑養牛馬圈也是牢與圈得通偁也 从口卷聲 考公羊傳文十一年楚子伐圈音義云圈說文作圈而集韵廿五願云圈圈同養畜閑也類篇圈圈圈分出皆云養畜閑也疑說文本作圈後人改之耳渠篆切十四部

苑有垣也 高注淮南曰有牆曰苑無牆曰囿與許互異蓋有無互譌耳魏都賦曰繚垣開囿繚垣西京賦作繚互繚互綿聯即西都賦之繚以周牆也周禮注曰囿今之苑按古今異名許析言之鄭渾言之也引伸之凡淵奧處曰囿夏小正正月囿有見韭囿也者園之燕者也四月囿有見杏囿也者山之燕者也又引伸之凡分別區域曰囿詩道將引洛書曰人皇始出分理九州爲九囿九囿即毛詩之九有韓詩之九域也域同或古或與有與囿通用 从口有聲 于救切古音在一部 一曰所㠯養禽獸曰囿 養字依御覽補所㠯二字今補大雅靈臺傳曰囿所以域養禽獸也域養者域而養之周禮囿人掌囿游之獸禁牧百獸按韵會無一曰二字艸部云苑所㠯養禽獸也此云苑有垣則養禽獸在其中矣此句蓋淺人增之

籒文囿 艸部蘥從此爲聲

所㠯樹果也 鄭風傳曰園所以樹木也按毛言木許言果者毛詩檀穀桃棘皆系諸園木可以包果故周禮云園圃毓草木許意凡云苑囿已必有艸木故以樹果系諸園 从口袁聲 羽元切十四部

所㠯種菜曰圃 所㠯二字今補齊風毛傳曰圃菜園也馬融論語注曰樹菜蔬曰圃玄應引倉頡解詁云種樹曰園種菜曰圃 从口甫聲 博古切五部

就也 就下

曰就高也爲高必因丘陵爲大必就基阯故因從囗大就其區域而擴充之也中庸曰天之生物必因其材而篤焉左傳曰植有禮因重固人部曰仍因也論語因不失其親謂所就者不失其親从囗大於真切十二部

㘝 下取物縮臧之謂攝取也今農人罱泥罱即㘝之俗字从又下取故從又从囗縮藏之故從囗讀若聶女洽切七部聶小徐作籋

囹 獄也獄上當有囹圄二字幸部曰囹圄所㠯拘罪人蓋許作囹圄與他書囹圄不同也月令鄭注曰囹圄所以禁守繫者若今別獄矣蔡邕云囹牢也圄止也所以止出入皆罪人所舍也鄭志崇精問曰囹圄何代之獄焦氏荅曰月令秦書則秦獄名也漢曰若盧魏曰司空从囗令聲鍇曰囹櫺也櫳檻之名郎丁切十一部

圄 守之也从囗吾聲魚舉切五部按韵會云圄說文本作圉蓋小徐本有圉無圄左傳圄伯嬴於轑陽而殺之

囚 繫也从人在囗中似由切三部

固 四塞也四塞者無鎛漏之謂周禮夏官掌固注云固國所依阻者也國曰固野曰險按凡堅牢曰固又事之已然者曰固即故之假借字也漢官掌故唐官多作掌固从囗古聲古慕切五部

圍 守也从囗韋聲羽非切十五部

困 故廬也廬者二畝半一家之居居必有木樹牆下以桑是也故字從囗木謂之困者疏廣所謂自有舊田廬令子孫勤力其中也困之本義爲止而不過引伸之爲極盡論語四海困窮謂君德充塞宇宙與橫被四表之義略同苞注曰言爲政信執其中則能窮極四海天

祿所以長終也凡言困勉困苦皆極盡之義 从木在口中 苦悶切十三部 𣎴 古文

困 廣雅槃機闌朱也按稚讓用朱爲梱字此可證四海困窮之義 圂 豕廁也 少儀君子不食圂腴

注云周禮圂作豢謂犬豕之屬食米穀者也腴有似於人穢按二云周禮圂作豢者槁人掌豢祭祀之犬是也豢從豕弃聲圂從

口豕會意據許說本非一字豢以人之萎養而言圂以牢中溷濁而言少儀圂腴不煩改字謂豕廁爲圂因謂豕犬爲圂耳引

伸之義人廁或曰圂俗作溷或曰清俗作圊或曰軒皆見釋名 从口象豕在口中也會

意 象當作豕字之誤也胡困切十三部 囮 譯也 譯疑當作誘一說周禮貉隸掌與獸言夷隸掌與鳥言是

其事也 从口化聲 今小徐本有聲字是五禾切十七部 率鳥者繫生鳥曰

來之名曰囮 率捕鳥畢也將欲畢之必先誘致之潘安仁曰暇而習媒翳之事徐爰曰媒者少養雉子

至長狎人能招引野雉因名曰媒 讀若譌 囮者誤之也故讀若譌 ⿴囗繇 囮或从繇

各本篆作⿴囗繇解作繇今正按或當作也本一字一化聲一繇聲其義則同廣雅釋言曰囮⿴囗繇也是可證爲一字轉注矣潘岳射

雉賦恐吾游之晏起又良游呃喔引之規裏徐爰注雉媒江淮閒謂之游唐呂温有由鹿賦游與由皆卽⿴囗繇字也從繇當作從

口繇聲音由三部徐鉉云訛由二音誤也

文二十六當作七 重四當作三

員物數也本爲物數引伸爲人數俗偁官員漢百官公卿表曰吏員自佐史至丞相十二萬二百八十五人是也數木曰枚曰梃數竹曰箇數絲曰紽曰緫數物曰員小雅員于爾輻毛曰員益也此引伸之義也又假借爲云字如秦誓若弗員來鄭風聊樂我員商頌景員維河箋云員古文云从貝貝古以爲貨物之重者也囗聲王權切古音云在十三部囗聲在十五部合韵冣近凡員之屬皆从員

鼎籀文从鼎鼎下曰籀文以鼎爲貝字故員作鼑則作鼎刂

⿱云員物數紛⿱云員亂也今⿱云員字作紜紜行而⿱云員廢矣紛⿱云員謂多多則亂也古假芸爲⿱云員老子夫物芸芸各歸其根从員云聲讀若春秋傳曰宋皇鄖宋皇鄖見左傳羽文切十三部

文二　重一

貝海介蟲也介蟲之生於海者居陸名猋在水名蜬見釋魚猋作贆俗字也蜬亦當作函淺人加之偏傍耳虫部曰蜬毛蠹也則非貝名象形象其背穹隆而腹下岐博蓋切十五部古者貨貝而寶龜謂以其介爲貨也小雅既見君子錫我百朋箋云古者貨貝五貝爲朋周易亦言十朋之龜故許以貝與龜類言之食貨志王莽貝貨五品大貝壯貝幺貝小貝皆二枚爲一朋不成貝不得爲朋龜貨四品元龜當大貝十朋公龜當壯貝十朋侯龜當幺貝十朋子龜當小貝十朋此自莽法鄭箋詩云古者五貝爲朋注易

以爾雅之十龜未譽用歆莽說也周而有泉周禮外府掌邦布之入出以共百物而待邦之用泉府掌以市之征布斂市之不售貨之滯於民用者注云布泉也讀爲宣布之布其藏曰泉其行曰布取名於水泉其流行無不偏泉始蓋一品周景王鑄大泉而有二品按許謂周始有泉而不廢貝也至秦廢貝行錢秦始廢貝專用錢變泉言錢者周曰泉秦曰錢在周秦爲古今字也金部錢下鍇本云一曰貨也檀弓注曰古者謂錢爲泉布則知秦漢曰錢周曰泉也周禮泉府注云鄭司農云故書泉或作錢蓋周人或用假借字秦乃以爲正字凡貝之屬皆从貝

𧴪貝聲也从小貝聚小貝則多聲故其字從小貝引伸爲細碎之偁今俗瑣屑字當作此瑣行而𧴪廢矣周易旅初六旅瑣瑣陸績曰瑣瑣小也艮爲小石故曰旅瑣瑣也按瑣者𧴪之假借字玉部瑣謂玉聲穌果切十七部

賄財也周禮注曰金玉曰貨布帛曰賄析言之也許渾言之貨賄皆釋曰財从貝有聲呼罪切按古音在一部古假悔字爲之聘禮注曰古文賄皆作悔

財人所寶也寶珍也周禮注曰財泉穀也霽下云小雨財零也以爲今之纔字从貝才聲昨哉切一部

貨財也廣韵引蔡氏化清經曰貨者化也變化反易之物故字从化从貝化聲形聲包會意韵會無聲字呼臥切十七部

䝈資也按篇韵皆云賭也許無賭字从貝爲聲詭僞切古音在十七部或曰此古貨字鍇本無此但云臣鍇按字書云古貨字按爲化二聲同在十七

部䝧古作䝧猶訛譌通用耳鉉本此下更有讀若貴三字

資 貨也 貨者化也資者積也旱則資舟水則資車夏則資皮冬則資絺綌皆居積之謂資者人之所藉也周禮注曰資取也老子曰善人不善人之師不善人善人之資

从貝次聲 即夷切十五部

贎 貨也 廣韵云贈貨

从貝萬聲 無販切十四部

賑 富也 見釋言郭曰謂隱賑富有西京賦鄉邑殷賑薛曰謂富饒也匡謬正俗曰振給振貸字皆作振振舉救也俗作賑非

从貝辰聲 之忍切十三部

賢 多財也 財各本作才今正賢本多財之偁引伸之凡多皆曰賢人偁賢能因習其引伸之義而廢其本義矣小雅大夫不均我從事獨賢傳曰賢勞也謂事多而勞也故孟子說之曰我獨賢勞戴先生曰投壺某賢於某若干純賢多也

从貝臤聲 胡田切十二部

賁 飾也 易象傳曰山下有火賁序卦傳曰賁飾也按古假賁爲奔

从貝卉聲 彼義切十五部按亦音墳亦音肥文與微合韵㝡近

賀 㠯禮物相奉慶也 物字依韵會玉篇補相奉慶玉篇作相慶加爲長心部曰慶行賀人也是慶與賀二字互訓賀之言加也猶贈之言增也古假賀爲嘉覲禮余一人嘉之今文嘉作賀是也廣韵曰賀擔也勞也此謂或假賀爲儋儋何字也儋何俗作擔荷

从貝加聲 胡箇切十七部

貢 獻功也 貢功疊韵魯語曰社而賦事烝而獻功韋注社春分祭社也事農桑之屬也冬祭曰烝烝而獻五穀布帛之屬也周禮八則治都鄙六曰賦貢以馭其用注云貢功也九職之功所稅也按大宰以九貢致邦國之用凡

其所貢皆民所有事也故職方氏曰制其貢各以其所有 从貝工聲 古送切九部

贊 見也 此以疊韵爲訓疑當作所以見也謂彼此相見必資贊者士冠禮贊冠者士昏禮贊者注皆曰贊佐也周禮大宰注曰贊助也是則凡行禮必有贊非獨相見也 从貝从兟 鉉曰兟音詵進也鍇曰進見以貝爲禮也則旰切十四部

賮 會禮也 以財貨爲會合之禮也蒼頡篇曰賮財貨也張載注魏都賦曰賮禮贄也又孟子曰行者必以賮辭曰餽賮或假進爲之如漢高紀曰蕭何爲主吏主進是也 从貝𦘔聲 徐刃切十二部

齎 持遺也 周禮掌皮歲終則會其財齎注予人以物曰齎今時詔書或曰齎計吏鄭司農云齎或爲資外府共其財用之幣齎注齎行道之財用也聘禮曰問幾月之齎鄭司農云齎或爲資今禮家定齎作資玄謂齎資同耳其字以齊次爲聲從貝變易古字亦多或玉裁按此鄭君不用許書說謂齎資一字聲義皆同也許則釋資爲貨釋齎爲持而予之其義分別不爲一字迻人則訓齎爲持矣 从貝齊聲 祖雞切十五部

貸 施也 謂我施人曰貸也 从貝代聲 他代切一部

貣 從人求物也 從人猶向人也謂向人求物曰貣也按代弋同聲古無去入之別求人施人古無貣貸之分由貣字或作貸因分其義又分其聲如求人曰乞給人之求亦曰乞今分去訖去既二音又如假借二字皆爲求者予者之通名唐人亦有求讀上入予讀兩去之說古皆未必有是貣別爲貸又以改竄許書尤爲異耳經史內貣貸錯出恐皆俗增人旁蟘字經典釋文五經文字皆作蟘俗作蟘亦其證也周禮泉府凡民之貸者

注云貸者謂從官借本賈也廣韵廿五德云貣謂從官借本賈也其所據周禮正作貣而周禮注中借者予者同用一字釋文別其音亦可知本無二字矣

从貝弋聲他得切亦徒得切一部按古多假貣爲差忒字

賂 遺也見魯頌大賂傳箋云大猶廣也廣賂者賂君及卿大夫也按以此遺彼曰賂如道路之可往來也貨賂皆謂物其用之則有公私衺正之不同

从貝各聲洛故切五部按各古有洛音鉉云賂當從路省聲非也

賸 物相增加也賸增疊韵以物相益曰賸字之本義也今義訓爲贅疣與古義小異而實古義之引伸也改其字作剩而形異矣

从貝朕聲以證切六部

一曰送也副也人部曰倂送也賸訓送則與倂音義皆同副貳也貳副益也訓送訓副皆與增加義近

贈 玩好相送也贈送疊韵秦風渭陽大雅韓奕皆云何以贈之毛傳鄭箋皆云贈送也崧高云以贈申伯傳云贈增也增與送義異而同猶賸之訓增亦訓送也既夕禮云知死者贈知生者賻何休云知死者賵賻知生者贈襚按以玩好送死者亦贈之一端也今人以物贈人曰送送亦古語也

从貝曾聲昨鄧切六部

貱 迻予也迻遷徙也展轉寫之曰迻書展轉予人曰迻予貱迻疊韵

从貝皮聲彼義切古音在十七部

贛 賜也釋詁曰贛賜也據釋文本作贛後人改作貢耳端木賜字子贛凡作子貢者亦皆後人所改淮南道應要略二訓注皆云贛賜也

从貝竷省聲古送切按贛聲當在八部而讀同貢則音之轉也竷之古義古音皆與貢不同

贛

籒文贛集韵類篇作贑 賚賜也釋詁賚貢錫畀予況賜也又曰賚予也小雅毛傳云賚予也大雅傳云釐賜也釐者賚之假借也 从貝來聲洛帶切一部按徐仙民音來 周書曰賚尒秬鬯文侯之命文今尒作爾

賞賜有功也錯曰賞之言尚也尚其功也 从貝尚聲書兩切十部

賜予也釋詁賚貢錫畀予況賜也七字轉注凡經傳云錫者賜之假借也公羊傳曰錫者何賜也賜者與之通稱禹貢納錫大龜乃下與上之詞又玉藻言賜君子與小人者別言之統言則不別也方言曰賜盡也此借賜爲澌澌盡也盡之字俗作儩 从貝易聲斯義切十六部

貤重次弟物也漢書注引作物之重次弟也重次弟者既次弟之又因而重之也漢武帝詔曰受爵賞而欲移賣者無所流貤應劭訓貤爲移上林賦說果樹曰貤丘陵下平原郭樸曰貤猶延也按賣爵者展轉與人蔓莚丘陵者層疊茲長皆重次弟之意也毛詩施于中谷施于孫子皆當作貤 从貝也聲以豉切古音在十七部

贏賈有餘利也依韵會本訂左傳曰賈而欲贏而惡囂乎俗語謂贏者輸之對 从貝嬴聲按淮嬴贏字可云嬴聲嬴字當云从貝嬴嬴者多肉之獸也故以會意女部嬴當云嬴省聲今本多誤以成切十一部

賴贏也高帝紀始大人常以臣亡賴應曰賴者恃也晉曰許慎云賴利也無利入於家也或曰江淮之閒謂小兒多詐狡獪爲亡賴按今人云無賴者謂其無衣食致然耳方言云賴讎也南楚之外曰賴賴取也 从貝剌聲

洛帶切十五部 負 恃也 左傳曰昔秦人負恃其衆貪於土地逐我諸戎孟子曰虎負嵎莫之敢攖 从人守貝有所恃也 會意房九切古音在一部樂記禮樂偩天地之情史記栗姬偩貴皆作偩俗字也 一曰受貸不償 凡以背任物曰負因之凡背德忘恩曰負 貯 積也 此與宁音義皆同今字專用貯矣周禮注作䝦俗字也 从貝宁聲 直呂切五部 貳 副益也 當云副也益也周禮注副貳也說詳刀部 从貝弍聲 形聲包會意而至切十五部 弍古文二 一

賓 所敬也 大宰八統八曰禮賓大宗伯以賓禮親邦國賓客渾言之也析言之則賓客異義又賓謂所敬之人因之敬其人亦曰賓又君爲主臣爲賓故老子曰樸雖小天下莫能臣也侯王若能守之萬物將自賓司馬相如引詩率土之賓莫非王臣 从貝 貝者敬之之物也 𡧍聲 必鄰切十二部 賓 古文 鉉本無首畫玉篇集韻類篇皆有 賒 貰買也 貰買者在彼爲貰在我則爲賒也周禮泉府凡賒者祭祀無過旬日喪紀無過三月鄭司農云賒貰也 从貝余聲 式車切古音在五部 貰 貸也 泉府以凡賒者與凡民之貸者竝言然則賒與貸有別賒貰也若今人云賒是也貸借也若今人云借是也其事相類故許渾言之曰貰貸也高祖本紀常從武負王媪貰酒韋昭曰貰賒也按賒貰皆紓緩之詞 从貝世聲 神夜切按古音在五部聲類字林鄒誕生皆音勢劉昌宗周禮音乃讀時夜反 贅 以物質錢 若今人之抵押

也漢嚴助傳賣爵贅子以接衣食如淳曰淮南俗賣子與人作奴婢名爲贅子三年不能贖遂爲奴婢按大雅傳曰贅屬也謂贅爲綴之假借也孟子屬其耆老大傳作贅其耆老公羊傳云君若贅旒史漢云贅壻此爲聯屬之偁又莊子云附贅縣疣老子云餘食贅行此爲餘賸之偁皆綴字之假借 从敖貝 會意之芮切十五部 敖者猶放 敖出游也放逐也敖與放義不同而可通故曰猶 謂貝當復取之 謂字依韵會補放者當復還贅者當復贖其義一也此十字釋敖貝之意

質 以物相贅 質贅雙聲以物相贅如春秋交質子是也引伸其義爲樸也地也如有質有文是小雅毛傳云旳質也周禮射則充椹質左傳策名委質皆是又繇詩抑詩傳曰質成也禮謂平明爲質明 从貝从斦闕 闕者闕從斦之說也韵會從斦作斦聲無闕字之日切十二部

貿 易財也 衞風抱布貿絲咎繇謨貿遷有無化居 从貝卯聲 莫候切三部

贖 貿也 堯典金作贖刑 从貝𧶠聲 殊六切三部

費 散財用也 論語曰君子惠而不費 从貝弗聲 房未切十五部

責 求也 引伸爲誅責責任周禮小宰聽稱責以傅別稱責卽今之舉債古無債字俗作債則聲形皆異矣 从貝朿聲 側革切十六部

賈 賈 此複舉字之未删者 市也 市買賣所之也因之凡買凡賣皆曰市賈者凡買賣之偁也酒誥曰遠服賈漢石經論語曰求善賈而賈諸今論語作沽者假借字也引伸之凡賣者之所得買者之所出皆曰賈俗又別其字作價別其音入禡韵古無是也

从貝襾聲（公戸切五部）一曰坐賣售也（六字蓋淺人妄增司市注通物曰商居賣物曰賈居賣物謂居積物亦兼賣之也居非謂坐此以坐與下行相對又贅以說文所無之售字殊無文理）

𧶜 行賈也（白虎通曰商賈何謂也商之爲言章也章其遠近度其有亡通四方之物故謂之商也賈之爲言固也固其有用之物以待民來以求其利者也通物曰商居賣曰賈按白虎通古本如是漢律曆志商章也物成孰可章度也尚書我商賚女徐邈音章商部商從章聲皆可證𧶜俗作賫經傳皆作商商行而𧶜廢矣渾言之則𧶜賈可互偁析言之則行賈曰𧶜行賈者通四方之珍異以𧶜之）从貝商省聲（式陽切十部）

販 買賤賣貴者（司市曰夕市夕時而市販夫販婦爲主注云販夫販婦朝資夕賣按資猶取也）从貝反聲（形聲包會意方願切十四部）

買 市也（市者買物之所因之買物亦言市論語沽酒市脯）从网貝（會意莫蟹切十六部春秋襄三十一年莒人弒其君密州左傳作買朱鉏杜云買朱鉏密州之字按弒君未有書字者傳明云書曰莒人弒其君買朱鉏然則左公所據之經實作買朱鉏不作密州也買爲密朱爲州皆音之轉朱鉏者猶邾婁也今本經與傳不合蓋或以公穀經文改左氏經文）孟子曰登壟斷而网市利（見公孫丑篇此引以證從网貝之意也壟孟子作龍丁公著讀爲隴陸善經乃讀爲龍壟謂岡壟斷而高者按趙注釋爲堁斷而高者也堁塵塺也高誘云楚人謂塺爲堁趙本蓋作尨斷尨塺襍之皃蹋塵不到地勢略高之處也古書尨龍二字多相亂許

書亦當作𢇍斷淺人以陸善經說改爲𪖥聾耳 貴 物不賤也从貝臾聲 居胃切十五部 臾古文蕢 見艸部○按貴篆各本廁部末與上非舊次也今更正

賤 賈少也 賈今之價字 从貝戔聲 才線切十四部

賦 斂也 周禮大宰以九賦斂財賄斂之曰賦班之亦曰賦經傳中凡言以物班布與人曰賦 从貝武聲 方遇切五部

貪 欲物也 心部惏女部婪皆訓貪 从貝今聲 他含切七部

貶 損也从貝乏聲 形聲包會意也鉉本作從貝從乏方斂切杜林作㝵

貧 財分少也 謂財分而少也合則見多分則見少富備也厚也則貧者不備不厚之謂 从貝分分亦聲 符巾切十三部 𡦜 古文从宀分

賃 庸也 庸者今之傭字廣韵曰傭餘封切傭賃也凡雇僦皆曰庸曰賃 从貝任聲 尼禁切七部

賕 以財物枉法相謝也 枉法者違法也法當有罪而以財求免是曰賕受之者亦曰賕呂刑五過之疵惟來馬本作惟求云有請賕也按上文惟貨者今之不枉法贓也惟求者今之枉法贓也 从貝求聲 形聲包會意巨留切三部 一曰載質也 載各本作戴今依韵會正謂載質而往求人𠷈貣也質謂以物相贅

購 以財有所求也 縣重價以求得其物也漢律能捕豺貀一購錢百 从貝冓聲 古候切四部

䝿 齎財卜問爲䝿 卜問廣韵

作問卜史記貨殖傳醫方諸食技術之人焦神竭能爲重糈也
日者傳卜而有不審不見奪糈按糈皆當作䝴同音假借䝴所
以雠卜者也祭神米曰糈卜者必禮神故其字亦作糈 从貝疋聲讀若所 疏舉切五部

貲 小罰以財自贖也 貲字本義如是引伸爲凡財貨之偁 从貝此聲 即夷切十五部 漢律民不繇貲錢二十三 繇傜古今字二十三各本作二十二
今正漢儀注曰人年十五至五十六出賦錢人百二十爲一筭
又七歲至十四出口錢人二十以供天子至武帝時又口加三
錢以補車騎馬見昭帝紀光武紀二注及今四庫全書內漢舊
儀按論衡謝短篇曰七歲頭錢二十三亦謂此也然則民不傜
者謂七歲至十四歲貲錢二十三者口錢二十并武帝所加三錢也

賨 南蠻賦也 後漢書南蠻西
南夷傳曰槃瓠之傳蠻夷秦置黔中郡漢改爲武陵歲令大人
輸布一匹小口二丈是謂賨布魏都賦曰賨幏積墆幏見巾部
从貝宗聲 徂紅切九部

𧶠 衙也 衙行且賣也𧶠字不見經傳周禮多言儥儥訓買亦訓賣
胥師飾行儥慝賈師貴儥者蓋即說文之𧶠字而說文人部儥
見也則今之覿字也玉篇云𧶠或作𧷏鬻是𧶠鬻爲古今字矣
按𧶠隸變作賣易與賣相混 从貝𡭴聲 𡭴古文睦 見目部 讀若育 余六切三部

賏 頸飾也从二貝 駢貝爲飾也烏莖切十一部

文五十九 重三

邑國也鄭莊公曰吾先君新邑於此左傳凡偁人曰大國凡自偁曰敝邑古國邑通偁白虎通曰夏曰夏邑
商曰商邑周曰京師尚書曰西邑夏曰天邑商曰作新大邑於東國雒皆是周禮四井爲邑左傳凡邑有宗廟先君之主曰都
無曰邑此又在國中分析言之一从口音韋封域也先王之制尊卑有大
小从卪尊卑謂公侯伯子男也大小謂方五百里方四百里方三百里方二百里方百里也土部曰公侯百里伯
七十里子男五十里從孟子說也尊卑大小出於王命故從卪於汲切七部凡邑之屬皆从
邑邦國也周禮注曰大曰邦小曰國析言之也許云邦國也國邦也統言之也周禮注又云邦之所
居亦曰國此謂統言則封竟之內曰國曰邑析言則國野對偁周禮體國經野是也古者城𩫏所在曰國曰邑而不曰邦邦之
言封也古邦封通用書序云邦康叔邦諸侯論語云在邦域之中皆封字也周禮故書乃分地邦而辨其守地邦謂土畍杜子
春改邦爲域非也从邑丰聲博江切九部㞢古文從㞢田之適也所謂往即乃封古文
封字亦從之土郡周制天子地方千里分爲百縣縣有
四郡逸周書作雒篇曰千里百縣縣有四郡郡高注六月紀云周制天子畿內方千里分爲百縣縣有四郡郡有監故
春秋傳曰上大夫受縣下大夫受郡周時縣大郡小至秦始皇兼天下初置三十六郡以監縣耳按作雒篇與周禮不合鄭注
月令但云四監主山林川澤之官百縣鄉遂之屬是不從作雒說也故春秋傳曰上大夫

受縣下大夫受郡是也各本少受縣下大夫五字今從水經注河水篇所引補正趙簡子曰克敵者上大夫受縣下大夫受郡見左傳哀公二年

至秦初天下置三十六郡以監縣戰國策甘茂曰宜陽大縣也名爲縣其實郡也秦武王時已郡大縣小矣前此惠文王十年魏納上郡十五縣後十三年攻楚漢中取地六百里置漢中郡吳氏師道云或者山東諸侯先變古縣大郡小之制而秦效之是也至始皇廿六年始置三十六郡三十六郡者錢氏大昕曰地理志河東太原上黨東郡潁川南陽南郡九江鉅鹿齊郡琅邪會稽漢中蜀郡巴郡隴西北地上郡雲中鴈門代郡上谷漁陽右北平遼西遼東南海皆曰秦置長沙國曰秦郡河南曰故秦三川郡沛郡曰故秦泗水郡五原曰秦九原郡鬱林曰故秦桂林郡日南曰故秦象郡趙國曰故秦邯鄲郡梁國曰故秦碭郡魯國曰故秦薛郡數之適得三十六下文揔之曰本秦京師爲內史分天下作三十六郡此確然不易者也史記始皇本紀二十六年分天下爲三十六郡而略取陸梁地爲桂林象郡南海乃在三十三年裴駰以爲不當在三十六之內因舍三郡以內史鄣郡黔中足之內史別於三十六郡不待言故鄣郡雖見於志注而不系之秦黔中郡見昭襄王三十年而志不之數不可爲典要也史記之三十六與漢志同乃揔攝後事而言之故漢志說文高誘呂覽注應劭風俗通皇甫謐帝王世紀司馬彪郡國志皆言秦分三十六郡裴氏不從漢志之目而唐人作晉書乃造秦四十郡之說前此無言之者

从邑君聲渠運切十三部按釋詁曰郡乃也此未得其說疑郡之誤也

都 有先君之舊宗

廟曰都左傳曰凡邑有宗廟先君之主曰都無曰邑周禮大司徒注曰都鄙者王子弟公卿大夫采地其界曰都鄙所居也載師注曰家邑大夫之采地小都卿之采地大都公之采地王子弟所食邑也大宰八則注曰都鄙公卿大夫之采邑王子弟所食邑周召毛聃畢原之屬在畿內者祭祀者其先君社稷五祀按據杜氏釋例大曰都小曰邑雖小而有宗廟先君之主曰都尊其所居而大之也又按左氏言有宗廟先君之主曰都許改云有先君之舊宗廟則必如晉之曲沃故絳而後可偁都恐非左氏意也左氏與周官合 从邑者聲當孤切五部 周禮距國五百里爲都此周禮說也周禮載師注引司馬法曰王國百里爲郊二百里爲州三百里爲野四百里爲縣五百里爲都大宰注曰邦中在城郭者四郊去國百里邦甸二百里家稍三百里邦縣四百里邦都五百里

鄰 五家爲鄰見遂人職按引伸爲凡親密之偁 从邑粦聲力珍切十二部

酇 百家爲酇遂人五家爲鄰五鄰爲里四里爲酇五酇爲鄙五鄙爲縣五縣爲遂 酇聚也謂酇與欑儧音義皆同欑一曰叢木也儧冣也 从邑贊聲作管切又作旦切 南陽有酇縣漢地理志南陽郡酇侯國孟康曰音讚按南陽縣作酇沛郡縣作鄼許二字畫然不相亂也在沛者後亦作酇直由莽曰贊治而亂南陽酇音讚沛鄼及改作酇字皆音嵯音亦本不相亂蕭何始封之酇茂陵書文穎臣瓚顏師古杜佑皆云在南陽江統戴規姚察李吉甫今錢氏大昕皆云在沛在沛說是也始封於鄼高后乃封之南陽之酇與筑陽文帝至莽之酇侯皆在南陽故地

理志於南陽云酇侯國而沛郡酇下不云侯國爲在沛者不久也諸家所傳班固作泗水亭高祖碑云文昌四友漢有蕭何序功第一受封於酇以韻求之可以不惑

鄙 五酇爲鄙 見遂人五百家也又周禮都鄙王子弟公卿大夫采地其界曰都鄙所居也按大司徒以邦國都鄙對言鄭注以邦之所居曰國都之所居曰鄙對言春秋經傳鄙字多訓爲邊者蓋周禮都鄙歫國五百里在王畿之邊故鄙可釋爲邊又引伸爲輕薄之偁而鄙夫字古作啚冣目云俗儒啚夫翫其所書可證也今則鄙行而啚廢矣 从邑啚聲 兵美切古音在一部故鄙不通叚用也

郊 歫國百里爲郊 杜子春注周禮曰五十里爲近郊百里爲遠郊玉藻說郊祭曰於郊故謂之郊 从邑交聲 古肴切二部按周禮故書作蒿假借字

邸 屬國舍也 文帝紀曰入代邸顏注曰郡國朝宿之舍在京師者率名邸邸至也言所歸至也按今俗謂旅舍爲邸經典假借邸爲柢如典瑞四圭有邸是也釋器邸謂之柢當作柢謂之邸釋言曰柢本也鄭司農引作邸本也可證爾雅皆釋經之辭 从邑氐聲 都禮切十五部

郛 𩫏也 𩫏各本作郭今正公羊傳入其郛注郛恢郭也城外大郭也 从邑孚聲 甫無切古音在三部

郵 竟上行書舍 孟子德之流行速於置郵而傳命釋言郵過也按經過與過失古不分平去故經過曰郵過失亦曰郵爲尤訧之假借字 从邑垂 會意羽求切古音在一部 垂邊也 說從垂之意在境上故從垂

𨛜 國甸大夫稍稍所食邑 載師注曰

故書稍或作削按削當是郇之誤許所據正故書或本也太宰家削之賦當作家郇釋文曰家削本又作郇是也按國甸之下疑有奪文大宰曰三曰邦甸之賦四曰家郇之賦載師曰以公邑之田任甸地以家邑之田任郇地此云國甸卽經之邦甸也邦甸去國二百里家郇三百里此當云國甸之外曰家郇大夫稍稍所食邑鄭曰家邑大夫之采地也稍與郇疊韵 从邑肖聲 所教切二部 周禮曰任郇地在天子三百里之內 鄭說同

鄯 鄯善逗 西胡國也 許書三言西胡皆謂西域也言西胡以別於匈奴爲北胡也漢西域傳云鄯善國本名樓蘭王治扜泥城去陽關千六百里去長安六千一百里元鳳四年傅介子誅其王更名其國爲鄯善爲刻印章是則此時初製鄯字也漢鄯善國城在今哈密衞東南中國山川維首在隴蜀紀地者必始於西故起西域而雍州 从邑善善亦聲 時戰切十四部

竆 夏后時諸侯夷羿國也 弓部曰𢏚帝嚳䠶官夏少康滅之羽部曰羿羽之羿風亦古諸矦也按𢏚羿古通用云帝嚳䠶官而夏少康滅之則夏之夷羿卽帝嚳䠶官之後裔明矣夷羿見左傳虞箴左傳魏絳云夏訓有之曰有竆后羿昔有夏方衰后羿自鉏遷於窮石因夏民以代夏政寒浞殺羿靡滅浞立少康有窮由是遂亡今左傳作窮許所據作竆今古字也左氏之竆石杜不言其地所在葢非山海經離騷淮南子所云弱水所出之竆石也地理志說文皆云弱水出張掖山丹則山海經離騷淮南子所云竆石當在山丹漢山丹今爲甘州府山丹縣距夏都安邑甚遠然許鄯善之下卽出竆字固謂西北邊地

从邑鄐省聲渠弓切九部

郻 周封黃帝之後於郻也樂記曰武王克殷及商未及下車而封黃帝之後於薊按郻薊古今字也薊行而郻廢矣漢地理志郡國志皆作薊則其字假借久矣陸德明曰薊今涿郡薊縣是也卽燕國之都也孔安國司馬遷及鄭皆云燕召公與周同姓案黃帝姓姬君奭蓋其後也或黃帝之後封薊者滅絕而更封燕召公乎疑不能明也而皇甫謐以召公爲文王之庶子記傳更無所出又左傳富辰言文王之昭亦無燕玉裁按地理志曰廣陽國薊燕召公所封然則班意謂封黃帝之後卽召公也而周本紀以封堯後於薊封召公奭於燕竝言張守節疑薊爲燕所幷未知其審 从邑契聲讀若薊古詣切十五部 上谷有郻縣地理志廣陽國下曰高帝燕國昭帝元鳳元年爲廣陽郡宣帝本始元年更爲國郡國志廣陽郡注曰世祖省廣陽郡幷上谷永平八年復按許云上谷有薊縣依光武省幷而言也今京師順天府附郭大興縣治卽古燕都許說漢制作郻則知漢時故作郻矣但不解今之漢志何以作薊也○又按此五字當如下文邰下鄸下之例作今上谷薊縣是也七字漢時字已作薊如邰已作斄鄸已作穰古今字不同故著之以言其合假令漢時字本作郻則其立文當云上谷縣也周時黃帝之後所封如鄒下云魯縣古邾國帝顓頊之後所封之例矣然則郻者許所見古字也薊者漢時字也

郃 炎帝之後姜姓所封周棄外家國大雅有郃家室毛傳曰郃姜嫄之國也堯見天因郃而生后稷故國后稷於郃使事天以顯神順天命是則郃本后稷外家之國名炎帝之後姜姓

所封也國后稷於邰時蓋國姜姓於他處矣至武王克殷興滅國繼絕世乃封神農之後於焦从邑台聲土來切一部右扶風斄縣是也見地理志周人作邰漢人作斄古今語小異故古今字不同郡國志無斄縣郿下曰有邰亭蓋斄縣併入郿也邰亭杜預謂之斄鄉徐廣謂之斄鄉今陝西乾州武功縣西南二十二里故斄城是詩曰有邰家室今生民詩有卽字考高誘注呂覽辨土引實穎實栗有邰家室亦無卽○宋本說文無卽與九經字樣所引合一本有者非也

郊周文王所封在右扶風美陽中水鄉經典有岐無郊惟漢地理志曰大王徙郊文王作酆匈奴傳曰秦襄公伐戎至郊郊古曰郊古岐字岐專行而郊廢矣許所見豳岐作郊猶所見豳作邠也地理志曰右扶風美陽禹貢岐山在西北中水鄉周大王所邑魯頌箋曰大王自豳徙居岐山之陽按此云文王所封要其終而言皇矣詩曰度其鮮原居岐之陽箋云乃始謀居善原廣平之地亦在岐山之南也文王自郊遷酆非文王始國郊也下云酆周文王所都則此當云大王矣戴先生曰美陽今爲陝西鳳翔府岐山扶風二縣漢志美陽岐山在西北今岐山縣東七十里岐山是从邑支聲巨支切十五部

岐郊或从山支聲因岐山吕名之也郊或者岐之或字謂岐卽郊邑之或體也又云因岐山吕名之則又郊邑岐山畫爲二字矣考岐山見於夏書雅頌漢志郊邑因岐山以名郊邑可作岐岐山不可作郊薛綜注西京賦引說文岐山在長安西美陽縣界山有兩岐因以名焉此說文山部原文也山有兩

岐當作山有兩枝山有兩枝故名曰岐山疑後人移入於此而刪改之學者讀此可以刪邑部之岐專入山部矣○按漢書地理志曰大王徙郊曰襄公將兵救周有功賜受郊酆之地郊祀志曰大王建國於郊梁匈奴傳曰秦襄公伐戎至郊郊皆作郊郊周字也而岐山字地理志皆作岐是可證郊岐之別

岐 古文郊从枝从山 古文郊當作古文岐此亦淺人改山部之文入此部耳亦當刪此入彼

邠 周大王國在右扶風美陽从邑分聲 補巾切十三部

豳 美陽亭卽豳也民俗曰夜市有豳山从山从豩闕 按此二篆說解可疑豳者公劉之國史記云慶節所國非大王國疑一漢地理志毛詩箋郡國志皆云豳在右扶風栒邑不在美陽疑二地理郡國二志皆云栒邑有豳鄉徐廣曰新平漆縣之東北有豳亭漢右扶風之漆與栒邑皆是豳域不得美陽有豳亭疑三從山豩聲非有闕也而云從豩闕疑四假令許果以豳合邠當云或邠字而不言及疑五蓋古地名作邠山名作豳而地名因於山名同音通用如郊岐之比是以周禮籥師經文作豳注作邠漢人於地名用邠不用豳許氏原書當是豳岐本在山部而後人移之併古今字爲一字抑或許書之變例有然未能定也經典多作豳惟孟子作邠唐開元十三年始改豳州爲邠州見通典元和郡縣志郭忠恕云因似幽而易誤也

郿 右扶風縣 前後二志同大雅申伯信邁王餞于郿毛云郿地箋云時王蓋省岐周故于郿云正義云申在鎬京之東南自鎬適申塗不經郿時宣王蓋省視岐周申伯從王至岐自岐餞之按今鳳翔府郿縣

縣東北十五里渭水之北有故郿城从邑眉聲武悲切師古音媚十五部

郁右扶風郁夷也見地理志班引詩周道郁夷師古曰毛詩周道倭遟韓詩作郁夷字言使臣乘馬行於此道按古假借爲戫字如論語郁郁乎文哉是也戫有文章也其始借或爲戫其後又借郁爲彧今陝西鳳翔府隴州州西五十里有故郁夷城後漢建武二年鄧禹遣兵擊赤眉於郁夷在此處也从邑有聲於六切古音在一部

鄠右扶風縣也前後二志同今陝西西安府鄠縣縣北二里有故鄠城卽古扈國也从邑雩聲胡古切五部

扈夏后同姓所封戰於甘者尚書序曰啓與有扈戰於甘之野作甘誓馬融曰有扈姒姓之國爲無道又曰甘有扈南郊地名也左傳曰夏有觀扈五觀與扈皆夏同姓也在鄠謂夏之有扈在漢之鄠縣也鄠卽扈如斄卽邰魝卽鄚皆古今字姚察史記訓纂云戶扈鄠三字一也按扈爲周字鄠爲秦字通典云至秦改爲鄠有扈谷甘亭此五字有脫誤當作有戶谷戶亭甘亭七字今漢書鄠下云古國有扈谷亭語不完當依元和郡縣志所引云古扈國有戶谷戶亭又有甘亭史記正義所引志云古扈國有戶亭疑正義尚脫戶谷二字許書當與漢志同戶扈同字姚察云戶扈鄠三字同是也从邑戶聲胡古切五部按左傳扈民無淫者也同扈蕩戶之之戶止也又離騷扈江蘺於辟芷王云楚人名被爲扈

𡶳古文扈从山弓此未詳其右所从也鍇曰從辰巳之巳竊謂當從戶而轉寫失之

𨞡右扶風鄠鄉謂右

扶風鄠縣有鄘鄉也下仿此漢鄘成侯周緤服虔音菅蒯之蒯蘇林音簿催反小顏小司馬皆云字從崩從邑功臣表鄘成在長沙張守節引輿地志云鄘成縣故陳倉縣之故鄉聚名也周緤所封與漢表說文皆乖異而穆天子傳天子西征至于鄘又未詳其地 从邑崩聲 沛城父有鄘鄉 沛郡城父見地理志城父者左傳襄元年昭九年之夷地今安徽潁州府亳州州東南七十里有故城父城是也史記索隱引三蒼云鄘鄉在城父縣音裴 讀若陪 許云崩聲則在第六部也讀若陪則音轉在一部也鄘城楚漢春秋作馮城師古云鄘又音普肯反皆本音也今音薄回切依讀若陪之云而入灰韵也

䢹 右扶風鄠鄉 从邑且聲 子余切五部

郝 右扶風鄠盩厔鄉 鉉本如此謂右扶風之鄠縣盩厔縣皆有郝鄉也玉篇作右扶風盩厔鄉無鄠字而鍇本作右扶風鄠鄉盩厔縣脫落不完汲古毛扆乃取以改舊本可笑也前志曰右扶風盩厔按在今陝西西安府盩厔縣 从邑赤聲 呼各切五部

酆 周文王所都 詩書皆作豐左傳酆文之昭也字從邑前後二志亦作酆大雅曰既伐于崇作邑于豐杜預曰酆在鄠縣後志曰酆在京兆杜陵西南 在京兆杜陵西南 京兆尹杜陵二志同今陝西西安府府東南十五里有故杜陵城 从邑豐聲 敷戎切九部

鄭 京兆縣 二志同今陝西同州府華州州城北有故鄭城 周厲王子友所封 前志曰周宣王弟鄭桓公邑 从邑奠聲 直正切十一部

宗周之滅鄭徙潧洧之上今新鄭是也桓公友之子武公與平王東遷取虢鄶鄢蔽補丹依疇歷華十邑之地右雒左濟前華後河食溱洧焉徙其故名曰鄭至漢爲河南郡新鄭二志同今河南開封府新鄭縣西有故鄭城

郃 左馮翊郃陽縣二志同應劭曰在郃水之陽也按今陝西同州府郃陽縣卽其地从邑合聲矦閤切七部詩曰在郃之陽大雅文今詩郃作洽水經注引亦作郃按魏世家文矦時西攻秦築雒陰合陽字作合蓋合者水名毛詩本作在合之陽故許引以說會意秦漢閒乃製郃字耳今詩作洽者後人意加水旁許引詩作郃者後人所改

𨚗 京兆藍田鄉二志皆云京兆尹藍田今陝西西安府藍田縣縣治西十一里有藍田故城叩者鄉名今人叩擊字从卩不當作叩从邑口聲苦后切四部

⿰樊阝 京兆杜陵鄉水經注渭水篇沉水上承皇子陂於樊川其地卽杜之樊鄉也漢祖至櫟陽以將軍樊噲灌廢丘最賜邑於此鄉按樊鄉見史漢樊噲傳索隱引三秦記曰長安正南山名秦嶺谷名子午一名樊川一名御宿樊鄉卽樊川也宋敏求長安志曰樊川在萬年縣南三十五里引十道志云其地卽杜陵之樊鄉凡言樊鄉卽許之⿰樊阝鄉也在今西安府南三十里之樊川周語樊仲山父諫韋曰仲山父王卿士食采於樊毛傳曰仲山甫樊矦也按周襄王賜晉文公陽樊之田陽樊一名樊一名陽國語陽人不服而曰陽有樊仲之官守焉然則仲山甫之樊非此⿰樊阝也陽樊方輿紀要云或曰在今河南懷慶府濟源縣从邑樊聲附袁切十四部

鄜 左馮翊縣 見地理志按封禪書秦文公作鄜畤今陝西鄜州洛川縣縣東南七十里有鄜城廢縣 从邑麃聲 甫無切按票聲麃聲當在二部而孟康鄜音敷者凡漢志地名皆隨其地語言爲音故也隸省作鄜

鄌 左馮翊郃陽亭 謂左馮翊郃陽有鄌亭也各本作郃陽亭誤今依集韵類篇王伯厚詩地理考正伯厚困學紀聞亦作鄌陽亭則宋時本固是非錯出也大雅韓奕出宿于屠毛曰屠地名宋濟水李氏謂地在同州鄌谷是也按屠鄌古今字顧氏祖禹讀史方輿紀要作荼谷渡云在今陝西同州府郃陽縣東河西故城南 从邑屠聲 同都切五部

邮 左馮翊高陵亭 各本無亭字今依廣韵尤韵及玉篇補錫韵又曰郵鄉名在高陵按左馮翊高陵二志同今陝西西安府高陵縣即其地 从邑由聲 徒歷切古音在三部

𨛬 左馮翊谷口鄉 左馮翊谷口見地理志今陝西西安府醴泉縣東北七十里有故谷口城 从邑年聲讀若寧 奴顛切十二部按廣韵奴丁切年聲而讀如寧合韵也

邽 隴西上邽也 見地理志郡國志曰漢陽郡上邽故屬隴西胡氏三省云秦本紀武公伐邽冀戎初縣之上邽縣故邽戎地也此爲上邽京兆有下邽今甘肅秦州州西六十里有故上邽城 从邑圭聲 古畦切十六部

部 天水狄部 地理志天水無狄部未詳顧氏祖禹曰漢天水郡今陝西鞏昌府以東秦州之境是其地 从邑咅聲 蒲口切四部按廣韵曰部署也許冣目曰分別部居不相雜廁

郖

弘農縣庾地 二志弘農郡首弘農縣郡縣同名故但言弘農縣也庾當作渡字之誤也水經注河水篇曰門水又北逕弘農縣故城東城卽故函谷關門水側城北流而注於河河水於此有洹津以河北有洹水南入於河故有洹津之名也穆天子傳天子自竇軨乃次於洹水之陽丁亥入於南鄭考其沿歷所踵路直斯津是知袁豹之徒竇津之說非矣按洹郖同字魏志杜畿傳畿遂詭道從郖津渡陳壽用字合許書也宋元嘉二十九年北魏將封禮自郖津南渡赴弘農拒柳元景在今河南陝州靈寶縣縣西十里 从邑豆聲 當矦切四部 按矦當作候

鄏 郟鄏河南縣直城門官陌地也 官趙抄宋本李仁甫本作宮今迺二字依韵會補 集韵作宮類篇作官似官是官陌卽今云官路也河南縣者二志皆云河南郡河南郡縣同名故但云河南縣以別於凡縣不云縣也若漢魏時碑則云河南河南矣漢雒陽縣周之成周也漢河南縣周之王城也今河南河南府府東北二十里有雒陽故城府城西北有河南故城河南故城西有郟鄏陌或謂之郟山北二里曰邙山 从邑辱聲 而蜀切三部 春秋傳曰成王定鼎于郟鄏 宣三年左傳文按逸周書云周公作大邑成周於中土南繫於雒水北因於郟山以爲天下之大湊地理志曰河南郡河南故郟鄏地周武王遷九鼎周公致太平營以爲都是爲王城是則漢之河南縣左傳之郟鄏也周時郟鄏爲大名漢時專評城外官陌爲郟鄏陌舊名之僅存者故皇甫謐杜預皆云縣西有郟鄏陌也許君先舉漢陌後舉周地使文義相足別詳邙下

鄻 周邑也 左傳昭廿九年

王子趙車入于鄻以叛杜云鄻周邑从邑輂聲力展切十四部

{⿰祭阝}周邑也左傳曰凡蔣邢茅胙祭周公之胤也按春秋經左傳國語史記逸周書竹書紀年凡云祭伯祭公謀父字皆作祭惟穆天子傳云{⿰祭阝}父注云{⿰祭阝}父{⿰祭阝}公謀父{⿰祭阝}者本字祭者假借字韋注國語云祭畿內之國周公之後也爲王卿士謀父字也是則{⿰祭阝}本西都畿內邑名至東周時隱元年祭伯來莊廿三年祭叔來聘尙仍其西都舊偁許云周邑系諸河南河內之閒其諸東都亦有{⿰祭阝}與抑如鄭之仍舊偁與从邑祭聲側介切十五部禮記葉公之顧命以周書祭公解正之葉乃祭之誤

邙河南雒陽北雒各本作洛誤今正河南雒陽二志同芒山上邑芒宋本或作{⿱亡土}或作{⿱亡土}玉篇集韵類篇作{⿱亡土}今定作芒左傳昭廿二年杜注曰北山洛北芒也文選應休璉與從弟君苗君胄書曰登芒濟河李注引說文芒洛北大阜也今說文雖無此語然所據爲唐以前書郡國志雒陽下亦引皇覽縣北芒山道西呂不韋冢水經注穀水篇曰廣莫門北對芒阜是則山本名芒山上之邑則作邙後人但云北邙尟知芒山矣亡者譌字也土者淺人肊改之也北芒山在今河南河南府府北十里山連偃師鞏孟津三縣綿亙四百餘里左傳昭二十二年王田北山卽此按周書所謂郟山者北邙山也王城謂之郟者以山名之桓七年王遷盟向之民于郟襄二十四年齊人城郟周語晉文公旣定襄王于郟皆謂王城也然則云郟鄏者謂郟山下{⿰郟溽}之地郟古字容當作夾从邑{⿱亡士}聲亦從芒省會意莫郎切十部

鄩周邑也左傳昭廿二年郊鄩潰杜曰河南鞏縣西南有地名鄩中水經注洛水篇曰鄩水於訾城

西北東入洛水京相璠云有鄩城蓋周大夫鄩肸之邑也按鄩肸鄩羅皆子朝之黨見左傳今河南河南府鞏縣縣西南五十八里有故鄩城 从邑尋聲 徐林切七部

郗 周邑也在河內 左傳隱十一年王與鄭人蘇忿生之田溫原絺樊隰郕欑茅向盟州陘隤懷杜曰絺在野王縣西南按郗者本字絺者古文假借字也前志河內郡波縣孟康云有絺城後志亦云河內波有絺城按許但云河內不云某縣者有所未審也 从邑希聲 丑脂切十五部

鄆 河內沁水鄉 河內郡沁水二志同今河南懷慶府濟源縣東北有故沁水城是也沁水縣有鄆鄉 从邑軍聲 王問切十三部 魯有鄆地 見左氏春秋經傳公羊作運文公十二年成公九年襄公十二年昭公元年之鄆杜云莒別邑在城陽姑幕縣此在魯東者也成公十六年之鄆杜云魯西邑在東郡廩丘此在魯西境者也東鄆當在今山東青州府諸城縣西鄆在今山東曹州府鄆城縣有鄆城故城按此與沛城父有鄘鄉魯東有郕戎為一例別於前義

邶 故商邑 商畿內之地也邑國也商頌曰商邑翼翼 自河內朝歌以北是也 河內朝歌二志同前志曰朝歌紂所都詩譜曰邶鄘衛者商紂畿內方千里之地武王伐紂以其京師封紂子武庚為殷後三分其地置三監使管叔蔡叔霍叔尹而教之自紂城而北謂之邶南謂之鄘東謂之衛後三監導武庚叛成王殺武庚伐三監更於此三國建諸侯封康叔於衛使為之長後世子孫稍幷彼二國混而名之從其國本而異之為邶鄘衛之詩焉故邶城在今河南衛輝府府東北通典曰故鄘城在新鄉縣縣西南

三十二里从邑北聲補妹切古音在一部

邘周武王子所封左傳曰邘晉應韓武之穆也在河內野王是也是也二字衍文河內野王二志同前志孟康注曰故邘國今邘亭是也後志曰野王有邘城尚書大傳曰文王受命一年斷虞芮之訟二年伐邘此商時之邘也武王子所封徐廣曰在野王縣西北按今河南懷慶府府西北十三里有故邘城从邑亏聲況于切五部讀又若區于聲則讀如于矣又讀同區與四部合韵也

𨞲殷諸侯國今商書西伯戡黎今文尚書作耆尚書大傳文王受命五年伐耆周本紀明年敗耆國是也或作阢或作飢皆假借字也許所據古文尚書作𨞲戈部作黎蓋俗改也左傳曰赤狄奪黎氏地詩序曰狄人迫逐黎侯未知卽商諸侯之後與否在上黨東北上黨郡名不言何縣者有未審也前志上黨壺關應劭曰黎侯國也今黎亭是後志同應說今山西潞安府府治卽漢壺關縣府西南三十五里有黎亭从邑𥝢聲郎奚切十五部𥝢古文利見刀部商書西伯戡𨞲商書篇名

邵晉邑也左傳襄二十三年齊侯伐衞遂伐晉入孟門登大行張武軍於熒庭戍郫邵杜曰取晉邑而守之杜不言郫邵一邑名據許則當是二邑也文六年賈季召公子樂於陳趙孟使殺諸郫此單言郫也後志河東垣縣有邵亭注引博物記縣東九十里有郫邵之阨趙孟殺公子樂於郫邵豈張華所見左傳有異歟按今山西絳州垣曲縣東有邵城後魏之邵郡後周之邵州皆此也依許則經典獨此字從邑召凡周召字作邵者俗也

後儒或謂垣曲邵城爲周召分陝之所其說不經从邑召聲寔照切二部鄍晉邑也左傳僖二年荀息假道於虞曰冀爲不道入自顛軨伐鄍三門服虔曰謂冀伐晉也下文冀之既病亦唯君故謂虞助晉也將欲假道稱前恩以誘之按服說是也杜云鄍虞邑非也許同服說从邑冥聲莫經切十一部春秋傳曰伐鄍三門是也鄐晉邢矦邑按當云晉雍子邑許筆誤也左傳襄廿六年聲子曰雍子奔晉晉人與之鄐子靈卽申公巫臣奔晉晉人與之邢昭十四年晉邢矦與雍子爭鄐田杜曰邢矦巫臣之子也从邑畜聲丑六切三部鄇晉之溫地左傳成十一年晉郤至與周爭鄇田郤至曰溫吾故也杜曰鄇溫別邑今河內懷縣西南有候人亭按鄇田今在河南懷慶府武陟縣劉歆遂初賦越矦田而長驅兮釋叔向之飛患已下皆述叔向事則矦田正謂邢矦雍子所爭者也章樵以鄇田說之疑非从邑矦聲胡遘切四部春秋傳曰爭鄇田邲晉邑也杜曰邲鄭地按水經注濟水篇曰又東得宿胥水口濟水與河渾濤東注濟水於此又兼邲目春秋宣公十二年晉楚之戰楚軍於邲卽是水也顧氏祖禹曰其地蓋卽滎口受河之處今在河陰縣西从邑必聲毗必切十二部春秋傳曰晉楚戰于邲宣十二年左傳文郤晉大夫叔虎邑也叔虎之子曰郤芮以邑爲氏从邑谷聲綺戟切古音在五部鄈河東

聞喜鄉 鄉各本作縣今依廣韵正河東郡聞喜二志同今山西絳州聞喜縣漢縣地也廣韵曰耆鄉名在聞喜伯益之後封於耆鄉因以爲氏後徙封解邑乃去邑從衣按今字裴行而耆廢矣 从邑非聲 薄回切十五部

⿰虔阝 河東聞喜聚 𠬝部曰邑落曰聚舜所居一年成聚二年成邑三年成都聚小於邑也 从邑虔聲 渠焉切葢十四部

⿰匡阝 河東聞喜鄉 从邑匡聲 去王切十部

鄈 河東臨汾地 河東郡臨汾二志同今山西平陽府太平縣縣南二十五里臨汾故城是也漢武帝紀元鼎四年立后土祠於汾陰脽上如淳曰脽者河之東岸特堆堀長四五里廣二里餘高十餘丈汾陰縣治脽之上后土祠在縣西汾在脽之北西流與河合也師古曰以其形高起如人尻脽故以名云一說地臨汾水之上地本名鄈音與葵同彼鄉人呼鄈音如誰因轉而爲脽字耳故漢舊儀云葵上玉裁按水經汾水又西過皮氏縣注曰汾水逕鄈丘北故漢氏之方澤也賈逵云漢法三年祭地汾陰方澤澤中有方丘故謂之方澤丘卽鄈丘也經又曰又西至汾陰縣北西注於河注曰水南有長阜背汾帶河阜長四五里廣二里餘高十丈汾水歷其陰西入河漢書謂之汾陰脽據酈氏此注鄈脽異處極明然封禪書郊祀志皆云始立后土祠汾陰脽上與武紀合水經注河水篇亦云河水東際汾陰脽縣故城在脽側城西北隅有脽丘上有后土祠是則鄈脽本無二漢志云汾陰許云臨汾者葢二縣地邊竟相接故似不當分別鄈脽爲兩地也 从邑癸聲 水經注引此揆唯切十五部 卽漢之所祭后土處

邢 周

公子所封 左傳富辰曰凡蔣邢茅胙祭周公之胤也杜曰邢國在廣平襄國縣 地近河內懷 前志趙國襄國故邢國後志同按襄國故城在今直隸順德府城西南許不云在趙國襄國而云地近河內懷者有所審定之辭也河內郡懷二志同今河南懷慶府武陟縣西南十一里有故懷城 从邑幵聲 戶經切按玉篇又輕千切十一十二部

鄔 大原縣 二志同前志曰晉大夫司馬彌牟邑按彌牟爲鄔大夫見昭二十八年左傳前此有鄔臧以邑爲氏戴先生曰今山西汾州府介休縣東三十五里有故鄔城漢縣也其北魏之鄔城在今介休縣東四十五里俗譌武城 从邑烏聲 安古切五部按據許字從烏以烏爲聲甚明此所以字林乙祛反郭樸三蒼解詁音瘀於庶反闕騆音厭飫之飫重言之也陸氏左傳音義乃云太原縣字從馬作鄔誤甚且云舊音烏戶反非當從於庶反夫於庶與烏戶亦南朝魚虞斂後之辨耳安有是非也

祁 大原縣 二志同前志曰晉大夫賈辛邑按賈辛爲祁大夫見左傳昭廿八年前此已有祁奚祁午祁盈祁勝以邑爲氏今山西太原府祁縣縣東南七里有故祁城漢縣治也毛傳於吉日云祁大也於采蘩大田云祁祁舒遟也祁祁徐皃也於七月云祁祁衆多也皆與本義不相關 从邑示聲 巨支切按古音在十五部當依廣韵渠脂切

鄴 魏郡縣 二志同漢魏郡治鄴縣今河南彰德府臨漳縣縣西二十里有故鄴城 从邑業聲 魚怯切八部

郱 鄭地有郱亭 从邑幷聲 一云鄭地恐誤蓋京兆之鄭則篆文宜次於鄭之後若河南之新鄭則宜次

於下文鄗邢邯之伍此上下文皆河內地不宜忽廁以河南地名也疑卽二志常山郡之井陘縣趙地也郉井蓋古今字井陘山穆天子傳作鈃山地理志上黨郡下謂之石研關師古曰研音形玉篇郉子省切廣韵子郢切大徐戸經切十一部

邯 趙邯鄲縣 趙國邯鄲二志同左傳有邯鄲午秦始皇置邯鄲郡漢趙國故邯鄲郡也張晏曰邯山在東城下單盡也城郭從邑故加邑按今直隸廣平府邯鄲縣縣西南二十里有故邯鄲城 从邑甘聲 胡安切按甘聲當音含古在七部

鄲 邯鄲也 依張晏古字本作單後人加邑耳 从邑單聲 都寒切十四部

郇 周文王子所封國 文各本作武誤今依篇韵正左傳富辰曰郇文之昭也毛傳曰郇伯郇侯也左傳曰軍於郇曰盟於郇曰必居郇瑕氏之地皆是也郇國爲晉所并 在晉地 在二志之河東解縣今山西蒲州府臨晉縣東北十五里有故郇城 从邑旬聲 相倫切十二部 讀若泓 此合韵也疑當作淵

鄃 清河縣 前志清河郡鄃後志清河國鄃史記河渠書曰田蚡奉邑食鄃又呂嬰欒布皆封俞侯俞卽鄃今山東臨清州夏津縣東北三十里有故鄃縣城 从邑俞聲 式朱切四部

鄗 常山縣也从邑高聲 呼各切古音在二部 世祖所卽位今爲高邑 前志曰常山郡鄗世祖卽位更名高邑後志曰常山國高邑故鄗光武更名按今直隸趙州柏鄉縣之縣北二十里有故鄗城是也春秋時晉邑左傳哀四年齊國夏伐晉取鄗杜曰鄗卽高邑縣

鄡 鉅

鹿縣也二志同前志作鄚県與梟一字但前志鉅鹿鄚縣豫章鄡陽縣玉篇廣韵皆鄡與鄡陽二縣字別然則許書此字作鄡及後志二縣字皆作鄡非是許書當是淺人改之如県首之改爲梟首也盧氏文弨云仲尼弟子列傳鄡單鄡當作鄡鄡單蓋即檀弓縣亶縣乃字之誤按漢鉅鹿縣城即今直隸順德府平鄉縣城唐通典曰漢鄡城在深州鹿城縣東

从邑梟聲梟當作県篆文當作鄡牽遙切二部

鄚涿郡縣見前志後志曰河閒郡鄚故屬涿史記曰扁鵲者勃海郡鄭人徐廣云鄭當爲鄚按司馬以鄚系勃海者境相際也扁鵲漢以前人不當繫以漢制耳今直隸河閒府任邱縣北十三里有莫州城往來孔道也唐開元十三年改鄚爲莫見通典舊唐書

从邑莫聲慕各切五部今俗語如冒

郅北地郁郅縣見前志漢北地郡今甘肅慶陽府北至寧夏衛是其境慶陽府附郭安化縣府城東有故郁郅城水經注謂之尉李城聲之誤也

从邑至聲之日切十二部

鄋北方長狄國也春秋文公十一年左傳鄋瞞侵齊遂伐我叔孫得臣獲長狄僑如穀梁傳曰身橫九畝

在夏爲防風氏在殷爲汪芒氏芒或作茫作汒皆誤魯語仲尼曰昔禹致羣神於會稽山防風氏後至禹殺而戮之其骨節專車防風汪芒氏之君也守封嵎之山者也爲漆姓在虞夏商爲汪芒氏在周爲長翟今爲大人按國語本作在虞夏爲防風氏在商爲汪芒氏爲說苑說文王肅家語所本今國語及史記孔子世家皆誤奪數字耳韋注云防風汪芒氏之國名汪芒長翟之國名謂汪芒之國在夏爲防風氏之國長翟之國

在商爲汪芒氏之國此依孔子防風汪芒之君也而言之今韋注譌爲汪芒氏之君名則不可解矣韋注云封嵎二山在今吳郡永安縣周世其國北遷爲長翟也吳之永安縣在今浙江湖州府武康縣顧氏祖禹曰鄋瞞在山東濟南府北境或云今青州府高苑縣有慶臨濟城古狄邑卽長狄所居按許以此篆廁涿郡北地之下則許意謂其地在西北方非在今山東也

从邑叜聲 所鳩切三部 春秋傳曰鄋瞞侵齊

鄦 炎帝大嶽之胤甫侯所封 炎帝神農氏之裔子爲大嶽詳呂部下大嶽封於呂其裔子甫侯又封於鄦鄦許古今字前志曰潁川郡許故國姜姓四岳後大叔所封大叔左傳隱十一年正義作文叔說文敘曰云呂叔作藩俾侯於許然則封鄦者文叔非甫侯也鄭注呂刑曰呂侯受王命入爲三公引尚書刑德攷云周穆王以呂侯爲相古文尚書呂刑今文尚書作甫刑且據國語毛傳史記潛夫論諸書呂甫許皆姜姓封國詩王風申甫許三國竝言武王旣封文叔於許矣豈待穆王封甫侯於許叔重言甫侯所封者甫侯卽謂呂叔呂叔卽謂文叔無二人也 在潁川 謂鄦在潁川許縣也潁川郡許二志同漢字作許周時字作鄦史記鄭世家鄦公惡鄭於楚蓋周字之存者今春秋經傳不作鄦者或後人改之或周時已假借未可定也不曰在潁川許縣者其字異形同音其地古今一也今河南許州州東三十里有故許昌城

从邑無聲讀若許 虛呂切五部

郾 潁川縣 見前志今地理志云潁川郡周承休侯國元帝置元始二年更名鄭公攷後漢書黃瓊傳封邟鄉侯注引前書周承休侯國元始二年更名曰邟與顏本

絶異今按李本顏本皆非事實志文當是郕字大書周承休侯國五字小書注於下此侯國不與他侯國同故不以縣名爲國名也元始二年更名曰鄭公二年當依平帝紀外戚恩澤侯表作四年字之誤也郡國志無郕縣者幷省也幷省之故有郕鄉矣漢封殷周之後可攷者武帝紀元鼎四年巡省豫州封周孽子嘉爲周子南君此史記封禪書所謂以三十里封周後外戚恩澤侯表所謂初得周後復加爵邑也元帝紀初元五年以周子南君爲周承休侯此地理志所謂周承休侯國元帝時置也成帝紀綏和元年二月封孔吉爲殷紹嘉侯三月進爵爲公及周承休侯皆爲公此後漢書光武紀注所謂成帝封姬延爲周承休公是也平帝紀元始四年改殷紹嘉公曰宋公周承休公曰鄭公是則成帝先進周承休侯爲公平帝乃改周承休公爲鄭公地理志特約言之耳後漢書光武紀建武二年封周後姬常爲周承休公四年封殷後孔安爲殷紹嘉公蓋亂後失其封故也建武十三年以殷紹嘉公孔安爲宋公周承休公姬常爲衞公則又易其地而因易其國名也地理志東郡觀應劭云世祖更名衞國以封周後又汝南新郪應劭曰章帝封殷後更爲宋郡國志曰東郡衞公國本觀光武更名汝南郡宋公國周名郪丠漢改爲新郪章帝建初四年徙宋公於此云徙宋公則光武時宋公不在新郪未審在何地而成帝之殷紹嘉平帝之宋公地理志不載其封地據恩澤侯表及水經注則綏和元年始封於沛也前漢之周子南君據恩澤侯表在長社周承休在郕後漢光武紀注曰承休所封故城在今汝州東北通典曰汝州梁縣光武封姬常爲周承休公故城在今縣東方輿紀要曰承休廢縣在今汝州州治子城東光武封姬常於東郡觀縣曰衞公以郕縣廢入陽城然則始在郕縣後徙於觀爲衞公則非

邟縣地矣○按東郡縣二十二畔觀二縣也今本漢書譌舛舉正於此从邑亢聲苦浪切十部

郾潁川縣二志同前志曰南陽郡雉衡山灃水所出東至郾入汝郾今本譌作郾全氏祖望勘以水經正之今河南許州郾城縣是其地从邑匽聲於建切十四部

郟潁川縣見前志故楚郟邑也左傳昭元年楚公子圍使公子黑肱城郟十九年令尹子瑕城郟秦二世元年陳勝將鄧龍將兵居郟在今河南汝州郟縣从邑夾聲工洽切八部按郟鄏之郟山名非此郟

郪新郪逗汝南縣見前志後志曰汝南郡宋公國周名郪丘漢改爲新郪章帝建初四年徙宋公於此按魏世家安釐王十一年秦拔我郪丘是其地今安徽潁州府城東八里有城故新郪城也从邑妻聲七稽切十五部

鄎姬姓之國在淮北左傳隱十一年鄭息有違言杜曰鄎國汝南新息縣按此經作息注作鄎國也釋文云鄎音息一本作息此爲注作音也自墨書朱字不分而學者惑矣左傳用古文假借字杜解用說文本字不與經同此鄭氏注經之例也左正義引世本曰息國姬姓許云姬姓之國本世本也息侯伐鄭君子謂其不親親以其同姓也左傳云息嬀者謂息所娶之陳嬀也今河南光州息縣淮水在縣南五里故息城在縣北三十里从邑息聲相卽切一部今汝南新息是也新息大徐作新鄎誤汝南郡新息二志同孟康司馬彪皆曰故息國按漢字作息與左氏合地在今息縣

郘汝南召陵里召各本作邵誤今正汝南郡召陵二志同闞駰

曰召者高也左傳僖四年楚屈完來盟于師盟于召陵又見昭十四年定四年傳杜曰召陵潁川縣也晉改屬潁川也按今河南許州郾城縣縣東四十五里有故召陵城郎者召陵里名召陵又有萬歲里許君召陵萬歲里人也 从邑自聲讀若奚 自聲在十五部奚聲在十六部合韵也許蓋用其方言如是胡雞切

⿰旁阝 汝南鮦陽亭 汝南郡鮦陽二志同鮦孟康音紂此方言如是或云當作紂紅反者非也今河南汝寧府新蔡縣縣北有鮦陽故城又有鮦陽渠鮦者水名水經注葛陂東出爲鮦水俗謂之三丈陂是也⿰旁阝者鮦陽亭名疑卽左傳襄四年定四年之緐陽也 从邑旁聲 步光切十部

郹 蔡邑也 地理志汝南郡有新蔡上蔡二縣沛郡有下蔡縣上蔡縣故蔡國周武王弟叔度所封度放成王封其子胡十八世徙新蔡新蔡縣蔡平侯自蔡徙此後二世徙下蔡下蔡縣故州來國爲楚所滅吳取之至夫差遷昭侯於此後四世侯齊竟爲楚所滅按杜預說同上蔡新蔡下蔡漢時用以名縣非周時有此名也上蔡新蔡漢時同在汝南郡今二縣皆屬汝寧府相距不遠若下蔡則距上蔡新蔡遠矣昭十九年左傳云楚子之在蔡也郹陽封人之女奔之生大子建平王爲蔡公時蔡方滅尚未遷新蔡則郹陽當在上蔡矣左傳又云齊侯衛侯次于垂葭實郹氏則衛地非蔡地也 从邑狊聲 古闃切十六部 春秋傳曰郹陽人女奔之 按許當云郹陽蔡邑也以別於衛之郹氏

鄧 曼姓之國 左傳楚武王夫人曰鄧曼則知鄧國曼姓也前志曰鄧縣故國 今屬南陽 南陽郡鄧二志同今河南南陽府鄧

州是其地 从邑登聲 徒亙切六部

鄾 鄧國地也 左傳桓九年楚子使道朔將巴客以聘於鄧鄧南鄙鄾人攻而奪之幣杜曰鄾在今鄧縣南沔水之北後志曰鄧有鄾聚水經注曰淯水又南逕鄧塞東又逕鄾城東古鄾子國也蓋鄧之南鄙也 从邑憂聲 於求切三部 春秋傳曰鄧南鄙鄾人攻之

⿰号阝 南陽淯陽鄉 淯二志作育南陽郡育陽二志同今河南南陽府東育陽故城是也⿰号阝者漢時鄉名 从邑号聲 乎刀切二部

鄛 南陽棘陽鄉 棘各本作棗誤今依後漢書宦者傳注及玉篇正南陽郡棘陽二志同今河南南陽府新野縣東北七十里有棘陽城是也鄛其鄉名也 从邑巢聲 鉏交切二部

⿰襄阝 今南陽穰縣 南陽穰二志同今河南南陽府鄧州東南二里穰縣故城是也本楚地後爲韓邑史記韓襄王十一年秦取我穰又秦武王封魏冉於此爲穰侯⿰襄阝者古字穰者漢字如⿰契阝薊鄦許鄎息郃蔡之例蓋許所見古籍作⿰襄阝漢時縣名字從禾也 从邑襄聲 汝羊切十部

⿰婁阝 南陽穰鄉 穰縣鄉名也 从邑婁聲 力朱切古音在四部

⿰葛阝 南陽陰鄉 南陽郡陰二志同師古曰左傳所云遷陰於下陰者也⿰葛阝者其鄉名 从邑葛聲 古達切十五部〇按此篆舊在⿰里阝篆後今依玉篇廁此

⿰里阝 南陽西鄂亭 南陽郡西鄂二志同今河南南陽府北五十里故西鄂城是也⿰里阝者漢時亭名 从邑里聲 良止切一部

聚珍倣宋版印

䢳 南陽舞陰亭 南陽郡舞陰二志同水經曰潕水出潕陰縣西北扶予山東過其縣南凥水之南爲陰當因水在縣西北縣卽在水東南而名舞陰矣水作潕縣作舞者漢時縣字作舞也水經注作潕陰者依水改字也䢳者漢時亭名庾信賦曰栩陽亭有離別之賦漢藝文志之別栩陽賦也栩陽亭豈卽䢳亭與 从邑羽聲 王榘切五部

郢 故楚都 楚芈姓楚熊繹始居丹陽顧氏輿地志秭歸縣東有丹陽城周迴八里熊繹始封也按今湖北宜昌府歸州州東七里丹陽城是至文王熊貲始都郢 在南郡江陵北十里 南郡江陵二志同今湖北荆州府治江陵縣府治卽故江陵城府東北三里有故郢城前志曰江陵縣故楚郢都楚文王自丹陽徙此後九世平王城之後十世秦拔我郢徙東按楚有二郢所都曰郢別邑曰郊郢左傳鬬廉曰君次於郊郢以禦四邑杜曰郊郢楚地此必非郢都也故前志曰江陵縣故楚郢都又曰郢縣楚別邑故郢劃然二縣故郢二字正故郊郢之奪誤也許君於他邑不言距今縣方向里數獨此云在南郡江陵北十里詳之者以見非漢郢縣之郢也水經注江水又東逕江陵縣故城南謂楚都也又東逕郢城南子囊遺言所城可知也謂楚別邑也 从邑呈聲 以整切十一部 按孟子文王生於岐周卒於畢郢郢者程字之假借也

郢 郢或省

鄢 南郡縣 孝惠三年改名宜城 南郡宜城二志同前志曰宜城故鄢惠帝三年更名按今湖北襄陽府宜城縣縣西南九里故鄢城亦謂之宜城廢縣是也左傳昭十三年王沿夏將欲入鄢杜曰夏漢別名順流爲沿順漢水南

至鄢也秦昭襄王廿八年白起攻楚取鄢鄧二十九年白起攻楚取郢爲南郡高誘曰秦兵出武關則臨鄢鄧下黔中則臨郢也

从邑焉聲 於乾切十四部按釋文於建反又於晚反又按春秋經傳鄭伯克段于鄢晉及楚鄭戰于鄢陵說者謂潁川郡地也前志作傿陵

鄳 江夏縣 二志同地當在南陽江夏二郡之閒今河南信陽州湖北德安府應山縣之閒縣蓋以黽阨得名也左傳定四年楚司馬戌云塞大隧直轅冥阨三者漢東之隘道總名曰城口魏晉以後義陽有三關之塞三關者一曰平靖關亦名西關卽左傳之冥阨也今在信陽州東南九十里應山縣北六十五里一曰武陽關亦名東關卽左傳之大隧也在信陽州東南一百五十里西南至應山縣一百三十里一曰黃峴關卽左傳之直轅也在信陽州南九十里南至應山縣亦九十里呂氏春秋淮南鴻烈皆云天下九塞冥阨其一戰國策史記二書或云黽阨或云黽塞或云黽阨之塞或云鄳隘或云冥阨之塞其實黽冥鄳一字阨隘一字而魏策無忌謂魏王作危隘之塞危卽黽之字誤也黽古音讀如忙與冥字爲陽庚之轉㝡近隋書地理志義陽郡鍾山縣舊曰鄳魏世家正義引水經注作鄳鄳者鄳之變宋書州郡志曰晉太康地志屬義陽作鄳永初郡國志何並作鄳（此字今正）廣韵集韵皆云鄳在義陽義陽今譌昌又通典申州羅山鍾山二縣下皆曰漢鄳縣地此處不當有鄳地二鄳字皆鄳字之誤

从邑黽聲 莫杏切古音在十部按庚韵音盲

郘 南郡縣也 郡名本誤陽今正南郡郘二志同後志俗本譌作卭水經曰禹貢三澨沱在南郡郘縣北今湖北襄陽府宜城縣縣北五十里有故郘城

从邑己聲 居擬切一部○按郘篆舊廁鄳

郝之閔今正

鄂 江夏縣 二志同今湖北武昌府武昌縣縣西南二里故鄂城是也江夏有鄂縣故南陽之縣曰西鄂顧氏祖禹曰史記熊渠當周夷王時興兵伐庸楊粵至於鄂又封中子紅爲鄂王孔氏以爲南陽之鄂誤矣時楚兵未能逾漢而北也 从邑咢聲 五各切五部

邾 江夏縣 二志同前志曰衡山王吳芮都按芮都邾見項羽本紀今湖北黃州府城去故邾城二里許是也今大江東流逕黃州府城南隔江相望者曰武昌縣水經曰又東過邾縣南鄂縣北是也酈善長曰楚宣王滅邾徙居於此王隱地道記劉昭郡國志注皆有此說但此事不見楚世家時楚之強未必滅此彈丸而尚以地居之蓋此地古名邾魯附庸國古名邾婁依許所說本不相謀無庸牽合 从邑朱聲 陟輸切古音在四部

鄖 漢南之國 左傳桓十一年鄖人軍於蒲騷宣四年若敖娶於鄖字或作邧杜曰鄖國在江夏雲杜縣東南有鄖城按二志江夏皆有雲杜今湖北德安府府城卽故鄖都也漢水自西北而東南德安在漢水北而云漢南者漢之下游地勢處南也春秋時楚滅鄖故有鄖公辛 从邑員聲 羽文切十三部 漢中有鄖關 地理志曰漢中郡長利有鄖關史記貨殖傳曰南陽西通武關鄖關按武關在今河南內鄉縣西百七十里鄖關在今湖北鄖陽府西張守節注貨殖傳曰鄖關當爲洵關在金州洵陽縣玉裁按蓋鄖今鄖陽府舊上津縣唐宋亂時用通貢道者東南通今鄖陽府西通今陝西興安府洵陽縣謂酈商傳之旬關卽鄖關可也其關隘延長不當謂兩地鄖關去鄖國甚遠其字同耳故別言之

鄘 南夷國 牧誓有庸蜀左傳文十六年庸

人率羣蠻以叛楚楚滅之杜曰庸今上庸縣屬楚之小國按二志漢中郡皆有上庸縣今湖北鄖陽府竹山縣東四十里有故上庸城尚書庸地在漢水之南南至江尚遠僞傳云在江南非也今字庸行而鄘廢於詩風之邶庸作鄘皆非也又按南夷國當作漢南國 从邑庸聲 余封切九部

郫 蜀縣也 二志同今四川成都府郫縣北故郫城是 从邑卑聲 符支切十六部

𨟠 蜀江原地 二志同故蜀郡江原城當在今灌縣竟華陽國志曰縣在郡西渡大江濱文井江去郡一百二十里是也鄭注梁州之沱曰江原有𨟠江首出江南至犍爲武陽又入江豈沱之類與前志曰𨟠水首受江南至武陽入江水經注亦云江原縣𨟠江水出焉蓋有𨟠地而以名江也今則無𨟠地𨟠江之偁矣 从邑壽聲 市流切三部

䣢 蜀地也 鍇曰按字書鄉名在臨邛 从邑耤聲 秦昔切古音在五部

鄤 蜀廣漢鄉也 按蜀字衍漢有蜀郡有廣漢郡此云廣漢鄉上文二云蜀地皆不舉縣名者未審也 从邑蔓聲 無販切十四部今集韻類篇又武粉切郇此字而譌其體

邡 汁邡 逗 廣漢縣也 汁各本作什非今正應劭注地理志曰汁音十如淳注功臣表曰汁音什漢王君平鄉道碑曰汁邡王鄉是則漢時此縣名作汁字凡作什者以其音改之也廣漢郡汁邡二志同今四川成都府什邡縣是也 从邑方聲 府良切十部

䣕 存䣕 逗 犍爲縣 宋本皆作存或作𨛜者俗又或譌爲郁矣前志犍爲郡存䣕今本存作𨛜而師古不爲音知故作存華陽

國志晉書尚作存今四川敘州府府西南有存䣕廢縣府西北百六十里有存䣕灘从邑馬聲莫駕切古音在五部

鄨牂柯縣二志同前志曰不狼山鄨水所出東入沅過郡二行七百三十里按犍爲郡武帝建元六年開牂柯郡武帝元鼎六年開則鄨字必其時所製今貴州遵義府府城西有鄨縣故城是也方輿紀要曰雲南陸涼州州北有廢鄨縣非是从邑敝聲讀若鷩雉之鷩必袂切十五部鄨古曰不列切

䢱地名按字廁於此當是西南夷之地从邑包聲布交切古音在三部

那西夷國其地當在今四川之西史記自筰以東北君長以什數冄駹最大在蜀之西又謂牂柯爲南夷邛筰爲西夷冄蓋卽冄駹之冄字古今字也按文王之子冄季載逵韋昭皆云冄國名但其地闕史記作冄索隱云冄或作那終莫詳其地也左傳莊十八年有那處杜云那處楚地凡若此等異地同名者今皆不引以茲繁蕪从邑冄聲諾何切按冄聲本在七八部雙聲合韵也小雅商頌毛傳曰那多也釋詁曰那於也左傳棄甲則那杜云那猶何也今人用那字皆爲奈何之合聲越語吳人之那不穀亦又甚焉韋注那於也此釋詁之證郭失其解又魚藻箋云那安皃安定有朝那縣安定郡朝那二志同今陝西平涼府府東南有朝那故城許意蓋謂那與朝那異處如上文鄍與鄍闕之例如淳朝音株

鄱鄱陽逗豫章縣二志同前志云有鄱水西入湖漢則縣在鄱水之北也今江西饒州府治鄱陽縣府東六十里有故鄱陽城府南有鄱江是也楚世家昭王十二年吳伐楚取番按字本作番故史漢皆

曰番君吳芮地理志作鄱陽者漢字也从邑番聲薄波切十七部按番聲在十四部合韵也

酃長沙縣前志長沙國酃後志長沙郡酃今湖南衡州府治衡陽縣府東廿五里有故酃縣城是也有酃湖即荊州記水經注所云湖水釀酒甚美謂之酃酒者也从邑霝聲郎丁切十一部

郴桂陽縣二志同今湖南直隸郴州即古郴縣漢桂陽郡治也从邑林聲丑林切七部

郲今桂陽耒陽縣耒各本作郲今正許謂郲即今之耒陽縣如言鄎即今之新息𨞰即今之穰縣也其字既異其地則一故言今以說之桂陽郡耒陽二志同今湖南衡州府耒陽縣縣東四十五里有耒陽廢城耒陽以耒水得名从邑耒聲盧對切十五部

鄮會稽縣二志同今浙江寧波府治鄞縣府治東三十里故鄮城是也陸士龍曰秦始皇身在鄮縣三十餘日从邑貿聲莫候切三部

鄞會稽縣二志同今浙江寧波府奉化縣有故鄞城是也說者謂以赤堇山得名越絕書所謂赤堇之山破而出錫是也蓋其字初作堇後乃加邑越語曰句踐之地東至於鄞韋曰今鄞縣是也从邑堇聲語斤切十三部

䢵沛國也鉉本作沛郡鍇本作沛國郡按當作沛國沛郡也謂後漢之沛國前漢之沛郡皆此䢵也不言沛縣者言郡而縣可知矣二志字皆作沛䢵沛古今字如鄎息𨞰穰郲耒之比今江蘇徐州府漢沛郡地从邑巿聲博蓋切十五部

邴宋下邑下邑猶言小邑左傳邴歜邴意茲邴洩邴夏皆非宋人公羊隱八年歸邴入邴九年會齊

侯于邴皆非宋地十年取防防者宋地疑當作邴　从邑丙聲　兵永切古音在十部

䣜　沛國縣　前志沛郡酇後志沛國酇陳勝攻銍酇苦柘譙謂此酇也今河南歸德府永城縣縣西南有故酇縣城　从邑虘聲　昨何切通典引說文在何反是也古音在五部　今酇縣　謂本爲䣜縣今爲酇縣古今字異也班固泗水亭長碑曰文昌四友漢有蕭何序功第一受封于䣜正作䣜水經注曰渙水又東逕酇縣城南春秋襄公十年公會諸侯及齊世子光於䣜今其地䣜聚是也按今三經皆作柤䣜所據作䣜此皆古字作䣜之證許云今酇縣者謂當時皆作酇故著之如邡縣既爲周承休矣而必存邡字以著其始也

⿰少阝　地名从邑少聲　書沼切二部

⿰臣阝　地名从邑臣聲　植鄰切十二部

酁　宋地也　左傳哀十七年宋皇瑗之子麇有友曰田丙而奪其兄酁般邑以與之酁般猶祁午孟丙酁者般之邑也不詳其地在漢之何郡縣故但曰宋地　从邑毚聲讀若讒　士咸切八部

鄑　宋魯閒地　左傳莊元年齊師遷紀郱鄑郚杜曰三邑也北海都昌縣有訾城杜意訾即鄑也許於下文郚曰東海縣故紀侯之邑此不云紀邑而云宋魯閒地者據莊十一年公敗宋師于鄑而言不謂紀邑也　从邑晉聲　即移切按晉聲在古音十二部今鄑在五支者蓋由杜以訾城當之而同其讀耳集韵類篇皆有即刃切

郜　周文王子所封國　左傳富辰曰郜雍曹滕文之昭也杜云濟陰成武縣東南有郜城隱十年敗宋師取郜蓋郜附庸於宋魯隱取其地桓又取郜

鼎於宋僖二十年郜子來朝則魯未滅之也許不云在成武者許意以爲未審也今山東兗州府城武縣東南二十里有故城

郜 从邑告聲 古到切古音在三部

鄄 衞地 春秋莊十四年單伯會齊侯宋公衞侯鄭伯于鄄十五年復會于鄄十九年公子結及齊侯宋公盟于鄄襄十四年衞獻公如鄄出奔齊哀十七年晉伐衞衞人出莊公而與晉平既而衞侯自鄄入杜曰鄄衞地今東郡鄄城是也 今濟陰鄄城 二志同謂在周曰鄄在漢爲鄄城縣也今山東曹州府濮州州東二十里有鄄城廢縣 从邑垔聲 吉掾切古音在十二部左傳杜注作甄城音真

邛 邛成 逗成各本作地今正 濟陰縣 各本衍在字今刪今本地理志曰山陽郡郜成侯國宋氏祁云郜當作邛外戚侯表邛成屬濟陰與山陽相距不遠玉裁按宋說是也玉篇邛字下曰山陽邛成縣此邛成之確證希馮蓋以前志正說文而不知說文與表合前漢時容有改屬故志表不符耳志云侯國卽表之邛成共侯王奉先也邛成之誤郜成者以莽曰告成之故也郡國志成武有郜城與此無涉○又按水經注泗水篇曰黃溝又東逕邛城縣故城南地理志山陽縣也王莽更名之曰郜城矣故世有南郜北郜之論也此可證漢志本作邛水經注版本譌作卬戴先生校注文乃依漢志誤本改卬城爲郜成改郜城爲告成非是郜城本在成武縣東南自莽改邛城曰郜城於是謂在成武者北郜此曰南郜今本漢志作莽曰告成亦誤也地理中成城二字多淆猝難審定 从邑工聲 渠容切九部

鄶 祝融之後妘姓所封潧洧之閒鄭滅之 鄭詩譜曰

檜者古高辛氏火正祝融之墟檜國在禹貢豫州外方之北熒播之南居溱洧之閒祝融氏名黎其後八姓惟妘姓檜者處其地焉後爲鄭桓公之子武公所滅按鄶在外方之東非外方之北也熒播依小顏地理志注引作播鄭語云祝融其後八姓妘姓鄔鄶路偪陽也鄶以祝融之後仍封祝融之墟左傳黎爲祝融大戴禮世本皆云祝融之弟吳回吳回生陸終陸終弟四子萊言是爲妘鄶人即鄶之祖也萊亦作求妘亦作云鄶亦作會今河南許州密縣古鄶地

从邑會聲古會切十五部按檜者假借字也左傳國語作鄶詩釋文曰檜本又作鄶

邧 鄭邑也左傳文四年晉侯伐秦圍邧新城以報王官之役廣韵云秦邑名是也今左傳鄭地無名邧者

从邑元聲虞遠切十四部

郔 鄭地左傳宣三年晉侯伐鄭及郔杜曰郔鄭地釋文郔音延宋淳化本及明人補刻石經作延延皆誤字也又宣十二年楚子北師次于郔實一地也若隱元年大叔收貳以爲己邑至於廩延當別是一地字不從邑

从邑延聲以然切十四部

郠 琅邪莒邑按當云莒邑也在琅邪如郗周邑也在河內之例

从邑更聲古杏切古音在十部

春秋傳曰取郠左傳昭十七年季平子伐莒取郠杜云郠莒邑

鄅 妘姓之國春秋昭十八年邾人入鄅左傳云鄅人藉稻杜云鄅妘姓國也正義云鄅爲妘姓世本文按韋昭曰陸終弟四子求言爲妘姓杜曰鄅今琅邪開陽縣前志曰東海郡開陽故鄅國後志開陽屬琅邪開陽即春秋經哀三年之啓陽也魯有鄅地爲啓陽荀卿則云襄賁開陽今山東沂州府府北十五里有故開陽城

从邑禹聲春秋傳曰鄅人藉稻服虔曰藉耕種於藉田也讀若規榘今王榘切五部

鄒魯縣古邾婁國帝顓頊之後所封魯國騶二志同二志作騶許作鄒者葢許本作魯騶縣如今汝南新息今南陽穰縣之比淺者乃刪去騶字耳周時或云鄒或云邾婁者語言緩急之殊也周時作鄒漢時作騶者古今字之異也邾婁名本無婁今依韵會所據正左穀作邾公羊檀弓作邾婁婁如字邾又夷也邾婁之合聲爲鄒夷語也國語孟子作鄒三者鄒爲正邾則省文故邾篆下不言春秋邾國此必依公羊作邾婁國也漢時縣名作騶如韓勑碑陰騶韋仲卿足證鄭語曰曹姓鄒莒韋云陸終第五子曰安爲曹姓封於鄒杜譜云邾曹姓顓頊之後有六終產六子其弟五子曰安邾卽安之後也周武王封其苗裔俠爲附庸居邾前志曰騶故邾國曹姓二十九世爲楚所滅按左傳顓頊氏有子曰黎爲祝融祝融之後八姓妘曹其二也然則上文鄶祝融之後妘姓所封此云帝顓頊之後互文錯見也今山東兖州府鄒縣縣東南二十六里有古邾城○趙氏岐曰鄒本春秋邾子之國至孟子時改曰鄒此未知其始本名鄒也从邑芻聲側鳩切三部

郐邾下邑地邾當作鄒如鄒篆與鄧篆相聯之例地當作也周禮雍氏注伯禽以王師征徐戎劉本徐作郐音徐按魯世家頃公十九年楚伐我取徐州徐廣曰徐州在魯東今薛縣引後志曰魯國薛縣本國六國時曰徐州玉裁謂楚所取之徐州卽郐地疑非薛齊湣王三年已封田嬰於薛不能至魯頃公十九年魯尚有薛也齊世家田常執簡公於徐州亦非此徐州从邑余聲

魯東有郐城城當作戎許書之例未有言城者郐戎即周禮注所云伯禽以王師征郐戎今尙書作徐夷徐戎許鄭所據作郐郯在魯東則郐在魯東可知矣書序曰徐夷並興東郊不闢昭元年傳周有徐奄徐蓋郐戎也鄭君於夷故左傳曰郐又夷也讀若塗塗當作涂同都切五部

邿附庸國王制曰不能五十里者不合於天子附於諸侯曰附庸鄭云不合謂不朝會也小城曰附庸附庸者以國事附於大國不能以名通也春秋襄十三年夏取邿邿者魯附庸也在東平亢父邿亭前志曰東平國亢父詩亭故詩國後志曰章帝元和元年分東平國爲任城國亢父屬任城國按前志當作詩亭故邿國許書當作東平亢父詩亭杜預左注亦當本作詩亭皆寫者亂之耳邿詩古今字也今山東濟寧州東南有故邿城从邑寺聲書之切一部春秋傳曰取邿

郰魯下邑孔子之鄉論語孔注曰鄹孔子父叔梁紇所治邑也左傳杜注曰紇郰邑大夫仲尼父叔梁紇也檀弓郰曼父之母鄭云曼父之母與徵在爲鄰相善孔子世家曰孔子生魯昌平鄉郰邑杜曰郰邑魯縣東南莝城是也張守節曰夫子生在鄹之闕里長徙曲阜仍號闕里按杜云莝城者今不得其詳說者以爲今鄒縣西北之東鄒村西鄒集是也孔子世家言郰人輓父檀弓言郰曼父鄭注言郰叔梁紇蓋孔子之父魯人以郰人紇呼之如周禮之鄉以州名野以邑名非郰爲所治邑也論語云郰人之子者孔子弟子爲師諱紇字也郰大夫之文始見於王肅私定家語而孔氏論語注乃肅輩僞託者从邑取聲側鳩切四部論語作鄹

郕魯

孟氏邑今春秋三經三傳皆作成郕成古今字也左傳昭七年晉人來治杞田季孫將以成與之杜云成孟氏邑本杞田定十二年將墮成公斂處父曰墮成齊人必至于北門杜云成在魯北竟按孟氏邑非姬姓郕國之地也今左傳隱五年衛人入郕文十二年郕伯來奔僖廿四年管蔡郕霍文之昭也字皆正作郕而許不云姬姓之國者蓋許所據左氏郕成字互易不可以今所據繩許也公羊郕國之字則作盛古郕國在今兖州府汶上縣北二十里故郕城不在魯北竟从邑成聲氏征切十一部

⿰奄阝周公所誅⿰奄阝國在魯玉篇作周公所誅叛國商奄是也奄⿰奄阝二字周時竝行今則奄行而⿰奄阝廢矣單呼曰奄絫呼曰商奄書序孟子左傳皆云奄如踐奄歸自奄伐奄昭元年周有徐奄是也左傳又云商奄如昭九年蒲姑商奄吾東土也定四年因商奄之民命以伯禽而封於少皞之虛是也大部曰奄覆也爾雅弇蓋也故商奄亦呼商蓋墨子曰周公曰非關叔辭三公東處於商蓋韓非子曰周公旦將攻商蓋辛公甲曰不如服衆小以劫大乃攻九夷而商蓋服矣商蓋卽商奄也奄在淮北近魯故許云在魯鄭注書序云奄在淮夷之北注多方云奄在淮夷旁是也祝鮀說因商奄之民封魯者杜云或迸散在魯是也今山東兖州府曲阜縣縣城東二里有奄城云故奄國卽括地志之奄里此可證迸散在魯之說豳風四國是皇毛傳云四國管蔡商奄也商謂武庚則此傳商奄爲二从邑奄聲依檢切八部

⿰雚阝魯下邑春秋經定十年齊人來歸鄆讙龜陰之田鄆公羊作運讙三經三傳皆同許作⿰雚阝容許所據異也應劭注前志引春秋哀八年取⿰雚阝及闡字亦作⿰雚阝賈服云鄆讙二邑名左傳

桓三年杜注曰讙魯地濟北蛇丘縣西有下讙亭从邑雚聲呼官切十四部春秋傳曰齊人來歸酄按許引左氏則言春秋傳曰引公羊則言春秋公羊傳曰以別於左氏

郎魯亭也春秋隱元年費伯率師城郎桓四年公狩于郎十年齊矦衛矦鄭伯來戰于郎莊八年師次于郎以俟陳人蔡人三十一年築臺于郎哀十一年戰于郊檀弓作戰於郎鄭曰郎魯近邑也杜云郎魯邑高平方與縣東南有郁郎亭按以郎爲男子之偁及官名者皆良之假借字也从邑良聲魯當切十部

邳奚仲之後湯左相仲虺所封國左傳定元年薛宰曰薛之皇祖奚仲居薛以爲夏車正奚仲遷於邳仲虺居薛以爲湯左相謚云薛任姓黃帝之苗裔奚仲封爲薛矦今魯國薛縣是也奚仲遷於邳仲虺居薛以爲湯左相武王復以其冑爲薛矦齊桓黜爲伯小國無記世不可知亦不知爲誰所滅按杜亦云仲虺奚仲之後與許合邳者所封國名如寵鄭郚扈邪鼛邢虁郠鄧鄫鄶鄅等字之例左傳昭元年云虞有三苗夏有觀扈商有姺邳周有徐奄皆國名也杜云姺邳二國商諸矦按蓋謂仲虺之後爲亂者也在魯句薛縣是也謂商之邳國在今漢之魯國魯國薛縣是其地也魯國薛二志同前志云夏車正奚仲所國後遷於邳湯相仲虺居之合班許所云蓋奚仲所遷之邳距薛密邇如邾遷於繹之比遷於邳則國名邳仲虺所居薛而邳名不改姺邳與觀扈徐奄同則國嘗滅矣周復封其後於邳爲薛矦也應劭注東海下邳曰邳在薛其後徙此故曰下臣瓚曰有上邳故曰下邳按呂后三年封楚元王子郢客爲上邳矦上邳卽薛也然則

昭元年定元年杜注皆云邳下邳縣非是下邳在今江蘇徐州府之邳州薛縣在今山東兗州府滕縣縣南四十里有故薛城从邑丕聲敷悲切十五部

鄣 紀邑也春秋經莊三十年齊人降鄣公羊穀梁皆曰鄣紀之遺邑也劉歆賈逵依之許說同杜云紀附庸國東平無鹽縣東北有鄣城歫紀太遠非許意也古紀國在今山東青州府壽光縣西南三十里紀城鄣邑當附近卽昭十九年左傳之紀鄣也紀鄣者本紀國之鄣邑猶齊語紀酅謂本紀國之酅邑也公穀云鄣紀之遺邑與左傳云紀鄣合杜云紀鄣在東海贛榆是也莊三十年之鄣卽此杜分為兩地非今江蘇海州贛榆縣縣北七十五里有故紀鄣城亦曰紀城从邑章聲諸良切十部

邘 國也今屬臨淮左傳哀九年吳城邘溝通江淮杜云於邘江築城穿溝東北通射陽湖西北至末口入淮通糧道也今廣陵邘江是按左傳吳城邘為句溝通江淮為句曰城邘則知邘地名許云國者許必有所據矣本是邘國其地漢屬臨淮郡不言何縣者有未審也此與鄦在潁川鄧屬南陽一例地理志曰廣陵國江都有渠水首受江北至射陽入湖水經注曰邘城下掘深溝謂之韓江亦曰邘溟溝自江東北通射陽湖地理志所謂渠水也西北至末口入淮江都縣前志屬廣陵郡許云今屬臨淮者許意邘國地當在前漢臨淮郡不在廣陵也从邑干聲胡安切十四部一曰邘本屬吳錢氏大昕曰許前後兩說後說似卽用左氏吳城邘溝通江淮之文

䣡 臨淮徐地前志曰臨淮郡徐故國盈姓春秋時徐子章禹為楚所滅後志曰下邳國徐本國後志之下邳國卽前志之臨淮郡也今安徽泗州州北

五十里有故徐城廢縣𨜋者徐縣地名也从邑義聲魚羈切古音在十七部春秋傳曰徐𨜋楚左傳昭六年徐儀楚聘于楚楚子執之杜云儀楚徐大夫按許所據左作𨜋以邑爲氏古本古說也

郈東平無鹽鄉東平國無鹽二志同杜預曰故宿國今山東東平州州東二十里有故無鹽城前志曰無鹽有郈鄉左傳昭二十五年臧會逸奔郈杜曰東平無鹽縣東南有郈鄉亭左正義曰此時尚爲公邑後爲叔孫私邑从邑后聲胡口切四部

郯東海縣東海郡郯二志同今山東沂州府郯城縣西南百里有故郯城帝少昊之後所封前志曰郯故國少昊後盈姓按盈卽嬴字宣四年經曰公及齊侯平莒及郯从邑炎聲徒甘切八部

郚東海縣前志云東海郡郚鄉疑此當云郚鄉東海縣故紀侯之邑也春秋經莊元年齊師遷紀郱鄑郚杜云郚在東莞朱虛縣東南按前漢郚鄉縣後漢并入琅邪之朱虛永初元年朱虛又屬北海國晉屬東莞郡故杜預劉昭皆云朱虛有郚城朱虛今山東青州府臨朐縣東六十里故朱虛城是也故郚城在今青州府安丘縣西南六十里从邑吾聲五乎切五部

酅東海之邑春秋經莊三年紀季以酅入于齊前志菑川國東安平孟康注曰春秋之酅今酅亭是也後志東安平屬北海國有酅亭按前志云菑川國後并北海疑許當云北海之邑酅亭在今山東青州府臨淄縣東齊語曰正封疆地東至于紀酅紀酅猶言紀鄭謂故紀國之酅也从邑巂聲戶圭切十

六部

鄫 姒姓國按許書無姒字漢碑姒作似左傳衞成公命祀夏后相甯武子不可曰杞鄫何事國語韋注曰杞繒二國姒姓夏禹之後**在東海**前志曰東海郡繒故國禹後後志曰琅邪國繒故屬東海今山東兖州府嶧縣東八十里有故鄫城按國名之字左傳作鄫國語作繒公羊作鄫穀梁作繒左釋文於鄫首見處云亦作繒據許則國名從邑也漢縣名從糸**从邑曾聲**疾陵切六部

𨚜 **琅邪郡也**謂琅邪郡之字如此作也前志曰琅邪郡秦置屬徐州後志曰琅邪國屬徐州刺史部許從前漢之制故曰郡前志郡領東武等五十一縣今山東兖州府東境沂州府及青州府南境莒州萊州府南境膠州一帶皆是其地今兖州府諸城縣東南百四十里有故琅邪城古齊琅邪邑也其地有琅邪山管子齊桓公將東遊南至琅邪孟子齊景公欲遵海而南放於琅邪蘇秦說齊宣王曰齊南有泰山東有琅邪史記秦始皇屢竝海至琅邪子虛賦曰齊東陼鉅海南有琅邪皆謂今諸城縣山海經云琅邪臺在渤海閒非也趙岐曰琅邪齊東南境上邑越絕書句踐旣滅吳欲霸中國徙都琅邪立觀臺於山上周七里以望東海始皇立琅邪郡爲三十六郡之一而漢因之尋周時琅邪之名未知何解許君以其字從邑傳合郡名爲釋耳九經字樣曰郞邪郡名郞良也邪道也以地居鄒魯人有善道故爲郡名今經典玉旁作良者譌未知其說所出古書絕無作郞者且琅邪齊地非鄒魯地邪古書用爲衺正字又用爲辭助如乾坤其易之門邪乾坤其易之縕邪是也今人文字邪爲疑辭也爲決辭古書則多不分別如子張問十世可知也當作邪是也又邪也二字古多兩句竝用者如龔遂傳今欲使臣勝之邪將安之也韓愈文其眞無馬

邪其眞不知馬也皆也與邪同 从邑牙聲 以遮切古音在五部按漢碑瑘邪字或加玉旁俗字也近人隸書從耳作耶由牙耳相似臧三牙或作臧三耳

邞 琅邪縣也 前志琅邪郡邞後志無并省也漢孝文元年封呂平爲侯國 一名純德 前志曰莽曰純德 从邑夫聲 甫無切五部

[⿰桼阝] 齊地也从邑桼聲 親吉切十二部

郭 齊之郭氏虛 謂此篆乃齊郭氏虛之字也郭本國名虛墟古今字郭國旣亡謂之郭氏虛如左傳言少昊之虛昆吾之虛大皞之虛祝融之虛也郭氏虛在齊境內 善善不能進惡惡不能退是㠯亡國也 郭何以爲虛職是故也事見韓詩外傳新序風俗通皆同亦有取此說春秋者按莊二十四年經云赤歸于曹郭公公羊傳曰赤者何曹無赤者蓋郭公也郭公者何失地之君也穀梁傳曰赤蓋郭公也何爲名也禮諸侯無外歸之義外歸非正也左無傳郭今以爲城𩫏字又以爲恢郭字又左傳虢國字公羊作郭 从邑𩫏聲 古博切五部

郳 齊地从邑兒聲 五雞切十六部 春秋傳曰齊高厚定郳田 左傳襄六年齊侯滅萊遷萊子于郳高厚崔杼定其田杜云遷萊子於郳國正義云郳卽小邾小邾附屬於齊故滅萊國而遷其君於小邾按世本云邾顏居邾肥徙郳宋仲子注邾顏別封小子肥於郳爲小邾子左傳曰魯擊柝聞於邾小邾者邾所別封則其地亦在邾魯不當爲齊地今鄒縣有故邾城滕縣東南有郳城皆魯地且郳之併小邾久矣不應又忽評爲郳也許意郳是齊

地非小邾國凡地名同實異者不可枚數如許書邾非鄒國是其例也據傳云遷萊於郳高厚崔杼定其田蓋定其與萊君之田以郳田與之也

郭 地 此從鍇本鉉作郭海地非是郭是複舉字之未刪者地謂有地名郭也今其地未聞蓋春秋時齊地也若漢二志之勃海郡今直隸河間天津二府地其謂之勃海者師古曰在勃海之濵因以爲名也水部澥下曰勃澥海之別也漢書子虛賦音義曰勃澥海別枝也勃澥史記河渠書謂之勃海今靜海縣之海與山東遼東接境者即勃澥司馬相如賦所以首琅邪觀成山射之罘而浮勃澥始皇所以並勃海以東過黃腄窮成山登之罘而南登琅邪也齊都賦注曰海旁曰勃斷水曰澥勃與郭似可通然勃海郡勃澥字皆不作郭假令勃海郡字可作郭則許當云郭海郡也而不曰地 从邑孛聲 蒲沒切十五部 一曰地之起者曰郭 周禮草人勃壤用狐鄭云勃壤粉解者廣雅埻塵也今俗謂粉之細者曰勃皆即郭字地之起者謂虛肥

國也齊桓公之所滅 衛風曰譚公維私小雅曰東國困於役而傷於財譚大夫作大東以告病左傳莊十年曰齊師滅譚譚無禮也譚子奔莒同盟故也今濟南府東南七十里有故譚城在二志濟南郡之東平陵縣東平陵故城在今濟南府府東七十五里 从邑覃聲 徒含切古音在七部按詩春秋公穀皆作譚許書又無譚字蓋許所據從邑齊世家譌作郯可證司馬所據正作𨟚𨟚譚古今字也許書有譚長不以古字廢今字也

地名 左傳注多不言名如毛傳云水也山也地也皆是許君亦不言名如郭地也郇地也以及邑也國也皆是凡言名者後人所改

从邑句聲其俱切四部

郂 陳留鄉 陳留郡二志同今河南開封府東至歸德府西皆是其境陳留郡屬有陳留縣此不云陳留縣鄉但云陳留鄉則是舉郡名不箸某縣也曷爲不箸有未審也鄃下曰弘農縣鄃下曰河南縣是舉郡縣同名之例 从邑亥聲古哀切一部

⿰𢦏阝 故國在陳留 春秋經隱十年宋人蔡人衛人伐載三經皆作載惟穀梁音義曰載本或作戴而前志作戴古載戴同音通用耳許作𢦏左氏音義引字林亦作𢦏呂本許許所據從邑也前志云梁國甾故戴國後志云陳留郡考城故菑注引陳留志云古戴國今河南衛輝府考城縣縣東南五里有考城故城漢之甾縣古之𢦏國也甾與𢦏古音同𢦏古字甾漢字許云在陳留者章帝改名考城屬陳留也水經注汳水篇曰陳留風俗傳曰秦之穀縣後遭漢兵起邑多災年故改曰菑縣王莽更名嘉穀章帝東巡詔曰菑縣名不善其改曰考城按莽章帝不達同音譌字之源委故不能正爲𢦏字而風俗傳云秦之穀縣則更無稽之言耳 从邑𢦏聲作代切一部

⿰燕阝 地名从邑燕聲烏前切十四部齊有高⿰燕阝卽高偃高傒之玄孫左傳曰敬仲之曾孫者古人立文後裔統云曾孫

邱 地名从邑丘聲去鳩切古音在一部今制諱孔子名之字曰邱

⿰如阝 地名从邑如聲人諸切五部

⿰丑阝 地名从邑丑聲女九切三部

⿰几阝 地名从邑几聲居履切十五部按西伯戡黎周本紀作耆徐廣曰一作阢阢蓋卽⿰几阝字

⿰翕阝 地名从邑翕聲希立切七部

部

⿰求阝 地名 玉篇曰⿰求阝鄉在陳留 从邑求聲 巨鳩切三部

⿰嬰阝 地名从邑嬰聲 於郢切十一部

⿰尚阝 地名 廣韵曰⿰黨阝地名說文作⿰尚阝 从邑尚聲 多朗切十部今俗以爲鄉黨字

郱 地名从邑幷聲 薄經切十一部前志齊郡臨朐應劭云有伯氏騈邑後志齊國臨朐有古郱邑按春秋莊元年齊師遷紀郱鄑郚杜云郱在東莞臨朐縣東南齊取其地然則伯氏騈邑卽此地騈卽郱字今山東青州府臨朐縣東南有郱城是也未知許意然不

⿰虖阝 地名 玉篇云魯地名 从邑虖聲 呼古切五部

邩 地名从邑火聲 呼果切十七部

鄝 地名从邑翏聲 盧鳥切三部左傳文公五年楚滅蓼釋文云字或作鄝穀梁宣八年經楚人滅舒鄝釋文云本又作蓼小雅漸漸之石詩序注云舒舒鳩舒鄝舒庸之屬釋文云鄝又作蓼按坊記陽侯繆侯卽淮南氾論訓之陽侯蓼侯繆者字誤耳前志六安國後志廬江郡皆作蓼許不謂此也

鄬 地名从邑爲聲 居爲切十七部春秋經襄七年公會晉侯宋公陳侯衞侯曹伯莒子邾子于鄬杜云鄬鄭地

邨 地名从邑屯聲 此尊切十二部按本音豚屯聚之意也俗讀此尊切又變字爲村

⿰舍阝 地名从邑舍聲 式車切五部按玉篇引春秋徐人取⿰舍阝杜預云今廬江舒縣按僖三年三經皆作舒魯頌亦作舒二志廬江舒縣亦皆作舒未審爲許所據

⿰盇阝 地名从邑盇聲 胡蠟切八部二志泰山郡皆有蓋縣孟子

有蓋大夫廣韻蓋姓字書作⿰蓋阝古盍切

⿰乾阝 地名从邑乾聲 古寒切十四部

⿰㐭阝 地名从邑㐭聲讀若淫 力荏切七部

⿰山阝 地名从邑山 所閒切十四部

⿰興阝 地名从邑興聲 鉉無鍇有今按廣韻蒸韻集韻證韻皆引說文則有者是也虛陵切六部

⿰臺阝 地名从邑臺聲 徒郎切十部玉篇⿰堂阝⿰臺阝二同引續漢書云廣陵⿰堂阝邑也按續漢書謂司馬彪郡國志也今志作堂邑云故屬臨淮春秋時曰堂考左傳襄十四年楚子囊師于棠以伐吳昭二十年棠君五尚字皆從木而廣韻引風俗通堂楚邑大夫五尚爲之其後氏焉字從土蓋今左傳從木或誤堂邑今江蘇江寧府六合縣是也許但云地名未知謂此地與否 臺古文堂字 文字各本奪今補見土部

⿰馮阝 姬姓之國 廣韻曰馮姓也畢公高之後食采於馮城因而命氏左傳云畢者文之昭王肅注尚書云畢毛文王庶子然則⿰馮阝爲姬姓國其後以國氏省作馮也師古云馮歸姓恐非字奪於此者許不審⿰馮阝地所在 从邑馮聲 房戎切古音在六部○按許既知爲姬姓國則當知其地所在蓋古本據其次第可推今本蓋寫者奪之補綴於此

⿰𠭞阝 汝南安陽鄉 汝南郡安陽二志同今河南汝寧府真陽縣東故安陽城是也有鄉名⿰𠭞阝 从邑𠭞省聲 𠭞宋版及小徐皆不從艸艸部蔽耳部聲皆𠭞聲則固有𠭞字矣苦怪切十五部漢書⿰蔽阝成侯周緤服虔音菅蔽之蔽則服作⿰𠭞阝成侯

郙 汝南上蔡亭 汝南郡上蔡二志同今河南汝寧府

上蔡縣縣西南十里故蔡城是也有亭名郙从邑甫聲方矩切五部○按郙郙二篆當與鄦郎郇鄏鄍
等篆爲伍寫者奪之補綴於此鄺南陽縣南陽郡鄺二志同秦二世二年沛公攻析鄺皆下之則是秦所
置縣今河南南陽府內鄉縣縣東北有故鄺縣城从邑麗聲郎擊切十六部按蘇林如淳皆音擲小顏
漢書注鄺姓音歷縣名音同蘇如○按鄺篆當與郘鄰鄭郰邪六篆爲伍寫者奪之而補綴於此𨞖地名
从邑䙴聲七然切十四部𨙨从反邑𨛜字从此闕闕謂其音闕也
文一百八十一一宋本作四今依鍇補鄦則一百八十二重六邑部自邽
至鄁皆國邑殊名及國邑所有之地也自鄯以下則皆地名自西而東鄯寵西北之最遠者也鄭則近東北矣自部
至郛漢之三輔屬司隸邽部二文隴西天水郡也在三輔之西屬涼州自邸至邢弘農河南河內河東四郡也在三
輔之東亦屬司隸鄔祁大原郡也屬并州自鄴至鄚魏郡趙國清河常山鉅鹿郡也屬冀州鄭涿郡也屬幽州郅北
地郡也屬涼州郊者近北地之狄自鄦至郟潁川汝南郡也屬豫州自鄧至鄖南陽南郡江夏三郡也屬荊州自鄖
至邢漢中蜀廣漢犍爲牂柯五郡也屬益州自鄱至鄞豫章桂陽會稽三郡也屬揚州長沙在江南故附於豫章下
長沙本屬荊州也自郴至鄣蓋漢豫州兗州之地自邗至郯臨淮東海琅邪三郡也屬徐州郭至郇齊地也當屬青
州郯戲陳留郡也屬兗州以下郹二云地名則未審其在何所也

𨛜鄰道也道當為邑字之誤也其字從二邑會意从邑从邑隸變作𨛜凡𨛜之屬皆从𨛜闕闕者謂其音未聞也大徐云胡絳切依鄉字之音非有所本如閧字或依䢐字之音或依𨸏字之音皆非是

鄉國離邑離邑如言離宮別館國與邑名可互偁析言之則國大邑小一國中離析為若干邑民所封鄉也封猶域也鄉者今之向字漢字多作鄉今作向所封謂民域其中所鄉謂歸往也釋名曰鄉向也民所向也以同音為訓也嗇夫別治別彼列切別治謂分治也百官公卿表曰縣大率十里一亭亭有長十亭一鄉鄉有三老有秩嗇夫游徼三老掌教化嗇夫職聽訟收賦稅游徼徼循禁盜賊司馬彪百官志曰鄉置有秩三老游徼鄉小者置嗇夫一人風俗通云嗇者省也夫賦也言消息百姓均其役賦按許不言三老游徼者舉一以該其二亦謂鄉小者但置嗇夫不置三老游徼也封圻之內六鄉六鄉治之按封圻上當有周禮二字上云嗇夫別治言漢制此云六鄉六鄉治之謂周禮也封圻即邦畿周禮方千里曰國畿六鄉地在遠郊以內五家為比五比為閭四閭為族五族為黨五黨為州五州為鄉鄉老二鄉則公一人鄉大夫每鄉卿一人許先舉漢制後言周禮者許書凡言郡縣鄉亭皆漢制漢表云凡縣道國邑千五百八十七鄉六千六百二十二亭二萬九千六百三十五許全書所舉某縣某鄉某亭皆在此都數之中从𨛜皀聲許良切十部

䢐里中道也不言邑中道言里中道者言邑不該里言里可該邑也析言之國大邑小大里小渾言之則國邑通偁

邑里通偁載師注曰今人云邑居里此邑里通偁也高祖紀云沛豐邑中陽里人此邑里析言也應劭曰沛縣也豐其鄉也然則鄉可偁邑矣周禮五家爲鄰五鄰爲里此周制也齊語五家爲軌十軌爲里此齊制也百官志曰里魁掌一里百家什主十家伍主五家以相檢察此漢制也里中之道曰巷古文作衖爾雅作衖引伸之凡夾而長者皆曰巷宮中衖謂之壼是也十七史言弄者皆卽巷字語言之異也今江蘇俗尚云弄

从䢅共會意言在邑中所共說會意之恉道在邑之中人所共由胡絳切共亦聲也九部

巷篆文从邑省巷爲小篆則知䢡爲古文籀文也先古籀後篆者亦上部之例巷今作巷

文三　重一

二十五部　文七百五十四宋本四作三鈕樹玉曰按實七百五十五

重六十宋本作六十一鈕曰實五十九　凡九千四百四十三

字此第六篇都數

說文解字第六篇下

說文解字第七篇上

金壇段玉裁注

日 實也 以疊韵爲訓月令正義引春秋元命包云日之爲言實也釋名日實也光明盛實也 大昜之精不虧 故曰實 从○一象形 ○象其輪郭一象其中不虧人質切十二部 凡日之屬皆从日 𡆠 古文象形 葢象中有烏武后乃竟作乙誤矣

旻 秋天也 此爾雅釋天及歐陽尚書說也釋天曰春爲昊天夏爲蒼天秋爲旻天冬爲上天許鄭本如是孫炎郭樸本乃作春蒼夏昊 从日文聲 武巾切十三部 虞書說 說各本作曰今依韵會訂虞書說三字當作唐書說曰四字古文堯典欽若昊天說也 仁覆閔下則偁旻天 覆閔各本作閔覆誤今依玉篇廣韵皆作仁覆愍下謂之旻天訂此古尚書說也與毛詩王風傳同五經異義天號今尚書歐陽說堯典欽若昊天春曰昊天夏曰蒼天秋曰旻天冬曰上天總爲皇天爾雅亦云古尚書毛詩說天有五號各用所宜稱之尊而君之則曰皇天元氣廣大則稱昊天仁覆愍下則稱旻天自天監下則稱上天據遠視之蒼蒼然則稱蒼天許君曰謹按堯典羲和以昊天總勑以四時故昊天不獨昊春也左傳夏四月孔丘卒稱曰旻天不弔非秋也玄之聞也爾雅者孔子門人所作以釋六藝之言葢不誤也春氣博施故以廣大言之夏氣高明故以遠言之秋氣或生或殺故以閔下言之冬氣閉藏而

清察故以監下言之皇天者至尊之號也六藝之中諸稱天者以情所求言之耳非必於其時稱之浩浩昊天求天之博施蒼天蒼天求天之高明旻天不弔求天之生殺當其宜上天同雲求天之所爲當順其時也此之求天猶人之說事各从其主耳若察於是則堯命義和欽若昊天孔丘卒稱旻天不弔無可怪爾按許作五經異義不从爾雅从毛詩造說文兼載二說而先爾雅於毛與鄭說無不合葢異義早成說文後出不待鄭之駁正而已權衡悉當觀此及社下姓下皆與異義不同與鄭說相合可證

時　四時也本春秋冬夏之稱引伸之爲凡歲月日刻之用釋詁曰時是也此時之本義言時則無有不是者也廣雅曰時伺也此引伸之義如不能辰夜遠猶辰告傳皆云辰時也是也从日寺聲市之、切一部

旹　古文時从日㞢作之聲也小篆从寺寺亦之聲也漢隸亦有用旹者

早　晨也晨者早昧爽也二字互訓引伸爲凡爭先之偁周禮大司徒早物叚早爲草从日在甲上甲象人頭在其上則早之意也易曰先甲三日子浩切古音在三部

㫚　尚冥也冥者窈也幽也自日入至於此尚未日出也司馬相如傳曶爽暗昧得燿乎光明然則曶尚未明也按漢人曶昧通用不分故幽通賦昒昕寤而仰思曹大家曰昒昕晨旦明也韋昭曰昒昧忽爾音郭樸注三倉解詁云曶旦明也然則獨許分別曶爲未明昧爽爲且明以其時相際故說之者異从日勿聲大徐作昒古皆有之呼骨切十五部按韋音梅憒切字林音勿皆與昧通用之證

昧　昧爽逗昧字舊奪今補且明也各本且作旦今正且明者將明未全

明也牧誓時甲子昧爽王朝至于商郊牧野言昧爽起行朝旦至牧野左傳晏子述讒鼎之銘曰昧旦丕顯僞尚書演其辭曰昧爽丕顯坐以待旦郊祀志十一月辛巳朔旦冬至昒爽封禪書昒作昧旣言旦又言昧爽者以辛巳朔旦冬至合前文黃帝己酉朔旦冬至爲言明冬至均在朔之旦也繼云昧爽天子始郊拜泰一明未旦時卽郊拜泰一也內則成人皆雞初鳴適父母舅姑之所未冠笄者昧爽而朝後成人也昧與智古多通用而許分別之直以昧連爽爲言昧者未明也爽者明也合爲將旦之偁

从日未聲莫佩切十五部一曰闇也闇者閉門也閉門則光不明明闇字用此不用暗暗者日無光也義異司馬相如傳阻深闇昧得燿乎光明

暏旦明也各本作旦明誤今正作旦明暏與昧爽同義許書有暏無曙而文選魏都賦謝康樂溪行詩李注竝引作曙古今字形異耳許本作暏後乃變爲曙署亦者聲也玉篇昒昧二文閒出曙字市據切此顧希馮以今字易古字也後出睹字丁古切此孫強陳彭年輩所據說文妄增者也呂覽謂一朝爲一曙廣韵曰睹詰朝欲明也从日者聲當古切廣韵亦暏入姥韵曙入御韵五部

晢各本篆體誤今正昭晢逗明也旦下曰明也明下曰昭也旣昧爽則旦矣周易王弼本明辨晢也陳風明星晢晢傳曰晢晢猶煌煌也洪範明作晢鄭曰君視明則臣昭晢按昭晢皆从日本謂日之光引伸之爲人之明晢口部曰哲知也从日折聲斷舊作折今正晢字日在下或日在旁作晣同耳旨熱切十五部禮曰晢明行事禮謂十七篇也許序例云其偁禮周官禮謂儀禮周官謂周禮也士冠禮宰告曰質明行

事鄭云質正也許所據作晢明以戴記禮器昏義附言質明推之戴記多从今文則知質明今文晢明古文也鄭不疊古文者也

曉　明也　此亦謂旦也俗云天曉是也引伸爲凡明之偁方言黨曉哲知也楚謂之黨或曰曉齊宋之間謂之哲

从日堯聲　呼鳥切二部　曉昕二篆鉉本奪而綴于末今依鍇本

昕　旦明也　小徐本作旦也明也韵會作旦明也今正爲旦明文王世子大昕鄭云早昧爽也是昕卽晨而未旦也士昏禮記曰凡行事必用昏昕齊風東方未晞顚倒裳衣傳曰晞明之始升按蒹葭湛露傳皆云晞乾也此云明之始升則當作昕無疑昕與晞各形各義而昕讀同希因誤爲晞耳

日將出也　按此亦言旦明而不次諸晢篆之前者正謂昧爽於日猶遠昕於日僅一閒耳故毛云明之始升許先列晢曉篆而以昕足之

从日斤聲讀若希　斤聲而讀若希者文微二韵之合齊風是以與衣韵也今讀許斤切則又合乎冣初古音矣十三部○說文讀若希見文王世子音義鍇作讀若忻非鄭注樂記訢讀爲熹是其理也

昭　日明也　引伸爲凡明之偁廟有昭穆昭取陽明穆取陰幽皆本無正字叚此二字爲之自晉避司馬昭諱不敢正讀一切讀上饒反而陸氏乃以入經典釋文陋矣又別製佋字注云廟昭穆父爲佋南面子爲穆北面从人召聲此冣爲不通昭穆乃鬼神之偁其字當从示而从人何也無識者又取以竄入說文人部中其亂名改作有如此者今人部刪佋

从日召聲　止遙切二部

晤　明也　晤旳晄曠四篆不必專謂日之明然莫明于日故四字皆从日而廁于此也晤者启之明也心部之悟㝱部之寤皆訓覺覺亦明也同聲

之義必相近从日吾聲五故切五部詩曰晤辟有摽邶風文今詩作寤此篇二云耿耿不寐二云我心匪石二云如匪澣衣則當作寤訓覺晤其叚借之字也

旳明也旳者白之明也故俗字作的漢魯峻碑曰永傳啻齡晻矣旳旳引伸爲軼旳从日勺聲都歷切古音在二部詩發彼有勺叚勺爲旳字易曰爲旳顙說卦傳文旳顙白顛也馬部又有馰篆二云馬白頟也引易馬馰顙顙馰後出非古

晃明也各本篆作晄篇韵皆二云晃正晄同今正晃者動之明也凡光必動會意兼形聲字也楊雄賦北爌幽都李善二云爌與晃音義同从日光聲胡廣切十部

曠明也廣大之明也會意兼形聲字也引伸爲虛空之偁从日廣聲苦謗切十部

旭日旦出皃邶風旭日始旦傳曰旭者日始出謂大昕之時旭旭與曉雙聲釋訓曰旭旭蹻蹻憍也郭二云皆小人得志憍蹇之皃此其引伸叚借之義也今詩旭旭作好好同音叚借字也从日九聲讀若好好各本作勗誤今依詩音義訂按音義二云許玉反徐又許九反是徐讀如朽朽卽好之古音朽之入聲爲許玉反三讀皆於九聲得之不知何時許九誤爲許元集韵類篇皆二云許元切徐邈讀今之音義又改元爲袁使學者求其說而斷不能得矣大徐許玉切三部一曰明也此別義也明謂日之朙引伸爲凡明之偁

晉進也周易彖傳曰晉進也以疊韵爲訓凡進皆曰晉難進亦曰晉周禮凡田王提馬而走諸侯晉是也禮古文周禮故書皆叚晉爲箭日出而萬物進故其字从

日从日从𦤳𦤳者到也以日出而作會意隸作晉卽刃切十二部易曰明出地

上晉此引易象傳文以證从日之意也暘日出也洪範八庶徵曰雨曰暘某氏云雨以潤物

暘以乾物祭義夏后氏祭其闇殷人祭其陽周人祭日以朝及闇鄭云闇昏時也陽讀爲曰雨曰暘之暘謂日中時也朝日出

時也暘之義當从鄭孟子秋陽以暴之亦當作秋暘从日昜聲與章切十部虞書曰

暘谷虞書宋本葉本如是他本作商非也各本少一曰字今補虞書當作唐書說見禾部此古文尚書堯典文也

啓雨而晝姓也啓之言闓也姓者雨而夜除星見也雨而晝除見日則謂之啓啓亦謂之姓

从日啟省聲康禮切十五部按集韵又輕甸切語之轉也今蘇州俗語云啓晝不是好晴正作此音

暘日覆雲暫見也覆雲者揜於雲暫見者倏見也此與目部睗義略同从日易

聲羊益切十六部按當施隻切昫日出昷也昷各本作温今正詳水部昫與火部煦義略同

樂記昫嫗淮南書作昫嫗廣韵直以爲一字周禮注曰司馬法旦明鼓五通爲發昫是知主初日出言也从日句

聲火于切又火句切古音在四部北地有昫衍縣見前書地理志今甘肅寧夏府靈州東南

花馬池境有昫衍廢縣是也俗譌作朐衍非晛日見也毛詩見晛曰消毛云晛日氣也韓詩曣晛聿消

韓云曣晛日出也二解義相足日出必有温氣也廣雅釋詁云曣晛煗也曣晛即韓詩之曣晛煗煗即毛曰氣之說荀卿非相篇

引詩作宴然宴然卽曣暥也宴晏曣古通用玉篇曰暥同晛 从日見形卽義 見亦聲 胡甸切十四部 詩曰見晛曰消 小雅角弓文 晏 天清也 楊雄羽獵賦曰天清日晏李引許淮南子注曰晏無雲之處也漢天文志曰日餔時天星晏星卽今之晴字淮南書鶤日知晏陰蜡知雨晏對陰而言如淳注郊祀志云三輔謂日出清濟爲晏按郊祀之晏溫封禪書作曣曣猶氤氳也郊祀志字異而義同如淳以日出清濟釋之謂晏而溫是爲異非是晏之言安也古晏安通用故今文堯典晏晏古文作安安左傳安孺子古今人表作晏孺子 从日安聲 烏諫切十四部

曣 星無雲也 姚氏鼐曰星卽姓字按日閒雨除亦曰姓無雲謂晴而無雲也晴容有有雲者其字亦作曣毛詩見晛曰消韓詩作曣晛聿消劉向上封事引之師古注云曣無雲也今漢書譌舛不可讀韓詩釋曣晛爲日氣許注淮南釋晏爲無雲此以天清釋晏以晴無雲釋曣言各有當不以音義相近而淆之也一說星無雲謂星而無雲如雨部云風雨土謂風而雨土也 从日燕聲 於甸切十四部

景 日光也 日字各本無依文選張孟陽七哀詩注訂火部曰光者明也左傳曰光者遠而自他有燿者也日月皆外光而光所在處物皆有陰光如鏡故謂之景車舝箋云景明也後人名陽曰光名光中之陰曰影別製一字異義異音斯爲過矣爾雅毛詩皆曰景大也其引伸之義也 从日京聲 居影切古音在十部讀如姜

晧 日出皃 謂光明之皃也天下惟絜白者取光明故引伸爲凡白之偁又改其字从白作

皓矣从日告聲胡老切古音在三部

暤皓旰也皓鍇本作暤集韵類篇从之皓旰謂絜白光明之皃旰同日出光倝倝之倝非下文訓晚之旰也漢書上林賦采色澔旰史記作澔旰靈光殿賦澔澔涆涆曹植七啓云丹旗燿野戈殳皓旰此可證皓旰之爲古語古者大暤少暤蓋皆以德之明得偁俗作大昊少昊皓旰雙聲字从日皋聲胡老切古音在三部俗从白作皡

曅光也也當作皃字之誤思玄賦舊注云曅光皃漢書敘傳云世宗曅曅吳都賦云飾赤烏之韡曅从日𠌶鍇本日在𠌶上玉篇曰說文作曅大徐日在旁非也筠輒切八部

暈光也按光也二字當作日光氣也四字篆體暉當作暈周禮暈作煇古文叚借字眡祲掌十煇之法以觀妖祥辨吉凶一曰祲二曰象三曰鑴四曰監五曰闇六曰瞢七曰彌八曰敘九曰隮十曰想鄭司農云煇謂日光炁也按日光氣謂日光捲結之氣釋名曰暈捲也氣在外捲結之也日月皆然孟康曰暈日旁氣也篆體日在上或移之在旁此篆遂改爲暉改其訓曰光與火部之煇不別蓋淺者爲之乃致鉉以暈爲新附篆矣从日軍聲軍者圜圍也此以形聲包會意王問切十三部大徐許歸切非

旰晚也襄十四年左傳杜注日旰晏也从日干聲古案切十四部春秋傳曰日旰君勞昭十二年左氏傳文今本勞作勩

暆日行暆暆也史記屈原賈生列傳曰庚子日施兮鵩集予舍施卽說文暆字也暆暆迆邐徐行之意暆暆猶施施詩毛傳曰施施難進之意从日施聲弋支切十六十七部樂浪音洛狠

有東暆縣 樂浪郡東暆見地理志樂浪今朝鮮國地東暆故城未聞魚部云東暆輸鰅魚 讀如酏 二字當在施聲之下

晷 日景也 上文云景光也渾言之此云晷日景也不云日光析言之也以其陰別於陽卽今之影字也左傳謂之蔭云趙孟視蔭釋名曰晷規也如規畫也此謂以表度日大雅旣景乃岡傳云考於日景參之高岡 从日咎聲 居洧切古音在三部

昃 日在西方時側也 蒙上日景言之日在西方則景側也易曰日中則昃孟氏易作稷穀梁春秋經戊午日下稷古文叚借字 从日仄聲 此舉形聲包會意隸作昃亦作𣅡小徐本矢部又出𣅡字則複矣夫製字各有意義晏景晷旱之日在上皆不可易也日在上而干聲則爲不雨日在旁而干聲則爲晚然則㫐訓爲日在西方豈容移日在上形聲之內非無象形也阻力切一部 易曰日㫐之離 離九三爻辭

晚 莫也 莫者日且冥也从日在茻中見茻部引伸爲凡後之偁 从日免聲 無遠切十四部

昏 日冥也 冥者窈也窈者深遠也鄭目錄云士娶妻之禮以昏爲期因以名焉必以昏者陽往而陰來日入三商爲昏引伸爲凡闇之偁 从日氏省 氏者下也 氏部曰氏者至也其引伸之義則爲下故此云氏者下也上部云下者氐也目部云氐目卽低目人部無低字昏字於古音在十三部不在十二部昏聲之字𧖴亦作蚊𢿱亦作𢽾亦作忞昏古音同文與眞臻韵有斂侈之別字从氏省爲會意絕非从民聲爲形聲也葢隸書淆亂乃有从民作昬者俗皆遵用唐人作五經文字乃云緣廟諱

偏傍準式省从氏凡泯昬之類皆从氏以昬類泯其亦傎矣呼昆切彚韵者文韵之音變一曰民聲此四字蓋淺人所增非許本書宜刪凡全書內昬聲之字皆不从民有从民者譌也

曫日且昬時也且各本作旦今正昬訓冥莫訓日且冥則曫即莫也曫之言蠻也蠻者文皃日將入而色有異也从日䜌聲讀若新城䜌中䜌他書作蠻地理志河南郡新城下蠻中故戎蠻子國也郡國志河南郡新城有鄤聚古鄤氏今名蠻中左傳昭十六年楚子誘戎蠻子殺之杜云河南新城縣東南有蠻城水經注伊水篇曰新城縣故蠻子國也縣有鄤聚今名蠻中漢新城故城在今河南河南府洛陽縣南今左穀皆作蠻公羊作曼劉昭引左傳作鄤䜌音如蠻集韵謨還切者是大徐洛官切非也十四部

晻不明也北征賦曰晻晻其將暮漢書元帝紀三光晻昧南都賦晻曖蓊蔚吳都賦旭日晻時凡言晻藹謂陰翳也蜀都賦作菴藹从日奄聲烏敢切八部

暗日無光也集韵類篇皆以晻暗爲一字依許則義各殊明之反當用晻暗主謂日無光眂祲掌十煇之灋五曰闇鄭司農云闇日月食也暗者正字闇者叚借字也引伸爲凡深沈不明之偁从日音聲烏紺切古音在七部

晦月盡也朔者月一日始蘇朢者月滿與日相望似朝君字皆从月月盡之字獨从日者明月盡而日如故也日如故則月盡而不盡也引伸爲凡光盡之偁僖十五年春秋經晦震夷伯之廟公羊曰晦晝冥也穀梁曰晦冥也杜注左云與凡書晦同爾雅曰霿謂之晦从日每聲荒內切十五部

曀埃曀

迴疊韵字日無光也埃䁈猶靉靆也通俗文雲覆日謂之靉靆从日能聲奴代切一部

曀天陰沈也各本作陰而風也今正攷開元占經引作天地陰沈也太平御覽引作天陰沈也邶風曰終風且曀爾雅毛傳皆云陰而風曰曀釋名曀翳也言雲氣晻翳日光使不明也小爾雅曀冥也曀主謂不明爾雅毛傳因詩句兼風言耳故許易之陰沈當作霒霃从日壹聲於計切古音在十二部詩曰終風且曀

旱不雨也从日干聲乎旰切十四部

㫗望遠合也合者望遠則其形不分其色不分其小大高下不分是也與杳字義略相近从日匕會意匕合也逗匕何以訓合比之省也猶會下云會益也會何以訓益增之省也是亦許書言叚借之一也㫗何以省比有㫗字在也讀若窈窕之窈窈古讀如黝音轉如杳烏皎切二部

昴白虎宿星召南傳曰昴畱也古謂之昴漢人謂之畱故天官書言昴律書直言畱毛以漢人語釋古語也元命包云昴六星昴之言畱物成就繫畱此昴亦評畱之義也从日丣聲丣古音讀如某丣古文酉字字別而音同在三部雖同在三部而不同紐是以丣聲之劉畱聊桺珋駵鄮茆窌爲一紐卯聲之昴爲一紐古今音讀皆有分別丣聲之不讀莫飽切猶卯聲之不讀力九切也惠氏棟因毛傳之語謂昴必當从丣其說似是而非王氏鳴盛尚書後案襲之非也莫飽切古音在三部

曏不久也士相見禮曰曏者吾子辱使某見請還贄於將命者注云曏曏曩也按禮注曏字或作鄉今

人語曰向年向時向者卽曏字也又曰一晌曰半晌皆是曏字之俗从日鄉聲許兩切十部春秋傳曰曏役之三月僖廿八年左氏傳文曏猶前也城濮之役在四月前乎此役之三月正與不久之義合杜作鄉云鄉猶屬也殊誤

曩　曏也釋言文左傳曰曩者志入而已今則怯也晉語曰曩而言戲乎莊子曰曩子行今子止从日襄聲奴朗切十部

昨　絫日也絫鉉本作壘誤鍇本作累絫累正俗字古書積累字皆作絫厽部云絫者增也絫日謂重絫其日也廣韵云昨日隔一宵也周禮司尊彝段昨爲酬酢字从日乍聲在各切五部

暇　閑也各本作閑俗字也今正酒誥曰不敢自暇自逸古多借假爲暇周書多方天惟須夏之子孫鄭云夏之言假大雅皇矣周頌武二箋皆作須假而孔本作暇孫卿子其爲人也多假日其出入不遠也賈逵國語注假閑也登樓賦聊假日以銷憂李善云假或爲暇引楚辭聊暇日以消時可見古假暇通用假訓大故包閑暇之義匡謬正俗以未識此意从日叚聲胡嫁切古音在五部

暫　不久也左傳婦人暫而免諸國今俗語云霎時閒卽此字也从日斬聲藏濫切八部

昪　喜樂皃小雅弁彼鸒斯傳曰弁樂也此昪之叚借也釋詁詩序皆云般樂也般亦昪之叚借也古三字同音盤故相叚借如此昪其正字而尟用之者从日从日者熙熙如春登臺之意弁聲皮變切十四部

昌　美言也咎繇謨曰禹拜昌言今文尚書作黨趙注孟子引尚書禹拜黨言逸周書祭公解拜手稽首黨言張平子碑黨

言允諧劉寬碑對策嘉黨皆昌言字之叚借也至於讜言亦見漢人文字字林讜言美言也此又因黨言而爲之言傍謂之正俗字可

从日从曰 會意取縣諸日月不刊之意也不入曰部者曰至尊也尺良切十部

一曰日光也 裴松之引易運期讖曰兩日並光日居午兩日昌字圖讖說字多不合本義裴引孝經中黃讖曹爲日載東曹字亦本从曰非从日蓋昌之本義訓美言引伸之爲凡光盛之偁則亦有訓爲日光者日光祇爲餘義例所不載一曰日光也五字恐魏時因許昌之說而妄增之

詩曰東方昌矣 齊風東方明矣朝既昌矣傳曰東方明則夫人纚笄而朝朝已昌盛則君聽朝二云朝已昌盛與美言之義相應許幷二句爲一句當由轉寫筆誤

籒文

暀 光美也 釋詁曰暀暀皇皇美也按暀見爾雅而不見他經泮水箋云皇皇當作暀暀暀暀猶往往也此易皇爲暀復訓暀爲往以作暀而後可訓往也少儀祭祀之儀齊齊皇皇注云皇皇讀爲歸往之往皇氏云謂心所繫往此處鄭不讀爲暀徐先民於況反非是

从日往聲 此舉形聲包會意謂往者衆也於放切十部

昄 大也 大雅土宇昄章釋詁毛傳皆曰昄大也

从日反聲 補綰切十四部

昱 日明也 日明各本作明日今依衆經音義及玉篇訂大玄曰日以昱乎晝月以昱乎夜注云昱明也日無日不明故自今日言下一日謂之明日亦謂之昱日昱之字古多叚借翌字爲之釋言曰翌明也是也凡經傳子史翌日字皆昱日之叚借翌與昱同立聲故相叚借本皆在緝韵音轉又皆入屋韵劉昌宗讀周禮翌日乙丑音育是也俗人以翌與翼形相似謂

翌卽翼同入職韵唐衞包改尚書六翌皆爲翼而昱日之義廢矣明部𣈆下曰翌也翌當爲昱𣈆从士明書夜之道士明而明
復矣昱之義引伸爲凡明之偁故顧命翌室某氏曰明室三輔決錄注釋左馮翊曰馮盛也翊明也翊卽翌 从日
立聲 余六切古音在七部 㬈 𥁫溼也 𥁫各本作温今正說詳水部温而生溼故其字从日 从
日赧省聲 温溼生黴亦有色赤者未必不从赤會意也集韵類篇㬈㬈小赤也 讀與赧同
女版切十四部 暍 傷暑也 北山經北囂之山鳥名鵥鶡食之已暍按今俗語謂鬱蒸之曰暍聲如遏卽此
字 从日曷聲 於歇切十五部 暑 熱也 暑與熱渾言則一故許以熱訓暑析言則二故大雅
温隆蟲蟲毛云温温而暑隆隆而雷蟲蟲而熱也暑之義主謂溼熱之義主謂燥故溽暑謂溼暑也釋名曰暑煮也如水煑物
也熱爇也如火所燒爇也 从日者聲 舒呂切五部 㬉 安㬉 逗疊韵字也 𥁫也
㬉各本作温今正說詳水部安㬉猶温存也二字皆平聲廣雅云暍㬉煗也安作暍語之轉耳巾部云讀若水温㬉則安亦作
温 从日難聲 奴案切十四部按廣韵集韵類篇㬉皆讀平聲入山韵玉篇㬉亦奴達切平則二字皆平
去則二字皆去入則二字皆入是之謂疊韵 㬎 衆微杪也从日中視絲 此九
字廣韵作衆明也微妙也从日中視絲十一字疑當作衆明也从日中見絲絲散眇也散者今之微字眇者今之妙字玉篇亦
作妙日中視絲衆明察及微妙之意 古文㠯爲顯字 顯爲頭明飾㬎爲日中見微妙則經傳顯字皆

當作㬎㬎者本義顯者叚借載籍既皆作顯乃謂古文作㬎爲
叚借矣故曰古文以爲顯字頁部顯下曰从頁㬎聲是則㬎之
讀如顯可知呼典切或曰衆口皃讀若唫唫此別一義也讀若唫唫當作讀若口唫之
唫轉寫譌奪耳巨錦切○集韵不得其句乃於寑韵云㬎者絮中小𦆯渠飲切或㠯爲𦆯句謂或用爲𦆯
字也其字从絲故或用爲𦆯字𦆯者絮中往往有小𦆯也蒙𦆯而釋之必釋之
者此𦆯不同糸部訓䋈衣之𦆯也亦䋈衣之義之引伸也釋名云𦆯者幕也貧者著〔音褚衰衣也〕衣可以幕絡絮也或謂之
牽離煑熟爛牽引使離散如緜然也牽離即糸部之繫𦄍一名惡絮繫牽奚切𦄍郎兮切與牽離爲一語之轉絓字下亦
云𦆯滓也一名絓頭一名牽離按此蓋繅絲之餘滓亦可裝衣而中有纇結故云絮中歷歷有小𦆯𦆯之言結也釋名則謂可
以煑爛牽引冪之絮外說無不合以㬎爲此𦆯則㬎古典切七部○已上三義畫然三音大徐總曰五合切非也惟第二義讀
若唫也故濕水字从之爲聲㬥晞也攷工記晝㬥諸日孟子一日㬥之引伸爲表㬥㬥露之義與夲部㬥
義別凡㬥疾㬥虐㬥虎皆夲部字也而今隸一之經典皆作暴難於諟正从日出𠬞米日出而竦手舉
米曬之合四字會意玉篇步卜切五經文字捕沃切廣韵蒲木切大徐薄報切非也三部𧗾古文㬥从
日麃聲曬暴也漢中山靖王傳白日曬光幽隱皆照从日麗聲曬與曬同意散
其光也所智切音變則所賣切十六部暵乾也乾上當有日字乾者上出也凡物乾者必上溼者必下王

風傳曰暵菸皃周禮旱暵之事鄭云暵熱氣也皆引伸之義也耕暴田曰暵暴田曰暵因之耕暴田曰暵齊民要術論耕曰寧燥不溼燥雖耕塊一經得雨地則粉解溼耕堅垎數年不佳垎胡格反从日堇聲同一堇聲而謹殣入十三部漢暵難則入十四部且隸易其字从莫蓋部分甚相近故也呼旰切易曰燥萬物者莫暵乎火依韵會所據小徐本訂說卦傳文今易作熯

晞乾也玄應書引作日乾曰晞小雅湛湛露斯匪陽不晞傳曰陽日也晞乾也陽日也者謂陽卽暘之叚借也方言暴曬晞暴也暴五穀之類秦晉之閒謂之曬東齊北燕海岱之郊謂之晞又曰晞燥也从日希聲香衣切十五部

昔乾肉也周禮腊人掌乾肉凡田獸之脯腊膴胖之事鄭云大物解肆乾之謂之乾肉若今涼州烏翅矣腊小物全乾者鄭意大曰乾肉小曰腊然官名腊人則大物亦偁腊也故許渾言之从殘肉謂仌也象形日㠯晞之昨之殘肉今日晞之故从日鄭注腊人云腊之言夕也此可證周禮故作昔字後人改之昔者古文籀文增肉作𦠆於義爲短昔肉必經一夕故古叚昔爲夕穀梁經辛卯昔恆星不見左傳爲一昔之期列子昔昔夢爲君皆是又引伸之則叚昔爲昨又引伸之則以今昔爲今古矣今古之義盛行而其本義遂廢凡久謂之昔周禮昔酒鄭云今之酋久白酒周語厚味實腊毒韋云腊亟也讀若酋昔酒焉味厚者其毒亟也韋意久與亟義相成積之久則發之亟思積切古音在五部與俎同意俎从半肉且薦之昔从殘肉日晞之其作字之恉同也故曰同意

𦠆籀文从

肉今隸作腊專用諸脯腊

暱 日近也日謂日日也皆日之引伸之義也釋詁小雅傳皆云暱近也左傳不義不暱非其私暱誰敢任之 从日匿聲舉形聲包會意尼質切古音在一部魚力切 春秋傳曰私降暱燕昭廿五年左傳文今本作昵

昵 或从尼作攻工記凡昵之類不能方故書昵或作樴或爲䵒杜子春讀爲不義不昵之昵按古文叚尼爲昵古文尚書典祀無豐于尼釋詁云即尼也孫炎曰即猶今也尼近也郭樸引尸子悅尼而來遠釋文引尸子不避遠尼自衞包改尚書作昵宋開寶閒又改釋文而古文之讀不應爾雅矣

暬 日狎習相嫚也嫚者侮易也小雅曾我暬御傳云暬御侍御也楚語居寢有暬御之箴韋云暬近也暬與褻音同義異今則褻行而暬廢矣 从日執聲各本篆作暬執聲作執聲五經文字亦誤今正私列切十五部

昋 不見也从日否省聲此字古籍中未見其訓云不見也則於从日無涉其音云否省聲則與自來相傳密音不合且何不云不聲也以理求之當爲不日也从不日王風曰不日不月謂不知其期也大雅不日成之箋云不設期日今俗謂不遠而不定何日亦曰不日即形即義許書有此例如止戈爲武日見爲晛是也其音美畢切者蓋謂遠不可期則讀如蔑近不可期則讀如密也自讀許書者不解而妄改其字或改作⿱否日廣韵改作⿱否日意欲與覓之俗字作覔者比附爲一十一部

昆 同也夏小正昆小蟲傳曰昆者衆也由魂（由同猶）魂也者動也小蟲動也王制昆蟲未蟄鄭曰昆明也明蟲者得

陽而生得陰而藏以上數說兼之而義乃備惟明斯動動斯衆衆斯同同而或先或後是以昆義或爲先如昆弟是也或爲後如昆命元龜釋言昆後也是也羽獵賦噍噍昆鳴 从日从比 从日者明之義也亦同之義也从比者同之義今俗謂合同曰渾其實當用昆用梱古渾切十三部

晐 兼晐也 吳語一介嫡女執箕帚以晐姓於王宮韋云晐備也姓庶姓引曲禮納女於天子曰備百姓廣雅晐皆咸也按此晐備正字今字則該賅行而晐廢矣莊子淮南作賅今多作該 从日 日者天下所大同也故从之 亥聲 古哀切一部

普 日無色也 此義古籍少用衣部袢下曰無色也讀若普爾無色同讀是則普之本義實訓日無色今字借爲溥大字耳今詩溥天之下孟子及漢人引詩皆作普天趙岐曰普徧也 从日竝聲 小徐本如此韵會同竝古音同傍普从竝聲又轉入虞模部袢讀若普知普古音亦讀若伴以雙聲爲用也滂古切五部

文七十 重六

旦 明也 明當作朝下文云朝者旦也二字互訓大雅板毛傳曰旦明也此旦引伸之義非其本義衛風信誓旦旦傳曰信誓旦旦然謂明明然也 从日見一上一地也 易曰明出地上晉得案切十四部

凡旦之屬皆从旦

暨 日頗見也 頗頭偏也頭偏則不能全見其面故謂事之略然者曰頗曰頗見者見而不全也釋言曰暨不及也此其引伸之義㐺部曰臮者衆與詞也引唐書臮咎繇臮

之叚借多作洎作暨公羊傳曰會及暨皆與也暨猶暨暨也按暨暨暨猶幾幾爾雅所謂不及也 从旦旣聲 其冀切十五部旣小食也日不全見故取其意亦舉形聲包會意

文二

倝 日始出 始式吏切 光倝倝也从旦㫃聲 古案切十四部 凡倝之屬皆从倝 𠦝 闕 旦从三日在㫃中 按此蓋倝籀文也汗簡朝作[illegible]翰作[illegible]亦可證矣闕且二字當作籀文二字从三日在㫃中則篆體昌下不當有一也

朝 旦也 旦者朝也以形聲會意分別鄘風崇朝其雨傳云崇終也從旦至食時爲終朝此謂至食時乃終其朝其實朝之義主謂日出地時也周禮春見曰朝注曰朝猶朝也欲其來之早毛詩叚輈爲朝周南惄如輈飢傳云輈朝也此謂叚借也 从倝舟聲 陟遙切二部按舟聲在三部而與二部合音取近毛詩以周聲之調輈爲朝則朝非不可讀如舟也

文三 當云文二重一

㫃 旌旗之游㫃蹇之皃 旌旗者旗之通偁旌有羽者其未有羽者各舉其一以該九旗也王逸九歌注云偃蹇舞皃大人賦說旌旗曰掉拮撟以偃蹇張揖曰偃蹇高皃 从屮曲而垂

下㫃相出入也此十一字當作从屮曲而下垂者游从入游相出入也十五字从屮者與耑耑屵同意謂杠首之上見者曲而下垂者象游游相出入者謂从㫃往復如一出一入然故从入大徐云此字从屮下垂當只作屮相承多一畫玉裁謂从屮謂竿首下垂謂游也鼎臣殊誤會讀若偃於幰切十四部古人名㫃字子游晉有籍偃荀偃鄭有公子偃駟偃孔子弟子有言偃皆字游今之經傳皆變作偃偃行而㫃廢矣凡㫃之屬皆从㫃㫃古文㫃字象旌旗之游及㫃之形此小徐本也大徐作象形及象旌旗之游皆不可通其篆形各本古文與上小篆文皆不可分別惟小徐本牽連其上耑略異與古文四聲韵及汗簡合此等不能強爲之說或曰當是㫃古文以爲偃字七字之誤

旗熊旗五游以象伐星五鄭本攷工記作六熊旗六游以象伐也司常職曰熊虎爲旗注曰畫熊虎者鄉遂出軍賦象其守猛莫敢犯也伐屬白虎宿與參連體而六星按記不言虎者舉熊以包虎士卒以爲期期旗疊韵釋名曰熊虎爲旗軍將所建象其猛如虎與衆期之於下也从㫃其聲渠之切一部周禮曰率都建旗司常職文今周禮率作師師者帥之誤樂師注曰故書帥爲率然則許作率都者故書鄭作帥都者今書也聘禮注曰古文帥皆作率毛詩率時農夫韓詩作帥見文選注大司馬職仲秋教治兵軍吏載旗

旐龜蛇四游以象營室攷工記文也司常掌九旗之物

名龜蛇爲旐鄭云畫龜蛇者象其扞難避害也爾雅曰緌廣充幅長尋曰旐是則九旗之帛皆用絳惟旐用緇攷工記注曰營室玄武宿與東壁連體而四星故旐四游營室一名水左傳云水昏正而栽是一名定詩定之方中是也攸攸而長也小徐作悠悠今正古悠長字皆作攸攸攸而長故謂之旐攸攸旐音近以疊韵釋之也旐何以著其長以有繼旐之旆故也孫炎云帛續旐末亦長尋二尋則長丈六尺故獨長也从㫃兆聲治小切二部周禮曰縣鄙建旐司常職文大司馬職仲秋教治兵郊野載旐

旆繼旐之旗也旗者旌旗之總名下文云旗有衆鈴旗曲柄旗旖施皆是爾雅繼旐曰旆郭云帛續旐末爲燕尾者何休注公羊云繼旐如燕尾曰旆釋名云旆以帛繼旐末也小雅帛旆央央毛曰帛旆繼旐者也按帛蓋用絳沛然而垂沛旆疊韵引伸爲凡垂之偁出車傳曰旆旆旒垂皃左傳昭十三年曰八月辛未治兵建而不旆壬申復旆之杜云建立旌旗不曳其旆旆游也按不旆者卷而不垂旆之者垂之也定四年晉人假羽旌於鄭鄭人與之明日或旆以會亦是垂旒之義大雅荏菽旆旆傳曰旆旆然長也沛然而垂則長故毛云爾也又旆爲旗幟之總名如左傳狐毛設二旆而退之晉士大旆之左旆是也又假茷爲旆如左傳綪茷即蒨旆詩帛茷央央即帛旆是也亦有與末通用者士喪禮書銘於末曰某氏某之柩注曰今文銘皆爲名末爲旆从㫃宋聲蒲蓋切十五部

旌游車載旌司常職文注云游車木路也王以田以鄙析羽注旄首也司常職曰析羽爲旌爾雅釋天曰注旄首曰旌李巡注爾

雅曰以犛牛尾著旌首郭云載旄於竿頭如今之幢亦有旒鄭注周禮云全羽析羽皆五采繫之於旞旌之上所謂注旄於干首也周禮舉羽以晐旄爾雅舉旄以晐羽許鄭則兼舉之合周禮爾雅以立文鄭云明堂位曰夏后氏之綏綏以旄牛尾爲之綴於橦上所謂注旄於干首者蓋夏后氏但用旄牛尾周人加用析羽夏時徒綏不旒周人則注羽旄而仍有縿旒先有旄首而後有析羽注之故許云析羽注旄首孫炎云析五采羽注旄上也孫郭皆云其下亦有旒縿鄘風孑孑干旄傳云孑孑干旄之皃注旄於干首大夫之旃也此可證大常旂旃旞旗旟旐七者皆得注羽旄於首矣左傳言晉人假羽旄於鄭言范宣子假羽旄於齊則在春秋時諸侯少有此者

所以精進士卒也

精旌疊韵釋名曰旌精也有精光也引伸爲凡表異之偁

从㫃生聲

子盈切十一部

旟

錯革鳥其上

鳥上各本有畫字妄人所增攷韵會所據小徐本無此字今刪司常職曰鳥隼爲旟爾雅曰錯革鳥曰旟小雅毛傳曰鳥章錯革鳥爲章也李巡云錯革鳥者以革爲之置於旐端孫炎云錯置也革急也言畫急疾之鳥於縿周官所謂鳥隼爲旟者矣郭云此謂合剝鳥皮毛置之竿頭卽禮記云載鴻及鳴鳶二人釋革各不同許仍爾雅原文許意大約於孫說無異鄭注周禮云畫日月畫交龍畫熊虎鳥隼龜蛇是則鄭之說錯革鳥謂畫鳥隼孫說所本也許云其上者謂畫於正幅高處

所以進士衆

小雅大人占之旐維旟矣室家溱溱傳云溱溱衆也旐旟所以聚衆也

旟旟

宋本集韵皆疊旟字

衆也从㫃與聲

按此八字當作从㫃从與與亦聲十一字轉寫譌舛耳楚茨箋云與與蕃

旟皃旟从㫃與會意以諸切五部 周禮曰州里建旟 司常職文大司馬仲秋教治兵百官載旟

旂 旗有眾鈴 爾雅曰有鈴曰旂司常職曰交龍爲旂許偁爾雅不偁周禮者錯見其說欲學者互攷也畫交龍於正幅一升一降象諸侯升朝下復也周頌曰龍旂陽陽和鈴央央傳云鈴在旂上李巡云以鈴著旐端郭樸云縣鈴於竿頭按李說近是惟羽旄注竿首鈴非注竿首之物也左傳錫鸞和鈴昭其聲也杜云鈴在旂李云以鈴著旐端公羊疏左傳疏同周頌疏旐作旒誤云旐者旐亦旗正幅之通偁 㠯令眾也 令鈴與旂曡韵令古音如鄰 从㫃斤聲 渠希切按古音如芹十三部此不偁諸侯建旂者亦錯見

旞 導車所載 各本作所以載今依御覽訂司常職曰道車載旞斿車載旌注云道車象路也王以朝夕燕出入按道導字異許鄭所據不同金氏榜曰九旗王建大常諸侯建旂孤卿建旜大夫士建物師都建旗州里建旟縣鄙建旐此七旗蓋無羽賓祭之所用也其曰旞曰旌則以有羽爲異道車謂象路斿車謂革路木路蠻路言車關孤卿大夫士也旞旌皆張縿幅屬旒焉畫於縿如日月以下旜與物不畫夏采以乘車建襚復於四郊襚當爲旞說文旞亦作𣄴因譌而爲襚復者求之平生常所有事之處故以道車朝夕燕出入者建旞以復襍記諸侯死於道以其綏復又曰大夫士死於道以其綏復綏皆旞之譌言其旞者明異物天子以大常諸侯以旂孤卿以旜大夫士以物鄭君謂去其旒異之於生失之矣大司馬仲秋教治兵王載大常諸侯載旂軍吏載旗師都載旜鄉遂載物郊野載旐百官載旟此指師田所用者凡七旗卽謂斿車載旌者司馬辨於治兵司常贊於大閱皆此

也司馬所須旗物與司常互異禮尚相變載旞者設旗宜從司常之序載旌者設旗宜從司馬之序司常王建大常以下文與
下經皆畫其象爲緣起而與上贊司馬頒旗物文不相屬全羽㠯爲允句允旞亦雙聲疊韵也詩仲允
膳夫古今人表作膳夫中術術與遂古同音通用允古音如戈盾之盾是以漢之太子中盾後世稱太子中允允盾術遂四字
音近御覽改此文云全羽允允而進也殊爲昧昧允逗進也此謂允卽𢿌之叚借𢿌部曰𢿌進也引易𢿌升
大吉从㫃遂聲徐醉切十五部𣄠或从遺作釋名字如此作轉寫譌爲旜
旝旌旗也旌旗有名旝者下文所偁詩及左傳皆是也从㫃會聲古會切十五部
詩曰其旝如林大雅大明文今毛詩作會鄭箋以盛合其兵衆釋之然則毛作會三家詩作旝許偁
毛而不廢三家也馬融廣成頌曰旃旝摻其如林季長所偁同許而旝爲旃之類則說亦同許也飛石起於范蠡兵法左傳云
親受矢石恐尚非飛石春秋傳曰旝動而鼓桓五年左氏傳文杜曰旝旃也與馬許合
蓋左傳舊說多如此惟賈侍中獨爲異說也一曰以下別一義建大木置石其上
發㠯機㠯槌敵槌依小徐及五經文字大徐作追非也桓五年左傳疏云賈侍中以旝爲發石一曰
飛石引范蠡兵法作飛石之事然則許之別義正用賈說也魏志太祖乃爲發石車號曰霹靂車裴注引魏氏春秋曰以古有
矢石又傳言旝動而鼓說曰發石也於是爲發石車魏氏春秋所云說曰者卽謂賈侍中○按此條大小徐二本皆作建大木

置石其上發以機以追敵从㫃會聲春秋傳曰旝動而鼓詩曰其旝如林此非許書之舊今依韵會所據小徐本乃許書之舊也前一說旝爲旌旗故廁於㫃旇旝旃三篆閒

旃 旗曲柄也漢田蚡傳曰前堂羅鐘鼓立曲旃蘇林云禮大夫立曲旃曲旃柄上曲也按蘇林所據禮正與周禮司常孤卿建旜大司馬帥都載旜合帥都遂大夫也左傳曰昔我先君之田也旃以招大夫正謂大夫用旃也鄘風傳曰干旄大夫之旃子虛賦靡魚須之橈旃張揖曰以魚須爲柄飾古曰橈旃卽曲旃也所以旃表士衆旃當爲展以疊韵爲訓聘禮曰使者載旜注云載之者所以表識其事也及竟張旜誓注云張旜明事在此國也此與仲秋治兵載旜皆展表士衆之義从㫃丹聲諸延切十四部叚借爲語助如尚慎旃哉傳曰旃之也周禮曰通帛爲旃司常職文注云通帛謂大赤從周正色無飾爾雅因章曰旃郭云因絳帛之文章不復畫之

旜 或从亶亶聲也周禮禮經皆如此作

游 旌旗之流也宋刊本皆作流作旒者俗从㫃攸聲以周切三部篇韵皆餘昭切

旗屬从㫃要聲烏皎切二部

旖 旖施逗旗皃旖施疊韵字在十七部許於旗曰旖施於木曰檹施於禾曰倚移皆讀如阿那檜風猗儺其枝傳云猗儺柔順也楚辭九辨九歎則皆作旖旎上林賦旖旎從風張揖曰旖旎猶阿那也文選作猗狔漢書作椅柅攷工記注則作倚移與許書禾部合知以音爲用製字曰多廣韵集韵曰婀娜曰旑旎曰裛褭曰檹橠皆其俗體耳本謂旌旗柔順之皃引伸爲凡柔順之偁倚移與旖

施同許以从㫃从禾別之从㫃奇聲於离切古音在十七部旑旗旖施也大人賦說旌旗曰又旖旎以招搖施字俗改爲旎从尼聲殊失音理从㫃也聲式支切古音在十七部按經傳叚此爲敷敷字敷之形施之本義俱廢矣毛傳曰施移也此謂施卽延之叚借大雅施于條枚呂氏春秋韓詩外傳新序「見黃琬傳注」皆引作延上林賦貤丘陵下平原司馬彪曰貤延也按貤丘陵與詩施中谷施條枚同貤亦延之叚借齊欒施字子旗見左氏傳孔子弟子巫馬施亦字子旗知施者旗也自叚施爲敷而施从㫃之意隱矣故明之○此二篆各本轉寫譌舛據全書連綿字通例更正旚旌旗旚繇也繇今之搖字小徐作搖旚今字作飄飄搖行而旚繇廢矣廣成頌曰羽旄紛其影䬆影䬆卽旚搖之叚借字也从㫃㶾聲匹昭切二部𣄴旌旗飛揚皃扶搖風曰飆義略相近从㫃猋聲甫遙切二部㳅旌旗之流也流宋刊本皆同集韻類篇乃作旒俗字耳旗之游如水之流故得偁流也大常十有二游旂九游旟七游旗六游旐四游周禮王建大常十有二游上公建旂九游侯伯七游子男五游孤卿建旜大夫士建物其游各視其命之數禮緯含文嘉云天子之旗九仞十二旒曳地諸侯七仞九旒齊軫卿大夫五仞七旒齊較士三仞五旒齊首皆不言其命數未可信旗之正幅爲縿游則屬焉節服氏六人維王之大常注王旌十二旒兩兩以縷綴連旁三人持之然則旗之制游屬於兩旁十二游者一旁六游九游則兩旁一四一五已下可知也曳地齊軫

皆謂游其正幅之長爾雅曰旐長尋餘未聞游亦曰旓楊雄賦有此字大人賦作髾游周禮省作斿引伸爲凡垂流之偁如弁師說冕弁之斿是又引伸爲出游嬉游俗作遊

从㫃汓聲 以周切三部此字省作斿俗作旒集韵云斿亦作遊按此說必有據上文遊篆與此同義而居非其次當移此下正之曰游或作遊

𨒫古文游 从辵者流行之義也从孚者汓省聲也俗作遊者合二篆爲一字

旇旌旗披靡也 披靡當是指麾之誤淺人所改也爾雅曰旄謂之藣集韵類篇皆作麾謂之旇爾雅藣字卽許之旇字大人賦張揖注云指橋隨風指麾也今麾誤靡

从㫃皮聲 敷羈切古音在十三部披靡皆上聲

旋周旋 逗 旌旗之指麾也 左傳曰師之耳目在吾旗鼓進退從之手部麾下曰旌旗所以指麾者也旗有所鄉必運轉其杠是曰周旋引伸爲凡轉運之偁

从㫃从疋 句 疋 逗 足也 杠之杜地者是旌旗之足也似沿切十四部

𣄴幢也 劉熙曰幢童也其皃童童也廣雅曰幢謂之𦅾爾雅曰翢纛也毛傳曰翿者纛也翳也羽部曰翳者翳也所以舞也人部曰儔者翳也按或用羽或用氂牛尾或兼用二者翢儔翿實一字纛俗作纛亦卽翳字爾雅毛傳皆以今字釋古字耳幢亦卽翳字古爲聲周聲與童聲轉移如詩以調韵同漢縣䋝陽讀如紂之比其始祇有翳字繼乃有纛繼乃有幢皆後出故許書不列纛幢二篆此釋旄必云幢不云翳者翳𦏧舞者所持旄是旌旗之名漢之羽葆幢以氂牛尾爲之如斗在乘輿左騑馬頭上用此知古以氂牛尾注竿首如斗童童然故詩言干旄言建旄言設旄有旄則亦有羽羽或全或析言旌

不言羽者舉一以晐二其字从㫃从毛亦舉一以晐二也以犛牛尾注旗竿故謂此旗爲旄因而謂犛牛尾曰旄謂犛牛曰旄牛名之相因者也禹貢兩言羽旄周禮旄人旄舞皆謂犛牛尾曰旄也 从㫃毛聲 舉形聲包會意莫袍切二部

旛 旛胡也 各本作幅胡也今依葉石林抄宋本及韵會所據本訂韵會作幡胡幡卽旛之俗序例所以書幡信字亦從俗叚巾部之幡爲旛而旛廢矣旛胡蓋古語如甂甌之名甂瓿見廣雅漢堯廟碑作墦埆玉曰璠璵艸木盛曰蕃蕪皆雙聲字凡旗正幅謂之縿亦謂之旛胡廣韵云旛者旗旐總名古通謂凡旗正幅曰旐是則凡旗幅皆曰旛胡也吳語建肥胡韋注肥胡幡也幡卽旛字與許互相發明旛胡卽肥胡謂大也吳都賦作祀姑誤 謂旗幅之下垂者 集韵類篇韵會皆有此七字今據補 从㫃番聲 孚袁切十四部按當依符袁切

旅 軍之五百人 大司徒五人爲伍五伍爲兩四兩爲卒五卒爲旅五旅爲師五師爲軍以起軍旅注云此皆先王所因農事而定軍令者也欲其恩足相恤義足相救服容相別音聲相識引伸爲凡眾之偁小雅旅力方剛傳云旅眾也又引伸之義爲陳小雅殽核維旅傳云旅陳也又凡言羈旅義取乎廬廬寄也故大雅廬旅猶處處言言語語也又古叚爲盧弓之盧俗乃製旅字 从㫃从从 句从㫃者旗旗所以屬人耳目 从 逗 俱也 說从从之意力舉切五部

𣄼 古文旅 左傳仲子生而有文在其手曰爲魯夫人正義曰隸書起於秦末手文必非隸書石經古文虞作㳄魯作㳄手文容或似之者字以爲聲 古文㠯爲魯衞之魯

此言古文叚借也周本紀周公受禾東土魯天子之命卽書序旅天子之命旅者陳也

𣃘矢鏠也今字用鏃古字用族金部曰鏃者利也則不以爲矢族字矣束之族族也族族聚皃毛傳云五十矢爲束引伸爲凡族類之偁从㫃从矢會意㫃所㠯標衆衆矢之所集此說从㫃之意㫃所以標衆者亦謂旌旗所以屬人耳目旌旗所在而矢咸在焉衆之意也韵會集韵類篇皆引此而衍一曰从三字則不可解矣昨木切三部

文二十三小徐本作二十二疑本無㫃字　重五

冥窈也窈各本作幽唐玄應同而李善思玄賦歎逝賦陶淵明赴假還江陵詩三注皆作窈許書多宗爾雅毛傳釋言曰冥窈也孫炎云深闇之窈也郭本作幼釋云幼稚者多冥昧頗紆洄小雅斯干傳曰正長也冥窈也正謂宮室之寬長深窈處王肅本作幼其說以人之長幼對文與下君子攸寧不相屬然則三者互相證知皆當作窈穴部曰窈深遠也窈冥杳音義同故杳之訓曰冥也莫之訓曰且冥也昏之訓曰日冥也鄭箋斯干曰正晝也冥夜也引伸爲凡闇昧之偁从日六从冖从冖各本作冖聲下文曰冖亦聲則此祇當云从冖矣冖者覆也覆其上則窈冥日數十十六日而月始虧冥也冥各本作幽今依玄應本冥也二字當作冥之意也四字此釋从日六之義也日之數十昭五年左傳文謂甲至癸也歷十日復加六日而月始虧是冥之意故从日六

冖亦聲亦字舊奪依小徐說補冖今音莫狄切鼏蓋之冪用冖爲聲䖵部蠠又用鼏爲聲冥在十一部莫經切以雙聲爲聲也凡冥之屬皆从冥鼆冥也从冥黽聲讀若黽蛙之黽黽蛙卽黽部之鼃黽武庚切古音在十部讀如芒此字見於經者文十五年左傳曰一人門于句鼆杜云魯邑名

文二

晶精光也凡言物之盛皆三其文日可三者所謂絫日也从三日子盈切十一部凡晶之屬皆从晶曐萬物之精上爲列星管子云凡物之精此則爲生下生五穀上爲列星流於天地之閒謂之鬼神藏於胷中謂之聖人星之言散也引伸爲碎散之偁从晶从生聲桑經切十一部一曰象形从○从三○故曰象形也大徐○作□誤古○復注中故與日同古文从三○而或復丨其中則與晶相似矣依此說則當入生部解云从生象形曐古文所謂象形从○星或省春秋說題辭云星之爲言精也陽之榮也陽精爲日日分爲星故其字日生爲星依此則又當入日部曑商星也商當作晋許氏記憶之誤也左傳子產曰后帝遷閼伯於商丘主辰商人是因故辰爲商星遷實沈於大夏主參唐人是因以服事夏商及成王滅唐而

封叔虞故參爲晉星依此則商當爲晉曑矣或云此以篆文曑連商句絕釋爲星也夫苟氾釋爲星安用商字參商之云起於漢時辭章聯綴不倫許君何取此於曟舉國語農祥釋之於參舉晉星釋之一重民事一重分野也召南傳曰參伐也漢人參伐統評伐故毛以伐釋參 从晶㐱聲 㐱聲疑後人竄改當作㐱象形唐風傳曰三星參也天官書天文志皆云參爲白虎三星直者是爲衡石蓋彡者象三星其外則象其畛域與今隸變爲參參用爲參兩參差字所今切七部

曑或省 卽今用參兩參差字也凡槮參驂字用爲聲

曟房星 爾雅曰天駟房也大辰房心尾也於天官爲東官蒼龍 爲民田時者 周語曰農祥晨正韋云農祥房星也晨正謂立春之日晨中於午也農事之候故曰農祥爾雅注曰龍星明者以爲時候故曰大辰 从晶辰聲 以晨解例之當云从晶从辰辰時也辰亦聲上文爲民田時者正爲从辰發也曟星字亦徑作辰周語辰爲農祥植鄰切十三部

晨曟或省 今之晨字作此

曡楊雄說㠯爲古理官決罪三日得其宜乃行之从晶宜 已上楊雄說也理官士也詩莫不震曡韓詩薛君傳曰震動也曡應也天下無不動而應其政教李固曰此言動之於內而應之於外者也按曡爲應卽得其宜乃行之之說也毛詩傳曰曡懼也今毛義行而韓義廢矣抑楊子所說者本義也故許述之毛詩之云謂曡卽慴之叚借字也故許不偁从晶宜會意徒叶切八部 亡新㠯从三日大盛改爲三田 亡新不知三日爲絫

曰讖其陋也今皆從之亦可已矣多部曰重夕爲多重曰爲疊此今人用疊之義也

文五　重四

闕也大会之精月闕疊韵釋名曰月缺也滿則缺也象形象不滿之形魚厥切十五部

凡月之屬皆从月

月一日始蘇也朔蘇疊韵日部曰晦者月盡也盡而蘇矣樂記注曰更息曰蘇息止也生也止而生矣引伸爲凡始之偁北方曰朔方亦始之義也朔方始萬物者也从月屰聲所角切古音在五部

月未盛之明也律曆志曰召誥曰惟三月丙午朏周公七年復子明辟之歲三月甲辰朔之三日也畢命豐刑曰惟十有二年六月庚午朏王命作策豐刑康王十二年六月戊辰朔之三日也志引古文月采篇曰三日曰朏按尚書正義曰周書月令云三日粵朏疑即取諸漢志而月采作月令未知孰是逸周書月令第五十三據生弘傳蔡邕王肅時已亡孟堅時未亡也小顏漢書采字當從孔沖遠作令小顏讀孟注而不察耳从月出會意普乃切又芳尾切十五部周書曰丙午朏

月始生魄然也霸魄疊韵承大月二日承小月三日鄉飲酒義曰月者三日則成魄正義云前月大則月二日生魄前月小則三日始生魄馬注康誥云魄朏也謂月三日始生兆朏名曰魄白虎通曰月三日成魄八日成光按已上皆謂月初生明爲霸而律曆志曰死霸朔也生霸望也孟康曰

月二日以往明生魄死故言死魄魄月質也三統說是則前說非矣从月䨣聲普伯切書音義引說文匹華反古音在五部漢志所引武成顧命皆作霸後代魄行而霸廢矣俗用爲王霸字實伯之叚借字也周書曰哉生霸康誥顧命文霸古文或作此朖明也大雅高朗令終傳曰朗明也釋言曰明朗也从月良聲盧黨切十部今字作朗朓篆體今正晦而月見西方謂之朓朓朒皆言月之變也尚書五行傳曰晦而月見西方謂之朓朓則侯王其荼〔音舒〕注云朓條也條達行疾皃荼緩也日君象也月臣象也君政急則日行疾月行徐臣逡遁不進也蔡邕曰元首寬則望舒朓侯王肅則月側匿从月兆聲土了切二部朒朔而月見東方謂之縮朒尚書五行傳朔而月見東方謂之側匿側匿則侯王其肅注云側匿猶縮縮行遲皃肅急也君政緩則日行徐月行疾臣放恣也按鄭注謁奪側匿與縮朒疊韵雙聲从月肉聲各本篆作肭解作內聲今正女六切三部期會也會者合也期者要約之意所以爲會合也叚借爲期年期月字其本字作稘期行而稘廢矣周禮質人士虞禮古文期年字作基从月月猶時也要約必言其時其聲渠之切一部

𣍧古文从日丌日猶時也丌聲

文八 重二

有不宜有也謂本是不當有而有之偁引伸遂爲凡有之偁凡春秋書有者皆有字之本義也春秋傳曰日月有食之从月日下之月衍字也此引經釋不宜有之恉亦卽釋从月之意也日不當見食也而有食之者孰食之月食之也月食之故字从月公羊傳注曰不言月食之者其形不可得而覩也故疑言曰有食之引孔子曰多聞闕疑慎言其餘則寡尤又聲云九切古音在一部古多叚有爲又字凡有之屬皆从有

戫有彣彰也彣彰各本作文章誤今正彣下曰戫也是其轉注也戫古多叚或字爲之或者惑之隸變今本論語郁郁乎文哉古多作彧彧是以荀彧字文若宋書王彧字景文大戴公冠篇遵並大道邠或邠或卽彬彧謂彬彬或彧也小雅黍稷彧彧傳云彧彧茂盛皃卽有彣彰之義之引伸也从有惑聲於六切古音在一部讀如域

龓兼有也今牢籠字當作此籠行而龓廢矣吳都賦曰沈虎潛鹿馽龓僒束按馽龓者縶而籠其頭也玉篇曰馬龓頭說文轡下云龓頭繞者亦取兼包之意从有龍聲讀若聾盧紅切九部

文三

朙照也火部曰照明也小徐作昭日部曰昭明也大雅皇矣傳曰照臨四方曰明凡明之至則曰明明明明猶昭昭也大雅大明常武傳皆云明明察也詩言明明者五堯典言朙朙者一禮記大學篇曰大學之道在明明德鄭云明明

德謂顯明其至德也有駜在公昳明鄭箋云在於公之所但明明德也引禮記大學之道在明明德夫由微而著由著而極光被四表是謂明明德於天下自孔穎達不得其讀而經義隱矣从月囧為光也从囧取窗牖麗廔闓明之意也囧亦聲不言者舉會意包形聲也武兵切古音在十部凡朙之屬皆从朙

明古文从日云古文作明則朙非古文也蓋籒作朙而小篆隸从之干祿字書曰明通朙正顏魯公書無不作朙者開成石經作明從張參說也漢石經作明

朚翌也翌也未聞當作昱昱朙也萌卽今之忙字亦作茫俗作忙玄應書曰茫又作萌遽也萌人晝夜作無日用月無月用火常思明故从明或云萌人思天曉故字从明也按方言通俗文皆作茫方言茫遽也通俗文時務曰茫許書則有萌从朙亡聲呼光切十部按當依廣韵武方莫郎二切

文二　重一

囧窗牖麗廔闓明也麗廔雙聲讀如離婁謂交延玲瓏也闓明謂開明也象形謂象窗牖玲瓏形凡囧之屬皆从囧讀若獷獷古音如廣囧音同也䀠讀若誑䀠聲之䀠爲古文囧字可以證矣古音在十部今音俱永切賈侍中說讀與朙同賈侍中說讀若芒也

盟各本下从皿今正周禮曰國有疑則盟周禮司盟職掌盟載

之法凡邦國有疑會同則掌其盟約之載及其禮儀鄭云有疑不協也諸侯再相與會十二歲一盟再相與會四字當作再朝而會再會六字轉寫之誤也昭十三年左傳曰明王之制使諸侯歲聘以志業閒朝以講禮再朝而會以示威再會而盟以顯昭明杜云三年而一朝六年而一會十二年而一盟北面詔天之司慎司命司盟職曰北面詔明神僖二十八年左傳曰有渝此盟以相及也明神先君是糾是殛襄十一年載書曰或閒茲盟司慎司命名山名川羣神羣祀先王先公七姓十二國之祖明神殛之按今左傳襄十一年盟與命二字互譌陸孔皆不能正許合周禮左傳爲言謂司慎司命爲明神之首司慎司命蓋大宗伯職之司中司命文昌宮弟五弟四星也尚書大傳注司中作司人○又按天之司盟見覲禮注然則左傳正文不容輕改盟殺牲歃血朱盤玉敦吕立牛耳朱小徐及周禮作珠今依大徐本立當爲莅莅臨也曲禮曰莅牲曰盟是也玉府職曰若合諸侯則共珠槃玉敦鄭云合諸侯者必割牛耳取其血歃之以盟朱盤以盛牛耳尸盟者執之玉敦歃血玉器戎右職曰贊牛耳桃茢左傳曰諸侯盟誰執牛耳从囧囧明也左傳所謂昭明於神冢上詔司慎司命言皿聲鍇皿作血云聲字衍鉉因作从血刪聲字今與篆體皆正按盟與孟皆皿聲故孟津盟津通用今音武兵切古音在十部讀如芒亦舉形聲包會意朱盤玉敦器也故从皿盟各本下从血今正篆文从朙朙小篆文也故盟爲小篆鍇本云古文从朙非也盟各本下从血今正古文从明

明者朙之古文也故古文盟作明盟錯本二云籒文非也盟者盟之籒文先籒後篆者以其囧之屬也今人皆作盟不從小篆作盟者猶皆作明不作朙也

文二　重二

夕　莫也莫者日且冥也日且冥而月且生矣故字从月半見旦者日全見地上莫者日在茻中夕者月半見皆會意象形也从月半見祥易切古音在五部凡夕之屬皆从夕

夜　舍也以疊韵爲訓天下休舍休舍猶休息也舍止也夜與夕渾言不別析言則殊小雅莫肎夙夜莫肎朝夕朝夕猶夙夜也春秋經夏四月辛卯夜卽辛卯夕也从夕亦省聲羊謝切古音在五部

夢　不朙也小雅民今方殆視天夢夢傳曰王者爲亂夢夢然釋訓曰夢夢亂也按故訓釋爲亂許云不明者由不明而亂也以其字从夕故釋爲不明也夢之本義爲不明今字叚爲𥧾寐字夢行而𥧾廢矣从夕瞢省聲莫忠切又亡貢切古音在六部舉形聲包會意也

夗　轉臥也謂轉身臥也詩曰展轉反側凡夗聲宛聲字皆取委曲意从夕卪會意臥有卪也釋从卪之意卪節古今字於阮切十四部

夤　敬惕也此與十二辰之寅義各不同釋詁云寅敬也凡尚書寅字皆叚寅爲夤也漢唐碑多作夤者凡云夤緣者卽延緣二云八夤者卽八埏皆雙聲叚借也从夕寅聲翼真切十二部易曰夕

惕若厲乾九三爻辭也厲各本作夤今正凡漢人引周易夕惕若厲不暇枚舉許書𥇖字下亦作夕惕若厲此引者說从夕之意也夕惕者火滅修容之謂凡許書引易井者法也說荆从井之意引易地可觀者莫可觀於木說相从目木之意引易先庚三日說庸从庚之意引易豐其屋說豐从宀豐之意引易百穀艸木麗於地說麗从艸麗之意引易突如其來如不孝子突出不容於內也說𠫓从倒子之意皆偁周易以說字形之意學者不憭往往誤會於是改厲爲夤改突爲去而惠氏定宇作周易述竟作夕惕若夤厲无咎去如其來如矣

夤 籒文

夝 雨而夜除星見也衞風靈雨既零命彼倌人星言夙駕韓詩曰星者精也按精者今晴字史記天精而見景星漢書作天暒孟康曰暒者精明也漢書亦作精韋昭曰精者清朗也郭樸注三倉云暒者雨止無雲也古姓暒精皆今之晴而詩作星韓非子曰荆伐陳吳救之軍閒三十里雨十日夜星夜星卽夜姓也雨夜止星見謂之姓姓星疊韵引伸爲晝晴之偁故其字又作暒○按漢書亦作精故孟康曰精暒明也今本條後人所改史漢之天精卽晶之叚借从夕生聲疾盈切十一部

外 遠也此下當有从夕卜三字卜尚平旦今若夕卜於事外矣此說从夕卜之意五會切十五部

外 古文卜部曰卜古文卜

夙 早敬也召南毛傳曰夙早也此言早敬者以字从丮故晨下曰白辰爲晨丮夕爲夙皆同意是也大雅載震載夙毛云夙早也箋云夙之言肅也惟夙有敬意故鄭云爾从丮夕夕舊奪今補息逐切三部隸變作夙持事

雖夕不休早敬者也此說會意之指謂日莫人倦齋莊正齊而不敢懈惰是乃完今日之早敬基明日之早敬也抑夕者夜之通偁未旦而執事有恪故字从丮夕歟㑥古文谷部曰㐁古文㐁讀若三年導服之導此从人从㐁聲也𠈑古文谷部㐁本亦古文㐁亦夙之古文宿从㐁聲𡖋宋也當云宋𡖋也轉寫佚字耳宋𡖋者夕之靜也嗼嘆者口之靜也宋𡖋者死之靜也从夕莫聲莫白切古音在五部讀如莫

文九 重四

多緟也緟者增益也故為多多者勝少者故引伸為勝之偁戰功曰多言勝於人也从緟夕會意得何切十七部夕者相繹也故為多相繹者相引於無窮也抽絲曰繹夕繹疊韵說从重夕之意緟夕為多緟曰為疊凡多之屬皆从多

𡖄古文竝夕有竝與重別者如棘棗是也有竝與重不別者𡖄多是也

夥齊謂多也方言曰大物盛多齊宋之郊楚魏之際曰夥許騧字下曰讀若楚人名多夥此云齊語皆本方言也史記陳勝世家曰楚人謂多為夥陳勝楚人在楚言楚也从多果聲呼果切十七部

㚇大也與恢音義皆同从多圣聲古回切古音在一部

𡖶厚脣皃从多尚陟加切按鍇本

云尚聲而注云从多尚會意則聲字衍也依今音則當云多亦聲十七部

文四　重一　按詩螽斯釋文引說文⿰多辛字豈古本有之

毌　穿物持之也从一横毌各本毌作貫淺人所改也今正毌象寶貨之形各本脫毌今補毌者寶貨之形獨言寶貨者例其餘一者所以穿而持之也古貫穿用此字今貫行而毌廢矣毌之用廣如鼎下云以物横毌鼎耳而舉之也軸下云所以持輪也皆是貫之用專後有串字有弗字皆毌之變也毌不見於經傳惟田完世家宣公取毌丘索隱曰毌音貫　凡毌之屬皆从毌讀若冠古丸切十四部

貫　錢貝之毌也毌各本作貫今正錢貝之毌故其字从毌貝會意也漢書都內之錢貫朽而不可校其本義也齊風射則貫兮傳云貫中也詩及爾如貫易貫魚以宮人寵左傳使疾其民以盈其貫皆其引伸之義也其字皆可作毌叚借爲摜字習也如孟子我不貫與小人乘是也亦借爲宦字事也如毛詩三歲貫女魯詩作宦是也毛詩串夷傳云串習也串即毌之隸變傳謂即慣字箋謂即昆字皆於音求之　从毌貝古玩切十四部

虜　獲也公羊傳爾虜焉故凡虜因亦曰纍臣謂拘之以索也於毌義相近故从毌　从毌从力左傳曰武夫力而拘諸原　虍聲郎古切五部

文二

㔾 嘾也口部曰嘾者含深也 艸木之𠌶未發圅然圅之言含也深含未放象形下象承𠌶之莖上象未放之蓓蕾 凡㔾之屬皆从㔾讀若含乎感切古音在七部

圅 舌也舌在口所以言別味也圅之言含也含於口中也按大雅毛傳曰臄者圅也通俗文云口上曰臄口下曰圅毛服之圅皆即說文之𦣝字𦣝頤也故服云口下則渾言之口上口下不分耳陸氏音義引許圅舌也之云以釋毛去之遠矣許圅與𦣝各字各義毛服用圅爲𦣝圅借爲含如席閒圅丈圅人爲甲是也周頌實圅斯活傳曰圅含也含也謂叚借也 舌體㔾㔾 从㔾舌有莖而如蓓蕾故从㔾 象形二字各本誤在舌體上今正謂㔾象舌輪郭及文理也小徐云說文篆如此李陽冰非之謂當作𠇍按如李說易與㔾混今廣韵圅𠇍別爲二字則更非矣 㔾亦聲胡男切七部

肣 俗圅从肉今大雅音義引說文云圅舌也又云口裏肉也按口裏肉也四字當在此下釋从肉之意也从今者今聲也

𠧪 木生條也條者小枝也 从㔾由聲許書由聲之字不減數十淺人因許書無由字欲盡改爲𠧪省聲然則𠧪从由聲又何說也以州切三部 商書曰若顚木之有𠧪枿般庚上篇文今書作由櫱許木部作𠧪㰁枿即㰁櫱之異體也𠧪者生也左傳史趙曰陳顓頊之族也歲在鶉火是以卒滅陳將如之今在析木之津猶將復由此以生滅對言由即𠧪之叚借詩序曰由儀萬物之生各得其宜也此以生釋由以宜釋儀由亦𠧪之叚借下云古文言由枿則

作㠯者伏生歐陽夏侯之書也許於書偁孔氏而不廢伏生於此可見矣古文言由枏古文謂孔氏壁中書也伏作㠯爲正字孔作由爲段借字偁伏又偁孔者明段借也不曰古文㠯作由云古文言由枏者此偁經非說字也嫌其無別也故別之孟康注漢書黎民祖飢曰祖古文言阻

甬 艸木𠦒甬甬然也小徐曰𢎘之言涌也若水涌出也周禮鐘柄爲甬按凡从甬聲之字皆與起之意 从𢎘用聲余隴切十部

文四大徐本部末有𢎘字二云艸木𢎘盛也从二𢎘胡先切小徐本無今依小徐 重一

東 艸木垂𠦒實也艸字依玉篇補 从木𢎘小徐本及大徐宋本皆同惟趙抄宋本作从木𢎘𢎘亦聲五音韵譜有同之者殊誤蓋篆體一𢎘在木中寫者屈曲反覆似从二𢎘因改此解又於前部末增𢎘篆耳𢎘音胡先切則用爲聲之篆不當胡感切也 𢎘亦聲胡感切古音在七部 凡東之屬皆从東

𩏑 束也束之訓於从韋得之 从東小徐曰言束之象木華實之相累也 韋聲於非切十五部

文二

𠧪 艸木實垂𠧪𠧪然𠧪𠧪垂皃莊子曰之調調之刀刀之此也調調謂長者刀刀謂短者調調即𠧪𠧪也𠧪之隸變爲卣周書雒誥曰秬鬯二卣大雅江漢曰秬鬯一卣毛云卣器也鄭注周禮廟用修曰修讀曰

卣卣中尊凡彝爲上尊卣爲中尊罍爲下尊中尊謂獻象之屬按如許說則木實垂者其本義叚借爲中尊字也象形凡卣之屬皆从卣讀若調徒遼切二部按調本周聲中尊之義羊久反又音由乃部之卣用卣爲聲古三部與二部合音冣近

𠧪籒文从三卣作然則卣爲古文小篆用之

㮚栗木也三字句舊刪栗字非也叚借爲戰栗从卣木卣字今補會意力質切十二部其實下垂故从卣說从卣之意

𣡌古文㮚古鍇作籒今依大徐籒文卣从三卣則籒文㮚亦當从三卣玉篇曰𣡌籒文是也疑許書本一古一籒並載轉寫佚亂之从西卣部曰卣古文𠧪疑篆體當从卣隸變作栗者竊取古文从西之意从二卣徐巡說木至西方戰栗也引徐說說从西之意後漢書杜林傳曰濟南徐巡始師事衞宏後更受林學林於西州得桼書古文尚書一卷雖遭艱困握持不離衞徐能傳之於是古文遂行論語周人以栗曰使民戰栗字从西者取西方揫斂戰栗之意蓋堯典臯陶謨寬而栗壁中古文尚書作𣡌而徐巡說之如此也隉凶也亦徐說秦誓語

㮚嘉穀實也禾下曰嘉穀也黍下曰禾屬而黏者也然則嘉穀謂禾黍也大雅曰誕降嘉穀惟秬惟秠惟䵹惟芑秬秠謂黍䵹芑謂禾許於秠下曰秬秠者天賜后稷之嘉穀也䵹下曰赤苗嘉穀也芑下曰白苗嘉穀也毛魏風傳釋苗爲嘉穀苗者禾也生民傳釋黃爲嘉穀黃者黃粱謂禾也古者民食莫重於禾黍故謂之嘉穀穀者百穀之總名嘉者美也嘉穀字見詩生民許書及典引注

可據改爲嘉種者非嘉穀之實曰粟粟之皮曰糠中曰米从卤自其采言之从米自其蘊言之相玉切三部孔子曰粟之爲言續也孔子以疊韵爲訓也嘉種不絕蒸民乃粒禹稷之功也

籒文㮚

文三　重三

亝禾麥吐穗上平也象形从二者象地有高下也禾麥隨地之高下爲高下似不齊而實齊參差其上者蓋明其不齊而齊也引伸爲凡齊等之義古叚爲臍字亦叚爲齋字徂兮切十五部凡亝之屬皆从亝𪗉等也𪗉等字當作此齊行而𪗉廢矣从亝妻聲妻者齊也此舉形聲包會意徂兮切十五部

文二

朿木芒也芒者艸耑也引伸爲凡鐵銳之偁今俗用鋒鋩字古祗作芒朿今字作刺刺行而朿廢矣方言曰凡草木刺人北燕朝鮮之閒謂之茦或謂之壯自關而東或謂之梗或謂之劌自關而西謂之刺江湘之閒謂之棘象形不言从木者朿附於木故但言象形也凡朿之屬皆从朿讀若刺七賜切十六部棗羊棗也羊蓋衍文羊棗即木部之梬爾雅諸棗中之一與常棗絕殊不當專取以爲訓

蓋此當云朿木也朿樹隨地有之盡人所識赤心而外朿非羊棗也必轉寫妄改之誤 从重朿 釋木曰槐棘醜喬棘卽棗也析言則分棗棘統言則曰棘周禮外朝九棘三槐棘正謂棗棗故注云取其赤心而外刺上句曰喬故从重朿會意子晧切古音在三部

棘 小棗叢生者 此言小棗則上文謂常棗可知小棗樹叢生今亦隨在有之未成則爲棘而不實已成則爲棗魏風園有棘其實之食唐風肅肅鴇翼集于苞棘小雅有捄棘匕毛傳曰棘棗也此謂統言不別也邶風吹彼棘心吹彼棘薪左傳除翦其荊棘此則主謂未成者古多叚棘爲亟字如棘人欒欒兮我是用棘匪棘其欲皆是棘亟同音皆謂急也 从並朿 棘庳於棗而朿尤多故从並朿會意己力切一部

文二

片 判木也 謂一分爲二之木片判以疊韵爲訓判者分也周禮媒氏掌萬民之判喪服傳曰夫妻牉合也牉當作片片卽媒氏判字鄭注周禮云判半也得耦爲合主合其半成夫婦也按夫婦各半而合故取象於合巹漢書一半泳亦叚半爲片字 从半木 木字之半也匹見切十四部 凡片之屬皆从片

版 片也 舊作判也淺人所改今正凡施於宮室器用者皆曰版今字作板古叚爲反字大雅上帝板板傳云板板反也謂版卽反之叚借也 从片反聲 布綰切十四部

福 片也 片各本作判今正副者判也福則判木也廣韵曰福版出通俗文 从片畐聲 芳逼切一部

牘 書版也 牘專

謂用於書者然則周禮之版禮經之方皆牘也小宰注曰版戶籍也宮正注曰版其人之名籍也聘禮注曰策簡也方版也李賢蔡邕傳注引說文而曰長一尺按漢人多云尺牘史記緹縈通尺牘此臣得用於君也漢書陳遵與人尺牘主皆藏去此施於儕輩者也木部云槧牘樸也然則粗者爲槧精者爲牘顏師古曰形若今之木笏但不挫其角耳　从片賣聲徒谷切三部

牒　札也木部云札牒也左傳曰右師不敢對受牒而退司馬貞曰牒小木札也按厚者爲牘薄者爲牒牒之言枼也葉也竹部䈎義略同史記叚諜爲牒　从片枼聲徒叶切八部

牑　牀版也方言曰牀其上版衛之北郊趙魏之閒謂之牒或曰牑按左傳楄柎藉幹義與牑近　从片扁聲讀若邊方田切十二部

牖　穿壁以木爲交窗也交窗者以木橫直爲之即今之窗也在牆曰牖在屋曰窗此則互明之必言以木者字从片也古者室必有戶有牖牖東戶西皆南鄉毛詩曰向北出牖也北或有穴通明至冬塞之然士虞禮祝啓牖鄉注云鄉牖一名明堂位達鄉注牖屬是南牖亦名向士喪禮寢東首於北墉下喪大記作北墉下今本墉皆譌牖非也牖所以通明故叚爲誘召南吉士誘之大雅天之牖民傳皆訓曰道也道即導　从片戶甫聲蓋用合韵爲聲也與久切三部　譚長以爲譚長者博采通人之一甫上日也非戶也牖所以見日說从日之意也許篆作牖而偁譚說者字久从戶作譚說有理故偁之

牏　築牆短版也木部栽下曰築牆長版也長版用於兩邊

短版用於兩耑一縮一橫也此牏之本義史漢萬石君傳石建取親中裙廁牏身自浣滌蘇林曰牏音投賈逵解周官云牏行清也孟康曰廁行清牏行清中受糞函者也東南人謂鑿木空中如曹謂之牏依蘇孟說則史漢之牏卽窬之叚借字穴部曰窬空中也徐廣謂讀牏爲竇是也至若晉灼云今世謂反閉小袖衫爲侯牏則尤爲叚借字釋名曰齊人謂如衫而小袖曰侯頭侯頭猶言解瀆辟直通之言是則其語本無正字

从片俞聲讀若俞 度侯切四部徐廣曰音住蓋本說文音隱住卽侸

一曰若紐 此音則入三部

爿 反片爲爿讀若牆 各本無此按六書故云唐本有爿部蓋從晁氏以道說也今不別立一部依彳部終於亍之例補焉說詳木部牀下

文八 新補一 共文九

鼎 三足兩耳和五味之寶器也 三足兩耳謂器形非謂字形也九家易曰鼎三足以象三台也易曰鼎黃耳和當作盉許亦從俗通用

象析木以炊 已下文篆依韵會所據小徐本訂片者判木也反片爲爿朩析爲二之形炊鼎必用薪故像之唐張氏參誤會三足兩耳爲字形乃高析木之兩旁爲耳唐人皆作鼎非也唐氏元度旣辨之矣

貞省聲 大徐本無此三字則上體未說此謂上體目者貞省聲也或曰離爲目巽爲木鼎卦上離下巽何不以此說字乎曰言易卦之取象則可若六書之會意必使二字相合成文如人言

止戈是目與木不相合也故釋下體爲象形上體爲諧聲古叚鼎爲丁如賈誼傳春秋鼎盛匡衡傳匡鼎來皆是鼎之言當也正也都挺切十一部 昔禹收九牧之金鑄鼎荆山之下入山林川澤者 此字依韻會補 离魅蛧蜽莫能逢之吕協承天休 离俗用螭依内部則當作离此用宣三年左傳王孫滿說傳不言鑄鼎荆山之下尚書古文疏證云陝西同州朝邑縣西南三十二里有懷德城漢縣也漢志左馮翊褱德下曰禹貢北條荆山在南皇甫謐帝王世紀禹鑄鼎於荆山在馮翊懷德之南山下有荆渠酈氏水經注懷德縣故城在渭水之北沙苑之南禹貢北條荆山在南山下有荆渠卽夏后鑄九鼎處也 易卦巽木於下者爲鼎 此引易證下體象析木之意與晉下引易證从日一例 古文吕貝爲鼎籒文吕鼎爲貝 二貝字小徐皆作貞郭忠恕佩觿云古文以貞爲鼎籒文以鼎爲則亦誤今正京房說貞字鼎聲此古文以貝爲鼎之證也許說則員霣敗者籒文之則員賁妘字此籒文以鼎爲貝之證也 凡鼎之屬皆从鼎 鼏 鼎之圜掩上者 周頌鼐鼎及鼒釋器曰圜弇上謂之鼒手部曰揜斂也小上曰揜𠔁部曰弇蓋也然則此依許作揜爲正字 从鼎才聲 子之切一部 詩曰鼐鼎及鼒 鎡 俗鼒从金茲聲 茲各本作兹今正 鼐 鼎之絕大者 釋器曰鼎絕大謂之鼐周頌傳曰大鼎謂之鼐小鼎謂之

鼐傳與爾雅說鼐異說鼒鼐則略同絕大謂之鼐牛之鼎也九家易曰牛鼎受一斛羊鼎五斗豕鼎三斗乃者詞之難也故从乃爲大才者艸木之初也故从才爲小从鼎乃聲奴代切一部魯詩說鼐小鼎魯詩說謂傳魯詩申公之學者也惠氏棟云說苑曰詩曰自堂徂基自羊徂牛言自內及外以小及大也魯詩者劉向家學故說鼐小鼐大

鼏以木橫貫鼎耳舉之貫當作毌許亦從俗也禮經十七篇多言扃鼏注多言今文扃爲鉉古文鼏爲密按扃者叚借字鼏者正字鉉者音近義同字也以木橫毌鼎耳是曰鼏兩手舉其木之耑是曰扛鼏鼏橫於鼎蓋之上故禮經必先言抽扃乃後取鼏猶扃爲戶外閉之關故或以扃代之也从鼎冂聲五篇有冂部此从之爲聲古熒切十一部按大小徐篆皆作鼏解作冖聲莫狄切以鼏蓋字之音加諸橫毌鼎耳之義誤矣廣韵集韵禮部韵略玉篇類篇皆佚此字然廣韵玉篇皆云亡狄切鼎蓋也則鼏字尚未亡集韵類篇引橫貫鼎耳云云於錫韵冥狄切而鼏字亡矣惟匡謬正俗及毛晃禮部韵略增字獨不誤周禮廟門容大鼏七箇攷工記匠人文今本作大扃七箇許所據作鼏用此知禮經古文本亦作鼏古文以鼏密連文今文以鉉密連文鄭上字從古文下字從今文遂鼏鼏連文轉寫恐其易混則上字易爲扃耳韵會無大卽易玉鉉大吉也鼎上九爻辭金部鉉下曰所以舉鼎也易謂之鉉禮謂之鼏據此則許所據禮古文作鼏鄭則據禮今文作鉉同易也鼏鉉異字同義或讀鉉古冥反則非矣韵會無大吉也

鼏鼎覆也从鼎冖

冖亦聲此九字各本無以鼏篆鼏解牛頭馬脯而合之今補正鼏見禮經所以覆鼎用茅為之今本作鼏正字也禮古文作密叚借字也从鼎冖者冖覆也冖亦聲者據冥字之解知之古者覆巾謂之幎鼎蓋謂之鼏而禮經時亦通用蝕部蠠从鼏聲亦作蜜虎部䖑讀若鼏是知鼏古音同冥亦同密在十一十二部之閒今音則莫狄切

文四今補一共文五　重一

克肩也周頌傳曰仔肩克也人部曰仔克也此曰克肩也然則周頌仔肩絫言之毛謂二字皆訓克也肩謂任任事以肩故任謂之肩亦謂之克釋詁云肩克也又曰肩勝也鄭箋云仔肩任也許云勝任也任保也保當也凡物壓於上謂之克今蘇常俗語如是釋言曰克能也其引伸之義左傳曰凡師得儁曰克於鄭伯克段於鄢曰如二君故曰克卽得儁之說也穀梁曰克者何能也何能也能殺也此釋言之說也公羊曰克之者何殺之也此以相勝為義大雅毛傳云捂克自伐而好勝人也俗作尅象屋下刻木之形上象屋下象刻木彔彔形木堅而安居屋下契刻之能事之意也相勝之意也苦得切一部刻克疊韵凡克之屬皆从克。𠅆古文克𠧧亦古文克

文一　重二

彔刻木彔彔也小徐曰彔彔猶歷歷也一一可數之皃按剥下曰彔刻割也彔彔麗廔嵌空之

皃毛詩車歷錄亦當作歷彔 象形 盧谷切三部 凡彔之屬皆从彔

文一

禾 嘉穀也 嘉禾疊韵生民詩曰天降嘉穀維虋維芑虋芑爾雅謂之赤苗白苗許艸部皆謂之嘉穀皆謂禾也公羊何注曰未秀爲苗已秀爲禾魏風無食我黍無食我麥無食我苗毛曰苗嘉穀也嘉穀謂禾也生民傳曰黃嘉穀也嘉穀亦謂禾民食莫重於禾故謂之嘉穀嘉穀之連稾者曰禾實曰㮚㮚之人曰米米曰粱今俗云小米是也 㠯二月始生八月而孰得之中和故謂之禾 依思玄賦注齊民要術訂和禾疊韵 禾木也木王而生金王而死 謂二月生八月孰也伏生淮南子劉向所著書皆言張昬中種穀呼禾爲穀思玄賦注引此下有故曰木禾四字 从木 禾木也故从木 象其穗 各本作从木从𠂹省𠂹象其穗九字淺人增四字不通今正下从木上筆𠂹者象其穗是爲从木而象其穗禾穗必下垂淮南子曰夫子見禾之三變也滔滔然曰狐向丘而死我其首禾乎高注云禾穗垂而向根君子不忘本也張衡思玄賦曰嘉禾垂穎而顧本王氏念孫說莠與禾絕相似雖老農不辨及其吐穗則禾穗必屈而倒垂莠穗不垂可以識別艸部謂莠揚生古者造禾字屈筆下垂以象之戶戈切十七部 凡禾之屬皆从禾

秀 上諱 上諱二字許書原文秀篆許本無後人沾之云上諱則不書其字宜矣不書故義形聲皆不言說詳一篇示部伏侯

古今注曰諱秀之字曰茂蓋許空其篆而釋之曰上諱下文禾之秀實爲稼則本作茂實也許旣不言當補之曰不榮而實曰秀从禾人不榮而實曰秀者釋艸毛詩文按釋艸云木謂之榮艸謂之華榮華散文則一耳榮而實謂之實桃李是也不榮而實謂之秀禾黍是也榮而不實謂之英牡丹勺藥是也凡禾黍之實皆有華華瓣收卽爲稃而成實不比華落而成實者故謂之榮可如黍稷方華是也謂之不榮亦可實發實秀是也論語曰苗而不秀秀而不實秀則已實矣又云實者此實卽生民之堅好也秀與采義相成采下曰禾成秀也采自其𠂹言之秀自其挺言之而非實不謂之秀非秀不謂之采夏小正秀然後爲萑葦周禮注荼茅秀也皆謂其采而實引伸之爲俊秀秀傑从禾人者人者米也出於稃謂之米結於稃內謂之人凡果實中有人本艸本皆作人明刻皆改作仁殊謬禾稃內有人是曰秀玉篇集韵類篇皆有秂字欲結米也而鄰切本秀字也隸書秀从乃而秂別讀矣息救切三部

稼 禾之秀實爲稼 旣言秀又言實者論語說也謂禾采之成曰稼也甫田曾孫之稼箋云稼禾也謂有稿者也 莖節爲禾 全體爲禾渾言之也聘禮禾三十車是也禹貢所謂總也莖節爲禾禾別於采而言析言之也下文之稭稈也 从禾家聲 古訝切古音在五部 一曰稼家事也 此取从家爲義史記曰五穀蕃孰穰穰滿家邠風八月其穫謂禾可穫也九月築場圃十月納禾稼謂治於場而納之囷倉也此說與穡義略同 一曰在野曰稼 稼之言嫁也毛傳曰種之曰稼周禮司稼注曰種穀曰稼如嫁女以有所生此說與穡義別呂覽君守篇曰后稷作稼

穡 穀可收

曰穡毛傳曰斂之曰穡許不云斂之云可收者許主謂在野成孰不言禾言穀者晐百穀言之不獨謂禾也古多叚嗇爲穡从禾嗇聲此舉形聲包會意所力切一部

穜埶也丮部曰埶穜也小篆埶爲穜之用切種爲先種後孰直容切而隸書互易之詳張氏五經文字種者以穀播於土因之名穀可種者曰種凡物可種者皆曰種別其音之隴切生民曰種之黄茂又曰實種實褎箋云種生不雜也从禾童聲之用切九部

稙早穜也此謂凡穀皆有早種者魯頌傳曰先種曰稙謂先種先孰也釋名曰青徐人謂長婦曰稙長禾苗先生者曰稙取名於此也从禾凡氾言諸穀而字从禾者依嘉穀爲言也直聲常職切一部詩曰稙稚尗麥魯頌閟宮文按稚當作稺郭景純注方言曰稺古稚字是則晉人皆作稚故稺稚爲古今字寫說文者用今字因襲之耳

種先穜後孰也此謂凡穀有如此者邠風傳曰後孰曰重周禮內宰注鄭司農云先種後孰謂之種按毛詩作重叚借字也周禮作種轉寫以今字易之也从禾重聲直容切九部

稑疾孰也謂凡穀有如此者邠風傳曰先孰曰穋周禮內宰注鄭司農云後種先孰謂之稑按土宜物性卽同一種而有不同故大司徒必辨十有二壤之物而知其種司稼掌巡邦野之稼而辨穜穋之種也从禾坴聲力竹切三部詩曰黍稷種稑邠風七月文按七月及閟宮皆作重許種下不偁而偁於稑下蓋本作重轉寫易之也

穋稑或从翏翏聲也今周禮作稑毛詩作穋

稺

幼禾也魯頌毛傳曰後種曰稺許不言後種者後種固小於先種卽先種者當其未長亦稺也先種而中有遲長者亦稺也故惟魯頌稙稺對言毛釋之小雅無害我田稺彼有不穫稺毛不釋者亦謂堅言幼禾引伸爲凡幼之偁今字作稚从禾屖聲屖者遲也直利切十五部

稹穜穊也此與鬒爲稠髮同也引伸爲凡密緻之偁从禾眞聲之忍切十二部周禮曰稹理而堅攷工記輪人文鄭云稹致也致今之緻字

稠多也本謂禾也引伸爲凡多之偁小雅綢直如髮叚綢爲稠也从禾周聲直由切三部

穊稠也漢書劉章言耕田曰深耕穊種立苗欲疏非其種者鉏而去之引伸爲凡稠之偁从禾旣聲几利切十五部

稀疏也去部曰疏通也稀與穊爲反對之辭所謂立苗欲疏也引伸爲凡疏之偁从禾希聲許書無希字而希聲字多有與由聲字正同不得云無希字由字也許時奪之今不得其說解耳香衣切十五部

⿰禾蔑禾也蓋禾有名⿰禾蔑者也廣韵曰莊子謂之禾也从禾蔑聲莫結切十二部

穆禾也蓋禾有名穆者也凡經傳所用穆字皆叚穆爲㣎㣎者細文也从彡𡭴省彡言文𡭴言細凡言穆穆於穆昭穆皆取幽微之義釋訓曰穆穆敬也大雅文王傳曰穆穆美也从禾㣎聲莫卜切三部

私禾也蓋禾有名私者也今則叚私爲公厶倉頡作字自營爲厶背厶爲公然則古祇作厶不作私从禾厶聲息夷切十五部北道名禾主人曰私主人

北道蓋許時語立乎南以言北之辭周頌駿發爾私毛曰私民田也

穈 稻紫莖不黏者也者字今補从禾䵑聲讀若靡王氏念孫曰靡當作䵑字之誤也扶沸切古音在十五部之閒又按此爲稻屬則當廁於下文稻稌穬秔秏之類蓋轉寫者亂之

稷 齋也程氏瑤田九穀攷曰稷齋大名也粘者爲秫北方謂之高粱通謂之秫秫又謂之蜀黍高大似蘆月令首種不入鄭云首種謂稷今以北方諸穀播種先後攷之高粱冣先管子書曰日至七十日陰凍釋而蓺稷百日不蓺稷日至七十日今之正月也今南北皆以正月蓺高粱是也凡經言疏食者稷食也稷形大故得疏偁按程氏九穀攷至爲精析學者必讀此而後能正名其言漢人皆冒粱爲稷而稷爲秫秫鄙人能通其語者士大夫不能舉其字眞可謂撥雲霧而覩青天矣

五穀之長謂首種也月令注稷五穀之長按稷長五穀故田正之官曰稷五經異義今孝經說稷者五穀之長穀衆多不可偏敬故立稷而祭之古左氏說列山氏之子曰柱死祀以爲稷稷是田正周棄亦爲稷自商以來祀之許君曰謹按禮緣生及死故社稷人事之旣祭稷穀不得但以稷米祭稷反自食同左氏義鄭君駁之曰宗伯以血祭祭社稷五祀五嶽社稷之神若是句龍柱棄不得先五嶽而食大司徒五地一曰山林二曰川澤三曰丘陵四曰墳衍五曰原隰大司樂五變而致介物及土示土示者五土之總神卽謂社也六樂於五地無原隰而有土祇則土祇與原隰同用樂也是以變原隰言土示詩信南山云畇畇原隰下云黍稷或或原隰生百穀稷爲之長然則稷者原隰之神若達此義不得以稷米祭稷爲難社者五土總神稷者原隰之神皆能生萬物者以

古之有大功者配之句龍以有平水土之功配社祀之稷有播種之功配稷祀之按許造說文但引今孝經說則其說社稷當與鄭意同玉裁謂異義早成說文晚出爲定說此亦一耑也

从禾畟聲 子力切一部古叚稷爲卽小雅旣齊旣卽毛云稷疾是也亦叚爲畟字如穀梁曰畟作曰稷是也

古文稷 按兒蓋卽古文畟字

稷也 釋艸曰粢稷也周禮甸師齍盛注云粢者稷也穀者稷爲長按經作齍注作粢此經用古字注用今字之例周禮齍盛字鄭易爲粢者二甸師肆師大祝也小宗伯六齍注云齍讀爲粢六粢謂六穀黍稷稻粱麥苽云齍讀爲粢此易齍爲粢之證也粢本謂稷何以六穀統名粢則以稷爲穀之長故得緊之甸師注是其恉也米本謂禾凡穀皆得名米粢盛之粢猶是矣甫田作齊亦作齍毛曰器實曰齍而左傳禮記皆作粢盛是可證齍粢之同字穀名曰粢用以祭祀則曰齍別之者貴之也今經典秶皆譌粢而𪏽字且不見於經典矣廣韵曰𪏽祭飯也玉篇曰黍稷在器曰齍知舊本經典故作齍盛

从禾齊聲 卽夷切十五部

秶或从次作 鄭注周禮曰齍資字同其字以齊次爲聲从貝變易此亦以齊次爲聲从禾變易而今日經典粢盛皆从米作則又粉餈之或字而誤叚之

稷之黏者 九穀攷曰稷北方謂之高粱或謂之紅粱其黏者黃白二種所謂秫也秫爲黏稷而不黏者亦通評爲秫秫而他穀之黏者亦叚借通偁之曰秫陶淵明使公田二頃五十畝種秫稻之黏者也崔豹古今注所謂秫爲黏稻是也

从禾朮象形 下象其莖葉上象其采食聿切十五部鍇本作朮聲

朮秫或省禾

穄 穈也。此謂黍之不黏者也。黍部曰：穈者，穄也。呂氏春秋：飯之美者，陽山之穄。高注云：關西謂之穈，冀州謂之穈。廣雅：𪌉穈，穄也。九穀攷曰：據說文，禾屬而黏者黍，則禾屬而不黏者穈。對文異，散文則通偁黍。內則：飯黍稷稻粱白黍黃粱。鄭注：黍，黃黍也。黃黍者，穈也，穄也。飯用之。黏者釀酒及爲餌餈酏粥之屬。不黏者評穈評穄，而黏者乃專得黍名矣。今北方皆評黍子、穈子、穄子。穄與稷雙聲，故俗誤認爲稷。其誤自唐之蘇恭始。从禾祭聲。子例切，十五部。九穀攷曰：簠簋實穈爲之，以供祭祀，故又異其名曰穄。

稻 稌也。今俗槩謂黏者不黏者未去穅曰稻。秔稻、秈稻、秔稻皆未去穅之偁也。既去穅則曰稉米、曰秈米、曰秔米。古謂黏者爲稻，謂黏米爲稻。九穀攷曰：七月詩：十月穫稻，爲此春酒。月令：乃命大酋秫稻必齊。內則、𥻆記並有稻醴。左傳：進稻醴粱糗。是以稻爲黏者之名。黏者以釀也。內則：糝酏用稻米。籩人職之餌餈，注亦以爲用稻米。皆取其黏耳。而食醫之職：牛宜稌。鄭司農說稌，稉也。是又以稉釋稻。稉其不黏者也。孔子曰：食夫稻，亦不必專指黏者言。職方氏：揚、荊諸州亦但云其穀宜稻。吾是以知稌稻之爲大名也。玉裁謂：稻其渾言之偁，秔與稻對爲析言之偁。稻宜水，故周禮稻人掌稼下地。从禾舀聲。徒晧切。古音在三部。

稌 稻也。釋艸曰：稌，稻。周頌毛傳同。許曰：沛國評稉。而郭樸曰：今沛國呼稌。然則稌稉本一語而稍分輕重耳。从禾余聲。徒古切，五部。周禮曰：牛宜稌。食醫文。

稬 沛國謂稻曰稬。襄五年穀梁傳：仲孫蔑、衞孫林父會吳於善稻。吳謂善伊，謂稻緩。按謂善爲伊者，古合韵也。謂稻爲緩者，卽沛國謂稻曰稬之理也。緩古

亦讀如暖昭五年狄人謂賁泉矢胎謂賁爲矢者卽今俗語謂糞爲矢也今矢胎作失台者誤 从禾耎聲 奴亂切十四部今語奴卧切

（稬）稻不黏者 凡穀皆有黏者有不黏者秫則稷之黏者也稌則黍之不黏者也稻有不黏者則稴是也今俗通謂不黏者爲秈米集韵類篇皆云方言江南呼稉秔爲秈亦作籼作糆按說文玉篇皆有稴無秈蓋秈卽稴字音變而字異耳廣雅曰秈稉也渾言不別也 从禾兼聲讀若風廉之廉 風廉之廉疑當同食部作風濂濂力兼切亦胡兼切七部

（秔）稻屬 凡言屬者以屬見別也言別者以別見屬也重其同則言屬秔爲稻屬是也重其異則言別稗爲禾別是也周禮注曰州黨族閭比鄉之屬別介次市亭之屬別小者屬別並言分合並見也稻有至黏者稬是也有次黏者稉是也有不黏者稴是也稉比於稬則爲不黏比於稴則尚爲黏稉與稴爲飯稬以釀酒爲餌餈今與古同矣散文稉亦偁稻對文則別魏都賦水澍稉稌陸蒔稷黍蜀都賦黍稷油油稉稻莫莫皆稉稻並舉本艸經秔米稻米殊用陶貞白乃不能分別其亦異矣 从禾亢聲 古行切古音在十部

（稉）俗秔 更聲也陸德明曰稉與粳皆俗秔字

（秏）稻屬 漢書曰訖於孝武後元之年靡有孑遺秏矣孟康曰秏音毛無有秏米在者也秏米米名卽所謂稻屬也今本作毛米誤孟意若今言無有一粒存者水經注曰燕人謂無爲毛故有用毛爲無者又有用秏者初讀莫報切既又讀呼到切改禾旁爲耒旁罕知其本音本義本形矣大雅秏斁下土秏者乏無之謂故韓詩云惡也 从禾毛聲 呼到切二部按當音毛音耄 伊尹曰

飯之美者玄山之禾南海之秏呂氏春秋本味篇伊尹曰南海之秬高注南海南方之海秬黑黍也許所據伊尹書不同伊尹書見漢藝文志

穬芒粟也周禮稻人澤草所生種之芒種鄭司農云芒種稻麥也按凡穀之芒稻麥爲大芒粟次於此麥下曰芒穀然則許意同先鄭也稻麥得評粟者從嘉穀之名也从禾廣聲古猛切古音在十部

秜稻今年落來年自生謂之秜淮南書離先稻孰而農夫耨之不以小利傷大穫也注云離與稻相似耨之爲其少實疑離卽秜玉篇廣韵秜皆力脂切則音同也他書皆作穭力與切埤蒼穭自生也亦作稆後漢書獻帝紀尚書郎以下自出采稆古作旅史漢皆云鬻鱅主稆旅事晉灼曰稆采也野生曰旅今之飢民采旅生按離秜旅一聲之轉皆謂不種而自生者也从禾尼聲里之切按之當依廣韵作脂十五部

稗禾別也謂禾類而別於禾也孟子曰苟爲不孰不如荑稗左傳云用秕稗也杜云稗草之似穀者稗有米似禾可食故亦種之如淳曰細米爲稗故小說謂之稗官小販謂之稗販从禾卑聲旁卦切十六部琅邪有稗縣地理志琅邪郡稗縣郡國志無後漢省也稗當是本作稗莽曰識命蓋惡其名而易之今山東沂州府莒州州南有稗縣故城或曰本春秋時向國隱公二年莒人入向是也

移禾相倚移也相倚移者猶言虛而與之委蛇也呂氏春秋曰苗其弱也欲孤其長也欲相與俱其孰也欲相扶倚移連緜字疊韵讀若阿那攷工記鄭司農注兩引倚移從風今上林賦作旖旎從風說文於禾曰倚

移於旗曰旖施於木曰檹施皆謂阿那也毛傳曰猗儺柔順也猗儺卽阿那表記衣服以移之注移讀如禾氾移之移移猶廣大也禾氾移蓋謂禾蕃多郊特牲其蜡乃通以移民也鄭曰移之言羨也古叚移爲侈如攷工記飾車欲侈故書侈爲移少牢饋食禮移袂皆是今人但讀爲遷移據說文則自此之彼字當作迻

从禾多聲 弋支切古音在十六部

一曰禾名 別一義

穎 禾末也 穎之言莖也頸也近於采及貫於采者皆是也大雅實穎實栗毛曰穎垂穎也禹貢鄭注曰百里賦入總謂入刈禾也二百里銍銍斷去稿也三百里秸秸又去穎也四百里入粟五百里入米者遠彌輕也禮器稾鞂之設鄭注穗去實曰鞂與秸同物鄭注尚書曰去穎謂用其采也注禮器曰去實謂用其穎也史記曰錐處囊中穎脫而出非特其末見而已少儀刀卻刃授穎是則穎在錐則卻於末在刀則卻於刃在禾則卻於采也渾言之則穎爲禾末析言之則禾芒乃爲秒

从禾頃聲 余頃切十一部

詩曰禾穎穟穟 大雅生民文今詩作禾役毛曰役列也玉裁按役者穎之叚借字古支耕合韵之理也列者⿱列禾之叚借禾穰也此穎通穮言之下章之穎則專謂垂者

⿰禾來 齊謂麥秝也 來之本義訓麥然則加禾旁作來俗字而已蓋齊字也據廣韵則埤蒼來麰字作秝

从禾來聲 洛哀切一部按上下文皆言禾中閒以麥疑皆非舊次

采 禾成秀人所收者也 依爾雅音義及玄應書訂采與秀古互訓如月令注黍秀舒散卽謂黍采也人所收故从爪

从爪禾 會意小徐作爪聲非此與采同意徐醉切十五部

穗　俗从禾惠聲　䄪　禾危𥝩也　危𥝩謂穎欲斷落也齊民要術云刈晚則穗折遇風則收減玉篇云䄪亦懸物也則䄪同方言之𠃊方言曰𠃊縣也趙魏之閒曰𠃊燕趙之郊縣物於臺之上謂之𠃊郭樸曰了𠃊縣物皃丁小反按玄應書及集韵所引方言皆如是今本方言作佻妄人所改耳王延壽王孫賦𠃊瓜懸而瓠垂𠃊者象形字䄪者諧聲字　从禾勺聲　都了切二部　穟　禾𥝩之皃　大雅生民曰禾役穟穟釋訓曰穟穟苗也毛傳曰穟穟苗好美也按公羊傳注生曰苗秀曰禾苗禾一也釋訓毛傳與許說一也許以經言禾穎則穟穟指𥝩言成就之皃　从禾遂聲　徐醉切十五部　詩曰禾穎穟穟　按古音支清二部互轉役在支部即穎之入聲蓋即穎之叚借字許此句蓋用三家詩如如鳥斯⿰革羽爲正字毛詩作革爲叚借字也　蓫　穟或从艸　⿰禾耑　禾𥝩皃　禾𥝩必埀𥝩重則秆埀　从禾耑聲　讀若端　十四部今音丁果切取朵字之意　⿰禾曷　禾舉出苗也　何休曰生曰苗秀曰禾禾𥝩初挺出於苗是曰⿰禾曷既成則屈而下埀矣周頌曰驛驛其達有厭其傑毛云達射也有厭其傑言傑苗厭然特美也毛鄭釋詩皆謂苗許云禾舉出苗則謂𥝩手部揭者高舉也音義略同　从禾曷聲　居謁切十五部廣韵入曷薛二韵　秒　禾芒也　下文云禾有秒秋分而秒定淮南書秒作蔈亦作標按艸部云蔈末也禾芒曰秒猶木末曰杪九穀攷曰粟之孚甲無芒芒生於粟𥝩之莖　从禾少聲　亡沼切二部　穖　禾穖

也 九穀攷曰禾黍成實離離若聚珠相聯貫者謂之穖與珠璣之璣同意呂氏春秋得時之禾疏穖而穗大得時之稻長稠疏穖高注云穖禾穗果蓏是也玉裁謂穖貴疏者禾黍緊密每顆皆綻而後能疏也穖疏而穗乃大 从禾幾聲 居豨切十五部

一稃二米从禾丕聲詩曰誕降嘉穀惟秬惟秠天賜后稷之嘉穀也 按此解當云稃也从禾丕聲詩曰誕降嘉穀惟秬惟秠黑黍一稃二米天賜后稷之嘉穀也爲淺人改竄之耳詩生民惟秬惟秠釋艸曰秬黑黍秠一稃二米毛傳正同蓋黑黍一稃二米曰秬言秬而一稃二米已見經文以惟秠足句見黑黍之稃有異不比下文惟虋惟芑畫然二物故釋訓者以黑黍系秬以一稃二米系秠分屬之鄭志張逸問云鬯人職注秬如黑黍一秠二米按爾雅秠一稃二米未知二者同異荅曰秠卽其皮稃亦皮也爾雅重言以曉人更無異偁也據此知秠卽稃凡稃皆曰秠非必二米一稃也許於鬯部𩰪下云黑黍也一稃二米是可見一稃二米者謂秬非謂凡秠也此必偁經文惟秬惟秠而後總釋之曰黑黍一稃二米則爾雅毛傳訓詁之意㬎矣秠之本義與稃同故必先之曰稃也从禾丕聲而後引詩則知經義與字義無不合矣小徐本秠稃二篆相屬此必古本秠稃稽穅四篆同義淺人墨守爾雅毛傳而不心知其意乃妄改許書致文理不通而不可讀敷悲切字林匹几匹九夫九三反匹九夫九二反則當从不聲玉篇作秠是也古音在一部○今鬯人注如黑黍一稃二米詩正義引作一秠二米蓋正義所引是鄭作一秠爾雅作一稃鄭意秠卽稃故荅問云爾

稽也 小徐本此篆與秠篆相屬

古本也玉篇次弟正同自淺人不知秠解而改竄之乃又移易篆之次第矣甫田箋曰方房也謂孚甲始生而未合時也古借孚爲稃从禾孚聲芳無切古音在三部⿰米付稃或从米付聲⿰禾會穅也从禾會聲讀若裹苦會切十五部玉篇公卧公外二切公卧卽讀若裹之云會聲而讀若裹者合音也穅穀之皮也云穀者晐黍稷稻粱麥而言穀猶粟也今人謂已脫於米者爲穅古人不爾穅之言空也空其中以含米也凡康寧康樂皆本義空中之引伸今字分別乃以本義从禾引伸義不从禾从禾米庚聲庚毛刻作康誤今正苦岡切十部康穅或省作稃⿰禾會穅康四篆大徐在稭秆二篆之下今以類移此秨禾䌛皃䌛今搖字今俗語說動搖之皃曰秨卽此字也从禾乍聲讀若昨在各切五部穮槈鉏田也各本作耕禾閒也今正周頌釋文引說文穮槈鉏田也表嬌反字林穮耕禾閒也方遙反然則今本說文淺人用字林改之穮者秐也非耕也周頌緜緜其麃毛傳曰麃秐也釋訓曰緜緜麃也孫炎云緜緜言詳密也郭樸云芸不息也左傳是穮是蔉杜云穮秐也許云槈鉏田者槈蓐薅器也鉏立薅所也薅者拔田艸也或槈其田或鉏其田皆曰穮今吳下俗語說用鉏曰暴卽此字也从禾麃聲甫嬌切二部周頌叚麃爲之春秋傳曰是穮是蔉左傳昭元年文蔉之言畎也謂壅禾本也⿱安禾轢禾也轢者車所踐也此轢讀如勞卽齊民要術所謂勞也郎到切賈思勰曰古曰耰今曰

勞說文櫌摩田器今人鄙語曰摩勞種穀之法苗既出壟每一經兩白背時輒以鐵齒鍋楱縱橫杷而勞之杷法令人坐上數以手斷去艸如此令地輭易鉏省力中鋒止苗高一尺鋒之按賈云鋒之謂鉏之也勞之而後鋒之然則案之而後穮之矣从禾安聲穖禾者所以安禾也形聲包會意烏旰切十四部

秄 雝禾本雝俗作壅小雅或耘或耔毛曰耘除艸也耔雝本也食貨志后稷始甽田以二耜為耦廣尺深尺曰甽長終畝一畝三甽一夫三百甽而播種於甽中苗生三葉以上稍耨隴艸因隤其土以附苗根故其詩曰或芸或芓黍稷儗儗芸除艸也秄附根也言苗稍壯每耨輒附根比盛暑隴盡而根深能風與旱故儗儗而盛也按班所據詩作芓古文叚借字說詩作秄小篆字詩言耘秄左傳言穮衮衮者甽也隤壟艸壅於甽中也耔蓘皆俗字从禾子聲即里切一部

穧 穫刈也穫刈謂穫而芟之也刈同乂芟艸也刈之必齊故从齊小雅曰此有不斂穧謂已刈而遺於田未斂者也上文不穫穉謂幼禾留於田未刈者也釋詁曰馘穧穫也鄭注周禮云四秉曰筥謂一穧也一曰撮也撮者四圭也一曰兩指撮也然則穧之別義謂少也从禾齊聲上文既有𪗉字以禾在上禾在旁別其義在詣切十五部

穫 刈穀也穫之言獲也刈穀者以銍以鎌从禾蒦聲胡郭切五部

積 積禾也穦積雙聲廣雅曰穦積也从禾資聲即夷切十五部詩曰穦之秩秩周頌文今作積之栗栗毛云栗栗衆多也無穦積也之文葢許偁三家詩也

積 聚也禾與粟皆得偁

積引伸爲凡聚之偁淇奧詩段簀爲積 从禾責聲 則歷切十六部 秩 積皃 皃各本作也今正積之必有次敘成文理是曰秩詩段樂傳曰秩秩有常也斯干傳曰秩秩流行也巧言傳曰秩秩進知也賓之初筵傳曰秩秩然肅敬也釋訓曰條條秩秩智也又曰秩秩清也皆引伸之義也 从禾失聲 直質切十二部古段載爲秩如秩秩大猷大部作𢧤𢧤大猷儀禮注云秩或爲𢧤皆是也 詩曰積之秩秩

稛 絭束也 絭束謂以繩束之國語垂櫜而入稛載而歸韋注稛絭也古亦段櫜爲之如左傳羅無勇櫜之及潞櫜之是也方言稛就也注稛稛成就皃廣韵作成孰蓋禾孰而刈之而絭束之其義相因也 从禾囷聲 苦本切十三部按本从囷聲丘吻反轉入竟韵爲苦本切非从困聲也

稞 穀之善者 謂凡穀顆粒俱佳者廣韵云淨穀 从禾果聲 胡瓦切古音讀如顆十七部 一曰無皮穀 謂穀中有去稃者也此義當讀如稞

秳 舂粟不潰也 水部曰潰漏也舂粟不潰者謂無散於臼外者也蓋舂之用力重則或潰用力輕則不是曰秳今俗謂輕舂曰桄古曠切卽秳之轉語也 从禾𠯑聲 戶括切按當古活切十五部

䅲 秳也 从禾气聲 居气切十五部篇韵皆下沒切

䅵 禾皮也 禾皮者禾稿之皮也呂氏春秋曰得時之麥薄䅵而赤色本謂稿皮因以評稍皮羔聲勺聲古音同在二部故䅵音灼下文曰禾若秧穰曰把取禾若若卽䅵今音相近又改其字耳 从禾羔聲 之若切古音在二部

平聲按春秋經有䅋字齊地名今釋文五經文字皆作䅋从示惟玉篇禾部䅋下曰又齊地名而示部䅋字在部末孫強等所沾然則希馮所據春秋字从禾

稭禾稾去其皮祭天㠯爲席也禮器曰莞簟之安而稾鞂之設鄭注穗去實曰鞂引禹貢三百里納鞂服禹貢釋文秸本或作稭然則稭秸鞂三形同又或作䕸亦同謂禾莖既刈之上去其穗外去其皮存其淨莖是曰稭鄭云穗去實猶云穎去穗也穎謂莖之近穗者鄭注禹貢云銍謂刈穗斷去稾也稭又去其穎也是謂下𢧵爲稾近穗爲穎故三百里納秸者不惟去稾又去穎而納穗其注禮器云穗去實者正謂去穗用近穗之穎與許云稾去皮者少異許云稾者兼穎而言言稾得兼穎言穎不兼稾也从禾皆聲古黠切十五部

稈禾莖也謂自根之上至貫於穗者是也从禾旱聲古旱切十四部春秋傳曰或投一秉稈昭公廿七年左傳曰或取一編菅焉或取一秉秆焉國人投之此以二句合爲一句耳

秆稈或从干作干聲

稾稈也廣雅左傳注皆云秆稾也叚借爲矢榦之稾屈平屬艸稾之稾从禾高聲古老切二部

秕不成粟也按不成粟之字从禾惡米之字从米而皆比聲此其別也左傳若其不具用秕粺也杜云秕穀不成者僞古文云若粟之有秕呂覽云凡禾之患不俱生而俱死是以先生者美米後生者多秕是故其耨也長其兄而去其弟按今俗評穀之不充者曰癟補結切卽秕之俗音俗字也引伸之凡敗者曰秕漢書曰秕我王度从禾比聲卑履切十五部

䅌

麥莖也麥莖光澤娟好故曰䅌一作[illegible]潘岳射雉賦曰䴸閒藹葉是从禾肙聲古玄切十四部

𥝩黍穰也廣雅黍穰謂之𥝩左傳使巫以桃茢先祓殯杜注云茢黍穰檀弓以巫祝桃茢執戈鄭注云茢萑苕按二物皆可爲埽二字可通用故注不同許說其本義也詩生民禾役穟穟毛傳役列也列蓋𥝩之段借禾穰亦得謂之𥝩也从禾列聲良薛切十五部

穰黍𥝩已治者已治謂已治去其箬皮也謂之穰者莖在皮中如瓜瓤在瓜皮中也周頌傳曰穰穰衆也此段借也从禾襄聲汝羊切十部

秧禾若秧穰也若即上文之䅌也若者擇菜也擇菜者必去其邊皮因之凡可去之皮曰若竹皮亦曰箬漢書印纍纍綬若若纍纍重積也若若如擇若之多也秧穰疊韵字集韵曰禾下葉多也今俗謂稻之初生者曰秧凡艸木之幼可移栽者皆曰秧此與古義別从禾央聲於良切十部

䅭䅭䅿穀名廣雅曰䅭䅿穄也按許但云穀名不與穄篆爲伍則與張說異从禾旁聲薄庚切古音在十部

䅿䅭䅿也二字疊韵从禾皇聲戶光切十部

秊穀孰也爾雅曰夏曰歲商曰祀周曰年唐虞曰載年者取禾一孰也从禾千聲奴顚切古音在十二部春秋傳曰大有年宣十六年經文穀梁傳曰五穀皆孰爲有年五穀皆大孰爲大有年

穀此篆體依五經文字木部正續也穀與粟同義引伸爲善也釋詁毛傳皆曰穀善也又大雅傳曰穀祿也百穀

之總名也周禮大宰言九穀鄭云黍稷稻粱麻大小豆小麥苽也膳夫食用六穀先鄭云稌黍稷粱麥苽也疾醫言五穀鄭曰麻黍稷麥豆也詩書言百穀種類繁多約舉兼晐之詞也惟禾黍爲嘉穀李善引𨚗君韓詩章句曰穀類非一故言百也从禾𣪊聲𣪊者今之殼字穀必有稃甲此以形聲包會意也古祿切三部

稔穀孰也稔之言飪也从禾念聲而甚切七部春秋傳曰不五稔是昭元年左傳文

租田賦也从禾且聲則吾切五部

稅租也从禾兌聲輸芮切十五部

䆃䆃米也三字句各本刪䆃字改米爲禾自呂氏字林顏氏家訓時已然今正䆃擇也擇米曰䆃米漢人語如此雅俗共知者漢書百官表後書殤帝和帝紀皆有䆃官注皆云䆃官主擇米鄧后詔曰減大官䆃官自非共陵廟稻粱米不得䆃擇光武詔曰郡國異味有豫養䆃擇之勞凡作導者譌字也䆃米是常語故以䆃米釋䆃篆如河下云河水巂下云巂周之比淺人槩謂複字而刪之又改米爲禾呂忱徐廣顏之推司馬貞皆執誤本說文謂䆃是禾名豈知䆃果禾名則許書之例當與穖穆私三篆爲伍而不廁於此从禾道聲徒到切古音在三部司馬相如曰䆃一莖六穗也史漢司馬相如傳封禪文曰囿騶虞之珍羣徼麋鹿之怪獸䆃一莖六穗於庖犧雙觡共柢之獸獲周餘珍放龜於岐招翠黃乘龍於沼鄭德云䆃擇也一莖六穗謂嘉禾之米鄭語叚明憭言於庖者擇米作飯必於庖也呂忱乃云禾一莖六穗謂之䆃葢不讀封禪文而誤斷許書之

句度矣

⿰禾荒 虛無食也 爾雅果不孰爲荒周禮疏曰蔬穀皆不孰爲大荒按荒年字當作⿰禾荒荒行而⿰禾荒廢矣 从禾荒聲 呼光切十部

穌 把取禾若也 把各本作杷今正禾若散亂杷而取之不當言把也離騷蘇糞壤以充幃兮謂申椒其不芳王逸曰蘇取也韓信傳曰樵蘇後爨師不宿飽漢書音義曰樵取薪也蘇取草也此皆假蘇爲穌也蘇桂荏也蘇行而穌廢矣樂記蟄蟲昭蘇注云更息曰蘇據玉篇云穌息也死而更生也然則希馮所據樂記作穌 从禾魚聲 素孤切五部

稍 出物有漸也 漸依許當作𧼨漸行而𧼨廢矣稍之言小也少也凡古言稍稍者皆漸進之謂周禮稍食祿稟也注云稍者謂祿之小者也 从禾肖聲 所教切二部

秋 禾穀孰也 其時萬物皆老而莫貴於禾穀故从禾言禾復言穀者晐百穀也禮記曰西方者秋秋之爲言揫也 从禾⿱龜火省聲 七由切三部

籒文不省

秦 伯益之後所封國 鄭詩譜曰秦者隴西谷名於禹貢近雍州鳥鼠之山堯時有伯翳者實皐陶之子佐禹治水水土既平舜命作虞官掌上下草木鳥獸賜姓曰嬴歷夏商興衰亦世有人焉周孝王使其末孫非子養馬於汧渭之間孝王封非子爲附庸邑之於秦谷至曾孫秦仲宣王又命作大夫始有車馬禮樂侍御之好國人美之秦之變風始作按伯益伯翳實一人臯陶之子也今甘肅秦州清水縣有故秦城漢地理志之隴西秦亭秦谷也 地宜禾从禾舂省 地宜禾者說字形所以从禾从舂也職方氏曰雍州穀宜黍稷

豈秦穀獨宜禾與匠鄰切十二部按此字不以舂禾會意爲本義以地名爲本義者通人所傳如是也一曰秦禾名此別一義

秦籒文秦从秝

稱銓也銓者衡也聲類曰銓所以稱物也稱俗作秤按爯并舉也偁揚也今皆用稱稱行而爯偁廢矣从禾爯聲處陵切六部廣韻又昌孕切是也等也銓義之引伸春分而禾生上文云以二月生日夏至晷景可度禾有秒謂其時禾乃有芒也秋分而秒定上文云以八月孰孰時芒乃定律數十二句十二謂六律六呂也十二秒而當一分十二兩字舊奪今補下文云十髮爲程一程爲分十分爲寸然則十二禾秒而當十髮淮南天文訓作十二蘽而當一粟十分而寸天文訓作十二粟而當一寸其㠯爲重以衡輕重也十二粟爲一分此粟謂禾粟十二分爲一銖百四十四粟也天文訓曰十二粟而當一分十二分而當一銖十二銖而當半兩衡有左右因倍之故二十四銖爲一兩按金部銖下曰權十分黍之重也十分黍有譌依此則當云十二分粟之重也許用淮南說與說苑律曆志說異故諸程品皆从禾度起於十二秒權起於十二粟諸程品之字謂稱以下七篆也此釋稱从禾之意併釋科以下六字从禾之意也

科程也廣韻曰程也條也本也品也又科斷也按實一義之引伸耳論語曰爲力不同科孟子曰盈科而後進趙岐曰科坎也按盈科爲盈等也从禾斗

依韵會所據小徐本苦禾切十七部斗者量也說从斗之意

程程品也大徐無程字按此三字爲句與藁米也一例淺人槩謂複字而刪之品者衆庶也因衆庶而立之法則斯謂之程品上文言諸程品可證矣荀卿曰程者物之準也月令陳祭器按度程注程謂器所容也漢書張蒼定章程如淳云章歷數之章術也程者權衡丈尺斗斛之平法也十髮爲程一程爲分一俗本作十誤大小徐舊本漢制攷小學紺珠皆不誤百髮爲分斷無是理十分爲寸十髮爲程度起於此十髮當禾秒十二故字从禾从禾呈聲直貞切十一部

稯布之八十縷爲稯按此當有奪文聘禮記曰禾四秉曰筥十筥曰稯十稯曰秅許下文五稯爲秭二秭爲秅正本記文若先之曰布八十縷爲稯則下文不爲四百縷爲秭八百縷爲秅乎知其斷不然矣蓋必云禾四十秉爲稯从禾㚇聲一曰布之八十縷爲稯稯轉寫奪漏而亂之耳秉見又部云禾把也从又持禾云四十秉爲稯則上下相屬成文鄭注周禮云禾槀實幷刈者也秉手把也稯猶束也國語其歲收田一井出稯禾秉芻缶米不是過也稯禾謂禾四十秉秉芻謂芻一把韋注殊誤布八十縷爲稯稯者史記孝景本紀令徒隸衣七稯布索隱正義皆云蓋七升布用五百六十縷漢書王莽傳一月之祿十緵布二匹孟康云緵八十縷也攷鄭注喪服曰八十縷爲升升當爲登登成也今之禮皆登爲升俗誤已行久矣賈公彥云今亦云布八十縷謂之宗宗即古之升也是則宗緵登升一語之轉聘禮今文作稯古文作緵許从今文故糸部無緵布縷與禾把皆數也故同名糸部總下云十五升布謂十五稯布也从

禾㚇聲子紅切九部 稯籀文稯省㚇亦兇聲也

秭五稯爲秭禾二百秉也周禮掌客注有秅秭麻苔之文秅秭連文則非詩之秭也謂五稯也从禾𠂔聲將几切十五部一曰數意至萬曰秭意各本作億今依心部正周頌兩言萬億及秭毛曰數萬至萬曰億數億至萬曰秭定本集注釋文皆作數億至萬釋文所記別本及正義及前此甄鸞五經筭術皆作數億至億許書多襲毛傳此云數意至萬曰秭似當出於毛然心部云十萬曰意不從毛之萬萬曰億而從古數則說秭亦不必同毛蓋毛作數億至億曰秭許別有所受作數億至萬與秭不見他經惟見周頌鄭內則注萬億曰兆依許說則秭卽他經之兆與五經筭術曰黃帝爲法數有十等億兆京垓秭壤溝澗正載是也及其用也乃有上中下三等下數十十變之中數萬萬變之上數數窮則變以中數言之毛傳應云數垓至億曰秭而言數億至億曰秭有所未詳玉裁按十等之說起於漢末取周頌云秭國語云經姟者演之三等之說取鄭云今數古數者演之許鄭所不言未可盡信數億至萬亦不爲不多矣不必從毛之數億至億也秭之言積也韓詩云陳穀曰秭亦取積義如第簀之爲一物其例也○釋詁云歷秭筭數也郭云今以十億爲秭

秅二秭爲秅禾四百秉也周禮掌客曰上公車禾眡死牢牢十車車三秅注云禾稾實幷刈者也聘禮四秉曰筥十筥曰稯十稯曰秅每車三秅則三十稯也聘禮注云一車之禾三秅爲千二百秉三百筥三十稯也○按小徐本作秭也廣韵從之是則秅卽秭秭爲今數二秭爲秅爲古數也小徐本非奪字仍訂於此从禾乇聲宅加切古

音在五部丁故反

周禮曰周禮當是本作禮記淺人所改也許書之例謂周官經曰周禮謂十七篇曰禮十七篇之記謂之禮記如偁鉶毛牛藿羊苄豕薇系之禮記是也四秉爲筥以下聘禮記文二百四十斤爲秉此七字妄人所增當刪聘禮記曰十斗曰斛十六斗曰籔十籔曰秉二百四十斗云二百四十斗者經致饔米三十車每車秉有五籔計之得二十四斛爲二百四十斗也此說米之數與禾無涉鄭君所謂米禾之秉筥字同數異妄人乃益之曰爲秉與下文言禾之四秉曰筥相屬而轉寫又斗譌斤會謂許君而有此乎國語稷禾秉芻缶禾韋注當本云稷禾四十秉也秉把也缶庾也庾米十六斗也聘禮曰十六斗曰庾四秉曰筥十筥曰稷今本亦不知何人妄改致不可讀要之許韋不可誣也若廣雅之謬誤又無論矣

四秉曰筥秉見又部曰禾秉也从又持禾秝部云持一爲秉持二爲兼詩毛傳云秉把也四秉冡又部言之謂禾四把也禾者稾實兼刈者也鄭注禮云筥穧名也若今萊陽之閒刈稻聚把有名爲筥者詩云彼有遺秉又云此有不斂穧按鄭意筥卽穧刈禾盈手曰秉盈手者四聚於一處爲一穧穧十而總束之則爲稯故曰稯猶束也周禮注云筥讀如棟梠之梠謂一穧也疑今禮注奪去一字

十筥曰稯十稯曰秅四百秉爲一秅

䄷百二十斤也律曆志曰五權之制銖者物繇忽微至於成著可殊異也本起於黃鐘之重一龠容千二百黍重十二銖兩者兩黃鐘律之重也二十四銖而成兩斤者明也十六兩成斤鈞者均也三十斤成鈞石者大也權之大者也四鈞爲石古多叚石爲柘月令鈞衡石是也有假柘爲

山石者楚辭悲任秙之何益是也稻一秙爲粟二十斗禾黍一秙爲粟十六斗大半斗斗宋刻皆譌升毛本又誤改斤今正稻亦可偁粟猶凡穀皆可偁米也秙不專用諸穀而从禾故舉稻與禾黍之粟各一秙合於量者言之从禾石聲常隻切古音在五部

稘復其時也言帀也十二月帀爲期年中庸一月帀爲期月左傳曰至日亦爲期今皆假期爲之期行而稘廢矣从禾从禾者取舊穀沒新穀升也其聲居之切一部唐書曰稘三百有六旬堯典文今堯典作期葢壁中古文作稘孔安國以今字讀之易爲期也唐書大徐作虞書攷心部偁唐書五品不遜大小徐本同此則小徐作唐書大徐作虞書他偁堯典者凡二十五皆云虞書不云唐書參差不畫一未得其解竊謂尚書鄭贊云三科之條五家之教三科者古文家說虞夏書商書周書是也五家者今文家說唐書虞書夏書商書周書是也虞夏同科則自堯典至甘誓爲虞夏書湯誓以下爲商書大誓牧誓以下爲周書五家堯典爲唐書皋陶謨爲虞書禹貢甘誓爲夏書湯誓以下爲商書大誓牧誓以下爲周書論衡曰唐虞夏殷周者土地之名重本不忘始故以爲號若人之有姓矣說尚書謂五者功德之名盛隆之意唐之爲言蕩蕩也虞者樂也夏者大也殷者中也周者至也其褒五家大矣然而失其初意王充業今文此五家之說之證也伏生有五家之教故尚書大傳有唐傳虞傳夏傳殷傳周傳之目見唐人正義所偁引大傳既亡近惠氏定宇蒐集之爲書乃標堯典之首曰虞夏傳唐傳標禹貢之首曰虞夏傳夏傳以古文家之目羼入

今文家殊爲不可通許君云唐書者從今文家說也曷爲從今文家說也堯典紀唐事紀舜皆紀堯也則謂之唐書皐陶謨紀虞事則謂之虞書禹貢紀禹之功則謂之夏書勝於古文家之槩偁虞夏書未得其實也曷爲自言偁書孔氏古文而從今文說也古文今文家標目皆非孔子所題皆學之者爲之說耳說則可擇善而從無足異也若左傳以咨徵五典六句系之虞書以敷內以言三句系之夏書洪範一篇系之商書亦與古文家說不同許於洪範則依左傳謂之商書於堯典皐陶謨禹貢則依今文五家之教謂之唐書虞書夏書蓋合諸說而折其衷矣凡今本說文以堯典系虞書者二十五皆淺人所妄改許不應自相舛戾如是

文八十七　重十三

秝　稀疏適秝也　各本無秝字今依江氏聲王氏念孫說補適秝上音的下音歷疊韵字也玉篇曰稀疏厤厤然蓋凡言歷歷可數歷錄束文皆當作秝歷行而秝廢矣周禮遂師及窆抱磿鄭云磿者適歷執綍者名也遂人主陳之而遂師以名行校之賈公彥云天子千人分布於六綍之上稀疏得所名爲適歷也王氏念孫廣雅疏證云子虛賦七發楊雄蜀都賦南都賦論衡譴告篇嵇康聲無哀樂論皆云勺藥伏儼文穎晉灼李善皆說是調和之名上丁削反下旅酌反勺藥之言適歷也周禮注及說文皆云適歷說文厤字下云治也𤯍字下云調也凡均調謂之適歷　从二禾　禾之疏密有章也　凡秝之屬皆从秝讀若歷　郞擊切十六部

兼　并

也幷相從也从又持秝會意古甜切七部兼持二禾秉持一禾

文二

黍許云雨省聲則篆體當如是引孔子曰者其別說也禾屬而黏者也九穀攷曰以禾況黍謂黍爲禾屬而黏者非謂禾爲黍屬而不黏者也禾屬而黏者黍禾屬而不黏者穈對文異散文則通偁黍謂之禾屬要之皆非禾也今山西人無論黏與不黏統呼之曰穈黍太原以東則呼黏者爲黍子不黏者爲穈子黍宜爲酒爲羞籩之餌餈爲酏粥穈宜爲飯禾黍稻稷各有黏不黏二種按黍爲禾屬者其米之大小相等也其采異禾穗下垂如椎而粒聚黍采略如稻而舒散以大暑而穜故謂之黍大衍字也九穀攷曰伏生尚書大傳淮南劉向說苑皆云大火中種黍菽而呂氏春秋則云日至樹麻與菽麻正穈之誤又夏小正五月初昏大火中種黍菽穈穈字因下文誤衍諸書皆言種黍以夏至說文獨言以大暑蓋言種暑之極時其正時實夏至也玉裁謂種植有定時古今所同非可叚借許書經轉寫妄增一字耳以暑種故謂之黍猶二月生八月孰得中和故謂之禾皆以疊韵訓釋从禾雨省聲舒呂切五部孔子曰黍可爲酒如稬與秫皆宜酒故从禾入水也依廣韵補故从二字此說字形之異說也凡云孔子曰者通人所傳以禾入水不見其必爲酒故先雨省聲之說而禾入水會意之說次之今之隸書則从禾入水不从雨省凡黍之屬皆从黍

穈穄

也 穄見禾部䵚黍之不黏者如稴爲稻之不黏者稷爲秫之不黏者也高注呂氏春秋曰穄關西謂之䵚冀州謂之⿱毄黍九穀攷曰特牲饋食禮尸嘏主人有摶黍之儀必是炊䵚爲飯不相黏著故令佐食者摶之而後授尸按周禮士訓注云荊揚地宜稻幽并地宜麻依李氏聶氏皆忙皮反則麻本作䵚九穀攷云鄭據職方氏爲說也幽州宜三種并州宜五種內皆有黍

从黍麻聲 靡爲切古音在十七部

䵑 黍屬也 禾之別爲稗黍之屬爲䵑言別而屬見言屬而別亦見稗䵑之於黍猶稗之於禾也九穀攷曰余目驗之䵑與穀皆如黍農人謂之野稗亦曰水稗 从黍卑聲 并弭切十六部篇韵又皆平懈切

黏 相箸也 有段溓爲黏者如攷工記雖有深泥亦弗之溓也是 从黍占聲 女廉切七部

䵖 黏也从黍古聲 戶吳切五部俗作糊

⿰米古 䵖或从米作

䵒 黏也从黍日聲 尼質切十二部 春秋傳曰不義不䵒 隱元年左傳文今左傳作暱昵或暱字曰近也攷工記弓人凡昵之類不能方故書昵或作樴杜子春云樴讀爲不義不昵之昵或爲䵒䵒黏也按許所據左傳作䵒爲長䵒與暱音義皆相近

⿰黍刃 䵒或从刃 刃聲也據杜子春說攷工記弓人昵或爲⿰黍刃方言曰⿰黍刃黏也齊魯青徐自關而東或曰⿰黍刃或曰⿰黍刃⿰黍刃黏也

䵓 履黏也 釋詁曰黎衆也衆之義行而履黏之義廢矣古亦以爲黧黑字 从黍𥝢省聲 𥝢省者不欲重禾也郎奚切十五部 𥝢 此依刀部作 古文利作履

黏曰黍米也說从黍之意

䵚治黍禾豆下潰葉也潰葉蔡殘恐其傷穀故必治之治之者當以杷以鉏此今農人所當知也从黍畐聲蒲北切一部

文八汲古閣妄增黐非重二

香芳也艸部曰芳艸香也芳謂艸香則汎言之大雅曰其香始升从黍从甘會意許良切十部春秋傳曰黍稷馨香約舉左傳僖五年文此非爲香證說香必从黍之意也凡香之屬皆从香

馨香之遠聞也同大雅鳧鷖傳按唐風椒聊一章曰椒聊且遠條且傳曰條長也二章椒聊且遠條且傳曰條言馨之遠聞也今本前後章皆作條則毛不應別爲傳矣而足利古本尚可證經言條者枝條之長條者芬香條暢之謂傳馨字今譌聲从香殸聲呼形切十一部殸籒文馨

文二徐鉉新附馥字按毛詩苾字韓詩作馥許於艸部已錄苾故不收馥不從韓也

米粟實也鹵部曰粟嘉穀實也嘉穀者禾黍也實當作人粟舉連秠者言之米則秠中之人如果實之有人也果人之字古書皆作人金刻本艸尚無作仁者至明刻乃盡改爲仁鄭注冢宰職九穀不言粟注倉人掌粟入之藏云九穀盡藏焉以粟爲主粟正謂禾黍也禾者民食之大同黍者食之所貴故皆曰嘉穀其去秠存人曰米因以爲凡穀人之名是

一珍倣宋版印

故禾黍曰米稻稷麥苽亦曰米舍人注所謂六米也六米卽膳夫食醫之食用六穀也賓客之車米筥米喪紀之飯米不外黍粱稻稷四者凡穀必中有人而後謂之秀故秀从禾人象禾黍之形大徐作禾實非是米謂禾黍故字象二者之形四點者聚米也十其閒者四米之分也篆當作四圓點以象形今作長點誤矣莫禮切十五部凡米之屬皆从米

粱禾米也名本作米名也今正古訓詁多不言某名如毛傳但言水也山也艸也木也皆是上文粟與米皆兼禾黍言粱則專爲禾米故別言之淺人不得其解乃刪禾字矣生曰苗秀曰禾稾實弁刈曰禾其實曰粟粟中人曰米米可食曰粱禮經簠盛陳稻粱簋陳黍稷聘禮米百筥設於中庭十以爲列黍粱稻皆二行稷四行內則飯黍稷稻粱白黍黃粱食醫六食犬宜粱喪大記君用粱大夫用稷士用粱凡黍稷稻之米無別名禾之米則曰粱自⿰米冓以至於侍御皆粱也小雅黃鳥無啄我粟兼禾黍言之二章言粱三章言黍其目也粟言連秠粱黍言米又其別也从米梁省聲呂張切十部

⿰米焦早取穀也內則稰穛注云孰穫曰稰生穫曰穛正義曰穛是斂縮之名明以生穫故其物縮斂也按穛卽⿰米焦字亦作穱古爵與焦同音通用也大招七發皆云穱麥王逸云擇麥中先孰者也大招以爲飯七發以飤馬吳都賦云穱秀苽穗廣韻云穱者稻處種麥皆與早取之義合凡早取穀皆得名穱不獨麥也从米焦聲側角切二部一曰小謂穀之小者也取揫斂之意

粲稻重一䄷爲粟二十斗見禾部爲米十斗曰毇此當有奪文當

以爲米十斗句絶下云爲米九斗曰毇稻粟二十斗爲米十斗者九章筭術所謂稻率六十糲米率三十也稻粟二十斗爲米十斗今目驗猶然其米甚粗不得曰毇明矣爲米九斗曰毇者下文云米一斛舂爲九斗曰毇是也毇卽粺禾黍言粺稻言毇稻米九斗而舂爲八斗則亦曰糳八斗而舂爲六斗大半斗則曰粲猶之禾黍糳米爲七斗則曰侍御也禾黍米至於侍御稻米至於粲皆精之至矣不言亦曰糲不言爲米八斗亦曰糳者名各有所系欲讀者參伍而得之

爲米六斗大半斗曰粲謂以八斗舂爲六斗大半斗也以今目驗言之稻米十斗舂之爲六斗大半斗精無過此者矣漢刑法有鬼薪白粲白粲謂舂也粲米取白故爲鮮好之偁穀梁粲然皆笑謂見齒也鄭風傳曰粲餐也此謂粲爲餐之叚借也

从米奴聲舂之義亦與奴相近倉案切十四部

糲粟重一秳爲十六斗大半斗見禾部不言禾黍者粟本禾黍實之名稻評粟則借辭也舂爲米一斛曰糲粟十六斗大半斗爲米十斗卽九章筭術粟米之法粟率五十糲米三十也張晏曰一斛粟七斗米爲糲與九章筭術率異

从米萬聲今皆作糲从厲古从萬聲與牡蠣字正同漢書司馬遷傳糲粱之食與許篆體合洛帶切十五部

精擇米也米字各本奪今補擇米謂䆃擇之米也莊子人閒世曰鼓筴播精司馬云簡米曰精簡卽柬俗作揀者是也引伸爲凡取好之偁撥雲霧而見青天亦曰精韓詩於定之方中云星精也

从米青聲子盈切十一部

粺毇也粺者糲米一斛舂爲九斗也大雅彼疏斯粺傳云彼宜食

疏今反食精粺箋云米之率糲十粺九糳八侍御七按漢九章筭術云糲米三十粺米二十七糳米二十四御米二十一卽鄭說所本粺謂禾黍米毇謂稻米而可互偁故以毇釋粺 从米卑聲旁卦切十六部

粗 疏也大雅彼疏斯粺箋云疏麤也謂糲米也麤卽粗正與許書互相證疏者通也引伸之猶大也故粗米曰疏糲米與粺米校則糲爲粗稷與黍稷粱校則稷爲粗九穀攷云凡經言疏食者稷食也論語疏食菜羹卽玉藻之稷食菜羹左傳粱則無矣麤則有之麤對粱而言稷之謂也儀禮昏禮婦饋舅姑有黍無稷特著其文蓋婦道成以孝養不進疏食也按引伸叚借之凡物不精者皆謂之粗 从米且聲徂古切五部今皆讀平聲

粊 惡米也粟之不成者曰秕米之惡者曰粊其音同也莊子塵垢粃糠粃卽粊字 从米比聲各本篆作⿱北米解云北聲今正粊在古音十五部不當用一部之北諧聲也經典釋文五經文字皆不誤若廣韵作粊注云說文作⿱北米蓋由說文之誤已久玉篇作⿱北米作粃作粊皆云惡米而皆粊之誤兵媚切十五部 周書有粊誓尚書粊誓卽今所用衞包妄改本之費誓也周禮禮記曾子問鄭注皆云粊誓裴駰司馬貞注史記皆云尚書作粊司馬貞當開元時衞包本猶未行至包乃改作費至宋開寶陳諤乃將尚書音義之粊改費學者莫知古本矣貞之改粊爲費也直謂粊卽季氏費邑不知漢費縣故城在今兗州府費縣西北二十里去曲阜且三百里粊誓全篇乃初出師時語未必遠在今費縣史記作肹誓徐廣曰一作鮮一作獮蓋伏生作肹作鮮作獮古文作粊音正相近不當从一部北聲可知

糱 牙米也牙同芽芽米者生芽之米也凡

黍稷稻粱米已出於穅者不芽麥豆亦得云米本無穅故能芽芽米謂之糱猶伐木餘謂之糱庶子謂之孼也按許云芽米蓋容穀言之散文則粟得偁米月令乃命大酋秫稻必齊麴糱必時注云古者穫稻而漬米麴至春而爲酒按漬米漬麴是二事漬米卽大酋之糱也此糱不必有芽以凡穀漬之則有芽故名漬米曰糱 从米辥聲 魚列切十五部

粒 糂也 按此當作米粒也米粒是常語故訓釋之例如此與䆃篆下云䆃米也正同玉篇廣韵粒下皆云米粒可證淺人不得其解乃妄改之以與糂下一曰粒也相合不知粒乃糂之別義正謂米粒如妄改之文則粒爲以米和羹矣而一曰粒也何解乎今俗語謂米一顆曰一粒孟子樂歲粒米狼戾趙注云粒米粟米之粒也皐陶謨烝民乃粒周頌立我烝民鄭箋立當作粒詩書之粒皆王制所謂粒食始食艱食鱻食至此乃粒食也 从米立聲 力入切七部按此篆不與糂篆相屬亦可證其解𣃔不作糂也

䬼 古文从食

釋 漬米也 大雅曰釋之叜叜傳曰釋淅米也叜叜聲也按漬米淅米也漬者初湛諸水淅則淘汰之大雅作釋釋之叚借字也 从米睪聲 施隻切古音在五部

糂 以米和羹也 古之羹必和以米墨子藜羹不糂十日呂覽作藜羹不斟七日不粒不斟正不糂之誤內則注曰凡羹齊宜五味之和米屑之糝 从米甚聲 桑感切七部 一曰粒也 今南人俗語曰米糝飯糝謂孰者也釋名曰糝黏也相黏𪏰也按廣韵集韵類篇干祿字書皆有粽字云蜜漬瓜食也桑感切蓋糝有零星之義故今之小菜古謂之糝別製其字作粽通鑑盧循遺劉裕益智粽

宋廢帝殺江夏王義恭以蜜漬目睛謂之鬼目粽廣韵一仙枸櫞樹皮可作粽南方草物狀建安八年交州刺史張津以益智子粽餉魏武帝俗多改粽字胡三省注通鑑曰角黍也蓋誤認爲從韵之粽字齊民要術引廣州記益智子取外皮蜜煑爲糝味辛

糣 作糝字 籒文糂从朁 朁聲甚聲同在七部

糝 古文糂从參 參聲亦在七部周禮醢人內則皆如此作周頌潛有多魚傳曰潛糝也古本如此爾雅糝謂之涔涔即詩之潛也小爾雅及郭景純改糝爲木旁謂積柴水中令魚依之止息字當从木也而舍人李巡皆云以米投水中養魚曰涔似其說各異不知積柴而投米焉非有二事以其用米故曰糝以其用柴故或製字作罧罧見淮南書槮糝皆魏晉閒妄作也

糪 炊句米者謂之糪 炊謂飯與鬻也下言炊爨之失故先之曰炊釋器曰米者謂之糪米者謂飯之米性未孰者也李巡二云飯米半腥半孰曰糪腥先定反廣韵引新字林云糪豆中小硬者義相近 从米辟聲 博厄切十六部

糜 糝糜也 各本無糜字淺人所刪今補以米和羹謂之糝專用米粒爲之謂之糝糜亦謂之鬻亦謂之饘食部曰饘糜也釋名曰糜煑米使糜爛也粥淖於糜粥粥然也引伸爲糜爛字 从米麻聲 靡爲切古音在十七部 黃帝初教作糜 各本無此六字今依韵會所據鍇本補初學記藝文類聚北堂書鈔皆引周書黃帝始亨穀爲粥此記伯益作井揮作弓奚仲造車之例

⿰米覃 糜和也 糜和謂菜屬也凡羹以米和之曰糝糜或以菜和之曰⿰米覃 从米覃聲讀若譚 大徐譚作鄿鄿譚古

今字也徒感切古音在七部

粐 潰米也 潰屚也謂米之棄於地者也禾部曰秳舂粟不潰也不拋散謂之潰 从米尼聲 武夷切十五部 交止有粐泠縣 止俗作阯誤今正地理志交止郡麊泠後郡國志同麊者粐之誤應劭曰麊音彌孟康曰泠音螟蛉之蛉

⿱⺮匊 酒母也从米⿱⺮匊省聲 ⿱⺮匊或作⿱⺮敹則亦可云敹聲也驅六切三部

麴 ⿱⺮匊或从麥鞠省聲 作麴或以米或以麥故其字或从米或从麥

糟 酒滓也 內則曰重醴稻醴清糟黍醴清糟粱醴清糟注云重陪也糟醇也清泲也致飲有醇者有泲者陪飲之也周禮酒正共后之致飲於賓客之禮醫酏糟注云糟醫酏不泲者泲曰清不泲曰糟按今之酒但用泲者直謂已漉之粕爲糟古則未泲帶滓之酒謂之糟泛齊醴齊滓浮尤濁盎齊緹齊沈齊差清莊子音義玄應書皆引許君淮南注曰粕已漉粗糟也然則糟謂未漉者 从米曹聲 作曹切古音在三部大鄭周禮注引內則清糟字皆作⿱艹酒云糟音聲與⿱艹酒相似記之者各異耳按⿱艹酒蓋从酒艸聲亦糟字也

醩 籀文从酉 大徐本作醩集韵從之小徐本作⿰酉⿱曹口韵會從之汲古閣以小徐改大徐非也

糒 乾飯也 飯字各本奪今依李賢明帝紀注隗囂傳注李善文選注玄應書補乾音干釋名曰干飯飯而暴乾之也周禮廩人注曰行道曰糧謂糒也止居曰食謂米也按干飯今多爲之者 从米葡聲 平祕切古音在一部

糗 熬米麥也 周禮羞籩之實糗餌粉餈鄭司農云糗熬大豆與米也粉豆屑也玄謂糗者擣粉熬

大豆爲餌餈之黏著以坋之耳按先鄭云熬大豆及米後鄭但云熬大豆注內則又云擣熬穀不同者黍粱秫麥皆可爲糗故或言大豆以包米或言穀以包米豆而許云熬米麥又非不可包大豆也熬者乾煎也乾煎者鬻也鬻米豆舂爲粉以坋餌餈之上故曰糗餌粉餈鄭云擣粉之許但云熬不云擣粉者鄭釋經故釋粉字之義許解字則糗但爲熬米麥必待臬之而後成粉也臬擣時乃糗糧某氏云糗糒之糧孟子曰舜之飯糗茹草趙云糗飯乾糒也左傳爲稻醴粱糗廣韵曰糗乾飯屑也此皆謂熬穀未粉者也 从米臭聲 去九切三部

臬 舂糗也 米麥已熬乃舂之而簁之成勃鄭所謂擣粉也而後可以施諸餌餈 从米臼 臼亦聲此舉會意包形聲也其九切三部

糈 糧也 凡糧皆曰糈離騷王注曰糈精米所以享神其一耑耳 从米胥聲 私呂切五部

糧 穀食也 周禮廩人凡邦有會同師役之事則治其糧與其食鄭云行道曰糧按詩云乃裹餱糧莊子云適百里者宿舂糧適千里者三月聚糧皆謂行道也許云穀食則兼居者行者言糧本是統名故不爲分析也 从米量聲 呂張切十部亦作粮

粈 襍飯也 食部曰𩚵襍飯也廣韵曰𩚵亦作粈然則𩚵粈一字今之糅襍字也 从米丑聲 女久切三部

䊮 穀也 䊮者穀也故糴字从入䊮會意楊雄蜀都賦䊮米肥腯腯言食穀米之肥腯也轉寫作糶米誤矣 从米翟聲 他弔切二部按當依玉篇徒的徒弔二切

𥽜 末也 末小徐本作䴭據玉篇云𥽜或作䴭則𥽜䴭一字大徐作𥽜䴭乃䴭之誤汲古後人又依小徐改作䴭矣今正

作末凡糲而粉之曰末麥部曰麪麥末也是也麪專謂麥末䊦則統謂凡米之末廣雅䊦謂之麪此謂麪亦䊦之一耳䊦者自其細蔑言之今之米粉麪勃皆是 从米蔑聲莫撥切古在十二部

粹 不襍也劉逵引班固云不變曰醇不襍曰粹按粹本是精米之偁引伸爲凡純美之偁 从米卒聲雖遂切十五部

氣 饋客之芻米也聘禮殺曰饔生曰餼餼有牛羊豕黍粱稻稷禾薪芻等不言牛羊豕者以其字从米也言芻米不言禾者舉芻米可以該禾也經典謂生物曰餼論語告朔之餼羊 从米气聲許既切十五部今字叚氣爲雲氣字而餼乃無作氣者 春秋傳曰齊人來氣諸侯事見左傳桓六年十年十年傳曰齊人餼諸侯許所據作氣左丘明述春秋傳以古文於此可見

⿱既米 氣或从旣旣聲也聘禮記曰日如其饔旣之數注云古文旣爲餼中庸篇曰旣稟稱事注云旣讀爲餼大戴朝事篇私覿致饔旣戴先生曰旣卽餼字按三旣皆⿱既米之省

餼 氣或从食按从食而氣爲聲蓋晚出俗字在假氣爲气之後

⿰米工 陳臭米賈捐之傳太倉之粟紅腐而不可食師古曰粟久腐壞則色紅赤也按紅卽⿰米工之叚借字 从米工聲戶工切九部

粉 所以傅面者也所吕字舊奪今補小徐曰古傅面亦用米粉故齊民要術有傅面粉英按據賈氏說粉英僅堪妝摩身體耳傅人面者固胡粉也許所云傅面者凡外曰面周禮傳於餌餈之上者是也引伸爲凡細末之偁 从米分聲方吻切十三部

⿰米卷 粉

也从米卷聲去阮切十四部玉篇曰粇同⿰米悉⿰米悉䊝也⿰米悉䊝雙聲字今俗語尚如此言之歛曰⿰米悉言之後曰䊝皆單評也絫評之曰⿰米悉䊝从米悉聲私列切十二部䊝⿰米悉䊝散之也䊝者複舉字⿰米悉者衍字左傳正義兩引說文䊝散之也可證左傳昭元年曰周公殺管叔而蔡蔡叔釋文曰上蔡字音素葛反說文作䊝正義曰說文䊝為放散之義故訓為放隸書改作已失字體䊝字不可復識寫者全類蔡字至有為一蔡字重點以讀之者定四年正義同是䊝本謂散米引伸之凡放散皆曰䊝字譌作蔡耳亦省作殺齊民要術凡云殺米者皆䊝米也孟子曰殺三苗於三危卽䊝三苗也从米殺聲桑割切十五部䊳碎也石部云碎䊳也二字互訓王逸注離騷瓊靡云靡屑也靡卽䊳字廣雅糜字二見曰糜饘也與說文同曰糜糒也卽說文之䊳碎也糜與䊳音同義少別凡言粉碎之義當作䊳从米靡聲此字玉篇廣韵集韵皆忙皮切徐鼎臣乃云莫臥切而類篇從之蓋誤認為䃺字耳鼎臣所說不必皆唐韵也䊳古音在十七部竊盜自中出曰竊小徐曰所謂亂在內為宄也按春秋曰盜竊寶玉大弓盜自中出也虎部曰竊淺也此於雙聲疊韵得之从穴米米自穴出此盜自中出之象也會意禼廿皆聲也一字有以二字形聲者千結切十五部廿古文疾童下亦曰廿古文以為疾二云以為則本訓二十幷古文叚借以為疾字也疒部疾下列古文仍與小篆不別蓋轉寫之誤禼偰字也大徐作古文偰按内部禼蟲也讀與偰同是則音同而義

異也此二云㑢字者蓋古文叚借以㕡爲㑢㑢猶見於漢書

文三十六　重七

毇 糲米一斛舂爲九斗也九斗各本譌八斗糳下八斗各本譌九斗今皆正九章筭術曰糲米率三十粺米二十七糳米二十四御米二十一毛詩鄭箋米之率糲十粺九糳八侍御七米部曰粺毇也是則毇與粺皆一斛舂爲九斗弱甚毇見粲下謂稻米也稻米之始亦得云糲此云糲米者兼稻米粟米言也 从臼米依韵會本 从殳从臼米者謂舂也从殳者殳猶杵也許委切十五部鉉本从臼米作从臬 凡毇之屬皆从毇

糳 糲米一斛舂爲八斗曰糳此糲米亦兼粟米稻米言也詩生民召旻音義左傳桓二年音義皆引字林糳子沃反糲米一斛舂爲八斗也與九章筭術毛詩鄭箋皆合然則許在張蒼之後鄭呂之前斷無乖異各本八斗譌九斗繆誤顯然經傳多叚鑿爲糳 从毇丵省聲鍇有省字今依之篆體減一畫則各切古音在二部

文二

臼 舂臼也各本無臼字今補杵下云舂杵也則此當云舂臼也明矣引伸凡凹者曰臼 古者掘地爲臼見易繫辭傳蓋黃帝時雍父初作如此 其後穿木石或穿木或穿石

象形口象木石臼也中象米也所舂也其九切三部凡臼之屬皆从臼

舂擣粟也言粟以晐他穀亦言粟以晐米小徐本粟作米周禮有舂人廣雅曰舂睉帥暘蟿捶𦦗𣫭𥢶𥓓舂也从廾持杵臨臼會意書容切九部杵省此與臼部匕合也會部會益也廾部允進也同皆六書之叚借也古者雝父初作舂太平御覽世本雝父作舂杵臼宋衷曰雝父黃帝臣也周本紀楚圍雝氏正義云括地志故雝城在洛州陽翟縣東北二十五里故老云黃帝時雝作杵臼所封也

𦥷齊謂舂曰𦥷按廣雅獨不載此字疑其臿即𦥷之誤而其𥢶即許之臿也从臼屰聲讀若膊匹各切五部

臿舂去麥皮也示部𥛁下曰讀若舂麥為𥢶之𥢶臿𥢶古今字也許於說解中用今字耳周禮槀人大祭祀則共其接盛接即臿之叚借凡穀皆得云臿也引伸為凡刺入之偁如農器刺地者曰鍫臿从臼干聲一曰干所以臿之此依韵會所據鍇本干聲在十四部與十五部取近臿𥢶字本在十五部臿又轉入於八部音楚洽切也一曰干所以臿之則爲會意干猶杵也

舀抒臼也生民詩曰或舂或揄或簸或蹂毛云揄抒臼也然則揄者舀之叚借字也抒挹也既舂之乃於臼中挹出之今人凡酌彼注此皆曰舀其引伸之語也从爪臼會意以沼切今語也古音讀如由釋文引說文弋紹切音隱已如此詩曰或簸或舀此偁或舂或揄也簸字系一時筆誤耳舀揄不同則

或許所據毛詩作舀或許取諸三家詩如毛作華韓作鄂之比皆不可定

舀或从手宂從手宂聲也宂今音在九部古音當在三部周禮舂人奄二人女舂抭二人奚五人鄭曰抭抒臼也引詩或舂或抭禮有司徹篇執挑匕柄以挹湆注於疏匕鄭云挑讀如或舂或抭之抭按鄭君注禮多用韓詩然則韓詩作抭卽舀也

舀或从臼宂

小阱也阱者陷也臽謂阱之小者从人在臼上古者掘地爲臼故从人臼會意臼猶坑也戸猶切八部

文六　重二

惡也凶者吉之反象地穿交陷其中也此爲指事許容切九部

凡凶之屬皆从凶

兇擾恐也杜注左曰兇恐懼聲从儿在凶下會意許拱切九部春秋傳曰曹人兇懼僖二十八年左傳文

文二

說文解字第七篇上

此篇釋𠊱字與三篇上釋𧮫字乖異此云𠊱訓舌彼以此舌也爲𧮫也之譌今案彼處說是𠊱者口次肉以𠃵象其形下言舌體𢎘𢎘含於𧮫中故其字从𢎘也象形二字在舌體𢎘𢎘之上不誤𠊱𧮫也正與毛傳𦢊𠊱也適合非毛之𠊱卽頤也頤自臣言𠊱自口次肉言陸氏引說文𠊱𧮫也口次肉也而𧮫譌舌乃妄增又云字服虔云口上曰𦢊口下曰𠊱者析言之毛許渾言之

金壇段玉裁注

𣏟分枲莖皮也謂分擘枲莖之皮也从屮象枲莖八象枲皮兩旁者其皮分離之象也此字與讀若輩之朩別凡𣏟之屬皆从𣏟讀若髕匹刃切十二部

枲麻也鍇本作麻子也非玉篇云有子曰苴無子曰枲廣韵互易之誤也喪服傳曰苴麻之有蕡者也牡麻者枲麻也艸部曰萉枲實也萉者蕡之本字枲既無實之牡麻何以言枲實也枲亦為母麻牡麻之大名猶麻之為大名也莩者母麻一曰莩即枲也是苴可評枲之證也周禮但言枲以晐麻艸之物九穀攷曰閔傳曰苴惡貌也斬衰貌若苴齊衰貌若枲以今目北方種麻事目驗之牡麻俗評花麻夏至開花所謂榮而不實謂之英者花落即拔而漚之剝取其皮是為夏麻夏麻之色白苴麻俗評子麻夏至不作花而放勃勃即麻實所謂不榮而實謂之秀者八九月閒子熟則落搖而取之子盡乃刈漚其皮而剝之是為秋麻色青而黯不潔白閔傳所云若苴若枲殆以是與从𣏟台聲鍇作辝省聲非也胥里切一部

𦃇籀文枲从𣏟从辝辝聲也

文二 重一

𣏡萉之總名也各本萉作葩字之誤也與呂覽季冬紀注誤同今正艸部曰萉枲實也黂或萉

字也莂本謂𣏟實因以爲苴𣏟之名此句疑尚有奪字當云治莂枲之總名下文云𣏟人所治也可證莂枲則合有實無實言之也趙岐劉熙注孟子妻辟纑皆云緝績其𣏟曰辟按辟音劈今俗語緝𣏟析其絲曰劈卽𣏟也

𣏟之爲言微也𣏟微音相近春秋說題辭曰𣏟之爲言微也𣏟𣏟古蓋同字微纖爲功絲起於糸𣏟縷起於𣏟象形按此二字當作从二屮三字屮謂析其皮於莖𣏟謂取其皮而細析之也匹卦切十六部凡𣏟之屬皆从𣏟

𦃢 枲屬類枲而非枲言屬而別見也𦃢者草名也周禮典枲掌布緦縷紵之𣏟草之物注云草葛蔄之屬掌葛徵草貢之材於澤農注云草貢出澤蔄紵之屬可緝績者蔄卽𦃢字之異者蔄紵出於澤與葛出於山不同又作顈襍記如三年之喪則既顈其練祥皆行鄭云顈草名無葛之鄉去𣏟則用顈詩兩言褧衣許於此偁𦃢衣於衣部偁褧衣而云褧𦃢也示反古然則褧衣者以𦃢所績爲之蓋士昬禮所謂景也今之𦃢𣏟本草作莔麻其皮不及枲𣏟之堅韌今俗爲𣝈繩索多用之从𣏟熒省聲去潁切十一部詩曰衣錦𦃢衣衛碩人鄭丰文今皆作褧

㪔 分離也散潸字以爲聲散行而㪔廢矣从攴从𣏟會意穌旰切十四部𣏟分㪔之意也說从𣏟之意

文三

麻 枲也麻與枲互訓皆兼苴麻牡麻言之从𣏟从广會意莫遐切古音在十七部

林人所治也在屋下（說从广之意林必於屋下績之故从广然則未治謂之枲治之謂之麻以已治之偁加諸未治則統謂之麻此條今各本皆奪誤惟韵會所據小徐本不誤今從之）凡麻之屬皆从麻

𦆸 未練治纑也（糸部曰纑布縷也劉熙孟子注曰緝績其麻曰辟練絲曰纑練絲謂取所緝之縷湅治之也練者湅也湅者瀹也汏諸水漂潎之也已湅曰纑未湅曰𦆸廣雅曰𦆸綃也綃是生絲未湅之縷如生絲然故曰綃也如成國謂已湅曰練絲）从麻後聲（空谷切三部按後之入聲如斛如大雅垢與谷韵是也）

𪎭 麻蒸也从麻取聲（東方朔七諫曰菎蕗襍於𪎭蒸王注云枲翮曰𪎭爝竹曰篜按蒸卽稭字之俗𪎭麻蒸卽艸部之菆麻蒸此部此篆葢淺人所增側鳩切四部）

𪎯 檾屬（檾爲枲類𪎯又檾類也廣韵引字書云𪎯麻一絜也）从麻俞聲（度侯切四部）

文四

尗 豆也（尗豆古今語亦古今字此以漢時語釋古語也戰國策韓地五穀所生非麥而豆民之所食大抵豆飯藿羹史記豆作菽）象尗豆生之形也（尗象各本作象尗誤今正重言尗者著其形也豆之生也所種之豆必爲兩瓣而戴於莖之頂故以一象地下象其根上象其戴生之形式竹切三部今字作菽）凡尗之屬皆从尗

枝 配鹽幽尗也（廣雅說飲食曰䜴醢䜴辟幽也幽與䜴同）

義以豆鬯之其味苦招䰟曰大苦鹹酸辛甘行些王云大苦豉也辛謂椒薑也甘謂飴蜜也言取豉汁調和以椒薑鹹酢和以飴蜜則辛甘之味皆發而行也釋名曰豉嗜也五味調和須之而成乃可甘嗜故齊人謂豉聲同嗜也按齊民要術說作豉必室中溫煖所謂幽尗也云食經作豉法用鹽五升所謂配鹽也从尗支聲是義切十六部豉俗枝从豆此可證尗豆為古今字豆部之豋字䀁字皆非古文所有也

文二　重一

耑　物初生之題也題者頟也人體頟為冣上物之初見即其頟也古發端字作此今則端行而耑廢乃多用耑為專矣周禮磬氏已下則摩其耑耑耑之本義也左傳履端於始假端為耑也上象生形以才屯韭字例之一地也山象初生下象根也一下則象其根也多官切十四部凡耑之屬皆从耑

文一

韭　韭菜也三字一句一種而久生者也故謂之韭此與說禾同例韭久疊韻象形謂韭在一之上一地也此與耑同意耑亦象形在一之上也耑下不言一地也錯見互相足舉友切三部凡韭之屬皆从韭

䪢𩐎也廣雅䪢菹也从韭隊聲徒對切十五部𩐎䪢也周禮醢人王舉則共醢六十罋以五齊七醢七菹三臡實之注齊當爲韲凡醢醬所和細切爲韲全物若牒爲菹王氏念孫曰韲者細碎之名莊子言韲粉是也按艸部曰菹酢菜也酢菜之細切者曰韲通俗文曰淹韭曰䪨淹薤曰䪢蓋其名起於淹韭淹薤故从韭从韭次朿皆聲二字皆聲朿部稱字同也祖雞切十五部韲𩐎或从齊齊聲

韰韰菜也内則多言韰釋草曰韰鴻薈似韭从韭㕡聲胡戒切十五部俗作薤

韱山韭也山韭謂山中自生者按夏小正正月囿有韭與四月囿有見杏皆謂自生者也釋草作藿山韭藿見艸部不云山韭然則許所據爾雅作韱山韭與从韭𢦏聲息廉切七部

䪤小蒜艸部曰蒜葷菜也南都賦曰其園圃則有藷蔗薑䪤李善引字書䪤小蒜也玉篇廣韵皆云百合蒜也按即齊民要術所云百子蒜从韭番聲附袁切十四部

文六　重一

瓜蓏也蓏大徐作瓜誤艸部曰在木曰果在地曰蓏瓜者縢生布於地者也象形徐鍇曰外象其蔓中象其實古華切古音在五部凡瓜之屬皆从瓜

瓝小瓜也謂有一種小瓜名瓝一名瓞从瓜交聲蒲角切二部爾雅毛詩傳皆作瓝交聲勺聲同在二部也隋書瓝稍

今之金瓜柚也宋人字作㼌稍遂爲牛形因字譌而附會有如此者見文昌襍錄

瓞 瓝也 釋草曰瓞瓝其紹瓞按瓞瓝者一種艸結小瓜名瓞卽瓝瓜也一云其紹瓞者瓝瓜之近本繼先歲之實謂之瓞也上云瓞瓝渾言之此析言之也大雅緜緜瓜瓞傳云瓜瓞瓜紹也瓞瓝也今本傳奪瓜瓞二字乃不可讀矣云瓜瓞瓜紹也者言瓜之近本繼先歲之實必小如瓝瓜之近本繼先歲之實亦小故亦謂之瓞也瓜紹不云瓞以瓝紹之名名之故曰瓜瓞又引爾雅瓞瓝說其本義也毛傳襲爾雅而文義不同詩言瓜瓞者與其先小後大陸氏佃曰今驗近本之瓜常小末則復大戴先生謂於詩意物理皆得之

从瓜失聲 徒結切十二部 詩曰緜緜瓜瓞 大雅緜文

㼋 瓞或从弗 按弗當作弟篆體誤也尚書平秩亦作平豑釋草稊亦曰苵是其例弟與失雙聲

𤬪 小瓜也 亦一種小瓜之名齊民要術引作小瓜瓞也 从瓜熒省聲 戶扃切十一部

⿰瓜系 瓜也 有瓜名䌛也 从瓜䌛省聲 余昭切古音在三部

瓣 瓜中實也 衞風齒如瓠棲釋草及毛傳曰瓠棲瓠瓣也瓜中之實曰瓣實中之可食者當曰人如桃杏之人 从瓜辡聲 蒲莧切古音蓋在十二部

㼌 本不勝末微弱也从二瓜 本者蔓也末者瓜也蔓一而瓜多則本微弱矣故汙窬之窳惰嬾之窳皆从此 讀若庾 以主切古音當在四部

文七 重一

瓠 匏也包部曰匏瓠也二篆左右轉注七月傳曰壺瓠也此謂叚借也从瓜夸聲胡誤切五部凡瓠之屬皆从瓠 瓢 蠡也蠡者蠹也豆部曰蠹者蠡也以一瓠劙為二曰瓢亦曰蠡亦曰蠹蠡一作𧓍見九歎方言一作盠見皇象書急就碑本其作蠡者見周禮鬯人注漢書東方朔傳詳豆部从瓠省不入瓜部者瓠與瓜別也㶾聲符宵切二部玉篇作𤬫

文二

宀 交覆深屋也古者屋四注東西與南北皆交覆也有堂有室是為深屋𠂤部𩫖下曰宀宀不見也是則宀謂深也象形象兩下之形亦象四注之形武延切古音當在十二部凡宀之屬皆从宀 家 尻也尻各本作居今正尻處也處止也釋宮牖戶之閒謂之扆其內謂之家引伸之天子諸侯曰國大夫曰家凡古曰家人者猶今曰人家也家人字見哀四年左傳夏小正傳及史記漢書家尻疊韵从宀豭省聲古牙切古音在五部按此字為一大疑案豭省聲讀家學者但見从豕而已从豕之字多矣安見其為豭省耶何以不云叚聲而紆回至此耶竊謂此篆本義乃豕之尻也引申叚借以為人之尻字義之轉移多如此牢牛之尻也引伸為所以拘罪之陛牢庸有異乎豢豕之生子冣多故人尻聚處借用其字久而忘其字之本義使引伸之義得冒據之蓋自古而然許書之作也盡正其失而猶未免此且曲為之說是千慮之一失也家篆當入豕部 𡨦 古

文家 按此篆體葢誤當从古文豕作⿱宀豕古文四聲韵引作⿱宀豕似近是

宅 人所託凥也 依御覽補字託者寄也人部亦曰侂寄也引伸之凡物所安皆曰宅宅託疊韵釋名曰宅擇也擇揀吉處而營之 从宀乇聲 場伯切古音在五部 𡧈 古文宅 厇 亦古文宅 侂从此

室 實也 以疊韵爲訓古者前堂後室釋名曰室實也人物實滿其中也引伸之則凡所居皆曰室釋宮曰宮謂之室室謂之宮是也 从宀至聲 大徐無聲字非也古至讀如質至聲字皆在十二部下文又言此字之會意 式質切 室屋皆从至所止也 室屋者人所至而止也說从至之意室兼形聲屋主會意尸部亦言之

宣 天子宣室也 葢謂大室如璧大謂之瑄也賈誼傳孝文受釐坐宣室蘇林曰宣室未央前正室也天子宣室葢禮家相傳古語引伸爲布也明也徧也通也緩也散也 从宀亘聲 須緣切十四部

向 北出牖也 豳風塞向墐戶毛曰向北出牖也 按士虞禮祝啓牖鄉注云鄉牖一名明堂位達鄉注云鄉牖屬是渾言不別毛公以在冬日可塞故定爲北出者引伸爲向背字經傳皆假鄉爲之 从宀从口 口舊作口按回下曰从口中有戶牖是皆从口象形也今正許諒切十部 詩曰塞向墐戶

宧 養也 以雙聲爲訓周易頤卦亦訓爲養釋詁曰頤養也 室之東北隅 釋宮曰東北隅謂之宧 食所居 居當作凥邵氏晉涵云君子之居恆當戶戶在東南則東北隅爲當戶飲食之

處在焉此許意也舍人云東北陽氣始起育養萬物故曰宧宧養也釋名與舍人略同 从宀𦣞聲 以形聲包會意與之切一部

㝔 戶樞聲也室之東南隅 二句一義古者戶東牖西故以戶樞聲名東南隅也釋宮曰東南隅謂之㝔按釋名曰㝔幽也非許意許㝔㝔義殊爾雅釋文引說文㝔深皃誤以㝔爲㝔 从宀皀聲 烏皎切二部禮經及他書作窔亦作穾

奧 宛也 宛奧雙聲宛者委曲也室之西南隅宛然深藏室之尊處也 室之西南隅从宀𢍏聲 烏到切古音在三部按廾部𢍏讀若書卷則奧宜讀若怨而古音不介者取雙聲爲聲也

宸 屋宇也 屋者以宮室上覆言之宸謂屋邊故古書言柍振者卽棟宇也甘泉賦曰月纔經於柍振伏虔曰柍中央也振屋梠也魏都賦旅楹閑列暉鑒柍振張載曰柍中央也振屋宇檐也是知柍振卽上棟下宇之謂柍卽央宇振卽宸字西京賦消氛埃於中宸集重陽之清澂中宸卽柍振韋昭注國語云宸屋霤也宇邊也若玉篇引賈逵云宸室之奧者當亦是國語注而其說異矣 从宀辰聲 植鄰切十三部

宇 屋邊也 豳風八月在宇陸德明曰屋四垂爲宇引韓詩宇屋霤也高誘注淮南曰宇屋檐也引伸之凡邊謂之宇如輪人爲蓋上欲尊而宇欲卑左傳云在君之宇下又云失其守宇皆是也宇者言其邊故引伸之義又爲大文子及三蒼云上下四方謂之宇往古來今謂之宙上下四方者大之所際也莊子云有實而無乎處者宇也有長而無本剽者宙也有實而無乎處謂四方上下實有所際而所際之處不可得到 从宀于聲

王榘切五部易曰上棟下宇毄辭傳文虞翻曰宇謂屋邊也寓籀文宇从禹禹聲也大徐本篆體从冖非

寷大屋也从宀豐聲此以形聲包會意當云从宀豐豐亦聲也敷戎切九部易曰豐其屋豐上六爻辭偁此說寷从宀豐會意之恉宀屋也豐大也故豐之訓曰大屋此與偁百穀艸木麗於地說䕻从艸麗同意經典釋文不得其解乃云麗說文作䕻豐說文作寷大小徐皆於引易作䕻豐之字其繆非一日矣

寏周垣也寏之言完也西京賦曰繚亙縣聯四百餘里薛注曰苑之周圍也善曰西都賦之繚以周牆也从宀奐聲胡官切十四部

院寏或从𨸏完聲完亦義也廣雅釋室云院垣也左傳繕完葺牆以待賓客李涪云完當為宇按繕完葺三字成文猶下文云觀臺榭亦三字成文也安得以今人儷辭之法繩之必欲謂為誤字則完當是院字蓋惟子產盡壞館垣故措辭就垣言上文高其閈閎亦為門不容車揜飾古人字無泛設也又按鉉本云寏或从𨸏鍇多完聲二字皆非善本蓋此篆當从宀院聲與𨸏部从𨸏完聲之字別篆體及說解轉寫誤耳

宏屋罙也各本深下衍響字此因下文屋響而誤今依韵會集韵類篇正大小徐本皆不誤也或曰厷弘本一聲谷部曰谹谷中響也弓部曰弘弓聲也水部曰泓下深大也參伍求之蓋宏訓屋深響宖其重文愚按此說近是但江賦以泓汯成文不妨宏宖各字也屋深者其內深廣也法言曰其中弘深其外肅括此宏字之義假弘為宏耳攷工記其聲大而宏大而宏者其聲外大而中宏也月令其器圜以閎鄭云閎謂中寬象土含物圜

以闔呂氏春秋作圜以揜葢宏者深廣其中揜其外从宀厷
故禮記呂覽可互相足揜者斂也闔亦宏之叚借字
聲戶萌切古音在六部宖屋響也長門賦曰擠玉戶以撼金鋪兮聲噌吰而似鐘音甘泉賦帷弸
環其拂汩兮稍暗暗而靚深皆言屋響之意魯靈光殿賦曰隱陰
夏以中處宖寥窲以崢嶸今文選宖字皆誤惟韵會所據不誤
从宀弘聲弓部曰弘弓聲也此舉形聲包會意也戶萌切古音在六部寪屋皃王逸
注招隱士曰崎嶇閜寪从宀爲聲韋委切古音在十七部㝩屋㝩㝗也方言
㝩空也郭注漮㝗空皃从宀康聲苦岡切十部㝗㝩㝗也各本刪㝗字今補㝩
㝗以疊韵成文从宀良聲音良久說文少言音者當作讀若力康切十部宬屋
所容受也宬之言盛也廣韵無所字从宀成聲氏征切寍安也此安
寧正字今則寧行而寍廢矣僞古文萬邦咸寍音義曰寍安也說文安寍字如此寧願詞也語甚分明自衞包改正文李昉陳
鄂又改釋文令人不可讀矣从宀心在皿上會意奴丁切十一部皿逗人之
食飲器所㠯安人也故既从宀而又从心在皿上定安也古亦叚奠
字爲之从宀正聲依韵會本訂徒徑切十一部寔正也正各本作止今正召南毛
傳曰寔是也韓奕鄭箋亦曰寔是也春秋桓六年寔來公羊傳曰寔來者何猶云是人來也穀梁傳曰寔來者是來也按許云

正者是也然則正與是互訓寔與是音義皆同此云寔正也即公穀毛鄭之寔是是也詩湜湜其止鄭箋尚以持正釋湜而古多有以實爲寔者韓詩實命不猶即寔命不猶也大雅韓奕實墉實壑即寔墉寔壑也周語咨於故實即故寔故韋云故事之是者也實寔音義皆殊由趙魏之閒實寔同聲故相叚借耳若杜預注春秋寔來曰寔實也則非是也

从宀是聲此舉形聲包會意常隻切古音在十六部廣韵入廿四職非

安 竫也竫各本作靜今正立部曰竫者亭安也與此爲轉注青部靜者審也非其義方言曰安靜也以許書律之叚靜爲竫耳安亦用爲語詞 从女在宀中此與寍同意烏寒切十四部

宓 安也此字經典作密密行而宓廢矣大雅止旅乃密傳曰密安也正義曰釋詁曰密康靜也康安也轉以相訓是密得爲安按上林賦宓汨去疾也義似異而實同孔子弟子子賤姓宓 从宀必聲美畢切十二部

[宀契] 竫也玉篇引蒼頡篇云安也 从宀契聲於計切十五部

宴 安也引伸爲宴饗經典多叚燕爲之 从宀妟聲妟見女部安也於甸切十四部五經文字曰字林作宴

宋 無人聲也 从宀尗聲前歷切古音在三部口部作㖸宋今字作寂方言作家云家靜也江湘九嶷之郊謂之家

誌 宋或从言

察 覆審也襾部云襾覆也覈从襾敫聲實也攷事襾笮邀遮其辭得實曰覈然則察與覈同意釋訓曰明明斤斤察也 从宀祭聲从宀者取覆而審之从祭爲聲亦取祭必詳察之意初八切十五部

[宀親] 至也至者親密

無閒之意見部曰親者至也然則親與新音義皆同故秦碑以親剸爲親巡廣韵真韵曰親古文親也震韵曰親屋空皃此今義非古義凡廣韵之例今義與說文義異者必先舉今義而後偁說文故震韵先云屋空皃而後云說文至也 从宀親聲 覆而親之也初僅切十二部按玉篇且仁切

完 全也 入部全作仝仝完也是二字互訓 从宀元聲 胡官切十四部 古文㠯爲寬字 此言古文叚借字

富 備也 富與福音義皆同釋名曰福富也 一曰厚也从宀畐聲 方副切古音在一部

實 富也 引伸之爲艸木之實 从宀貫 會意神質切十二部 貫爲貨物 以貨物充於屋下是爲實

宲 藏也 藏當作臧宲與保音同義近 从宀呆聲 博袌切古音在三部按玉篇既云宲補道切又重出而云食質切古實字殊誤 呆古文保 見人部 周書曰陳宲赤刀 顧命文葢壁中古文如此今作寶

容 盛也 今字叚借爲頌皃之頌 从宀谷聲 此依小徐本谷古音讀如欲以雙聲龤聲也鉉本作从宀谷二云屋與谷皆所以盛受也亦通余封切九部

容 古文容从公 公聲

宂 㪰也从宀儿 各本奪儿今補儿卽人也 人在屋下無田事也 說會意之恉 會意而隴切九部 周書曰宮中之宂食 書當作禮轉寫之誤周禮槀人掌共外內朝宂食者之食許解之涉校人宮中之稍食而誤記

憶之過也𡨦𡨦𡨦不見也𡨦與臱音義皆同毛詩緜緜韓詩作民民按緜緜民民皆謂密也卽𡨦𡨦不見之意莊子窅然喪其天下焉郭象音武駢反是郭本作𡨦然也一曰𡨦𡨦上𡨦依集韵類篇正不省人大徐作不見省人見字衍玉篇亦作一曰不省人从宀臱聲武延切古音讀如民在十二部

寶珍也玉部曰珍寶也二字互訓史記多假葆爲寶从宀玉貝玉與貝在屋下會意缶聲博晧切古音在三部古文寶省貝廣韵曰古文作珤

宭羣尻也以疊韵爲訓論語曰羣居終日从宀君聲渠云切十三部

宦仕也人部曰仕者學也左傳宦三年矣服虔云宦學也曲禮宦學事師注云宦仕也熊氏云宦謂學官事學謂習六藝二者俱是事師襍記宦於大夫左傳妾爲宦女按仕者習所事也古事士仕通用貫宦通用故魏風三歲貫女魯詩作宦女从宀臣胡慣切十四部

宰辠人在屋下執事者此宰之本義也引伸爲宰制从宀从辛辛辠也辛卽辠之省作亥切一部

守守官也左傳曰守道不如守官孟子曰有官守者不得其職則去从宀从寸从宀寺府之事也寸部曰寺廷也广部曰府文書藏也从寸法度也守从二者會意書九切三部从宀以下十四字參韵會本訂

寵尊尻也引伸爲榮寵从宀龍聲丑壟切九部

宥寬也周頌夙夜

基命宥密叔向毛公皆曰宥寬也宥爲寬故貫罪曰宥周禮大司樂假宥爲侑王制假又爲宥 从宀有聲于救切古音在一部

宜 所安也周南宜其室家傳曰宜以有室家無踰時者 从宀之下一之上一猶地也此言會意 多省聲按廣韵曰說文本作宜今據以正篆體多省聲故古音魚何切十七部今音魚羈切漢石經作宜

𡧯 古文宜

㝖 亦古文宜

寫 置物也謂去此注彼也曲禮曰器之溉者不寫其餘皆寫注云寫者傳己器中乃食之也小雅曰我心寫兮傳云輸寫其心也按凡傾吐曰寫故作字作畫皆曰寫俗作瀉者寫之俗字周禮以澮寫水不作瀉 从宀寫之則安矣故从宀 舄聲悉也切古音在五部

宵 夜也釋言毛傳皆曰宵夜也周禮司寤禁宵行夜游者鄭云宵定昏也按此因經文以宵別於夜爲言若渾言則宵卽夜也有假宵爲小者學記之宵雅是也有假宵爲肖者漢志人宵天地之貌是也 从宀宀下冥也謂日在下而窈冥地覆曰如屋也 肖聲相邀切二部

宿 止也凡止曰宿夜止其一耑也毛傳一宿曰宿再宿曰信卽左傳之凡師一宿曰舍再宿曰信過信曰次也止之義引伸之則爲素如史記云宿將宿學是也先期亦曰宿周禮世婦掌女宮之宿戒祭統宮宰宿夫人禮經宿尸皆謂先期戒飭鄭云宿讀爲肅 从宀㐰聲㐰古文夙息逐切三部按去聲息救切此南北音不同非有異義也星宿宿留非不可讀入聲

寑 臥也李善引論語鄭注寑臥息也臥必於室故其字从宀

引伸爲宮室之偁周禮宮人掌王之六寑之脩釋宮曰室有東西箱曰廟無東西箱有室曰寑又引伸之凡事止亦曰寑
从宀侵聲今人皆作寢寑乃寑部寢字之省與寑異義七荏切七部寑籒文寑省
省人也水部濅下曰𡨴籒文寑㝠冥合也冥合者合之泯然無迹今俗云吻合者當用此字从
宀丏聲莫甸切寶字以爲聲十二部讀若書曰藥不瞑眩謂讀若此瞑也
十一十二部之合音按此許引孟子滕文公篇文也鄭注醫師亦引孟子藥不瞑眩厥疾無瘳趙注孟子云書逸篇也若今僞
撰說命則采楚語爲之許鄭所未見者大徐本作讀若周書繆甚寬屋寬大也廣韵曰裕也緩
也其引伸之義也古文假完字爲之从宀萈聲苦官切十四部⿱宀吾寤也寐覺而有言曰
寤⿱宀吾之音義皆同也从宀吾聲五故切五部寁居之速也止部疌疾也疌爲凡
速之詞从宀則爲居之速也鄭風不寁故也毛曰寁速也用寁以言凡速耳周易朋盍簪晁氏說之曰簪京本蜀才本作撍陰
弘道案張揖古今字詁⿸广疌作撍埤蒼云撍疾也撍與簪同王元叔謂卽詩不寁字祖感反玉裁按⿸广疌卽寁古宀广通用葢古今
字詁今字作⿸广疌古字作撍也从宀疌聲子感切八部寡少也引伸之凡倮然單獨
皆曰寡从宀頒頒分也先鄭注周禮曰頒讀爲班布之班謂分賜也按頒之本訓大頭也此云頒
分也謂叚借宀分故爲少也依韵會所據小徐本訂宀分者合於上而分於下也故始多而終少

古瓦切古音在五部 宛 屈艸自覆也 上文曰奧宛也宛之引伸義也此曰屈艸自覆者宛之本
義也引伸爲宛曲宛轉如爾雅宛中宛丘周禮琬圭皆宛曲之
義也凡狀皃可見者皆曰宛然如魏風傳曰宛辟皃唐風傳曰
宛死皃攷工記注宛惌小孔皃皆是宛與薀薀與鬱聲義皆通故
方言曰宛蓄也禮記曰兔爲宛脾春秋繁露曰鶴無宛氣皆是
从宀夗聲 夗轉臥也亦形聲包會意於阮切十四部 惌 宛或从心 函人爲甲眡其
鑽空欲其惌也鄭司農云惌小孔皃惌讀爲宛彼北林之宛按爲當作如先鄭不云宛惌同字許乃一之 客 寄
也 字从各各異詞也故自此託彼曰客引伸之曰賓客賓所敬也客寄也故周禮大行人大賓大客別其辭諸侯謂之
大賓其孤卿謂之大客司儀曰諸公諸侯諸伯諸子諸男相爲賓諸公之臣侯伯子男之臣相爲客是也統言則不別耳論語
寢不尸居不客謂生不可似死主不可似客也今本誤作不容 从宀 所託也 各聲 苦格切古音在五部
寄 託也 字从奇奇異也一曰不耦也言部曰託寄也方言曰餬託庇寓媵寄也 从宀奇聲
居義切古音在十七部 寓 寄也 方言曰寓寄也左傳曰寓書史記曰木禺龍禺者寓之叚借也 从
宀禺聲 牛具切四部 庽 寓或从广作 寠 無禮凥也
邶風終寠且貧傳曰寠者無禮也貧者困於財箋云君於已祿薄終不足以爲禮又近困於財按無禮困於祿薄故釋言云寠
貧也然倉頡篇云無財曰貧無財備禮曰寠則貧寠有別小雅云佌佌彼有屋蔌蔌方穀箋云小人富而寠陋將貴也然則有

寠而寠陋者矣許從毛益以居字者以其字从宀也無禮居謂宮室不中禮从宀婁聲其榘切古音在四部

㝌貧病也貧病者貧之病也从宀室如縣磬之意久聲居又切古音在一部詩曰煢煢在㝌周頌文今詩作嬛嬛在疚毛曰疚病也按毛詩葢本作㝌毛釋以病者謂㝌爲疚之叚借也左傳亦曰煢煢余在疚

寒凍也凍當作仌十一篇曰凍仌也仌寒也此可證矣釋名曰寒捍也捍格也左傳寒盟寒者尋之反尋卽𤕤字从人在宀下从茻上下爲覆此依小徐本上下皆得云覆也下有仌也合一宀一人二茻一仌會意胡安切十四部

害傷也人部曰傷創也刀部曰創傷也詩書多假害爲曷故周南毛傳曰害何也俗本改爲曷何也非是今人分別害去曷入古無去入之分也从宀口言从家起也會意言爲亂階而言每起於衽席丰聲胡葢切十五部

索入家搜也搜求也顏氏家訓曰通俗文云入室求曰搜按當作入室求曰索今俗語云搜索是也索經典多假索爲之如探賾索隱是从宀入家故从宀索聲所責切古音在五部

窾窮也窾窮雙聲毛傳於谷風南山小弁皆曰鞫窮也鞫皆窾之叚借也𠦬部曰𥷚窮治罪人也其字俗作鞫然則詩谷風南山小弁鞫字皆窾之叚借也毛傳於公劉曰鞫究也於節南山曰鞫盈也究與盈皆與窮義近若蓼莪傳曰鞫養也則就窮義而變之所謂相反而相成也若采芑傳云鞫告也則謂鞫卽告之叚借自淺人不得其義例多所改竄唐石

經鞫鞠錯出至近日而盡改爲鞠矣鞠者革部蹋鞠之字其義相去遠詩借鞫爲窾義相近也鞫行而窾廢矣从宀覆而竆之窾聲窾或鞫字也見幸部居六切三部窾窾或从穴宄姦也从宀

姦宄者通偁內外者析言之也外爲盜內爲宄凡盜起外爲姦中出爲宄成十七年左傳曰亂在外爲姦在內爲宄外傳晉語亦云亂在內爲宄在外爲姦魯語竊寶者爲宄用宄之財者爲姦亦謂莒太子僕竊莒寶爲內魯藏姦爲外三傳無異也惟亂在內故字从宀鄭注尚書云由內爲姦起外爲軌或後人轉寫誤也宄經史亦假軌爲之从

宀九聲讀若軌居洧切古音九在三部宄古文宄宄亦古文宄

𡨥塞也廣雅𡨥塞也本此陸贄關中事狀黨有賊臣盜𡨥从宀𣪊聲麤㝡切十五部讀若虞書曰虞書當作唐書見禾部稘下𡨥三苗之𡨥二𡨥本皆作竄妄人所改也今正說文者說字之書凡云讀若例不用本字儻尚書作𡨥又不當言讀若也改此者直疑竄七亂反與𡨥音殊不知易訟象傳宋玉高唐賦班固西都賦魏大饗碑張協七命潘岳西征賦呂忱字林竄𡨥皆音七外反

宕過也宕之言放蕩也穀梁傳引傳曰長狄兄弟三人佚宕中國一曰洞屋洞屋謂通迵之屋四圍無障蔽也凡道家言洞天者謂無所不通从宀碭省聲徒浪切十部汝南項有宕鄉汝南郡項縣地理志郡國志同春秋經之項國也今河南陳州府項城縣是其地

宋尻也

此義未見經傳名子者不以國而魯定公名宋則必取其本義也 从宀木讀若送 蘇綜切九部

㝯 屋傾下也 謂屋欹傾下陷也與墊音義同 从宀執聲 都念切七部

宗 尊祖廟也 宗尊雙聲按當云尊也祖廟也今本奪上也字大雅公尸來燕來宗傳曰宗尊也凡尊者謂之宗尊之則曰宗之大雅君之宗之箋云宗尊也禮記別子爲祖繼別爲宗繼禰者爲小宗凡言大宗小宗皆謂同所出之兄弟所尊也尊莫尊於祖廟故謂之宗廟宗从宀从示示謂神也宀謂屋也 从宀示 會意作冬切九部按唐韵當在一東

宔 宗廟宔祏也 五經異義及鄭駁許亦部祏下經典作主小篆作宔宔主者古文也祏猶主也左傳使祝史徙主祏於周廟是也鄭說卿大夫無宔許說大夫以石爲宔 从宀主聲 之庾切古音在四部

宙 舟輿所極覆也 覆者反也與復同往來也舟輿所極覆者謂舟車自此至彼而復還此如循環然故其字从由如軸字从由也訓詁家皆言上下四方曰宇往古來今曰宙由今溯古復由古沿今此正如舟車自此至彼復自彼至此皆如循環然莊周書云有實而無乎處者宇也有長而無本剽者宙也本剽卽本末莊子說正與上下四方曰宇往古來今曰宙同亦謂其大無極其長如循環也許言其本義他書言其引伸之義其字从宀者宙不出乎宇也韋昭曰天宇所受曰宙 从宀 淮南覽冥訓燕雀以爲鳳皇不能與爭於宇宙之閒高注宇屋簷也宙棟梁也引易上棟下宇然則宙之本義謂棟一演之爲舟輿所極復再演之爲往古來今則从宀爲天地矣 由聲 直又切三部

文七十一　重十六

宮　室也　釋宮曰宮謂之室室謂之宮郭云皆所以通古今之異語明同實而兩名按宮言其外之圍繞室言其內析言則殊統言不別也毛詩作于楚宮作于楚室傳曰室猶宮也此統言也宮自其圍繞言之則居中謂之宮五音宮商角徵羽劉歆云宮中也居中央唱四方唱始施生爲四聲綱也　从宀躳省聲　按說宮謂从宀呂會意亦無不合宀繞其外呂居其中也呂者膂骨也居人身之中者也居戎切九部　凡宮之屬皆从宮

營　帀居也　帀各本作市今依葉抄宋本及韵會本訂攷集韵作市類篇韵會作匝葢由古本作帀故有譌爲市者帀居謂圍繞而居如市營曰闤軍壘曰營皆是也西京賦通闤帶闤薛注闤市營也闤中隔門也崔豹曰市牆曰闤市門曰闠孫氏星衍曰營闤音近如自營曰厶今本韓非子作自環營營在疚亦作嬛嬛是也諸葛孔明表云營中之事謂軍壘也引伸之爲經營營治凡有所規度皆謂之營　从宮　下體从宮不省今隸皆省誤也李文仲字鑑不誤　熒省聲　謂省去冖也與他熒省聲但省下火者異余傾切十一部

文二

呂　脊骨也象形　呂象顆顆相承中象其系聯也沈氏彤釋骨曰項大椎之下二十一椎通曰脊骨曰脊椎曰膂骨或以上七節曰背骨第八節以下乃曰膂骨力舉切五部　昔大嶽爲禹心

呂之臣故封呂侯 周語大子晉曰伯禹念前之非度釐改制量象物天地比類百則儀之于民而度之于羣生共之從孫四嶽佐之高高下下疏川道滯帥象禹之功度之于軌儀莫非嘉績克厭帝心皇天嘉之胙以天下賜姓曰姒氏曰有夏謂其能以嘉祉殷富生物也胙四嶽國命爲侯伯賜姓曰姜氏曰有呂謂其能爲禹股肱心膂以養物豐民人也按曰共之從孫賈逵韋昭皆曰共共工也外傳曰四嶽內傳曰大嶽一也官名也外傳以祉訓姒以殷富訓夏以膂訓呂以養訓姜韋解云呂之爲言膂也是呂膂名字呂者國名以國爲氏許云大嶽爲禹心呂之臣故封呂侯膂爲小篆呂是許所據國語股肱心膂作股肱心呂本無二字後之爲國語學者不得其解乃以氏曰有呂作古文股肱心膂作小篆韋氏習而不察乃云呂之爲言膂矣以心呂之意名其地而矦之而氏之潛夫論曰宛西三十里有呂酈道元徐廣司馬貞說皆同宛城今南陽府治附郭南陽縣是也許自序曰大岳左夏呂叔作藩俾矦於許世胙遺靈大岳者許之先也故詳之 凡呂之屬皆从呂

膂 篆文呂从肉旅聲 呂本古文以古文爲部首者因躳从呂也此二部之例也秦誓旅力旣愆小雅旅力方剛古注皆訓爲衆力不敢曰旅與膂同者知詩書儻以心膂爲義則其字當从呂矣僞君牙襲國語云股肱心膂此未知古文無膂秦文乃有膂也急就篇尻寬脊膂要背僂股腳膝臏脛爲柱云要背僂曰脛爲柱辭意相對皇象碑本不誤若顏本膂呂重出師古不得不以脊肉肉脊骨分釋之似史游早不識字矣膂之譌或爲裔華陽國志孝子隗通爲母汲江膂水天爲出平石至江中江膂水謂江心水也

躳 身也

廣雅同 从呂从身 从呂者身以呂爲柱也矦執信圭伸圭人形直伯執躳圭躳圭人形曲鞠躳者斂曲之皃也居戎切九部

躬 俗从弓身 弓身者曲之會意也

文二 重一

穴 土室也 引伸之凡空竅皆爲穴 从宀 八聲 覆其上也胡決切十二部 凡穴之屬皆从穴

⿱穴皿 北方謂地空因以爲土穴爲⿱穴皿戶 因地之孔爲土屋也廣雅⿱穴皿窟也 从穴皿聲讀若猛 武永切古音若芒在十部

窨 地室也 今俗語以酒水等埋藏地下曰窨音讀陰去聲 从穴音聲 於禁切七部

⿱穴復 地室也 大雅正義引作覆於地也四字按詩大雅陶復陶穴箋云復者復於土上鑿地曰穴皆如陶然庾蔚之云複謂地上累土爲之穴則穿地也鄭庾之云與許云覆於地合覆於地者謂旁穿之則地覆於上穴則正穿之上爲中霤毛傳云陶其土而復之陶其壤而穴之土謂堅者堅則不患崩壓故旁穿之使上有覆蓋陶其土旁穿之也壤謂柔者柔則恐崩故正鑿之陶其壤謂正鑿之直穴之中爲中霤也鄭注月令云中霤猶中室也古者複穴是以名室爲霤云連複言之者文勢使然也毛之陶其土陶其壤蓋讀陶爲掏鄭則云皆如窯然特此爲異耳漢時陵墓築封土謂之復土義與此復土小異要亦上覆之言耳 从穴復聲 芳福切三部 詩曰陶⿱穴復陶穴 按毛作復三家

詩有作復者如斯于毛革韓鞹之比釋名說中霤云古者寝穴乃是復穴之誤語與月令注同

竈　炊竈也炊者爨也竈者炊爨之處也周禮㠯竈祠祝融各本無此七字今據史記孝武本紀索隱補賈逵注左傳云句芒祀於戶祝融祀於竈蓐收祀於門玄冥祀於井一吕氏春秋注曰行或作井淮南時則訓注曰井或作行一后土祀於中霤淮南時則訓孟夏之月其祀竈高注云祝融吳回爲高辛氏火正死爲火神託祀於竈是月火旺故祀竈此皆用古周禮說也五經異義竈神今禮戴說引禮器燔柴盆瓶之事古周禮說顓頊氏有子曰黎爲祝融祀以爲竈神許君謹案同周禮說鄭駁之云祝融乃古火官之長猶后稷爲堯司馬其尊如是王者祭之但就竈陘一何陋也祝融乃是五帝之神祀於四郊而祭火神於竈陘於禮乖也按許君說文有此七字是與五經異義不殊風俗通義亦從異義用古周禮說从穴鼀省聲鼀在古音三部入聲故竈古音亦在三部今音則到切周禮故書以竈爲造

竈　或不省作今人皆作竈

窯　燒瓦窯竈也窯似竈故曰窯竈韵會本作燒瓦窯也無竈字大徐本作燒瓦竈也非是緜詩鄭箋云復穴皆如陶然是謂經之陶卽窯字之叚借也緜正義引說文陶瓦器竈也蓋其所據乃缶部匋下語匋窯葢古今字从穴羔聲余招切二部

窐　空也楚辭曰圭璋襍於甑窐此甑下空也攷工記梟氏爲鐘注隧在鼓中窐而生光高注淮南曰𩕄輔者頰上窐也然則凡空穴皆謂之窐矣从穴圭聲烏瓜切十六部按廣韵圭𡔲二音

㝮 深也 此以今字釋古字也㝮滖古今字篆作㝮滖隸變作罙深水部滖下但云水名不言淺之反是知古深淺字作罙深行而罙廢矣有穴而後有淺深故字从穴毛詩罙入其阻傳曰罙深也此罙字見六經者毛公以今字釋古字而許襲之此罙之音義原流也鄭箋易罙爲冞訓爲冒也葢以字形相似易之罙在侵韵冞在脂韵鄭注經有易字之例他經云某讀爲某箋詩不示讀經者誤謂毛鄭同字作音義者當各字各音分別載之云毛作罙式針反深也鄭作冞面規反冒也說文罙作㝮冞作冞乃爲明析而陸釋文則曰罙面規反毛深也鄭冒也說文作冞从网米云冒也此條之弊有七以罙切面規絕非毛音一也以鄭箋作罙非鄭所易字二也以說文之罙作冞而不知說文罙作㝮冞別一字或體作宷與㝮無交涉三也㝮字不見他經惟見商頌而陸亡其音遂亡其義四也許用商頌毛傳造說文而失許之原本致許書㝮下義晦罙下遂有妄人添詩曰罙入其阻六字鄭箋所改之字許時代在前安能用其說五也㝮隸作罙猶滖隸作深而各字書韵書因陸罙切面規㝮下不敢載罙張參五經文字曰罙罙音彌上說文下釋文相承隸省見詩集韵類篇皆曰罙罙宷三形同字此皆陸爲作俑六也唐石經作罙尚不誤自宋及今日毛詩刻本竟作罙不罙不罙爲從古所無之字陸實召之七也許水部不載深淺一義故全書深淺字用㝮今發其例於此

一曰竈突 廣雅竈窻謂之堗呂氏春秋云竈突決則火上焚棟葢竈上突起以出烟火今人謂之煙囪卽廣雅之竈窻今人高之出屋上畏其焚棟也以其顛言謂之突以其中深曲通火言謂之㝮突廣雅突下謂之㝮今本正奪㝮字耳漢書云曲突徙薪則有曲之令火不直上者矣趙宧光欲盡改故書之竈突爲竈

穾真嘗說也从穴火求省穴中求火穾之意也此會意字式針切七部讀若禮三年導服之導導服卽禫服也說詳木部棪下按穾卽深淺字不當有異音葢竈穾可讀如禫與突爲雙聲

穿通也从牙在穴中召南曰誰謂鼠無牙何以穿我墉昌緣切十四部

寮穿也倉頡篇曰寮小空也西京賦曰交綺豁以疏寮薛曰疏刻穿之也善曰倉頡篇云寮小窗魏都賦皦日籠光於綺寮按大雅及爾同寮左傳曰同官爲寮毛傳曰寮官也箋云與汝同官俱爲卿士葢同官者同居一域如俗云同學一處爲同窗也亦假僚字爲之左傳泉丘人女奔孟僖子其僚從之杜注鄰女爲僚友从穴尞聲洛蕭切二部俗省作寮論語有公伯寮憲問篇

⿱穴夬穿也从穴夬聲大徐作決省聲此不知古音者爲之也於決切十五部

⿱穴抉湥抉也抉之深故从穴从穴抉此以會意包形聲小徐作抉聲亦通於抉切十五部

竇空也空孔古今語凡孔皆謂之竇古亦借瀆爲之如周禮注四竇卽四瀆左傳襄三十年墓門之瀆徐音豆是也从穴𧶠聲徒奏切四部按古音去入不分

竅空也空孔古今字老子常有欲以觀其竅从穴敫聲牽弔切二部

空竅也今俗語所謂孔也天地之閒亦一孔耳古者司空主土尚書大傳曰城郭不繕溝池不修水泉不修水爲民害責於地公司馬彪曰司空公一人掌水土事凡營城起邑浚溝洫修墳防之事則議其利建其功是則司空以治水土爲職禹作司

空治水而後晉百揆也治水者必通其瀆故曰司空猶司孔也 从穴工聲 形聲包會意也苦紅切九部

䆪 空也 空虛孔穴本無二義但有孔穴則是空虛也 从穴巠聲 去徑切十一部 詩曰瓶之䆪矣 小雅蓼莪文今詩作罄傳曰罄空也與爾雅釋詁合空與盡義相因

穵 空也 鉉本作空大也非是廣韵引同亦誤本耳今依小徐及玉篇今俗謂盜賊穴牆曰穵是也 从穴乙聲 烏黠切十五部按此篆當是从乙鳥之乙非甲乙也

⿱穴矞 空皃 孔之皃也 从穴矞聲 呼決切十五部

窠 空也 雙聲爲訓其字亦作窾高誘曰窾空也是或借科爲之孟子盈科而後進是或借邁爲之如衛風碩人之邁毛云寬大皃鄭云飢意皆是 从穴果聲 苦禾切十七部 一曰鳥巢也 一曰者義近而別者也蜀都賦曰窠宿異禽 在樹曰巢在穴曰窠 此析言之也與巢部合

窻 通孔也 从穴悤聲 楚江切九部按此篆淺人所增古本所無當刪十篇囪下曰在牆曰牖在屋曰囪囪或从穴作窗古祇有囪字窗已爲或體何取乎更取悤聲作窻字哉自東江韵分淺人多所僞撰廣韵四江窻下云說文作窗通孔也則篆體之不當有心明矣依廣韵宜囪部去窗篆此窻篆改爲窗然囪窗本一字宜囪部仍舊而此從刪也許但作空不作孔此云通孔也則非許氏原文

窊 污衺 逗 下也 史記甌窶滿篝污邪滿車司馬彪曰污邪下地田也按凡下皆得謂之窊水部洿者窊下也吳都賦窊隆異等 从穴瓜

聲烏瓜切五部 **窳** 汚窬也 汚窬蓋與汚衺同亦謂下也以衺與窊同韵窬與窳同韵故分別其辭也史記舜陶河濱器不苦窳裴駰曰窳病也按器窳者低陷之謂亦汙窬之意也釋詁曰窳勞也郭云勞苦者多惰窳大雅毛傳曰訿訿窳不供事也史記呰窳偷生晉灼曰呰病也窳惰也許於此部呰下亦云窳也蓋即用毛傳毛詩訿即呰也此等窳皆訓惰嬾亦皆汚窬引伸之義釋玄應屢引揚承慶字統說嬾者不能自起如瓜瓠在地不能自立故字从㼌又嬾人恆在室中故从穴夫穴訓土室不必从宀而後爲室也而召旻正義曰艸木皆自竪立惟瓜瓠之屬臥而不起似若嬾人常臥室故字从宀宀音眠此亦用字統說而與玄應所據有異且陸氏釋文孔氏正義皆引說文窳嬾也而說文無此語聞疑載疑不敢補窳篆於宀部妄 从穴㼌聲 以主切古音在四部按字統說㼌爲會意許則云形聲 朔方有窳渾縣 朔方郡窳渾縣地理志有郡國志無讀史方輿紀要曰故窳渾城在故夏州西北漢縣故夏州城在榆林衞西北二百里

窞 坎中更有坎也 各本作坎中小坎今依易釋文訂易坎初六曰入于坎窞虞翻曰坎中小穴稱窞釋文引說文坎中更有坎也字林坎中小坎也然則今文爲後人以呂改許明矣 从穴臽臽亦聲 徒感切八部 易曰入于坎窞一曰旁入也 干寶釋易正用旁入之義

窌 窖也 攷工記匠人注曰穿地曰窌呂覽穿竇窌月令淮南皆作窖 从穴丣聲 丣聲各本作卯聲今正窌見左傳釋文音力救力到二反則从丣雙聲可知矣漢公孫賀南窌

矦表作南窌字皆从丣音力救切譌从卯乃匹皃切矣三部窖地藏也月令穿竇窖注曰入地隋
曰竇方曰窖通俗文曰藏穀麥曰窖从穴告聲古孝切古音在三部窬穿木戶也
淮南氾論訓古者爲窬木方版以爲舟航高誘曰窬空也方並也舟相連爲航也按窬木爲舟即易繫辭刳木爲舟也儒行篳
門圭竇鄭云門旁窬也穿牆爲之如圭矣左傳篳門圭竇杜曰竇小戶也穿壁爲戶狀如圭形郭樸三蒼解詁云窬門旁小竇
也是則於門旁穿壁以木衺直居之令如圭形謂之圭窬若論語本作穿踰釋爲穿壁踰牆似無煩與此牽混从穴
俞聲羊朱切古音在四部一曰空中也孟康漢書注曰東南謂鑿木空中如曹曰㡏曹當作
槽㡏者窬之或體玉篇云㡏木槽也是也㡏與牏古通用古音投音豆窵窵窅逗窔也窅見
目部深目也杜詩動影窵窕沖融閒从穴鳥聲多嘯切二部窺小視也从
穴規聲去隓切十六部䆸正視也从穴中正見正亦聲
敕貞切十一部窡穴中見也从穴叕聲丁滑切十五部窋物在
穴中皃靈光殿賦曰綠房紫菂窋咤垂珠謂蓮房之實窋然見於房外如垂珠也上文云反植荷蕖故曰垂珠
从穴出聲丁滑切十五部后稷之子不窋窴窒也窒各本譌作塞今正玉篇曰窴今作
填按窴填同義填行而窴廢矣从穴眞聲待季切十二部窒窴也各本窴譌塞今正窴窒也

見㠭部此二字互訓也𡨄之隸體爲𡨄土部曰塞隔也𨸏部曰隔塞也塞於義不爲窒邊塞其本義也自用塞爲塡𡨄字而𡨄廢矣且有讀𡨄爲鎒者則𡨄愈失其本音本義矣說詳㠭部釋言豳傳皆曰窒塞也 从穴至聲 陟栗切十二部魯論語以室爲窒

突 犬從穴中暫出也 引伸爲凡猝乍之稱 从犬在穴中 徒骨切十五部 一曰滑也 義小別

竄 匿也 周易通竄左氏無所伏竄是也堯典竄三苗于三危與言流言放言極一例謂放之令自匿故孟子作殺三苗卽左傳𥻨蔡叔之𥻨𥻨爲正字竄殺爲同音叚借 从鼠在穴中 漢書曰奉頭鼠竄七亂切古音在十五部

窣 從穴中卒出 卒猝古今字子虛賦媻姍敎窣上乎金隄韋昭曰媻姍敎窣匍匐上也按媻姍謂徐行敎窣謂急行 从穴卒聲 穌骨切十五部

窘 迫也 小雅又窘陰雨毛傳窘困也按箋云窘仍也仍者仍其舊而不能變亦是困意 从穴君聲 渠隕切十三部字林巨畏反文微合音也

窕 罙肆極也 窕與窘爲反對之辭釋言曰窕肆也大戴禮王言七者布諸天下而不窕內諸尋常之室而不塞淮南俶真訓處小隘而不塞橫扃天地之閒而不窕要略訓置之尋常而不塞布之天下而不窕氾論訓舒之天下而不窕內之尋常而不塞齊俗訓大則塞而不入小則窕而不周兵略訓入小而不偪處大而不窕羣子尚賢中此道也大用之天下則不窕小用之則不困尚同下大用之治天下不窕小用之治一國一家而不橫荀卿子曰充盈大宇而不窕入郄穴而不偪管子宙合曰夫成軸之多也其

處大也不宨其入小也不塞司馬法曰凡戰之道位欲嚴政欲
栗力欲宨氣欲閑又曰擊其勞倦避其閑宨凡此皆可證宨之
訓寬肆凡言在小不塞在大不宨者謂置之小處而小處不見
充塞無餘地置之大處而大處不見空曠多餘地高誘曰不宨
在大能大也今本管子墨子宨誤作究非是毛詩傳曰窈宨幽
閒也幽訓窈閒訓宨方言美狀爲宨言外之寬綽也美心爲窈
言中之幽静也左傳泠州鳩論樂曰小者不宨大者不槬則和
於物此可以諸子釋之小者不宨謂雖小而處大不使多空廖
之處也大者不槬謂雖大而處小不使偪塞莫能容也莊周書
云瓠落無所容以注槬字甚合郭注爾雅云輕宨者多放肆眞
憒憒之說也左傳曰楚師輕宨此宨義之引伸寬然無患謂之
輕宨唐石經左傳譌作宨从宀釋言宨肆也宨閑也其字其義
皆同而唐石經亦於肆也作宨从宀與閑也作宨从穴別異皆
字之偶誤耳而或據以爲說分別訓詁攷之許書本無从宀之
字 从穴兆聲讀若挑 徒了切二部

竆也 竆者極也豳風穹窒熏鼠毛傳曰穹窮窒塞也穹窮雙聲大雅以念穹蒼釋天毛傳皆曰穹蒼蒼天也按穹蒼者謂蒼天難窮極也韗人爲臯陶穹者三之一注謂鼓木腹穹隆居鼓三之一今人皆謂高爲穹隆 从穴弓聲 去弓切古音在六部

竆也 釋言同小雅常棣傳曰究深也釋詁及大雅皇矣傳曰究謀也皆竆義之引伸也 从穴九聲 居又切三部

極也从穴躳聲 渠弓切九部或假爲躳字如鞠躳古作鞠竆

冥也 冥者窈也 从穴皀聲 烏皎切二部

窅窔 逗 突也 爾雅音

義作兒上林賦曰巖穾洞房穾亦作窔郭樸曰於巖穴底爲室潛通臺上也按郭以通釋洞小顏改穾爲突於郭注巖穴底爲
室之下輒增如竈突然四字其亦妄矣 从穴交聲 烏叫切二部 邃 穾遠也从
穴遂聲 雖遂切十五部 窈 穾遠也
周南毛傳曰窈窕幽閒也以幽釋窈以閒釋窕方言
曰美心爲窈美狀爲窕陳風傳又曰窈糾舒之姿也舒遲也 从穴幼聲 烏皎切古音在三部 窱
杳窱也 廣雅曰窈窱深也西京賦曰望窇窱以徑廷薛曰過度之義也集韵曰窇同窈 从穴條
聲 徒弔切二部 竁 穿地也 周禮小宗伯冢人皆曰甫竁注曰甫始也鄭大夫讀竁皆爲穿杜子
春讀竁如毳皆謂葬穿壙也今南陽名穿地爲竁聲如腐脆之脆按此注讀竁爲穿者易其字也讀竁如毳者擬其音也下文
鄭仲子春之說以南陽語證子春說之不誤 从穴毳聲 充芮切十五部 一曰小鼠聲
謂鼠聲之小者也聲字依玉篇補宋本小鼠下皆空一字必是聲字耳竁入聲如猝於鼠聲相似 周禮曰
大喪甫竁 窆 葬下棺也 士部曰堋葬下土也春秋傳朝而堋禮謂之封周官謂之
窆按禮謂十七篇也士喪禮下篇曰及窆主人哭踊無筭注窆下棺也今文窆爲封然則許十七篇從今文鄭從古文而疊今
文也凡戴記皆作封戴記從今文也周官謂之窆者周禮鄉師云及窆執斧以涖匠師先鄭云窆謂葬下棺春秋傳所謂備禮
記所謂封也按堋窆封三字分蒸侵東三韵而一聲之轉 从穴乏聲 方驗切古音在七部 周禮

曰及窆執斧 窀穸 逗名本刪此二字今依全書例補厚釋窀夕釋穸 葬之厚夕也 襄十三年左傳曰惟是春秋窀穸之事所以從先君於禰廟者杜曰窀厚也穸夜也厚夜猶長夜春秋謂祭祀長夜謂葬薶按窀淳同音窀訓厚 从穴屯聲 陟輪切十三部 春秋傳曰窀穸從先君於地下 與今左傳異

穸 窀穸也从穴夕聲 孔宙碑作窀夕乃蒙上穴而省耳詞亦切古音在五部

⿱穴甲 入衇刺穴謂之⿱穴甲 蓋古醫經之言齊民要術說相牛有⿱穴甲字 从穴甲聲 烏狎切八部

文五十一 重一

寐而覺者也 寐而覺與醒字下醉而覺同意今字叚夢爲之夢行而㝱廢矣 从宀从爿夢聲 宀者覆也爿者倚著也夢者不明也夢亦聲古音在六部今莫鳳切 周禮㠯日月星辰占六㝱之吉凶 鄭注詳矣 一曰正㝱 鄭云無所感動平安自夢也 二曰咢㝱 咢者譁訟也借爲驚遻之遻周禮作噩夢杜子春云當爲驚愕之愕謂驚愕爲夢也 三曰思㝱 鄭云覺時所思念之而夢也思小徐作齡誤 四曰寤㝱 鄭云覺時所道之而夢也寤大徐作悟 五曰喜㝱 鄭云喜悅而夢也 六曰懼㝱 鄭云恐懼而㝱也已上周

禮占夢文 凡㝱之屬皆从㝱

寎 病臥也 寑者臥也寎者病臥也此二字之別今字槩作寢矣 从㝱省寑省聲 寑者籀文寢七荏切七部

寐 臥也 俗所謂睡著也周南毛傳曰寐寢也 从㝱省未聲 蜜二切十五部

寤 寐覺而有言曰寤 有言今鍇本作省信鉉本作有信皆誤今依韵會所據鍇本釋玄應引倉頡篇覺而有言曰寤左傳季寤字子言是其證按周南手傳曰寤覺也衛風鄭箋同言其大略而已鄭釋周禮寤夢云覺時道之而夢亦與倉頡篇同也古書多叚寤爲悟 从㝱省吾聲 五故切五部 一曰晝見而夜㝱也 亦蓋周禮寤夢之說陳風傳云寤遇也箋云寤對也寤與晤義相通

寤 籀文寤 周禮占夢釋文云寤本又作寤此用籀文而小變也

⿱宀⿰爿婁 楚人謂寐曰⿱宀⿰爿婁 ⿱宀⿰爿婁猶⿰黍女也⿰黍女黏也 从㝱省女聲 依倨切廣韵亦音女五部

⿱宀⿰爿米 寐而厭也 鉉本作未厭誤甚胡身之通鑑釋文辨誤引作米厭米即寐之譌蓋古本作寐而寐厭一譌作米再譌作未要不若小徐本爲長廣雅曰㝱䆕厭也按厭魘正俗字大徐於鬼部妄增魘字云夢驚也由不解此處厭字故耳倉頡篇曰伏合人心曰厭字苑曰厭眠內不祥也皆見玄應書廣韵五十琰厭注厭魅二十九葉厭注惡夢可見魘字之晚出冣俗矣西山經翼望之山鳥名鵸鵌服之使人不厭此用厭字之冣古者㝱古多叚借眯爲之郭注山海經引周書服之不眯爲不厭之證莊子天運彼不得夢必且數眯焉司馬彪曰眯厭也通鑑劉曄曰

臣得與聞大謀常恐眯夢漏泄以益臣罪語本裴松之引傅子胡身之引說文寐字解之从㝱省米聲此篆今本說文作寣攷廣雅作𥧑玉篇廣韵皆作𪗜不載寐字可知古本說文作𥧑也若集韵云寐或作𪗜類篇有寐無𪗜則鉉本盛行之故耳今正莫禮切十五部

寐　孰寐也从㝱省水聲讀若悸求癸切十五部按大徐用唐韵也玉篇廣韵集韵類篇皆祗渠季切一音

寎　臥驚病也以疊韵爲訓爾雅三月爲寎病月作此字从㝱省丙聲皮命切古音在十部

𥨯　瞑言也瞑目翕也瞑言者寐中有言也𥨯亦作𪗾俗作囈从㝱省臬聲牛例切十五部

寣　臥驚也廣雅曰寣覺也義相近今江蘇俗語曰睡一寣一曰小兒號寣寣別一義也寣寣者號聲一曰河內相評也又別一義也評者召也今字作呼相召曰寣如言咄少卿良苦言嚄大姊之比河內人語如此从㝱省从言會意火滑切十五部

文十　重一

疒　倚也倚與疒音相近人有疾痛也也字玉篇有象倚箸之形橫者直者相距故曰象倚箸之形或謂即牀狀牆戕之左旁不知其音迥不相同也女戹切十六部凡疒之屬皆从疒

疾　病也析言之則病爲疾加渾言之則疾亦病也按經傳多訓爲急也速也此引

伸之義如病之來多無期無迹也止部曰疌疾也从疒矢聲矢能傷人矢之去甚速故从矢會意聲字疑衍秦悉切十二部

𤶊籒文疾从廿者古文疾也从射者䠶省也廿古文各本篆體作㾊是仍與小篆無異今正攷籒篆下曰廿古文疾童篆下曰廿古文以爲疾此廿爲古文疾之明證而集韵類篇皆曰廿古文疾㾊籒文疾此丁度所見不誤之明證也其曰籒文作𥎦又作㾊者乃當其時已有誤本同今本而因併入之又譌古爲籒也

痛病也从疒甬聲他貢切九部

病疾加也苞咸注論語曰疾甚曰病从疒丙聲皮命切古音在十部

瘣病也从疒鬼聲胡罪切十五部詩曰譬彼瘣木今小雅小弁作壞木傳曰壞瘣也謂傷病也箋云猶內傷病之木內有疾故無枝也按疑今毛傳壞瘣二字互譌許及樊光所引皆作瘣木爲是一曰腫旁出也此別一義釋木瘣木苻婁郭云謂木病尫傴癭腫無枝條攷工記凡揉牙外不廉而內不挫旁不腫注腫瘣也

疴病也鴻範五行傳鄭注同从疒可聲烏何切十七部五行傳曰時卽有口疴五行傳者伏生鴻範五行傳也言之不從是謂不乂時則有口舌之疴

痡病也釋詁毛傳同从疒甫聲普胡切五部詩曰我僕痡矣周南卷耳文

瘽病也釋詁曰瘽病也字亦作懃从疒堇聲巨斤切

瘵病也釋詁曰瘵病也小雅菀柳毛傳

同箋云瘵接也則謂詩叚瘵爲際也 从疒祭聲 側介切十五部 瘨 病也 大雅雲漢傳同

按今之顛狂字也廣雅瘨狂也急就篇作顛疾 从疒真聲 都年切十二部 一曰腹張 張汲

古閣作脹誤今依宋本訂古無脹字左傳晉侯獳將食張如廁卽今之脹字也瘨與瞋瞋字意略同集韵稱人切 瘼

病也 小雅曰亂離瘼矣釋詁毛傳皆云瘼病也方言曰瘼病也東齊海岱之閒曰瘼 从疒莫聲 慕各

切五部 㽱 腹中急痛也 痛字依小徐及廣韵補今吳俗語云絞腸刮肚痛其字當作疞也古

音讀如糾釋詁云咎病也咎蓋疞之古文叚借字 从疒丩聲 古巧切古音在三部 𤸫 病也

从疒員聲 王問切十三部 癇 病也 从疒閒聲 戶閒切十四部按今俗語

皆呼閒切方書小兒有五癇王符貴忠篇云哺乳多則生癇病玄應引聲類云今謂小兒瘨曰癇也 𤵖 病也

从疒出聲 五忽切十五部 疵 病也 古亦叚玼爲之 从疒此聲 疾咨切十

六部廣韵疾移切是也 癈 固病也 按此當云癈固病也癈固爲逗淺人刪癈字耳下文痼爲久病癈固

則經傳所云廢疾也其義不同鍇本作痼疾也則尤誤矣癈猶廢固猶錮如瘖聾跛躃斷者侏儒皆是癈廢爲正字廢爲叚借字

亦有叚癈廢疾字爲癈廢字者 从疒發聲 方肺切十五部按廢癈可入發伐可去南人作韵書分別遂若

約定俗成矣古無去入之別 瘏 病也 周南卷耳曰我馬瘏矣釋詁毛傳皆曰瘏病也豳風鴟鴞傳同 从

疒者聲同都切五部詩曰我馬瘏矣瘲病也从疒從聲將容切九部按廣韵集韵將容切內皆不收此字蓋與瘛瘲爲一病㾕寒病也古多借洒爲㾕晉語狐突曰玦之以金銑寒之甚矣韋注玦猶離也銑猶洒也洒洒寒皃唐人舊音云洒或爲洗本艸爲色洗洗是寒皃玉裁謂凡素問靈樞本艸言洒洒洗洗者其訓皆寒皆㾕之叚借古辛聲先聲西聲同在眞文一類國語注洒音銑不誤从疒辛聲所臻切十二部⿸疒或頭痛也从疒或聲吁逼切一部讀若溝洫之洫按洫聲在十二部或聲在一部然毛詩洫作淢古文閾作⿵門洫是合音之理也痟酸痟逗頭痛也周禮疾醫春時有痟首疾注云痟酸削也首疾頭痛也疏曰春時陽氣將盛惟金沴木故有痟首之疾从疒肖聲相邀切二部周禮曰春時有痟首疾疕頭瘍也周禮醫師凡邦之有疾病疕瘍者造焉則使醫分而治之注云疕頭瘍亦謂禿也从疒匕聲卑履切十五部瘍頭創也按頭字蓋賸上文疕下曰頭瘍則瘍不專在頭矣鄭注周禮云身傷曰瘍以別於頭瘍曰疕許則疊韵爲訓疕得評瘍他瘍不得評疕也檀弓曰居喪之禮身有瘍則浴从疒昜聲與章切十部魯頌假瘍爲揚痒瘍也小雅癙憂以痒傳曰癙痒皆病也釋詁亦曰痒病也按今字以痒爲癢字非也癢之正字說文作蛘从疒羊聲似陽切十部⿸疒馬目病

一曰惡气箸身也一曰蝕創凡二義蝕者敗創也从疒馬聲莫駕切古音在五部

𤺋散聲也方言𤺋噎也楚曰𤺋又曰𤺋散也東齊聲散曰𤺋秦晉聲變曰𤺋器破而不殊其音亦謂之𤺋按與斯嘶字義相通馬嘶字亦當作此从疒斯聲先稽切十六部

𤺌口咼也口部曰咼口戾不正也此亦疊韻爲訓从疒爲聲韋委切古音在十七部

疦𤺌也廣韵云瘡裏空也今義也从疒夬聲古穴切十五部

瘖不能言也从疒音聲於今切七部

癭頸瘤也下文云瘤腫也此以頸瘤與頸腫別言者頸瘤則如囊裹者也頸腫則謂暫時腫脹之疾故異其辭釋名曰癭嬰也嬰在頸纓理之中也青徐謂之脰博物志曰山居多癭飲水之不流者也凡楠樹樹根贅肬甚大析之中有山川花木之文可爲器械吳都賦所謂楠瘤之木三國張昭作楠瘤枕賦今人謂之癭木是也癭木俗作影木楠瘤俗本作楠榴皆誤字耳从疒嬰聲於郢切十一部

瘻頸腫也淮南說山訓雞頭已瘻高注瘻頸腫疾也雞頭水中芡也鍇本作頭腫葢淺人恐與頸瘤不別而改之腫癰也頸腫卽釋名之癰喉从疒婁聲力豆切四部

疣顫也與頁部頄疣音義同从疒又聲于救切古音在一部

瘀積血也血積於中之病也九辯曰形銷鑠而瘀傷从疒於聲依據切五部

疝腹痛也釋名曰心痛曰疝疝詵也氣詵詵然上而痛也陰腫曰隤氣下

隤也又曰疝亦言詵也詵詵引小腹急痛也　从疒山聲　所晏切十四部

疛　小腹病　小當作心字之誤也隸書心或作小因譌爲小耳玉篇云疛心腹疾也仍古本也小雅曰我心憂傷惄焉如擣傳曰擣心疾也釋文擣本或作𤺄韓詩作疛義同按疛其正字𤺄其或體擣其譌字也玉篇引呂氏春秋曰身盡疛腫今本呂覽作身盡府種二字皆誤高誘曰疛腹疾也　从疒肘省聲　陟柳切三部詩音義除又切

⿸疒奰　滿也　毛詩傳曰不醉而怒曰奰然則奰謂氣滿⿸疒奰舉形聲包會意也　从疒奰聲　平祕切十五部

⿸疒付　俛病也　方言曰短東陽之閒謂之⿸疒付按俛者多庳方言與許義相近　从疒付聲　方榘切四部

痀　曲脊也　玉部玖下曰讀若人句脊之句二句字皆痀之誤也　从疒句聲　其俱切古音讀如苟在四部

瘚　屰气也　釋名曰厥逆氣從下䟆起上行入心脅也高誘呂覽注曰䟆逆寒疾也　从疒从屰从欠　欠猶气也居月切十五部

欮　瘚或省疒　厂部厥用爲聲

痵　气不定也　心部曰悸心動也義相近玉篇曰痵亦作悸　从疒季聲　其季切十五部

痱　風病也　非風雙聲釋詁曰痱病也郭注見詩按小雅百卉具腓李善注文選戲馬臺詩二云韓詩云百卉具腓薛君曰腓變也毛萇曰痱病也今本作腓據李則毛詩本作痱與釋詁合　从疒非聲　蒲罪切十五部按當扶非切亦作痱

瘤　腫也　釋名曰瘤流也流聚而生腫也　从疒畱聲　力求切三

部

痤小腫也玉篇曰癤也从疒坐聲昨禾切十七部春秋經宋公殺其世子痤
是此字三傳同以隱疾名子也一曰族絫病左傳曰牲不疾瘯蠡瘯者族之俗蠡與絫同部杜注以皮
毛無疥癬釋之按季良以民力溥存釋博碩以不疾瘯蠡釋肥以備腯咸有釋腯釋文二云說文蠡作瘰二云瘯瘰
皮肥也此說文二字有譌當是別本作瘰注云不疾瘯瘰皮肥也奪不疾二字

疽久癰也後漢書劉焉傳
注玄應一切經音義皆引久癰與小徐合癰久而潰沮濘然也从疒且聲七余切五部

⿸疒麗癰
也从疒麗聲郎計切十六部一曰瘦黑讀若隸

癰腫也
肉部曰腫癰也按腫之本義謂癰引伸之爲凡墳起之名如上文癰腫也痤小腫也則非謂癰也釋名曰癰壅也氣壅否結裹
而潰也从疒雝聲於容切九部

瘜寄肉也肉部腥下曰星見食豕令肉中生小
息肉也息肉卽瘜肉廣韵曰惡肉从疒息聲相卽切一部

癬乾瘍也乾音干瘍
之乾者也釋名曰癬徙也浸淫移徙處日廣也故青徐謂癬爲徙也从疒鮮聲息淺切十四部

疥
搔也搔音穌到切疥急於搔因謂之搔俗作瘙或作⿸疒喿穌到切今四川人語如此禮記釋文引說文疥瘙瘍也文選
登徒子好色賦注引疥瘙也皆以俗字改正字耳後漢書烏桓傳曰手足之蚧搔章懷音斮到反蚧同疥釋名曰疥齘也癢搔
之齒類齘也从疒介聲古拜切十五部

痂疥也按痂本謂疥後人乃謂瘡所蛻鱗爲痂此

古義今義之不同也蓋瘡鱗可曰介介與痂雙聲之故耳南史劉邕嗜食瘡痂謂有蝮魚味从疒加聲古牙切十七部

瘕女病也按女字必是衍字詩厲假不瑕箋云厲假皆病也正義引說文癘瘕病也或作癩瘕病也是唐初本無女字也倉公傳曰潘滿如小腹痛臣意診其脈曰遺積瘕也女子薄吾病甚臣意診其脈曰蟯瘕也瘕蓋腹中病从疒叚聲乎加切玉篇曰說文本音遐史記索隱亦曰舊音遐按古音在五部○錢氏大昕曰唐公房碑癘蠱不遐卽鄭箋之癘瘕不瑕也

癘惡疾也按古義謂惡病包內外言之今義別製癩字訓爲惡瘡訓癘爲癘疫古多借厲爲癘公羊傳作瘌何注云瘌者民疾疫也大戴禮及公羊何注說七出皆云惡疾出何休曰惡疾棄者不可以奉宗廟也論語伯牛有疾苞氏曰牛有惡疾不欲見人故孔子從牖執其手也韓詩曰芣苢傷夫有惡疾也薛君曰芣苢澤瀉也臭惡之草詩人傷其君子有惡疾人道不通求己不得發憤而作以事興芣苢雖臭惡乎我猶采采而不已者以與君子雖有惡疾我猶守而不離去也从疒蠆省聲按大徐厲作蠆不誤洛帶切十五部

瘧寒熱休作病謂寒與熱一休一作相代也釋名曰瘧酷虐也凡疾或寒或熱耳而此疾先寒後熱兩疾似酷虐者周禮曰秋時有瘧寒疾从疒虐虐亦聲魚約切二部

痁有熱瘧有熱無寒之瘧也从疒占聲失廉切七部春秋傳曰齊侯疥遂痁左傳昭二十年文按梁元帝及袁狎顏之推欲改疥爲痎所謂無事而自擾也陸氏德明既辨之矣

痎二日一發瘧也今人謂閒二日一發爲大瘧顏之推云兩日一發之瘧今北方猶呼痎瘧音皆从疒亥聲古諧切古音在一部

痳疝病也釋名曰痳懍也小便難懍懍然也按痳篆不與疝伍者以有疝痛而不痳者也从疒林聲力尋切七部

痔後病也从疒寺聲直理切一部

痿痹也如淳曰痿音蹞蹊弩病兩足不能相過曰痿張揖曰痿不能行師古曰蹞蹊弩名見晉令頻蘩二音按古多痿痹聯言因痹而痿也素問曰有漸於濕肌肉濡漬痹而不仁發爲肉痿从疒委聲儒隹切古音在十六部玉篇曰說文音蕤

痹溼病也素問痹論痿論各爲篇岐伯曰風寒溼三氣襍至合而爲痹也从疒畀聲必至切十五部

㿈足氣不至也玉篇云足氣不至轉筋也从疒畢聲毗至切十二部

瘃中寒腫覈趙充國傳手足皸瘃文穎曰瘃寒創也按腫覈者腫而肉中鞕如果中有覈也覈核古今字从疒豕聲陟玉切三部

㾫半枯也尚書大傳禹其跳湯扁其跳者踦也鄭注云其發聲也踦步足不能相過也扁者枯也注言湯體半小扁枯按扁卽㾫字之叚借㾫之言偏也从疒扁聲匹連切十一部

瘇脛气腫小雅巧言既微且尰釋訓毛傳皆曰骭瘍爲微腫足爲尰按二云脛氣腫卽足腫也大徐本二云脛氣足腫非从疒童聲時重切九部詩曰既微且瘇

𤺈籒文左从允烏光切右从籒文

童爾雅音義云⿸疒盍本或作瘇同並籒文瘇字也按籒文本作⿸疒盍又或變為瘇耳非有兩籒文也⿸疒盍跛病也廣韵曰⿸疒盍短氣也此今義也从疒盍聲讀若脅又讀若掩烏盍切八部

疻疻痏逗毆傷也疻痏二字各本無依全書通例補漢書薛宣傳廷尉引傳曰遇人不以義而見疻者與痏人之罪鈞惡不直也應劭曰以杖手毆擊人剝其皮膚起青黑而無創瘢者律謂疻痏按此應注譌脫急就篇顏注云毆人皮膚腫起曰疻毆傷曰痏蓋應注律謂疻下奪去六字當作其有創瘢者謂痏文選嵇康詩怛若創痏李善引說文痏瘢也正與應語合皆本漢律也疻輕痏重遇人不以義而見疻罪與痏人等是疻人者輕論見疻者重論故曰惡不直也創瘢謂皮破血流从疒只聲諸氏切十六部

痏疻痏也按依許全書之例則疻下云疻痏毆傷也此但云疻痏也而義已足此等往往為淺人妄刪致文理不可讀矣或曰依應仲遠則疻痏異事何為合之也曰應析言之許渾言之許曰毆傷則固兼無創瘢有創瘢者言之文選注引倉頡篇痏毆傷也與許正合从疒有聲榮美切古音在一部一曰痏逗瘢也據文選嵇康詩注補此五字此析言之與應劭引律合

⿸疒巂創裂也一曰疾⿸疒巂玉篇作一曰疾也从疒巂聲以水切當依廣韵羊捶切十六部

⿸疒冄皮剝也剝裂也从疒冄聲讀若枏又讀若襜小徐有此七字亦占切七部

瘕各本下从叚今按尸部叚字也故正之籒文从叚

㾇痛也从疒䢅聲奴動切九部痍傷也成十六年晉侯及楚子鄭伯戰于鄢陵楚子鄭師敗績公羊傳曰敗者稱師楚何以不稱師王痍也王痍者何傷乎矢也按周易夷傷也左傳察夷傷皆假夷字爲之从疒夷聲以脂切十五部瘢痍也長楊賦㰹鋋瘢耆孟康曰瘢耆馬脊創瘢處按古義傷處曰瘢今義則少異从疒般聲薄官切十四部痕胝瘢也胝瘢謂胝之傷肉部腄下云瘢胝也與此同義胝下云腄也則不必傷者也按今義與此亦異皆逐末而忘本也韵會無胝字从疒艮聲戶恩切十二部痙彊急也本艸經曰朮主痙疸廣韵曰風强病也按急就篇癰疽瘛瘲痿痹痠疢即痙顏云體强急難用屈伸也从疒巠聲其頸切十一部痋動病也痋卽疼字釋名曰疼旱氣疼疼然煩也按詩旱既太甚蘊隆蟲蟲韓詩作鬱隆烔烔劉成國作疼疼皆旱熱人不安之皃也今義疼訓痛从疒蟲省聲徒冬切九部𤸷臞也肉部曰臞少肉也从疒叜聲所又切四部今字作瘦疢熱病也其字从火故知爲熱病小雅以疢爲煩熱之偁从火从疒會意丑刃切十二部癉勞病也大雅下民卒癉釋詁毛傳皆云癉病也小雅哀我癉人釋詁毛傳曰癉勞也許合云勞病者如嘽訓喘息皃幝訓車敝皃皆單聲字也癉與疸音同而義別如郭注山海經師古注漢書皆云癉黃病王砅注素問黃疸云疸勞也則二字互相假而淆惑矣癉或假憚或作𤺺

从疒單聲丁幹丁賀二切十四部
疸黃病也素問曰溺黃赤安臥者黃疸目黃者曰黃疸从疒旦聲丁幹切十四部㾜病息也病息謂病之鼻息也心部⿸疒⿱夾心从此
从疒夾聲苦叶切八部痞痛也廣韵曰腹內結痛从疒否聲符鄙
切古音在一部痬脈瘍也脈瘍疊韵字脈瘍者善驚之病也方言曰脈瘍欺漫也又曰⿰虫脈慧也郭注
今名黠爲鬼⿰虫脈又曰慧自關而東趙魏之閒謂之黠或謂之鬼
郭注言鬼脈也潘岳賦靡聞而驚無見自脈徐爰注言雉性驚
鬼黠按蜥蜴跂跂脈脈亦是此意漢書所云易病
者當是瘍之叚借王子侯表樂平侯訢病狂易从疒易
聲羊益切十六部㽾狂走也春秋經甲戌己丑陳侯鮑卒公羊傳曰曷爲以二日卒之怴也注曰
怴者狂也齊人語甲戌之日亡己丑之日死而得君子疑焉故以二日卒之也按㽾怴蓋同字从疒术聲
讀若欻欻見欠部今字譌作欸食聿切十五部疲勞也經傳多假罷爲之从疒
皮聲符羈切古音在十七部⿸疒肙疲也从疒肙聲烏懸切十四部按各本無此篆
今依謝靈運發臨海嶠詩李善注引說文補篇韵皆云⿸疒肙骨節疼也今俗謂⿸疒肙酸⿸疒朿瑕也古本皆作瑕惟
小徐及毛本及集韵作瘕恐是譌字耳⿸疒朿之言疵也从疒朿聲側史切古音在十五部疷病
不翅也翅同啻口部啻下曰語時不啻也倉頡篇曰不啻多也古語不啻如楚人言夥頤之類世說新語云王文

度弟阿至惡乃不翅晉宋閒人尚作此語帝聲支聲氏聲同在十六部故疧以病不翅釋之取疊韵爲訓也爾雅釋詁詩無將大車白華傳皆云疧病也何人斯叚借祇爲疧故毛傳曰祇病也言叚借也又按古書或言不啻或言奚啻啻皆或作翅國語曰奚啻其聞之也韋注云奚何也何啻言所聞非一也孟子奚翅食重奚翅色重趙注翅辭也若言何其重也今刻本作何其不重也乃大誤 从疒氏聲 渠支切十六部爾雅音義云或丁禮反非是

㽺 病劣也 劣猶危也 从疒及聲 呼合切七部

㿄 劇聲也 劇者病甚也㿄者病甚呻吟之聲酉部醫下曰殹病聲也殹蓋㿄之省 从疒殹聲 於賣切古音在十五部

癃 罷病也 病當作癃罷者廢置之意凡廢置不能事事曰罷癃平原君傳躄者自言不幸有罷癃之病然則凡廢疾皆得謂之罷癃也師古注漢書改罷病作疲病非許意 从疒隆聲 力中切九部

𤸇 籒文癃省 按篇韵皆作瘽疑篆體有誤漢書高帝紀年老癃病景祐本及韵會所引皆作瘽

疫 民皆疾也 鄭注周禮兩言疫癘之鬼 从疒役省聲 營隻切十六部

瘛 小兒瘛瘲病也 急就篇亦云瘛瘲師古云卽今癇病按今小兒驚病也瘛之言掣也瘲之言縱也蓺文志有瘛瘲方 从疒恝聲 徐鍇等曰說文無恝字疑从疒从心契省聲也尺制切十五部

痑 馬病也 从疒多聲 丁可切十七部 詩曰痑痑駱馬 小雅四牡曰嘽嘽駱馬口部既偁之訓喘息皃與毛傳合

矣此復㑞作瘼瘼訓馬病其爲三家詩無疑也單聲之字古多轉入弟十七部此其異字異音之故漢書大人賦衍曼流爛瘼
以陸離史記瘼作壇㾮馬脛瘍也瘍廣韵作傷从疒兌聲徒活切十五部
一曰將傷將疑當作捋捋捝疊韵小徐本作持痼久病也多假固爲之月令十二月
行春令則國多固疾注曰生不充其性有久疾癈疾爲錮疾痼謂久疾故許異其義从疒固聲古慕切五
部𤻲治也方言曰療治也周禮注云止病曰療詩陳風泌之洋洋可以樂饑傳云可以樂道忘饑箋云可
飲以藥𤻲饑是鄭讀樂爲𤻲也經文本作樂唐石經依鄭改爲𤻲誤矣从疒樂聲讀若勞力照
切二部㾉或从尞尞聲𤸷楚人謂藥毒曰痛瘌方言曰凡
飲藥傅藥而毒南楚之外謂之刺北燕朝鮮之閒謂之癆東齊海岱之閒謂之眠或謂之眩自關而西謂之毒瘌痛也郭云癆
瘌皆辛螫也按瘌如俗語言辛辣从疒剌聲盧達切十五部癆朝鮮謂藥毒
曰癆从疒勞聲郎到切二部郭音聊𤺌瘉也通作差凡等差字皆引伸於瘥
从疒差聲楚懈切又才他切十七部𤻆減也減亦謂病減於常也凡盛衰字引伸於𤻆凡等
衰字亦引伸於𤻆凡喪服曰衰者謂其有等衰也皆𤻆之叚借从疒衰聲楚追切古音在十七部一
曰秏也秏之本義禾名也亦謂無爲秏讀如眊瘉病瘳也釋詁及小雅角弓毛傳皆曰瘉

病也渾言之謂瘳而尚病也許則析言之謂雖病而瘳也凡訓勝訓賢之愈皆引伸於瘉愈卽瘉字也从疒俞聲以主切古音在四部

瘳 疾瘉也二字互訓也从疒翏聲敕鳩切三部

癡 不慧也心部曰慧者儇也犬部曰儇者急也癡者遲鈍之意故與慧正相反此非疾病也而亦疾病之類也故以是終焉从疒疑聲丑之切一部

文一百二今增痟爲百三 重七

冖 覆也覆者蓋也从一下垂一者所以覆之也覆之則四面下垂廣韵引文字音義云以巾覆从一下垂莫狄切十六部按冥下曰冖聲冪亦冖聲則亦在十一部支耕之合也凡冖之屬皆从冖

冠 絭也曡韵爲訓所以絭髮絭者纕臂繩之名所以約束褏者也冠以約束髮故曰絭髮引伸爲凡覆蓋之偁弁冕之總名也析言之冕弁冠三者異制渾言之則冕弁亦冠也从冖元會意元猶首也元亦聲古丸切十四部冠有法制謂尊卑異服故从寸古凡法度之字多从寸者

冣 積也冣與聚音義皆同與月部之最音義皆別公羊傳曰會猶冣也何云冣之爲言聚周禮太宰注曰凡簿書之冣目劉歆與楊雄書索方言曰欲得其冣目又曰頗願與其冣目得使入籙按凡言冣目者猶今言摠目也史記殷本紀大冣樂戲於沙丘冣一作聚張釋之馮唐列傳誅李牧令顏聚代之漢

書聚作冣爾雅灌木叢木也毛傳叢木作冣木說文凡字下曰冣栝也儹字下曰冣也史記周本紀周冣文選過秦論周冣今各書此等冣字皆譌作最讀祖會反音義俱非葢字林固有冣字音才句反見李善選注至乎南北朝冣最不分是以周續之劉昌宗陸德明輩皆不能知毛傳之本作冣木顧野王玉篇冖部無冣而冃部有最云齊也聚也廣韵本唐韵而廣韵十遇才句切一切無冣字然則唐韵葢亦本無冣字學者知有最字不知有冣字久矣玉篇云最者齊也聚也子會切是以冣之義爲最之義而廣韵十四泰云最極也祖外切亦是冣之義誤以爲最之義也何以言之古凡云殿冣者皆當作从冖字項岱曰殿負也冣善也韋昭曰第上爲冣極下爲殿孫檢曰上功曰冣下功曰殿漢書周勃傳曰冣從高帝云云師古云冣凡也摠言其攻戰克獲之數又衞青霍去病傳曰冣大將軍青凡七出云云文法正同此皆與冣目之冣同又周勃傳曰攻槐里好時冣又曰擊趙賁內史保於咸陽冣又曰攻上邽東守嶢關擊項籍攻曲遇冣樊噲傳曰攻趙賁下郿槐里柳中咸陽灌廢丘冣此皆殿冣之冣張晏曰冣功第一也如淳曰於將帥之中功爲冣也此正如葬書所言凡山顛可葬者名上聚之穴漢蔡湛碑三載勳冣其字正作冣以許君訓積求之積則必有其高處今人冣美冣惡之云讀祖會切葢於形於音皆失之古必作冣讀才句切

从冖取 冖其上而取之 取亦聲 才句切四部

託 奠酒爵也 大徐作奠爵酒今依韵會所據訂周書顧命曰王三宿三祭三詫某氏注曰酌者實三爵於王王三進爵三祭酒三奠爵丌部曰奠置也

从冖 禮器必有冪也故从冖 託聲 當故切五部 周書曰王三宿三祭

三訖

文四

𠔼 重覆也下一覆也上又加冂是爲重覆 从冂一會意 凡𠔼之屬皆从𠔼讀若艸苺苺汲古閣作艸苺之苺之字誤賸今依宋本苺當作每屮部曰每艸盛上出也每隸書作每左傳輿人誦曰原田每每杜注晉君美盛若原田之草每每然魏都賦蘭渚莓莓每上加艸非按古音葢在之尤二部閒今音莫保切

同 合會也从𠔼口口皆在所覆之下是同之意也徒紅切九部

青 幬帳之象巾部曰幬禪帳也帳張也 从𠔼幬帳所以覆也 㞢其飾也凡帳必有飾凡㞢殸右皆像垂飾苦江切按古音在三部殳部殸从殳青聲凡㲉𣪊愨字从殸聲

冢 覆也凡蒙覆僮蒙之字今字皆作蒙依古當作冢蒙行而冢廢矣艸部蒙艸名也 从𠔼豕會意莫紅切九部

文四

冃 小兒及蠻夷頭衣也謂此二種人之頭衣也小兒未冠夷狄未能言冠故不冠而冃荀卿曰古之王者有務而拘領者矣楊注務讀爲冒拘與句同淮南書曰古者有鍪而綣領以王天下者高注古者葢三皇以前也鍪著兜鍪帽言未知制冠按高注兜鍪二字葢淺人所加務與鍪皆讀爲冃冃卽今之帽字也後聖有作因冃以制

冠冕而月遂爲小兒蠻夷頭衣从冂二其飾也古報切古音在三部凡月之屬皆从月

冕大夫㠯上冠也冠下曰弁冕之總名渾言之也此云冕者大夫以上冠析言之也大夫㠯上有冕則士無冕可知矣周禮王之五冕皆玄冕朱裏延紐五采繅十有二就皆五采玉十有二玉笄朱紘諸侯之繅斿九就瑉玉三采其餘如王之事繅斿皆就戴先生曰實六冕而曰五冕者陳采就玉之數止於五也亦以見服自十二章至一章而六冕璪自十二旒至三旒而五其天子大裘之冕無旒也槩舉諸侯又申之曰繅斿皆就者明九旒至於三旒其就數九公侯伯子男無降差同也邃延垂瑬紞纊邃深遠也延者鄭云冕之覆周禮弁師王之五冕皆玄冕朱裏延紐謂延上玄下朱以表裏冕版也古者以三十升布爲之故尚書論語謂之麻冕用三十升布上玄下朱爲延天子至大夫所同也其字左傳作綖垂瑬詳玉部瑬下紞纊糸部曰紞者冕冠塞耳者也按紞所以縣瑱也瑱亦謂之纊詳糸部紞下據許紞系於延左右據周禮注王后之祭服有衡垂於副之兩旁當耳其下以紞縣瑱是專謂后服也然左傳衡紞紘綖昭其度也似男子有衡簪於冕覆而系紞从月免聲亡辨切按古音當在十三部讀如問許書無免字而俛勉字皆免聲葢本有免篆而佚之或曰古無免兔之分俗強分別者非也冕冕之義取前俯則與低頭之俛相通古者黃帝初作冕太平御覽引世本曰黃帝作旃冕宋衷注云通帛曰旃廱劭曰周始加旒周易𣪠辭曰黃帝堯舜垂衣裳而天下治葢取諸乾坤

絻冕或从糸作从糸作者謂冕延用

三十升布也周禮曰玄冕朱裏謂玄表朱裏注云冕延之覆在上是以名焉延之覆猶云延之表也是以名焉者釋經文玄冕之冕字也以其冣居上故專得冕名也覲禮注云今文冕皆作絻許或之者許意從古文也亦見管子荀卿子及封禪書

冑兜鍪也兜部兜下曰兜鍪首鎧也按古謂之冑漢謂之兜鍪今謂之盔从冃由聲直又切三部

䩜司馬法冑从革荀卿子鹽鐵論大玄皆作䩜

冒冡而前也冡者覆也引伸之有所干犯而不顧亦曰冒如假冒如冒白刃如貪冒是也邶風下土是冒傳曰冒覆也此假冒爲冃也从冃目會意冃目者若無所見也冃亦聲目報切古音在三部

㘥古文冒汗簡同

冣犯取也鍇曰犯而取也按犯而取猶冡而前冣之字訓積最之字訓犯取二字義殊而音亦殊顏氏家訓謂冣爲古聚字手部撮字从最爲音義皆可證也今小徐本此下多又曰會二字係淺人增之韵會無之是也最俗作冣六朝如此作○莊子秋水鴟鵂夜撮蚤察毫末書出瞋目而不見丘山釋文撮崔本作最此可證最撮古音同蚤謂蝨人跳蟲也或誤爲聚爪云夜入人家稾人指甲可笑也从冃取會意小徐衍聲字非也祖外切十五部

文五　重二

㒳再也冓部曰再者一舉而二也凡物有二其字作㒳不作兩兩者二十四銖之偁也今字兩行而㒳廢矣从冂覆其上也从从入部曰从二入也㒳从此與此正相卬合而鉉本此作从一闕其誤甚矣从丨

二字今補蓋爲二入之介也良奬切十部易曰參天㒳地說卦傳文蓋孟氏易如此凡㒳之屬皆从㒳

兩　二十四銖爲一兩一字衍禾部曰十二粟爲一分十二分爲一銖律曆志曰衡權本起於黃鍾之重一龠容千二百黍重十二銖兩之爲兩二十四銖爲兩按兩者㒳黃鍾之重故从㒳也从一㒳會意㒳逗平分也㒳小徐作兩誤今正也字今增此說从㒳之意㒳亦聲良奬切十部

㒼　平也廣韵曰無穿孔狀按周禮鼈人掌取互物注云互物謂有甲㒼胡龜鼈之屬从廿二十并也五行之數二十分爲一辰此說从廿之意五行每行得廿分分之適平其法未聞从㒳从字今補㒳各本作㒼誤今正平也此說从㒳之意讀若蠻母官切十四部

文三

网　庖犧氏所結繩㠯田㠯漁也以田二字依廣韵太平御覽補周易繫辭傳文从冖冪其上也下象网交文从象网目文紡切在十部五經文字曰說文作网今依石經作冈凡网之屬皆从网

罔　网或加亡亡聲也

䋞　或从糸以結繩爲之也

冈　古文网从冂亡聲

网　籀文

从目

罨 罕也蜀都賦曰罨翡翠 从网奄聲奄覆也此舉形聲包會意於業切八部

罕 网也謂网之一也吳都賦注曰罼罕皆鳥網也按罕之制蓋似畢小网長柄故天官書畢曰罕車經傳叚爲尟尠字故釋詁云希寡鮮罕也 从网干聲呼旱切十四部五經文字曰經典相承隸省作罕

䍐 网也网之一也 从网繯會意糸部曰繯落也落者今之包絡字繯网主於圍繞故从繯 繯亦聲古眩切十四部俗作罥 一曰綰也此別一義糸部綰下曰綃也綃即繯字俗書叚借也周禮冥氏注曰弧張罿罦之屬所以扃絹禽獸翨氏注曰置其所食之物於絹中鳥來下則掎其腳亦皆叚絹爲繯繯綰之言絆也下文云𦊗者繯獸足是其義

䍙 网也网之一也篇韵皆曰雉网 从网每聲莫桮切古音在一部

𦊗 网也网之一也 从网巺聲思沇切十四部

𨇦 𦊗或从足巺 逸周書曰不卵不𨇦以成鳥獸周書文傳解曰山林非時不升斤斧以成草木之長川澤非時不入罔罟以成魚鼈之長不𪊲不卵以成鳥獸之長許所據有不𨇦二字 𦊗者繯獸足故从足

罙 网也各本作周行也詩釋文引作冒也乃涉鄭箋而誤今尋上下文皆网名篇韵皆云罙罟也更正蓋罙亦网名其用主自上冒下故鄭氏箋詩殷武改毛之罙入其阻爲罙入云冒也就字本義引伸之此鄭箋之易舊非經本有作罙者也各本米聲下有詩曰罙入其阻六字似許用鄭本恐後人所增今刪 从

网米聲武移切按古音在十五部冞或从卢卢者列骨之殘也从卢亦网罟殘害之意也

罩捕魚器也小雅南有嘉魚烝然罩罩釋器曰籗謂之罩毛傳曰罩籗也劉逵吳都賦注曰罩籗也編竹籠魚者也按竹部曰籗罩魚者也从网卓聲都教切二部

罾魚网也文穎曰罾魚網也師古曰形如仰繖蓋四維而舉之从网曾聲作縢切六部

罪捕魚竹网竹字蓋衍小徐無竹网二字从网非聲聲字舊缺今補本形聲之字始皇改爲會意字也徂賄切十五部秦㠯爲辠字文字音義云始皇以辠字似皇乃改爲罪按經典多出秦後故皆作罪罪之本義少見於竹帛小雅畏此罪罟大雅天降罪罟亦辠罟也

罽魚网也廣雅罽罔也从网㓹聲居例切十五部㓹籀文銳見金部

罛魚罟也衞風碩人曰施罛濊濊釋器毛傳皆曰罛魚罟从网瓜聲古胡切五部詩曰施罛濊濊按此可以正今本水部濊濊大部奯奯之譌

罟网也小雅小明傳曰罟网也按不言魚网者易曰作結繩而爲网罟以田以漁是网罟皆非專施於漁也罟實魚网而鳥獸亦用之故下文有鳥罟兔罟从网古聲公戶切五部

罶曲梁寡婦之笱魚所留也釋訓曰凡曲者爲罶釋器曰嫠婦之笱謂之罶小雅魚麗苕華傳合之曰罶曲梁也寡婦之笱也許說本之按邶風傳云梁魚梁衞風傳曰石絕水曰梁

曹風傳云梁水中之梁也邶風傳云笱所以捕魚也句部云笱曲竹捕魚也葢曲梁別於凡梁寡婦之笱別於凡笱曲梁者僅以薄爲之寡婦之笱笱之敝者也魚麗美物盛多能備禮也故言此曲梁寡婦之笱而魚之多如是苕之華大夫閔時也師旅並起因之以飢饉言三星在罶則無魚可知也梁與笱相爲用故詩云敝笱在梁言逝梁必言發笱若魯語曰古者大寒降土蟄發水虞於是乎講罛罶取名魚則非止曲梁寡婦之笱矣从网畱畱亦聲力九切三部

罶或从婁三部四部合音春秋國語曰溝罛𦉱魯語文溝疑誤古本葢作冓冓猶交加也今魯語作講

罜 罜麗逗小魚罟也魯語曰鳥獸成水蟲孕水虞於是禁罝罜麗設穽鄂以實廟庖畜功用也韋曰罝當作罛罜麗小網也西京賦曰設罜麗从网主聲之庚切四部按古音獨

䍡 罜麗也从网鹿聲盧谷切三部

罧 積柴水中吕聚魚也从网林聲毛詩潛有多魚韓詩潛作涔釋器曰槮謂之涔毛傳曰潛槮也爾雅毛傳槮本从米舍人李巡皆云以米投水中養魚曰涔从米是也自小爾雅改作槮（改米爲木）一云橬（改水爲木）槮也積柴水中而魚舍焉郭景純因之云今之作槮者聚積柴木於水魚得寒入其裏藏隱因以薄圍捕取之槮非古字至若罧字雖見淮南鴻烈然與槮皆俗字也毛詩爾雅音義皆云字林作罧不云出說文疑或取字林羼入許書古本當無此篆所今切七部按舊皆山沁反

罠 所吕釣也所以二字今補召南曰其釣維何維絲伊緍傳

目緍綸也箋云以絲爲之綸則是善釣也按糸部曰緍釣魚繁也此曰罠所以釣也然則緍罠古今字一古文一小篆也吳都賦注曰罠麋網廣韵曰罠彘網則又古今義殊○釋器彘罟謂之羉本或作罠張載七命布飛羉張修罠則羉與罠非一字也 从网民聲 武巾切十二部自罟至此十一篆皆謂以漁者也

羅 以絲罟鳥也 釋器鳥罟謂之羅王風傳曰鳥網爲羅 从网从維 會意魯何切十七部或作儸俗異用 古者芒氏初作羅 蓋出世本作篇

罬 捕鳥覆車也 釋器曰繴謂之罿罿罬也罬謂之罦罦覆車也郭云今之翻車也有兩轅中施罥以捕鳥展轉相解廣異語按又見糸部 从网叕聲 陟劣切十五部

輟 罬或从車作 按車部有輟篆義殊

罿 罬也 王風毛傳同 从网童聲 尺容切九部

𦊯 覆車也 王風雉離于罦傳曰罦覆車也 从网包聲 縛牟切三部 詩曰雉離于𦊯 今毛傳作罦

罦 𦊯或从孚 作古包聲孚聲同在三部

罻 捕鳥网也 王制注曰罻小網也 从网尉聲 於位切十五部

罘 兔罟也 郭樸注子虛賦曰罘罝也 从网否聲 縛牟切古音在一部秦刻石可證也隸作罘

𦊓 罟也 廣韵曰兔網 从网互聲 胡誤切五部

罝 兔网也 周南肅肅兔罝釋器毛傳皆曰兔罟也 从网且聲 子邪切古音在五部

𦋆

罝或从組作䍗籒文从虘 虘聲自羅至此八篆皆以田者也 羅

䍐中网也 中字賸或曰當作戶䍐网如招魂之网戶王逸曰网戶綺紋鏤也此似网非真网也故次於此 从网舞聲 文甫切五部

署部署也 部署猶處分疑本作罘署後改部署也項羽本紀曰梁部署吳中豪傑爲校尉候司馬急就篇曰分別部居不雜廁魯語孟文子曰夫位政之建也署位之表也署所以朝夕虔君命也按官署字起於此 各有所网屬也从网者 网屬猶系屬若网在綱故从网 聲者別事詞也此舉形聲包會意常恕切五部

罷遣有辠也 引伸之爲止也休也周易或鼓或罷論語欲罷不能周禮有罷民鄭曰民不愍作勞有似於罷能齊語有罷士罷女韋曰罷病也無作曰病按罷民罷士謂偷惰之人罷之音亦讀如疲而與疲義殊少儀師役曰罷鄭曰罷之言疲勞也凡曰之言者皆轉其義之詞 从网能 會意薄蟹切古音在十七部讀如婆論語音杷 网辠网也 依韵會補四字 言有賢能而入网卽貰遣之周禮曰 大司寇職文 議能之辟是也 說會意之恉

置赦也 攴部曰赦置也二字互訓置之本義爲貰遣轉之爲建立所謂變則通也周禮廢置以馭其吏與廢對文古借爲植字如攷工記置而搖之卽植而搖之論語植其杖卽置其杖也 从网直 徐鍇曰與罷同意是也直亦聲陟吏切一部

罯覆也从网音聲 烏感切七部

詈罵

也从网言 力智切十六部

罵 詈也从网馬聲 莫駕切古音在五部

𦌴 馬落頭也 落絡古今字許書古本必是作落引伸之為羈旅 从网馽馽絆也 既絆其足又网其頭居宜切十六部

羈 𦌴或从革 今字作羈俗作羇

文三十四 重十二

襾 覆也从冂上下覆之 下字謄冂者省上而下也凵者省下而上也故曰上覆之覆者覂也从一者天也上覆而不外乎天也 凡襾之屬皆从襾讀若晋 呼訝切古音在五部

覂 覆也 武帝紀泛駕之馬師古曰泛覆也音方勇反字本作覂後通用耳廣韵正作覂駕之馬食貨志大命將泛孟康曰泛音方勇反玉篇正作大命將覂 从襾乏聲 方勇切古音在七部

覆 覂也 反也覆覂反三字雙聲又部反下曰覆也反覆者倒易其上下如襾从冂而反之為凵也覆與復義相通復者往來也 从襾復聲 此舉形聲包會意芳福切三部 一曰蓋也 此別一義艸部曰蓋者苫也苫者蓋也上文云一者覆也皆此義古本與上義同一音南音乃別此義為敷救切

覈 實也 凡有骨之偁也骨下曰肉之覈也蔡邕注典引曰有骨曰覈周禮其植物曰覈物謂梅李之屬按詩小雅肴覈維旅典引及注不誤蜀都賦作槅叚借字也今本作核傳譌也周禮經作覈注作核蓋漢人已用核為覈矣 攷事襾笮邀遮

其辭得實曰覈而者反覆之笮者迫之徼者巡也遮者遏也言攷事者定於一是必使其上下四方之辭皆不得逞而後得其實是謂覈此所謂咨於故實也所謂實事求是也从襾敫聲下革切古音當在二部

覈覈或从雨亦襾意

文四　重一

巾佩巾也帶下云佩必有巾佩巾禮之紛帨也鄭曰紛帨拭物之佩巾也按以巾拭物曰巾如以帨拭手曰帨周禮巾車之官鄭注巾猶衣也然吳都賦吳王乃巾玉路陶淵明文曰或巾柴車或權孤舟皆謂拂拭用之不同鄭說也陶句見文選江淹雜體詩注今本作或命巾車不可通矣玉篇曰本以拭物後人著之於頭从冂巾可覆物故从冂周禮冪人注以巾覆物曰冪丨象系也有系而後佩於帶居銀切十二部凡巾之屬皆从巾

帉楚謂大巾曰帉方言大巾謂之帉內則曰左佩紛帨鄭云紛帨拭物之佩巾今齊人有言紛者釋文曰紛或作帉按紛者叚借字也帉帉同从巾分聲撫文切十三部

帥佩巾也从巾𠂤聲聲字大徐奪所律切十五部

帨帥或从兌聲今音稅此二篆今人久不知爲一字矣召南毛傳曰帨佩巾也鄉飲酒禮鄉射禮燕禮大射儀公食大夫禮有司徹皆言帨手注帨拭也帨手者於帨帨佩巾據賈氏鄉飲公食二疏知經注皆作帨別無挩字內則盥卒授巾注云巾以帨

手卽用禮經帨手字也㕞者拭也刷亦同㕞左傳藻率鞞鞛服虔曰藻爲畫藻率爲刷巾禮有刷巾許於刀部刷下亦云禮有刷巾是則刷巾卽左傳之率率與帥古多通用如周禮樂師故書帥爲率聘禮古文帥皆作率韓詩帥時農夫毛詩作率皆是佩巾本字作帥叚借作率也鄭曰今文帨古文作說是則帥率帨說㕞刷六字古同音通用後世分文析字帨訓巾帥訓率導訓將帥而帥之本義廢矣率導將帥字在許書作逹作衛而不作帥與率六書惟同音叚借之用最廣

⿱埶巾 禮巾也从巾埶聲 篆體二徐皆作⿱執巾大徐曰从執小徐曰執聲皆誤今正⿱埶巾輸芮切十五部今不見經典恐亦帨之或體然廣雅已兼載帨⿱埶巾矣

帗 一幅巾也 幅布帛廣也一幅巾者巾廣二尺二寸其長當亦同也此與鄭注周禮帗舞義絕殊蓋許君周禮作翇舞與鄭司農說同見羽部 从巾犮聲讀若撥 北末切十五部

⿰巾刃 枕巾也 蓋加枕以藉首爲易汚也今俗所謂枕頭衣廣雅亦曰⿰巾刃巾也 从巾刃聲 而振切十二部亦作⿰巾忍

幋 覆衣大巾也从巾般聲 薄官切十四部 或曰爲首幋 首幋未聞當依李善思玄賦注作首飾

帤 巾帤也 方言幏巾也大巾謂之帉嵩嶽之南陳潁之閒謂之帤巾亦謂之幏按巾帤蓋方俗語 从巾如聲 女余切五部 一曰幣巾 幣當爲敝字之誤也如衣部褩爲敝衣糸部絮爲敝絮虞翻注易曰袽敗衣也盧氏曰袽者殘幣帛可拂拭器物也音義皆略同弓人厚其袽注謂弓中裨也內景黃庭經曰人閒紛紛臭帤如

幣

帛也帛者繒也聘禮注曰幣人所造成以自覆蔽一作幣者誤謂束帛也愛之斯欲飲食之君子之情也是以享用幣所以副忠信从巾敝聲毗祭切十五部⿰巾畐布帛廣也凡布帛廣二尺二寸其邊曰幅左傳曰夫富如布帛之有幅焉爲之制度使無遷也引伸爲邪幅小雅邪幅在下傳曰幅偪也所以自偪束也从巾畐聲方六切古音在一部㡛設色之工治絲練者攷工記設色之工㡛氏掌湅絲湅帛此云治絲練謂湅絲云治練謂湅帛也糸部曰練湅繒也此謂帛爲練者渾言之也湅見水部从巾巟聲呼光切十部一曰㡛逗隔也也字今補詩曰葛藟荒之傳曰荒掩也隔之義謂網其上而蓋之卽詩所謂荒之也玉篇曰㡛幪也讀若荒攷工記先鄭注曰讀爲芒芒禹迹之芒讀爲當是讀如之誤帶紳也糸部曰紳大帶也男子鞶帶婦人帶絲古本皆如此毛本依小徐誤內則曰男鞶革女鞶絲革部鞶下云大帶也男子帶鞶婦人帶絲按古有大帶有革帶革帶以繫佩韍而後加之大帶則革帶統於大帶故許於紳於鞶皆曰大帶實則內則之鞶專謂革帶此偁內則者謂鞶統於紳佩繫於鞶也象繫佩之形謂𠂢也佩必有巾从重巾謂巾也當蓋切十五部幘髮有巾曰幘方言曰覆髻謂之幘巾或謂之覆髮獨斷曰幘古者卑賤執事不冠者之所服也漢以後服之其制日詳詳見司馬氏輿服志从巾責聲側革切十六部⿰巾亘領

耑也从巾旬聲相倫切十二部篇韵皆無此字

帔 弘農謂帬帔也謂帬曰帔也方言曰帬陳魏之閒謂之帔自關而東謂之襬 从巾皮聲披義切古音在十七部

帬 繞領也方言繞衿謂之帬廣雅本之曰繞領（句）帔（句）帬也衿領今古字領者劉熙云總領衣體爲端首也然則繞領者圍繞於領今男子婦人披肩其遺意劉熙曰帔披也披之肩背不及下也蓋古名帬弘農方言曰帔若常則曰下帬言帬之在下者亦集眾幅爲之如帬之集眾幅被身也如李善引梁典任昉諸子冬月著葛巾帔練帬自是上下三物水經注淮南王廟安及八士像皆羽扇帬帔巾壺枕物一如常居亦帬帔竝言自釋名帬系下帔系上後人乃不知帔帬之別擅改說文矣 从巾君聲渠云切十三部按此篆之解各本改爲下裳也無義又移其次於常下帴上今皆更正

裠 帬或从衣

常 下帬也釋名曰上曰衣下曰裳裳障也以自障蔽也士冠禮爵弁服纁裳皮弁服素積玄端玄裳黃裳襍裳可也禮記深衣續衽鉤邊要縫半下今字裳行而常廢矣 从巾尚聲从巾者取其方幅也引伸爲經常字市羊切十部

裳 常或从衣

帴 帬也衣部禮下曰帴也 一曰帔也帔一幅巾也 一曰婦人脅衣釋名所謂心衣小徐作脅巾 从巾戔聲讀若末殺之殺末殺亦見漢書谷永傳服虔注左傳作末⿱殺木皆卽水部之瀎泧拭滅皃也今京師有此語所八切古音十四十五部合韵

幝 幒也方言

褌陳楚江淮之閒謂之䘩釋名褌貫也貫兩腳上繫腰中也按今之套褲古之絝也今之滿襠褲古之褌也自其渾合近身言
曰幝自其兩襱孔穴言曰幒方言無裥之袴謂之襣郭云卽犢鼻褌从巾軍聲古渾切十三部褌
幝或从衣幒幝也从巾悤聲職茸切九部方言錯勇反一曰
帙書衣也𢂁幒或从松方言作䘩𢄼楚謂無緣衣也
方言無緣之衣謂之襤又曰裯謂之襤又云楚謂無緣之衣曰襤紩衣謂之褸又曰襜褕以布而無緣敝而紩之謂之襤褸
从巾監聲魯甘切八部幎幔也謂冡其上也周禮注曰以巾覆物曰幎禮經鼏有鼏
尊彝有幎其字亦作冪俗作羃羃筭家幎積是此字魏都賦注引左傳冪館宮室塗塈曰冪者亦謂冡其上也今本作塓乃俗字
从巾冥聲莫狄切古音在十一部周禮有幎人天官所屬掌供巾幎今周禮作冪
幔幎也幎各本作幕由作冪而誤耳今正凡以物冡其上曰幔與幎雙聲而互訓釋名玉篇廣韵以帷幔釋
之今義非古義也从巾曼聲莫半切十四部幬禪帳也禪不重也古樂府紅羅複
斗帳則帳多複者召南抱衾與裯傳禪被也箋云裯牀帳也按鄭謂裯爲幬之叚借也不言禪者統辭也釋訓曰幬謂之帳引
伸爲覆幬見左傳及中庸中庸注曰幬或作燾从巾𠷎聲直由切三部㡘帷也釋名
曰㡘廉也自障蔽爲廉恥也戶㡘施之於戶外也按與竹部簾異物㡘以布爲之簾以竹爲之从巾鄭云帷以布爲

之兼聲力鹽切七部

帷 在旁曰帷 周禮注同釋名曰帷圍也所以自障圍也从巾隹聲洧悲切十五部 古文帷 鍇曰从匚象周帀

帳 張也 以疊韵爲訓釋名曰帳張也張施於牀上也小帳曰斗帳形如覆斗也古亦借張字爲之 从巾長聲 知諒切十部

幕 帷在上曰幕 周禮注曰在上曰幕幕或在地展陳於上 疏云聘禮布幕官陳幣史展幣皆於幕下又賓入境至館皆展幕是幕在地展陳於上也 按大徐本此下有覆食案亦曰幕六字葢淺人所增 从巾莫聲 莫各切五部按周禮尚有帟字鄭云四合象宮室曰幄王所居之帳也帟王在幕若幄中坐上承塵皆以繒爲之許無幄字者木部有楃本巾車帟則葢叚亦爲之亦之言重也其皆周禮故書與

帊 㡜裂也 謂殘帛裂也急就篇曰帊㡀囊橐不直錢方言器破而未離南楚之閒謂之㪇聲同義近亦作帊 从巾七聲 卑履切十五部

㡜 殘帛也 廣韵曰㡜繐桃花類篇曰今時剪繒爲華者按與碎音義略相近 从巾祭聲 所例切廣韵音雪十五部

㡏 正耑裂也 耑各本作㡏今正衣部曰耑衣正幅也此謂帛之正耑以別於上文帊謂殘帛之裂 从巾俞聲 山樞切古音在四部

帖 帛書署也 木部曰檢書署也木爲之謂之檢帛爲之則謂之帖皆謂標題今人所謂籤也帛署必黏黏引伸爲帖服爲帖妥俗製貼字爲相附之義製怗字爲安服之義 从巾占聲 他叶切七部

帙 書衣也 書衣謂用裹書

者亦謂之幭陸德明撰經典釋文三十卷合爲三袟今人曰函从巾失聲直質切十二部帙或从衣幡幟也幡幟旛識之俗字也古有旛無幡有識無幟許書本作旛識淺人易之旛識者旗有幅可爲表識𢄼之言箋也箋謂表識从巾前聲則前切十四部徽識也三字一句各本刪徽字識作幟今正以絳帛句箸於背各本絳下衍徽字誤移識上之徽於此也今刪六月詩識文鳥章鄭箋識徽識也將帥以下衣皆箸焉周禮司常掌九旗之物名各有屬以待國事鄭注屬謂徽識也大傳謂之徽號今城門僕射所被及亭長箸絳衣皆其舊象司常又曰及國之大閱贊司馬頒旗物王建大常諸侯建旂孤卿建旜大夫士建物帥都建旗州里建旟縣鄙建旐道車載旞斿車載旌皆畫其象焉官府各象其事州里各象其名家各象其號鄭云徽識旌旗之細也士喪禮爲銘各以其物以緇長半幅䞓末長終幅廣三寸書名於末此蓋其制也大閱禮象而爲之兵凶事若有死事者則以相別也左傳曰揚徽者公徒也杜注曰徽識也大傳曰殊徽號鄭曰徽號旗之名也覲禮曰公矦伯子男皆就其旂而立賈公彥云此旂鄭雖不解鄭注夏官仲夏辨號名此表朝位之旂與銘旌及在軍徽識同皆以尺易仞小而爲之也按古朝覲軍禮皆有徽識而徽各書作徽容是段借識各書作幟則是俗字唐初釋玄應曰幟與識本無二音若毛詩作織則亦段借字也許書及杜注皆徽識也三字爲句淺者皆刪去一字不完以絳帛者用絳帛爲之周禮九旗之帛皆用絳則其細亦皆用絳可知也箸於背者專謂軍禮象銘旌而爲之者下文云若今救火衣鄭注周禮云今城門僕射所被

及亭長箸絳衣皆其舊象葢此等皆箸於背以爲表識也衣部卒下曰衣有題識者即鄭所云亭長箸絳衣也 从巾微省聲 許歸切十五部 春秋傳曰揚徽者公徒 昭公二十一年左傳文按曰揚則旐旗而非箸背者 若今救火衣然也 此與箸於背相屬

幖 識也 亦三字一句各本作幟也二字今正通俗文曰徽號曰幖私記曰幟周禮肆師表齍盛告絜鄭注故書表爲剽剽表皆謂徽識也按剽表皆叚借字幖其本字也凡物之幖識亦曰徽識今字多作標牓標行而幖廢矣 从巾㶾聲 方招切二部

幡也 幡者下文云書兒拭觚布也與上文幑下云幡幟迥別許書㫃部旛下曰旛胡也謂旗幅之下垂者與幡各義自俗書從便旗旛字皆作幡冣目曰鳥蟲書所以書旛信也今本亦改爲幡信而此部前之幡識鮮知其當作旛矣幣與徽幖伍旐旗類也帤與幡同物拭觚布也廣韵繙字下云繙帤亂取此今義非許義 从巾夗聲 於袁切十四部

書兒拭觚布也 拭本作飾淺人所改也飾拭正俗字許書有飾無拭顏師古曰觚者學書之牘或以記事削木爲之其形或六面或八面皆可書觚者棱也以有棱角故謂之觚即孔子所歎也按觚以學書或記事若今書童及貿易人所用粉版既書可拭去再書楊雄齎油素四尺亦謂素之可拭者也拭觚之布謂之幡亦謂之帤反覆可用之意 从巾番聲 甫煩切十四部

刜也 刜當作拂字之誤也刀部曰刜擊也手部曰拂過擊也過擊者所過而擊箸與拭之義近上下文皆言拭可證必當作拂矣玉篇注作拂

也廣韵注作拂箸从巾刺聲盧達切十五部
㡛拭也其義少見字林幖幟記則音義同籤从巾戠聲精廉切七部
飾㕞也又部曰㕞飾也二篆爲轉注飾拭古今字許有飾無拭凡說解中拭字皆淺人改飾爲之而彡下云毛飾畫文也聿下云聿飾也皆卽拭字淺人不解而不之改若㕞下云飾也則五經文字所據尚不誤周禮司尊彝注云涚酌者捝飾勺而酌也釋文作飾今本作拭實無二義凡物去其塵垢卽所以增其光采故㕞者飾之本義而凡踵事增華皆謂之飾則其引伸之義也若巿下云純飾璪下云弁飾縟下云繁采飾是也凡許書之義例依此求之無不可得者聘禮拭圭字今作拭蓋古經必作飾鄭云拭清也此必經文作飾而以清訓之儻經本作拭又何用此注乎釋詁云拭清也爾雅少古字故往往與經典不合古本當不作拭耳管子輕重曰桓公使八使者式璧而聘之式者飾之叚借从巾从人拭物者巾也用巾者人也从食聲讀若式賞隻切按廣韵賞職切與唐韵異一部飾篆各本皆在㡢後幃前此不知許因上文四篆言飾故繫承以飾篆而誤移其次也一曰襐飾此別一義衣部襐下曰襐飾也急就篇曰襐飾刻畫無等雙漢平帝后傳曰令孫建世子襐飾將醫往問疾顏注襐飾盛飾也一曰首飾在兩耳後刻鏤而爲之廣韵曰襐未笄冠者之首飾也玉篇曰首飾也

幝車敝皃敝各譌作弊今正皃釋文引作也小雅杕杜曰檀車幝幝傳曰檀車役車也幝幝敝貌釋文曰幝韓詩作緂糸部曰緂偏緩也○按古本當是巾敝皃故从巾詩以爲車敝字則其引伸之義也釋文引說文巾敝也从巾單今本釋文乃巾譌車

殊失陸意 从巾單聲 昌善切十四部 詩曰檀車幝幝

幏 蓋衣也 覆蓋物之衣也法言震風淩雨然後知夏屋之爲帡幏也幏即幪之俗尚書大傳下刑墨幪方言幪巾也與許義稍異大雅麻麥幪幪傳曰幪幪然茂盛也按此亦引伸之義謂徧覆於地也 从巾冡聲 莫紅切九部

幭 蓋幭也 幭之言幎也大雅淺幭傳曰淺虎皮淺毛也幭覆式也按幭之本義不專爲覆軾而覆軾其一端也司馬彪徐廣曰乘輿車文虎伏軾龍首銜軛文虎伏軾卽經之淺幭龍首銜軛卽經之金厄也說詳詩經小學曲禮素幭注幭覆笭也釋文幭本又作幦幭者正字幦者叚借字也篇韵皆以帊幞釋幭今義也 从巾蔑聲 莫結切十五部 一曰禪被 別一義被寑衣也

幠 覆也 喪大記幠用斂衾釋詁幠大也幠有也皆覆義之引伸也投壺曰無幠無敖注曰幠敖皆慢也又其引伸也斯干以芋爲幠 从巾無聲 荒烏切五部

幃 囊也 離騷蘇糞壤以充幃王逸曰幃謂之幐幐香囊也按凡囊皆曰幃曰幐王依文爲說則謂之香囊耳或曰爾雅婦人之褘亦作幃是許所云幃也今按此與爾雅之褘無涉釋器曰婦人之褘謂之縭縭緌也郭云卽今之香纓女子旣嫁之所著示繫屬於人義見禮記及士昏禮注曰婦人十五許嫁笄而禮之因著纓明有繫也蓋以五采爲之其制未聞內則婦事舅姑衿纓注曰婦人有纓示繫屬也詩親結其縭毛云縭婦人之褘也母戒女施衿結帨孫炎釋爾雅婦人之褘云帨巾也禮之纓必以采繩詩爾雅之褘縭乃帨巾其不相涉明甚景純注非許以囊釋幃亦斷非釋器及毛詩之褘

也从巾韋聲許歸切十五部帣囊也集韵曰囊有底曰帣或借爲絭字史記淳于髡

帣韝鞠䐑帣韝謂以韝約袖糸部曰絭纕臂繩也今鹽官三斛爲一帣舉漢時語證之

捪字下曰今鹽官入水取鹽爲捪皆漢時鹽法中語从巾𢍏聲居倦切十四部帚所㠯

糞也所㠯二字淺人刪之今補糞當作𡊄土部曰𡊄埽除也不言埽言𡊄者𡊄亦埽也曲禮言糞少儀曰氾埽曰埽

埽席前曰拚拚卽𡊄之叚借字𡊄與埽對文則二散文則一帚亦謂之鬣从又持巾埽冂內

冂舊作冖非今按當作𨚍冂字音扃介也凡埽除以潔清介內持巾者埽之事昉於拂拭因巾可拭物乃用萑苕黍梨爲帚拂

地矣合三字會意支手切三部古者少康初作箕帚秫酒太平御覽二云世本曰

少康作箕帚又云世本曰儀狄始作酒醪變五味少康作秫酒按許酒下亦曰古者儀狄作酒醪杜康作秫酒少康

杜康也葬長垣嫌少康卽夏少康故釋之文選注引王著與杜康絕交書曰康字仲寧或云黃帝時

宰人號酒泉太守按此葢以文爲戲之言未可爲典要席藉也此以疊韵爲訓戸護門聞之例也藉本祭

藉引伸爲凡藉之偁竹部曰竹席曰筵實通偁耳禮謂周官經天子諸矦席有黼繡

純飾此約周禮司几筵之文莞筵紛純次席黼純鄭司農云紛讀爲和粉之粉謂白繡也純緣也後鄭云斧謂之黼

其繡白黑采从巾其方幅如巾也庶省聲此形聲非會意祥易切古音在五部[illegible]古

文席从石省下象形上从石省聲幐囊也離騷蘇糞壤以充幃王注幃謂幐幐香囊也按凡囊皆曰幐王逸文為說耳玉篇曰兩頭有物謂之幐擔廣韵曰囊可帶者或借縢為之从巾朕聲徒登切六部𢄼㠯囊盛穀大滿而裂也𢄼之言璺也璺者隙也玉篇曰又弓筋起从巾奮聲方吻切十三部⿰巾盾載米𡬶也宁部曰𡬶輴也所以盛米也二字相轉注从巾蓋其體方盾聲讀若易屯卦之屯陟倫切十三部⿰巾及蒲席𡬶也甾部曰𤮮者吸也楊雄以為蒲器然則𤮮與吸一物也从巾及聲讀若蛤古沓切七部幩馬纏鑣扇汗也衛風碩人曰朱幩儦儦傳曰幩飾也人君以朱纏鑣扇汗且以為飾儦儦盛皃金部曰鑣者馬銜也以朱幓縷纏馬銜之上而垂之可以因風扇汗故謂之扇汗亦名排沫以其用幓也故从巾从巾賁聲符分切十三部詩曰朱幩儦儦儦儦各本及詩經皆作鑣鑣今依玉篇人部訂希馮所據詩不誤孔沖遠正義已誤矣○按廣雅亦曰鑣鑣盛也則不必改⿰巾夒墀地也也字今補土部曰墀者涂地也然則墀地即涂地也漢書楊雄傳曰夒人亡則匠石輟斤而不敢妄斵服虔曰夒古之善塗塈者施廣領大袖以仰塗而領袖不污按服注不言涂地然仰涂如此其善則涂地更可知矣夒人即莊子郢人㠯巾撋之从巾說从巾之意也撋蓋即手部揩字今之拭字揩者撫也涂地以巾按而摩之如

今之㨶漆故其字从巾巾𢅥廣韵作巾𢄼集韵作巾𢅥 夒聲讀若水温𣹚 夒夒聲各本作夒聲篆體各本皆誤作夒今正按許讀如𣹚大徐據唐韵乃昆切玉篇奴昆切葢古温𣹚之𣹚讀乃昆切玉篇曹憲廣雅音廣韵又乃回奴回切則乃昆之轉脂文之合廣韵又奴案切則依說文𣹚字今音莊子釋文引漢書音義音温（一本作混）與乃昆一音相近韋昭乃回反則乃回一音之所本也乃昆之音因於夒夒聲夒者古文婚字見女部車部𨎮以爲聲亦讀若閔然則此爲夒夒聲而非夒聲明甚夒在尤幽部轉入蕭宵肴豪部斷不得反以乃昆也顧夒孰夒生說文及漢書獿乃譌獿賴可據音以證其形而師古注漢書妄云乃高反是其形終古不可正矣今漢書字竟作獿莊子釋文竟作獿莫能諟正近盧召弓重刻莊子音義又改音温作音鐃可不急辨其非哉乃昆之音可爲乃回而斷不可爲乃高斯聲音自然之理學者所當究心也十三部〇又按廣韵集韵六豪內皆無獿乃高切之語且師古明云獿拭也故謂塗者爲獿人其語故依傍說文及漢書音義其音必同漢書音義斷不自造乃高一反先於乃回一反也葢師古之後字誤作獿而後有妄改顏注者耳

一曰箸也 箸直略反此別一義

帑 金幣所藏也 此與府庫廥等一律帑讀如奴帑之言囊也以幣帛所藏故从巾 从巾奴聲 乃都切五部小雅常棣傳曰帑子也此段帑爲奴周禮曰其奴男子入於罪隸女子入於舂稾稾本謂罪人之子孫爲奴引伸之則凡子孫皆可偁奴又叚帑爲之鳥尾曰帑亦其意也今音帑藏他朗切以別於於妻帑乃都切

帤 枲織也 其艸曰枲曰萉析其皮曰𣏟曰朩屋下治之曰麻緝而績之曰綫曰縷曰

纑織而成之曰布布之屬曰紨曰𦃇曰絟曰緦曰緆曰緰貲曰㡓曰幏古者無今之木緜布但有麻布及葛布而已引伸之凡散之曰布取義於可卷舒也外府注曰布泉也其藏曰泉其行曰布泉者今之錢也衛風抱布貿絲傳曰布幣也箋云幣者所以貿買物也此幣爲凡貨之偁布帛金錢皆是也

从巾父聲博故切五部隸變作布

幏 南郡蠻夷賨布也貝部曰賨者南蠻賦也文選魏都賦注引風俗通曰槃瓠之後輸布一匹小口二丈〔後漢書少小口二字〕是爲賨布廩君之巴氏出幏布八丈〔後漢書云八丈二尺〕幏亦賨也故統謂之賨布 从巾家聲古訝切古音在五部

𢃆 幏布也各本刪幏字今補布名也 出東萊地理志郡國志東萊郡皆有幏縣蓋以布得名也幏縣故城在今山東登州府黃縣南百二十里○按廣韵幏布名㨷縣名在東萊集韵亦云㨷縣名幏布名出東萊㨷縣而魏地形志晉地理志皆作幏縣字从小今本郡國志亦从小未能是正 从巾弦聲胡田切十二部師古音堅

⿱敄巾 髼布也髼者㯃也廣韵集韵十遇作髮巾 一曰車衡上衣衡上各本誤倒今依小徐及廣韵玉篇集韵類篇訂廣韵曰⿱敄巾轅上絲 从巾敄聲讀若頊莫卜切三部按此字集韵六引皆不云出說文

幦 髼布也既夕禮玉藻少儀鄭注公羊傳昭廿五年何注皆曰幦覆笭也按車覆笭與車笭是二事車笭者周禮之蔽毛詩爾雅之茀說文之篚鄭曰車旁禦風塵者也覆笭者禮經周禮禮記公羊傳之幦大雅曲禮之幭今周禮之幎蓋乎軾上者也以禦旁之名名之也車笭多

以竹故字从竹覆笭不用竹用皮巾車曰王喪之車犬禊鹿淺禊然禊豻禊各用其皮也大雅之淺幭虎皮也與玉藻之羔幦鹿幦皆諸侯大夫士之吉禮也曲禮之素幭鄭士喪禮之白狗幦大夫士之凶禮也然則車覆笭古無用桼布者許以髹布釋幦辟之本義也經典用爲車覆笭之字也 从巾辟聲 莫狄切十六部 周禮曰駹車犬幦 巾車職文按巾車二云木車犬禊素車犬禊駹車然禊蓋許一時筆誤如或簸或㞢之比禊幦不同蓋故書今書之異車覆笭之字當是幭爲正字上文二云蓋幭是也幦爲叚借字大雅毛傳曰幭覆軾然則幦者主謂軾覆輿服志曰文虎伏軾經之淺幦也士喪禮記曰古文幦爲冪又可證禮古文不作幦

⿰巾耴 領耑也从巾耴聲 陟葉切八部按此篆與⿰巾句篆同義篇韵皆有⿰巾耴無⿰巾句集韵乃兼有之蓋此書當刪⿰巾句而存⿰巾耴於⿰巾句處

文六十二 重八

巿 韠也 韋部曰韠韍也二字相轉注也鄭曰韠之言蔽也韍之言亦蔽也祭服偁韍玄端服偁韠 上古衣蔽前而已巿以象之 鄭注禮曰古者佃漁而食之衣其皮先知蔽前後知蔽後後王易之以布帛而獨存其蔽前者不忘本也 天子朱巿諸侯赤巿卿大夫蔥衡 卿大夫下當有赤巿二字奪文也斯干箋云芾天子純朱諸侯黃朱采芑傳曰芾黃朱芾也鄭注易云朱深於赤則黃朱爲赤也乾鑿度曰困九五文王爲紂三公故言困於赤紱至於九二周將王故言朱紱方來引孔子曰天子三

公九卿朱紱諸侯赤紱玉藻曰一命緼韍幽衡再命赤韍幽衡三命赤韍蔥衡鄭注緼赤黃之閒色所謂韎也衡佩玉之衡也〔同珩〕幽讀爲黝黑謂之黝青謂之蔥周禮公侯伯之卿三命其大夫再命其士一命子男之卿再命其大夫一命其士不命按云赤市蔥衡者以別於再命之赤市也

从巾象連帶之形 謂一也玉藻云頸五寸肩革帶博二寸鄭曰頸五寸亦謂廣也頸中央肩兩角皆上接革帶以繫之肩與革帶廣同分勿切十五部

凡市之屬皆从市

韍 **篆文市从韋从犮** 犮聲也此爲篆文則知市爲古文也先古文後小篆此亦二部之例以有从市之韐故以市爲部首而韍次之假令無从市之字則以韍入韋而以市次之

俗作紱 疑當出一篆而注之按經傳或借黻爲韍如明堂位注曰韍或作黻是也或借芾爲之如詩候人斯干采菽是也或借沛爲之如易豐其沛一作芾鄭云蔽厀是也芾與沛蓋本用古文作市而後人改之或借茀爲之如詩釋文所載及李善所引詩皆是也或作紱如今周易乾鑿度朱紱赤紱是也倉頡篇曰紱綬也韍佩廢而存其係璲秦乃以采組連結於璲光明章表轉相結受故謂之綬亦謂之紱系部曰綬韍維也然則韍廢而綬乃出韍字廢而紱字乃出

韐 **士無市有韐** 大夫以上祭服用玄冕爵弁服其韠曰韍士與君祭之服用爵弁服其韠曰韐不曰韍故曰士無韍有韐也玉藻之緼韍卽韎韐則非不可偁韍也

制如榼缺四角 玉藻曰韠天子直四角直無圜殺也公侯前後方殺四角使之方變於天子也所殺者去上下各五寸大夫前方後挫角圜其上角變於君也韠以下爲前以

上爲後士前後正士賤與君同不嫌也正直方之閒語也天子之士則直諸矦之士則方按許云韐缺四角者正謂如公矦殺四角使之方也所謂殺四角使之方者合上下成八角之形方之言柧也正義云既殺而補之使方非是云如榼者古榼之制葢八角故木部椑下云圜榼也可以見榼之有棱而不正圓也韠之制下廣二尺上廣一尺長三尺韐之制則大體圜而八角故毛公云韐所以代韠也士冠禮注云韐之制似韠許云士無韍有韐葢其制不同惟缺四角者略同諸矦大夫之韠耳

爵弁服見士冠禮**其色韎**韋部曰茅蒐染韋一入曰韎瞻彼洛矣傳曰韎韐者茅蒐染韋一入曰韎〔句〕韐所以代韠也箋云韎者茅蒐染也茅蒐韎聲也韐祭服之韠合韋爲之士冠禮注曰韎韐縕韍也合韋爲之士染以茅蒐因以名焉今齊人名蒨爲韎〔句〕韐之制似韠按凡言韎韐者韐謂其物韎謂其色故士喪禮設韐帶不連韎縕言自六朝人不知韎韐二字可分析詩傳鄭箋禮注鄭志皆譌亂不可讀矣**賤不得與裳同**士喪禮曰爵弁服纁裳純衣緇帶韎韐纁淺絳也三入爲纁韎則茅蒐一入而已不與裳同色也凡韠同裳色上文云天子朱市諸矦赤市鄉大夫赤市蔥衡葢天子朱裳諸矦鄉大夫赤裳士賤則裳韠色不同若皮弁服素韠則士亦與裳同色也此下鉉本有司農曰裳纁色六字恐是淺人增注司農者不詳其何人許自賈侍中而外無舉官者**从市**亦市也故从市**合聲**鄭云合韋爲之則形聲可兼會意古洽切七部

韐　𩏒或从韋按經典有韐無𩏒韐行𩏒廢矣

文二　重二

帛繒也糸部曰繒帛也聘禮大宗伯注皆云帛今之璧色繒也从巾白聲旁陌切古音在五部凡帛之屬皆从帛錦襄邑織文也漢地理志郡國志陳留郡屬縣有襄邑今河南歸德府睢州治卽故縣地地理志云縣有服官李善引陳留記云襄邑渙水出其南睢水經其北傳云睢渙之閒出文章故其黼黻絺繡日月華蟲以奉宗廟御服焉司馬彪輿服志云襄邑歲獻織成虎文按許以漢法釋古謂若今之襄邑織文卽經典之錦文也毛傳貝(逗)錦文也禹貢厥篚織貝鄭注云貝錦名也凡爲織者先染其絲乃織之則成文矣禮記云士不衣織从帛金聲居飮切七部

文二

白西方色也侌用事物色白从入合二出者陽也入者陰也故从入二侌數說从二之恉旁陌切古音在五部凡白之屬皆从白

𠁉古文白

皎月之白也上文云物色白不一其物則不一其白故皆爲分別之書从白交聲古了切二部詩曰月出皎兮陳風月出文傳曰皎月光也箋云喻婦人有美色之白皙

皢日之白也先月後日者月陰日陽月之白其正色也从白堯聲呼鳥切二部

皙人色白也鄘風揚且之皙也傳曰皙白皙也从白析

聲今字皆省作晳非也先擊切十六部

皤 老人白也易釋文文選兩都賦注皆作老人皃非是老人之色白與少壯之白晳不同故以次於晳兩都賦曰皤皤國老周易賁六四賁如皤如引伸爲凡白素之偁也 从白番聲薄波切古音在十四部白蒿曰蘩是其理也 易曰賁如皤如

⿰番頁 皤或从頁然則白髮亦偁皤

皠 鳥之白也景福殿賦曰皠皠白鳥李善曰皠與翯音義同 从白隺聲胡沃切古音在二部

皚 霜雪之白也辭賦家多用皚皚字 从白豈聲五來切古音在十五部

皅 艸華之白也葩字从此靈樞經曰紛紛皅皅終而復始紛紛皅皅蓋言多也 从白巴聲普巴切古音在五部

皦 玉石之白也王風有如皦日傳曰皦白也按此叚皦爲曉也論語皦如也何曰言樂之音節分明也此其引伸之義也 从白敫聲古了切二部

⿳小白小 際見之白也際者壁會也壁會者隙也見讀如現壁隙之光一綫而已故从二小 从白上下小見會意起戟切古音在五部

皛 顯也顯當作㬎㬎頭明飾也㬎衆明也顯行而㬎廢矣許云古文以㬎爲顯則小篆以顯爲㬎久矣倉頡篇曰皛明也按蜀都賦皛貙氓於葽艸貙氓貙人也江漢有貙人能化爲虎然則皛者謂顯其形也李善云當爲拍誤 通白曰皛四字依李善注陶淵明赴假還江陵詩引補 从三白會意 讀若皎烏皎切二部

文十一　重二

㡀 敗衣也 此敗衣正字。自敝專行而㡀廢矣 从巾象衣敗之形 毗際切十五部 凡㡀之屬皆从㡀

敝 帗也 帗者一幅巾也 一曰敗衣 引伸爲凡敗之偁 从㡀从攴 會意 㡀亦聲 毗祭切十五部

文二

黹 箴縷所紩衣也 箴當作鍼。箴所以綴衣。鍼所以縫也。紩縫也。縷綫也。絲亦可爲綫矣。以鍼貫縷紩衣曰黹。黹紩也。皋陶謨曰絺繡。鄭本作希。注曰希讀爲黹。黹紩也。周禮司服希冕。鄭注引書希繡。又云希讀爲黹。或作絺。字之誤也。今本周禮注疏傳寫倒亂。今俗語云鍼黹是此字。按許多云希聲。而無希篆。疑希者古文黹也。从巾上象繡形 从㡀丵省象刺文也 韵會有此四字。丵者叢生艸也。鍼縷之多象之。陟几切十五部 凡黹之屬皆从黹

䵝 會五采鮮皃 本作合五采鮮色。今依廣韵韵會訂。曹風蜉蝣曰衣裳楚楚。傳曰楚楚鮮明皃。許所本也。䵝其正字。楚其叚借字也。葢三家詩有作䵝䵝者。如毛革韓鞠之比 从黹虘聲 創舉切五部 詩曰衣裳䵝䵝

黼 白與黑相次文 攷工記文。鄭曰文章黼黻繡五者言刺繡采所用也。繡以爲裳 从黹甫聲 方榘切五部

黻黑與青相次文攷工記文从黹犮聲分勿切十五部䊨會五采繒也也本作色今依廣韵訂五采繒者五采帛也大人賦綷雲蓋如淳云蓋有五色也吳都賦孔雀綷羽以翱翔按綷者或䊨字从黹卒聲各本作綷省聲今正子對切十五部黺衮衣山龍華蟲黺畫粉也皋陶謨曰日月星辰山龍華蟲作繪宗彝藻火粉米黼黻絺繡鄭注云畫者爲繪刺者爲繡繡與繪各有六衣用繪裳用繡許書繪下云會五采繡也藻作璪粉作黺米作絲鄭粉米爲一事許黺絲爲二事鄭說粉米爲繡許說黺爲畫粉絲爲繡文如聚米葢許時鄭說未出許以說黺系諸衛宏但今缺有閒矣且尚書山龍華蟲不與粉相屬許書恐轉寫有奪誤畫粉葢何晏賦所謂分閉布白从黹分聲各本作从粉省今正方吻切十三部衛宏說衛宏治古文尚書者

文六

五十六部　文七百一十四　重百一十五

凡八千六百四十七字

說文解字第七篇下

說文解字第八篇上

金壇段玉裁注

人　天地之性㝡貴者也（㝡本作最性古文以爲生字左傳正德利用厚生國語作厚性是也許偁古語不改其字禮運曰人者其天地之德陰陽之交鬼神之會五行之秀氣也又曰人者天地之心也五行之端也食味別聲被色而生者也按禽獸艸木皆天地所生而不得爲天地之心惟人爲天地之心故天地之生此爲極貴天地之心謂之人能與天地合德果實之心亦謂之人能復生艸木而成果實皆至微而具全體也果人之字自宋元以前本艸方書詩歌紀載無不作人字自明成化重刊本艸乃盡改爲仁字於理不通學者所當知也○仁者人之德也不可謂人曰仁其可謂果人曰果仁哉金泰和閒所刊本艸皆作人藏袁廷檮所）此籒文（此對儿爲古文奇字人言之如大之有古文籒文之別也字多从籒文者故先籒而後古文）象臂脛之形（人以從生貴於橫生故象其上臂下脛如鄰切十二部）凡人之屬皆从人

僮　未冠也（辛部曰男有辠曰奴奴曰童按說文僮童之訓與後人所用正相反如穜種二篆之比今經傳僮子字皆作童子非古也襍記注曰童未成人之稱學記注曰成童十五以上引伸爲僮蒙玉篇引詩狂僮之狂也且傳曰狂行僮昏所化也廣雅曰僮癡也若召南僮僮竦敬也則又如愚）从人童聲（徒紅切九部）

保　養也（宣帝紀阿保之功臣瓚曰阿倚之義也）

保養也賈誼說大師大傅大保曰保者保其身體按保全保守皆其引伸之義南山有臺傳曰保安也 从人𤓽省聲 博裒切古音在三部孚聲亦在三部也 𤓽古文孚 各本譌今正見爪部 㑓古文不省 𤓽古文 按此葢古文以孚爲保也

仁親也 見部曰親者密至也 从人二 會意中庸曰仁者人也注人也讀如相人偶之人以人意相存問之言大射儀揖以耦注言以者耦之事成於此意相人耦也聘禮每曲揖注以相人耦爲敬也公食大夫禮賓入三揖注相人耦詩匪風箋云人偶能烹魚者人偶能輔周道治民者正義曰人偶者謂以人意尊偶之也論語注人偶同位人偶之辭禮注云人偶相與爲禮儀皆同也按人耦猶言爾我親密之詞獨則無耦耦則相親故其字从人二孟子曰仁也者人也謂能行仁恩者人也又曰仁人心也謂仁乃是人之所以爲心也與中庸語意皆不同如鄰切十二部 忎古文仁从千心作 从心千聲也 𡰥古文仁或从尸 按古文夷亦如此

企舉踵也 踵各本作歱非今正踵者跟也企或作跂衞風曰跂予望之檀弓曰先王之制禮也過之者俯而就之不至焉者跂而及之方言跂登也梁益之閒語 从人止 按此下本無聲字有聲非也今正止部曰止爲足說文無趾止即趾也从人止取人延竦之意渾言之則足偁止析言則前止後踵止鎛於前則踵舉於後矣企跂字自古皆在十六部實韵用止在一部非聲也去智切 𨀙古文企从足 足止同物

㑣伸臂一尋八尺 按此解疑非許

之舊恐後人改竄爲之尺部下云周制寸尺咫尋常仞諸度量皆以人之體爲法假令尋仞同物許不當兩舉之矣諸家之說仞也王肅趙岐王逸曹操李筌顏師古房玄齡鮑彪諸人並曰八尺而鄭周禮儀禮注包咸論語注高誘注呂氏春秋王逸注大招招魂李謐明堂制度論郭璞注司馬相如賦用司馬彪之說陸德明莊子釋文則皆謂七尺淮南子原道訓注八尺而覽冥訓注則云七尺百仞者七百尺證以呂氏春秋注則原道注可疑近歙程氏瑤田通藝錄有說曰言七尺者是也楊雄方言二云度廣曰尋杜預左傳仞溝洫注度深曰仞二書皆言人伸兩手以度物之名而尋爲八尺仞必七尺者何也同一伸手度物而廣深用之其勢自不得不異人長八尺伸兩手亦八尺用以度廣其勢全伸而不屈而用之以度深則必上下其左右手而側其身焉身側則胸與所度之物不能相摩於是兩手不能全伸而成弧之形弧而求其弦以爲仞必不能八尺故七尺曰仞亦其勢然也說文測下云深所至也玉篇云度深曰測測之爲言側也余說與之合矣玉裁謂程說甚精仞說可定矣考工記廣二尋深二仞謂之澮倘其度同八尺何不皆曰二尋如上文廣二尺深二尺之刎也許書於尺下既尋仞兼舉尋者八尺也見寸部則仞下必當云七尺今本乃淺人所竄易耳程氏又曰小爾雅云四尺應劭云五尺六寸此其繆易見也 从人刃聲 而震切十二部或借爲牣滿字孟子掘井九軔借軔爲之

仕 學也 訓仕爲入官此今義也古義宦訓仕仕訓學故毛詩傳五言士事也而文王有聲傳亦言仕事也是仕與士皆事其事之謂學者覺悟也事其事則曰就於覺悟也若論語子張篇子夏曰仕而優則學學而優則仕公冶長篇子使漆雕開仕注云仕仕於朝也以仕學分出處起於

此時矣許說其故訓从人士聲鉏里切一部

佼交也佼見管子明法解曰羣臣皆忘主而趨私佼又曰養所與佼而不以官爲務又曰小臣持祿養佼不以官爲事其訓皆交也而韵會引小徐本作好也錯引史記後有長姣美人按小徐本女部姣好也引史記長姣美人韵會移入此甚誤从人交聲下巧切二部按交義當依廣韵古肴切

僎具也具者共置也論語有公叔文子之臣大夫僎鄉飲酒禮遵者降席注曰今文遵爲僎或爲全禮記從今文禮作僎从人巽聲士勉切十三部

俅冠飾皃周頌絲衣曰載弁俅俅釋訓曰俅俅服也傳曰俅俅恭順（玉篇作愼）一皃按許以上文紑屬衣言之則俅俅亦當屬冠言之故此用爾雅易傳義而紑下不易傳也从人求聲巨鳩切三部詩曰戴弁俅俅毛詩戴作載鄭箋云載猶戴也按載戴古書多互譌者

佩大帶佩也大帶佩者謂佩必系於大帶也古者有大帶有革帶佩系於革帶不在大帶何以言大帶佩也革帶統於大帶也許於糸部之紳革部之鞶皆曰大帶實則紳爲大帶鞶爲革帶也佩者內則左右佩用是从人凡巾从人者人所以利用也从凡者所謂無所不佩也从巾者其一耑也蒲妹切古音在一部俗作珮佩必有巾故从巾故字依韵會補巾部之帥飾也說从巾之意巾謂之飾巾部曰飾㕞也又部曰㕞飾也飾拭古今字巾以飾物故謂之飾禮經詳帨左氏僻率巾者㕞切於用者也故蒼頡製佩帶二文皆箸巾

儒柔也以疊韵爲訓鄭目錄云儒

行者以其記有道德所行儒之言優也柔也能安人能服人又儒者濡也以先王之道能濡其身玉藻注曰舒儒者所畏在前也

術士之偁　術邑中也因以爲道之偁周禮儒以道得民注曰儒有六藝以教民者大司徒以本俗六安萬民四曰聯師儒注云師儒鄉里教以道藝者按六藝者禮樂射御書數也周禮謂六德六行六藝曰德行道藝自眞儒不見而以儒相詬病矣　**从人需聲**　人朱切古音在四部

俊　材過千人也　大徐本無過字尹文子曰千人才曰俊萬人曰傑淮南泰俗訓曰智過萬人者謂之英千人者謂之俊百人者謂之豪十人者謂之傑春秋繁露曰萬人者曰英千人者曰俊百人者曰傑十人者曰豪皋陶謨鄭注曰才德過千人爲俊百人爲乂呂氏春秋孟秋紀高注曰才過萬人曰桀千人曰俊于逸注懷沙曰千人才爲俊一國高爲桀諸家說俊皆同惟月令正義引蔡氏辨名記云十人曰選倍選曰俊萬人曰桀其說不同方言曰子俊也遵俊也○又按月令疏蔡氏下奪引字辨名記卽白虎通之別名記古文記二百十四篇之一也禮運及左傳宣十五年疏皆引辨名記云倍人曰茂十人曰選倍選曰俊千人曰英倍英曰賢萬人曰桀倍桀曰聖語較完而白虎通引別名記五人曰茂十人曰選百人曰俊千人曰英倍英曰賢萬人曰傑萬傑曰聖又不同乖異　**从人夋聲**　子峻切十三部按尚書以畯爲俊山海經以俊爲舜

傑　埶也　以疊韵爲訓埶本種埶字引伸爲勢力字傑者言其勢傑然也衛風毛傳曰桀特立也　**材過萬人也**　辨名記尹文子高誘趙岐王逸說同以上七字大徐作傲也二字非古義且何不與傲篆相屬而廁之俊篆下乎二傳相屬則義相

近全書之例也 从人桀聲 渠列切十五部

⿰亻軍 人姓从人軍聲 吾昆切十三部按此篆必淺人所增許書自女部外罕有言人姓者且廣韵此字寃韵兩見云女字又姓出纂文此姓既出何氏之書安得云出許書乎

伋 人名 以此爲解亦非例也古人名字相應孔伋字子思仲尼弟子燕伋字子思然則伋字非無義矣人名二字非許書之舊也荀卿曰空石之中有人焉其名曰觙其爲人也善射以好思闢耳目之欲遠蚊䖟之聲閑居靜思則通思仁若是可謂微乎此葢設言善思之人名之以觙乎觙與伋音義葢相近 从人及聲 居立切七部

伉 人名 非例也左傳施氏婦曰不能庇其伉儷杜注曰伉敵也儷偶也 从人亢聲 苦浪切十部 論語有陳伉 按論語作陳亢字子禽與爾雅亢鳥嚨故訓相合作陳伉似非也然古今人表陳亢陳子禽爲二人

伯 長也 釋詁正月傳同載芟傳云伯長子也伯兮傳云伯州伯也一義之引伸也凡爲長者皆曰伯古多假柏爲之 从人白聲 博陌切古音在五部

仲 中也 白虎通同伯仲叔季爲長少之次伯仲見於此子部曰季少偁也叔則少之假借字也古者幼名冠字冠字者爲之且字也且字也者若尼甫嘉甫是也五十以伯仲乃偁伯某甫仲某甫以伯仲而後成字伯仲之下一字爲且字且者薦也爲伯仲之薦也伯仲生而已定故士冠禮字辭曰伯某甫雖定此字而五十以前但偁某甫也女子笄而字則曰伯姬曰仲姬毛傳於大明曰仲中女也於燕燕曰仲字也皆言婦人也二傳其實一也古中仲二字互通 从人中中亦聲 直衆切九

部

伊 殷聖人阿衡也 殷聖人之上當有伊尹二字傳寫奪之阿衡見商頌毛傳曰阿衡伊尹也箋云阿倚衡平也伊尹湯所依倚而取平故以爲官名伊與阿尹與衡皆雙聲然則一語之轉也許云伊尹殷聖人阿衡也本毛說不言伊尹爲姓名也諸家或云伊氏尹字或云名摯皆所傳聞異辭耳禮記所偁古文尚書兩言尹躬則尹實其名 尹治天下者从人尹 尹治猶言治平此說从人尹之意也言阿衡者尹治天下者也故又謂之伊尹而伊字亦从尹於脂切十五部釋詁毛傳皆曰伊維也爲發語辭詩雄雉蒹葭東山白駒之伊字鄭箋云當爲緊緊猶是也

𠶮 古文伊从古文死 以死爲聲

偰 高辛氏之子爲堯司徒殷之先也 爲字依玉篇補左傳曰高辛氏有才子八人伯奮仲堪叔獻季仲伯虎仲熊叔豹季貍舜臣堯舉八元使布五教於四方父義母慈兄友弟恭子孝內平外成偰卽八元之一人也毛詩傳曰玄王契也經傳多作契古亦假禼爲之米部曰禼古文偰言古文假借字也 从人契聲 私列切十五部

倩 人美字也 依韵會本訂朱邑傳陳平雖賢須魏倩而後進師古曰倩士之美稱也葢本說文而改人爲士改字爲稱其實可無改也倩猶甫也穀梁傳曰父〔同甫〕猶傳也男子之美稱也男子之字有稱甫者儀甫嘉甫是有偁倩者蕭長倩東方曼倩韋昭云倩魏無知字也皆是倩好也毛傳說倩曰好口輔以詩言巧笑故知爲口輔好也 从人青聲 倉見切古音在十一部 東齊壻謂之倩 方言曰青齊之閒壻謂之

倩按此葢亦以美偁加之耳郭云言可借倩也借倩讀七政七見二切葢方俗語謂請人爲之

伃 婦官也 漢書外戚傳婦官十四等昭儀位視丞相比諸侯王倢伃視上卿比列侯韋昭曰倢承仔助也漢舊儀云皇后爲倢伃下輿禮比丞相按婦官上當有倢伃二字淺人刪之倢之本訓佽也見下 从人予聲 以諸切五部亦作妤

伀 志及眾也 與公同義其音當同引伸爲夫兄曰兄伀之字或作妐若方言廣雅之征伀卽今怔忪字也 从人公聲 職茸切九部

儇 慧也 心部慧下曰儇也是二字互訓也齊風揖我謂我儇兮傳曰儇利也此言慧者多便利也方言儇慧也荀卿子曰鄉曲之儇子 从人瞏聲 許緣切十四部

倓 安也 蒼頡篇曰倓恬也荀卿子曰桓公倓然見管仲之能足以託國也洞簫賦時恬倓以綏肆按蠻夷贖罪貨曰倓此夷語耳字亦作賧 从人炎聲讀若談 徒甘切八部

𠊻 倓或从剡 剡亦炎聲

侚 疾也 五帝本紀黃帝幼而侚齊裴駰曰侚疾齊速也素問上古天真論黃帝幼而侚齊長而敦敏王注侚疾也按侚今本譌作徇司馬貞乃云未見所出矣釋言宣侚徧也侚本又作徇墨子年踰五十則聰明思慮不侚通矣侚亦當作侚史記侚齊大戴禮作叡齊亦作慧齊 从人旬聲 辭閏切十二部

傛 不安也 與水波溶溶意義略同皆動盪皃也 从人容聲 余隴切九部 一曰華 按華上當本有傛字淺者刪之傛華亦婦官外戚傳注婦官十四等弟三等傛華視真二千石比大上造此義餘封切

㒤宋衛之閒謂華㒤㒤 華容華也㒤㒤好皃方言曰奕㒤容也凡美容謂之奕或謂之㒤宋衛曰㒤陳楚汝潁之閒謂之奕按㒤亦作僷廣韵曰僷僷輕薄美好皃 从人葉聲 與涉切八部

佳善也 廣韵曰佳善也又曰好也又曰大也老子佳兵者不祥淮南說林訓曰佳人不同體美人不同面而皆說於目 从人圭聲 古膎切十六部按唐人入於下平九麻

侅奇侅逗非常也 漢書藝文志五行家有五音奇胲用兵二十三卷五音奇胲刑德二十一卷如淳曰胲音該史記扁鵲倉公列傳臣意卽避席再拜謁受其脈書上下經五色診奇咳集解曰奇音羈咳音該按據張守節正義則史記奇咳本亦作奇胲肉部訓胲爲足指毛皮然則侅正字胲其假借字耳淮南兵略訓明於星辰日月之運刑德奇賌之數背向左右之便此戰之助也注云奇賌之數奇祕之數非常術其字又作賌亦假借也蓋奇侅與今云奇駭音義皆同是以左氏春秋無駭穀梁春秋作無侅若莊子侅溺於馮氣據徐音乃是假侅爲礙 从人亥聲 古哀切一部篇韵皆又胡改切

傀偉也 方言傀盛也注言瓌瑋也廣雅傀盛也司馬注莊子曰傀大也字林傀偉也 从人鬼聲 公回切十五部 周禮曰大傀異災 大司樂職文周禮作烖篆文也許作災籒文也鄭注傀猶怪也大傀異烖謂天地奇變若星辰奔霣及震裂爲害者

瓌傀或从玉褱聲

偉奇也 莊子曰偉哉夫造物者 从人韋聲 于鬼切十五部玄應曰埤蒼作瑋

份文質

備也　備當作葡許訓葡曰具訓備曰愼詩解內字多自亂其例葢許時所用固與古不同許以後人又多竄改二者皆有之矣論語雍也篇文質彬彬然後君子包咸注曰彬彬文質相襍之皃也鄭注曰彬彬襍半皃也按古謂集爲襍集聚也　从人分聲　府巾切古音在十三部　論語曰文質份份

彬　古文份　今論語作彬古文也　从彡林　彡者毛飾畫文也飾畫者拭而畫之也从彡與彫彰同意　林者从焚省聲　猶彫从彡周聲也按彬份字古或借豳字爲之如上林之玢豳文鱗是也或借邠字爲之如太玄斐如邠如是也俗份作斌取文武相半意潘岳籍田賦之頒斌即上林賦之玢豳

僚　好皃　陳風佼人僚兮傳曰僚好皃此僚之本義也自借爲同寮字而本義廢矣　从人尞聲　力小切二部

佖　威儀也　按此當作威儀媟嫚也小雅賓之初筵曰威儀怭怭傳曰怭怭媟嫚也許所據作佖佖自奪媟嫚字韵會廣韵經注云有威儀矣　从人必聲　毗必切十二部詩音義曰說文作佖平一反　詩曰威儀佖佖

㑉　具也　馬注尚書同五帝本紀曰旁聚布功釋以布也　从人孨聲　士戀切十四部玉篇廣韵作僝　讀若汝南潺水　汝南潺水未聞水部無潺　虞書曰　虞書當作唐書說詳禾部稘下　旁救㑉功　堯典文作方鳩者古文尚書也作旁逑者歐陽夏侯尚書也辵部逑下偁旁逑孱功此作救彼作孱皆駁文小徐本此作方鳩

儠　長壯儠儠也　左傳昭七年十七年國語

楚語皆云長鬣鬣者儠之假借字也韋昭杜預釋爲美須顏誤廣雅曰儠長也按儠儠長壯皃辭賦家用獵獵字蓋當作儠儠从人巤聲良涉切八部春秋傳曰長儠者相之左傳昭七年曰使長鬣者相

儦行皃齊風載驅曰行人儦儦傳曰儦儦眾皃許曰行皃者義得互相足也廣雅亦曰儦儦行也玉篇曰儦儦盛皃也从人麃聲甫嬌切二部詩曰行人儦儦

儺行有節也衛風竹竿曰佩玉之儺傳曰儺行有節度按此字之本義也其歐疫字本作難自假儺爲歐疫字而儺之本義廢矣其曹風之猗儺則說文之旖施也从人難聲諾何切古本音蓋在十四部詩曰佩玉之儺

倭順皃倭與委義略同委隨也隨從也廣韵作慎皃乃梁時避諱所改耳从人委聲於爲切十六部音轉則烏何切詩曰周道倭遟小雅四牡文傳曰倭遟歷遠之皃按倭遟合二字成語韓詩作威夷故與順訓不同而亦無不合也

僓嫺也嫺者雅也从人貴聲吐猥切又魚罪切十五部一曰長皃廣韵曰長好皃

僑高也僑與喬義略同喬者高而曲也自用爲僑寓字而僑之本義廢矣字林始有僑字云寄客爲僑按春秋有叔孫僑如有公孫僑字子產皆取高之義也从人喬聲巨嬌切二部

俟大也此俟之本義也自經傳假爲竢字而俟之本義廢矣立部曰竢待也廢竢而用俟則竢俟爲古今字矣从人矣聲牀史切一部詩

曰伾伾俟俟小雅吉日文今毛詩作儦儦俟俟傳曰趨則儦儦行則俟俟按西京賦李善注馬融傳太子賢注皆引韓詩駓駓騃騃善引薛君韓詩章句曰趨曰駓行曰騃疑今毛傳非舊或用韓改毛也駉傳曰伾伾有力也許從之當是吉日傳有俟俟大也之文而許從之

侗大皃此義未見其證然同義近大則侗得爲大皃矣論語侗而不愿孔注曰侗未成器之人按此大義之引伸猶言渾沌未鑿也从人同聲他紅切九部詩曰神罔時侗大雅思齊文今本作恫傳曰恫痛也按痛者恫之本義許所據本作侗偁之以見毛詩假侗爲恫也

佶正也小雅六月傳曰佶正也箋云佶壯健之皃按鄭以言壯健乃可皃馬但毛言正自可含壯健也从人本言人引伸言馬吉聲巨乙切十二部詩曰既佶且閑

俁大也邶風簡兮曰碩人俁俁傳曰俁俁容皃大也从人吳聲魚禹切五部詩曰碩人俁俁

仜大腹也與俁音義略同廣韵曰身肥大也廣雅曰仜有也从人工聲讀若紅戶工切九部

僤疾也速疾从人單聲徒案切十四部周禮曰句兵欲無僤考工記廬人文今本作欲無彈注曰故書彈或作但鄭司農云但讀爲彈丸之彈彈謂掉也按經文彈字疑本作僤彈乃先鄭所易字許訓僤爲疾者古說也

健伉也伉下曰人名而不言其義以此云伉也證之則知人名二字非許書之舊矣周易曰乾健也从人建聲渠建切十

四部倞彊也廣雅倞强也按大雅無競維人傳曰無競競也箋云競彊也秉心無競傳曰競彊也周頌無競
維人傳曰競彊也執競武王傳曰執競競也箋云競彊也按傳箋皆謂競爲倞之假借字也郊特牲祊之爲言倞也注倞猶索
也倞不訓索而與水部之滰音同滰者浚乾漬米也索求神似之从人京聲渠竟切古音在十部亦作
傹傲倨也按此當與下倨不遜也連屬傲篆當與健倞二篆相屬葢此部經傳寫旣久失其舊者多矣古
多假敖爲傲女部又出嫯字侮傷也从人敖聲五到切二部仡勇壯也秦誓曰仡
仡勇夫某氏曰仡仡壯勇之夫公羊傳趙盾之車右祁彌明者國之力士也仡然從乎趙盾而入何云仡然壯勇皃若詩崇墉
仡仡毛曰高大也引伸之義也土部引作圪圪从人气聲魚訖切十五部今字作仡周書曰
仡仡勇夫倨不遜也遜當是本作孫說詳辵部孫者逡循恭敬之意戰國策曰何前
倨而後恭引伸之凡倨曰倨凡斂曰句〔音鉤〕大戴禮與其倨也寧句樂記倨中矩句中鉤左傳直而不倨曲而不屈淮南子
句爪倨牙凡言倨斂之度謂之倨句考工記曰倨句一矩有半又曰倨句磬折鄭謂一矩有半也又曰倨句外博謂倨於一矩
而不及一矩有半也又曰句於矩謂斂於一矩也管子弟子職曰倨句如矩謂正方也从人居聲居御
切五部儼昂頭也昂當是本作卬淺人所改也卬者望欲有所庶及也陳風碩大且儼傳曰儼矜莊皃
曲禮注同古借嚴爲之从人嚴聲魚儉切八部一曰好皃傪好皃

未見其證方言曰傪惛也惛惡也此假傪爲慘也 从人參聲倉含切七部

俚 賴也賴各本作聊此用方言改許書也今依漢書季布傳晉灼注所引正方言俚聊也語之轉字之假借耳漢書曰其畫無俚之至無俚卽今所謂無賴亦語之轉古叚理爲之孟子稽大不理於口趙注理賴也大不賴人之口 从人里聲良止切一部

伴 大皃也大雅伴奐爾游矣傳曰伴奐廣大有文章也箋云伴奐自縱弛之意按亼部奐下一曰大也故伴奐皆有大義大學注胖猶大也胖不訓大云猶者正謂胖卽伴之假借也方言廣雅孟子注皆曰般大也亦謂般卽伴廣韵云侶也依也今義也夫部扶下曰讀若伴侶之伴知漢時非無伴侶之語許於俗語不之取耳至聲類乃云伴侶 从人半聲薄滿切十四部

俺 大也與奄義略同奄大有餘也其音當亦同 从人奄聲於業切八部廣韵於驗切

僩 武皃衛風淇奧傳瑟矜莊皃僩寬大也許言僩武皃與毛異者以爾雅及大學皆曰瑟兮僩兮者恂栗也恂或作峻讀如嚴峻之峻言其容皃嚴栗與寬大不相應故易之僩左傳方言廣雅皆作撊左傳撊然授兵登陴服注撊然猛皃也杜注撊然勁忿皃方言撊猛也晉魏之閒曰撊廣雅亦曰撊猛也而荀卿子塞者俄且通也陋者俄且僩也愚者俄且知也則以陋陋與寬大反對與毛合葢大毛公固受詩於孫卿子者 从人閒聲下簡切十四部 詩曰瑟兮僩兮

伾 有力也魯頌駉曰以車伾伾傳曰伾伾有力也俟下引詩伾伾俟俟 从人本謂人有力引伸謂馬 丕聲敷悲切古音在一部

詩曰㠯車伾伾

偲 彊力也 齊風盧令曰其人美且偲傳曰偲才也箋云才多才也許云彊力者亦取才之義申之才之本義艸木之初也故用其引伸之義若論語朋友切切偲偲馬曰相切責之皃毛傳作切切節節 从人思聲 倉才切一部 詩曰其人美且偲

倬 箸大也 箸大者箸明之大也小雅倬彼甫田傳曰倬明皃大雅棫樸倬彼雲漢傳曰倬大也許兼取之曰箸大韓詩菿彼甫田音義同也假菿爲倬也 从人卓聲 竹角切二部 詩曰倬彼雲漢

侹 長皃 與挺音義略同 一曰箸地 箸直略切 一曰代也 方言侹代也江淮陳楚之閒曰侹 从人廷聲 他鼎切十一部

倗 輔也 周禮士師掌士之八成七曰爲邦朋注曰朋黨相阿使政不平者故書朋作傰鄭司農讀爲朋友之朋按管子亦曰練之以散羣傰署者皆卽倗字也鳥部朋下曰鳳飛羣鳥從以萬數故以爲朋黨字葢朋黨字正作倗而朋其假借字然許云讀若陪則似有別矣 从人朋聲 步崩切六部 讀若陪位 讀若陪者之蒸合韵冣近也

傓 熾盛也 小雅十月之交曰豔妻煽方處傳曰豔妻褒姒美色曰豔煽熾也按詩本作傓後人以訓熾之故改造煽字耳古通作扇魯詩閻妻扇方處方言扇助也廣雅扇疾也 从人扇聲 式戰切十四部 詩曰豔妻傓方處

儆 戒也 與警音義同孟子引書洚水儆予用儆字左傳國語亦用儆毛詩徒御不警周禮警戒羣吏皆用警

鄭注周禮曰警勑戒之言也韋注國語曰儆戒也从人敬聲居影切十一部春秋傳曰儆宮左傳襄公九年令司宮巷伯儆宮

俶善也按釋詁毛傳皆曰俶善也葢假借之字其正字則俶也淑者水之清湛也自淑行而俶之本義廢矣从人叔聲昌六切三部詩曰令終有俶大雅旣醉文按許引此爲善訓之證而今本毛傳作俶始也鄭箋易之云俶猶厚也豈許所據作善不作始與一曰始也釋詁曰俶作也崧高傳曰俶作也大田傳曰俶始也聘禮俶獻注古文俶作淑是此義亦得假淑爲之

傭均也直也各本少上也字今補玉篇廣韵皆曰均也直也所據古本也均之義有未葢故更言直也直謂無枉曲也小雅昊天不傭釋言毛傳皆曰傭均也周禮典同正聲緩先鄭云正者不高不下鐘形上下正傭考工㮄身而鴻注云鴻傭也此謂鴻即傭之假借字也若廣雅云傭役也謂役力受直曰傭此今義也从人庸聲余封切九部依廣韵說文當丑凶切

僾仿佛也祭義曰祭之日入室僾然必有見乎其位正義云僾髣髴見也見如見親之在神位也按僾與爾雅之薆隱也烝民傳之愛隱也竹部之䈇蔽不見也義相近若大雅亦孔之僾釋言及傳云僾唈也此謂僾爲旡之假借字旡歕食屰气不得息也从人愛聲烏代切古音在十五部詩曰僾而不見邶風城隅文今詩作愛非古也僾而猶隱然離騷之薆然也

仿仿佛逗相佀句視不諟也仿佛雙聲疊字也各本皆改竄非舊今依甘泉

[賦景福殿賦李注所引訂諟卽諦言部曰審也長門賦注海賦注亦作諟古是聲帝聲同在十六部故以諟爲諦彷佛或作俩佛或作髣髴或作拂坊或作放悲俗作彷佛彷或又作髣] 从人方聲 [妃罔切十部] 㕫 籒文

仿从丙 [丙聲古音丙聲在十部此與周禮柄亦作枋同]

佛 彷佛也 [依玉篇與全書例合按髟部有髴解云髴若似也卽佛之或字] 从人弗聲 [敷勿切十五部]

僁 聲也 [見釋言謂聲之小者也動作屑屑聲也廣韵曰動草聲又鷙鳥之聲又僁僁呻吟也] 从人悉聲讀若屑 [私列切廣韵先結切十三部]

僟 精謹也 [僟謹雙聲凜凜庶幾之意也] 从人幾聲 [巨衣切十五部廣韵居依切] 明堂月令數將僟終 [宋本及集韵作數篇韵作歲月令季冬之月日窮于次月窮于紀星回于天數將幾終歲且更始鄭高皆訓幾爲近許所據作僟]

佗 負何也 [負字蓋淺人增之耳小雅舍彼有罪予之佗矣傳曰佗加也此佗本義之見於經者也佗之俗字爲駝爲馱隸變佗爲他用爲彼之偁古相問無它乎祇作它又君子偕老委委佗佗卽羔羊之委蛇委蛇也傳云委委者行可委曲從迹也佗佗者德平易也羔羊傳云委蛇者行可從迹也語詳略不同] 从人它聲 [徒何切十七部]

何 儋也 [何俗作荷猶佗之俗作駝儋之俗作擔也商頌百祿是何何天之休何天之龍傳曰何任也箋云謂擔負周易何天之衢虞翻曰何當也何校滅耳王肅云何荷擔也又詩何戈與祋何蓑何笠傳皆云揭也揭者舉也戈祋手舉之蓑笠身舉之皆擔義之引伸]

也凡經典作荷者皆後人所竄改 一曰誰也 誰何孰三字皆問詈 从人可聲 今音擔何則胡可切餘義胡歌切古音平上不甚分也十七部按今義何者辭也問也今義行而古義廢矣亦借爲呵

儋 何也 儋俗作擔古書或假檐爲之疑又擔之誤耳韋昭齊語注曰背曰負肩曰儋任抱也何揭也按統言之則以肩以手以背以首皆得云儋也 从人詹聲 都甘切八部

供 設也 設者施陳也釋詁供歭共具也按歭即儲偫字共即供之假借字凡周禮皆以共爲供尚書一經訓奉訓待者皆作共其恭敬字皆作恭衞包乃盡改共爲恭毛詩亦共恭分別總之古經用共爲供之假借不用共爲恭之假借惟左傳三命茲益共其共也如是君命以共則借共爲恭鄭君箋詩所謂古之恭字或作共者乎詳古文尚書撰異 从人共聲 俱容切九部 一曰供給 給者相足也設與給二義相足共部曰龔給也是龔與供音義同尚書共行天罰漢人引皆作龔行天罰謂奉行天罰也

偫 待也 以疊韵爲訓謂儲物以待用也偫經典或作歭或作庤周頌臣工傳曰庤具也庤儲置屋下也義本同若崧高以歭其粻粊誓歭乃糗糧某氏傳云儲歭則假借歭䠧不前字爲之俗乃改从止爲从山作峙訓云山立以附合之矣釋詁云供歭共具也歭在說文爲偫 从人待 此舉會意包形聲也小徐本作从人待聲直里切一部

儲 偫也 文選注引作蓄也或作具也或作積也又引謂蓄積之以待無也蓋兼舉演說文語古者太子謂之儲君 从人諸聲 直魚切五部儲偫爲雙聲

備 愼也 心部曰愼者謹也言部曰謹者

愼也得備而三字同訓或疑備訓愼未盡其義不知用部曰葡具也此今之備字備行而葡廢矣葡廢而備訓具愍知其古訓愼者今義行而古義廢矣凡許之書所以存古形古音古義也方言曰備咸也此具之義也又曰蔵敕戒備也此愼之義也

从人葡聲平祕切古音在一部

㒷古文備

位列中庭之左右當作ナ又謂之位庭當作廷字之誤也廴部曰廷朝中也釋宮曰中庭之左右謂之位郭云羣臣之列位也周語注亦曰中廷之左右曰位按中廷猶言廷中古者朝不屋無堂階故謂之朝廷朝士掌外朝之位左九棘孤卿大夫位焉右九棘公侯伯子男位焉面三槐三公位焉司士掌治朝之位王南鄉三公北面東上孤東面北上卿大夫西面北上王族故虎士在路門之右南面東上大僕大右大僕從者在路門之左南面西上雖有北面南面之臣皆以左右約舉之左傳云有位于朝是也引伸之凡人所處皆曰位

从人立會意于備切十五部按小宗伯掌神位故書位作立古文春秋公卽位爲公卽立古者立位同字葢古音十五部與八部多合韵

儐導也導者導引也周禮司儀注曰出接賓曰擯聘禮卿爲上擯大夫爲承擯士爲紹擯注曰擯謂主國之君所使出接賓者也士冠禮擯者請期注曰擯者有司佐禮者在主人曰擯按擯經典多作擯史記作賓廉藺列傳設九賓於廷是也○聘禮賓用束錦儐勞者又儐之如初又儐之兩馬束錦又無儐凡言儐者九鄭曰上於下曰禮敵者曰儐上於下曰禮謂如主國之禮聘賓是也敵者曰儐謂如儐勞者儐歸饔餼者等是也鄭據禮經字作儐是以周禮司儀賓亦如之賓使者如初之儀皆云賓當爲儐易賓爲儐取賓禮相待之

義非擯相之義也然則合二禮訂之擯相字當从手賓禮字當从人許儐擯合而一云導也與二禮及鄭說不合劉昌宗說聘禮儐與擯同雖本許而令學者惑矣今禮經石本版本於此九儐字內錯出擯字非是○又毛詩絲衣繹賓尸也有司徹賓尸經典釋文古本皆作賓又無必刃反之音而唐宋石本版本賓儐錯出要之古無作儐尸者此學者所當知也○小雅儐爾籩豆傳曰儐陳也 从人賓聲 必刃切十二部

擯 儐或从手 今經典作擯相字多从此莊子徐無鬼注曰擯棄也此義之窮則變也擯之言屏也

偓 偓佺 逗 古仙人名也 偓佺見上林賦韋昭郭璞說略同 从人屋聲 於角切郭璞音屋三部篇韵曰偓促今義也

佺 偓佺也 从人全聲 此緣切十四部

㒆 心服也 心部懾下一曰心服也然則二字音義同廣韵無㒆 从人聶聲 齒涉切八部

仢 約也 疊韵爲訓釋天曰奔星爲彴約舊作彴約佩觿辨證曰字从人不从彳或云許本作彴約也三字爲句 从人勺聲 徒歷切古音在二部彴約讀如招搖

儕 等輩也 等齊簡也故凡齊皆曰等樂記曰先王之喜怒皆得其儕焉喜則天下和之怒則暴亂者畏之注儕猶輩類 从人齊聲 仕皆切十五部 春秋傳曰吾儕小人 左傳宣十一年襄十七年文

倫 輩也 軍發車百兩爲輩引伸之同類之次曰輩鄭注曲禮樂記曰倫猶類也注既夕曰比也注中庸曰猶比也 从人侖聲 力屯切十三部 一曰

道也小雅有倫有脊傳曰倫道脊理也論語言中倫包注倫道也理也按粗言之曰道精言之曰理凡注家訓倫爲

理者皆與訓道者無二侔齊等也輪人注曰侔上下等又曰侔等也弓人注曰侔猶均也又曰侔猶等

也从人牟聲莫浮切三部偕彊也小雅北山偕偕士子傳曰偕偕彊壯皃从

人皆聲古諧切十五部一曰俱也魏風行役夙夜必偕傳曰偕俱也詩曰偕

偕士子俱皆也皆各本作偕字之誤也今正白部曰皆俱詞也與此爲互訓詩有假具爲俱者

如大叔于田火烈具擧是也从人具聲擧朱切古音在四部儹冣也冣才句切各本

誤作最今正廣韵曰儹聚也冣聚古通用木部欑竹部籫義皆相近李善引楊雄覈靈賦曰文王之始起浸仁漸義會賢儹智

儹音攢从人贊聲作管切十四部併竝也十篇曰竝者併也與此爲互訓並古音在

十部讀如旁併古音在十一部讀如弁竝併義有別許互訓者禮經注曰古文竝今文作併是古二字同也从人

幷聲此擧形聲包會意卑正切十一部傅相也左傳鄭伯傅王注曰傅相也賈子曰傅傅之德

義古假爲敷字如禹敷土亦作禹傅土是也亦爲今之附近字如凡言附箸是也从人尃聲方遇切五

部侙惕也惕者敬也从人式聲恥力切一部春秋國語曰

於其心侙然是也吳語申胥曰夫越王之不忘敗吳於其心也戚然服士以司吾閒韋注曰

戚猶惕也按韋本葢亦作伐轉寫譌之耳許云惕韋云猶惕者韋擬此字本義不訓惕也

俌輔也謂人之俌猶車之輔也从人甫聲讀若撫芳武切五部按俌見釋詁弼棐輔比俌也郭云俌猶輔也廣韵曰俌出埤蒼葢輔專行而俌廢矣

倚依也从人奇聲於綺切古音在十七部

依倚也从人衣聲於稀切十五部

仍因也釋詁曰攘仍因也大雅常武傳曰仍就也就與因義一也周禮故書仍爲乃从人乃聲如乘切六部

佽便利也小雅車攻決拾既佽傳曰佽利也按百官公卿表更名左弋爲佽飛葢取便利之意从人次聲七四切十五部詩曰決拾既佽一曰遞也此與次音義同車攻鄭箋云謂手指相次比也唐風胡不佽焉傳曰佽助也箋云何不相推次而助之皆遞之意也

佴佽也此家遞訓言司馬遷傳曰僕又佴之蠶室如淳曰佴次也若人相次也一本佴作茸蘇林云茸次也若人相俾次蘇以謂茸當作佴耳佴之蠶室猶云副貳之以蠶室也小顏乃欲讀爲搑云推致蠶室中殊非文義从人耳聲仍吏切一部

倢佽也按上解家遞訓此解家便利之訓廣雅曰倢疾也廣韵曰倢斜出也便也利也玉篇曰詩云征夫倢倢倢倢樂事也本亦作捷按倢伃婦官也亦作婕妤葢言敏捷而又安舒與从人疌聲子葉切八部

侍承也承者奉也受也凡言侍者皆敬恭承奉之義从人寺聲小徐作从人从寺時吏切一部

傾仄

也仄部曰仄傾也二字互訓古多用頃爲之又按仄當作夨夨下曰傾頭也引申謂凡夨皆曰傾夨與仄義小異 从人頃頃亦聲去營切十一部

側 旁也不正曰仄不中曰側二義有別而經傳多通用如仄側當爲反仄仄者未全反也 从人則聲阻力切一部

侒 宴也宀部曰宴安也侒與安音義同 从人安聲烏寒切十四部

侐 靜也靜者審也悉也知審諦也魯頌曰閟宮有侐傳曰侐清淨也淨乃靜之字誤周頌假以溢我傳曰溢愼也許作誐以謐我謐靜語也一曰無聲也左傳作何以恤我尚書惟刑之恤伏生尚書作惟刑之謐史記作惟刑之靜爾雅謐愼謐靜也謐者侐之字誤莊子書云以言其老洫也近死之心莫使復陽也老洫者枯靜之意莊子洫本亦作溢周頌之恤莊子之洫皆侐之假借侐與謐古音同部 从人血聲況逼切古音在十二部 詩曰閟宮有侐

付 予也予者推予也尚書天既孚命正厥德今文尚書作天既付命正厥德 从寸持物𠂤對人寸者手也方遇切古音在四部

俜 使也丂部曰甹使也三輔謂輕財者爲甹然則俜甹音義皆同 从人甹聲普丁切十一部韵會作从人甹甹亦聲

俠 俜也荀悅曰立氣齊作威福結私交以立彊於世者謂之游俠如淳曰相與信爲任同是非爲俠所謂權行州里力折公侯者也或曰任氣力也俠甹也按俠之言夾也夾者持也經傳多假俠爲夾凡夾皆用俠 从人夾聲从二人之夾非二入之夾也胡頰切八部

儃 儃何也未聞假令

訓爲僧何則又不當析廁於此或當作儃回九章曰欲儃佪以干傺又曰入溆浦余儃佪王逸曰儃佪猶低佪也洪興祖曰儃知然 从人亶聲徒干切十四部 侁 行皃招魂曰豺狼從目往來侁侁王逸曰侁侁往來聲也詩曰侁侁征夫 从人先聲所臻切十三部 仰 舉也與卬音同義近古卬仰多互用 从人卬此舉會意包形聲魚兩切十部 侸 立也十篇曰立侸也與此爲互訓今本立下改爲住也則不可通矣侸讀若樹與尌豎音義同不當作住今俗用住字乃駐逗二字之俗非侸字之俗也 从人豆聲讀若樹常句切古音在四部按侸玉篇作佳云今作樹廣韵曰侸同尌蓋樹行而侸尌豎廢并侸亦廢矣 儽 垂皃老子曰儽儽兮若無所歸王弼陸希聲本同今按此儽儽之誤河上公本作乘乘儽從積絫之絫與乘義相近樂記纍纍乎端如貫珠音義云本又作累即絫字儽儽爲垂皃則與絫絫義同也 从人絫聲各本篆皆作儽解皆作纍聲今正絫者增也从厽从糸厽亦聲在古音十六部纍者綴得理也亦大索也从糸畾聲在古音十五部二字古形古音皆不同而後人亂之人部有儽有儡形音義皆各殊也廣韵六脂曰儽亦作儡儡是儽非累卽絫也集韵脂類篇皆首列儽次列儡知儽爲正體矣惟玉篇廣韵集韵力追力罪切皆不若集韵入五寘力僞一切合於古 一曰嬾解廣雅曰儽儽疲也是其義也今廣雅字尚从絫不誤史記纍纍若喪家之狗韓詩外傳作羸乎若喪家之狗然　則正當作儽也集韵五寘病困謂之儽字體亦誤 侳 安也从人坐聲則臥

切十七部

偁 揚也 揚者飛舉也釋言曰偁舉也郭注引尚書偁爾戈玉篇引左傳禹偁善人凡古偁舉偁謂字皆如此作自序云其偁易孟氏書孔氏子篆下二云人以爲偁自稱行而偁廢矣稱者今之秤字 从人爯聲 處陵切六部

伍 相參伍也 參三也伍五也周禮曰五人爲伍凡言參伍者皆謂錯綜以求之易繫辭曰參伍以變荀卿曰窺敵制勝欲伍以參韓非曰省同異之言以知朋黨之分偶參伍之驗以責陳言之實又曰參之以比物伍之以合參史記曰必參而伍之漢書曰參伍其賈以類相準此皆引伸之義也 从人五 五亦聲也 疑古切五部

什 相什保也 族師職曰五家爲比十家爲聯五人爲伍十人爲聯使之相保相受鄭二云保猶任也宮正注五人爲伍二伍爲什雅頌以十篇爲一什按後世曰什物古曰任器古今語也任急言之曰什如唐人詩十可讀如諶也周禮牛人司隸皆有任器鄭二云任猶用也 从人十 此舉會意包形聲是執切七部

佰 相什佰也 佰汲古閣作伯誤佰連什言者猶伍連參言也佰之言百也廣韵一百爲一佰過秦論曰俛起什佰之中漢書音義二云首出十長百長之中此謂十人之長爲什百人之長爲佰也食貨志無農夫之苦有仟佰之得師古二云仟千錢也佰百錢也佰莫白反今俗猶謂百錢爲一佰按仟字罕見廣韵集韵類篇皆曰千人之長曰仟毛晃二云出文字音義食貨志語意謂兼十倍百倍之利耳顏注非仟疑本作什顏不音千可證 从人百 博陌切古音在五部

佸 會也 王風君子于役曰曷其有佸傳曰佸會也此以疊韵爲訓 从人𠯑聲 古活切十

五部詩曰曷其有佸一曰佸佸力皃小徐本無此六字篇韵亦皆無

佮合也从人合聲古沓切七部

𢼸眇也眇各本作妙今正凡古言𢼸眇者卽今之微妙字眇者小也引伸爲凡細之偁微者隱行也微行而𢼸廢矣玉篇有𢼸字引書虞舜側微亦𢼸之俗體也从人从攴豈省聲鉉等曰豈字从𢼸省𢼸不應从豈省疑从耑省耑物初生之題尚𢼸也無非切十五部

傆黠也黠史記所謂桀黠也傆蓋謂鄉原从人原聲魚怨切十四部

作起也秦風無衣傳曰作起也釋言穀梁傳曰作爲也魯頌駉傳曰作始也周頌天作傳曰作生也其義別而略同別者所因之文不同同者其字義一也有一句中同字而別之者如小雅作而作詩箋云上作起也下作爲也辵部曰迮迮起也然則作迮二篆音義同古文假借作爲作从人乍聲則洛切五部

假非眞也又部曰叚借也然則假與叚義略同六書六曰假借謂本無其字依聲託事也从人叚聲古雅切古音在五部虞書曰虞書當作唐書說見禾部假于上下堯典文此引經說假借也彳部曰假至也經典多借假爲假故偁之淺人不得其例乃於虞書曰之上妄加一曰至也四字又分非眞也爲古雅切至也爲古頟切而不知古音無此區別也今刪正學者苟於全書引經說假借之處皆憭然則無所惑矣○毛詩雲漢傳泮水傳假至也烝民玄鳥長發箋同此皆謂假爲假之假借字也其楚茨傳格來也抑傳格至也亦謂格爲假之假借字也又那傳烈祖傳假大也

此與賓筵卷阿傳之嘏大也同謂假爲嘏之假借字也又假樂傳維天之命傳假嘉也此謂假爲嘉之假借字也

借假也从人昔聲資昔切古音在五部按小徐本無此字張次立乃依大徐增之故曰資昔切而不曰資昔反也大徐依注義序例偏旁所有而補正文者十九字借其一也序曰六書六曰假借又部叚下曰借也此處當有借篆可知矣爾雅音義釋鳥唶唶下曰說文云借字也按云當作之唶乃諎之或體今許書諎下無叚諎之訓豈通作借而遂刪之與聞疑載疑孰理而董之矣古多用藉爲借如言藉令卽假令也

侵漸進也漸當作趣趣進也侵之言駸駸也水部浸淫隨理也浸淫亦作侵淫又侵陵亦漸逼之意左傳曰無鐘鼓曰侵穀梁傳曰苞人民毆牛馬曰侵公羊傳曰觕者曰侵精者曰伐又穀梁傳曰五穀不升謂之大侵从人又持帚句若埽之進釋持帚之意又逗手也七林切七部

儥見也貝部賣下曰衙也衙者行且賣也賣卽周禮之儥字今之鬻字儥訓見卽今之覿字也釋詁曰覿見也公羊傳穀梁傳士昏禮聘禮論語鄭注國語韋注皆同按經傳今皆作覿覿行而儥廢矣許書無覿字獨存古形古義於此也以他字例之葢禮經古文作儥今文作覿許從古文不從今文歟大徐本竊取周禮改見爲賣非是周禮儥訓買玉篇作儥買也今又作賣則誤之中又有誤焉从人賣聲余六切按此音非也今音徒歷切古音徒谷切三部

候司望也司各本作伺非今正司者今之伺字也曹風候候人傳云候候人道路送賓客者周禮候人注云候候迎賓客之來者按凡覷伺皆曰候因之謂時爲候从人侯

聲 胡遘切四部

償 還也 廣雅曰復也左傳西鄰責言不可償也杜云不可報償 从人賞聲 食章切十部亦市亮切

僅 材能也 材今俗用之纔字也三蒼及漢書作纔鄭注禮記周禮賈逵注國語東觀漢記及諸史並作裁許書水部兩部叀部作財此作材材能言僅能也公羊傳僖十六年曰是月者何僅逮是月也何注在月之幾盡故曰劣及是月定八年曰公斂處父帥師而至僅然後得免僅蓋僅之譌字射義蓋斷有存者言存者甚少斷卽僅字广部廑下曰少劣之居也與僅義略同唐人文字僅多訓庶幾之幾如杜詩山城僅百層韓文初守睢陽時士卒僅萬人又家累僅三十口柳文自古賢人才士被謗議不能自明者僅以百數元微之文封章諫草緐委箱笥僅逾百軸此等皆李涪所謂以僅爲近遠者於多見少於僅之本義未隔也今人文字皆訓僅爲但 从人堇聲 渠吝切十三部

代 更也 更者改也士喪禮喪大記注同凡以此易彼謂之代次第相易謂之遞代凡以異語相易謂之代語假代字爲世字起於唐人避諱世與代義不同也唐諱言世故有代宗明既有世宗又有代宗斯失之矣 从人弋聲 徒耐切一部

儀 度也 度法制也毛傳曰儀善也又曰儀宜也又曰儀匹也其義相引伸肆師職曰古書儀但爲義今時所謂義古書爲誼按如文王傳曰義善也此與釋詁及我將傳儀善也正同謂此義爲儀之假借字也 从人義聲 魚羈切古音在十七部

傍 近也 古多假並爲之如史記始皇紀並河以東武帝紀並海是也亦假旁爲之見溝洫志食貨志 从人旁聲 此舉形聲包會意也韵會

無聲步光切十部按亦讀去聲

佀 像也各本作象也小徐作象肖也皆非今正像下曰佀也與此互訓是爲轉注度古本二篆必相屬不知何時轉寫遠隔又皆改其說解耳相像曰相似古今無異語緣俗閒用象爲像乃致妄改許書廣雅曰似類也又曰似象也又曰似若也皆似之本義也詩斯干裳裳者華卷阿江漢傳皆曰似嗣也此謂似爲嗣之假借字也斯干似續妣祖箋云似讀爲巳午之巳巳續妣祖者謂已成其宮廟也此謂似爲巳之假借字也 从人㠯聲詳里切一部𥡴作似

像 佀也各本作象也今依韵會所據本正象者南越大獸之名於義無取雖韓非曰人希見生象也而案其圖以想其生故諸人之所以意想者皆謂之象然韓非以前或祇有象字無像字韓非以後小篆既作像則許斷不以象釋似復以象釋像矣繫辭曰爻也者效此者也象也者像此者也又曰象也者像也爻也者效天下之動者也葢象爲古文聖人以像釋之雖他本像亦作象然鄭康成王輔嗣本非不可信也凡形像圖像想像字皆當从人而學者多作象象行而像廢矣許書一曰象形度許固必作像形招䰟云像設君室 从人象聲鉉本云从人从象象亦聲此葢用韓非語竄改也今依韵會所據小徐本 讀若養字之養古音如此故今云式樣切像之俗也或又用樣爲之今音徐兩切十部此篆原在後文儃篆下倦篆上今移廁此

便 安也古與平辨通用如史記便章百姓古文尚書作平今文尚書作辨毛詩平平左右左傳作便蕃左右 人有不便更之故从人更此會意房連切亦去聲古音葢在十一部

任 保也按上文云保養也此

云任保也二篆不相屬者保之本義尚書所謂保抱任之訓保則保引伸之義如今言保舉是也周禮五家爲比使之相保注
云保猶任也又孝友睦婣任恤注云任信於友道也引伸之凡儋何曰任小雅我任我輦我車我牛傳云任者輦者車者牛者
四云者者皆謂人也邶風傳任大也卽釋詁之壬大也 从人壬聲 如林切七部 俔 諭也
各本作譬諭今依詩正義訂言部曰譬者諭也則言諭已足矣大雅大明曰俔天之妹傳曰俔磬也此以今語釋古語俔者古
語磬者今語二字雙聲是以毛詩作俔韓詩作磬如十七篇之有古文今文孔穎達云如今俗語譬喻云磬作然許不依傳云磬
而云諭者磬非正字以六書言之乃俔之假借耳不得以假借字釋正字也磬罄古通用爾雅罄盡也猶言罄是天之妹也
一曰閒見 閒各本作聞今正釋言曰閒俔也正許所本上訓用毛韓說此訓用爾雅說爾雅亦釋詩也閒
音諫若言不可多見而閒見之爾雅無見字許益見字者以其篆从見也容爾雅原文今有倒奪矣郭景純以左傳謂之諜釋
之恐非 从人从見 此會意包形聲苦甸切十四部 詩曰俔天之妹 優
饒也 食部饒下曰飽也引伸之凡有餘皆曰饒詩瞻卬傳曰優渥也箋云寬也周語注曰優饒也魯語注曰優裕也
其義一也引伸之爲優游爲優柔爲俳優商頌布政憂憂小雅既瀀既渥今本皆假優爲之 从人憂聲
於求切三部 一曰倡也 倡者樂也謂作妓者卽所謂俳優也左傳陳氏鮑氏之圉人爲優晉語公之優
曰施 僖 樂也 此字之本義少用其緐變爲嬉李注洞簫賦引說文嬉樂也卽謂此也謚法有釐有僖周書二

謚並出而春秋三傳僖公史漢皆作釐公殆史漢假釐爲僖乎謚法曰小心畏忌曰僖 从人喜聲 許其切一部

儲 富也 廣韵曰厚也富也若白虎通曰春之爲言偆偆動也春秋繁露曰偆偆者喜樂之皃也葢皆蠢之假借字 从人萅聲 尺允切十三部

俒 完也 以疊韵爲訓 逸周書曰朕實不明以俒伯父 逸周書者謂漢志七十一篇之周書也今大戒解有朕實不明句本典解云今朕不知明德所則政教所行字民之道禮樂所生非不念而知故問伯父許所據未知即此以不也以俒伯父俒當爲溷字之假借經史亦作慁儒行曰不慁君王注慁猶辱也史記酈陸傳無久慁公爲也范睢蔡澤傳是天以寡人慁先生語意皆同此引經說假借之例 从人从完 胡困切按此字本義當讀如完在十四部胡困切者借爲溷字之音也

儉 約也 約者纏束也儉者不敢放侈之意古假險爲儉易儉德辟難或作險 从人僉聲 巨險切七部

偭 鄉也 鄉今人所用之向字也漢人無作向者少儀尊壺者面其鼻注云鼻在面中言鄉人也按許所據作偭說與鄭同偭訓鄉亦訓背此竆則變變則通之理如廢置徂存苦快之例離騷偭規矩而改錯王逸曰偭背也賈誼弔屈原曰偭蟂獺以隱處兮應劭曰偭背也項羽傳馬童面之張晏曰背之也張歐傳上具獄事不可卻者爲涕泣面而封之師古曰謂偝之也惠氏定宇左傳補注曰面縛之謂反背而縛之考工記審曲面埶先鄭釋以陰陽之面背許言鄉不言背者述其本義也古通作面 从人面聲 此舉形聲包會意彌箭切十四部 禮少

儀曰尊壺者偭其鼻謂之習周禮大宰禮俗以馭其民注云禮俗昏姻喪紀舊所行也大司徒以俗教安注俗謂土地所生習也曲禮入國而問俗注俗謂常所行與所惡也漢地理志曰凡民函五常之性其剛柔緩急音聲不同繫水土之風氣故謂之風好惡取舍動靜無常隨君上之情欲謂之俗

俗習也以雙聲爲訓習者數飛也引伸之凡相效

从人谷聲似足切三部

俾益也俾與埤朇裨音義皆同今裨行而埤朇俾皆廢矣經傳之俾皆訓使也無異解蓋卽益義之引伸釋詁俾從也釋言俾職也亦皆引伸之義手部挾下曰俾持亦部夾下曰蔽人俾夾古或假卑爲俾

从人卑聲并弭切十六部

一曰俾門侍人未聞或曰如寢門之內豎是閽寺之屬近得陽湖莊氏述祖說門侍人當是門持人之誤挾下曰俾持也正用此義按此條得此挍正可謂渙然冰釋矣

倪俾也然則倪亦訓益也若孟子反其旄倪借爲嫛婗之婗也爾雅左倪不類右倪不若左傳注城上僻倪借倪爲睨也莊子不知端倪借端爲耑借倪爲題也題者物初生之題也

从人兒聲五雞切十六部

億安也晉語億寧百神注億安也吳語億負晉衆庶注曰億安也左傳曰不能供億曰心億則樂曰我盍姑億吾鬼神而寧吾族姓杜注皆曰安也此億字之本義也今則本義廢矣或假爲萬億字諸經所用皆是也或假爲意字如論語不億不信億則屢中是也億則屢中漢書貨殖傳作意毋意毋必諸家偁作億必是可證矣

从人意聲於力切一部

使令也大徐令作伶誤令者發號也釋詁使從也其引伸之

義也按許書無駛駛字左傳吏走問諸朝本作使走問諸朝古注使速疾之意也又[illegible]部駛烈也讀若迅蓋此二字卽今之駛駛字乎水部汧水吏也吏同使謂水疾　从人吏聲　疏士切一部

俟　俟　此複舉字之未刪僅存者　左右兩視　兩蓋古本作㒳目部曰睽目不相聽也俟卽睽之或字耳　从人癸聲　其季切十五部

伶　弄也　徐鍇曰伶人者弄臣也毛詩寺人之令釋文曰令韓詩作伶云使伶古伶人字本作泠泠人樂官也　从人令聲　郎丁切十一部　益州有建伶縣　地理志國志益州郡皆有建伶縣今雲南雲南府西北有建伶廢縣

儷　棽儷也　林部棽下曰木枝條棽儷也義已見彼故此但云棽儷也與同部偓下云偓佺仙人也佺下但云偓佺也例同按左傳伉儷杜云儷偶也士冠禮聘禮儷皮鄭云儷猶兩也古文儷爲離月令宿離不貣鄭云離讀爲儷儷偶之儷許但取枝條棽儷之訓不及其他於从人之意未合於全書大例未符恐非許書之舊　从人麗聲　呂支切十六部

傳　遽也　辵部曰遽傳也與此爲互訓此二篆之本義也周禮行夫掌邦國傳遽注云傳遽若今時乘傳騎驛而使者也玉藻士曰傳遽之臣注云傳遽以車馬給使者也左傳國語皆曰以傳召伯宗注皆云傳驛也漢有置傳馳傳乘傳之不同按傳者如今之驛馬驛必有舍故曰傳舍又文書亦謂之傳司關注云傳如今移過所文書是也引伸傳遽之義則凡展轉引伸之偁皆曰傳而傳注流傳皆是也後儒分別爲知戀直戀直攣三切　从人專聲　直戀切十四部按廣韵傳注直戀切郵馬知戀切

倌

小臣也鄘風定之方中曰命彼倌人傳曰倌人主駕者按許說異毛小臣葢謂周禮小臣上士四人大僕之佐也一云左傳所謂巾車脂轄也 从人官聲古患切十四部 詩曰命彼倌人

价善也大雅板曰价人維藩釋詁及傳曰价善也箋云价甲也被甲之人謂卿士掌軍事者葢鄭易价爲介也詩正義引爾雅作价今爾雅作介善也葢非善本 从人介聲古拜切十五部 詩曰价人維藩

仔克也周頌曰佛時仔肩克也箋云仔肩任也按克勝也勝與任義似異而同許云仔克也釋詁云肩克也許云克肩也然則仔肩絫言之耳 从人子聲子之切一部

⿰亻关送也⿰亻关今之媵字釋言曰媵將送也周易媵口說也虞曰媵送也燕禮大射媵觚于賓鄭注媵送也九歌曰魚隣隣兮媵予王注媵送也送爲媵之本義以姪娣送女乃其一耑耳公羊傳曰媵者何諸侯娶一國則二國往媵之以姪娣從是也今義則一耑行而全者廢矣 从人灷聲今形从女者由一耑之義獨行故也灷許書無此字而送⿰亻关朕皆用爲聲此亦許書奪扇之一也以證切六部朕送二字古音當亦在六部也 呂不韋曰有侁氏㠯伊尹⿰亻关女呂氏春秋孝行覽本味篇曰湯於是請取婦爲婚有侁氏喜以伊尹爲媵送女爲送二字乃後人所妄增許所據不如是凡許引呂氏春秋皆直書呂不韋曰此與爝下是也惡其人也 古文㠯爲訓字訓與⿰亻关音部既相距甚遠字形又不相似如疋足屮艸丂亏之比今按訓當作揚由揚譌詠由詠復譌爲訓始則聲誤終則字誤耳檀

弓杜蕢洗而揚觶注云舉爵於君也禮揚作媵揚舉也媵送也揚近得之據此知禮經作媵記作揚媵爲古文揚字燕禮媵觚於賓注云讀或爲揚蓋禮家舊讀媵爲揚許亦用禮家舊讀說也若今文禮媵作騰騰正與揚義協

徐 緩也 與徐義略同齊世家田常執簡公於徐州索隱曰徐廣音舒其字从人左氏作舒說文作郐按魯世家作徐 从人余聲 似魚切五部

併 併寠也 寠者無禮之居也廣韵曰併隱僻也無人處引字統云廁也按併與屏屏義略同 从人屏聲 毗正切十一部

伸 屈伸 屈者無尾也伸之反也屈伸謠俗共知之語故以爲訓屈亦作詘所謂隨體詰詘也伸古經傳皆作信周易詘信相感而利生焉又尺蠖之詘以求信也又引而信之韋昭漢書音義云信古伸字謂古文假借字許書取目曰引而申之以究萬原古本申作信又虫部尺蠖屈申蟲也太平御覽引作曲信蟲 从人申聲 疑此字不古古但作詘信或用申爲之本無伸字以屈伸訓伸篆亦非說解之體宋毛晃曰古惟申字後加立人以別之失人切十二部

伹 拙也 廣韵作拙人當是說文古本拙者不巧也廣雅曰伹鈍也玉篇引之集韵類篇皆引之云千余切今廣雅乃譌爲伹度滿切矣按此字千余切與粗同紐卽今粗笨字也廣韵祗有七余一切玉篇七閭祥閭二切 从人且聲 似魚切五部

㒄 意膬也 意者志也膬者耎易破也意膬謂有此意而不堅玉篇云意急而懼蓋說說文之語也或曰當作膬意○通俗文曰痛聲曰痏警聲曰㒄㒄于簡切 从人然聲 人善切十四部

偄 弱也 此與懦儒二字義略

同而音形異懦儒需皆需聲偄耎聲也二聲轉寫多淆所當覈正矣偄从人亦或从心左傳穀梁傳皆曰宮之奇之爲人也偄注皆云弱也左傳音義曰偄本又作耎乃亂反又乃貨反弱也字林偄音乃亂反懦音讓夫反二云弱也按左傳此音義今本譌甚考正之如此古者耎聲本在元寒部而入歌戈部需聲本在矦部而入虞部分別劃然古假耎爲偄考工記馬不契耎鄭云耎讀爲畏偄之偄自唐初耎已譌需

从人从耎 此舉會意包形聲也六部耎讀若畏偄二字義近音同奴亂切十四部又奴貨切音之轉也○偄亦而沇切俗作輭譌作軟王氏念孫曰軟當輭之譌

倍 反也 此倍之本義中庸爲下不倍緇衣信以結之則民不倍論語斯遠鄙倍皆是也引伸之爲倍文之倍大司樂注曰倍文曰諷不面其文而讀之也又引伸之爲加倍之倍以反者覆也覆之則有二面故二之曰倍俗人鉃析乃謂此專爲加倍字而倍上倍文則皆用背餘義行而本義廢矣倍之或體作偝見坊記投壺荀卿子

从人咅聲 薄亥切一部

傿 引爲賈也 引猶張大之賈者今之價字引爲價所謂豫價也後漢書崔烈入錢五百萬得爲司徒及拜靈帝顧謂親倖曰悔不小傿可至千萬

从人焉聲 於建切十四部

僭 儗也 各本作假也今依玉篇所引正廣韵亦云擬也以僭儗二篆相聯互訓知作假之非矣以下儗上僭之本義也引伸之則訓差大雅不僭不賊傳是也又訓不信小雅覆謂我僭箋是也其小雅巧言傳曰僭數也則謂僭卽譖之假借也詩亦假譖爲僭如大雅桑柔譖卬箋是也

从人朁聲 子念切七部

儗 僭也 以下僭上此儗之本義如史記說卓王孫

田狩射獵之樂儗於人君是也與手部擬訓度不同曲禮儗人必於其倫注儗猶比也此引伸之義也漢書食貨志假儗爲儗又假儗爲黍稷薿薿 从人疑聲 依小徐本魚己切一部 一曰相疑 此別一義

偏 頗也 頗頭偏也引伸爲凡偏之偁故以頗釋偏二字雙聲尚書無偏無頗絫言之也周易翩翩古文作偏偏 从人扁聲 芳連切十二部

倀 狂也 狂者㹤犬也假借爲人狂之偁仲尼燕居曰譬猶瞽之無相倀倀乎其何之廣韵四十三映曰䀜倀失道皃 从人長聲 楮羊切十部 一曰什也 什葉抄本作什佚玫

儚 惛也 惛者不憭也釋訓曰儚儚洄洄惛也儚當作儚與夢夢亂也義別 从人夢聲 呼肱切六部

儔 翳也 翳者華蓋也引伸爲凡覆蔽之偁按玉篇儔直流切侶也又大到切翳隱蔽也廣韵尤韵儔侶也直由切号韵儔隱也徒到切是儔有隱蔽之訓而其音與疇侶絕不同與翿纛音同由其義相近也翳義廢而侶義獨行矣然自唐以前用儔侶皆作疇絕無作儔者葢由古者一井爲疇並畔爲疇是以釋詁曰疇誰也注易注國策漢書者曰疇類也注國語者曰疇匹也下逮六朝辭賦皆不作儔玄應之書曰王逸云二人爲匹四人爲疇疇亦類也今或作儔矣然則用儔者起唐初以至於今 从人壽聲 直由切三部按大徐此音失之不攷

侜 有廱蔽也 廱今之壅字陳風防有鵲巢曰誰侜予美爾雅及傳曰侜張誑也誑亦壅蔽之意耳許不用毛傳者許以侜張乃尚書譸張之假借字非侜之本義故易之 从人舟聲 張流切三部 詩曰

誰侜予美 俴淺也 秦風小戎俴收釋言毛傳皆曰俴淺也 从人戔聲 慈衍切十四部

佃中也 廣韵曰營田玉篇曰作田今義非古義也許攴部自有畋字不必用佃爲之許所說者相傳古義 从人田聲 堂練切十二部 春秋傳曰乘中佃中佃二字今補 一轅車也 左傳哀公十七年渾良夫乘衷甸兩牡杜曰衷甸一轅卿車許所據作中佃引傳而釋之者孔穎達曰甸乘也四丘爲甸出車一乘故以甸爲名蓋四馬爲上乘二馬爲中乘容許意同孔一曰一轅兩牡則一轅在兩牡之中是亦中也故系言之曰中佃

㐹小兒 小雅正月曰佌佌彼有屋傳曰佌佌小也許所據作㐹或作[illegible] 从人囟聲 斯氏切十六部按細字亦囟聲蓋取雙聲 詩曰㐹㐹彼有屋

侊小兒 小當作大字之誤也凡光聲之字多訓光大無訓小者越語句踐曰諺有之曰觥飯不及壺飧韋云觥大也大飯謂盛饌盛饌未具不能以虛待之不及壺飧之救飢疾也言己欲滅吳取快意得之而已不能待有餘力韓詩云觥廓也許所據國語作侊侊與觥音義同廣韵十一唐曰侊盛皃用韋注十二庚曰侊小皃用說文蓋說文之譌久矣 从人光聲 古橫切古音讀如光十部 國語曰侊飯不及壺飧 壺飧各本作一食一由壺壺遞譌食奪偏旁今依玉篇廣韵所引說文正飧者食部或餐字也集韵正作餐壺飧猶左傳趙衰之壺飧史記操一豚蹄酒一壺皆謂薄少古壺有大小此非大一石之壺也○又按許所據竟作一食未可知似不必改

佻

愉也 古本皆作愉汲古閣作偷誤也心部曰愉薄也小雅鹿鳴曰視民不恌許所據作佻是毛傳曰恌愉也按釋言佻偷也偷者愉之俗字今人曰偷薄曰偷盜皆从人作偷他侯切而愉字訓爲愉悅羊朱切此今義今音今形非古義古音古形也古無从人之偷愉訓薄音他侯切愉愉者和氣之薄發於色也盜者澆薄之至也偷盜字古只作愉也凡古字之末流鋠析類如是矣周禮曰以俗教安則民不愉注曰愉謂朝不謀夕服注左傳視民不佻云示民不愉薄唐風他人是愉傳曰愉樂也箋云愉讀曰偷偷猶取也此同字而各舉一義釋之愉讀曰偷如注周禮主以利得民云讀如上思利民之利耳然可見漢末已有从人之偷許不之取

从人兆聲 土彫切二部按佻訓苟且苟且者必輕故離騷注曰佻輕也方言曰佻疾也左傳楚師輕窕窕正佻之假借字

詩曰視民不佻

僻 辟也 辟大徐本作避非是辟者法也引伸爲辟人之辟辟人而人避之亦曰辟若周禮闡人凡外內命婦出入則爲之辟孟子行辟人可也曲禮若主人拜則客還辟辟拜郊特牲有由辟焉包咸論語注躩盤辟皃也投壺主人盤旋曰辟賓盤旋曰辟大射儀賓辟注曰辟逡遁不敢當盛他書辟人辟邪辟寒辟塵之類語意大略相似自屏之者言則闡人離婁篇郊特牲是也自退者言則曲禮投壺論語注所云是也舟部般辟也卽旋辟盤辟之謂辟之言邊也屏於一邊也僻之本義如是廣韵曰誤也邪僻也此引伸之義今義行而古義廢矣詩曰民之多僻

从人辟聲 普擊切十六部

詩曰宛如左僻 魏風葛屨文此引詩證僻之本義也今詩作辟者俗人不解易字而音避

一曰從旁牽也 此義稍別

異 伭很也 心部曰慦急也義略同 从人弦省聲 胡田切十二部 伎與也 舁部曰與者黨與也此伎之本義也廣韵曰侶也不違本義俗用爲技巧之技○小弁鹿斯之奔維足伎伎傳云伎伎舒皃按此伎伎葢與徥徥音義皆同 从人支聲 渠綺切十六部 詩曰鞫人伎忒 大雅瞻卬文今詩伎作忮傳曰忮害也許所據作伎葢毛詩假伎爲忮故傳與雄雉同毛說其假借許說其本義也今詩則學者所竄易也

侈掩脅也 掩者掩葢其上脅者脅制其旁凡自多以陵人曰侈此侈之本義也吳語夾溝而⿸广侈我其字則⿸广侈也其義則掩脅也 从人多聲 尺氏切古音在十七部 一曰奢泰也 泰字依韵會本補奢者張也泰者滑也凡傳云汰後者即許書之泰字小雅曰侈兮哆兮此與上義別今上義廢而此義獨行矣三禮皆假移爲侈

佁癡皃 大人賦沛艾赳螑仡以佁儗兮張揖曰佁儗不前也此癡意也呂氏春秋出輿入輦命曰佁蹷之機高誘曰佁至也此別一義也 从人台聲讀若騃 夷在切一部

⿰亻蚤 ⿰亻蚤 此複舉字之未刪者 驕也 馬高六尺爲驕借爲倨傲之偁 从人蚤聲 穌遭切古音在三部

僞詐也 詐者欺也釋詁曰詐僞也按經傳多假爲爲僞如詩人之爲言卽僞言月令作爲淫巧今月令云詐僞淫巧古文尚書南僞史記作南爲左傳爲讀僞者不一葢字涉於作爲則曰僞徐鍇曰僞者人爲之非天眞也故人爲爲僞是也荀卿曰桀紂性也堯舜僞也人之性惡其善者僞也不可學不可事而在人者謂之性可

學而能可事而成之在人者謂之僞又曰生之所以然者謂之性心慮而能爲之動謂之僞慮積焉能習焉而後成謂之僞荀卿之意謂堯舜不能無待於人爲耳玉裁昔爲謝侍郎墉作荀卿補注曾言之 从人爲聲 危睡切古音在十七部

伿 情也 惰者不敬也醫經解伿之伿當作此字 从人只聲 以豉切十六部

佝 佝瞀也 各本作務也二字小徐作覆也也皆誤今正佝瞀也三字爲句佝音寇瞀音茂疊韵字二字多有或體子部㝅下作㝅瞀荀卿儒效作溝瞀漢五行志作區霿又作傋霿楚辭九辯作怐愗玉篇引作佝愗應劭注漢書作㲉霿郭景純注山海經作㝅瞀其音同其義皆謂愚蒙也山海經注㝅字葢有誤 从人句聲 苦候切四部

僄 輕也 方言曰佻僄輕也楚凡相輕薄或謂之佻或謂之僄也班固賦曰雖輕迅與僄狡按古或假剽爲之僄亦作嫖霍嫖姚是也 从人票聲 匹妙切二部

倡 樂也 漢有黃門名倡常從倡秦倡皆鄭聲也東方朔傳有幸倡郭舍人則倡即俳也經傳皆用爲唱字周禮樂師凡軍大獻教愷歌遂倡之故書倡爲昌鄭司農云樂師主倡也昌當爲倡按當云昌當爲唱 从人昌聲 尺亮切十部按當尺良切

俳 戲也 以其戲言之謂之俳以其音樂言之謂之倡亦謂之優其實一物也 从人非聲 步皆切十五部

僐 作姿也 廣雅曰僐態也 从人善聲 常演切十四部譱作僐

儳 儳互 逗 不齊也 今人作攙和字當用此周語戎翟冒沒輕儳注云儳進退上下無列也曲禮曰長者不及毋儳言注云儳

猶暫也左傳聲盛致志鼓儳可也注云儳巖未整陳皆不齊之意表記儳焉如不終日亦同从人毚聲士咸切八部廣韵入去聲

佚 佚民也三字句論語微子篇逸民伯夷叔齊虞仲夷逸朱張柳下惠少連按許作佚民正字也作逸民者假借字佚从人故爲佚民字也孟子曰遺佚而不怨又以爲勞逸字如以佚道使民是也古失佚逸泆字多通用石經今文尚書毋逸字作劮則許所不取廣雅錄之从人失聲夷質切十二部一曰佚忽也心部曰忽忘也按忘之言亡也

俄 頃也各本作行頃乃妄加行耳今正玉篇曰俄頃須臾也廣韵曰俄頃速也此今義也尋今義之所由以俄頃皆偏側之意小有偏側爲時幾何故因謂倏忽爲俄頃許說其本義以晐今義凡讀許書當心知其意矣匕部曰頃頭不正也小雅賓之初筵箋云俄傾皃廣雅俄衺也皆本義也若公羊傳曰俄而可以爲其有矣何云俄者謂須臾之閒制得之頃也此今義也有假蛾爲俄者如漢書始爲少使蛾而大幸如淳曰蛾無幾之頃也單言之或曰俄或曰頃絫言之曰俄頃从人我聲五何切十七部詩曰仄弁之俄鄭云俄傾皃古頃傾通用皆謂仄也今詩仄弁作側弁

傜 喜也喜下曰樂也王風君子陶陶傳曰陶陶和樂皃也陶陶卽傜傜之假借也凡言遙遙欲欲皆疊字則知可作傜傜矣釋詁曰繇喜也繇亦卽傜郭注以檀弓咏斯猶釋繇殊誤鄭云猶當爲搖謂身動搖也从人䍃聲余招切二部凡傜役字卽此字之譌變自關已西物大小不同謂之傜此方言殊語也方言曰跛傜衺也陳

楚荆揚曰陂自山而西凡物細大不純者謂之㑤郭注言俄㑤也 㑤 徼㑤受屈也 子虛賦曰徼谻受詘郭璞曰谻疲極也司馬彪云徼遮也谻倦也謂遮其倦者按長卿用假借字作谻許用正字作㑤蘇林注漢曰谻音倦谻之谻當作音倦㑤之㑤也方言曰㑤傍也㑤同㑤傍同倦心部⿰忄卻⿰忄卻者勞也與㑤音義同史記匈奴傳漢書趙充國傳皆云徼極與徼㑤音異義同 从人卻聲 其虐切古音在五部

傞 醉舞皃 小雅賓之初筵曰屢舞傞傞傳曰傞傞不止也 从人差聲 素何切十七部 詩曰屢舞傞傞 屢當作婁

僛 醉舞皃 賓之初筵曰婁舞僛僛傳曰僛僛舞不能自正也 从人欺聲 去其切一部 詩曰屢舞僛僛 屢當作婁

侮 傷也 傷各本作傷誤今正錯曰傷慢易字也錯作注時未誤也小雅常棣假務爲侮 从人每聲 五部按每聲在一部合音 㑄 古文从母 母聲猶每聲也漢書五行志慢侮之心生

傷 輕也 此依小徐侮傷相屬蒼頡篇曰傷慢也廣韵曰傷相輕慢也自易專行而傷廢矣禮記易慢之心入之矣注易輕易也國語貴貨而易土注易輕也國策注呂覽注漢書注皆同凡皆傷之假借字也 从人易聲 以豉切十六部 一曰交傷 周易繫辭曰交易而退經傳亦止作易公羊莊十三年冬公會齊侯盟于柯傳曰何以不日易也何云易猶佼易也相親信無後患之辭按何用漢時俗語佼同交

⿰亻𣎵 妎也 妎者妬也離騷注害賢曰嫉害色曰妬如曰女無美惡入宮見妬士無賢不肖入朝

見嫉是也渾言則不別古亦假疾 从人疾聲 秦悉切十二部 一曰毒也 廣雅曰嫉惡也

嫉 㑵或从女 妬也故从女

俙 訟面相是也 謂內爭而外順也皋陶謨所謂面從今俗閑俚語猶有之篇韵皆注云訟也失之遠矣 从人希聲 喜皆切十五部

僨 僵也 引伸之爲凡倒敗之偁大學曰一人僨事注云僨猶覆敗也射義假賁爲僨左傳象有齒以焚其身假焚爲僨 从人賁聲 匹問切十三部

僵 僨也 小徐及爾雅釋文皆作偃大徐作僨非是玄應引僵却偃也仆前覆也按僵謂仰倒如莊子推而僵之漢書觸寶瑟僵皆是今人語言乃謂不動不𣦸爲僵廣韵作殭死不𣦸也 从人畺聲 居良切十部

偃 僵也 小雅或棲遲偃仰論語寢不尸苞注曰不偃臥布展手足似死人左傳偃且射子鉏晉語籧篨不可使俯韋注籧篨偃人參同契曰男生而伏女偃其軀及其死也乃復效之水經注曰徐偃王生而偃故以爲號凡仰仆曰偃引伸爲凡仰之偁 从人匽聲 於幰切十四部依玉篇先偃後仆

仆 頓也 頓者下首也以首叩地謂之頓首引伸爲前覆之辭左氏音義引孫炎曰前覆曰仆玄應三引說文仆頓也謂前覆也偃謂却偃仆謂前覆蓋演說文者語若論語注云偃仆也則渾言不別矣 从人卜聲 芳遇切古音在三部

傷 創也 刅部曰刅傷也二字爲轉注山海經謂木束爲傷 从人煬省聲 各本作殤省聲殤下又云傷省聲二字孰先後乎今更正曰煬省與殤觴同式羊切十部

侉

刺也刺者戾也盧達切从人肴聲胡茅切二部一曰毒之鍇曰謂疾害也顏氏家訓曰蒼頡篇有倄字訓詁云痛而謼也羽罪反今北人痛則呼之聲類音于來反今南人痛或呼之按廣韵集韵有羽罪一音無後一音○按玄應佛書音義曰痏痏諸書作倄通俗文于罪切痛聲曰痏此條合之字義俗語皆無不合其云諸書作倄蓋蒼頡訓詁亦在其中借倄爲痏皆有聲也顏氏家訓之倄當是倄之誤不必與說文牵合大徐說文改毒之爲痛聲恐是竊取黃門語○又搜神記卷十四云聞呻吟之聲曰哊哊宜死哊亦痏之俗字

侉備詞也古本皆作備惟類篇誤作備耳心部曰備者憊也憊者備也備今隸作憊詞者意內而言外也按爾雅毛傳皆曰夸毗體多柔然則侉即夸毗字平夸毗亦作䠸𨈏从人夸聲苦瓜切五部

催相擣也猶相迫也邶風北門曰室人交偏摧我傳曰摧沮也音義曰摧或作催據許則催是也不從傳者傳取沮壞之義與摧訓擠訓折義同蓋當時字作催而毛釋爲摧之假借許則釋其本義也从人崔聲倉回切十五部山部無崔偶奪耳大徐據催字補詩曰室人交徧催我

俑痛也此與心部恫音義同禮記孟子之俑偶人也俑即偶之假借字如喁亦禺聲而讀魚容切也假借之義行而本義廢矣廣韵引埤蒼說木人送葬設關而能跳踊故名之俑乃不知音理者強爲之說耳从人甬聲他紅切九部按玉篇云說文他紅切此蓋出音隱痛義之音如是大徐云又余隴切則木偶之音也

伺司也司者臣司事於外者也司今之伺字凡有所司者必專守之伏

伺卽服事也引伸之爲俯伏又引伸之爲隱伏從人犬犬司人也犬司人也四字小徐本有

犬司人謂犬伺人而吠之說此字之會意也不曰从犬人而曰从人犬入於人部者尊人也伏篆以明人事非說犬也房六切古音在一部

促迫也與趣音義皆略同从人足聲七玉切三部玉篇促催二文相屬

例比也此篆葢晚出漢人少言例者杜氏說左傳乃云發凡言例例之言迾也迾者遮迾以爲禁經皆作列作厲不作迾周禮司隸注厲遮例也釋文例本作列葢古比例字祇作列从人𠛱聲力制切十五部疑許本無此

係絜束也絜者麻一耑也絜束者圍而束之左傳係輿人又以朱絲係玉二穀束之義也東之則縷與物相連故凡相聯屬謂之係周易係遯係丈夫係小子釋詁曰係繼也从人系聲胡計切十五部按俗通用繫許謂繫𦃃卽牽離惡絮之名考諸古經若周禮司門校人字皆作毄周易毄辭據釋文本作毄漢書景帝紀亦用毄葢古假毄爲係後人盡改爲繫耳

伐擊也詩勿翦勿伐傳鉦人伐鼓傳皆曰伐擊也禮記郊特牲二日伐鼓何居鄭曰伐猶擊也尚書不愆于四伐五伐鄭曰一擊一刺曰伐詩是伐是肆箋云伐謂擊刺之按此伐之本義也引伸之乃爲征伐周禮九伐注云諸侯之於國如樹木之有根是以言伐云从人持戈戈爲句兵亦曰毄兵左傳擊之以戈是也戍者守也故从人在戈下入戈部伐者外擊也故从人杖戈入人部房越切十五部一曰敗也此謂引伸之義伐敗曡韵左傳凡師有鐘鼓曰伐穀梁傳斬樹木壞宮室曰伐攴部曰敗者毀也公羊傳曰春秋伐

者爲客伐者爲主何云伐人者爲客讀伐長言之見伐者爲主讀伐短言之皆齊人語也按今人讀房越切此短言也劉昌宗周禮大司馬大行人輈人皆房廢切此長言也劉係北音周顒沈約韵書皆用南音去入多强爲分別而不合於古矣伐人者有功故左傳諸侯言時記功大夫稱伐史記明其等曰伐積日曰閱又引伸之自功曰伐亦斫也大徐無此三字爲長

俘軍所獲也春秋左氏經齊人來歸衛俘傳作衛寶公羊穀梁經傳皆作衛寶杜曰疑左氏經誤按非誤也俘孚聲寶缶聲古音同在尤幽部經用假借字傳用正字又如經曰莒人弒其君密州左氏傳云書曰莒人弒其君買朱鉏買卽密如濆水卽汨水朱鉏卽州如郲婁卽鄒亦是字異實同不得疑經誤亦不得謂傳誤从人孚聲芳無切古音在三部春秋傳曰以爲俘聝成三年左傳文

但裼也衣部曰裼者但也二篆爲轉注古但裼字如此祖則訓衣縫解今之綻裂字也今之經典凡但裼字皆改爲袒裼矣衣部又曰羸者但也裎者但也釋訓毛傳皆曰袒裼肉袒也肉袒者肉外見無衣也引伸爲徒也凡曰但曰徒曰唐皆一聲之轉空也今人但謂爲語辭而尟知其本義因以袒爲其本義之字古今字之不同類如此从人旦聲徒旱切十四部唐人詩多用爲平聲

傴僂也問喪注曰傴背曲也通俗文曲脊謂之傴僂引伸爲鞠窮恭敬之意又莊子以下傴拊人之民借爲呴煦嫗字左傳曰一命而僂再命而傴三命而俯析言之實無二義从人區聲於武切古音在四部

僂尪也大徐本作尪也非是尪與僂異疾小徐本作厄也近是科厄木節也厄與僂雙聲人

背之僂有似木之科厄晉語注曰戚施僂人也左傳昭四年注僂肩傴也穀梁傳跛僂並言管子云苦水所多尩與傴人然僂不得訓尩明矣公羊傳夫人不僂不可使入何云僂疾也齊人語夫人稽留不肎疾順公荀卿書亦兩言僂訓疾按此爲婁之假借字婁即屢與驟通驟訓數亦訓疾○又按大徐作尪也葢尪是曲脛之名引伸爲曲脊之名所以尪必釋爲尪曲脛者由其字作尣从大而偏曲其足故二疾不妨同名下文曰周公韈僂葢尪者亦得謂之僂周公之脛不無少曲疑大徐本爲長甲戌二月重訂从人婁聲力主切古音在四部周公韈僂韈者足衣韈僂者由足背高隆然如背之僂也未聞出何書或言背僂周公背僂見荀卿白虎通論衡諸書白虎通云傳曰周公背僂是爲强後成就周道輔於幼主僂後主爲韵

僇癡行僇僇也未聞大學借爲戮字荀卿書同从人翏聲讀若雡力救切三部一曰且也按此卽今所用聊字也聊者耳鳴僇其正字聊其假借字也詩聊與之謀傳曰聊願也

仇讎也讎猶應也左傳曰嘉偶曰妃怨偶曰仇按仇與逑古通用辵部怨匹曰逑卽怨偶曰仇也仇爲怨匹亦爲嘉偶如亂之爲治苦之爲快也周南君子好逑與公侯好仇義同从人九聲巨鳩切三部

儡相敗也西征賦注引作壞敗之皃寡婦賦注引作敗也無相字道德經傳奕本儡儡兮其不足以無所歸陸氏釋文曰儽一本作儡敗也欺也說文音雷西征賦曰寮位儡其隆替寡婦賦容貌儡以頓顇李注引禮記喪容儡儡今禮記作纍纍非也从人畾聲讀若雷

魯回切十五部按李善引說文洛罪反

咎　災也　災當是本作烖天火曰災引伸之凡失意自天而至曰災釋詁曰咎病也小雅伐木傳曰咎過也北山箋云咎猶罪過也西伯戡黎鄭注咎惡也呂覽移樂篇注咎殃也方言咎謗也　从人各　會意其久切三部　各者相違也　說从各之意

仳　別也　王風中谷有蓷傳云爾　从人比聲　芳比切十五部　詩曰有女仳離

𠈉　毀也　疑咎字可以包之但廣韵引已如此　从人咎聲　其久切三部

倠　仳倠　逗　醜面　淮南曰粉白黛黑弗能爲美者嫫母仳倠也廣雅曰仳倠醜也四子講德論作倭傀　从人隹聲　許惟切十五部按此仳頻脂切二字皆平聲高誘曰仳讀人得風病之痱倠讀近虺痱舊作靡今正

值　持也　持各本作措措者置也非其義今依韵會所據正韵會雖譌待然轉刻之失耳陳風值其鷺羽傳曰值持也引伸爲當也凡彼此相遇相當曰值亦持之意也史漢多用直爲之姍察云古字例以直爲值是也價值亦是相當意　从人直聲　直吏切一部　一曰逢遇也　小徐有此五字實則持義足晐之疑淺人所增也

侂　寄也　此與託音義皆同俗作托非也玉篇引論語可以侂六尺之孤　从人厇聲　他各切五部　厇古文宅見宀部

僔　聚也　小雅十月之交曰噂沓背憎傳曰噂猶噂噂沓猶沓沓箋云噂噂沓沓相對談語許於口部既引之云聚語矣此復引詩字从人云聚也謂聚人非聚語葢三家詩駁文兼引之耳廣雅僔僔衆也

叢艸亦曰蕁蕁从人尊聲慈損切十三部詩曰僔沓背憎

倦罷也罷者遣有罪也引伸爲休息之偁倦與力部券義少別鉉等於券下注曰今俗作倦義同蓋不檢人部固有倦耳从人卷聲渠眷切十四部

傮終也大雅似先公酋矣釋詁毛詩傳皆曰酋終也酋卽遒字正義作遒遒訓迫亦訓終如亂亦訓治也傮之古音與遒同亦訓終蓋古遒傮通用从人曹聲作曹切玉篇又祀牢切古音在三部

偶桐人也偶者寓也寓於木之人也字亦作寓亦作禺同音假借耳按木偶之偶與二枱並耕之耦義迥別凡言人耦射耦嘉耦怨耦皆取耦耕之意而無取桐人之意也今皆作偶則失古意矣又俗言偶然者當是俄字之聲誤从人禺聲五口切四部

弔問終也謂有死喪而問之也襍記曰弔者東面致命曰寡君聞君之喪寡君使某如何不淑曲禮知死者傷鄭注曰說者有弔辭曰皇天降災子遭罹之如何不淑曾子問父喪稱父母喪稱母鄭注云父使人弔之辭云某子聞某之喪某子使某如何不淑母則若云宋蕩伯姬聞姜氏之喪伯姬使某如何不淑此皆問終之辭淑善也如何不善者欲其善也故引伸之謂善爲弔魯莊公使人弔宋大水云若之何不弔卽如何不淑也左傳哀公誄孔子昊天不弔先鄭注周禮大祝引作昊天不淑此弔淑通用之徵應劭王肅皆訓弔爲善棐誓無敢不弔卽無敢不善也凡書大誥多士君奭詩節南山瞻卬逸周書祭公解左傳莊十一年襄十三年十四年二十三年昭二十六年哀十六年漢書翟義傳所云不弔者皆謂不善大誥君奭之弗弔天三字連讀多士之弗弔昊天四字連

讀皆猶小雅之不弔昊天鄭云不善乎昊天也葢弔之爲善今失其傳矣以上王氏引之說玉裁按辵部𨑢至也凡經文無𨑢但有弔弔或訓至如天保傳弔至也節南山傳云弔至也箋云至猶善也柴誓無敢不弔鄭云弔猶善也至與善義本相近古非必作𨑢而後訓至也𨑢者小篆分別之字

从人弓 三字今補會意多嘯切二部

古之葬者厚衣之以薪 此偁易毄辭說人持弓會毆禽之故

故人持弓會毆禽也 故字舊作从今正吳越春秋陳音謂越王曰弩生於弓弓生於彈彈起古之孝子古者人民樸質飢食鳥獸渴飲霧露死則裹以白茅投於中野孝子不忍見父母爲禽獸所食故作彈以守之故歌曰斷竹續竹飛土逐肉按孝子歐禽故人持弓助之此釋弔从人弓之意也倉頡造字當黃帝時旣易之以棺椁矣而葬文猶取衣薪弔文猶依逐肉反始不忘本也禮也者反其所自生

弓葢往復弔問之義 小徐有此八字葢別一說也當有一曰字左傳有相問以弓者故云然

佋

廟佋穆父爲佋南面子爲穆北面

从人召聲 市招切按此篆雖經典釋文時偁之然必晉人所竄入晉人以凡昭字可易爲曜而昭穆不可易也乃讀爲上招切且又製此篆竄入說文使天下皆作此是猶漢人改蘭臺漆書以合己也且生曰父曰母死曰考曰妣考妣則字當从鬼从示也从人何居當刪去

𠊱

神也 按神當作身聲之誤也廣雅曰孕重妊娠身媰𠊱也玉篇曰𠊱妊身也大雅曰大任有身傳曰身重也箋云重謂懷孕也身者古字𠊱者今字一說許云神也葢許所據古義今不

可詳从人身聲此舉形聲包會意失人切十二部

僊長生僊去僊去疑當爲䙴去莊子曰千歲猒世去而上僊小雅婁舞僊僊傳曰婁數也數舞僊僊然按僊僊舞袖飛揚之意正引伸假借之義也从人䙴䙴升高也長生者䙴去故从人䙴會意䙴亦聲相然切十四部按上文偓佺仙人也字作仙葢後人改之釋名曰老而不死曰仙仙遷也遷入山也故其制字人旁作山也成國字體與許不同用此知漢末字體不一許擇善而從也漢碑或从䙴或从山漢郊祀志僊人羨門師古曰古以僊爲仙聲類曰仙今僊字葢仙行而僊廢矣

仚人在山上皃引伸爲高舉皃顏元孫引鮑明遠書勢云鳥仚魚躍从人山山亦聲也呼堅切廣韵許延切十四部

僰楗爲蠻夷也楗各本作犍今依漢碑从木司馬相如傳曰唐蒙使略通夜郎西僰中文穎曰夜郎僰中皆西南夷後以爲牂柯楗爲二郡按楗爲郡有僰道縣即今四川敘州府治也其人民曰僰王制屏之遠方西方曰僰東方曰寄鄭注僰當爲棘棘之言逼使之逼寄於夷戎按記文僰字鄭不以爲西南夷故易爲棘經傳之棘多訓亟也故曰棘之言逼使與寄字一例釋文云棘又作僰於此知記本作僰鄭易爲棘也唐初本已誤从人棘聲蒲北切一部

僥南方有焦僥人長三尺短之極也見魯語焦魯語作僬以說文及山海經正之則从人非是人當作民魯語作民民之誤也據郭注山海經兩引魯語一作民一作人人皆唐避諱改耳韋曰僬僥西南蠻之別名海外南經曰焦僥國在三首東大荒南經曰有小人名曰焦

僥之國許系之南方蓋本山海經 从人堯聲 五聊切二部

⿰亻對 市也 汲古閣及集韵類篇皆作巿宋刻葉抄及廣韵作市今按巿爲長其字从對則無口𠥓意蓋即今之兑換字也 从人對聲 都隊切十五部

俇 遠行也 楚辭曰魂俇俇而南征注俇俇遑遽皃按王注是也 从人狂聲 居況切十部按許書蓋本終於𩓜僥二篆⿰亻對俇非其次也恐後人益之俇訓遠行亦未確此下大徐補件字訓分也按半下云物中分也从八牛件乃半之誤體今仍刪

文二百四十五 去件則二百四十四 重十四

匕 變也 變者更也凡變匕當作匕教化當作化許氏之字指也今變匕字盡作化化行而匕廢矣大宗伯以禮樂合天地之化百物之產注曰能生非類曰化生其種曰產按虞荀注易分別天變地化陽變陰化析言之也許以匕釋變者運言之也 从到人 到者今之倒字人而倒變匕之意也呼跨切十七部 凡匕之屬皆从匕

𠤕 未定也 按未衍字也大雅靡所止疑傳云疑定也箋云止息禮十七篇多云疑立鄭於士昏禮云疑止[句絕作正者誤]立自定之皃於鄉飲酒禮云疑讀如[作爲者誤]仡然從於趙孟之仡疑止[句]立自定之皃於鄉射禮云疑止也有矜莊之色釋言疑休戾也郭云戾止也疑者亦止按已上疑字即說文之𠤕字非說文訓惑之疑也疑𠤕字相似學者識疑不識𠤕於是經典無𠤕於許書定也之上增之未字矣𠤕从矢聲其字在古音十五部故桑柔以與資

維階爲韵鄭注禮讀如仡若疑字古音在一部其字从子从止从匕省會意非矢聲也从匕變匕而後定也矢聲按大徐語期切此音誤也當同儀禮魚乙切桑柔與資維階韵則讀如尼釋文音魚陟切非也十五部

𠯑古文矢字矢篆下不載

𥄂僊人變形而登天也此眞之本義也經典但言誠實無言眞實者諸子百家乃有眞字耳然其字古矣古文作𡗓非倉頡以前已有眞人乎引伸爲眞誠凡稹鎮瞋謓䐜塡窴闐嗔滇鬒瑱顚愼字皆以眞爲聲多取充實之意其顚槙字以頂爲義者亦充實上升之意也愼字今訓謹古則訓誠小雅愼爾優游予愼無罪傳皆云誠也又愼爾言也大雅考愼其相箋皆云誠也愼訓誠者其字从眞人必誠而後敬不誠未有能敬者也敬者愼之弟二義誠者愼之弟一義學者沿其流而不溯其原矣故若詩傳箋所說諸愼字謂卽眞之假借字可也从匕目乚變形故从匕目獨言目者道書云養生之道耳目爲先耳目爲尋眞之梯級韋昭云偓佺方眼乚匿也讀若隱仙人能隱形也八謂篆體之下也所已乘載之八者八之省下基也抱朴子曰乘蹻可以周流天下蹻道有三一曰龍蹻二曰氣蹻三曰鹿盧蹻蹻去喬切眞从四字會意側鄰切十二部

𡗓古文眞汗簡作𡗓

𠤎教行也教行於上則化成於下賈生曰此五學者既成於上則百姓黎民化輯於下矣老子曰我無爲而民自化从匕人上匕之而下從匕謂之化化篆不入人部而入匕部者不主謂匕於人者主謂匕人者也今以化爲變匕字矣匕亦聲呼跨切十七部

文四　重一

匕　相與比敘也　比者密也敘者次弟也以妣籀作处秕或作祀秕或作秜等求之則比亦可作匕也此製字之本義今則取飯器之義行而本義廢矣　从反人　相與比敘之意也卑履切十五部　匕亦所㠯用比取飯　㠯者用也用字衍比當作匕漢人曰匕黍稷匕牲體凡用匕曰匕也匕卽今之飯匙也少牢饋食禮注所謂飯橾也少牢饋食禮廩人摡甑甗匕與敦注曰匕所以匕黍稷者也此亦當卽飯匙按禮經匕有二匕飯匕黍稷之匕蓋小經不多見其所以別出牲體之匕十七篇中屢見喪用桑爲之祭用棘爲之又有名疏名挑之別蓋大於飯匙其形製略如飯匙故亦名匕鄭所云有淺斗狀如飯橾者也以之別出牲體謂之匕載猶取黍稷謂之匕黍稷也匕牲之匕易詩亦皆作匕大東傳震卦王注皆云匕所以載鼎實是也禮記雜記乃作枇本亦作朼鄭注特牲引之而曰朼畢同材曰朼載蓋古經作匕漢人或作朼非器名作匕匕載作朼以此分別也若士喪士虞特牲有司篇匕載字皆作朼乃是淺人竄改所爲鄭注易亦云匕牲體薦鬯未嘗作朼牲體也注中容有木旁之朼經中必無劉昌宗分別非是　一名柶　木部曰禮有柶柶匕也所以取飯　凡匕之屬皆从匕

匙　匕也　方言曰匕謂之匙蘇林注漢書曰北方人名匕曰匙玄應曰匕或謂之匙今江蘇所謂檆匙湯匙也亦謂之調羹實則古人取飯載牲之具其首蓋銳而薄故左傳矢族曰匕昭廿六年傳是也劍曰匕首周禮桃氏注是也亦作鍉玄應曰方言作提　从

匕是聲 是支切十六部地理志朱提縣讀如此字 𣬉相次也从匕十 十者數之具也比敘之則必有其次矣博抱切鴇亦作鴇包聲古音在三部則鴇古音亦在三部也 鴇从此

𠤕頃也 頃者頭不正也小雅大東跂彼織女傳曰跂隅皃按隅者陬隅不正而角織女三星成三角言不正也許所據作𠤕今本乃改為俗企字音同而義不同矣 从匕支聲 去智切十六部 匕頭頃也 說从匕之意小徐無此四字 詩曰𠤕彼織女

頃頭不正也 匕頭角而不正方故頭不正从匕曰頭頃引伸為凡傾仄不正之偁今則傾行而頃廢專為俄頃頃畝之用矣謚法敏以敬慎曰頃甄心動懼曰頃祇勤追懼曰頃 从匕頁 頁者頭也匕其頭是不正也義主於不正故入匕部不入頁部去營切十一部

𡿺頭𩪆也 𩪆者骨中脂也頭𩪆者頭骨中脂也左傳晉侯夢與楚子搏楚子伏己而盬其腦服注如俗語相罵云啑汝腦矣服語正謂吸其頭髓也 从匕 句 匕相匕箸也 匕箸猶比箸箸直略切釋从匕之意 巛象髮 巛即鬈也見巤字下 囟象囟形 囟形各本作𡿺形今依韵會本正囟者頭之會腦之蓋也頭髓在囟中故囟曰腦蓋囟字上開象小兒囟不合故曰象形頭髓不可象故言其比箸於鬈與囟以三字會意奴晧切古音當在三部考工記作𦞤乃譌體俗作腦

𠨘望也 鉉無也非卬與仰義別仰訓舉卬訓望今則仰行而卬廢且多改卬為仰矣小雅車舝曰高山卬止箋云卬慕過秦論常以十倍之地百萬之衆卬關而

攻秦俗本作卬作仰皆字誤聲誤耳晉語如川然有原以御浦而後大孔晁本作卬浦牛亮反言川仰浦而大人仰教而成廣雅仰特也仰亦卬之誤大雅傳曰顒顒卬卬盛皃引伸之義也釋詁毛傳皆曰卬我也語言之假借也

欲有所庶及也从匕卪匕同比庶及意庶及猶庶幾也卪者其欲庶及之所也伍岡切十部亦讀去聲詩曰高山卬止

卓高也論語如有所立卓爾凡言卓犖謂殊絕也亦作卓躒按稽部稽特止也辵部逴遠也人部倬箸大也皆一義之引伸覲禮匹馬卓上九馬隨之注卓讀如卓王孫之卓卓猶的也以素的一馬爲上素的一馬謂白馬也鄭意白馬出衆故謂之卓史記多段淖爲卓早匕爲卓此上當有從匕早三字匕同比早比之則高出於後比之者矣匕卪爲卬皆同意意舊作義今正此與凡云某與某同意同也竹角切古音在二部

𠧟古文卓漢隸及今隸从卜用古文而小篆廢矣又疑古文恐是篆文之誤

艮很也很者不聽從也一曰行難也一曰盭也易傳曰艮止也止可兼很三義許不依孔子訓止者止下基也足也孔子取其引伸之義許說字之書嫌云止則義不明審故易之此字書與說經有不同實無二義也方言曰艮堅也釋名曰艮限也从匕目會意古恨切十三部匕目逗猶目相匕目相匕卽目相比謂若怒目相視也不相下也很之意也易曰艮其限艮九三爻辭獨引艮其限者以限與艮音義皆同也匕目爲皀匕音化目爲真亦言二字同意

文九惟匙取匕飯之意以下皆取比敘之意　重一

从　相聽也聽者聆也引伸爲相許之偁言部曰許聽也按从者今之從字從行而从廢矣周禮司儀客从拜辱於朝陸德明本如此許書凡云从某大徐作从从小徐作從江氏聲曰作从者是也以類相與曰从　从二人疾容切九部以今音言之从亦可去聲　凡从之屬皆从从

從　隨行也以从辵故云隨行齊風並驅從兩肩兮傳曰從逐也逐亦隨也釋詁曰從自也其引伸之義也又引伸訓順春秋經從祀先公左傳曰順祀先公是從訓順也左傳使亂大從王肅曰從順也左傳大伯不從是以不嗣謂不肎順其長幼之次也引伸爲主從爲從横爲操從亦假縱爲之　从从辵舊作辵从今正从辵者隨行也主从不主辵故不入辵部　从亦聲慈用切九部按大徐以去韵別於平韵非也當疾容切

幷　相从也从舊作從今正合也兼也　从从幵聲府盈切十一部　一曰从持二干爲幷干舊奪今依韵會本補上言形聲此言會意干經典用爲竿如孑孑干旄是也二人持二竿是人持一竿幷合之意或曰當岀㢿篆解云幷或从人人持二干爲幵人持二二干爲幵者猶又持二禾爲秉兼也俗幷字之所本也漢隸作幷

文三

比　密也今韵平上去入四聲皆錄此字要密義足以括之其本義謂相親密也餘義備也及也次也校也例也

也類也頻也擇善而從之也阿黨也皆其所引伸許書無篦字古衹作比見倉頡篇釋名漢書匈奴傳周禮或叚比爲庀

二人爲从反从爲比 猶反人爲匕也毗二切按四聲俱收其義本一其音强分耳唐人詩多讀入聲者十五部

凡比之屬皆从比

夶 古文比 按葢从二大也二大者二人也

毖 愼也 釋詁曰毖愼也大雅爲謀爲毖傳曰毖愼也 从比必聲 兵媚切古音如必十二部 周書曰無毖于卹 大誥文某氏傳云無勞於憂

文二 重一

北 乖也 乖者戾也此於其形得其義也軍奔曰北其引伸之義也謂背而走也韋昭注國語曰北者古之背字又引伸之爲北方尚書大傳白虎通漢律曆志皆言北方伏方也陽氣在下萬物伏藏亦乖之義也 从二人相背 博墨切一部

凡北之屬皆从北

冀 北方州也 周禮曰河內曰冀州爾雅曰兩河閒曰冀州據許說是北方名冀而因以名其州也假借爲望也幸也葢以冀同覬也覬者钦幸也 从北異聲 几利切古音在一部

文二

丘 土之高也 大司徒注曰土高曰丘 非人所爲也 釋丘曰非人爲之丘謂非

人力所爲也。从北从一。會意。去鳩切。古音在一部。讀如欺。漢時讀入今之尤韵。故禮記嫌名注曰。宇與禹。丘與區之類。漢時區亦去鳩切也。一地也。釋从一之意。人凥在丠南。故从北。釋从北之意。中邦之凥在昆侖東南。昆侖下皆有丘字。嫌人居不必在丘南。故言倉頡造字之初取意於此。一曰四方高中央下爲丘。淮南墬形訓注曰。四方而高曰丘。象形。與上會意別。凡丠之屬皆从丠。

坙 古文从土。从土猶从一。

虗 大丠也。昆侖丠謂之昆侖虛。昆侖丘。丘之至大者也。釋水曰。河出昆侖虛。海內西經曰。海內昆侖之虛在西北。帝之下都。卽西山經昆侖之丘。實惟帝之下都也。水部曰。泑津在昆侖虛下。按虛者今之墟字。猶昆侖今之崐崘字也。虛本謂大丘。大則空曠。故引伸之爲空虛。如魯少皞之虛。衛顓頊之虛。陳大皞之虛。鄭祝融之虛。皆本帝都。故謂之虛。又引伸之爲凡不實之稱。邶風其虛其邪。毛曰。虛虛也。謂此虛字乃謂空虛。非丘虛也。一字有數義數音。則訓詁有此例。如許書巳巳也。謂此辰巳之字其義爲已甚也。虛訓空。故丘亦訓空。如漢書丘亭是。自學者罕能會通。乃分用墟虛字。別休居邱於二切。而虛之本義廢矣。古者九夫爲井。四井爲邑。四邑爲丠。丠謂之虛。此又引小司徒職文。言丘亦名虛。皆說虛篆从丘之意也。丘虛語之轉。易升九三。升虛邑。馬云。虛丘也。虛猶聚也。居也。引伸爲虛落。今作墟。鄘風升彼虛矣。傳曰。虛漕虛

也从北虍聲邱如切又朽居切五部

丠反頂受水丠也釋丘曰水潦所止泥丘釋文曰依字又作屔郭云頂上汚下者孔子世家叔梁紇與顏氏女禱於尼丘得孔子生而首上圩頂故因名曰丘字仲尼按白虎通曰孔子反宇是謂尼丘德澤所興藏元通流蓋頂似尼丘故以類命爲象屔是正字泥是古通用字尼是假借字水潦所止是爲泥泥淖儀禮注曰淖者和也劉瓛述張禹之說仲者中也尼者和也孔子有中和之德故曰仲尼張因從泥淖得解顏氏家訓乃曰至如仲尼居三字之中兩字非體三蒼尼旁益丘說文尸下施几如此之類何由可從玉裁謂若言駭俗則難依若言古義則不可不知也又漢碑有作仲泥者淺人深非之豈知其合古義哉从丠从泥省不但曰尼聲必曰从泥省者說水潦所止之意也泥亦聲奴低切十五部

文三　重一

乑眾立也玉篇作眾也从三人會意國語曰人三爲眾凡乑之屬皆从乑讀若欽崟山部曰崟山之岑崟也欽崟蓋卽岑崟公羊傳及上林賦又皆有嶔巖字乑讀如崟魚音切七部

眾多也从乑目眾意之仲切九部古平聲

聚會也公羊傳曰會猶冣也注云冣聚也按一部曰冣積也積以物言聚以人言其義通也古亦叚冣爲聚从乑取聲才句切古音在四部一曰邑落曰聚平帝紀立學官郡國曰學縣道邑侯曰校鄉曰

庠聚曰序張晏曰聚邑落名也韋昭曰小鄉曰聚按邑落謂邑中村落

臮眾與詞也與詞各本譌倒今依廣韵正眾與者多與也所與非一人也詞者意內言外之謂或假洎爲之如鄭詩箋偁無逸爰洎小人是也亦假暨爲之如公羊傳及者何與也會及暨皆與也暨猶暨暨也釋詁曰暨與也釋訓曰暨不及也按不及及也卽公羊所謂猶暨暨也从乑自聲其冀切按冀當作洎十五部虞書曰虞當作唐說見禾部臮咎繇堯典文今書作暨

臮古文臮此篆轉寫旣久今不可得其會意形聲姑從宋本作

文四　重一

𡈼善也从人士會意他鼎切十一部士逗事也說从士之意人各事其事是善也一曰象物出地挺生也壬挺疊韵此說象形與前說別上象挺出形下當是土字也古土與士不甚可分如此凡𡈼之屬皆从𡈼

徵召也召者評也周禮司市典祀注鄉飲酒禮注鄉射禮注皆曰徵召也按徵者證也驗也有證驗斯有感召有感召而事以成故士昏禮注禮運注又曰徵成也依文各解義則相通从壬从微省會意微卽𢼸也陟陵切六部壬微爲徵嫌上文未顯故又明之已上九字各本譌奪不可讀今補正行於微而聞達者卽徵也聞各本作文今依韵會訂又說壬微之意言行於隱微而聞達挺箸於外是乃感召之意也

𢻬古文

朢月滿也此與望各字望从朢省聲今則望專行而朢廢矣與日相望以疊韵爲訓原象曰日兆月而月乃有光人自地視之惟於朢得見其光之盈朔則日之兆月其光嚮日下民不可得見餘以側見而闕似朝君似各本譌以今正韵會作月望日如臣朝君於廷此釋从臣之意也从月从臣从壬合三字會意不入月部者古文以从臣壬見尊君之義故箸之無放切十部壬朝廷也此說王爲廷之假借字與壬本義別𦩍古文朢省大玄[illegible]作[illegible]亦古文也

𡈼近求也近求浸淫之意也小徐無近字廣韵曰貪也从爪壬會意余箴切七部爪壬舊奪爪字今補徼幸也爪壬言挺其爪妄有所取徼幸之意

文四　重二

重厚也𡋒者𡋒也厚斯重矣引伸之爲鄭重重疊古祇平聲無去聲从壬東聲柱用切九部凡重之屬皆从重

量稱輕重也稱者銓也漢志曰量者所以量多少也衡權者所以均物平輕重也此訓量爲稱輕重者有多少斯有輕重視其多少可辜搉其重輕也其字之所以从重也引伸之凡料理曰量凡所容受曰量从重省曏省聲呂張切十部按亦去聲𣍘古文

文二　重一

臥　伏也伏大徐作休誤臥與寢異寢於牀論語寢不尸是也臥於几孟子隱几而臥是也臥於几故曰伏尸篆下曰象臥之形是也此析言之耳統言之則不別故宀部曰寑者臥也曲禮云寢毋伏則謂寢於牀者毋得俯伏也引伸爲凡休息之偁　从人臣取其伏也臣下曰象屈服之形故以人臣會意吾貨切十七部　凡臥之屬皆从臥

監　臨下也小雅毛傳監視也許書𥌠視也監臨下也古字少而義晐今字多而義別監與鑒互相假　从臥䘣省聲古銜切八部

[illegible]　古文監　从言會意

臨　監也各本作監臨也乃複字未刪而又倒之今正　从臥品聲力尋切七部

𦦵　楚謂小兒嬾𦦵玉篇作楚人謂小嬾曰𦦵此有兒衍字也　从臥食會意尼戹切十六部

文四　重一

身　躳也呂部曰躳身也二字爲互訓躳必入呂部者躳謂身之傴主於脊骨也　从人申省聲大徐作象人之身从人厂聲按此語先後失倫厂古音在十六部非聲也今依韵會所據小徐本正韵會从人之上有象人身三字亦非也申籒作𤰱故从其省爲聲失人切十二部　凡身之屬皆从身

軀 體也體者十二屬之總名也可區而別之故曰軀 从身區聲豈俱切古音在四部

文二

㐆 歸也疊韵爲訓 从反身此如反人爲匕反从爲比於機切十五部 凡㐆之屬皆从㐆

殷 作樂之盛偁殷此殷之本義也如易豫象傳是引伸之爲凡盛之偁又引伸之爲大也又引伸之爲衆也又引伸之爲正也中也 从㐆殳依廣韵訂樂者樂其所自成故从㐆殳者干戚之類所以舞也不入殳部者義主於㐆也於身切古音十三部廣韵於斤切是也 易曰殷薦之上帝豫象傳曰雷出地奮豫先王以作樂崇德殷薦之上帝以配祖考鄭注王者功成作樂以文得之者作籥舞以武得之者作萬舞各充其德而爲制祀天地以配祖考者使與天同饗其功也

文二

衣 依也疊韵爲訓依者倚也衣者人所倚以蔽體者也 上曰衣下曰常常下帬也 象覆二人之形孫氏星衍曰當作二𠃊𠃊古文肱也玉裁謂自人部至此部及下文老部尸部字皆从人衣篆非從人則無由次此故楚金疑義篇作衣云說文字體與小篆有異今人小篆作衣乃是變體求工耳下文表襲衰裔四古文皆从衣則知古文从二人也今人作卒字亦从二人何以云覆二人也云覆二人則貴賤皆覆上下有服而覆同也

於稀切十五部凡衣之屬皆从衣

裁制衣也刀部曰制者裁也二字爲轉注韓非子曰管仲善制割賓胥無善削縫隰朋善純緣制割者前裁之謂也裁者衣之始也引伸爲裁度風裁从衣𢦏聲昨哉切一部

衮天子享先王句卷龍繡於下常句周禮司服曰王之吉服享先王則衮冕鄭仲師云衮卷龍衣也豳風衮衣繡裳傳曰衮衣卷龍衣也卷龍謂龍拳曲禮記衮衣字皆作卷鄭於王制釋之曰卷俗讀也其通則曰衮蓋衮與卷古音同故記假卷爲衮也鄭云周制以日月星辰畫於旌旗而冕服九章初一曰龍次二曰山次三曰華蟲次四曰火次五曰宗彝皆畫於衣次六曰藻次七曰粉米次八曰黼次九曰黻皆繡於裳則衮之衣五章裳四章凡九也許於糸部引書山龍華蟲作繪云會五采繡也此又云繡龍於裳其釋絺則曰畫粉也皆與鄭正相反蓋鄭說未出以前許所據之說多不可攷矣幅一龍蟠阿上鄉鄉今向字小徐作鄉誤幅一龍謂每幅一龍也凡裳前三幅後四幅然則繡龍者七與蟠阿曲皃也上鄉所謂升龍也鄭注覲禮云上公衮無升龍然則惟天子衮有升龍也龍曲體而卬首故曰蟠阿上鄉白虎通引傳云天子升龍諸侯降龍賈公彥云此據衣服言若旌旗則諸侯畫交龍一象其升一象其下復从衣㕣聲㕣見口部及水部古文沇州字也衮以爲聲故禮記作卷荀卿作裷王純碑以衮爲兗州字各本作公聲篆體作衮公與衮雖雙聲非同部今正按爾雅音義曰衮說文云从衣从㕣㕣羊耎反或云从公衣从㕣當作㕣聲或云从公衣五字非許語也許明云天子衣矣十四部

襢 丹縠衣也 縠紬絹也庸風瑳兮瑳兮其之展也毛詩傳禮有展衣者以丹縠爲衣馬融從之許說同先後鄭注周禮及劉氏釋名皆云展衣白後鄭云展衣以禮見王及賓客之服字當爲襢襢之言亶亶誠也按詩周禮作展假借字也玉藻襍記作襢後鄭從之許作襃漢禮家文字不同如此 从衣亶聲 知扇切十四部

褕 褕翟 逗一字舊刪褕字今依毛詩補 羽飾衣 庸風玼兮玼兮其之翟也毛傳曰翟褕狄闕狄羽飾衣也釋文褕字又作揄狄字又作翟依說文則毛傳本作褕作翟也羽部曰翟山雉其衣曰褕翟闕翟故知爲羽飾衣也毛許云羽飾衣未詳其制內司服褘衣揄狄闕狄玉藻之記同鄭仲師云揄狄闕狄畫羽飾則釋爲畫後鄭謂褘揄卽爾雅之翬雉搖雉字狄卽翟字翬衣搖翟皆刻繒爲之形而采畫之箸於衣以爲飾因以爲名闕翟刻而不畫後鄭與毛異亦與大鄭異葢毛許謂褘褕闕爲衣服之名褕闕系以翟故釋爲羽飾褕者正字揄者假借字也後鄭則謂揄者假借字搖者正字也許無搖雉之說鄭不取褕字然搖與翟十四雉中二雉之名經何不言搖衣而偁搖又言翟也其說似尚當審定矣 从衣俞聲 羊朱切古音在四部 一曰直裾謂之襜褕 方言襜褕江淮南楚謂之襌裕自關而西謂之襜褕釋名荆州謂襌衣曰布襹亦曰襜褕言其襜襜弘裕也師古注急就篇及雋不疑傳曰直裾襌衣也史記索隱曰謂非正朝衣如婦人服也

袨 玄服也 各本無此篆而袗篆下云玄服也葢誤合二爲一正與鼎部冪鼏同今依文選閑居賦服以齊玄李善注所引說文正左傳卜偃曰童謠云袀服振振服虔曰袀服黑服也吳

都賦六軍袀服劉注曰袀皁服也士昏禮女從者畢袀玄袀玄言衣色月令孟冬乘玄路鄭云今月令作袗似當爲袀聲之誤也按今士昏禮月令袀皆譌作袗知其字形相近易誤矣又鄭釋士昏杜釋左傳皆釋袀爲同此謂袀卽均之假借字耳

从衣勻聲讀若均 李善引說文音均葢有讀若均三字也十二部廣韵居勻切

禪衣也 各本作玄服也今按論語當暑袗絺綌陸云本又作袗下曲禮注引論語作袗孔安國曰暑則單服玉藻振絺綌不入公門鄭云振讀爲袗袗禪也依此二注定其解 一曰盛服 袗本訓稠髮凡㐱聲字多爲濃重上林賦磐石裖崖孟康曰裖砛致也以石致川之廉也是裖與㐱積字義同孟子被袗衣袗衣亦當謂盛服趙云畫衣者不得其說姑依皐陶謨作繪言之耳然則袗亦可訓盛服若大徐作玄服小徐作袨服引鄒陽上書袨服釋之當是脫誤之後改玄爲袨傅會成說武力鼎士袨服叢臺之下服虔以大盛玄黃服釋之不知袨本玄之異字武士玄服卽所謂六軍袀服也

从衣㐱聲 之忍切十三部 袗或从辰 上衣也 上衣者衣之在外者也論語當暑袗絺綌必表而出之孔曰加上衣也皇云若在家則裘葛之上亦無別加衣若出行接賓客皆加上衣當暑絺綌可單若出不可單則必加上衣也嫌暑熱不加故特明之玉藻表裘不入公門鄭曰表裘外裘也「外裘」今本作「外衣」誤 禪絺綌外裘二者形且褻皆當表之乃出引伸爲凡外箸之稱 从衣毛 會意毛亦聲也陂嬌切二部

古者衣裘故㠯毛爲表 說从衣毛之意也古者衣裘謂未有麻絲衣羽

皮也衣皮時毛在外故裘之制毛在外以衣毛製爲表字示不忘古 䙈 古文表从麃 麃聲

裏 衣內也 引伸爲凡在內之偁 从衣里聲 良止切一部

襁 負兒衣 从衣强聲 居兩切按古繈緥字从糸不从衣淺人不得其解而增襁篆於此段令許有此字當與襁篆爲類矣當刪說詳糸部

襋 衣領也 領者頸項也因以爲衣在頸之名魏風要之襋之毛傳曰要要也襋領也按裳之上曰要衣之上曰領皆以人體名之也士喪禮云襚者左執領右執要 从衣棘聲 棘之言亟也領爲衣之亟者故曰襋己力切一部亦作⿰衤亟 詩曰要之襋之

襮 黼領也 白與黑相次文謂之黼黼領刺黼文於領也唐風素衣朱襮釋器曰黼領謂之襮毛傳曰襮領也諸侯繡黼丹朱中衣箋云繡當爲綃綃黼丹朱中衣中衣以綃黼爲領丹朱爲純也按或借爲表暴字云表襮 从衣暴聲 蒲沃切三部 詩曰素衣朱襮

褗 褗領也 三字句褗領各本譌褔領字之誤也今正方言曰袸謂之褗郭曰卽衣領也戴先生云袸卽玉藻深衣曲禮之袷字交領也爾雅黼領謂之襮孫炎曰繡刺黼文以褗領也士昏禮注鄭大夫之妻刺黼以爲領如今偃領矣偃卽褗字褗領古有此語廣韵曰褗衣領也 从衣匽聲 於幰切十四部

裺 褗謂之裺 蓋奄覆之義方言曰褗謂之襦又曰懸裺謂之緣又曰繞循謂之⿰衤雋裺皆不與許同 从衣奄聲 依檢切八部

衽 衣裣也 凡朝祭喪服衣與裳殊深

衣不殊裳服記曰衽二尺有五寸鄭曰衽所以掩裳際也上正一尺燕尾一尺五寸凡用布三尺五寸玉裁按朝祭服同玉藻注所謂或殺而下屬衣則垂而放之者也玉藻衽當旁鄭曰謂裳幅所交裂也江氏永曰以布四幅正裁爲八幅上下皆廣一尺一寸各邊削幅一寸得七尺二寸既足要中之數矣下齊倍於要又以布二幅斜裁爲四幅狹頭二寸在上寬頭二尺在下各邊削幅一寸亦得七尺二寸共得一丈四尺四寸此四幅連屬於裳之兩旁所謂衽當旁也玉裁按此注所謂或殺而上屬裳則縫之以合前後者也此二者皆謂之衽凡言衽者皆謂裳之兩旁鄭曰凡衽者或殺而下或殺而上是以小要取名焉小要者喪大記云君蓋用漆三衽三束是也假借爲衽席衽席者今人所謂褥也語之轉

从衣壬聲 如甚切七部

褸 衽也 方言曰褸謂之衽注衣襟也或曰裳際也又曰褸謂之裗注卽衣衽也按郭云衣襟者謂正幅云裳際者謂旁幅謂衽爲正幅者今義非古義也衽者殺而下者也故引伸之衣被醜弊或謂之褸裂或謂之襤褸或謂之緻

从衣婁聲 力主切古音在四部

𧝓 裣緣也 緣衣純也純之允切深衣曰具父母大父母衣純以績具父母衣純以青如孤子衣純以素純袂緣純邊廣各寸半詩青青子衿毛曰青衿青領也正謂緣以青也蓋古者深衣右自領及衽左自祫亦及衽皆緣之故曰裣緣

从衣疌聲 七入切八部

裣 交衽也 釋器曰衣皆謂之襟孫郭皆曰襟交領也鄭風青青子衿毛曰青衿青領也方言衿謂之交按裣之字一變爲衿再變爲襟字一耳而爾雅之襟毛傳方言之衿皆非許所謂裣也爾雅詩傳方言皆自領言之深衣曲袷如矩以應方注袷

交領也古者方領如今小兒衣領玉藻袷二寸注曲領也曲禮天子視不上於袷玉藻侍於君視帶以及袷注皆云交領也袷者交領之正字其字从合左傳作襘从會與从合一也交領宜作袷而毛詩爾雅方言作衿殆以衿袷爲古今字與若許云裣交衽也此則謂掩裳際之衽當前幅後幅相交之處故曰交衽裣本衽之偁因以爲正幅之偁正幅統於領因以爲領之偁此其推移之漸許必原其本義爲言凡金聲今聲之字皆有禁制之義禁制於領與禁制前後之不相屬不妨同用一字

从衣金聲居音切七部漢石經青青子裣

褘蔽厀也按蔽厀非韠也許釋韠亦皆云所以蔽前鄭注禮同韠以蔽前而非專蔽厀也方言曰蔽厀江淮之閒謂之褘或謂之袚魏宋南楚之閒謂之大巾自關東西謂之蔽厀齊魯之郊謂之袡許不云褘者韠也則知許不謂一物也釋名曰褘所以蔽厀前也婦人蔽厀亦如之亦不以爲一物而已與許異

从衣韋聲許歸切十五部

周禮曰王后之服褘衣

謂畫袍周禮內司服王后之六服褘衣揄狄闕狄鞠衣展衣緣衣許揄作褕展作襢見上文以褘衣系之褘下弟二義者許必有所受矣袍當作衣大鄭曰褘衣畫衣引祭統君卷冕夫人副褘此古說也至後鄭注乃後褘讀爲翬

衭襲衭也襲衭蓋古語或曰當作衭迫襲也句廣韵曰衭衣前襟錯曰今俗猶言之少儀劍則啓櫝蓋襲之加夫襓與劍焉鄭曰夫襓劍衣也夫或爲煩皆發聲按鄭既謂夫襓是劍衣又云夫是發聲蓋不能定其說也而廣雅曰衭襓袾劍衣也夫加衣旁即許此字亦是鞱藏意韋部曰鞱劍衣也

从衣夫聲甫無切五部

襲

衽袍小斂大斂之前衣死者謂之襲士喪禮乃襲三稱注曰遷尸於襲上而衣之凡衣死者左衽不紐按喪大記小斂大斂祭服不倒皆左衽結絞不紐襲亦左衽不紐也袍褻衣也記曰纊爲繭縕爲袍也許曰袍襺也士喪禮襲衣有爵弁服皮弁服褖衣注褖衣所以表袍者子羔之襲繭衣裳與稅衣爲一是也斂始於襲襲始於袍故單言袍也襲字引申爲凡揜襲之用若記曰帛爲褶士喪禮古文作襲假借字也喪大記玉藻用禮今文作褶注曰褶袷也有表裏而無著許依古文禮故不收褶字凡經典重襲之義如筮襲于夢武王所用祥襲則行不襲則增修德而改卜皆當作褶褶義之引申 从衣龖省聲似入切七部 襲 籒文襲不省

袍 襺也秦風與子同袍釋言毛傳皆曰袍襺也玉藻曰纊爲繭縕爲袍注曰衣有著〔同褚〕之異名也記文袍襺有別析言之渾言不別也古者袍必有表後代爲外衣之偁釋名曰袍丈夫箸下至跗者也袍苞也苞內衣也婦人以絳作義亦然也 从衣包聲薄襃切古音在三部 論語曰衣敝縕袍敝各本作弊誤論語子罕篇文

襺 袍衣也从衣繭聲古典切十一部玉藻作繭者字之叚借也絮中往往有小繭故絮得名繭 㠯絮曰襺㠯縕曰袍既渾言而又析言之也玉藻言纊許言絮者糸部曰纊絮也鄭注玉藻縕謂新綿及舊絮故纊專爲新綿許縕謂紼故纊爲絮不分新舊糸部曰縕紼也紼亂枲也亂枲卽亂麻蒯通傳注及廣韵云亂麻是也孔安國論語縕袍注亦曰枲著孔許與鄭異似孔許爲長 春秋傳曰盛夏重

襺襄二十一年左傳曰薳子馮方暑掘地下冰而牀焉重襺衣裘許不檃栝其語 褋南楚謂禪衣曰褋 九歌曰遺余褋兮醴浦方言曰禪衣江淮南楚之間謂之褋關之東西謂之禪衣按屈原賦當用南楚語王逸云襜襦殆非也 从衣枼聲 各本作枼而篆體乃作襍是改篆而未改說解也枼者薄也禪衣故从枼方言廣雅玉篇廣韵皆作褋至集韵乃云襍省作褋正誤於已改之說文耳今正徒叶切八部

袤衣帶㠯上 此古義也少得其證今則後義行而古義廢矣帶者上衣下裳之介也 从衣矛聲 莫候切四部 一曰南北曰袤東西曰廣 周髀筭經曰天地之廣袤史記曰蒙恬築長城廣袤萬餘里廣雅袤長也 𧝓籒文袤从楙

襘帶所結也 昭十一年左傳叔向曰衣有襘帶有結視不過結襘之中所以道容貌也杜注襘領會結帶結也玉藻曲禮深衣皆謂交領曰袷襘卽袷會合同義且叔向視不過結襘之中卽曲禮視天子不上於袷不下於帶玉藻侍君視帶以及袷也然則杜注得之許合繪結二者爲一似誤矣杜注當仍賈服之舊 从衣會聲 古外切十五部 春秋傳曰衣有襘

褧檾衣也 衣字舊無今補檾者枲屬績檾爲衣是爲褧也許意如是若鄭箋衛風云褧禪也不言禪用何物鄭風箋云褧禪也蓋以禪縠爲之與許說異縠者細絹也以絲而非以枲矣鄭說本玉藻玉藻中庸作絅禮經作顈皆假借字也 詩曰衣錦褧衣 衛碩人鄭丰同 示反古 此許釋詩也毛傳曰衣錦

錦文衣也夫人德盛而尊嫁則錦衣加褧襜中庸曰衣錦尚絅惡其文之箸也鄭以中庸箋詩許云示反古意亦略同古者麻絲之作蓋先麻而後絲故衣錦尚褧歸真反樸之意 从衣耿聲去穎切廣韵口迥切十一部

袛 袛裯逗 短衣也 方言曰汗襦江淮南楚之閒謂之襘自關而西或謂之袛裯自關而東謂之甲襦陳魏宋楚之閒謂之襜襦或謂之襌襦後漢羊續傳其資藏惟有布衾敝袛裯鹽麥數斛 从衣氐聲都兮切十五部

裯 衣袂袛裯 依全書之例此當云袛裯也衣袂二字蓋誤衍召南抱衾與裯毛曰裯襌被也 从衣周聲 都牢切古音在三部讀如周袛裯雙聲字也

襤 裯謂之襤褸 裯謂袛裯九辨被荷裯之晏晏王曰裯袛裯也方言曰裯謂之襤郭注袛裯敝衣亦謂襤褸按說文褸字疑衍袛裯亦名襤耳不如郭說也 襤逗 無緣衣也 衣字依韵會補方言又曰無緣之衣謂之襤楚謂無緣之衣曰襤故袛裯無緣則謂襤也巾部𢅢下曰楚謂無緣衣也襤與𢅢同 从衣監聲 魯甘切八部

⿰衤有 無袂衣謂之⿰衤有 方言文 从衣惰省聲 徒臥切十七部

⿰衤毒 衣躳縫 躳从呂自後言身也躳與⿰衤毒雙聲下文曰裻背縫亦即此字也方言作襶繞循謂之襶裷郭云衣督脊也莊子作緣督以爲經李云緣順也督中也衣躳縫者深衣云負繩及踝以應直是也 从衣毒聲讀若督 冬毒切三部

袪 衣袂也 鄭風遵大路唐風羔裘傳皆曰袪袂也按袪有與袂析言之者深衣

注曰袪袂口也也喪服記注曰袪袖口也檀弓注曰袪袖緣口也深衣喪服且袂與袪並言蓋袂上下徑二尺二寸至袪則上下徑尺二寸其義當分別也若詩之兩言袪則無庸分別定本唐風傳曰袪袂末也此非是傳下文言本末本謂羔裘末謂豹袖非謂袂本袪末也 从衣去聲 去魚切五部 一曰袪褱也褱者袌也 此義未見其證方言曰袿謂之裾郭注云裾或作袪按下文二云裾衣袌也此二云袪袌也則知古有假袪爲裾者矣袪得訓袌故或曰藏去或曰弆或曰袪袪皆其義也藏物必以去此而藏彼故其義亦爲攘卻皃寬傳李奇注曰袪開也散也凡褰開曰袪若手傳云袪袪彊健皃亦於从去得義古無从示之袪至集韵而後有之唐石經以車袪袪从衣不誤 袪尺二寸 喪服記玉藻皆有此句上蓋奪禮記曰三字 春秋傳曰披斬其袪 僖五年左傳文杜注亦曰袪袂也

褎 袂也 唐風羔裘傳曰褎猶袪也蒙上言之褎引伸爲盛飾皃邶風傳曰褎如盛服皃董仲舒傳曰褎然爲舉首序傳曰樂安褎褎生民傳曰褎長也箋云枝葉長也皆其義也 从衣𥝢聲 聲蓋衍字𥝢非聲衣之有褎猶禾之有𥝢故曰从衣𥝢似又切三部 袖 俗褎从由 由聲

袂 褎也从衣夬聲 彌弊切十五部郭景純云襼卽袂字

褢 褎也 褎之爲言回也袼之高下可以運肘袂之長短反詘之及肘 一曰臧也 此義與褱近 从衣鬼聲 戸乖切十五部

袌 褱也 論語子生三年然後免於父母之懷馬融釋以懷抱卽褱袌也今字抱行而袌廢矣

抱者引堅也 从衣包聲 此舉形聲包會意薄保切古音在三部

褱 俠也 俠當作夾轉寫之誤亦部曰夾盜竊褱物也从亦有所持俗謂蔽人俾夾是也腋有所持褱藏之義也在衣曰褱在手曰握今人用懷挾字古作褱夾 从衣眔聲 眔从隶省聲十五部戶乖切 一曰橐

襜 衣蔽歬 釋器曰衣蔽前謂之襜此謂衣非謂蔽厀也引伸之凡衣或曰襜褕或曰襜襦皆取蔽義又引伸之凡所用蔽謂之襜巾車皆有容蓋大鄭曰容謂襜車山東謂之裳幃或曰潼容幨卽襜字也詩毛傳曰帷裳婦人之車帷裳卽裳幃也士昏禮婦車有裧襍記其輤有裧裧亦卽襜字 从衣詹聲 處占切八部

袥 衣衸 廣雅衩衸袥裓膝也玉篇裓膝褰衸也按裓膝者褰衩在正中者也故謂之袥言其開拓也亦謂之衸言其中分也袥之引伸爲推廣之義玄應曰天地開闢宇宙袥坦廣雅釋詁曰袥大也今字作開拓拓行而袥廢矣庌與袥音義同 从衣石聲 他各切五部

衸 袥也 廣韵十六怪云補膝裙也乃裓膝裙衸也五字之誤 从衣介聲 胡介切十五部

袘 裾也 士昏禮主人爵弁纁裳緇袘注曰纁裳者衣緇衣不言衣與帶而言袘者空其文明其與衣皆用緇袘謂緣緣之言施以緇緣裳象陽氣下施按袘卽袉之隸變鄭云裳緣許云裾者許謂衣裦曰袉經言緇袉則緇衣可知也緇衣未有無裦者也 从衣它聲 唐左切十七部玉篇曰俗作袘 論語曰朝服袉紳 鄉黨篇文今論語作拕拕作拖卽手部拕字襍記云申加大帶於上是也許所據作袉假借

袉爲拕也此在引經說假借之例

裾衣褢也褢各本作袍今依韵會正上文云褢褢也褢物謂之褢因之衣前袷謂之褢方言襌衣有褢者趙魏之閒謂之袏衣郭云前施褢囊也房報切按前施褢囊卽謂右外袷方言無褢者謂之裎衣則今之對袷衣無右外袷者也褻衣無褢禮服必有褢上文之袥衸謂無褢者唐宋人所謂衩衣也公羊傳曰反袂拭面涕沾袍此袍當作褢何注曰衣前襟也釋器衣皆謂之襟衱謂之裾衱同袷謂交領褢連於交領故曰衱謂之裾郭景純曰衣後襟非也釋名裾在後之說非是从衣居聲讀與居同从居者中可居物也非謂在後常見裾九魚切五部

衧諸衧也按當云諸衧衣褢也篇韵可證後漢書光武帝紀皆冠幘而服婦人衣諸于繡𧜵注引前書音義曰諸于大掖衣如婦人之袿衣按大掖謂大其褢也方言袿謂之裾于者衧之假借字从衣亐聲羽俱切五部

襗絝也絝者脛衣也按周禮玉府注云燕衣服者巾絮寢衣袍襗之屬論語紅紫不以爲褻服鄭注云褻衣袍襗秦風與子同澤傳曰澤潤澤也箋云襗褻衣近汗垢釋名曰汗衣近身受汗垢之衣也詩謂之澤受汗澤廣韵此字三見一曰褻衣一曰袗襗一曰衣襦亦皆不云絝○又按毛云潤澤也箋云襗褻衣此葢毛作潤襗故箋彖襗而釋之潤襗衣名也从衣睪聲徒各切五部玉篇云說文大各切則大徐用舊音也襗篆舊在衸下袉上今移此與下二篆相屬

褰絝也昭廿五年左傳曰公在乾侯徵褰與襦杜曰褰絝也方言曰絝齊魯之閒謂之䙞按今方言作襪俗字也褰之本義謂絝俗乃假爲騫衣字騫虧也古騫衣字作攐今假褰而褰之本義廢矣

从衣寒省聲 去虔切十四部 字林已偃反 春秋傳曰徵褰與襦

襱 絝踦也 方言曰絝齊魯之閒謂之䙊或謂之襱郭注今俗呼絝踦爲襱音鮦魚按絝踦對下文絝上言絝之近足狹處也 从衣龍聲 丈冢切九部

䙕 襱或从賣 賣聲也三部與九部合音爲近如急就篇華洞樂皇象碑及廣韵作華隫樂

袑 絝上也 漢朱博傳功曹官屬多褒衣大袑不中節度絝上對上絝踦言股所居也大之則寬緩 从衣召聲 市沼切二部

襑 衣博大也 从衣尋聲 他感切古音在七部篇韵皆亦似林切

褒 衣博裾 博裾謂大其褱囊也漢書褒衣大袑謂大其衣絝之上也引伸之爲凡大之偁爲褒衺矣 从衣保省聲 博毛切古音在三部緥作褒衺作裒

保 古文保

䙆 緥也 小雅斯干曰載衣之裼傳曰裼緥也此謂裼卽䙆之假借字也易聲啻聲古音同在十六部故借裼字爲䙆字釋文曰韓詩作禘禘集韵云或䙆字韓詩用正字毛詩用假借字也緥者小兒衣也 从衣啻聲 他計切十六部 詩曰載衣之䙆

褍 衣正幅 凡衣及裳不衺殺之幅曰褍左傳端委杜注禮衣端正無殺故曰端周禮士有玄端素端鄭云端者取其正也按褍者正幅之名非衣名巾部褕下曰正褍裂 从衣耑聲 多官切十四部

⿰衤圍 重衣皃 从衣圍聲 羽非切十五部 爾雅曰⿰衤圍⿰衤圍⿰衤貴⿰衤貴 今爾雅無此文

釋訓洄洄惛也釋文云洄本或作幃引字林幃重衣皃按玉篇作佪佪惛也而潛夫論云佪佪潰潰葢用爾雅文字林幃郎褘字據潛夫論則爾雅故有潰潰字許所見潰作襀襀字見周禮夏采職故書杜子春易爲綏許不從故書故無襀篆

複　重衣也。也作皃者誤凡古書也皃二字互譌者多矣引伸爲凡重之偁複與復義近故書多用復爲複呂覽水澤復注曰復或作複湅重累也詩陶復陶穴鄭注月令曰古者複穴从衣复聲。方六切三部一曰褚衣。褚見下文裝衣也

褆　衣厚褆褆。褆褆與媞媞義略同爾雅曰媞媞安也篇韵又曰衣服端正皃从衣是聲。杜兮切十六部

襛　衣厚皃。凡農聲之字皆訓厚醲酒厚也濃露多也襛衣厚皃也引伸爲凡多厚之偁召南曰何彼襛矣唐棣之華傳曰襛猶戎戎也按韓詩作茙茙卽戎戎之俗字耳戎取同聲得其義从衣農聲。汝容切九部詩曰何彼襛矣。詩俗本作穠誤

裻　新衣聲。此當依玉篇先鵠切子虛賦翕呷萃蔡張揖曰萃蔡衣聲也萃蔡讀如碎粲二音裻亦雙聲字一曰背縫。此則冬毒切與上𧜭義同深衣負繩及踝注云謂裻與後幅相當之縫也按後幅當是裳幅之誤衣與裳正中之縫相接也晉語衣之偏裻韋曰裻在中左右異故曰偏引伸爲凡中之偁匠人堂涂十有二分注曰分其督旁之修以一分爲峻也今本作督五經文字引作裻古多假督爲裻从衣叔聲。三部

袳　衣張也。張篇韵皆作長非按袳之言侈也經典罕用袳字者多作移作侈表記曰衣服以移之注云讀如禾氾移之移

猶廣大也周禮注曰大夫已上移袂少牢饋食禮曰主婦被錫衣移袂注云移者蓋半士妻之袂以益之从衣多聲尺氏切古音在十七部春秋傳曰公會齊侯于袲桓十五年文左氏經作公會宋公衛侯陳侯于袲公羊經作公會齊侯宋公衛侯陳侯于侈穀梁經與左同許偁左也左無齊侯許言齊侯者容今左傳有奪袲與侈同

裔衣裾也裾各本及篇韵皆作裙今正玄應書卷十四曰說文云裔衣裾也以子孫爲苗裔者取下垂義也按帔曰襮裳曰下襮此衣襮謂下襮故方言離騷注皆曰裔末也方言又曰裔祖也亦謂其遠也方言又曰裔夷狄之總名郭云邊地爲裔按左傳衛侯卜繇曰裔焉大國言邊於大國也裔之義如此言衣裾得以通之若言衣裾則何以解焉小徐云裾衣邊蓋小徐作注時本作裾从衣此字衣在上正謂其末下垂㕯聲余制切十五部

㐱古文裔几聲

衯長衣皃子虛賦衯衯裶裶郭璞曰皆衣長皃也集韵曰或書作衮疑作衮者是从衣分聲撫文切十三部

裶長衣皃此卽子虛賦裶字也若史記子虛賦弭節裴回漢郊祀志神裴回若留放乃長衣引伸之義後漢書蘇竟傳注云裴回謂縈繞淹留是也俗乃作俳佪俳佪矣从衣非聲薄回切按當芳非切十五部舊在褻篆之後今移此

袁長衣皃此字之本義今祇謂爲姓而本義廢矣古與爰通用如袁盎漢書作爰盎是也王風有兔爰爰傳曰爰爰緩意遠轅等字以袁爲聲亦取其意也从衣叀省聲蓋从古文叀而省羽元切十四部

褍短

衣也釋名曰三百斛曰䑠䑠貂也貂短也今俗語尚呼短尾曰貂尾許書無貂字當作裯以短衣之義引伸也从衣鳥聲都僚切二部春秋傳曰有空裯曰疑衍空疑當作公卽昭廿五年左傳之季公鳥也

褺重衣也凡古云衣一襲者皆一褺之假借褺讀如重疊之疊文選王命論思有短褐之襲李注引說文襲重衣也王命論本作褺李注時不誤淺人妄改文選耳漢書敘傳作短褐之褻師古釋以親身之衣不知爲褺字之誤也古書之難讀如此从衣執聲徒叶切八部巴郡有褺江縣今地理志郡國志巴郡下皆作墊江縣葢淺人所改也據孟康曰音重疊之疊知漢書本不作墊江也褺江縣在今四川重慶府合州嘉陵江涪江渠江會於此入大江水如衣之重複然故以褺江名縣

襡短衣也篇韵皆襡與𧞤爲二字義別韵會合而一之非是晉書夏統傳使妓女服袿襡从衣蜀聲讀若蜀市玉切三部

𧝓衣至地也从衣斲聲竹角切三部

襦短衣也方言襦西南蜀漢之閒謂之曲領或謂之襦釋名有反閉襦有單襦有要襦顏注急就篇曰短衣曰襦自膝以上按襦若今襖之短者袍若今襖之長者从衣需聲人朱切古音在四部襦之言濡也猶襗之言澤也一曰㬎衣一曰與一名同非別一義也日部曰安㬎溫也然則㬎衣猶溫衣也內則衣不帛襦袴注曰不用帛爲襦袴爲大溫傷陰氣也釋名曰襦耎也言溫耎也

褊衣小也引伸爲凡小之偁从衣扁聲方沔切十四部

袷衣無絮此對以絮曰襺以縕曰袍言也从衣合聲古洽切七部小戴記以爲交領之字襌衣不重此與重衣曰複爲對从衣單聲都寒切十四部襄漢令解衣而耕謂之襄而字依韵會補此襄字所以从衣之本義惟見於漢令也引伸之爲除去爾雅釋言詩牆有茨出車傳皆曰襄除也周書謚法云辟地有德曰襄凡云攘地攘夷狄皆襄之假借字也又引伸之爲反復大東傳云襄反也謂除此而復乎彼也釋言又曰襄駕也此驤之假借字凡云襄上也襄舉也皆同又馬注臯陶謨曰襄因也謚法因事有功曰襄此又攘之假借字有因而盜曰攘故凡因皆曰攘也今人用襄爲輔佐之義古義未嘗有此从衣𤅢聲息良切十部𡃓古文襄不能得其會意形聲所在被寑衣長一身有半論語鄉黨篇曰必有寑衣長一身有半孔安國曰今被也鄭注曰今小臥被是也引伸爲橫被四表之被从衣皮聲皮義切古音在十七部衾大被釋名曰衾广也其下廣大如广受人也寑衣爲小被則衾是大被从衣今聲去音切七部襐襐飾也各本作飾也奪襐今補此三字爲句如偓佺離黃之類淺人泛謂爲複字可删而删之耳巾部飾字下云襐飾也亦三字爲句廣韵曰襐未笄冠者之首飾也从衣象聲徐兩切十部衵日日所常衣衵服見宣九年左傳从衣从日日亦聲人質切十二部褻私服私褻疊韵論語

曰紅紫不以爲褻服引伸爲凡昵狎之偁假借爲媟字从衣埶聲私列切十五部詩曰是褻絆也鄘風君子偕老文今詩褻作紲按毛傳云是當暑袢延之服當暑二字釋褻也

衷裏褻衣褻衣有在外者衷則在內者也引伸爲折衷假借爲中字从衣中聲陟弓切九部春秋傳曰皆衷其衵服宣九年左傳文

袾好佳也好下奪也字好者美也佳者善也廣韵曰朱衣也按廣韵蓋用說文古本故其字从朱衣所引詩則假袾爲姝也从衣朱聲昌朱切古音在四部詩曰靜女其袾邶風靜女文今詩袾作姝女部引詩作⿰女殳

袓事好也事好猶言學好也黹部引詩衣裳䵵䵵方言曰珇好也珇美也然則袓與䵵珇音義略同从衣且聲才與切五部

⿰衤妾接也此也字依玉篇補手部曰接交也

⿰衤卑益也會部曰朇益也土部曰埤增也皆字異而音義同覲禮侯氏裨冕注曰裨冕者衣裨衣而冠冕也裨之爲言埤也天子六服大裘爲上其餘爲裨按本謂衣也引伸爲凡埤益之偁从衣卑聲府移切十六部

袢衣無色也衣字依玉篇補曰部曰普曰無色也袢讀若普則音義皆同女部曰姅婦人汙也義亦相近从衣半聲博幔切十四部一曰此二字衍文詩曰是紲袢也鄘風君子偕老文紲當同褻篆下作褻毛傳曰言是當暑袢延之服也袢延疊韵如方言之襎裷漢時有此語指摩之意外展衣中用縐絺爲衣可以指摩汗澤故曰褻袢褻袢專謂縐

絺也暑天近汗之衣必無色故知一曰爲衍文矣 讀若普 毛詩以展袢顏媛爲韵則知袢當依釋文符袁反延讀如字普音於雙聲得之許讀如此 雜 五采相合也 與辮字義略同所謂五采彰施於五色作服也引伸爲凡參錯之偁亦借爲聚集字詩言襍佩謂集玉與石爲佩也漢書凡言襍治之猶今云會審也 从衣集聲 此篆蓋本从衣雧故篆者以木移左衣下作襍久之改雧爲隹而仍作雜也組合切七部 褽 衽也 此衽當訓衽席左傳歸國子之元寘之新篋褽之以玄纁加組帶焉杜曰褽薦也與許云衽也義同 从衣尉聲 聲字今補於胃切十五部 裕 衣物饒也 引伸爲凡寬足之偁方言裕道也東齊曰裕 从衣谷聲 羊孺切古音在三部亦作衮 易曰有孚裕無咎 晉初六爻辭今經有作罔虞翻王弼同則未知許所據孟易獨異與與抑字譌與 襞 韏衣也 韋部曰韏中辨謂之韏革中辨者取革中分其廣摺疊之廣雅曰韏曲也又曰韏詘也衣之襵如革之襵故曰韏衣士冠禮皮弁服素積注曰積猶辟也以素爲裳辟蹙其要中子虛賦襞積褰縐張揖曰襞積簡䙩也襞經傳作辟積俗作襀簡俗作襉襞亦謂之襵襵之涉反 从衣辟聲 必益切十六部 衦 摩展衣也 摩展者摩其襵縐而展之也石部碫下曰以石衦繒也衦之用與尉略同而異 从衣干聲 古案切篇韵公但切十四部 裂 繒餘也 巾部曰帗㡜裂也㡜殘帛也㡏繒端裂也內則曰衣裳綻裂方言曰南楚凡人貧衣被醜敝或謂之褸裂皆繒餘之

意引伸爲凡分散殘餘之偁或假列爲之方言曰列餘也晉衞之閒曰烈齊語戎車待游車之裂韋注云裂殘也古作𠛱通作列

从衣列聲 良辥切十五部

袽 敝衣 敝各本作弊誤今正袽者敝衣帤者敝巾絮者敝絮各依所从而解之易既濟六四繻有衣袽虞翻曰袽敗衣也然則袽卽絮字糸部引易需有衣絮又見絮與絮可通用也晁說之曰袽又作袈玉裁謂袽袈皆絮之誤字耳

从衣奴聲 女加切古音在五部女居切

袒 衣縫解也 許書無綻字此卽綻字也許書但裼字作但不作袒今人以袒爲袒裼字而但袒二篆本義俱廢矣內則曰衣裳綻裂綻或作⿰衤定鄭曰綻猶解也綻尚未解而近於解故曰猶俗語引伸爲飽滿襢裂之偁按袒爲衣縫解故从衣⿰糸旦爲補縫故从糸音同而義相因也

从衣旦聲 丈莧切十四部

補 完衣也 既袒則宜補之故文之以補引伸爲凡相益之偁

从衣甫聲 博古切五部

⿰衤黹 紩衣也 糸部曰紩者縫也縫者以鍼紩衣也方言曰襜褕其敝者謂之緻注云緻縫納敝故之名也丁履反按緻卽⿰衤黹字黹爲鍼刺⿰衤黹爲縫敝衣與補紩二字義略同

从衣黹 會意 黹亦聲 諸几切十五部

褫 奪衣也 奪當作敓許訓奪爲遺失訓敓爲彊取也此等恐非許原文後人以今字改古字耳周易訟上九或錫之鞶帶終朝三褫之侯果曰褫解也鄭玄荀爽翟元皆作三拕之荀翟訓拕爲奪淮南書曰秦牛缺遇盜拕其衣高注拕奪也拕者褫之假借字十七十六二部音最近也引伸爲凡敓之偁

从衣虒聲讀若池 直离切十六部

⿳亡口⿲月衣凡 但

也 但各本作袒今正左傳欲觀其裸正義曰裸謂赤體無衣也大戴禮曰倮蟲三百六十聖人爲之長王制羸股肱注曰擐衣出其臂脛也按人部曰但裼也謂免上衣露裼衣此裸裎皆訓但者裸裎者但之尤甚者也 从衣𣎆聲 郎果切十七部

裸 𣎆或从果 果聲也俗作羸致爲不通

裎 但也 但各本作袒今正裎之言呈也逞也孟子袒裼裸裎亦作程士喪禮注倮程 从衣呈聲 丑郢切十一部

裼 但也 但各本作袒今正人部曰但者裼也故此云裼者但也是爲轉注序云五曰轉注建類一首同意相受考老是也老部曰老者考也考者老也是之謂建類一首同意相受凡全書中異部而互訓者視此裼訓但但訓裼其一耑也在許當時確知訓裼之字作但不作袒自許至今經傳子史皆爲袒裼不爲但裼賴許書僅存可識字之本形本義又以今字改之則古形古義不傳且上文云袒衣縫解也裸裎裼下皆云袒也不皆爲衣縫解乎是許之不通甚矣考諸經傳凡中衣之外上衣裘則有裼衣裼衣之外上衣玉藻裘之裼也見美也服之襲也充美也鄭曰裼者免上衣見裼衣凡當盛禮者以充美爲敬非盛禮者以見美爲敬禮尚相變也按覆裘之衣曰裼行禮袒其上衣見裼衣謂之裼不露裼衣謂之襲鄭注玉藻曰袒而有衣曰裼以別於無衣曰袒也經傳凡單言裼者謂免上衣也凡單言袒者謂免衣肉袒也肉袒或謂之袒裼釋言毛傳皆曰袒裼肉袒也是也許君肉袒字作膻在肉部而袒作但與裼互訓裼爲無上衣之但𣎆裎爲無衣之但𣎆裎亦肉膻也字與鄭異而義同裼襲之制詳見聘禮注疏 从衣易聲 先擊切十六部禮注曰古文禮裼皆爲賜詩斯干假借爲禘字

衺 㝩也 交部曰㝩者衺也二篆爲互訓小徐本作衺也非是㝩今字作回衺今字作邪毛詩傳曰回邪也 从衣牙聲 似嗟切古音在五部

襭 以衣衽扱物謂之襭 扱收也周南采采芣苢薄言襭之爾雅曰扱衽謂之襭毛傳同 从衣頡聲 胡結切十二部 擷 襭或从手

袺 執衽謂之袺 周南采采芣苢薄言袺之爾雅曰執衽謂之袺毛傳同 从衣吉聲 格入切十二部

褿 帴也 巾部曰帴帬也一曰帔也一曰婦人脅衣 从衣曹聲 昨牢切又七刀切三部

裝 裹也 束其外曰裝故著絮於衣亦曰裝 从衣壯聲 側羊切十部

裹 纏也 纏者繞也 从衣果聲 古火切十七部

裛 纏也 各本作書囊也今依西都賦琴賦注後漢書班固傳注所引正巾部曰帙書衣也帙亦作袠廣雅裛謂之袠今本殆據廣雅改耳若依今本則當云帙也 从衣邑聲 於業切七部

齌 緶也裳下緝 各本無裳下緝三字今依韵會補依釋名當作緝下緝下橫縫緝其下也緶者緁衣也緝同緁漢時通用論語鄉黨孔注曰衣下曰齊玉藻縫齌倍要正義曰齌謂裳之下畔深衣下齌如權衡以應平注曰齌緝也禮喪服疏衰裳齊疏云衰裳既就乃始緝之故言齊在衰裳下不比言斬在衰上 从衣齊聲 即夷切十五部也按經傳多假齊爲之亦省作齋

裋 豎使布長襦 豎與裋疊韵豎使謂僮豎也淮南高注曰豎小使也顏注貢禹傳曰裋褐謂僮

豎所著布長襦也方言曰襜褕其短者謂之裋褕韋昭注王命論云裋謂短襦也本方言 从衣豆聲 常句切古音在四部

䙔 編枲衣 謂取未績之麻編之爲衣與艸雨衣相類衣之至賤者也 一曰頭䙔 冃下曰小兒蠻夷頭衣也頭䙔蓋卽頭衣僅冒其頭耳 一曰次裹衣 方言曰繄袼謂之䙔郭曰卽小兒次衣也翳洛嘔三音次裹今俗語尚如此小兒服之衣外以受次者 从衣區聲 於武切又於侯切四部

褐 編枲韤 取未績之麻編之爲足衣如今艸鞵之類 一曰粗衣 文選籍田賦注作麤衣廣韵及孟子正義作短衣誤也趙注孟子曰褐以毳織之若今馬衣者也或曰枲衣也一曰粗布衣按趙云以毳與邠風鄭箋云毛布台馬衣卽左傳定八年之馬褐也枲衣亦謂編枲爲衣褐賤者之服也 从衣曷聲 胡葛切十五部

衰 艸雨衣 雨衣有不艸者左傳成子衣製杖戈杜曰製雨衣按言製則非艸爲若今油布 秦謂之萆 艸部曰萆雨衣一曰衰衣此則著萆爲秦語也小雅何蓑何笠傳曰蓑所以備雨笠所以禦暑公羊傳不蓑城也何云若今以艸衣城齊語注云襏襫蓑襞衣也襞或萆字亦作薜六韜蓑薜簦笠衰俗从艸作蓑而衰遂專爲等衰衰絰字衰絰本作縗衰其假借字也以艸爲雨衣必層次編之故引伸爲等衰後世異其形異其音古義茫昧矣 从衣象形 謂𠂹也穌禾切十七部 𢃐 古文衰

卒 隸人給事者爲卒 俗本者下有衣字宋本及御覽韵會玉篇皆無此謂人也非謂衣也方言楚東海之閒亭

父謂之亭公卒謂之弩父或謂之褚注曰卒者主擔幔弩導幨因名古曰染衣題識故从
衣一此十字依韵會所據小徐本衣有題識如左傳云叔孫氏之甲有物杜云物識也徽字下云若今救火衣周禮
司常注云今亭長箸絳衣此亭卒以染衣題識之證也从一者象題識也臧沒切十五部褚卒也方言云卒
或謂之褚是也郭云言衣赤褚音赭从衣者聲丑呂切五部一曰裝也裝各本作製誤
今依玉篇廣韵正左傳鄭賈人將寘荀罃褚中以出此謂衣裝也凡裝綿曰著丑呂切其字當作褚小正七月灌荼灌聚也荼
萑葦之秀爲將褚之也褚之者裝衣也將各本作蔣字之誤也製裁衣也从衣制聲
征例切十五部按此篆處非其次當本在裁篆之下袚蠻夷衣左衽衣从衣犮聲
北末切十五部一曰蔽厀方言曰蔽厀江淮之閒謂之褘或謂之袚郭音沸襚衣死
人也士喪禮君使人襚注襚之言遺也公羊傳曰車馬曰賵貨財曰賻衣被曰襚注襚猶遺也遺是助死之禮知生
者賵賻知死者贈襚从衣遂聲徐醉切十五部春秋傳曰楚使公親
襚襄二十九年左傳文楚欲使襄公親衣死人故下文魯行君臨臣喪之禮以報之也䘾棺中縑
裏也喪大記曰君裏棺用朱綠用雜金鐕大夫裏棺用玄綠用牛骨鐕士不綠正義云君用朱繒貼四面綠繒貼四
角大夫四面玄四角綠士不綠悉用玄按如其說則當云士玄不當云不綠也且顏師古定本綠皆作琢謂鐕琢繒則著於棺

則士不琢尤爲不辭蓋綠與琢皆字之誤古本三綠皆正作䘵以縑裏棺曰䘵縑并絲繒也君朱䘵以三色金鐕椽著之大夫玄䘵以牛骨鐕椽著之士賤不䘵則不用鐕士喪禮纖悉畢載而不言裏棺可證也鄭曰鐕所以椽著裏金部曰鐕所以綴著物者與鄭合鐕與䘵皆據喪大記而言

从衣弔聲讀若雕都僚切二部

裞 贈終者衣被曰裞从衣兌聲輸芮切十五部按此字僅見漢書朱建傳蓋襚之或字淺人所增非許本書所有也

𧚞 鬼衣也鬼衣猶魌衣明器之屬也鬼部曰魌鬼服也引韓詩傳鄭交甫逢二女魌服釋器曰衱謂之褮郭云衣開孔非許義也从衣熒省聲讀若詩曰葛藟縈之一曰若靜女其袾之袾之袾當作之靜於營切十一部

䘰 車溫也車溫玉篇作車鞰䘰廣韵曰帤䘰牛領上衣蓋當作車溫䘰如帤幡襎裷詩傳袢延之比皆重疊字也今本奪一字从衣延聲式連切十四部

褭 以組帶馬也百官志注曰秦爵二十等三曰簪褭御駟馬者按於本義引伸之因以爲馬名要褭古之駿馬也从衣从馬衣馬以組帶馬之意也奴鳥切二部

文一百一十六今增袀 重十一

裘 皮衣也从衣象形各本作从衣求聲一曰象形淺人妄增之也裘之制毛在外故

象毛文與衰同意皆从衣而象其形也巨鳩切古音在一部凡裘之屬皆从裘

求古文裘此本古文裘字後加衣爲裘而求專爲干請之用亦猶加艸爲蓑而衰爲等差之用也求之加衣蓋不待小篆矣

䘳裘裏也裘其毛而爲之裏附於革也詩曰羔羊之皮素絲五紽皮言其表也羔羊之革素絲五緎革言其裏也羔羊之縫素絲五總合言其表裏也其裏之所用未詳从裘鬲聲讀若擊楷革切十六部

文二　重一

老考也序曰五曰轉注建類一首同意相受考老是也學者多不解戴先生曰老下云考也考下云老也此許氏之指爲異字同義舉例也一其義類所謂建類一首也互其訓詁所謂同意相受也考老適於許書同部凡許書異部而彼此二篆互相釋者視此如寍窒也窒寍也但裼也裼但也之類老考以曡韵爲訓七十曰老曲禮文从人毛匕音化按此篆蓋本从毛匕長毛之末筆非中有人字也韵會無人字言須髮變白也說會意之指盧皓切古音在三部凡老之屬皆从老

耋年八十曰耋釋言耋老也毛傳云耋老也八十曰耋按馬融注易服虔注左傳皆云七十曰耋蓋耋訓老故七十八十皆得偁也从老省小篆既从老省矣今人或不省非也下同至聲古音至讀如銍徒結切十二部

𦒿年九十曰𦒿 今作耄从老省毛聲秏今音讀蒿去聲葢蒿聲毛聲古可通用也曲禮八十九十曰耄注云耄惛忘引左傳老將知而耄又及之按其字亦作眊亦作旄 从老蒿省聲 从蒿者取蒿目之意莫報切二部

耆老也 曲禮六十曰耆許不言者許以耆爲七十巳上之通偁也鄭注䠞義云耆耋皆老也古多假借爲嗜字又按士喪禮士虞禮魚進鬐注鬐脊也古文鬐爲耆許書髟部無鬐字依古文禮故不錄今文禮之字也徐鉉沾附未識此意許於禮經古文今文之字依一則廢一 从老省旨聲 渠脂切十五部

耇老人面凍黎若垢 釋詁曰耇老壽也小雅毛傳曰耇壽也孫炎曰耇面凍黎色如浮垢老人壽徵也儀禮注曰耇凍梨也方言曰東齊曰眉燕代之北郊曰梨秦晉之郊陳兗之會曰耇鮐按方言又曰麋黎老也麋黎即卷一之眉梨凍黎謂凍而黑色或假梨爲之尚書黎老作犂老亦假借也孫炎注本作面凍梨見南山有臺大誓二正義本無如字釋名及方言注乃云如凍梨非也 从老省句聲 古厚切四部

𦓐老人面如點處 謂老人面有黑癜之處也點者小黑也 从老省占聲 丁念切古讀音在七部 讀若耿介之耿 雙聲也

𦓖老人行才相逮 才僅也今字作纔纔相逮者兩足僅能相及言其行遲步小也 从老省𠃓象形 各本作易省行象訣今正此非易省乃象步小相迫之狀也 讀若樹 與尌聲義略同今俗語尚如此常句切四部

壽久也 久者從後灸之

也引伸爲長久此用長久之義也从老省𠷎聲𠷎見口部今篆體作𠷎誤殖酉切三部考老也凡言壽考者此字之本義也引伸之爲成也考槃江漢載芟絲衣毛傳是也凡禮記皇考春秋考仲子之宮皆是也又假借爲攷字山有樞弗鼓弗考傳曰考擊也是也凡言考校考問字皆爲攷之假借也从老省丂聲苦浩切古音在三部孝善事父母者禮記孝者畜也順於道不逆於倫是之謂畜从老省从子子承老也說會意之恉呼教切二部

文十

毛眉髮之屬及獸毛也眉者目上毛也髮者首上毛也而者須也須者而也𦣝下之毛也𩓣者頰須也頿口上須也及獸毛者貴人賤畜也象形莫袍切古音在二部凡毛之屬皆从毛𣬛毛盛也从毛隼聲而尹切又人勇切按而尹即玉篇之而允也書釋文氄徐而允反又如充反俗本允充字皆譌作充而集韵類篇因有而融如容兩切矣古音當在十五部如隼之在十五十三兩部也虞書曰虞當作唐說詳禾部鳥獸𣬛髦堯典文髦毛古同用今書𣬛作氄馬云溫柔皃𣰊獸豪也豪者豕鬣如筆管者也引伸爲毛之長者之偁𣰊古書多作翰尚書大傳之西海之濱取白狐青翰鄭曰翰長毛也長楊賦藉翰林以爲主人韋昭曰翰筆也善曰說文二云毛長者曰翰按翰當作𣰊葢說文

古本有毛長者曰斡五字在獸豪也之下曲禮雞曰翰音注翰猶長也其引伸之義也从毛倝聲侯旰切十四部

毨選也二字依韵會仲秋鳥獸毛盛可選取㠯爲器毨選雙聲堯典鳥獸毛毨鄭注毨理也毛更生整理周禮中秋獻良裘王乃行羽物鄭注良善也仲秋鳥獸毛毨因其良時而用之按許說兼包鄭二義从毛先聲讀若選穌典切古音在十三部

𣯛㠯毳爲繝毳獸細毛也繝西胡毳布也色如虋故謂之𣯛與虋雙聲虋禾之赤苗也詳艸部取其同赤故名略同从毛㒼聲莫奔切古音在十四部詩曰毳衣如𣯛王風文今詩𣯛作璊毛曰璊赬也按許云毳繝謂之𣯛然則詩作如璊爲長作如𣯛則不可通矣玉部曰璊玉䞓色也禾之赤苗謂之虋璊玉色如之是則璊與𣯛皆於虋得音義許偁詩證毳衣色赤非證𣯛篆體也淺人改从玉爲从毛失其恉矣抑西胡毳布中國卽自古有之斷非法服毛傳曰大車大夫之車也天子大夫四命其出封五命如子男之服乘其大車檻檻然服毳冕以決訟是則詩所云毳衣者周禮之毳冕非西胡毳布也許專治毛詩豈容昧此疑此六字乃淺人妄增非許書固有然鄭司農之注周禮曰毳罽衣也至後鄭乃云毳畫虎蜼謂宗彝也是則自康成以前皆謂毳爲繝衣毛公但云毳冕而不言何物許說正同大鄭耳

氈撚毛也手部曰撚者蹂也撚毛者蹂毛成氈也周禮掌皮曰共其毳毛爲氈古多假旃字从毛亶聲諸延切十四部

文六

毳獸細毛也 掌皮注曰毳毛毛細縟者 从三毛 毛細則叢密故从三毛衆意也此芮切十五部 凡毳之屬皆从毳 𣰎毛紛紛也 紛紛者多也非分雙聲𣰎猶紛紛也廣韵曰細毛 从毳非聲 甫微切十五部

文二

尸陳也 陳當作敶攴部曰敶列也小雅祈父傳曰尸陳也按凡祭祀之尸訓主郊特牲曰尸陳也注曰此尸神象當從主訓之言陳非也玉裁謂祭祀之尸本象神而陳之而祭者因主之二義實相因而生也故許但言陳至於在牀曰屍其字从尸从死別爲一字而經籍多借尸爲之 象臥之形 臥下曰伏也此字象首俯而曲背之形式脂切十五部 凡尸之屬皆从尸 㞟偫也 偫者儲偫也大玄假爲天地奠位之奠 从尸奠聲 堂練切古音在十一部 居蹲也 足部曰蹲居也二字爲轉注今足部改居爲踞又妄添踞篆訓云蹲也總由不究許書條理因知古形古義耳立部竣下亦曰居也亦同義而譌爲偓竣也蓋俗本之紛亂如此說文有𡰪有居𡰪處也从尸得几而止凡今人居處字古祇作𡰪處居蹲也凡今人蹲踞字古祇作居廣雅釋詁二𡰪也一條釋詁三踞也一條畫然分別曹憲曰按說文今居字乃箕居字近之矣但古人有坐有跪有蹲有箕踞跪與坐皆

厀著於席而跪聳其體坐下其脾詩所謂啓處四牡傳曰啓跪也處居也四牡不遑啓處采薇出車作不遑啓居居皆當作尻許尻下云處也正本毛傳引伸之為凡尻處字也若蹲則足底著地而下其脾聳其厀曰蹲其字亦作竣原壤夷俟謂蹲踞而待不出迎也若箕踞則脾著席而伸其腳於前是曰箕踞趙佗箕踞見陸賈聞陸賈言乃蹷然起坐是也箕踞為大不敬三代所無居篆正謂蹲也今字用蹲居字為尻處字而尻字廢矣又別製踞字為蹲居字而居之本義廢矣

从尸古聲各本作古者居从古乖於全書之例淺人因下云俗居从足而竄改譌謬耳今正九魚切五部

踞 俗居从足小徐本如此不誤大徐本篆作踞非也小徐云足一本从居則小徐時固有兩本

屓 臥息也西京賦吳都賦皆用奰屓字說者謂作力之皃也奰見大部奰俗譌贔屓俗譌屓又譌屭今學者罕知其本字矣屓之本義為臥息鼻部所謂齂也用力者必鼓其息故引伸之為作力之皃呬息也音義略同

从尸自徐鍇曰自鼻也小徐作自聲許介切按本虛器切十五部

屑 動作切切也方言曰屑屑不安也秦晉謂之屑屑又曰屑勞也屑獪也邶風不我屑以毛傳曰屑潔也

从尸㞋聲私列切十二部按俗从肖非

展 轉也展者未轉而將轉也陸德明云字林作輾然則周南作輾轉非古也毛傳曰展誠也方言曰展信也此因展與真音近假借

从尸展布四體之意襄省聲知行切十四部

屆 行不便也此與艐義相近艐船著沙不行也

一曰極也釋言曰屆極也蕩閟宮毛傳同釋詁方言皆曰艐至

也郭云屨古屆字按謂古用屨今用屆也屨屆雙聲从尸凷聲古拜切十五部

尻脽也按釋名以尻與臀別爲二漢書結股腳連脽尻每句皆合二物也尻今俗云溝子是也脽今俗云屁股是也析言是二統言是一故許云尻脽也通俗文埤倉皆云尻骨謂之八髎釋名曰尻廖也所在廖牢深也从尸九聲苦刀切古音在三部

𡱕髀也髀者股外也此云髀者專言股後从尸下丌凥几凥各本作居誤今正丌下基也凥者人之下基凥几者猶言坐於牀木部曰牀安身之几坐也凥下曰从尸得几而止皆謂牀也徒魂切十三部

脽凥或从肉隼隼聲也與肉部脽字義同字異

臀凥或从骨殿聲今周易春秋考工記皆作臀从肉軍後曰殿卽臀之假借字也

𡲵凥也从尸旨聲詰利切十五部

尼從後近之尼訓近故古以爲親暱字高宗肜日曰典祀無豐于尼釋文尼女乙反尸子云不避遠尼尼近也正義釋詁云卽尼也孫炎云卽猶今也尼近也郭璞引尸子悅尼而來遠自天寶閒衛包改經尼爲昵開寶閒陳鄂又改釋文尼爲昵而賈氏羣經音辨所載猶未誤也尼之本義從後近之若尼山乃取於圩頂水潦所止屔之假借字也孟子止或尼之尼止也與致遠恐泥同泥濘之假借字也从尸匕聲女夷切古音蓋在十五部

㞙㞙凥二字各本無今依全書通例補從後相躡也躡各本作臿今依玉篇訂以後文前積疊疊之謂之㞙凥吳都賦作㙇墲楚立際立二切韵曰枝柯相重疊皃廣韵曰重累土也廣韵亦單用㞙字訓

楔非此義也从尸臿聲楚洽切八部廣韵云初戢切⿸尸乇届㞋也从尸乇聲直立切七部㞋柔皮也周禮所謂攻皮也函人職曰革欲其柔滑而腥脂之則耎廣雅曰㞋弱也是與耎音義同从尸又會意又申尸之後也从尸謂皮也从又謂申其後也申者引伸之意此九字大小徐本皆不完今補大徐作㞋而曰或从又小徐作㞋而曰或从从又疑从又爲是人善切十五部屒伏皃未聞一曰屋宇也與宀部宸音義同尸象屋形从尸辰聲珍忍切十三部屖屖遟也三字爲句玉篇曰屖今作栖然則屖遟即陳風之棲遟也毛傳曰棲遟遊息也从尸辛聲先稽切古音在十二部屝屝屨也屝者屨也足所依也云屨者屨之麤者曰屝也方言曰屝麤屨也釋名曰齊人謂草屨曰屝按喪服傳菅屨者菅菲也杜注左傳曰屝草屨也菲者屝之假借字从尸非聲扶沸切十五部屍終主也終主者方死無所主以是爲主也曲禮曰在牀曰屍今經傳字多作尸同音假借也亦尚有作屍者从尸死死者終也尸者主也故曰終主式脂切十五部屠刳也刳判也从尸者聲同都切五部屟屨之荐也之各本作中今依玄應所引訂此藉於屨下非同屨中荐也荐者藉也吳宮有響屟廊東宮舊事有絳地文屨屟百副即今婦女鞵下所施高底其字本音他頰切轉爲他計切今籢匱有抽屜本即屟字从尸枼聲穌叶切八部屋凥

也尻各本作居誤今正尻尻處於尸得几之字引伸不當用蹲居字也屋者室之覆也引申之凡覆於上者皆曰屋天子車有黃屋詩箋屋小帳也从尸句尸逗所主也凡尸皆得訓主屋从尸者人爲屋主也一曰尸象屋形此从尸之又一說也上象覆旁象壁从至句至句所止也屋室皆从至室下亦曰至所止也烏谷切三部

𡱂籒文屋从厂厂呼旱切

𡲬古文屋按此字葢即手部古文握字見於淮南書淺人補入此耳

屏屏此複舉字之未刪者蔽也小雅萬邦之屏傳曰屏蔽也引伸爲屏除按古無平仄之分从尸幷聲必郢切十一部

層重屋也曾之言重也曾祖曾孫皆是也故从曾之層爲重屋考工記四阿重屋注曰重屋複笮也後人因之作樓木部曰樓重屋也引伸爲凡重疊之偁古亦假增爲之从尸曾聲昨棱切六部

文二十三　重五

說文解字第八篇上

說文解字第八篇下

金壇段玉裁注

尺 十寸也 寸十分也禾部曰十髮爲程一程爲分十分爲寸又曰律數十二十二禾秒而當一分十分而寸漢志曰九十分黄鐘之長一爲一分十分爲寸十寸爲尺十尺爲丈十丈爲引而五度審矣 人手卻十分動脈爲寸口 寸部下亦曰人手卻一寸動𧖴謂之寸口鄭注周禮曰脈之大候要在陽明寸口疏云陽明在大拇指本骨之高處與第二指閒寸口者大拇指本高骨後一寸是也按大拇指本高骨後一寸許所謂人手卻十分也卻者𠩺也𠩺者拓也人手竟又開拓十分得動脈之處是曰寸口凡寸之度取象於此 十寸爲尺 十其長是爲尺 尺 逗 所𠂇指尺規榘事也 指尺當作指𠩺聲之誤也指𠩺猶標目也用規榘之事非尺不足以爲程度尺居中下可覈寸分上可包丈引也漢志曰寸者忖也尺者蒦也尺𠩺蒦三字同韵 从尸 主也 从乙 會意昌石切古音在五部古書亦借赤爲之毛晃曰宋時案牘如此 乙 逗 所識也 漢武帝讀東方朔上書未盡輒乙其處題識之意也以榘尺記識所度故從乙 周制寸尺咫尋常仞諸度量皆𠂇人之體爲法 寸法人寸口尺起於寸咫法中婦人手尋八尺也法人兩臂之長常倍尋或曰常當作丈周制八寸爲尺十尺爲丈人長八尺故曰丈夫人部曰仞伸臂

一尋也是仞尋無二而此尋仞並舉疑許主七尺曰仞之說人部之解出後人改竄非許原文說詳人部凡尺之屬皆从尺

咫中婦人手長八寸謂之咫賈逵韋昭注國語杜預注左傳說皆同案咫之言猶近也晉語吾不能行也咫楚語是知天咫周書大子晉視道如咫周尺也通典引白虎通曰夏法日日數十也日無不照尺所度無不極故以十寸爲尺殷法十二月言一歲之中無所不成故以十二寸爲尺周據地而生地者陰也以婦人爲法婦人大率奄八寸故以八寸爲尺按奄字未詳疑是手之誤字上文曰十寸爲尺此及夫字下云周制八寸爲尺別周制之異乎古也王制曰古者以周尺八尺爲步今以周尺六尺四寸爲步鄭注曰周尺之數未之詳聞案禮制周猶以十寸爲尺蓋六國時多變亂法度或言周尺八寸以步更爲八八六十四寸鄭意八寸爲尺周末始有之與許說異然許亦曰諸侯力政分爲七國田疇異畮車涂異軌律令異法則其說亦未嘗不合也左傳天威不違顏咫尺咫尺並言不云二尺也國語列子皆言其長尺有咫亦不言其長二尺也是可證周未嘗八寸爲尺矣从尺只聲諸氏切十六部

文二

尾微也微當作𢼸𢼸細也此以疊韵爲訓如門捫也戶護也之例方言曰尾盡也尾梢也引伸訓爲後如晉語歲之二七其靡有微兮古亦叚微爲尾从到毛在尸後到者今之倒字無斐切十五部今隸變作

尾古人或飾系尾未聞鄭說歟曰古者佃漁而食之衣其皮先知蔽前後知蔽後後王易之以布帛而獨存其蔽前者不忘本也按蔽後即或飾系尾之說也 西南夷皆然 後漢書西南夷列傳曰槃瓠之後好五色衣服製裁皆有尾形按尾爲禽獸之尾此甚易解耳而許必以尾系之人者以其字從尸人可言尸禽獸不得言尸也凡全書內嚴人物之辨每如此人飾系尾而禽獸似之許意如是 凡尾之屬皆从尾

屬 連也 連者負車也今字以爲聯字屬今韵分之欲市玉二切其義實通也凡異而同者曰屬鄭注司徒序官云州黨族閭比者鄉之屬別注司市云介次市亭之屬別小者也凡言屬而別在其中如秔曰稻屬秏曰稻屬是也言別而屬在其中如稗曰禾別是也 从尾 取尾之連於體也 蜀聲 之欲切三部今作屬

屈 無尾也 韓非子曰鳥有翢翢者重首而屈尾高注淮南云屈讀如秋雞無尾屈之屈郭注方言隆屈云屈尾淮南屈奇之服許注云屈短也奇長也凡短尾曰屈玉篇巨律切玄應書廣韵衢勿切今俗語尚如是引伸爲凡短之偁山短高曰崛其類也今人屈伸字古作詘申不用屈字此古今字之異也鈍筆曰掘筆短頭船曰撅頭皆字之叚借也 从尾出聲 九勿切十五部按九勿當作衢勿乃合俗分屈屈爲二字不知屈乃屈之隸變

尿 人小便也 从尾水 會意古書多叚溺爲之奴弔切二部

文四

履　足所依也　履依疊韵古曰屨今曰履古曰屨今曰鞵名之隨時不同者也引伸之訓踐如君子所履是也又引伸之訓祿詩福履綏之毛傳曰履祿也又引伸之訓禮序卦傳詩長發傳是也履禮爲疊韵履祿爲雙聲　从尸服履者也从彳夊　夊楚危切彳夊皆行也　从舟象履形　合四字會意良止切按良止誤也當依篇韵力几切十五部　一曰尸聲　別一說也　凡履之屬皆从履

𩑶　古文履从頁从足　履重首故从頁

屨　履也　晉蔡謨曰今時所謂履者自漢以前皆名屨左傳踊貴屨賤不言履賤禮記戶外有二屨不言二履賈誼曰冠雖敝不以苴履亦不言苴屨詩曰糾糾葛屨可以履霜屨舄者一物之別名履者足踐之通稱按蔡說極精易詩三禮春秋傳孟子皆言履不言屨周末諸子漢人書乃言屨詩易凡三履皆謂踐也然則履本訓踐後以爲屨名古今語異耳許以今釋古故云古之屨卽今之履也周禮屨人掌爲舄屨鄭云複下曰舄禪下曰屨古人言屨以通於複今世言屨以通於禪俗易語反與方言屝屨麤履也履其通語也　从履省婁聲　九遇切古音在四部　一曰鞮也　革部鞮下曰履也二字爲轉注方言曰禪者謂之鞮

⿸尸歷　履下也　謂履之之底也行地經歷者今人言履歷當用此字　从履省歷聲　郎擊切十六部

⿸尸予　履屬从履省予聲　徐呂切五部廣韵徐預切

屩　履也　履大徐作屐非也今依小徐史記孟嘗君傳躡屩虞卿傳及漢書王褒傳作蹻

叚借字也釋名曰屩蹻也出行著之蹻蹻輕便因以爲名應劭曰木屩臣瓚曰以繩爲屩徐廣曰蹻草屨也按屩蓋輕便可遠行之屨非法服之屨也臣瓚徐廣說是 从履省喬聲 居勺切古音在二部平聲

屐 屩也从履省支聲 奇逆反古音在十六部按釋名云屐搘也爲兩足搘以踐泥也又云屩不可踐泥也屐踐泥者也然則屐與屩有別

文六 重一

舟 船也 邶風方之舟之傳曰舟船也古人言舟漢人言船毛以今語釋古故云舟卽今之船也不傳於柏舟而傳於此者以見方之爲泭而非船也 古者共鼓貨狄刳木爲舟剡木爲楫以濟不通 郭注山海經曰世本云共鼓貨狄作舟易毄辭曰刳木爲舟剡木爲楫舟楫之利以濟不通致遠以利天下蓋取諸渙共鼓貨狄黃帝堯舜閒人貨狄疑卽化益化益卽伯益也考工記故書舟作周 象形 職流切三部 凡舟之屬皆从舟

俞 空中木爲舟也 淮南氾論訓古者爲窬木方版以爲舟航高曰窬空也方並也舟相連爲航也按窬同俞空中木者舟之始並板者航之始如椎輪爲大路之始其始見本空之木用爲舟其後因刳木以爲舟凡穿窬廁牏皆取義於俞中孚傳曰利涉大川乘木舟虛也 从亼从舟从巜 合三字會意羊朱切古音在四部 巜水也 巜下曰水流澮澮也說从

巜之意

船舟也二篆爲轉注古言舟今言船如古言屨今言鞋舟之言周旋也船之言泝沿也从舟㕣聲各本作鉛省聲非是口部有㕣字水部有沿字㕣聲今正食川切十四部

彤船行也夏曰復胙商曰肜周曰繹卽此字取舟行延長之意也其音以戎切其字毛詩箋作融从舟彡聲丑林切七部

舳舳艫也各本艫上刪舳字今補此三字爲句非以艫釋舳也韵會所據本不誤从舟由聲直六切三部漢律名船方長爲舳艫長當作丈史漢貨殖傳皆曰船長千丈注者謂緫積其丈數蓋漢時計船以丈每方丈爲一舳艫也此釋舳艫之謂二字不分析者也下文分釋謂船尾舳謂船頭艫此分析者也一曰船尾船舊作舟今正此單謂船字也方言曰舟後曰舳舳所以制水也郭云今江東呼柁爲舳按釋名船其尾曰柁仲長統郭璞皆用柁字而淮南子作杕船之有舳如車之有軸主乎運轉

艫舳艫也此二字不分析之說也从舟盧聲洛乎切五部一曰船頭此單謂艫字也方言曰舟首謂之閤閭郭云今江東呼船頭屋謂之飛閭是也釋名曰舟其上屋曰廬象廬舍也其上重室曰飛廬在上故曰飛也按此皆許所謂船頭曰艫艫閭古音同耳李斐注武帝紀亦云舳船後持柁處艫船頭刺櫂處說與許同而小爾雅艫船後也舳船前也吳都賦劉注本之與許異葢小爾雅呼設柁處爲船頭也

𦨖船行不安也方言說舟曰僞謂之扤扤不安也郭云僞音訛船動搖之皃也扤吾敎反按𦨖者正字扤者叚借字也書

阢隉易䑀𦨣皆不安也 **从舟刖省聲** 聲字舊奪今補 **讀若兀** 五忽切十五部廣韵曰俗作航

艐 船著沙不行也 沙字各本奪今依廣韵一東三十三箇所引補大人賦張揖注曰艐箸也尸部屆行不便也郭注方言云艐古屆字按釋詁方言皆曰艐至也不行之義之引伸也 **从舟㚇聲** 子紅切九部 **讀若莘** 此音與子紅爲雙聲與屆亦雙聲漢時語如是

朕 我也闕 此說解既闕而妄人補我也二字未知許說字之例也按朕在舟部其解當曰舟縫也从舟灷聲何以知爲舟縫也考工記函人曰視其朕欲其直也戴先生曰舟之縫理曰朕故札續之縫亦謂之朕所以補許書之佚文也本訓舟縫引伸爲凡縫之偁凡言朕兆者謂其幾甚微如舟之縫如龜之坼也目部瞽字下云目但有朕也謂目但有縫也釋詁曰朕我也此如卬吾台余之爲我皆取其音不取其義趙高之於二世乃曰天子所以貴者但以聞聲羣臣莫得見其面故號曰朕比傅朕字本義而言之遂以亡國凡說文字不得其理者害必及於天下趙高王安石是也二云从舟灷聲者人部佚字亦二云灷聲今說文雖無灷字然論例當有之凡勝騰滕塍賸皆以朕爲聲則朕古音當在六部矣今音直禁切六部與七部合韵冣近也

舫 船也 各本作船師也今依韵會所據本舫祇訓船舫人乃訓習水者觀張揖之訓榜人可得其理矣篇韵皆曰並兩船是認船爲方也舫行而方之本義廢矣舫之本義亦廢矣爾雅釋言曰舫舟也其字作舫不誤又曰舫泭也其字當作方俗本作舫釋水大夫方舟亦或作舫則與毛詩方泭也不相應愚嘗謂爾雅一書多俗字與古經不相應由習之者多率肊改之

也明堂月令曰舫人月令六月命漁師伐蛟鄭注今月令漁師爲榜人按榜人卽舫人舫正字榜叚借字許所據卽鄭所謂今月令也子虛賦榜人歌張揖注曰榜船也月令命榜人榜人船長也張所據亦作榜人舫人二字舊奪今補習水者張揖所謂船長杜詩所謂長年吴都賦曰篙工楫師選自閩禺从舟方聲甫妄切十部

般辟也人部僻下曰辟也此辟字義同投壺曰賓再拜受主人般旋曰辟主人阼階上拜送賓般旋曰辟般步干反還音旋辟徐扶亦反論語包氏注足躩如盤辟皃也盤當作般般辟漢人語謂退縮旋轉之皃也大射儀賓辟注曰辟逡遁不敢當盛釋言曰般還也還者今之環字旋也荀爽注易曰盤桓者動而退也般之本義如是引伸爲般遊般樂象舟之旋說从舟之意从舟从殳會意殳令舟旋者也令韵會作命說从殳之意殳所以刺船者也北潘切按當云薄官切十四部

𦨶古文般从攴各本作从支誤今正从攴攴猶从殳也

服用也關雎箋曰服事也一曰車右騑所已舟旋騑毛刻作騎誤馬部曰騑驂也旁馬也古者夾轅曰服馬其旁曰驂馬此析言之許意謂渾言皆得名服馬也獨言右騑者謂將右旋則必策冣右之馬先向右左旋亦同舉右以晐左也舟當作周馬之周旋如舟之旋故其字从舟从舟𠬝聲房六切古音在一部

𦨈古文服从人从舟从人者凡事如舟之於人取切用也凡事皆當如人之操舟也

○⿰舟冋小船也从

舟周聲各本無此字衞風曾不容刀釋文曰說文作舠小船也正義曰說文作舠小船也今據補於末其形从正義

文十二補舠則十三 重二

方併船也周南不可方思邶風方之舟之釋言及毛傳皆曰方泭也今爾雅改方爲舫非其義矣併船者並兩船爲一釋水曰大夫方舟謂併兩船也泭者編木以爲渡與併船異事何以毛公釋方不曰併船而曰泭也曰併船編木其用略同故俱得名方方舟爲大夫之禮詩所言不必大夫則釋以泭可矣若許說字則見下从舟省而上有竝頭之象故知併船爲本義編木爲引伸之義又引伸之爲比方子貢方人是也秦風百夫之防毛曰防比也謂防即方之假借也又引伸之爲方圓爲方正爲方向又叚借爲旁上部曰旁溥也凡今文尚書作旁者古文尚書作方方爲大也生民實方實苞毛曰方極畝也極畝大之意也又叚借爲甫召南維鳩方之毛曰方之方有之也方有之猶甫有之也象兩舟省總頭形兩當作㒳下象兩舟併爲一上象兩船頭總於一處也府良切十部通俗文連舟曰舫與許說字不同蓋方正字俗用舫凡方之屬皆从方

汸方或从水

斻方舟也舟字蓋衍衞風一葦杭之毛曰杭渡也杭即斻字詩謂一葦可以爲之舟也舟所以渡故謂渡爲斻始皇臨浙江水波惡乃西百二十里從狹中渡其地因有餘杭縣杜篤論都賦造舟於渭北杭涇流章懷後漢書作北斻注云說文斻字在方

部今流俗不解遂與杭字相亂者誤也是說誠然然斻之作杭久矣章懷偶一正之而不能盡正也李南傳向度宛陵浦里斻馬蹏足亦係章懷改杭為斻而地理郡國二志餘杭縣未之或改也斻亦作航方言曰舟或謂之航杭者說文或抗字

从方亢聲胡郞切十部禮天子造舟諸侯維舟大夫方舟士特舟大雅詩傳及釋水同李巡曰比其舟而渡曰造舟中央左右相維持曰維舟併兩船曰方舟一舟曰特舟孫炎曰造舟比舟為梁也維舟連四舟也釋水及公羊傳注此下又有庶人乘泭句

文二　重一

儿　古文奇字人也此冡人部而言人者天地之性最貴者也此籀文象臂脛之形其作儿者則古文奇字之人也如大下曰天大地大人亦大故大象人形古文大也亣下曰籀文大則亣正同亣與儿之義已見於大與人之下故皆不必要言其義今俗本古文奇字之上妄添仁人也三字是為蛇足同字而必異部者異其从之之字也象形孔子曰儿在下故詰詘儿在各本作在人今依玉篇詘各本作屈誤今正擧孔子說證象形也籀文兼象臂脛古文奇字則惟象股脚詰詘猶今云屈曲也如鄰切十二部凡儿之屬皆从儿

兀　高而上平也从一在儿上儿各本作人今正兀在儿上高而平之意也凡从一聲之字多取孤高之意讀若夐夐今韵在四十四諍古音在元寒部今韵

十月者兀之入也兀音同月是以䠒亦作䠒其平聲讀如涓在十四部今音五忽切茂陵有兀桑里地理志右扶風有茂陵縣郡國志同許多言鄉言亭此言里者葢周秦舊名

兒孺子也子部曰孺乳子也乳子乳下子也襍記謂之嬰兒女部謂之嫛娩兒孺雙聲引伸爲凡幼小之偁从儿象小兒頭囟未合謂篆體囟也囟者頭會𡿺葢也小兒初生𡿺葢未合故象其形汝移切十六部

允信也釋詁毛傳皆曰允信也詩仲允漢表作中術从㠯儿大徐作从儿㠯聲㠯非聲也今依韵會所據小徐本㠯用也任賢勿貳是曰允此會意字余準切十三部

兌說也說者今之悅字其義見易大雅行道兌矣傳曰兌成蹊也松柏斯兌傳曰兌易直也此引伸之義老子塞其兌閉其門借爲閱字閱同穴从儿㕣聲㕣與沇古同字同音兌爲㕣聲者古合音也大外切十五部

充長也高也廣韵曰美也塞也行也滿也从儿育省聲三部與九部合音也昌終切九部

○亮明也从儿高省各本無此依六書故所據唐本補葢即晁氏以道所見唐本也古人名亮者字明人處高則明故其字从儿高明者可以佐人故釋詁曰亮相導也典謨多用亮字大雅涼彼武王傳曰涼佐也此段涼爲亮也韓詩正作亮孟子曰君子不亮惡乎執此段亮爲諒也力讓切十部

文六今增亮則文七

兄長也 古長不分平上其音義一也長短滋長長幼皆無二義兄之爲長以疊韵爲訓也小雅兄也永歎傳曰兄茲也大雅倉兄填兮傳曰兄滋也職兄斯引職兄斯弘傳曰兄茲也又小雅僕夫兄瘁箋云兄茲也又大雅亂兄斯削箋云而亂茲甚茲與滋義同茲者草木多益也滋者益也凡此等毛詩本皆作兄俗人乃改作从水之況又譌作況陸氏音義不能諟正畫一正僞錯出且於常棣云作兄者非由未知茲益乃兄之本義故耳兄之本義訓益許所謂長也許不云茲者許意言長則可晐長幼之義也矢部矤下曰兄詞也謂加益之詞此滋長之義也無逸無皇曰今文尚書作毋兄曰王肅本皇作況注曰況滋韋昭注國語云況益也皆兄訓益之證引伸之則爾雅曰男子先生爲兄後生爲弟先生之年自多於後生者故以兄名之猶弟本義爲韋束之次弟以之名男子後生者也莫重於君父故有正字兄弟之字則依聲託事古兄長與兄益無二音也淺人謂兄之本義爲男子先生則主從倒置豈弟之本義爲男子後生乎世之言小學者知此而後可與言說文可與言經義顧希馮玉篇不知此則直云男子先生爲兄男子後生爲弟而已以兄弟二部次於男部女部閒觀其列部之次第可以知其不識字義

从儿从口 口之言無盡也故以儿口爲滋長之意 今音許榮切古音在十部讀如荒轉爲去聲許訪切今人評兄爲況老乃古語也用況者於古爲叚借貺況皆俗字貺以意製左國多用之況乃況之變冣爲後出

凡兄之屬皆从兄

兢 競也 競者彊語也小雅無羊傳曰矜矜兢兢以言堅彊也釋文此義其冰反

从二兄 會意 二兄競意 說從二兄之意 从丰聲 丰讀

若介此取雙聲也二丰皆聲也讀若矜居陵切六部漢時矜讀如今韵矣一曰兢此複舉兢字各本譌作競今依葉抄本集韵類篇無此字敬也小雅戰戰兢兢傳曰戰戰恐也兢兢戒也小徐本無此五字玉篇引亦無

文二

兂首笄也竹部曰笄簪也二字爲轉注古言笄漢言先此謂今之先卽古之笄也古經無簪字惟易豫九四朋盍簪鄭云速也實寁之叚借字張揖古今字詁寁作撍埤蒼云撍疾也寁寁撍同字京作撍經文之簪古無釋爲笄者又士喪禮復者一人以爵弁服簪衣于裳注云簪連也然則此實鐕之叚借字金部曰鐕可以衣箸物者凡經典此二簪字外無言簪者从儿匕象形此非相與比敘之匕乃象先之形也先必有岐故叉曰叉俗作釵釋名曰叉枝也因形名之也篆右象其叉左象其所抵以固弁者側琴切七部凡先之屬皆从先

簪俗先今俗行而正廢矣从竹从朁聲

兓兓兓各本譌朁朁今依玉篇集韵正銳意也先主入故兩先爲銳之意兓兓其言所謂意內而言外也凡俗用鐵尖字卽兓字之俗从二先子林切七部

文二　重一

皃頌儀也頁部曰頌皃也此曰皃頌儀也是爲轉注頌者今之容字必言儀者謂頌之儀度可皃象也凡容言其內皃言其外引伸之凡得其狀曰皃析言則容皃各有當如叔向曰貌不道容是也絫言則曰容貌如動容貌斯遠暴慢是也从儿白象面形上非黑白字乃象人面也莫教切二部凡皃之屬皆从皃貌皃或从頁豹省聲按此蓋易籀文之皃爲頁貌籀文皃从豸大徐本作从豹省今字皆用籀文覍冕也按當云覍冕屬轉寫奪屬字耳冠下云弁冕之總名也云總名則弁與冕固有分矣冕下云大夫以上冠也云大夫以上冠則士無冕可知士有爵弁非冕也依禮器則夏殷之士有冕周之士爵弁亦冕之亞也周禮掌弁冕之官但曰弁師周曰覍殷曰吁夏曰收吁宋本及五音韵譜如此此古本也五經文字曰字林作冔經典相承隸省作冔然則冔字又出字林後許書安得有冔白虎通作謣吁謣皆大義士冠禮記曰周弁殷冔夏收鄭曰弁名出於槃槃大也言所以自光大也冔名出於幠幠覆言所以自覆飾也收言所以收斂髮也郊特牲亦曰周弁殷冔夏收弁者爵弁非冕也而王制有虞氏皇而祭夏后氏收而祭殷人冔而祭周人冕而祭不言弁言冕鄭曰皇冕屬則收冔皆冕屬可知大雅厥作祼將常服黼冔傳曰冔殷冠也夏后氏曰收周曰冕亦不以周弁配夏收殷冔而言周冕故知士冠禮郊特牲之周弁非不可云周冕蓋周之爵弁卽夏殷之收冔收冔卽夏殷之冕也周禮司服弁師二職皆不言爵弁其諸爵弁包於冕與鄭曰爵弁制如冕黑色但無繅耳玉裁謂周覍殷

吁夏收皆冕也爵弁卽夏殷之冕則韋弁皮弁亦冕屬也故許以冕屬釋之 从皃象形（謂篆體小也蓋象皮弁之會鄭曰會縫中也皮變切十四部按弁古音同盤其引伸之義爲法如顧命率循大卞是也亦爲大如鄭云所以自光大是又叚借爲昪樂字如詩小弁傳曰弁樂也卽衞風傳之盤樂也弁樂之反爲弁急如左傳邾莊公卞急是也）

弁 或覍字（今則或字行而正字廢矣𡚸爲籀文則覍本古文也入象上覆之形弁之譌俗爲卞由隸書而馳謬也）

𡚸 籀文覍从廾上象形（从廾者敬以承之也）

文二　重四

𠑹 廱蔽也（廱當作邕俗作壅此字經傳罕見音與蠱同則亦蠱惑之意也晉語曰在列者獻詩使勿兜兜或當爲𠑹韋曰兜惑也） 从儿象左右皆蔽形（左右當作𠂇又又謂冂也） 凡𠑹之屬皆从𠑹讀若瞽（公戶切五部）

兜 兜鍪（逗） 首鎧也（鎧者甲也鍑屬曰鍪首鎧曰兜鍪謂其形似鍪也月部曰冑兜鍪也古謂之冑漢謂之兜鍪長楊賦鞮鍪生蟣蝨李善曰鞮鍪卽兜鍪也玉裁謂鞮䩮也鍪兜鍪也） 从𠑹从皃省（會意當侯切四部） 皃象人頭形也（說从皃省之意皃之上體象人面）

文二

先 前進也前當作歬不行而進曰歬凡言歬者緩詞凡言先者急詞也其爲進一也从儿之之者出也引伸爲往也穌前切古音在十三部讀若先聲之詵凡先之屬皆从先

兟 進也五經文字儿部曰兟色巾反見詩按此謂大雅甡甡其鹿也今大雅作甡傳曰甡甡衆多也但玉篇云兟多也亦作詵駪[illegible]兟甡字同是衆多之義可作兟據五經文字則張參所據大雅作兟蓋並先爲衆進之意今石刻五經文字此字已泐而馬刻本乃誤爲[illegible]蓋因宋搨模糊而譌耳从二先贊从此闕闕謂闕其讀若也今所臻切十三部

文二

禿 無髮也喪服四制曰禿者不髽明堂位注曰齊人謂無髮爲禿楬周禮醫師注曰庀頭瘍亦謂禿也引伸之凡不銳者曰禿釋名曰沐禿沐皆無上皃之稱沐者管子云沐涂樹之枝謂刊落之也从儿上象禾粟之形取其聲按粟當作秀以避諱改之也采下云禾成秀也然則秀采爲轉注象禾秀之形者謂禾秀之穎屈曲下𠂹莖屈處圓轉光潤如折釵股禿者全無髮首光潤似之故曰象禾秀之形秀與禿古音皆在三部故云禿取秀之聲爲聲也許書兩言取其聲世下曰从卅而曳長之亦取其聲謂取曳聲也此云象禾秀之形取其聲謂取秀聲也皆會意兼形聲也其實秀與禿古無二字殆小篆始分之今人禿頂亦曰秀頂是古遺語凡物老而椎鈍皆曰秀如鐵生衣曰銹

他谷切凡禿之屬皆从禿王育說謂以上爲王育說也倉頡出見禿人伏禾中因以制字未知其審因一時之偶見遂定千古之書契禿人不必皆伏禾中此說殆未然矣廣韵禿下曰說文云無髮也从儿上象禾粟之形文字音義云倉頡出見禿人伏於禾中因以制字廣韵不以倉頡云云爲說文語則知古本無倉頡以下十七字而王育說三字爲結上之辭全書例固如此文字音義者唐書藝文志有玄宗開元文字音義二十卷是也

穨禿皃周南曰我馬虺穨釋詁及毛傳曰虺穨病也禿者病之狀也此與𠂤部之隤迴別今毛詩作隤誤字也又小雅維風及穨毛傳曰穨風之焚輪者也與釋天同从禿貴聲此从𧶠聲今俗字作穨失其聲矣杜回切十五部

文二

見視也析言之有視而不見者聽而不聞者渾言之則視與見聞與聽一也耳部曰聽聆也聞知聲也此析言之从目儿用目之人也會意古甸切十四部凡見之屬皆从見

視瞻也目部曰瞻臨視也視不必皆臨則瞻與視小別矣渾言不別也引伸之義凡我所爲使人見之亦曰視士昏禮視諸衿鞶注曰視乃正字今文作示俗誤行之曲禮童子常視毋誑注曰視今之示字小雅視民不恌箋云視古示字也按此三注一也古作視漢人作示是爲古今字示下曰天垂象見吉凶所以示人也許書當本作視人以疊韵爲訓經淺人改之耳

从見示聲大徐無聲字神至切十五部 古文視 亦古文視此氏聲與目部眂氏聲迥別氏聲古音在十五部視氏聲在十六部自唐宋至今多亂之眂見周禮

求視也視字各本奪今補求視者求索之視也李善注吳都賦引倉頡篇曰䙷索視之皃也亦作矖 从見麗聲讀若池郎計切十六部

好視也和好之視也 从見委聲取委順之意於爲切十六部

旁視也目部曰睨衺視也二字音義皆同 从見兒聲五計切十六部

好視也女部曰嫋順也覶與嫋義近玉篇曰覶縷委曲也古書亦作覼縷詳言之意 从見𤔔聲洛戈切古音當在十四部

笑視也嬉笑之視也目部曰睩目睞謹也廣韵曰⿰彔見眼曲⿰彔見也 从見彔聲力玉切三部

大視也目部曰暖大目也故⿰爰見爲大視 从見爰聲況晚切十四部

察視也密察之視也高帝紀廉問師古注曰廉察也字本作覝其音同耳按史所謂廉察皆當作覝廉行而覝廢矣 从見㶾聲㶾見火部从入二一爲羊之羊爲聲非从入一爲干也篆體沿誤今皆正之 讀若鎌力鹽切七部

外博衆視也舊視上有多字今依廣韵刪衆多之視所視者衆也員物數也䞓物數紛䞓亂也⿰員見同音而義近博大通也外大通而多所視也 从見員聲讀若運王問切十三部

諦視也

宋諦之視也穀梁傳曰常事曰視非常曰觀凡以我諦視物曰觀使人得以諦視我亦曰觀猶之以我見人使人見我皆曰視一義之轉移本無二音也而學者強爲分別乃使周易一卦而平去錯出支離殆不可讀不亦固哉小雅采綠傳曰觀多也此亦引伸之義物多而後可觀故曰觀多也猶灌木之爲藂木也 从見雚聲 古玩切按玩當作完十四部

觀 古文觀从囧

㝵 取也从見寸 會意多則切一部 寸度之亦手也 說从寸兼此二解按彳部㝵爲古文得此爲小篆義不同者古今字之說也在古文則同得在小篆則訓取也說詳女部之嫥

覽 觀也 以我觀物曰覽引伸之使物觀我亦曰覽史記孟荀列傳爲開第康莊之衢高門大屋尊寵之覽天下諸侯賓客言齊能致天下賢士也此覽字無讀去聲者則觀字何必鈲析其音乎 从見監 會意 監亦聲 盧敢切八部

⿰來見 內視也 史記趙良曰內視之謂明於从來取意 从見來聲 洛代切一部

䚓 顯也 顯當作㬎㬎顯古今字㬎者衆明也从日中見絲然則䚓之爲言亦察及微杪也小雅題彼脊令傳曰題視也題者䚓之假借字毛云視許云㬎者此葢轉寫奪字當云㬎視如覼下求視亦奪視字察及飛鳥是爲明㬎之視鄭箋云題之爲言睇也則謂題同睇非許意睇者小邪視也與題音義皆不同 从見是聲 杜兮切玉篇亦達麗切十六部

⿰票見 目有察省見也 目偶有所見也伺者有意⿰票見者無心今俗語尚云⿰票見與目部之瞟音義皆同 从見票聲 方小切二部

部方係類隔 覭覰逗雙聲字也 闚覰也闚者閃也閃者闚頭於門中也易覰六二曰闚
覰利女貞虞翻曰竊覰爲闚 从見束聲七四切十五部玉篇此沓切小徐本及廣韵集韵類篇皆譌作
束非是 覰覷也三字依全書通例補淺人刪之耳覰古多假狙爲之周禮蜡氏注曰蜡讀如狙司之
狙狙司卽覰伺也史漢狙擊秦皇帝應劭云狙伏伺也方言自關而西曰索或曰狙三倉狙伺也通俗文伏伺曰狙是則覰狙
古今字如今本少此三字則覰之本義隱也 一曰二字今補 拘覰逗此亦漢時語 未致密
也致今之緻字許書無緻謂粗疏 从見虘聲七句切按當依廣韵七慮切五部 小
見也如溟之爲小雨皆於冥取意釋言曰冥幼也 从見冥聲莫經切十一部 爾雅
曰覭髳弗離釋詁文今本髳作茀非古也郭云孫叔然字別爲義按許單出覭字而釋之則孫與合
內視也隸釋張壽碑覭覭虎視不折其節覭與眈音義皆同眈下曰視近此曰內視 从見
甚聲丁含切古音在七部 遇見也覯與遘遇疊韵辵部曰遘遇也覯从見則爲逢遇之見召南
草蟲曰亦既見止亦既覯止傳曰覯遇也此謂覯同遘鄭箋云既覯謂已昏也引易男女覯精萬物化生鄭意以覯卽見無俟
重言毛云遇也實含會合之義故引而伸之必俟脫纓燭出昏禮既成乃自信可以寧父母心此申毛非異毛也鄭所據易作
覯精今皆作構蓋失之矣 从見冓聲古后切四部 注目視也專注之視

也於从歸取義从見歸聲渠追切十五部

覘 闚視也闚各本作窺今依廣韵訂左傳公使覘之杜曰覘視也檀弓晉人之覘宋者鄭曰覘闚視也國語公使覘之韋曰覘微視也檀弓我喪也斯沾叚沾爲覘从見占聲敕豔切釋文勑廉反七部春秋傳曰公使覘之信左傳成十七年

覹 司也司者今之伺字許書無伺司下當有視字廣韵曰覹伺視也於从微取意⿰目微同覹从見微聲無非切十五部

覢 暫見也猝乍之見也倉頡篇云覢覢視皃按與目部之睒音義皆同从見炎聲失冉切八部春秋公羊傳曰覢然公子陽生言公羊者以別於左氏謂之春秋傳也此哀公六年公羊傳文何本覢作闖注云闖出頭皃許所據不同也

覾 覾覫各本佚此二字今依全書通例補集韵十七真曰覾覫暫見暫見也从見賓聲必刃切十二部按覾覫異部而廣韵覾當依集韵紕民切

覫 覾覫也从見樊聲讀若幡附袁切十四部小徐本篆作覫

⿰民見 病人視也从見民聲讀若迷按各本篆作䙹解作氐聲氐聲則應讀若低與讀若迷不協攷廣韵十二齊曰䙹病人視皃集韵曰䙹䙹二同類篇曰䙹䙹二同集韵類篇䙹又民堅切訓病視蓋古本作⿰民見民聲讀若眠者其音變讀若迷者雙聲合音也唐人諱民偏旁省一畫多似氐字始作䙹繼又譌作⿰民見乃至正譌並存矣今改从正體莫兮切古音在十一部

⿰鹵見 下視

窔也曲禮曰凡視下於帶則憂左傳曰單子視下言徐按云下視窔者謂下視窔窔之處从見囪聲讀若攸以周切三部

⿰彡見私出頭視也閃下曰闚頭門中也闖下曰馬出門皃也音義皆略同从見彡聲讀若郴丑林切七部

⿱冖見窔前也前當作歬與冢音義略同冢重冃故入冃部此重窔前故入見部从見冃莫紅莫沃二切古音當在二部三部閒按鍇本目部又有䁅字鉉本及廣韵有覭無䁅集韵二字兼有

覬𣢟幸也欠部𣢟下曰𣢟幸也覬𣢟疊韵古多作幾漢人或作覬亦作冀於从豈取意豈下曰欲也从見豈聲几利切十五部

覦欲也覦欲疊韵廣韵曰覬覦欲得也从見俞聲羊朱切古音在四部

⿱舂見視不明也此與心部惷愚也音義同从見舂聲丑尨切九部一曰直視别一義於从舂取義

⿰龠見視誤也从見龠聲弋笑切二部

覺悟也悟各本作寤今正心部曰悟者覺也二字爲轉注㝱部曰寐覺而有言曰寤非其義也何注公羊趙注孟子皆曰覺悟也左傳以覺報宴杜曰覺明也引伸之抑傳曰覺直也此因覺與斠梗疊韵雙聲而言又引伸之斯干傳曰有覺言高大也从見學省聲古岳切三部一曰發也此義亦見廣雅卽警覺人之意

覹目赤也从見智省聲智毛刻作智誤今依宋本才的切十六部

靚召也廣雅釋言曰令召靚也曹憲云耻敬反亦

爲靚妝之靚似政反耶敬則召靚之靚也今多二云靚飾借則其字矣廣韵曰古奉朝請亦作此字按史記漢書皆作朝請徐廣二云律諸矦春朝曰朝秋曰請郭注上林賦二云靚糚粉白黛黑也 从見青聲 疾正切按當依曹憲耶敬切十一部

親 至也 至部曰到者至也到其地曰至情意懇到曰至父母者情之冣至者也故謂之親 从見亲聲 七人切十二部李斯刻石文作親左省一畫

覲 諸矦秋朝曰覲勤勞王事也 勤也二字舊奪今補大宗伯以賓禮親邦國春見曰朝秋見曰覲鄭曰覲之言勤也欲其勤王之事按鄭與許合疊韵爲訓異義朝名公羊說諸矦四時見天子及相聘皆曰朝以朝時行禮卒而相逢於路曰遇古周禮說春曰朝夏曰宗秋曰覲冬曰遇謹案禮有覲經詩曰韓矦入覲書曰江漢朝宗于海知其朝覲宗遇之禮從周禮說鄭駁曰此皆有似不爲古昔覲禮諸矦前朝皆受舍於朝朝通名也秋之言覲據時所用按此條許鄭本無異不得云駁也鄭目錄云朝宗禮備覲遇禮省是以享獻不見焉是鄭謂周禮四者名殊禮異也 从見堇聲 渠吝切十三部

覜 諸矦三年大相聘曰覜 王制曰諸矦之於天子也比年一小聘三年一大聘五年一朝鄭曰此大聘與朝晉文霸時所制也異義云公羊說諸矦比年一小聘三年一大聘五年一朝天子左氏說十二年之閒八聘四朝再會一盟許慎謹案公羊說夏制左氏說周禮傳曰三代不同物明古今異說鄭駁之云三年聘五年朝文襄之霸制周禮大行人各以服數來朝其諸矦歲聘閒朝之屬說無所出晉文公强盛諸矦耳非所謂三代異物也按大宗伯時

聘曰問殷覜曰視鄭注殷覜謂一服朝之歲以朝者少諸侯乃使卿以大禮衆聘焉一服朝在元年七年十一年鄭說殷覜不用三年大聘之說許則以周禮之覜卽三年大聘故大行人曰王之所以撫邦國諸侯者歲徧存三歲徧覜五歲徧省省與覜同閼歲而舉所謂三年大聘下於上上於下皆得曰覜故曰相許說與周禮不相違也

覜視也釋詁文覜訓視故从見小行人曰存覜省聘問臣之禮也按五者皆得訓視从見兆聲他弔切二部

覒擇也玉篇引詩左右覒之按毛詩作芼擇也葢三家詩有作覒者廣韵覒視也从見毛聲讀若苗莫袍切二部廣韵莫報切

覕蔽不相見也覕之言閟也祕也蔽覕雙聲从見必聲莫結切十二部

覗司人也司者今之伺字釋訓曰戚施面柔也鄭云戚施之疾不能仰面柔之人常俯似之亦以名云釋文云戚施字書作規覗同按面柔之人不敢專輒必伺人顏色故云爾但許無規字許義不必同爾雅从見它聲讀若馳式支切古音在十七部

䚊目蔽垢也目部所謂蔑兜也兜卽䚊字从見𥏫聲讀若兜當侯切四部

文四十五　重三

覞並視也廣韵曰普視此今義也从二見弋笑切按祭義見見以蕭光見閒以俠甒注云見及見閒皆當爲覸字之誤也覸不見於許書葢卽覞字謂蕭光與燔燎並見俠甒與肝肺首心並見也見者視也覞應古莧切

十四部 凡覞之屬皆从覞 䚘 很視也 很者不聽從也 从覞肩聲 苦閑切十四部 齊景公之勇臣有成䚘者 孟子滕文公篇作成䚘趙注曰成䚘勇果者也廣韵曰䚘人名出孟子按成䚘淮南齊俗訓作成荆䚘爲荆猶攷工記故書顧或作牼也

⿱雨覞 見雨而比息 比下曰密也密息者謂鼻息數速也道途遇雨急行則息必頻喘矣此字讀如欷正與齂爲臥息屓爲臥息呬爲息叩爲呻皆讀虛器切同各本比作止篇韵同或又作上似不若宋刊葉抄二本作比爲長 从覞雨 从覞雨者衆多於雨也 讀若欷 虛器切十五部

文三

欠 張口气悟也 悟覺也引伸爲解散之意口部嚏下曰悟解气也鄭注周易草木皆甲宅曰皆讀如人倦解之解人倦解所謂張口气悟也謂之欠亦謂之嚏曲禮君子欠伸正義云志疲則欠體疲則伸通俗文曰張口運氣謂之欠㰦按詩願言則嚏傳曰嚏劫也孫毓同崔靈恩集注云毛訓嚏爲㰦今俗人云欠欠㰦㰦是也不作劫字人體倦則伸志倦則㰦玉裁謂許說多宗毛許釋嚏爲悟解气蓋用毛說也㰦音丘據切欠㰦古有此語今俗曰呵欠又欠者气不足也故引伸爲欠少字 象气从儿上出之形 彡與彡同李陽冰改篆作云乃是古文先耳云上象人開口下象气出非也去劒切八部 凡欠之屬皆从欠

欽 欠皃 凡气

不足而後欠欽者倦而張口之皃也引伸之凡欽然如不足謂之欽詩晨風憂心欽欽傳曰思望之心中欽欽然小雅鼓鍾欽欽傳曰欽欽言使人樂進也皆言沖虛之意尚書欽哉皆令其惟恐失之也釋詁曰欽敬也攷虞夏商書言欽周書則言敬虞夏商書皆欽敬錯見上曰欽若昊天下曰敬授民時又欽哉不曰敬哉蓋欽與敬意略同而畧有別也周書言敬哉不言欽哉惟多方曰有夏之民叨懫曰欽劓割夏邑立政帝欽罰之欽字兩見某氏傳皆訓爲敬未知合書意否　从欠金聲　去音切七部欽歁欿歉皆雙聲疊韵字皆謂虛而能受也

⿰䜌欠　欠皃　廣韵曰迷惑不解理此今義也　从欠䜌聲　洛官切十四部

欯　喜也　廣韵曰笑也　从欠吉聲　許吉切十二

吹　出气也从欠从口　昌垂切古音在十七部按吹已見口部宜刪此

欨　吹也一曰笑意从欠句聲　況于切古音在四部

歑　溫吹也　與呼音同義異　从欠虖聲　虎烏切五部

⿰或欠　吹气也从欠或聲　於六切古音在一部玉篇火麥切是也

歟　安气也　如趣爲安行鸒爲馬行疾而徐音同義相近也今用爲語末之辭亦取安舒之意通作與論語與與如也　从欠與聲　以諸切五部

⿰脅欠　翕气也　翕合也廣韵作歙氣　从欠脅聲　虛業切八部

歕　吹气也　歙歕與口部之吸噴義相似而異　从欠賁聲　普魂切十三部

歇　息也　息者鼻息也息之義引伸爲休息故歇之

義引伸爲止歇　一曰气越泄　泄當作渫此別一義越渫猶漏溢也七發曰精神越渫百病咸生李引高
注呂氏春秋曰越散也引鄭玄毛詩箋曰渫發也　从欠曷聲讀若香臭盡歇
許謁切十五部　歡　喜樂也从欠雚聲　呼官切十四部孟子借驩爲歡　欣　笑
喜也　言部訢下曰喜也義略同按萬石君傳僮僕訢訢如也晉灼云訢許慎曰古欣字晉所據說文似與今本不同
从欠斤聲　許斤切十三部　弞　笑不壞顏曰弞　各本篆作弞今正考廣韵
弞式忍切笑不壞顏也集韵類篇同今按曲禮笑不至矧注云齒本曰矧大笑則見此然則笑見齒本曰矧大笑也不壞顏曰
弞小笑也二義不當同音淺人因己與弓略相似妄合之耳玉篇於欸欣二文下曰弞呼來切笑不壞顏也此希馮時所據說
文也於歛歓二文之閒曰弞式忍切笑不壞顏也此孫強陳彭年所據誤本說文也學者可以悟矣廣雅弞笑也楚辭吳都賦
作咍○齒本曰矧矧謂矧卽斷之叚借也大戴高柴執親之喪未嘗見齒盧注曰哂則齒見笑則矧見按論語夫子哂之馬曰哂
笑也蓋哂卽矧盧語未覈說文無哂後人因哂矧造弞耳　从欠己聲　各本作引省聲式忍切今正呼來切
一部　款　意有所欲也　屈原賦曰悃悃款款王注心志純也按古款與窾通用窾者空也款亦訓
空空中則有所欲也釋器款足者謂之鬲小司馬引舊說款足謂空足也又引申子款言無成　从欠窾省
臣鉉等曰窾塞也意有所欲而猶未塞款款然也按空則宐窒苦管切十四部　款　款或从柰　取柰

何之意

⿰气欠 㚔也 㚔者吉而免凶也覬下曰⿰气欠㚔也⿰气欠與覬音義皆同今字作冀古音不同 从欠气聲 居气切十五部 一曰口不便言 此謂與吃同也口部曰吃言蹇難也

欲 貪欲也 欲者衍字貝部貪下云欲也二篆爲轉注今貪下作欲物也亦是淺人增字凡此書經後人妄竄益不可數計獨其義例精密迄今將二千年猶可推尋以復其舊是以敢目二云後有達者理而董之也感於物而動性之欲也欲而當於理則爲天理欲而不當於理則爲人欲欲求適可斯已矣非欲之外有理也古有欲字無慾字後人分別之製慾字殊乖古義論語申棖之欲克伐怨欲之欲一从心一不从心可徵古者之未能畫一矣欲从欠者取慕液之意从谷者取虛受之意易曰君子以徵忿窒欲陸德明曰欲孟作谷晁說之曰谷古文欲字晁氏所據釋文不誤今本改爲孟作浴非也 从欠谷聲 余蜀切三部

歌 詠也 言部曰詠歌也二字爲轉注 从欠哥聲 古俄切十七部

謌 歌或从言 歌永言故从言可部曰哥聲也古文以爲謌字

歂 口气引也 廣韵引字林同左傳多有名歂者 从欠耑聲讀若輇 車部曰有輻曰輪無輻曰輇市緣切十四部

歍 心有所惡若吐也 心有所惡若欲吐而實非吐也山海經曰其所歍所尼郭曰歍嘔猶噴吒范注太玄曰歍歍逆吐之聲也按此所謂暗噁即歍之或字也暗於鳩切噁烏路切暗噁言其未發也叱吒言其已發也太玄則歍歍之歍謂吐歍謂欲吐未吐 从欠烏聲 哀都切五部

一曰歍⿰鼀欠二字舊奪今依廣韵一屋蹴字下補口相就也謂口與口相就也

⿰鼀欠 歍⿰鼀欠也其義已在上文故但曰歍⿰鼀欠而已此全書之通例从欠鼀聲才六切廣韵子六切三部

噈 俗⿰鼀欠从口从就會意兼形聲

⿰尗欠 惄然也此以疊韵爲訓心部曰惄憂也⿰尗欠然心口不安之皃也从欠尗聲才六切三部孟子曰曾西⿰尗欠然見公孫丑篇今作蹵趙注蹵然猶蹵踖也蹵踖同蹴踖

欦 含笑也欲含疊韵从欠今聲丘嚴切廣韵許兼切七部

歋 人相笑相歋瘉後漢書王霸傳市人皆大笑舉手邪揄之李注說文曰歋瘉手相笑也歋音弋支反瘉音踰或音由按據此注似許書本有瘉篆然許本無瘉則無从欠瘉聲之字可知方言本無正字不妨下字作瘉瘉之或从歈或作⿰瘉欠或作揄或作⿰揄欠猶歋之或作擨或作邪或作⿰邪欠或作揶耳此謂人相笑故字从欠李注引手相笑恐是因正文而誤从欠虒聲以支切十六部

歊 歊鍇本祇一歊複舉字之未刪者耳气上出皃上字依李善兩都賦注補楊雄解嘲曰泰山之高不嶕嶢則不能浡滃雲而散歊烝亦作⿰⿱爫高欠漢書敘傳曲陽⿰⿱爫高欠⿰⿱爫高欠師古曰氣盛也按今本作歊非祭義假蒿字爲之鄭曰蒿謂氣烝出貌也从欠高高亦聲許嬌切二部

欻 有所吹起从欠炎聲讀若忽西京賦欻從背見薛注欻之言忽也按此篆久譌从炎非聲蓋本从桼聲譌而爲炎莫能

謂正偁去聲字說以从炎會意亦恐非也許勿切十五部

欪 欪欪戲笑皃 此今之嗤笑字也廣韵嗤欪嗤爲二字殊誤其云嗤又作㰻不知皆欪之俗耳文賦曰雖濬發於巧心或受欪於拙目李善曰欪笑也與嗤同今本轉寫乖謬 从欠㞢聲 許其切按當赤之切一部蚩亦从虫㞢聲

歚 歚歚气出皃 按詩君子陶陶傳曰陶陶和樂皃疑正字當作歚又䌛陶字亦當作此 从欠䍃聲 余招切古音二部三部皆可

歗 吹也 吹大徐作吟 从欠肅聲 穌弔切古音在三部口部以歗爲籒文嘯矣此重出者葢小篆亦从欠作也 詩曰其歗也謌 今召南其嘯也歌小雅白華歗歌傷懷本亦作嘯

歎 吟也謂情有所悅吟歎而歌詠 悅當作說謂情已下十字各本無今依李善注盧諶覽古詩所引補葢演說文語也古歎與嘆義別歎與喜樂爲類嘆與怒哀爲類如樂記云一唱而三歎有遺音者矣又云長言之不足故嗟歎之嗟歎之不足故不知手之舞之足之蹈之論語喟然歎曰皆是此歎字檀弓曰戚斯嘆嘆斯擗詩云而無永嘆嘅其嘆矣愾我寤嘆皆是嘆字 从欠鷬省聲 他案切十四部

歎 籒文歎不省

歖 卒喜也 卒疑當作猝 从欠从喜 許其切一部喜部曰歖古文喜此重出未刪葢如女部孌之例

欸 訾也 按訾者呰之字誤訾者思稱意也呰者訶也分見言部口部玉篇欸者呰也可正訾字之譌廣韵十六怪曰怒聲十六咍曰歎也玉篇曰恚聲正與訶義合口部有唉字譍也

與欸義別項羽本紀亞父受玉斗拔劍撞而破之曰唉豎子不足與謀此正怒聲字當作欸方言欸然也南楚凡言然者曰欸或曰譍此正訓譍字當作唉 从欠矣聲 烏戒切又烏開切一部

㰣 歐也 从欠此聲 前智切十六部

歐 吐也 海外經歐絲之野女子跪據樹歐絲 从欠區聲 烏后切四部

歔 欷也 二字雙聲 从欠虛聲 朽居切五部 一曰出气也 與口部嘘略同

欷 歔也 欷亦作唏史記紂爲象箸而箕子唏 从欠希聲 香衣切十五部

歜 盛气怒也 引伸爲凡氣盛之偁左傳饗有昌歜杜注曰昌歜昌蒲葅也孔氏沖遠云相傳昌歜之音爲在感反徧檢書傳昌蒲之葅無此別名玉裁謂此非草名也乃葅名也周禮昌本言取其根左傳昌歜言昌陽氣辛香以爲葅其氣觸鼻故名昌歜歜之讀在敢反者語之轉也歜與歜同在三部音轉皆可入八部是以玉篇云歜亦徂感切昌蒲葅也蓋古本左傳有作昌歜者二字可相叚借皆可讀屋沃本韵之音非必定當在敢反也 从欠蜀聲 尺玉切三部

𣣀 言意也 有所言之意也意內言外之意 从欠从卤 卤氣行皃 卤亦聲讀若酉 與久切三部

㵣 欲歠歠 从欠渴聲 此舉形聲包會意渴者水盡也音同竭水渴則欲水人㵣則欲飲其意一也今則用竭爲水渴字用渴爲飢㵣字而㵣字廢矣渴之本義廢矣晉語忨日而㵣歲心部引春秋忨歲而㵣日韋昭曰㵣遲也遲讀爲遲久之遲急待之意也苦

葛切十五部 𣢋所歌也廣韻無所字所歌也當作𣢋楚歌也四字上林賦激楚結風郭璞曰激楚歌曲也文穎曰楚地風氣本自漂疾歌樂者猶復依激結之急風爲節其樂促迅哀切也按激楚古葢作𣢋楚楚作所者聲之誤淺人又刪去 从欠噭省聲噭當作𣢋讀若噭呼口部曰噭呼也呼當作嘑此謂𣢋音同噭也古弔切二部古亦讀如激玉篇公的切 𣣋悲意意內言外之意玄應書云通俗文小怖曰𣣋公羊傳𣣋然而駭是也按今公羊作色然 从欠嗇聲所力切一部合諸書攷之𣣋下當云小怖也从欠嗇聲引公羊傳𣣋然而駭又出⿰奧欠篆下當云悲意从欠奧聲今本舛奪故廣韻集韻仍之𣣋注悲意火弔切非也類篇⿰奧欠注馨叫切悲意是也 ⿰⿰米焦欠盡酒也此與酉部釂音義皆同 从欠⿰米焦聲子肖切二部 ⿰緘欠堅持意堅各本作監今依篇韻正从緘者三緘其口之意口閉也从欠緘聲口閉說从欠緘之意當云从欠緘緘亦聲此舉形聲包會意耳古咸切七部 ⿰辰欠指而笑也呂覽舜爲天子轉轉𣢒𣢒莫不載悅高注曰𣢒𣢒動而喜也又作陳陳殷殷無二切皆譌字耳𣢒葢即𣢒字轉寫从夂吳都賦東吳王孫𣢒然而咍劉注云𣢒大笑皃引莊周齊桓公𣢒然而笑𣢒即𣢒字之異者俗譌作𣢒 从欠辰聲時忍切十三部讀若蜃 𣢐鰥干逗不可知也鰥干各本作昆干今依篇韵正鰥干葢古語讀如寬寒二音不可知之意也若云汗曼 从欠鰥聲古渾切十三部 歡

也歠者歃也凡盟者歃血从欠臿聲山洽切八部春秋傳曰歃而忘隱七年左傳歃如忘服虔曰如而也臨歃而忘其盟載之辭言不精也許作而者古如而通用許所據與服異

欶 吮也口部曰吮欶也二篆為轉注通俗文含吸曰欶从欠束聲所角切三部

歁 食不滿也从欠甚聲讀若坎苦感切七部

欿 欲得也孟子附之以韓魏之家如其自視欿然則過人遠矣張鎰曰欿音坎內顧不足而有所欲也玉裁按孟子叚欿為坎謂視盈若虛也大玄雷推欿亶卽坎窞也今本大玄欿字譌不可識从欠臽聲讀若貪他含切七部

欱 歠也欱與吸意相近與歕為反對東都賦曰欱野歕山从欠合聲呼合切七部

歉 歉食不滿也歉疑當作嗛謂口銜食不滿也引伸為凡未滿之偁穀梁傳曰一穀不升謂之歉古多假嗛為歉从欠兼聲苦簟切七部

𣢯 咽中息不利也玄應本作气息不利多气字咽者嗌也咽中息不利若骸而非骸也通俗文大咽曰𣢯咽讀去聲與許義不合从欠骨聲烏八切十五部

欭 嚘也口部曰嚘者語未定皃欭嚘為雙聲王風中心如噎傳曰噎謂噎憂不能息也玉篇如此噎憂卽欭嚘之叚借字不能息謂气息不利也鄭風傳曰不能息憂不能息也憂亦卽嚘字老子終日號而不嚘玉篇作不嚘二云嚘气逆也大玄柔兒于號三歲不嚘皆謂气窒塞不利廣韵嘻欭歎也从欠因聲

乙冀切古音在十二部欬屰气也周禮疾醫冬時有嗽上氣疾注曰嗽欬也上氣逆喘也按嗽本亦作欶欶者含吸也含吸之欲其下而气乃逆上是曰欬許書以欶包嗽口部無嗽俗又作瘶倉頡篇齊部謂瘶曰欬从欠亥聲苦蓋切一部㱁且唾聲且唾者聊唾也一曰小笑此與字林之謚音義同集韵類篇皆作小兒蓋奪笑字从欠毄聲許壁切十六部歙縮鼻也系部曰縮者蹴也歙之言攝也从欠翕聲許及切十六部丹陽有歙縣陽當作楊字之誤也地理志郡國志丹楊郡歙縣今江南徽州府歙縣休寧縣皆其地也今徽人讀式涉切⿰咎欠蹴鼻也蹴鼻卽縮鼻也廣雅曰欲吐也此謂欲卽歐之叚借字左傳吾伏弢嘔血杜曰嘔吐也本又作喀按嘔喀卽歐欲字从欠咎聲於糾切三部讀若爾雅曰麐豭短脰見釋獸篇豭今本作麚非麐豭一獸名非上文之麋牡麐鹿牡麚也欲讀如此麐⿰幼欠愁皃从欠幼聲於虯切三部按口部云呦之或字篇韵此義上聲於糾切欪咄欪逗此疊韵古語也無慙一曰無腸意無腸猶無心也按廣韵云訶也蓋謂同咄从欠出聲讀若卉丑律切五部欥詮詞也詮具也淮南詮言訓高注曰詮就也就萬物之指以言其徵事之所謂道之所依也詮詞者凡詮解以爲詞如欥求厥寧欥中和爲庶幾是也釋言遹述也毛詩蟋蟀傳曰聿遂也文王傳曰聿述也古聿遹

同字述遂同字爾雅言述而遂在其中毛公或言遂或言述因文分別也毛詩多言聿獨文王有聲四言遹而毛無傳毛意遹卽聿聿訓遂故鄭箋以述別之遂者因事之詞亦專詈韓詩及曹大家注幽通賦及杜注左傳皆云聿惟也此專詈也欥其正字聿遹曰皆其叚借字也因詈專詈皆詮詈也 从欠曰 會意气悟而出詈也 曰亦聲 余律切十五部 詩曰欥求厥寧 今大雅欥作遹班固幽通賦欥中龢爲庶幾兮文選作聿詩曰喪厥國見晛曰消見晛曰流韓詩皆作聿

次 不前不精也 前當作歬不歬不精皆居次之意也 从欠二聲 當作从二从欠从二二故爲次七四切古音在十二部讀如漆是以魯漆室之女或作次室周禮巾車軟字杜子春讀爲桼也

𣢡 古文次 蓋象相次形

㱂 飢虛也 飢者餓也漮者水之虛康者屋之虛㱂者餓腹之虛 从欠康聲 苦岡切十部

欺 詐也 大徐作詐欺也今依韵會正言部曰詐者欺也此曰欺者詐也是爲轉注从欠者猶从言之意 从欠其聲 去其切一部

歆 神食气也 大雅曰履帝武敏歆傳曰歆饗也許用毛義而不云饗也者嫌食部以鄉飲酒釋饗故易其文神食气故其字从欠也引伸爲𢡺悅之意皇矣無然歆羨傳釋爲貪羨楚語曰楚必歆之賈逵曰歆貪也韋曰歆猶貪也周語民歆而德之韋曰歆猶欣欣喜服也按鄭箋生民首章云心體歆歆然亦是以欣釋歆 从欠音聲 許今切七部

文六十五　重五小徐重四

歠也易蒙卦虞注曰水流入口爲飲引伸之可飲之物謂之飲如周禮四飲是也與人飲之謂之飲俗讀去聲如左傳飲之酒是也又消納無迹謂之飲漢書朱家傳飲其德猶隱其德也从欠酓聲酓从酉今聲見酉部於錦切七部隸作飲凡㱃之屬皆从㱃　古文㱃从今水从水今聲也　古文㱃从今食从食今聲也隸用此

㱃也二篆爲轉注與口部啜義異从㱃省不立㱃部則歠字無所附偁云从欠从酒省則所歠不獨酒也叕聲昌說切十五部　歠或从口从夬夬聲也莊子吹劍首者吷之而已矣用此字許劣切

文二　重三

慕欲口液也有所慕欲而口生液也故其字从欠水从欠水會意敘連切十四部俗作涎郭注爾雅作唌凡次之屬皆从次　次或从侃侃聲　籀文次如[illegible][illegible]皆籀文

貪欲也大雅無然歆羨毛傳云無是貪羨此羨之本義也叚借爲衍字如大雅及爾游羨傳曰羨溢也周禮以其餘爲羨鄭司農云羨饒也皆是亦叚借爲延字典瑞璧羨

（注二云長也玉人注二云徑也皆由延訓長叚此爲延也墓中道曰羨道音延亦取淺長之義若江夏郡沙羨縣音夷則係方語）从次羑省（按羑當作𠫵似面切十四部）羑呼之羑文王所拘羑里（此釋从羑會意之恉而轉寫奪誤不完當云𠫵者𠫵評之𠫵文王所拘羑里作羑共十四字別羑𠫵二文也羑里之羑進善也見羊部𠫵相訹評也見厶部有所羨者必好惡無節於內知誘於外故从𠫵省然𠫵之古文作羑則云从羑爲是十四字蓋庾儼輩爲之）

𣢐 歠也从次厂聲（厂抴也明也見十二篇）讀若移（以支切按凡厂聲之字皆在古音十六部）

盜 厶利物也（周公曰竊賄爲盜盜器爲姦米部曰盜自中出曰竊）从次皿（會意）次欲也欲皿爲盜（依韵會本說从次之意徒到切二部）

文四　重二

旡 㱃食屰气不得息曰旡（屰气各本作气屰今依篇韵正不得息者咽中息不利毛傳於王鄭皆曰嚘不得息是也屰气故从反欠先之字經傳無徵大雅桑柔曰如彼遡風亦孔之僾傳曰僾唈也釋言同箋云使人唈然如鄉疾風不能息也今觀許書則知先乃正字僾乃假借字凡云不得息者如歠字欭字嚘字噎字唈字皆雙聲像意然則先必讀於未切也僾之訓彷彿見也毛鄭何從知其訓唈然不能息則以有先字在也僾从愛聲愛从㤅聲㤅从先聲可得其同音叚借之理矣凡古文字之可考者如此或問釋言毛詩傳唈字當作何字曰此卽旡字也於唈古多作邑如

史記商君傳漢書杜鄴師丹傳可證古音七八部與十五部關通相叚之理也毛謂優旡也此卽壺瓠也之例謂壺卽瓠之叚借也从反欠居未切十五部按居未當作於未凡旡之屬皆从旡。

𣄞古文旡觀此則知小徐欠作𣄞與此爲一正一反正是古文欠也葢今本欠有小篆而失古文矣鍇从小篆者也㤅者从古文者也今隸旡作先从古文而小誤也

𣄢屰惡驚詞也玉篇無惡字誤遇惡驚駭之詈曰媧猶見鬼驚駭之詈曰𩲡也叚借爲禍字史記漢書多叚猒爲禍猒卽媧也从旡咼聲讀若楚人名多夥多部曰齊謂多爲夥葢齊楚皆有此語也陳勝世家曰楚人謂多爲夥故天下傳之乎果切十七部

𣄴事有不善言𣄴也故从旡按水部曰涼薄也紬繹上下文乃周禮六飲之涼當作𣄴酒也𣄴則爲事有不善之言若亮則爲明也諒則爲信也四字在說文義別而古經傳多相叚爾雅𣄴薄也按爾雅無此文爾雅二字淺人所增耳𣄴薄也許以足上文意有未盡之語桑柔毛傳杜注左傳小爾雅皆云涼薄也涼卽𣄴字廣雅釋詁曰𣄴禣也禣卽薄字从旡京聲力讓切按篇韵皆力章力尚二切十部

文三　重一

三十七部　文六百一十一今人部去佇舟部補綢儿部補亮

重六十三　凡八千五百三十九字

說文解字第八篇下

珍倣宋版印

說文解字第九篇上

金壇段玉裁注

頁 頭也从百从儿古文䭫首如此 按此十二字蓋後人所改竄非許氏原文原文當云頁古文䭫首字如此从百从儿共十一字䭫字見下文首部䭫者小篆依常例當於䭫下出頁解云古文䭫而以如是立文則从頁之九十三文無所附故別出頁爲部首正如儿卽古文奇字人亣卽籒文大而皆必別出之爲部首云儿古文奇字人也云亣籒文大改古文也皆不必再釋儿字亣字頁字之義後人乃於儿下贅之云仁人也頁下贅之云頭也而倒亂其文皆由不知許氏立言之變例故爾頁部不廁首部後而列於前者蒙八篇从儿之字爲次也小篆百古文作首小篆䭫古文作頁今隸則百用古文䭫用稽字而百頁䭫皆不行矣从百儿爲頁首字如从气儿爲欠从目儿爲見會意字本與䭫同音康禮切十五部今音轉爲胡結切 凡頁之屬皆从頁 大徐本此下有百者䭫首字也小徐本百作頁此古注謂頁卽䭫字也要非許語今刪

頭 百也 百各本作首今正小篆作百說文據小篆爲書故敘曰今敘篆文合以古籒也漢人多用首不用百者自係一時相習而然許造字書則有定體百下曰頭也頭下曰百也是曰轉注禮記曰頭容直頭頸必中 从頁 首以䭫爲最重故字多从頁 豆聲 度侯切四部

顔 眉之閒也 各本作眉目之閒淺人妄增字耳今正眉與目之閒不名顔釋言曰猗嗟名兮目上

爲名郭注云眉眼之閒西京賦名作略薛注曰眉睫之閒是不謂之顏也若云兩眉閒兩目閒則兩目閒已是鼻莖謂之頞又非顏也面下曰顏前也色下曰顏气也是可證顏爲眉閒醫經之所謂闕道書所謂上丹田相書所謂中正印堂也按庸風揚且之晳也子之清揚揚且之顏也傳曰揚眉上廣也清視清明也揚且之顏者廣揚而顏角豐滿也毛云顏角蓋指全額而言中謂之顏旁謂之角由兩眉閒以直上皆得謂之顏醫經額曰顏曰庭是也國語角犀豐盈亦角謂旁犀謂中犀牛一角在鼻一角在頂故相法有骨自印堂至頂者曰伏犀貫頂若方言云瀕頟顏顙也湘江之閒謂之瀕中夏謂之頟東齊謂之顙汝頴淮泗之閒謂之顏此則依方語通謂頟爲顏非毛許意也小雅顏之厚矣凡羞媿喜憂必形於顏謂之顏色故色下曰顏气也

从頁彥聲 五姦切十四部

⿰彥𦣻 籀文 鈕樹玉曰各本篆體右作頁誤也此从古文百

頌 皃也 皃下曰頌儀也與此爲轉注不曰頌也而曰頌儀也者其義小別也於此同之於彼別之也古作頌皃今作容皃古今字之異也容者盛也與頌義別六詩一曰頌周禮注云頌之言誦也容也誦今之德廣以美之詩譜曰頌之言容天子之德光被四表格于上下無不覆燾無不持載此之謂容於是和樂興焉頌聲乃作此皆以容受釋頌似頌爲容之假借字矣而毛詩序曰頌者美盛德之形容以其成功告於神明者也此與鄭義無異而相成鄭謂德能包容故作頌序謂頌以形容其德但以形容釋頌而不作形頌則知假容爲頌其來已久以頌字專系之六詩而頌之本義廢矣漢書曰徐生善爲頌曰頌禮甚嚴其本義也曰有罪當盜械者皆頌繫此假頌爲寬容字也

从頁公聲 余封切又似用切九部按古祇

余封切。⿰容頁籒文。疑从𦣻。⿰毛頁頊顱首骨也。此五字各本作顱也二字，今依
全書通例正。骨部曰：髑髏頂也。頊顱卽髑髏語之轉也。頊顱亦疊韵。玉篇引博雅聲類作頊顱，恐有誤。戰國策云：頭顱僵仆，相
望於竟。从頁毛聲。徒谷切。按此音誤也。廣韵一屋無此字。十九鐸音徒落切，是不誤矣。五部。顱
頊顱也。各本作頊顱首骨也五字，今依全書通例正。漢書武五子傳作盧。从頁盧聲。洛乎
切。五部。⿰⿱罒旲頁顚頂也。篇韵皆云⿰⿱罒旲頁顚二同。按說文義異。从頁⿱罒旲聲。穴部曰：⿱罒旲讀若
傿。魚怨切。十四部。顚頂也。見釋言。國語班序顚毛注同。引伸爲凡物之頂。如秦風有馬白顚，傳曰：白顚，的
顙也。馬以顙爲頂也。唐風首陽之顚，山頂亦曰顚也。顚爲冣上，倒之則爲冣下。故大雅顚沛之揭，傳曰：顚，仆也。論語顚沛，馬注
曰：僵仆也。離騷注曰：自上下曰顚。廣雅曰：顚，末也。从頁眞聲。都秊切。十二部。頂顚也。頂
顚異部疊韵字。故顚頂倒，樂府或作丁倒。引伸爲凡在冣上之偁。故廣雅云：頂，上也。按頂之假借字作定。詩周南麟之定，釋言、毛傳
皆曰：定，題也。毛傳一本作顚也，亦與爾雅無不合。葢禽獸橫生，以頟爲頂，故秦風白顚，傳曰的顙，亦以顙釋顚。从頁
丁聲。都挺切。十一部。𩠐或从𦣻作。鉉曰：从古文百也。舊作𩠐誤。⿰鼎頁籒文
从鼎。鼎聲也。顙頟也。方言：中夏謂之頟，東齊謂之顙。九拜中之頓首必重用其顙，故凡言稽顙
者，皆謂頓首，非稽首也。公羊傳曰：再拜顙者，卽拜而後稽顙也。何曰：顙者，猶今叩頭。按叩頭者，經之頓首也。从頁

桑聲穌朗切十部 題 頟也釋言毛傳曰定題也引伸爲凡居前之偁从頁是聲杜兮切十六部 頟 顙也釋名曰額鄂也有垠鄂也引伸爲凡有垠鄂之偁如喪服疏引大戴禮云大功已上唯唯小功已下額額然皋陶暮晝夜額額釋名云頟頟然憚之韓碑云頟頟蔡城从頁各聲五陌切古音在五部今𨽾作額 頞 鼻莖也鼻謂之準鼻直莖謂之頞史記唐舉相蔡澤曰先生曷鼻巨肩魋顏蹙齃既言鼻又言頞者曷同遏遏鼻言其內不通而齃蹙齃則言在外鼻莖也鼻有中斷者蔡澤諸葛恪之相是也有憂愁而蹴縮者孟子言蹙頞是也有病而辛頞者此言其內酸辛素問所言是也从頁安聲烏割切十五部釋名曰頞鞍也偃折如鞍也知固可讀如安 齃 或从鼻曷曷聲也 頯 權也權者今之顴字戰國策眉目準頞權衡犀角偃月其字正作權易夬九三壯于頄王云面權也翟云面顴頰閒骨也鄭作頯頯夾面也王與許說同國策謂之權衡者象其平也按太玄視次四頯須姝爲韵今本頯作傾誤肉部曰肫者面頯也儀禮釋文引說文肫章允反漢高祖隆準準與肫音同故應劭曰隆高也準頰權準也入聲音拙則字又作頔从頁弅聲渠追切按古音仇在三部是以蜀才作仇也三篇𠬞部弅从肉聲讀如逵逵同馗讀如仇 頰 面旁也面者顏前也顏前者兩眉閒兩目閒已下至頰閒也其旁曰頰面部曰輔頰也易咸上六咸其輔頰舌輔卽酺之假借字也凡言頰車者今俗謂牙牀骨牙所載也與單言頰不同从頁夾聲古叶切八部 𩓮 籀文頰各本右作

覺誤今依集韵正又左體之夾今改从籒文大⿰皀頁頰後也頰後謂近耳及耳下也从頁皀聲古恨切十三部廣韵古很切頜顄也公羊傳呼獒而屬之獒亦躇階而從之祁彌明逆而跤之絕其頷何云以足逆蹋曰跤頷口也按玉篇引作絕其頜此謂以足迎蹋之遂使獒之顄不能噬也方言頷頤頜也南楚謂之頷秦晉謂之頜頤其通語也从頁合聲胡感切按依方言則緩言曰頷急言曰頷頜當讀如合也玉篇公荅切七部顄頤也𦣞下曰顄也𦣞者古文頤與此爲轉注王莽傳作顄正字也方言作頷於說文爲假借字从頁函聲胡男切七部頷同頸頭莖也从頁巠聲居郢切十一部領項也按項當作頸碩人桑扈傳曰領頸也此許所本也釋名國語注同領字以全頸言之不當釋以頭後若廣雅領頸項也合宜分別者渾言之其全書之例類皆然矣衣之曲袷謂之領亦不謂衣後也仲尼燕居注領猶治也淮南書高注領理也皆引伸之義謂得其首領也鑰策傳用領爲蓮異部假借从頁令聲良郢切古音在十二部項頭後也頭後者在頭之後後項雙聲故項稟亦曰后稟也肉部曰脰項也公羊傳搏閔公之脰何云脰頸也齊人語此當曰項而曰頸者渾言則不別小雅四牡項領傳曰項大也此謂項與唯同从頁工聲胡講切九部⿰冘頁玉枕也玉枕各本作項頊小徐作項枕廣韵作項頊二云項魚欲切醫經本作玉枕許說同一譌爲項頊再譌爲項頊皆非也沈氏彤詳攷內經甲乙經作釋骨曰顛之後橫起者曰頭橫骨曰枕骨其兩旁

尤起者曰玉枕骨玉枕骨卽偃臥箸枕之處單評曰頫玉篇引倉頡云垂頭之皃此別一義从頁冘聲

章衽切八部顀出頟也謂頟胅出向前也玄應曰今江南言顀頭胅頟乃以顀爲後枕之名按後枕卽上文之頄也从頁隹聲直追切十五部䫌曲頤也曲頤者頤曲而微向前也揚雄傳顉頤師古曰曲頤也按廣頤曰䫌曲頤曰顉頤狀之不同也从頁不聲薄回切古音在一部顩䶢皃也䶢者齒差也篇韵皆云頩顩不平也頩邱檢切字當作頩并聲按許說顩之本義文選解嘲顩頤乃假顩爲顲也从頁齒差必形於外故从頁僉聲魚檢切七部𩑶面目不正皃玉篇曰面不平廣韵曰面斜从頁尹聲余準切十三部頵頭頵頵大也按鍇本作頭頵頵也與文選注合然恐有奪字耳文選長笛賦重巘增石簡積頵砡春秋楚君有名頵者从頁君聲於倫切十三部李善引說文丘隕切䪻面色顛顛皃皃當依玉篇作也从頁員聲讀若隕于閔切十三部𩕢頭頰長也四字當作頭陝面長皃五字玉篇云頭頰面長皃頰亦譌字廣韵面長皃則少頭陝二字文選解嘲𩕢頤折頞韋昭曰面長曰𩕢欺甚切玉篇引倉頡云𩕢面長說頤之皃蓋解嘲及倉頡皆以𩕢爲顲也从頁兼聲五咸切七部碩頭大也引伸爲凡大之偁釋詁毛傳皆曰碩大也簡兮傳曰碩人大德也碩與石二字互相借从頁石聲常隻切古

音在五部頒大頭也小雅魚藻曰魚在在藻有頒其首傳曰頒大首皃若之華牂羊墳首傳曰墳大也此
假墳爲頒也孟子頒白者不負戴於道路此假頒爲辬也周禮匪頒之式鄭司農云匪分也頒讀爲班布之班謂班賜也此假
頒爲班也从頁分聲布還切按古音在十三部符分切一曰鬢也鬢者頰髮也引伸之
頰亦曰頒玉藻笏大夫以魚須文竹鄭云文猶飾也大夫士飾竹以爲笏按須乃頒之誤故釋文音班崔靈恩作魚班知唐初
故作頒須無音班之理魚頒者謂魚頰骨考工記注曰之而頰頌也是也詩曰有頒其首證前一義
顒大頭也引伸之凡大皆有是偁小雅六月其大有顒傳曰顒大皃大雅卷阿傳曰顒顒温皃卬卬盛皃
釋訓曰顒顒卬卬君之德也又其引伸之義也从頁禺聲魚容切按禺聲本在四部此四部九部合音也
詩曰其大有顒⿰羔頁大頭也玉篇引倉頡二云頭大也廣雅曰⿰羔頁大也从
頁羔聲口幺切二部顝大頭也廣雅曰顝大也思玄賦顝羈旅而無友舊注顝獨也此與
九辨塊獨守此無澤之塊同皆於音求之玉篇引倉頡云相抵觸廣雅云醜也皆引伸之義从頁骨聲
讀若魁苦骨切十五部玉篇口骨口回二切廣韵同願大頭也本義如此故从頁今則本
義廢矣邶風願言思子中心養養傳曰願每也此每如春秋外傳懷私爲每懷賈誼賦品庶每生之每按毛詩願字首見於終
風願言則嚏而無傳則毛意謂與今人語同耳釋詁曰願思也方言曰願欲思也邶風鄭箋曰願念也皆與今語合丂部曰寧

願詈也用部曰甯所願也心部曰憖肎也凡言願者蓋寧甯憖三字語聲之轉自詩所用已如是而二子乘舟語意尤深故傳別言之實非異也从頁原聲魚怨切十四部顤高長頭玉篇下有皃字靈光殿賦李注顤顤大首深目之皃从頁堯聲五弔切二部頎頭佳皃此本義也引伸爲長皃衞風碩人其頎齊風頎若長兮傳皆曰頎長皃又曰敖敖猶頎頎也古假頎爲懇如檀弓頎乎其至是也从頁斤聲渠希切按古音在十三部如旂本讀同芹然則碩人何以韵衣也曰頎人頎讀入微韵衣讀如殷皆可讀又若鬢讀又若者謂讀若芹矣又有此讀也按頎篆併解各本奪今依小徐本及集韵類篇韵會所引訂補⿰敖頁贅⿰敖頁高也當云頭高也廣韵云頭長从頁敖聲五到切二部亦作顤⿰岳頁前面岳岳也前當作歬歬面猶俗云當面李白詩山從人面起靈光殿賦神仙岳岳於棟間李注岳岳立皃从頁岳聲岳古文嶽五角切古音在二部⿰㬎頁昧前也前當作歬昧當作昧昧於當歬論語所謂正牆面而立也从頁㬎聲讀若昧莫佩切十五部⿰霝頁面瘦淺⿰霝頁⿰霝頁也从頁霝聲郎丁切十一部顡頭蔽頯也蔽頯疊韵字蓋古語也集韵曰謂頭癡錢氏大昕曰春秋戰國人名有蒯聵者疑即此蔽頯字从頁豙聲五怪切十五部⿰囷頁梱頭也木部曰梱梡木未析也梡梱木薪也凡物渾淪未破者皆得曰梱凡物之頭渾全者

皆曰梱頭梱頑雙聲析者銳梱者鈍故以爲愚魯之偁左傳曰心不則德義之經爲頑 从頁元聲五還切十四部

䪹 小頭䪹䪹也䪹之言嫢也嫢者細也 从頁枝聲讀若規又己恚切徐云又者謂居隨切矣又有此切也十六部亦作頍亦作㯻

顆 小頭也引伸爲凡小物一枚之偁珠子曰顆米粒曰顆是也賈山傳蓬顆蔽冢晉灼曰東北人名土塊爲蓬顆按此卽淮南書宋玉風賦之堁字許注淮南曰堁塵塺也 从頁果聲苦惰切十七部

頢 短面也廣韵曰小頭皃 从頁昏聲五活切又下活切十五部廣韵古活切

頲 狹頭頲也疑當作頲頲也假借爲挺直之挺釋詁曰頲直也 从頁廷聲他挺切十一部

頠 頭閑習也閑當作嫺字之誤也引伸爲凡嫺習之偁釋詁曰頠靜也頠與女部之姽義略同 从頁危聲語委切十六部

頷 面黃也離騷苟余情其信姱以練要兮長顑頷亦何傷王注顑頷不飽皃本部顑字下云飯不飽面黃起行也義得相足今則頷訓爲頭古今字之不同也 从頁含聲胡感切七部李善注離騷音呼感反

䪲 面不正也 从頁爰聲于反切十四部

頍 舉頭也此頍之本義也故其字从頁圭冠禮緇布冠缺項注缺讀爲頍頍圍髮際結項中隅爲四綴以固冠今未冠笄者箸冠卷頍象之所生也滕薛名蔮爲頍如鄭說則頍所以支冠舉頭之義之引伸也小雅有頍者弁傳曰頍弁皃弁皮弁也惟舉頭曰頍故載弁亦曰

頍義之相因而引伸者也 从頁支聲 丘弭切十六部 詩曰有頍者弁 頍弁篇

𩒨 內頭水中也 內者入也入頭水中故字从頁𠬧𠬧與水部之没義同而別今則𩒨廢而没專行矣 从頁𠬧𠬧亦聲 烏没切十五部

顧 還視也 還視者返而視也檜風箋云迴首曰顧析言之爲凡視之偁鄉黨賓不顧矣謂還視也車中內顧苞氏謂前視不過衡軛旁視不過輢轂則顧猶視也又引伸爲臨終之命曰顧命又引伸爲語將轉之詞 从頁雇聲 古慕切五部

順 理也 理者治玉也玉得其治之方謂之理凡物得其治之方皆謂之理理之而後天理見焉條理形焉非謂空中有理非謂性卽理也順者理也順之所以理之未有不順民情而能理者凡訓詁家曰從順也曰愻順也曰馴順也此六書之轉注曰訓順也此六書之假借凡順愼互用者字之譌 从頁川 人自頂以至於踵順之至也川之流順之至也故字从頁川會意而取川聲小徐作川聲則舉形聲包會意訓馴字皆曰川聲也食閏切十三部

𩔖 顏色𩔖𩕄愼事也 愼事玉篇廣韵作順事疑南宋改耳 从頁㐱聲 之忍切十三部廣韵亦章刃切

𩕄 𩔖𩕄也 从頁粦聲 良刃切玉篇來軫切二篆今作須𩕄十二部 一曰頭少髮 廣韵卅一震曰須𩕄頭少髮⿱髟离疑頭少髮單承𩕄字言十六軫說是也

顓 頭顓顓謹皃 此本義也故从頁白虎通曰謂之顓頊何顓者專也頊者正也言能專正天之道也按叀者小謹也今字作專亦假顓作專如淮南

云顓民法言云顓蒙漢書言顓顓獨居一海之中皆是从頁耑聲職緣切十四部頊頭頊

頊謹皃此本義也故从从頁引伸爲正也白虎通又曰冬其帝顓頊顓頊者寒縮也从頁玉聲

許玉切三部顉低頭也低當作氐氐者說文之低字也左傳襄廿六年衞獻公反國大夫逆於竟者執

其手而與之言道逆者自車揖之逆於門者頷之而已釋文頷本又作頷按依許則頷頷皆非也杜注搖頭亦非旣不執手而

言又不自車揖之則在車首肎而已不至搖頭也釋文本又作頷正是本又作顉之譌列子湯問曰顉其頭則歌合律郭璞游

仙詩洪厓頷其頭注引列子亦作頷引廣雅頷動也頷皆顉之譌故云五感反若本顉字則當云胡感反也顉其頭者開口則

低其頭靈光殿賦顉若動而躨跜今本亦譌頷从頁金聲五感切古音在七部春秋傳曰

迎于門顉之而已頓下首也按當作頓首也三字爲句周禮太祝九㨖

一曰䭫首二曰頓首三曰空首三者分別劃然不當頓䭫二字皆訓之曰下首明矣鄭曰稽首拜頭至地也頓首拜頭叩地也

空手拜頭至手所謂拜手也吉拜拜而後稽顙謂齊衰不杖以下者凶拜稽顙而後拜謂三年服者玉裁按九拜以前三者爲

體後六者爲用如六書以指事象形形聲會意四者爲體轉注假借二者爲用也凡經言拜手言拜皆周禮之空首手部㨖字

下曰首至手何注公羊傳曰頭至手曰拜手皆與周禮空首注合凡經言稽首小篆作䭫古文作頁經傳無異僻何注公羊云

頭至地曰稽首與周禮注合凡經傳言頓首言稽顙或單言顙皆九拜之頓首何注公羊曰顙猶今叩頭檀弓稽顙注曰觸地

無容皆與周禮頓首注合頭至手者拱手而頭至於手頭與手俱齊心不至地故曰空首若稽首頓首則拱手皆下至地頭亦皆至地而稽首尚稽遲頓首尚急遽頓首主於以顙叩觸故謂之稽顙或謂之顙周禮之九拜不盡知而稽首者吉禮也頓首者凶禮也空首者吉凶所同之禮也經傳立文凡單言拜及下屬稽首稽顙言拜言拜手者皆空首也言拜手稽首者空首而稽首也言拜而後稽顙者空首而頓首也言稽顙而後拜者頓首而空首也言稽顙而不拜者頓首而不空首也經於吉賓嘉曰稽首未有言頓首者也於喪曰稽顙亦未有言頓首者也然則稽顙之卽頓首無疑矣有非喪而言頓首者非常事也類乎凶事也如申包胥之九頓首而坐以國破君亡穆嬴頓首於宣子以太子不立與季平子稽顙於叔孫昭子以君亡昭公子家駒再拜顙於齊侯以失國正同也若陳無宇稽顙於欒施以排患釋難禮之過也無宇之詐也沿至秦漢以頓首爲請罪之辭中山策司馬喜之頓首別於陰姬公之稽首漢人文字存者蔡邕戍邊上章云朔方髡鉗徒臣邕稽首再拜上書皇帝陛下末云臣頓首死罪稽首再拜以聞蔡質所記立宋皇后儀首云尚書令臣囂等稽首言末云臣囂等誠惶誠恐頓首死罪稽首再拜以聞許沖進說文解字首云召陵萬歲里公乘臣沖䪾首再拜上書皇帝陛下末云臣沖誠惶誠恐頓首頓首死辠死辠䪾首再拜以聞皇帝陛下皆頓首與稽首分別稽首爲對敭之辭

从頁 首叩地故从頁 屯聲 都困切十三部

凡言供頓頓宿皆取屯聚意而假頓爲之又多假頓爲鈍

頫 低頭也 低當作氐西京賦伏櫺檻而頫聽聞雷霆之相激薛綜曰頫低頭也上林賦頫杳眇而無見李善引聲類頫古文俯字

从頁逃省 逃者多媿

而俯故取以會意从逃猶从免也匡謬正俗引張
揖古今字詁云頫今之俯俛也蓋俛字本从免俯則由
音讀而製用府爲聲字之俗而謬者故許書不錄俛舊音無辨
切頫玉篇音靡卷切正是一字一音而孫強輩增說文音俯四
字不知許正讀如免耳古音在十三十四部之閒大徐云方矩
切者俗音也**大史卜書頫仰字如此**卜或作公誤匡謬正俗引正作卜漢藝文志著
龜十五家四百一卷大史卜書當在其內言此者以正當時多作俛俯非古也**楊雄曰人面頫**此蓋
摘取楊所自作訓纂篇中三字以證从頁之意頫本謂低頭引伸爲凡低之偁

俛 頫或从人免

匡謬正俗引及小徐皆作俗頫字篆體或改作俛解作从人免
以从免聲而讀同俯爲繇不知舊讀同免過秦論俛起阡陌之
中李善引漢書音義音免史記倉公傳不可俛仰音免龜策列
傳首俛索隱正義皆音免玄應書兩云俛仰無辨切廣韵俛亡
辨切俯俛也玉篇人部俛無辨切俯俛也此皆俛之正音而表
記俛焉日有孳孳釋文音勉毛詩黽勉李善引皆作僶俛俛與
勉同音故古假爲勉字古無讀俛如府者也頫音同俛

⿰臣頁 舉目視人皃目當依廣韵作眉舉眉揚眉也**从頁臣聲**式忍切十二部

⿰善頁 倨視人也倨者不遜也**从頁善聲**旨善切十四部

頡 直項也淮南脩務訓王公大人有嚴志頡頏之行者無不憚悇癢心而
悅其色矣此頡頏正謂強項也亢部⿰亢夋下曰直項莽⿰亢夋淮南之
頏即說文之⿰亢夋也直項者頡之本義若邶風燕燕于飛頡之頏之

之傳曰飛而下曰頡飛而上曰頏此其引伸之義直項爲頡頏故引伸之直下直上曰頡頏从頁吉聲
胡結切十二部頨頭頡頨也頡頨疊韵古語頭菌蠢皃若高祖隆準服虔準音拙應劭曰頰權準
也師古曰頨權頨字豈當借準爲之按服伹云準音拙耳權頨之名又出漢後也从頁出聲之出切十
五部讀又若骨一云又者謂出聲則讀若拙矣又讀若骨也顥白皃漢郊祀歌曰西顥沆碭西
都賦曰鮮顥氣之清英顥與臭音義略同从景頁景者日光也日光白从景頁言白首也按上文當云白首皃李
善注文選引聲類顥白首皃聲類蓋本許書今許書乃爲淺人刪首字耳郊祀歌西都賦及楚辭則皆引伸假借也胡老切二
部楚詞曰詞當作辭許書皆作楚詞天白顥顥見大招王逸曰顥顥光貌按此當廁白首
人也之下寫者亂之耳土部堋下引左傳朝而堋在前引虞書堋淫于家在後可證許偁古之例南山四
顥南四八目廣韵作商皇甫士安高士傳曰四晧皆河內軹人或在汲一曰東園公二曰角里先生三曰綺里季四曰
夏黃公秦始皇時退入藍田山作歌乃共入商雒隱地肺山漢高徵之不至深自匿終南山不能屈己按曰藍田山曰商雒地
肺山曰終南山東西相接八百里實一山也詩傳曰終南周之名山中南也左傳作中南史漢謂之南山楊雄解嘲曰四晧采
榮於南山說文作南山不誤張良傳注商山四晧宋時浙本作南山顥此字今補白首人也以是爲白
首之證他書作四晧者通假字也[illegible]大醜皃醜可惡也从頁樊聲附袁切十四部

䫆好皃 頭好也 从頁爭聲 疾正切十一部 詩所謂䫆首 䫆首當作螓首見衛風碩人傳曰螓首顙廣而方箋云螓謂蜻蜻也按方言蟬小者謂之麥蚻有文者謂之蜻蜻孫炎注爾雅引方言有文者謂之螓然則螓蜻一字也引古䒤于言所謂者假令詩作䫆首則徑偁詩句不言所謂

頢 頢妍也 三字爲句頢妍疊韵大徐改爲頭妍此卽改頓首爲下首之比妍安也頢義如周易之翩翩東都賦翩翩巍巍顯顯翼翼 从頁翩省聲讀若翩 按此當紕延切古音在十二部篇韵王矩一切葢有認爲羽聲者耳廣韵注云孔子頭也又附會以爲孔子圩頂之圩

顗 謹莊皃 莊者壯盛字之假借也釋詁曰顗靜也義相足 从頁豈聲 魚豈切十五部

顅 頭鬢少髮也 髟部曰鬜者鬢禿也此音義皆同葢實一字矣而以顅从頁故云頭鬢謂頭上及鬢夾也鬜从髟故單言鬢考工記數目顅脰故書顅或作牼鄭司農曰牼讀爲鬜頭無髮之鬜司農意謂鳥頭毛短也鄭注明堂位曰齊人謂無髮爲禿楬釋名曰禿無髮沐禿也毼頭生瘡曰瘕毼亦然也楬與毼皆卽鬜字許說周禮與先鄭同後鄭易之曰顅長脰也非許義證以莊子其脰肩肩則後鄭是也肩卽顅 从頁肩聲 苦閑切十四部 周禮曰數目顅脰

顐 無髮也 廣韵曰顒者顒顐也顐者禿也五困切 一曰耳門也 別一義 从頁困聲 按毛刻作困聲篆左从困不誤凡困聲之字亦入慁韵矣苦昆切十三部

頹 禿也 禿本訓無髮此則用其引伸之義也考工記作其鱗

之而注目之而頰頷也按頰謂鱗屬之面旁頷謂鱗屬之頤顄圓潤光滑故謂之禿古語如是魚游泳必動其頰與顄所謂作其之而也玉篇頪者頰下也是其字可作頪而淺者謂爲積字从頁气聲苦骨切十五部按周禮釋文云許愼口忽反禿也劉古本反正義曰舊讀頷字沽罪反劉炫以爲當音壺玉裁謂板本壺字葢誤當作壼

頛頭不正也釋魚左倪不類周禮類作靁蓋皆頛之假借字也从頁耒會意耒頭傾說从耒之意亦聲耒亦聲盧對切十五部廣韵無讀又若春秋陳夏齧之齧又有此音卽與左倪右倪之倪同也曰陳夏齧之齧當許時讀春秋此齧必與他齧不同也陳夏齧見春秋經昭廿三年正義考世本齧者徵舒曾孫杜云玄孫

⿰卑頁傾首也首玄應引作頭玄應引蒼頡篇云頭不正也又引淮南子左⿰卑頁右倪按釋魚左倪右倪郭注行頭左俾右俾俾亦作庳皆非是其字正當作⿰卑頁故釋文普計反也从頁卑聲匹米切十六部

⿰契頁司人也司者今之伺字一曰恐也从頁契聲讀若楔楔或作禊誤今依古本正今楔讀先結切⿰契頁胡計切韵書之分別也十五部

⿰鬼頁頭不正也从頁鬼聲口猥切十五部

頗頭偏也引伸爲凡偏之偁洪範曰無偏無頗遵王之義人部曰偏者頗也以頗引伸之義釋偏也俗語曰頗多頗久頗有猶言偏多偏久偏有也古借陂爲頗如洪範古本作無偏無陂顏師古匡謬正俗李善文選注所引皆作陂可證迄乎天寶乃據其時所用本作頗而詔改爲陂一若

古無作陂者不學而作聽之過也陂義古皆在歌戈部則又不知古音之過耳从頁皮聲滂禾切十七部
又四我切言部曰詖古文以爲頗字言古文之假借也頄顫也从頁尤聲按玄應書兩引
說文皆作頄是其字从頁又聲今本說文作𩓣尤聲非古也篇韵皆沿俗本之誤耳玄應引說文二云謂掉動不定也蓋演說文
語通俗文曰四支寒動謂之顫頄于救切古音在一部疚頄或从疒按此篆亦當作疚从疒又
聲據玄應書及廣韵可證玄應曰今作疣知淺人以今體改古體耳顫頭不定也不定各本作不
正今正顫頄皆不寧之皃上文顇顫頗頗四篆言頭不正此則義別頭不定故从頁引伸爲凡不定之偁从頁亶
聲之繕切十四部顑顑顲逗二字各本無今依全書通例補疊韵字食不飽面黃
起行也離騷長顑頷亦何傷王注顑頷不飽皃按許之顑顲卽顑頷也離騷假借頷爲顲許書單出頷篆云面黃
也此恐淺人所增廣韵顑顲瘦也从頁咸聲下感下坎二切七部廣韵苦感切又作顑呼唵切讀
若戇顲顑顲也各本作面顑顲皃今依全書通例正从頁㐭聲盧感切七部
煩熱頭痛也詩曰如炎如焚陸機詩云身熱頭且痛从頁火會意一曰
焚省聲焚火部作燓此謂形聲也附袁切十四部顡癡顡逗各本奪顡字今依玉篇廣韵補
不聽朙也廣韵曰顡顏惡也此今義也从頁豙聲五怪切十五部據廣韵此說文舊音

也

頪難曉也 謂相佀難分別也頪類古今字類本專謂犬後乃類行而頪廢矣廣雅云頪疾也 从頁米 頁猶種也言種類多如米也米多而不可別會意一說鮮首之多如米也故曰頪 元元盧對切十五部按六書故引唐本从迷省 一曰鮮白皃从粉省 鮮猶新也粉者白之甚者也

顇顦也 許書無顦篆大徐增之非也錢氏大昕曰面部之醮當是正字小雅或盡瘁事國傳云盡力勞病以從國事左傳引詩曰雖有姬姜無棄蕉萃杜曰蕉萃陋賤之人楚辭漁父顏色憔悴王曰皯黴黑也班固荅賓戲朝而榮華夕而焦瘁其字各不同今人多用憔悴字許書無憔篆悴則訓憂也 从頁卒聲 秦醉切十五部

⿰昏頁繫頭殟也 歺部曰殟者暴無知也今本譌作胎敗則此以殟釋⿰昏頁遂不可通集韵類篇引此條有謂頭被繫無知也七字當是古注語玉篇引莊子云問焉則⿰昏頁然⿰昏頁不曉也按與心部之惛音義略同 从頁昏聲 莫奔切十三部

頦醜也 廣雅同篇韵云頭下非許義 从頁亥聲 戶來切一部按

䫏醜也 此䫏之本義 从頁其聲 去其切一部 今逐疫有䫏頭 此舉漢事以爲證也周禮方相氏注云冒熊皮者以驚敺疫癘之鬼如今魌頭也淮南書視毛嬙西施猶䫏醜也高注云䫏䫏頭也方相氏黃金四目衣赭稀世之䫏貌䫏醜言極醜也風俗通曰俗說亾人魂氣游揚故作魌頭以存之言頭魌魌然盛大也或謂魌頭爲觸壙殊方語按魌䫏字同頭大故从頁也亦作⿰亻䫏靈光殿賦仡䫏猥以雕眈李注䫏猥大首也今本作欺猥葢誤

顥 籲呼也 呼當作評言部曰評召也口部曰召評也周書乃有室大競籲俊尊上帝某氏曰招呼賢俊與共尊事上天商書率籲衆慼出矢言某氏曰籲和也率和衆憂之人出正直之言按和之訓未知何出葢謂籲同龥龥以和衆聲也夫下文自我王來至底綏四方皆民不欲徙之言姚氏鼐之說是也籲衆慼出矢言正謂不欲徙之民相評急出誓言爲盤庚斆民命衆張本汗疏殊繆 从頁籥聲讀與籥同 羊戍切古音在二部讀如姚 商書曰率籲衆戚 見盤庚上戚今本作慼俗字也衛包所改

顯 頭明飾也 故字从頁飾者妝也女部曰妝飾也是也頭明飾者冕弁充耳之類引伸爲凡明之偁按㬎謂衆明顯本主謂頭明飾乃顯專行而㬎廢矣日部㬎下曰古文以爲顯字由今字假顯爲㬎乃謂古文假㬎爲顯也此古今字之變遷所必當深究也 从頁㬎聲 此舉形聲包會意 呼典切十四部

䪿 選具也 選擇而共置之也䪿選疊韵丌部曰巺具也顨具也人部曰僎具也是巺䪿顨僎四字義同玉篇曰䪿古文作選 从二頁 二頁具之意也 士戀切十四部

文九十三 宋本九十三毛刻九十二今刪顯字補頎字仍九十二 重八

百 頭也 頭下曰百也與此爲轉注自古文𩠐行而百廢矣白虎通何注公羊王注楚辭皆曰首頭也引伸之義爲始也本也儀禮古文假借手爲首 象形 象人頭之側面也左象前右象後書九切三部 凡百之

屬皆从百

面和也 和當作䛖䛖調也味相應也許書分別畫然今人淆之抑詩輯柔爾顏傳曰輯和也泮水載色載笑傳曰色溫潤也玉篇曰野王案柔色以蘊之是以今爲柔字按今字柔行而脜廢矣

从百肉 骨剛肉柔故从百肉會意肉亦聲 讀若柔 耳由切三部

文二

顏前也 顏者兩眉之中閒也顏前者謂自此而前則爲目爲鼻爲目下爲頰之閒乃正鄉人者故㒷背爲反對之偁引伸之爲相鄉之偁又引伸之爲相背之偁易窮則變變則通也凡言面縛者謂反背而縛之偭从面

从百象人面形 謂□也左象面 彌箭切十四部 凡面之屬皆从面

面見人也 各本無人今依毛詩正義補面見人謂但有面相對自覺可憎也小雅何人斯有靦面目傳曰靦姡也女部曰姡面靦也按心部曰青徐謂慙曰惧音義皆同而一从心者慙在中一从面者媿在外韋注國語曰靦面目之皃也 从面見 此以形爲義之例 見亦聲 他典切十四部 詩曰有靦面目

或从旦 旦聲也玉篇曰埤倉𩈊同靦字書作䩄

頰也 頰者面旁也面旁者顏前之兩旁大招曰靨輔奇牙宜笑嫣只王注言美頰有靨酺口有奇牙嫣然而笑尤媚好也淮南書奇牙出靨輔搖高注靨輔頰邊文婦人之媚也又曰靨輔在頰則好在顙則醜注靨酺者頰上窐也由此言之靨酺在頰故酺與頰可互偁古多借輔爲酺如

毛詩傳曰倩好口輔也此正謂靨酺咸上六咸其輔頰舌艮六五艮其輔其字皆當作酺葢自外言曰酺曰頰曰靨酺自裏言則上下持牙之骨謂之酺車亦謂牙車亦謂頷車亦謂頰車亦謂鎌車亦謂之酺亦謂之頰許言酺頰也者言其外也易言酺頰言酺言其裏也酺車非外之酺頰車非外之頰此名之當辨者也諸家說左傳輔車相依用牙車爲訓而許君不同說詳車部○按艮卦虞注云輔面頰骨上頰車也面頰骨今俗語尚如是上頰車卽頰骨在上持牙者服虔注左傳謂之上頷車然則在下持牙者亦得曰下頰車下頷車矣必云上頰車上頷車者言酺則言上是也頰車與舌言則必動故咸艮爻辭取此

从面甫聲符遇切五部

醮 面焦枯小也玉篇引楚辭云顏色醮顇希馮所據古本也漢外戚傳嫶妍太息歎稚子兮晉灼曰三輔謂幽愁面省瘦曰嫶冥嫶妍猶嫶冥也按嫶卽醮字省同瘖 从面焦此舉會意包形聲卽消切二部

文四　重一

丏 不見也象雝蔽之形雝各本作壅今正其實許書當作邕也禮經之參侯道居侯黨之一西五步鄭曰容謂之乏所以爲獲者御矢也周禮鄭司農注云容者乏也待獲者所蔽按乏與丏篆文相似義取蔽矢豈禮經本作丏與彌兖切古音在十二部以丏賓字知之 凡丏之屬皆从丏

文一

𦣻 古文百也 各本古文上有百同二字妄人所增也許書絶無此例惟麻下云與林同亦妄人所增也今刪正義已見上矣故祇言古文百如儿下曰古文奇字人亣下曰籒文大頁下曰古文䭫皆此例也不見𦣻扵百篆之次者以有从𦣻之篆不得不出之爲部首也今字則古文行而小篆廢矣 巛象髮 說百上有巛之意象髮形也小篆則但取頭形 髮謂之鬊 髮字舊奪今補 鬊卽巛也 當作巛卽鬊也與去卽易突字也例同鬊之訓髮隋也渾言之則爲髮偁此八字葢別一說上文謂象形此謂巛卽山川字古音同春故可假爲鬊字會意

凡𦣻之屬皆从𦣻

𩠐 䭫首也 三字句各本作下首也亦由妄人不知三字句之例而改之今正頓首䭫首爲周禮九拜之二大耑在漢末時上書言事者必分別其辭則二者形狀之不同所用行禮之分別許時人人知之故小雅大雅稽首毛皆無傳許亦但曰此篆謂䭫首此篆謂頓首而已周禮䭫首本又作稽許沖上書前作稽首後作䭫首恐今之經典轉寫譌亂者多矣鄭曰䭫首句拜頭至地也頓首拜頭叩地也葢䭫首者拱手至地頭亦至扵地而顙不必觸地與頓首之必以顙叩地異矣䭫首者稽遲其首也頓首亦曰䭫顙䭫顙者稽遲其顙也此吉凶之大辨也今人作名刺必曰頓首拜是以凶禮施扵賓禮嘉禮且頓首而拜非卽喪禮之稽顙而後拜乎亦議禮者所當知矣詳見頁部手部古者吉賓嘉皆䭫首無言頓首者喪則䭫顙無言䭫首者以是知䭫顙卽頓首也諸侯扵天子䭫首大夫士扵諸侯䭫首大夫士扵鄰國之君䭫首家臣扵大夫不䭫首以避君也君之扵臣拜手君扵臣䭫首者重其臣也洛誥二云成王拜手稽首是

也从𦣻旨聲康禮切十五部按此下不云頁古文䭫者已別出之爲部首矣

𩠒 截𦣻也首字各本奪今補斤部曰㫁者截也戈部曰截者㫁也截首則字从㫁首會意集韵類篇皆云㫁首是也廣雅𩠒㫁也此引伸爲凡截之偁也从㫁𦣻舊誤今正㫁亦聲此舉會意包形聲也大丸切十四部

剸 或从刀專聲王褒傳水㫁蛟龍陸剸犀革卽蘇秦傳之水㫁牛馬陸截鵠鴈也剸與刀部剬義相近古亦借爲專擅字小徐本無此篆

文三　重一

県 到𦣻也到者今之倒字此亦以形爲義之例賈侍中說偁官不偁名者尊其師也此㫁𦣻到縣県字廣韵引漢書曰三族令先黥劓斬左右趾県首菹其骨按今漢書刑法志作梟菹非孫愐所見之舊矣県首字當用此用梟於義無當不言从到首者形見於義如珏下不言从二玉也古堯切二部

凡県之屬皆从県

縣 繫也繫當作系繫者繫䌖也一名惡絮許書本非此字明矣許自序云據形系聯不作繫也系篆下云繫也當卽縣之譌二篆爲轉注古縣挂字皆如此作引伸之則爲所系之偁周禮縣系於遂邑部曰周制天子地方千里分爲百縣則系於國秦漢縣系於郡釋名曰縣縣也縣係於郡也自專以縣爲州縣字乃別製从心之懸挂別其音縣去懸平古無二形二音也顏師古云古縣邑字作寰亦爲臆說从系持

県會意胡涓切十四部

文二

須 頤下毛也 各本譌作面毛也三字今正禮記禮運正義曰案說文云耐者鬢也鬢謂頤下之毛象形字也今本而篆下云頰毛也須篆下云面毛也語皆不通毛篆下云眉髮之屬故眉解目上毛須解頤下毛須在頰者謂之䫇不謂之而釋須爲面毛則尢無理須在頤下頿在口上䫇在頰其名分別有定釋名亦曰口上曰髭口下曰承漿頤下曰鬚在頰耳旁曰髯與許說合易賁六二賁其須侯果曰自三至上有頤之象二在頤下須之象也引伸爲凡下垂之偁凡上林賦之鶡蘇吳都賦之流蘇今俗云蘇頭皆卽須字也俗假須爲需別製鬒鬚字 从頁彡 彡者毛飾畫之文須與頿每成三綹形似之也相俞切古音在四部讀如捼釋名曰鬚秀也 凡須之屬皆从須

頿 口上須也 在口上在頰亦得名須而正名百物則曰頿曰髯左傳曰至於靈王生而有頿是爲頿王釋名曰髭姿也爲姿容之美也 从須此聲 卽移切十五十六部或作髭

䫇 頰須也 頰面旁也釋名曰隨口動搖冄冄然也封禪書有龍垂胡髯下迎黃帝詳文意乃泛謂須 从須冄 會意 冄亦聲 汝鹽切七部俗作䫇髯

顊 須髮半白也 兼言髮者類也此孟子頒白之正字也趙注曰頒者斑也頭半白斑斑者也卑與斑雙聲是以漢地理志卑水縣孟康音斑蓋古顊讀如斑故亦假大頭之頒

藉田賦士女頒斌李注頒斌相襍之皃也其引伸之義也王制諸侯曰頖宮頖頖葢𩓣字之異體故假爲泮水之泮廣韵又借臥鬠之鬣爲𩓣 从須卑聲 府移切十六部讀如班則十四部

𩓣 短須髮皃 西京賦說猛獸髬髵薛曰髬髵作毛鬣也髬卽𩓣字須髮短則植猛獸毛鬣植 从須否聲 敷悲切古音在一部

文五

彡 毛飾畫文也 巾部曰飾者㕞也飾畫者㕞而畫之毛者聿也亦謂之不律亦謂之弗亦謂之筆所以畫者也其文則爲彡手之列多略不過三故以彡象之也毛所飾畫之文成彡須髮皆毛屬也故皆以爲彡之屬而从彡 象形 所銜切七部 凡彡之屬皆从彡

形 象也 各本作象形也今依韵會本正象當作像謂像似可見者也人部曰像似也似像也形容謂之形因而形容之亦謂之形六書二曰像形者謂形其形也四曰形聲者謂形其聲之形也易曰在天成象在地成形形分偁之實可互偁也左傳形民之力假爲型模字也易其形渥假爲刑罰字也 从彡 有文可見故从彡 开聲 戶經切十一部按枅笄字皆古兮切研字五堅切开聲古音俟考

㐱 稠髮也 稠者多也禾稠曰稹髮稠曰㐱其意一也 从彡 謂髮 人聲 之忍切十二部 詩曰㐱髮如雲 鄘風君子偕老文今詩作鬒葢以或字改古字傳曰鬒黑髮也疑黑字亦非毛公之舊許多襲毛不應有異左傳昔有仍氏生女鬒黑而甚美鬒正謂稠髮髮多且黑而皃甚美也服杜皆云美髮

爲鬒不言黑髮 𩕄 彡或从影真聲鬒又其或體 修 飾也巾部曰飾者㕞也又部曰㕞者飾也二篆爲轉注飾卽今之拭字拂拭之則發其光采故引伸爲文飾女部曰妝者飾也用飾引伸之義此云修飾也者合本義引伸義而兼舉之不去其塵垢不可謂之修不加以縟采不可謂之修修之从彡者洒㕞之也藻繪之也修者治也引伸爲凡治之偁匡衡曰治性之道必審己之所有餘而强其所不足 从彡攸聲 息流切三部經典多假肉部之脩 彰 彣彰也 彣各本作文今正文遭畫也與彣義別古人作彣彰今人作文章非古也尚書某氏傳呂覽注淮南注廣雅皆曰彰明也通作章 从彡章 會意謂文成章 章亦聲 諸良切十部 彫 琢文也 琢者治玉也玉部有琱亦治玉也大雅追琢其章傳曰追彫也金曰彫玉曰琢毛傳字當作琱凡琱琢之成文曰彫故字从彡今則彫雕行而琱廢矣 从彡 治玉成文也 周聲 都僚切三部 𢒠 清飾也 清飾者謂清素之飾也上林賦靚莊刻飾郭璞曰靚莊粉白黛黑也刻飾畫鬋鬢也按靚莊卽𢒠妝之假借字𢒠與水部之瀞義略同 从彡青聲 疾郢切十一部按丹部曰彤者丹飾也从丹彡彡其畫也疑此當云𢒠青飾也从彡青青亦聲蓋謂以青色飾畫之文也彤不入彡部𢒠不入青部者錯見也 㣎 細文也 細文文之細者故字从彡𡮘彡者文也𡮘者際見之白際者壁隙也㙞之細者也引伸爲凡精美之偁周頌曰維天之命於穆不已傳曰穆美也大雅傳曰穆穆美也釋訓曰穆穆肅肅敬也皆其義也古本作㣎今皆从禾作穆假借字也

古昭穆亦當用㣼从彡㝱省各本有聲字誤也今正莫卜切三部廣韵莫六切弱橈也橈者曲木也引伸爲凡曲之偁直者多強曲者多弱易曰棟橈本末弱也弱與橈疊韵上象橈曲謂弓也彡象毛氂橈弱也曲似弓故以弓像之弱似毛氂故以彡像之弱物并不能獨立故从二㢮而勺切古音在二部

文九　重一

彣戫也有部曰戫有彣彰也是則有彣彰謂之彣彣與文義別凡言文章皆當作彣彰作文章者省也文訓逪畫與彣義別从彡文以毛飾畫而成彣彰會意文亦聲無分切十三部凡彣之屬皆从彣

彥美士有彣彣作文非是今正人所言也言彥疊韵釋訓曰美士爲彥郭曰人所言詠也鄭風傳曰彥士之美稱人所言故曰彥有文故从彣大學彥或作盤古文假借字从彣厂聲厂山石之厓巖人可居者也呼旱切彥魚變切十四部

文二

文錯畫也錯當作逪逪畫者交逪之畫也考工記曰青與赤謂之文逪畫之一耑也逪畫者文之本義彣彰者彣之本義義不同也黃帝之史倉頡見鳥獸蹏迒之迹知分理之可相別異也初造書契依類象形故謂之文象

交文 像兩紋交互也紋者文之俗字無分切十三部 凡文之屬皆从文 斐

分別文也 謂分別之文曰斐衛風有匪君子傳曰匪文章皃小雅萋兮斐兮傳曰萋斐文章相錯也考工記注曰匪采貌也皆不言分別許云分別者渾言之則爲文析言之則爲分別之文以字从非知之也非違也凡从非之屬皆別也靠相違也 从文非聲 此舉形聲包會意也敷尾切十五部 易曰君子豹變其文斐也 革上九象傳文今易作蔚虞曰蔚蔇也許所據蓋孟易

辬 駁文也 謂駁襍之文曰辬也馬色不純曰駁引伸爲凡不純之偁辬之字多或體易卦之賁字上林賦之斒字史記瓊斒漢書文選玢豳俗用之斑字皆是辬者辬之俗今乃斑行而辬廢矣又或假班爲之如孟堅之得氏以楚人謂虎文曰班卽虍部虨字也作辬斑近是而漢書作班頭黑白半曰頒亦辬之假借字許知爲不純之文以从辡知之辨辯字皆从辡 从文辡聲 此舉形聲包會意布還切十四部

嫠 微畫文也 文各本奪今補此謂微畫之文曰嫠也凡今人用豪釐當作此字經解曰差若豪氂謬以千里乃是假借字知爲微畫之文者以从𠩺知之𠩺者坼也微之意也 从文𠩺聲 此舉形聲包會意里之切一部

文四

髟 長髮㚇㚇也 㚇與髟疊韵㚇㚇當依玉篇作髟髟通俗文曰髮垂曰髟潘岳秋興賦斑鬢髟

以承弁按馬融長笛賦特麚昏髟注髟長髦廣成頌曰羽旄紛其髟鼬𢷾縿之假借字也**从長彡**彡猶毛也會意五經文字必由反在古音三部桼部髼从此爲聲可得此字之正音矣音轉乃爲必凋切匹妙切其二云所銜切者大謬誤認爲彡聲也**一曰白黑髮襍而髟**依李善秋興賦注補此八字而似當作曰**凡髟之屬皆从髟**

髮 頭上毛也各本作根也廣韵已然以釋名廣雅正之乃拔也之誤要此二字可不必有耳毛部曰毛者眉髮之屬故眉下曰目上毛須下曰頤下毛則髮下必當有頭上毛也四字且下文云鬢者頰髮不先言頭上何以別其在頰者乎今依玉篇廣韵語正**从髟犮聲**方伐切十五部**𩠐 髮或从首 𩑶 古文**蓋象角䰅之形

鬢 頰髮也謂髮之在面旁者也晉語美鬢長大則賢韋昭曰鬢髮頴也明道本如是他本頴作類非髮頴者頴禾末近於采似人頭故錐刀皆有頴髮亦有頴髮以項爲下上至於頂至於囟蓋而旁至於頰則謂之鬢鬢者髮之濱也似禾頴之在末禾之老先采而後莖髮之老而白也先鬢而餘髮繼之項髮冣後韋語俗多不解故詳說之釋名曰在頰耳旁曰髯其上連髮曰鬢鬢曲頭曰距**从髟賓聲**必刃切十二部

鬗 髮長皃皃字依玉篇訂引伸爲凡長之偁如郊祀歌曰掩回轅鬗長馳鬗猶今言道里曼曼也如淳曰音樠**从髟㒼聲讀若蔓**母官切十四部

𩮜 髮長也集韵曰𩮜鬖髮長皃廣韵曰𩮜鬢髮疎皃**从髟監聲**魯甘切八部**讀若春秋**

黑肱以濫來奔 左氏春秋經昭公三十一年冬黑肱以濫來奔讀如此濫也 ⿰髟差 髮好也 廣韵有皃字 从髟差聲 千可切十七部廣韵昨何切 鬈 髮好也 也廣韵作皃齊風盧令曰其人美且鬈傳曰鬈好皃傳不言髮者傳用其引伸之義許用其本義也本義謂髮好引伸爲凡好之偁凡說字必用其本義凡說經必因文求義則於字或取本義或取引伸假借有不可得而必者矣故許於毛傳有直用其文者凡毛許說同是也有相近而不同者如毛曰鬈好皃許曰髮好皃毛曰飛而下曰頡許曰直項也是也此引伸之說也有全違者如毛曰匪文章皃許曰器似竹匧毛曰干澗也許曰狃也是也此假借之說也經傳有假借字書無假借 从髟卷聲 衢員切十四部 詩曰其人美且鬈 髦 髦髮也 三字句各本刪髦字作髮也二字此如巂下之刪巂作周燕也離下之刪離倔下之刪倔江河等下之刪江河等字皆不可通今補玄應佛書音義卷二引說文髦髮也謂髮中之髦也卷五引說文髦髮也髮中豪者也下句乃古注語上句亦奪一髦字不可讀髮中之秀出者謂之髦髮漢書謂之壯髮馬鬣偁髦亦其意也詩二言髦士爾雅毛傳皆曰髦俊也釋文云毛中之長豪曰髦士之俊傑者借譬爲名此引伸之義也古亦假髦爲毛字既夕禮注曰今文髦爲毛是今文禮叚毛爲髦也 从髟毛 髮之秀者曰毛猶角之好者曰角毛亦聲莫袍切二部 ⿰髟臱 髮皃 玄應曰凡髮字皆當作⿰髟臱 从髟臱聲讀若宀 莫賢切十二部 ⿰髟周 髮多也 彡部曰㐱者稠髮也稠髮當作⿰髟周此則說⿰髟周之

義小雅曰彼君子女綢直如髮傳曰密直如髮也是則綢乃𩯓之假借字 从髟周聲 直由切三部

髮皃从髟爾聲 此字亦取爾會意如華盛之字作薾皆取麗爾之意也 讀若

江南謂酢母爲𩮰 此江南之方言也漢之江南謂豫章長沙二郡𩮰無異字者方言固無正字知此俗語則髮皃之字之音可得矣奴禮切十五十六部酢今之醋字廣雅𡡉母也音與𩮰同

髮皃

从髟音聲 步矛切四部

髮至眉也 鄘風髧彼兩髦傳曰髧兩髦之皃髦者髮至眉子事父母之飾許所本也內則拂髦注云髦用髮爲之象幼時鬌其制未聞既夕禮曰既殯主人脫髦注云皃生三月鬋髮爲鬌男角女羈否則男左女右長大猶爲之飾存之謂之髦所以順父母幼小之心至此尸柩不見喪無飾可以去之髦之形象未聞玉藻親沒不髦注云去爲子之飾按鄭既言鬏之用而云其制未聞者謂其狀不可詳也毛云髮至眉葢以髮兩綹下垂至眉像嬰兒夾囟之角髮下垂父母在不失其嬰兒之素也依禮經曰脫依內則注曰拂髦振去塵著之是假他髮爲之許引毛詩作鬏今則詩禮皆作髦或由音近假借鬏與髦義古畫然不同 从髟敄聲 亡牢切古音在三部廣韵莫浮切

詩曰紞彼兩鬏 今詩紞作髧釋文云本又作优按紞冕冠塞耳者鬏葢似之也

鬏或省漢令有髳長 髳卽鬏字而羌髳字祇从矛牧誓庸蜀羌髳微盧彭濮小雅如蠻如髦傳曰蠻南蠻也髦夷髦也箋云髦西夷別名按詩髦卽書髳髳長見漢令葢如趙佗自偁蠻夷大長亦謂其酋豪

也

鬋 女鬢垂皃也 招䰜曰盛鬋不同制王注云鬋鬢也制法也言九侯之女裝飾兩結垂鬢下髮形貌詭異又長髮曼鬋豔陸離此三注曼澤也言美人長髮工結鬢鬋滑澤其狀豔美儀皃陸離而難形也按張揖注上林賦亦云刻畫鬋鬢鬋主謂女鬢不施於男子曲禮不蚤鬋士虞禮蚤翦翦或爲鬋鬋皆翦之假借字也喪大記爪手翦須可證曲禮注翦鬄釋文作翦鬢非是 从髟歬聲 作踐切十二部

鬑 鬋也一曰長皃 此別一義謂須髮之長古陌上桑曰爲人絜白晳鬑鬑頗有鬚 从髟兼聲讀若慊 力鹽切七部

𩯭 束髮尐小也 尐小二字各本作少廣韵十六屑十七薛引作少小二字少乃尐之誤今正尐與𩯭疊韵面小亦謂之䃱尐通俗文曰露髻曰𩯭露髻者士喪禮婦人髽于室注云既去纚而以髮爲大紒如今婦人露紒其象也注喪服亦云髽露紒也然則露髻漢人語謂不用韜髮之纚露髮爲髻也今乃婦人無不露髻者矣二京賦解訓𩯭亦云露頭髻按鄭云大髻許云尐小者其辭異其爲粗率之意一也 从髟戠聲 子結切十五部

鬄 髲也 鄘風不屑髢也箋云髢髲也不屑者不用髲爲善左傳衛莊公見己氏之妻髮美使髡之以爲呂姜髢按鬄與鬀義別音亦有異 从髟易聲 大計切古音在十六部从易爲正大徐又載先彳切誤

髢 鬄或从也聲 古易聲在十六部也聲在十七部合韵最近此字今音大計切於也聲得之地亦也聲

髲 益髮也 各本作鬄也二字今正鄘風正義引說文云髲益髮也言人髮少聚他人髮益之下

十字古注語髲字不見於經傳假被字爲之召南被之僮僮傳曰被首飾也箋云禮主婦髲鬄少牢饋食禮主婦被錫注曰被錫讀爲髲鬄古者或鬄賤者刑者之髮以髲婦人之紒爲飾因名髲鬄焉周禮所謂次也按如鄭說則詩禮之被皆卽髲也以鬄爲髲卽是以鬄爲鬄許云益髮不謂爲禮服鄭說不同者髲本髮少裨益之名因用爲禮服之名鄘風不屑髢也自謂髮鬠不假益髮爲髺要燕居則縰笄總而已禮服笄總之後必分別加副編次於上爲飾副編次皆假他髮爲之也周禮追師之次禮經曰髲鬄詩曰被从髟皮聲平義切古音在十七部

用梳比也比者今之篦字古祇作比用梳比謂之䯸者次第施之也凡理髮先用梳梳之言疏也次用比比之言密也周禮追師爲副編次注云次者次第髮長短爲之疑次卽䯸从髟次聲此舉形聲包會意七四切十五部

絜髮也絜各本譌作潔今依玉篇韵會正絜麻一耑也引伸爲圍束之偁絜髮指束髮也按士喪禮主人髺髮戴記作括髮謂小斂訖去纚爲露髺也婦人之髽亦是去纚而髺與男子之髺髮相等則髺爲凶禮矣然許於髽曰喪髺於髺不云喪髺者髺髮猶云束髮內則喪服之總深衣之束髮士喪禮之鬠同爲一事鬠卽髺字之異者髺非喪服之專偁也故士喪禮之用組以組束髮也深衣之用錦以錦束髮也喪服小記之始死括髮以麻以麻束髮也喪服之布總以布束髮也其他縞總素總以縞素束髮也是皆得謂之髺非凶禮之專辭也士喪禮注曰髺古文作括鬠古文作括禮經髺髮戴禮皆作括髮則用古文與周禮注引鬠用組作檜从髟昏聲古活切十五部

臥結也結今之髻字也士冠

禮采衣紒注云古文紒爲結按許書皆作結鄭注經皆作紒鄭依今文禮許依古文禮故糸部有結無紒也臥髻者蓋謂寢時盤髮爲之令可不㪚 从髟般聲讀若槃 薄官切十四部

⿱髟付 結也 廣韵云露髻 从髟付聲 方遇切四部

鬕 鬕帶 逗 結頭飾也 各本奪二字今依西京賦注補鬕帶二字爲句如方言之⿱髟貴帶所以繞於髻上爲飾者西京賦朱鬕薛注以絳帕額按薛注帕乃帞之誤帕卽鬕字其字之本義乃飾髻上也故从髟 从髟莫聲 莫駕切古音在五部

⿱髟貴 屈髮也 當依廣韵屈上有髻字屈者無尾也引伸爲凡短之偁方言絡頭帞頭也紗繢⿱髟貴帶𩯫帶帑⿰巾奄幧頭也自關而西秦晉之郊曰絡頭南楚江湘之閒曰帞頭自河以北趙魏之閒曰幧頭或謂之帑或謂之⿰巾奄其偏者謂之⿱髟貴帶或謂之𩯫帶按⿱髟貴者髻短髮之偁方言之⿱髟貴帶謂帞頭帶於髻上也帞頭之制自項中而前交於額卻繞髻 从髟貴聲 丘媿切十五部

⿱髟介 簪結也 簪結者既簪之髻也許以笄與兂互訓而笄有固冕弁之笄有固髮之笄子事父母櫛縰笄總拂髦此固髮爲髻之笄也縰者所以韜髮韜之而後髻之髻之而後簪之既簪之髻曰髺按髺蓋卽今文禮之紒 从髟介聲 簪之如介畫然故从介古拜切十五部按曹憲注廣雅曰按說文髺卽籀文髻字也

鬣 髮鬣鬣也 囟部巤下曰毛巤也象髮在囟上及髦髮鬣鬣之形鬣鬣動而直上皃所謂頭髮上指髮上衝冠也辭賦家言旌旗獵獵是其假借字也許意巤爲今馬鬣字鬣爲顫動之字今則鬣行而鬣廢矣人部曰儠者長壯儠儠也字意略同

今左氏傳長鬣作長鬛杜以多須釋之殊誤須下垂不偁鬣凡上指者偁鬣 从髟巤聲 此舉形聲包會意良涉切八部

⿰毛巤 鬣或从毛 許說毛者通乎獸毛而言故馬豕之鬣亦曰鬣周禮巾車翣字故書爲⿰馬毛亦或爲髦按⿰馬毛髦皆即鬣字也隸體多假葛爲鬣

⿰豕巤 或从豕 曲禮曰豕曰剛鬣帚部曰豕鬣如筆管者曰豪是或从豕之意也

⿱髟盧 鬣也 亦謂髮鬣鬣也二篆雙聲 从髟盧聲 洛乎切五部

髴 髴此複舉字之未刪者 若佀也 佀者像也若佀者絫言之髴與人部仿佛之佛義同許無髣字後人因髴製髣 从髟弗聲 敷勿切十五部

髶 亂髮也 此與艸部茸義略同 从髟耳聲 各本作茸省聲今正此於雙聲取聲也而容切九部

鬌 髮墮也 鉉本墮作隋廣韻云髮落是也內則曰三月之末擇日翦髮爲鬌男角女羈鬌本髮落之名因以爲存髮不翦者之名故鄭注云鬌所遺髮也方言廣雅有毻字江賦注所引字書有毻字皆謂落毛與鬌義相近 从髟隋省聲 鉉本隋作墮皆通此舉形聲包會意也內則音義曰丁果反徐大果反是古音在十七部匡謬正俗引呂氏字林玉篇切韵並直垂反則轉入十六部矣大徐引唐韵直追切在脂韵非也宋廣韵直垂切則同陸法言切韵

鬊 鬊髮也 士喪禮曰巾柶鬊爪埋于坎喪大記君大夫鬊爪實于綠中注曰鬊亂髮也漢書曰黑雲如猋風亂鬊按鬊爲墮髮而鬊字下曰髮謂之鬊巛即鬊也則髮在頭者亦非不可云鬊矣 从髟萅聲 舒閏切十三部

鬝 鬢禿也 考工記顧脰注曰顧

故書或作𩓣鄭司農云𩓣讀爲鬜頭無髮之鬜按大鄭改𩓣爲鬜而今書作顧頁部云顧頭鬢少髮也是鬜顧音義皆同顧卽鬜也明堂位注曰齊人謂無髮爲禿楬釋名曰禿無髮沐禿也髡頭生瘡曰瘕髡亦然也髡與楬皆卽鬜也 从髟

閒聲 苦閑切十四部經典釋文鬜有苦瞎枯曷二反明堂位釋文楬有苦犗苦八二反

鬄 鬀髮也 此篆今經典不見而五經文字曰⿱髟剔聽亦反見詩風注所云詩風注謂采蘩箋也今箋云禮記主婦髲髢髢也釋文作鬄張參所見作⿱髟剔爲是葢鄭既注禮乃箋詩自用其禮經注之說也少牢饋食禮曰主婦被錫注云被錫讀爲髲⿱髟剔古者或⿱髟剔賤者刑者之髮以髲婦人之紒爲飾因名髲⿱髟剔焉周禮所謂次也周禮追師注引少牢饋食禮主婦髲⿱髟剔與詩箋皆自用其改易之字而俗人多識鬄少識⿱髟剔且誤認爲一字於是一禮及詩注皆改⿱髟剔爲鬄爲髢夫鬄髢同字訓髲髲者益髮也今俗所謂頭髮也⿱髟剔者鬀髮也然則鄭云⿱髟剔髮以髲婦人之紒卽⿱髟剔髮以鬄婦人之紒也儻經云髲鬄直重字而已於義安乎推詳召南正義孔沖遠所見禮注詩箋不誤而顏師古毛詩定本誤也若毛詩音義云鬄本亦作髢徒帝反劉昌宗吐歷反沈湯帝反夫徒帝爲鬄之反語吐歷湯帝二反則爲⿱髟剔之反語詩音義之云劉昌宗吐歷反卽少牢音義之云劉士歷反也葢陸氏於鬄⿱髟剔未辨亦溷爲一字致後來之誤⿱髟剔字見他書者大玄增次八鎌貝以役往益來⿱髟剔釋文云⿱髟剔以刀出髮也司馬遷傳鬄毛髮嬰金鐵受辱師古鬄音吐計反文選作剔毛髮韓非曰嬰兒不剔首則腹痛莊子馬蹄燒之剔之剔皆⿱髟剔之省也至若由⿱髟剔之本義而引伸之則爲解散士喪禮特豚四⿱髟剔注曰⿱髟剔解也今文⿱髟剔爲剔禮經此⿱髟剔周禮禮記作肆皆託歷反本非鬄字也而今之

禮經作鬄則亦譌字而已矣○或問大雅皇矣攘之剔之何謂也曰釋文云字或作鬄詩本作𩬊譌之則爲鬄俗之則爲剔非古有剔字也又周頌狄彼東南釋文云狄韓詩作鬄除也鬄亦𩬊之譌鄭箋云狄當作剔用韓說也抑用遏蠻方箋云當作剔蓋鄭不廢剔字

从髟从刀 以刀除髮會意也

易聲 他歷切十六部按小徐本作从髟剔剔聲此甚誤大徐本不誤而毛氏扆改爲从刀剔聲則誤中又誤矣許於刀部無剔字故此篆斷非剔聲也漢時有剔字許不錄者禮古文作𩬊今文作剔許於此字從古文故不取今文也凡許於禮經依古文則遺今文依今文則遺古文猶鄭依古文則存今文於注依今文則存古文於注也剔者𩬊之省俗據莊子音義吕忱乃錄剔於字林云剃也然則吕謂即俗𩬊甚明今人好用剔字以之當手部他歷切之擿字蓋非古矣

𩬊髮也 楚辭涉江接輿髡首王注云髡剔也剔者俗𩬊字周禮髡者使守積注云此必王之同族不宮者宮之爲翦其類髡之而已而部曰罪不至髡完其而鬢曰耏

从髟兀聲 苦昆切十三部

或从元 元亦兀聲也故亦从元聲古或假完爲髡如漢刑法志完者使守積王制注同

𩬊髮也 鬀俗作剃

从髟弟聲 必次弟除之故从弟此亦形聲包會意他計切十五部

大人曰髡 謂有罪者

小兒曰鬀 周禮雉氏注曰雉讀如鬀小兒頭之鬀韓非曰嬰兒不剔首則腹痛剔亦鬀也蓋自古小兒鬀髮

盡及身毛曰𩬊 此又析言三字之不同也上文則渾言之

鬀也从髟竝聲 蒲浪切十部按竝聲本在十部今俗謂卒然相遇曰

掽如滂去聲字當作⿱髟並也

⿱髟彔 ⿱髟並也忽見也 按⿱髟並也二字衍文集韵類篇增一曰二字於忽見之上尤非是

从髟彔聲 芳未切十五部此舉形聲包會意也下文說从彔之意

彔籒文魅 鬼部曰鬽籒文魅也彔古文魅也與此不合立部彔下亦曰彔籒文鬽字然則鬼部之羨誤顯然

亦忽見意 故⿱髟彔从之

髽 喪結也 鄭注喪服曰髽露紒也猶男子之括髮斬衰括髮以麻則髽亦用麻也蓋以麻自項而前交於額卻繞紒如著幓頭焉注奔喪曰去纚大紒曰髽注檀弓曰去纚而紒曰髽戴先生曰婦人當男子括髮免則髽齊斬之髽皆布總

禮女子髽衰 禮謂禮經也喪服經曰女子子在室爲父布總箭笄髽衰三年按布總箭笄髽者以布束髮篠竹爲笄其髻則露髻不用纚韜髮也許所偁者此經謂斬衰之服也齊衰亦髽

弔則不髽魯臧武仲與齊戰於狐鮐魯人迎喪者始髽 弔則不髽爲下文張本也檀弓注曰禮婦人弔服大夫之妻錫衰士之妻則疑衰與皆吉笄無首素總是婦人弔禮不當髽檀弓曰魯婦人之髽而弔也自敗於壺鮐始也記禮變之始也襄四年左傳亦曰邾人莒人伐鄫臧紇救鄫侵邾敗於狐鮐國人逆喪者皆髽魯於是乎始髽檀弓注曰其時家家有喪髽而相弔後遂因之爲弔服矣

从髟坐聲 莊華切十七部

文三十八　重七

后 繼體君也 釋詁毛傳皆曰后君也許知爲繼體君者后之言後也開剏之君在先繼體之君在後也析言之如是渾言之則不別矣易象下傳曰后以施命誥四方虞云后繼體之君也此許說也葢同用孟易經傳多假后爲後大射注引孝經說曰后者後也此謂后卽後之假借 象人之形 謂上體𠂆也𠂆葢八字橫寫不曰从八而曰象人形者以非立人也下文𡰯解亦曰象人 从口 胡口切四部 易曰后㠯施令告四方 此用遘象傳說从口之意傳曰天下有風遘后以施命誥四方鄭作詰許作告按此條各本作象人之形施令以告四方故𠂆之从一口發號者君后也淺人所竄不成文理上體旣象人又何得云从余制切之𠂆且从一乎今以下𡰯字解文法更定則宜有易曰審矣 凡后之屬皆从后

㖃 厚怒聲 厚當作㖃㖃與姤疊韵諸書用呴字卽此字也聲類曰呴嘷也俗作吼 从后口 各本作口后誤今正厚怒故从后后之言厚也聲出於口故从口會意不云从口后聲系之口部者許定此爲后口會意如古文厚之从后土也 后亦聲 呼后切四部

文二

司 臣司事於外者 外對君而言君在內也臣宣力四方在外故从反后鄭風邦之司直傳曰司主也凡主其事必伺察恐後故古別無伺字司卽伺字見部曰覹司也覗司人也人部曰伏司也候司望也頁部曰類司人

也攴部曰㪿司也豸下曰欲有所司殺皆卽今之伺字周禮師氏媒氏禁殺戮之注皆云司猶察也俗又作覗凡司其事者皆得曰有司从反后惟反后乃鄉后矣息茲切一部凡司之屬皆从司

詞意內而言外也有是意於內因有是言於外謂之詞此語爲全書之凡例全書有言意者如𢿱言意歁無腸意歔悲意𤎎僁屍意之類是也有言詞者如吹詮詞也者別事詞也皆俱詞也𠷎詞也魯鈍詞也智識詞也曾詞之舒也乃詞之難也尒詞之必然也矣語已詞也矤兄詞也㝵驚詞也𩄻并惡驚詞也𩔾并鬼驚詞也臮眾與詞也之類是也意卽意內詞卽言外言意而詞見言詞而意見意者文字之義也言者文字之聲也詞者文字形聲之合也凡許之說字義皆意內也凡許之說形說聲皆言外也有義而後有聲有聲而後有形造字之本也形在而聲在焉形聲在而義在焉六藝之學也詞與辛部之辭其義迥別辭者說也从𤔔辛𤔔辛猶理辜謂文辭足以排難解紛也然則辭謂篇章也詞者意內而言外从司言此謂摹繪物狀及發聲助語之文字也積文字而爲篇章積詞而爲辭孟子曰不以文害辭不以詞害辭也孔子曰言以足志詞之謂也文以足言辭之謂也大行人故書汁詞命鄭司農云詞當爲辭此二篆之不可掍一也从司言司者主也意主於內而言發於外故从司言陸機賦曰辭呈材以效伎意司契而爲匠此字上司下言者內外之意也郭忠恕佩觿曰詞朗之字是謂隸行本作詞朖李文仲字鑒曰詞朖崩秋字說文作詞朖蝴烁是可證古本不作詞今各本篆作詞誤也似茲切

文二

卮 圜器也內則注曰卮匜酒漿器一名觛角部曰觛者小卮也急就篇亦卮觛並舉此渾言析言之異也項羽本紀項王曰賜之卮酒則與斗卮酒斗卮者卮之大者也與下文[illegible]肩言生意同所目節飮食飲食在是節飲食亦在是也故从卪象人謂上體似人字橫寫也卪在其下也卮从人卪與后从人口同意章移切十六部易曰君子節飮食頤象傳文偁此說从卪之意古多假節爲卪凡卮之屬皆从卮

䏝 小卮有耳蓋者急就篇皇象本槫榼椑榹槫卽䏝也有耳蓋謂有耳有蓋也从卮專聲市沇切十四部

𦚢 小卮也顏師古急就篇椯榼椑榹椯卽𦚢也从卮耑聲讀若捶擊之捶廣韵之累切大徐旨沇切由十四部轉入十六部也

文三

卪 瑞信也瑞者以玉爲信也周禮典瑞注曰瑞節信也典瑞若今符璽郎掌節注曰節猶信也行者所執之信邦節者珍圭牙璋穀圭琬圭琰圭也按是五玉者皆王使之瑞卪引伸之凡使所執以爲信而非用玉者皆曰卪下文是也守邦國者用玉卪守都鄙者用角卪鄭云謂諸侯於其國

中公卿大夫王子弟於其采邑有所使亦自有節也使山邦者用虎卩士邦者用人卩澤邦者用龍卩鄭云謂使卿大夫聘於天子諸侯行道所執之信也是三卩者皆以金爲之鑄虎人龍象焉必自以其國所多者於以相別爲信門關者用符卩貨賄用璽卩道路用旌卩鄭云門關司門司關也貨賄者主通貨賄之官謂司市也道路者主治五涂之官謂鄉遂大夫也凡民遠出至於邦國邦國之民若來入由門者司門爲之節由關者司關爲之節其商則司市爲之節其以徵令及家徙則鄉遂大夫爲之節符節者如今宮中諸官詔符也璽節者今之印章也旌節今使者所擁節是也已上八句皆周禮掌節職文此三句許意蓋與鄭注不同云門關者者蒙上文使字而言謂使於門關者也象相合之形若卯篆則兩合矣子結切十二部凡卩之屬皆从卩

令發號也号部曰號者嘑也口部曰嘑者號也發號者發其號嘑以使人也是曰令人部曰使者令也義相轉注引伸爲律令爲時令詩箋曰令善也按詩多言令毛無傳古文尚書言靈見般庚多士多方般庚正義引釋詁靈善也蓋今本爾雅作令非古也凡令訓善者靈之假借字也从亼卩號嘑者招集之卩也故从亼卩會意力正切古音在十二部

𠨍輔信也相輔之信也信者卩也从比故以輔釋之周禮掌節掌守邦節而辨其用以輔王命从卩比聲當云从比卩比亦聲古音在十五部大徐毗必切虞書曰𠨍成五服

皋陶謨文今尚書作𢏍

卶有大慶也慶各本作度今依廣韵正慶者行賀人也大慶謂大可賀之事也凡从多之字訓大釋言曰庶侈也是其義从卩多聲讀若侈充豉切古音在十七部

𠨗宰之也未聞葢謂主宰之也主宰之則制其必然故从必按衛風有斐君子釋文云韓詩作邲美皃葢卽此字而今本釋文及廣韵皆誤从邑作邲廣韵六至云邲好皃五質云邲地名在鄭又美皃其誤甚矣从卩必聲兵媚切古音在十二部玉篇無此字廣韵亦有邲無𠨗

卲高也廣雅釋詁同法言曰公儀子董仲舒之才之卲也又曰賢皆不足卲也从卩召聲寔照切二部

厄科厄也逗疊韵字木卩也卩各本作節誤今正凡可表識者皆曰卩竹之卩曰節木之卩曰科厄易曰艮於木爲多節科厄胅起之皃从卩厂聲五果切玉篇牛戈切十七部按厂聲在十六部合韵㝡近也賈侍中說㔾爲厄逗裹也別一義不連科字一曰厄逗葢也又一義不連科字

厀脛頭卩也肉部曰腳脛也脛胻也厀者在脛之首股與腳閒之卩也故从卩从卩桼聲息七切十二部俗作膝

卷𠨬曲也卷之本義也引伸爲凡曲之偁大雅有卷者阿傳曰卷曲也又引伸爲舒卷論語邦無道則可卷而懷之卽手部之捲收字也又中庸一卷石之多注曰卷猶區也又陳風碩大且卷傳曰卷好皃此與齊風傳鬈好皃同謂卽一字也檀弓女手卷然亦謂好皃从卩𢍏聲巨員切十四部

大徐但云居轉切

卻　卪卻也各本作節欲也誤今依玉篇欲爲卻又改節爲卪卪卻者節制而卻退之也从卪谷聲去約切古音在五部俗作却

卸　舍車解馬也舍止也馬以駕車止車則解馬矣一說解馬謂騎解鞌方言曰發舍車也東齊海岱之閒謂之發宋趙陳魏之閒謂之稅郭注今通言發寫按發寫卸發卸也寫者卸之假借字曲禮曰器之漑者不寫其餘皆寫義正同卸今卸爲通用俗語从卪止行止有節午聲依韵會所據小徐本讀若汝南人寫書之寫司夜切古音在五部

𠨍　二卪也義取於形巽从此見丌部闕謂其讀若未聞也大徐云士戀切者取巽僎僝等字之音義爲之廣韵亦云𠨍具也士戀切

𠨐　卪也闕按玉篇曰說文云闕蓋本祇有闕字其形反卪其義其音則蓋闕今本說其義云卪也說其音云則候切皆肊爲之非許意

文十三

印　執政所持信也凡有官守者皆曰執政其所持之卪信曰印古上下通曰璽周禮璽節注曰今之印章按周禮守邦國者用玉節守都鄙者用角節謂諸侯於其國中公卿大夫於其采邑用之是卽用印之始也季武子於周禮爲守都鄙者而以璽書達於魯君是古有印明矣蓋以簡冊書之而寓書於遠必用布帛檢之以璽泥甲之至用縑素爲書而印之用更廣漢官儀諸侯王黃金橐駝鈕文曰璽列侯黃金龜紐文曰章御史大夫金印紫綬文曰章中二千石銀

印龜紐文曰章千石至四百石皆銅印文曰印

从爪卪會意手所持之卪也左傳司馬握節以死於刃切十二部

凡印之屬皆从印

𠬆 按也按當作按抑也淺人刪去抑字耳按者下也用抑必向下按之故字从反印抑淮南齊俗訓曰若璽之抑埴正與之正傾與之傾璽之抑埴卽今俗云以印印泥也此抑之本義也引伸之爲凡按之偁內則而敬抑搔之注曰抑按也又引伸之爲凡謙下之偁賓筵傳曰抑抑愼密也假樂傳曰抑抑美也抑傳曰抑抑密也猗嗟傳曰抑美色論語三用抑字皆轉語詞於按下之意相近抑詩國語作懿戒懿同抑抑此皇父懿厥哲婦懿亦同抑鄭云抑之言噫有所痛傷之聲也

从反印用抑者必下向故緩言之曰抑急言之曰印詩賓筵抑與怭韵假樂與秩韵古音在十二部印卽抑之入聲也今音於棘切入二十四職

抑 俗从手既从反爪矣又从手葢非是

文二 重一

色 顏气也顏者兩眉之閒也心達於气气達於眉閒是之謂色顏气與心若合符卪故其字从人卪記曰孝子之有深愛者必有和气有和气者必有愉色有愉色者必有婉容又曰戎容盛氣顚實陽休玉色孟子曰仁義禮智根於心其生色也睟然見於面此皆从人卪之理也生色而後見於面所謂陽氣浸淫幾滿大宅許曰面顏前也是也魯頌載色載笑傳曰色溫潤也大雅令儀令色箋云善威儀善顏色也內則曰柔色以溫之玉藻曰色容莊色容顚顚色容厲肅論語曰

色難色思溫色勃如也正顏色引伸之爲凡有形可見之偁从人卪此部不與从人爲伍而與从卪爲伍者重卪也所力切一部凡色之屬皆从色𢒼古文

艴色艴如也按此當作艴怒色也孟子曾西艴然不悅趙曰艴慍怒色也从色弗聲蒲沒切十五部論語曰色艴如也見鄉黨篇今論語作勃𣎵部引論語作孛蓋必有古魯齊之別在其閒矣或曰依論語則非怒色也不知怒者盛氣之偁不嫌同詈孟子王勃然變乎色不與今鄉黨同詈乎

艵縹色也縹者帛青白色也李善注神女賦頩薄怒以自持引方言頩怒色青皃今方言無此語玉篇引楚辭玉色艵以脕顏今遠遊作頩頩與艵同也按許不云怒色縹但云縹色者人或色青不必怒也遠遊玉色艵以脕顏謂光澤鮮好不謂怒色大招說美人亦云青色直眉从色并聲普丁切十一部

文三　重一

𠨍事之制也从卪卩卪卩今人讀節奏合乎節奏乃爲能制事者也凡𠨍之屬皆从𠨍闕此闕謂闕其音也其義其形既憭矣而讀若某則未聞也今說文去京切玉篇廣韵皆云說文音卿此葢淺人肊以卿讀讀之卿用𠨍爲義形不爲聲形也玉篇子兮切取卪字平聲讀之廣韵子禮切取卪上聲讀之葢其音必有所受之矣

卿章也此以疊韵爲訓白虎通曰卿之爲言章也章善明理也

卿天官冢宰地官司徒春官宗伯夏官司馬秋官司寇冬官司空周禮之六卿也周禮曰治官之屬太宰卿一人教官之屬大司徒卿一人禮官之屬大宗伯卿一人政官之屬大司馬卿一人刑官之屬大司寇卿一人其一則事官之屬大司空卿一人也天子六鄉鄉老二鄉則公一人鄉大夫每鄉卿一人卽此六卿也 从卯皀聲皀下曰又讀若香卿字正从此讀爲聲也古音在十部讀如羌今音去京切烏部鴝字皀聲則在古音七部

文二

辟 法也法當作灋小雅辟言不信大雅無自立辟傳皆曰辟法也又文王有聲箋抑箋周禮鄉師注戎右注小司寇注曲禮下注皆同引伸之爲辠也見釋詁謂犯法者則執法以辠之也又引伸之爲辟除如周禮閽人爲之辟孟子行辟人以及辟寒辟惡之類是也又引伸之爲盤辟如禮經之辟鄭注逡遁是也又引伸爲一邊之義如左傳曰闕西辟是也或借爲僻或借爲避或借爲譬或借爲闢或借爲壁或借爲襞 从卩辛節制其辠也節當作卩俗所改也以卩制說卩以辠說辛辛从辛辛辠也故辛亦訓辠 从口句 用法者也用法上當再出口字以用法說从口辟合三字會意必益切十六部 凡辟之屬皆从辟

𨐨 法也各本作治也今依尚書釋文正金縢云我之弗辟某氏云治也馬鄭音避謂避居東都說文作𨐨云必亦反法也

从辟井刑字下引易曰井者法也辟亦聲必益切十六部周書曰我之不⿱辟井許所據壁中古文也蓋孔安國以今字讀之乃易爲辟字馬鄭所注者從孔讀不今尚書作弗

⿱辟乂治也丿部曰乂芟艸也今則乂訓治而⿱辟乂廢矣詩作艾小雅小旻傳曰艾治也从辟乂聲魚廢切十五部虞書曰當作唐書說詳禾部有能俾⿱辟乂見堯典今⿱辟乂作乂蓋亦自孔安國以今字讀之已然矣計⿱辟井⿱辟乂字秦漢不行小篆不用倉頡等篇不取而許獨存之者尊古文經也尊古文也凡尊經尊古文之例視此

文三

勹裹也今字包行而勹廢矣象人曲形有所包裹包當作勹淺人改也布交切以包苞匏字例之古音在三部凡勹之屬皆从勹

匔曲脊也此論語鄉黨聘禮記鞠躳之正字也聘禮鞠躳亦作鞠窮史記魯世家作匑匔徐廣云見三倉謹敬皃也音穹窮廣雅亦曰匑匔謹敬也漢書注曰鞠躳謹敬也蓋上字丘弓切下字巨弓切爲疊韵如左傳鞠窮之即營藭耳上字亦讀丘六切仍是聯緜字孔注論語曰斂身許曰曲脊蓋未有謹敬而不傴僂者也許無匑匔字者以匔躳爲正字鞠則匔之假借字也鞠躳行而匔廢矣从勹䈞省聲巨六切三部音轉入九部

匍手行也今人以手摸索其語薄乎切當作此字从勹甫聲薄乎切五部

匐伏地也匐伏疊韵釋名曰匍匐小兒時

也匍猶捕也藉索可執取之言也匐伏也伏地行也人雖長大及其求事盡力之勤猶亦稱之詩曰凡民有喪匍匐救之是也按二篆可合用可析言

从勹畐聲蒲北切一部

𦥑在手曰匊唐風椒聊之實蕃衍盈匊小雅終朝采綠不盈一匊毛皆云兩手曰匊此云在手恐傳寫之誤手部曰持握也握搤持也搤捉也捉搤也把握也然則在手曰捉曰搤曰握曰持曰把不曰匊也據篇韵所言則許書之譌久矣玉篇曰古文作臼此語尤誤臼者叉手也叉者手指相錯也廣韵以兩手奉物訓臼誤矣方言曰掬離也燕之外郊朝鮮洌水之閒曰掬此方俗殊語不係乎本字也

从勹米會意米至掬兩手兜之而聚居六切三部俗作掬

𠣬少也少當作帀字之誤也帀者匊也匊者帀徧也徧者帀也是可以得勻之義矣廣韵曰勻徧也齊也作少必譌

从勹二羊倫切十二部

勼聚也釋詁曰鳩聚也左傳作鳩古文尚書作逑辵部曰逑斂聚也莊子作九今字則鳩行而勼廢矣

从勹九聲此當作从勹九九亦聲轉寫奪之

讀若鳩居求切三部

旬徧也小徐無也字非是大雅王命召虎來旬來宣傳曰旬徧也菀彼桑柔其下侯旬傳曰旬言陰均也周禮均人豐年則公旬用三日焉注曰旬均也讀如𤲞𤲞原隰之𤲞易坤爲均今書亦有作旬者內則旬而見注曰旬當爲均嫡妾同時生子以生先後見之也易說卦坤爲均今亦或作旬按旬與均音義皆略同土部曰均平徧也又按許書古文鈞作𨥇儀禮今文絢作約知古旬勻二篆相假爲用

十日爲旬此徧中之一義也而必言之者說此篆从勹日之意也日之數十自甲至

癸而一偏从勹日勹日猶勹十也詳遵切十二部古文按从日勹會意覆
也此當爲抱子抱孫之正字今俗作抱乃或捊字也衣部之裦則訓褱也从勹人薄晧切廣韵薄報切
古音在三部膺也肉部曰膺匈也二篆爲轉注膺自其外言之無不當也匈自其中言之無不容也無
不容故从勹从勹凶聲許容切九部今字㒹行而匈廢矣匈或从肉
帀徧也徧衍文當刪帀下曰周也與此爲轉注帀則無不徧者不待言徧也匊與周義別口部曰周者
密也周自其中之密言之匊自其外之極復言之凡圜周方周
周而復始其字當作匊謂其極而復也凡圜冪方冪冪積謂之
周謂其至密無疏罅也左傳以周疏對文是其義今字周行而
匊廢槩用周字或又作週殊爲乖舛名之當正者也有帀而不
密者有密而不帀者故其字宜辨也㑑者舟輿所極復匊與㑑音義皆相近易曰周流六虛葢自古叚周爲匊矣从
勹舟聲職流切三部帀也匌之言合也帀而與朔合矣海賦曰磊匒匌而相豗按釋詁曰
㪟郃合也郃乃地名於義無取當爲匌字之假借也从勹合合亦聲侯閤切七部
飽也从勹象腹𣪊聲已又切又乙庶切按已又是也三部民祭句祝曰厭
𠣞祝或作祀非厭當作猒飽也求鬼神之猒飫也重也今則複行而復廢矣从勹復
聲扶富切三部廣韵匹北切或省彳集韵云古作复按小徐本有复無復云从勹复聲

冢 高墳也土部曰墳者墓也墓之高者曰冢周禮冢人掌公墓之地是也按釋山云山頂曰冢鄭注冢人云冢封土爲丘壟象冢而爲之此從爾雅說也許以冢爲高墳之正偁則不用爾雅說引伸之凡高大曰冢釋山及十月之交傳山頂曰冢乃借冢偁耳釋詁曰冢大也太子曰冢子太宰曰冢宰 从勹墓取勹義 豖聲知隴切九部按豖聲本在三部此合音也古音冢必可讀如獨矣

文十五　重二

包 妊也二字各本無今推文意補下文十三字乃說字形非說義則必當有說義之文矣女部曰妊者孕也子部曰孕者裹子也引伸之爲凡外裹之偁亦作苞皆假借字凡經傳言苞苴者裹之曰苞藉之曰苴 象人裹妊巳在中象子未成形也勹象裹其中巳字象未成之子也勹亦聲布交切古音在三部 元气起於子子人所生也子下曰十一月陽气動萬物滋人以爲偁 男左行三十女右行二十俱立於巳爲夫婦左右當作ナ又男自子左數次丑次寅次卯爲左行順行凡三十得巳女自子右數次亥次戌次酉爲右行逆行凡二十亦得巳至此會合故周禮令男三十而娶女二十而嫁是爲夫婦也 裹妊於巳巳爲子下巳字衍巳部曰巳者已也四月陽气已出陰气已藏萬物見成文章故夫婦會合而裹妊是爲子也 十月而生十月

上當有子字易本命曰天一地二人三三三而九九九八十一一主日日數十故人十月而生男起巳至寅女起巳至申故男年始寅女年始申也淮南氾論曰禮三十而娶高云三十而娶者陰陽未分時俱生於子男從子數左行三十年立於巳女從子數右行二十年亦立於巳合夫婦故聖人因是制禮使男三十而娶女二十而嫁其男子自巳數左行十得寅故人十月而生於寅男子數從寅起女自巳數右行十得申亦十月而生於申故女子數從申起高說與許說同神仙傳王綱云陽生立於寅純木之精陰生立於申純金之精夫以木投金無往不傷是以金不爲木屈而木常畏於金按今日者卜命男命起寅女命起申此古法也自元气至此又詳說从巳之意凡包之屬皆从包

兒生裹也包謂母腹胞謂胎衣小雅不屬于毛不離于裏箋云今我獨不得父皮膚之氣乎獨不處母之胞胎乎釋文胞音包今俗語同胞是也其借爲脬字則讀匹交切脬者旁光也腹中水府也从肉包包子之肉也不入肉部者重包也包亦聲匹交切古音在三部

瓠也瓠下曰匏也與此爲轉注匏判之曰蠡曰瓢曰巹邶風傳曰匏謂之瓠謂異名同實也豳風傳曰壺瓠也此謂壺卽瓠之假借字也从包从瓠省瓠省舊作瓠聲誤韵會作从夸包聲亦誤今正从包瓠者能包盛物之瓠也不入瓠部者重包也包亦聲薄交切古音在三部包逗取其可包藏物也說从包之意藏當作臧

文三

茍 自急敕也急與茍雙聲敕與茍疊韵急者褊也敕者誡也此字不見經典惟釋詁寁駿肅亟遄速也釋文云亟字又作茍同居力反經典亦作棘同是其證可謂一字千金矣而通志堂刻乃改爲急字葢誤仞爲从艸之茍也急不得反居力與亟棘音大殊幸抱經堂刻正之或欲易禮經之茍敬爲茍則又繆○小雅六月古作我是用戒亦作我是用棘俗本改作急與飭服國不韵正同此 从芉省从勹口从勹口三字各本作从包省从口五字誤 勹口迺各本無勹字今補 猶愼言也說从勹口之意 从羊與義善美同意各本疊羊字誤今刪說从羊之意羊者祥也 凡茍之屬皆从茍

𦍒 古文不省

敬 肅也肀部曰肅者持事振敬也與此爲轉注心部曰忠敬也戁敬也憼敬也恭肅也憜不敬也義皆相足後儒或云主一無適爲敬夫主一與敬義無涉且文子曰一也者無適之道淮南詮言曰一者萬物之本也無敵之道也適卽敵字非他往之謂 从攴茍攴猶迫也迫而茍也居慶切十一部

文二 重一

鬼 人所歸爲鬼以疊韵爲訓釋言曰鬼之爲言歸也郭注引尸子古者謂死人爲歸人左傳子產曰鬼有所歸乃不爲厲禮運曰魂氣歸於天形魄歸於地 从儿甶象鬼頭自儿而歸於鬼也

从厶二字今補厶讀如私鬼陰气賊害故从厶陰當作侌此說从厶之意也神陽鬼陰陽公陰私居偉切十五部凡鬼之屬皆从鬼⿰示鬼古文从示

䰠神也當作神鬼也神鬼者鬼之神者也故字从鬼申老子曰其鬼不神封禪書曰秦中冣小鬼之神者中山經青要之山䰠武羅司之郭云䰠即神字許意非一字也从鬼申聲食鄰切十二部

䰟陽气也陽當作昜白虎通曰䰟者沄也猶沄沄行不休也淮南子曰天气爲䰟左傳子產曰人生始化曰魄既生魄陽曰䰟用物精多則䰟魄強从鬼云聲各本篆體作魂今正李文仲字鑑曰說文本下形上聲今作魂右形左聲如詞朗崩秋說文本作⿱司言朖[illegible][illegible]今從隸變又召字形在左則爲叨含字聲在右則爲吟字畫稍改則爲別字按李氏在元時猶見說文舊本故⿱司言䰟等字不誤今則大徐本皆作魂惟小徐本作䰟廣韵集韵韵會亦作䰟乃乾隆閒汪啓淑刻小徐書翦劃俗刻說文之篆文付梓人而抄本䰟字不可復見矣是故刻書不可不慎也⿱司言之必司上言下者意內言外之象也䰟之必鬼下云上者陽氣沄沄而上之象也曰云聲者舉形聲包會意戶昆切十三部

魄陰神也陰當作侌陽言气陰言神者陰中有陽也白虎通曰魄者迫也猶迫迫然箸於人也淮南子曰地氣爲魄祭義曰氣也者神之盛也魄也者鬼之盛也鄭云氣謂噓吸出入者也耳目之聰明爲魄郊特牲曰䰟氣歸於天形魄歸於地祭義曰死必歸土此之謂鬼其氣發揚於上神之箸也是以聖人尊名之曰鬼神按䰟魄皆生而有之而字皆从鬼者䰟魄不離形質而非形質也形質亡而

䰟魄存是人所歸也故从鬼　从鬼白聲　孝經說曰魄白也白明白也䰟芸也芸芸動也普百切古音在五部

𩲃　厲鬼也　厲之言烈也厲鬼謂虐厲之鬼厲或作癘非左傳曰其何厲鬼也月令注曰昴有大陵積尸之氣氣佚則厲鬼隨而出行虛危有墳墓四司之氣爲厲鬼將隨強陰出害人西山經剛山是多神䰠䰠卽此魑字郭云离魅之類也恥二反或作姝今本山海經傳譌舛依集韵類篇正　从鬼失聲　丑利切按失聲古音在十二部集韵類篇又丑栗切

魖　耗鬼也　耗舊作耗今正耗者乏無之言東京賦曰殘夔魖與罔象夔木石之怪也罔象水之怪也與魖爲三物　从鬼虛聲　形聲包會意朽居切五部

魃　旱鬼也　大雅雲漢曰旱魃爲虐傳曰魃旱神也此言旱鬼以字从鬼也神鬼統言之則一耳山海經曰大荒之中有山名曰不句有黃帝女妭本天女也黃帝下之殺蚩尤不得復上所居不雨妭卽魃也詩正義不引此而引神異經神異經乃不知何人假託東方朔者郭傳山海經不云妭卽詩之旱魃而云音如旱魃之魃疏矣女部曰妭婦人美皃然則山海經爲假借字　从鬼犮聲　薄撥切十五部　周禮有赤魃氏除牆屋之物也　周禮秋官之屬赤犮氏掌除牆屋以蜃炭攻之以灰灑毒之鄭云赤犮猶言捇拔也主除蟲豸自埋者按許作赤魃葢其所據本不與鄭同其云除牆屋之物物讀精物鬼物之物故毆之之官曰赤魃氏說義亦與鄭異葢賈侍中說與　詩曰旱魃爲虐

鬽　老物精也　各本作精物今依蕪城賦王莽傳二注正論衡曰鬼者老物之

精也漢藝文志有神鬼精物之語則作精物亦通周禮以夏日至致地示物鬽注曰百物之神曰鬽引春秋傳螭鬽魍魎按今左傳作魅釋文本作鬽服虔注云魅怪物或云魅人面獸身而四足好惑人山林異氣所生 从鬼彡 密祕切十五部 彡鬼毛 說从彡之意彡者毛飾畫之文因以爲毛之偁 魅 或从未 从未爲聲 [illegible] 籒文从彖首从尾省聲 彖首謂彖也彖之頭也或曰當是帬首尾聲猶未聲也按此篆今譌爲二一彔古文也帬籒文也與解語不相應亦與彑部立部不相應今刪正鬽當是古文則帬爲籒文審矣〇七篇彔下云刻木彔彔也盧谷切與此相似而非一字从彖首當是从帬省篆當作帬轉寫失其真 鬾 鬼服也 衣部曰褮鬼衣也周禮大喪廞裘注曰廞興也若詩之興謂象似而作之凡爲神之偶衣物必沽而小耳 一曰小兒鬼 漢舊儀顓頊氏有三子生而亾去爲疫鬼一居江水爲瘧鬼一居若水爲魍魎蜮鬼一居人宮室區隅善驚人爲小兒鬼按此條東京賦注所引較完亦尚有奪字後漢書禮儀志注所引則不可讀東京賦八靈爲之震慴況鬾蜮與畢方薛解云鬾小兒鬼也畢方父老神也 从鬼支聲 奇寄切十六部按二義同音李善東京賦注巨宜切廣韵以鬼服去聲小兒鬼平聲非也 韓詩傳曰鄭交甫逢二女鬾服 蓋韓詩內傳語也文選江賦注引韓詩內傳鄭交甫漢皋臺下遇二女請其佩二女與佩交甫懷之循探之即亡矣南都賦注引韓詩外傳鄭交甫遇二女佩兩珠大如荊雞之卵七發注引韓詩序曰漢廣悅人也漢有游女不可求思薛君曰謂漢神也許所

解亦說此詩之語䰧鬼皃从鬼虎聲虎烏切五部魕鬼俗也謂好事鬼成俗也淮南人閒訓曰荆人鬼越人魕高云鬼好事鬼也魕魕祥也景十三王傳治宮室魕祥伏虔曰魕祥求福也史記正義引顧野王云魕祥吉凶之先見也按伏讀魕同祈顧讀爲知幾其神之幾皆好事鬼之意耳玉藻少儀二篇魕字乃旣嘰之假借小食也从鬼幾聲渠稀切十五部各書从示作禨同淮南傳曰吳人鬼越人魕淮南傳謂鴻烈也吳今鴻烈作荆列子說此事亦作楚魕荆字是䰭鬼鬽聲䰭䰭不止也从鬼需聲奴豆切四部當依廣韵人朱乃侯二切⿰化鬼鬼變也鬼之變匕也从鬼化聲呼駕切十七部䰐見鬼驚詞見鬼而驚駭其詞曰䰐也䰐爲奈何之合聲凡驚詞曰那者卽䰐字如公是韓伯休那是也左傳棄甲則那那亦是奈何之合聲从鬼難省聲讀若詩受福不儺小雅桑扈受福不那傳曰那多也此作不儺疑字之誤或是三家詩諾何切十七部⿰鬼賓鬼皃此葢與⿰雚鬼䰧之義相近从鬼賓聲符眞切十二部醜可惡也鄭風無我魗兮鄭云魗亦惡也是魗卽醜字也凡云醜類也者皆謂醜卽疇之假借字疇者今俗之儔類字也內則曰鼈去醜鄭云醜謂鼈竅也謂卽爾雅白州驠之州字也从鬼非眞鬼也以可惡故从鬼酉聲昌九切三部○按此下大徐補一魋篆以言部有譙篆从魋聲也但許書故有一字从二聲之例且釋獸

二云魋如小熊竊毛而黃是當命爲从隹鬼聲入隹部不當入鬼部肊解之曰神獸也

𩴵 各本無此篆考玄應書五引說文𩴵字助交切訓捷健也又引廣雅𩴵捷也聲類𩴵疾也蓋後人以魈代𩴵而說文𩴵字亡矣玉篇曰魈剽輕爲害之鬼也說文訓當云鬼捷皃疑魈篆卽𩴵篆之譌 从鬼堯聲 玉篇士交切廣韵楚交切

文十七 刪魋補𩴵　重四 今魅之重文刪一則重三

甶 鬼頭也象形 敷勿切十五部 凡甶之屬皆从甶

畏 惡也从甶虎省 虎上體省而儿不省儿者似人足而有爪也於貴切十五部 鬼頭而虎爪可畏也 說會意

古文省 下象爪形

禺 母猴屬 爪部曰爲者母猴也攴部曰夒一曰母猴也郭氏山海經傳曰禺似獼猴而大赤目長尾今江南山中多有說者不了乃作牛字按左傳魯公爲檀弓作公叔禺人可證爲禺是一物也 頭佀鬼 故从甶 从甶从禸 牛具切古音在四部讀如偶

文三　重一

厶 姦衺也 衺字淺人所增當刪女部曰姦者厶也二篆爲轉注若衺者㝈也㝈者衺也亦二篆爲轉注不與姦厶相涉也公私字本如此今字私行而厶廢矣私者禾名也 韓非曰倉頡作字自

營爲厶見五蠹篇今本韓非營作環二字雙聲語轉營訓帀居環訓旋繞其義亦相通自營爲厶六書之指事也八厶爲公六書之會意也息夷切十五部凡厶之屬皆从厶

篡屰而奪取曰簒奪當作敓敓奪者手持隹失之也引伸爲凡遺失之偁今吳語云奪落是也敓者彊取也今字奪行敓廢但許造說文時畫然分別書中不應自相剌謬凡讀許書當先校正有如此者屰而敓者下取上也从厶姦謀也算聲初宦切十四部

羐相訹呼也呼當作評評召也言部曰訹者羐也羐與訹二篆爲轉注今人以手相招而口言羐正當作此字今則誘行而羐廢矣从厶羑羊部曰羑者進善也訹之若進善然故从羑與久切三部

誘或从言秀秀聲也召南曰有女懷春吉士誘之傳曰誘道也按道卽導字大雅天之牖民傳曰牖道也是則傳謂牖誘同字大雅牖民韓詩外傳樂記作誘民古二字多通用釋詁曰誘進也儀禮誘射鄭曰誘猶敎也樂記知誘於外鄭曰誘猶道也引也葢善惡皆得謂之誘論二字之本義牖訓窗明誘訓相訹固有不同故羐必从厶訹下曰相評誘也許意誘不必以正似板傳爲正字野有死麕傳爲假借字惡無禮之詩必非訹誘之誘也

𧦝或如此从盾者盾下曰所以扞身蔽目葢取自隱藏以招人之意宋玉曰若姣姬揚袂鄣目而望所思

羑古文羊部有此二云進善也此二云羐之古文說古文以羑爲羐也古文本但有羑字後乃有羐字訓爲相訹評則羑字專爲進善矣

文三　重三

嵬山石崔嵬高而不平也各本作高不平也四字今依南都賦李注訂有高而上平者兀下曰高而上平爾雅曰夷上洒下曰漘是也周南陟彼崔嵬釋山曰石戴土謂之崔嵬毛傳曰崔嵬土山之戴石者說似互異依許云高不平則毛傳是矣惟土山戴石故高而不平也岨下云石山戴土亦與毛同从山鬼聲此篆可入山部而必立爲部首者巍从此也五灰切十五部

巍高也高者必大故論語注曰巍巍高大之稱也左傳卜偃曰萬盈數也巍大名也雉門外闕高巍巍然謂之象巍按本無二字後人省山作魏分別其義與音不古之甚从嵬委聲牛威切按古音當在十六部

文二

說文解字第九篇上

說文解字第九篇下

金壇段玉裁注

山 宣也謂能宣散气生萬物也九字依莊子釋文訂散當作㪚有石而高象形所閒切十四部凡山之屬皆从山

嶽 東岱見下南靃南靃者衡山也在今湖南衡州府衡山縣西北風俗通曰衡山一名霍山爾雅釋山曰霍山爲南嶽尚書大傳白虎通皆擧霍山毛傳則曰南嶽衡許宗毛者也曰南霍正皆謂今湖南之衡山卽漢地理志長沙國湘南縣東南之禹貢衡山也封禪書漢武帝元封四年巡南郡至江陵而東登禮灊之天柱山號曰南嶽此郭景純所謂武帝以衡山遼曠移其神於天柱者蓋自是天柱始有霍山之名而衡山不曰霍山矣許言霍者從其朔偁也天柱山者今安徽六安州霍山縣南之霍山是也西𡹷見下北恆爾雅曰恆山爲北嶽毛傳曰北嶽恆禹貢職方之恆山也在今直隸省定州曲陽縣中大室大各本作泰今正古書大字俗或讀他蓋切改爲太又改爲泰葢不可盡正矣爾雅曰嵩高爲中嶽封禪書郊祀志皆曰中嶽嵩高也按禹貢曰外方左傳曰大室國語曰崇山崇之字亦作崈亦作嵩故崇山亦曰崈高山亦曰嵩高山地理志潁川郡崈高縣武帝置以奉大室山是爲中岳古文以崇高爲外方山也大室崇高錯擧可見一山數名卽今河南河南府登封縣北之嵩山也王者之所吕巡狩所至吕用也王者所用至此而

巡狩也巡狩者巡所守也天子適諸侯曰巡狩按堯典二月至于岱宗五月至于南嶽八月至于西嶽十有一月至于北嶽不言中嶽也而封禪書郊祀志述堯典皆云中嶽嵩高也何氏注公羊則偁堯典而補其文曰還至嵩如初禮應劭風俗通則曰中嶽嵩高也王者所居故不巡焉其說乖異 从山獄聲 五角切三部

岳 古文象高形 今字作岳古文之變

岱 大山也 大作太者俗改也域中最大之山故曰大山作太作泰皆俗釋山曰泰山爲東嶽毛傳曰東嶽岱堯典至于岱宗封禪書郊祀志曰岱宗泰山也禹貢職方皆曰岱在今山東泰安府泰安縣北 从山代聲 徒耐切一部

島 海中往往有山可依止曰島 禹貢鳥夷皮服某氏傳讀爲島與馬鄭注如字不同衞包徑改經爲島字非也 从山鳥聲 韵會作鳥省聲非 讀若詩曰蔦與女蘿 小雅頍弁文都晧切二部玉篇丁了多老二切

峱 猱山也 舊奪猱字也字今補三字句 在齊地 上文五嶽不言在者人所共知不待言也齊風還曰遭我乎猱之閒兮傳曰猱猱山也地理志引作嶩師古云亦作巙音皆乃高反 从山狃聲 奴刀切古音在三部 詩曰遭我于猱之閒兮 今詩于作乎漢書作嶩

嶧 葛嶧山也 地理志東海郡下邳葛嶧山在西古文以爲嶧陽郡國志下邳國下邳縣葛嶧山本嶧陽山按今在江蘇省淮安府邳州西北六里非山東兗州府鄒縣東南二十五里之嶧山也魯頌保有鳧嶧傳曰嶧嶧山也左傳邾文

公卜還于繹杜云繹邾邑魯國鄒縣北有繹山哀七年邾衆保于繹杜云繹邾山也史記秦始皇上鄒嶧山刻石頌功德地理志魯國騶縣嶧山在北此山字作繹从糸不从山與東海葛嶧山字从山不同史記作鄒嶧漢志作嶧山乃譌字也秦時石刻字作繹在東海下邳此用永平以前地志也从山睪聲羊益切古音在五部夏書曰嶧陽孤桐禹貢徐州文

嵎封嵎之山也在吳楚之閒汪芒之國魯語孔子曰防風氏者汪芒氏之君也守封嵎之山者也韋云封封山嵎嵎山在今吳郡永安縣按據許則封嵎乃一山名耳今封嵎二山在浙江省湖州府武康縣東實一山也楚當依玉篇作越邑部曰在夏爲防風氏在殷爲汪芒氏孔子謂防風氏爲汪芒氏之君者以今釋古之例謂夏之防風氏其國在殷之汪芒氏也从山禺聲噳俱切四部

嶷九嶷山也舜所葬海內經南方蒼梧之丘蒼梧之淵其中有九嶷山舜之所葬在長沙零陵界中郭云山今在零陵營道縣南其山九溪皆相似故云九疑古者總名其地爲蒼梧也在零陵營道山在今湖南永州府寧遠縣南六十里桂陽州藍山縣西南五十里从山疑聲語其切一部按諸書多作九疑惟山海經作嶷音疑而郭注亦作九疑

崏崏山也在蜀湔氐西徼外地理志蜀郡湔氐道禹貢崏山在西徼外江水所出郡國志同今四川直隸茂州西北有湔氐廢縣崏山在茂州西北五百里江水所出禹貢岷山道江夏本紀作汶山封禪書曰瀆山濁之汶山也

卽隴山之南首連峯千里不絕蜀西之山皆㟭也水部曰江水出蜀湔氐徼外㟭山入海从山敄聲武巾切古音在十三部按此篆省作崏隸變作汶作文作岐作峻俗作㟭作岷漢蜀郡有汶江道漢元鼎六年置汶山郡亦作文山郡汶文皆卽㟭字之叚借也考工記貉踰汶則攵自謂魯北之水叚敬順乃疑爲岷江殊誤

屼 屼山也三字句各本無屼字淺人所刪乃使文理不完許書之例以說解釋文字若屼篆爲文字屼山也爲說解淺人往往氾謂複字而刪之如髦篆下云髦髮也巂篆下云巂周河篆江篆下云河水江水皆刪一字今皆補正玉篇廣韵皆曰女屼山名按中山經曰中次九經岷山之首曰女几之山凡岷山之首自女几之山至于賈超之山凡十六山許立文㟭屼系聯與山經合豈古本作女屼山與或曰溺水之所出溺各本作弱誤今正水部曰溺水自張掖刪丹西至酒泉合黎餘波入于流沙桑欽說不云出女屼山也此云或曰者廣異聞按集韵類篇引說文山名一曰女屼山弱水所出與今本異恐未可從从山几聲居履切十五部

巀 巀嶭山也四字句在左馮翊池陽左字各本無今補地理志左馮翊池陽惠帝四年置巀嶭山在北漢池陽故城在今陝西西安府三原縣西北二十里嵯峨山在西安府涇陽縣北四十里卽巀嶭山也巀嶭嵳峩語音之轉本謂山陵皃因以爲山名也楊雄長楊賦曰椓巀嶭而爲弋从山𢦏聲才葛切十五部按語轉爲嵳

嶭 巀嶭山也从山辥聲五葛切十五部按語轉爲峩

嵏 九嵏山也在左馮

翊谷口左字各本無今補地理志曰左馮翊谷口九嵏山在西谷口故城今在西安府醴泉縣東北七十里九嵏山今在縣東北五十里有九峯俱峻从山嵏聲子紅切九部按此篆各本在嶢嶭二篆之後非其次今依玉篇次弟正又按古書皆作嵕山在左

崋華山也在弘農華陰地理志京兆尹華陰大華山在南豫州山郡國志弘農郡華陰故屬京兆有大華山漢之華陰今陝西同州府華陰縣是其地泰華山在縣南十里卽西嶽也从山𠌶聲各本作蕐省聲今正蕐卽𠌶聲也胡化切古音在五部按西嶽字各書皆作華華行而崋廢矣漢碑多有从山者

崞崞山也在鴈門地理志鴈門郡領縣十四有崞縣葢以山名縣也不言某縣者略也今崞縣故城在山西直隸代州崞縣西三十五里崞山在縣西南四十里从山𦎫聲古博切五部

崵首崵山也在遼西各本無首字今依玉篇及伯夷列傳正義王貢兩龔鮑傳注所引正地理志遼西郡令支有孤竹城郡國志同應劭曰故伯夷國按許意首崵山卽伯夷叔齊餓於首陽之下也馬融注論語曹大家注幽通賦戴延之西征記說夷齊首陽各不同从山昜聲與章切十部一曰嵎銕崵谷也銕宋本作鐵此卽堯典之嵎夷暘谷也土部引書宅嵎夷日部引書暘谷皆謂古文尚書也此云嵎銕崵谷則今文尚書也堯典釋文曰尚書考靈曜及史記作禺銕尚書正義曰夏侯等書宅嵎夷爲宅嵎鐵夏本紀索隱曰嵎夷今文尚書及帝命驗並作禺鐵凡緯書皆同今文尚書金部曰銕古文鐵

岵山

有艸木也艸舊作草誤今正有當作無釋山曰多草木岵無草木峐釋名曰山有草木曰岵岵怙也人所怙取以爲事用也山無草木曰屺屺圮也無所出生也許書同爾雅釋名吳都賦岡岵童用字亦宗爾雅而毛詩魏風傳曰山無草木曰岵山有草木曰屺與爾雅互異竊謂毛詩所據爲長岵之言瓠落也屺之言荄滋也岵有陽道故以言父無父何怙也屺有陰道故以言母無母何恃也毛又曰父尚義母尚恩則屬辭之意可見矣許宗毛者也疑有無字本同毛後人易之

从山古聲侯古切五部詩曰陟彼岵兮魏風陟岵

屺山無艸木也無當作有从山己聲墟里切一部釋山作峐三蒼字林聲類並云峐卽屺字音起詩曰陟彼屺兮魏風陟岵

嶨山多大石也釋山曰多大石嶨許所據字从山也廣韵引爾雅字亦从山許石部有礐訓石聲與此義別从山學省聲胡角切三部

嶅山多小石也釋山曰多小石磝許所據字从山也魯有貝敖二山晉師在敖鄗二山之閒敖蓋卽嶅字以多小石得名从山敖聲五交切二部

岨石戴土也周南卷耳曰陟彼砠矣本亦作砠釋山曰石戴土謂之崔嵬土戴石爲岨毛傳云崔嵬土山之戴石者石山戴土曰砠二文互異而義則一戴者增益也釋山謂用石戴於土上毛謂土而戴之以石釋山謂用土戴於石上毛謂石而戴之以土以絲衣戴弁例之則毛之立文爲善矣石在上則高不平故曰崔嵬土在上則雨水沮洳故曰岨許於嵬下同毛此岨下亦同毛也詩爾雅作砠許作岨

主謂山故字从山垂土故不从石从山且聲七余切五部詩曰陟彼岨矣

岡山脊也釋山曰山脊岡周南傳曰山脊曰岡从山网聲古郎切十部

岑山小而高釋山曰山小而高曰岑釋名曰岑嶃也嶃嶃然也从山今聲鉏箴切七部

崟山之岑崟也子虛賦岑崟參差日月蔽虧又楊雄蜀都賦張衡南都賦皆有嶜岑字李善讀爲岑崟从山金聲魚音切七部

崒崒此複舉字之未刪者危高也言危殆之高也釋山曰崒者厜㕒厜㕒亦作嵳峩按小雅十月之交箋曰崒者崔嵬是鄭所據爾雅厜㕒作崔嵬也惟土山戴石故易崩耳漸漸之石曰漸漸之石維其卒矣箋云卒者崔嵬也謂山巔之末也是鄭謂卒爲崒之假借字子虛賦隆崇嵂崒从山卒聲醉綏切十五部按廣韵六術崒慈卹切六脂嶊醉綏切大徐誤也

巒山小而銳釋山曰巒山墮說者謂爲一條許於巒墮別爲二條毛公釋墮亦不云巒也葢爾雅巒墮二一物許云山小而銳巒之解也毛二云山之隋隋小者隋之解也後儒合爲一者非是劉淵林注蜀都賦曰巒山長而狹也一曰山小而銳也兼用爾雅說文而爾雅之讀與毛許異矣从山䜌聲洛官切十四部

密山如堂者土部曰堂殿也釋山曰山如堂者密郭引尸子松柏之鼠不知堂密之有美樅按密主謂山假爲精密字而本義廢矣从山宓聲美畢切十二部按廣韵密下引說文山脊也岀下云山形如堂葢有誤玉篇二云岀同密

岫山

有穴也 有字各本奪今依文選張景陽雜詩注補有穴之山謂之岫非山穴謂之岫也東京賦王鮪岫居薛解云山有穴曰岫然則岫居言居有穴之山 从山由聲 似又切三部

⿱穴由 籀文从穴

𡾊 高也 高上當有陖字轉寫奪之耳高者崇也陖者陗高也凡斗上曰陗𡾊从陖則義與陖同同一高而有危高陖高尤高短而高巍高大而高之別大雅崧高維嶽駿極于天傳曰駿大也中庸孔子閒居注皆曰峻高大也然則大雅之駿用段借字 从山陖聲 此舉形聲包會意私閏切十三部

峻 𡾊或省 今經典作此字

嶞 山之嶞嶞者 周頌曰嶞山喬嶽毛傳曰嶞山山之嶞嶞小者也嶞嶞狹長之皃凡圜而長者謂之隋圜方而長者謂之隋方字或作橢毛傳方銎曰斨隋銎曰斧鄭注月令曰隋曰竇方曰窖注禮器曰楸禁如今方案隋長隋長皆用隋字爾雅鱝貝小而橢平準書食貨志三曰復小橢之皆用橢字此說山則用嶞字疑當同毛傳作嶞嶞小者今奪小字耳嶞嶞疑當作隋隋隋卽嶞字詩釋文曰嶞字又作墮 从山憜省聲讀若相推落之墮 徒果切十七部

嶘 尤高也 乙部曰尤者異也京部曰尤者異於凡也尤高謂之棧今字作嶘 从山棧聲 士限切十四部

崛 山短而高也 而字舊無今依廣韵補短高者不長而高也不長故从屈屈者無尾也無尾之物則短張揖上林賦注曰崛崎斗絕也 从山屈聲 衢勿切十五部屈省作崛

崇 山大而高也 各本作巍高也三字今正大雅崧高維嶽釋山

毛傳皆曰山大而高曰崧孔子閒居引詩崧作嵩釋名作山大而高曰嵩崧嵩二形皆卽崇之異體韋注國語云古通用崇字太平御覽及徐鉉皆引其語詩序曰崇丘萬物得極其高大也此崇之故訓也河東賦瞰帝唐之嵩高眽隆周之大寧嵩高卽崇高也漢碑曰如山如岳嵩如不傾謂崇而不傾也中嶽禹貢謂之外方秦名大室漢武帝始謂之崇高山因以山下戶三百爲之奉邑名曰崇高縣武帝紀郊祀志地理志封禪書可證崇字地理志作崈體之小異耳史漢或崇嵩錯出要無礙爲一字惟後漢書靈帝紀熹平五年復崇高山爲嵩高山語大可疑證以東觀紀堂谿典請雨因上言改之名爲嵩高山是則非復崇高爲嵩高乃改崇高爲嵩高蓋其時六書之學不明謂嵩與崇別而改之沿至今日尚仍其誤李賢注云前書武帝祠中嶽改嵩高爲崇高前書未嘗有此文武帝改大室爲崇高武帝以前但曰大室不曰嵩高也崇高本非中嶽之專偁故淺人以崇爲氾辭嵩爲中嶽強生分別許造說文不取嵩崧字蓋其時固憭然也崇之引伸爲凡高之偁大雅福祿來崇傳曰崇重也禮經崇酒注崇充也邶風崇朝其雨傳曰崇終也皆音近假借○或問釋山嵩高爲中嶽非古名嵩高之證與曰嵩卽崇字封禪書曰秦有大室祠大室嵩高也此謂秦之大室卽漢之崇高也釋山之嵩高蓋漢人語非本經故許嶽字下言大室不言崇高

从山宗聲 鉏弓切九部此篆舊在𡶶篆之後解云嵬高也必轉寫之誤今依玉篇移其次依毛傳釋名易其解

𡾰 巍高也从山蠆聲 虫部作𧒒毒蟲也从虫上象形依隸體从虫从萬則誤**讀若厲** 力制切十五部玉篇廣韵作𡾰云巍也

巖 厓也 各本作岸也今依太平御覽所引正

厂部曰厓者山邊也厓亦謂之巖故厂下云山石之厓巖人可居也戰國策巖下有貫珠者漢書遊於巖廊之上皆謂殿下小屋如厓巖之下可居也天子之堂九尺諸侯七尺其上曰巖廊其下曰巖下从山山部之巖主謂山厓石部之礹主謂積石嚴聲五緘切八部按此篆之上舊有峯篆乃大徐所增古祗用夆夆啎也

嵒山巖也西京賦曰下嶄巖以嵒齬从山品聲大徐無聲按嵒與石部之喦別五咸切七部讀若吟

㠥㠥嶵逗疊韵字也山皃也各本舛誤今依全書通例補正西京賦曰上林岑以壘嶵按壘嶵卽㠥嶵也从山絫聲落猥切十五部俗作⿱山巢按二篆同在十五部則應作⿱山纍纍聲

嶵㠥嶵也从山辠聲徂賄切十五部文選篇韵皆作嶵

嵒山皃一曰山名从山告聲古到切篇韵皆口沃切三部

𡼖山皃从山隓聲徒果切十七部按隓者小篆文之墮也隓从隋者从墮之省也是則𡼖隓蓋一字不當爲二

嵯嵯峨逗二字各本無今依全書通例補山皃釋山厜㕒又作嵳峩从山差聲昨何切十七部

峨嵯峨也从山我聲五何切十七部

崝崝嶸逗山皃也各本不完今補方言曰崝高也郭云崝嶸高峻之皃也崝今字作崢从山青聲七耕切十一部按七耕當作士耕

嶸崝嶸也从山榮聲戶萌切十一部亦作嵘

⿰山巠⿰山巠谷也三字

句名本刪嶧字今補廣韵曰嶧口莖切或作硎谷名在麗山昔秦密種瓜處按秦冬月種瓜谷中温處瓜實因使諸生往視說之發機阬諸生事見尚書正義所引衞宏詔定古文官書序漢書儒林傳注藝文類聚卷八十七同而師古作阬谷正義及類聚作硎谷實則嶧谷也从山巠聲戸經切十一部

崩山壞也引伸之天子死曰崩从山朋聲方滕切六部按隸體山在朋上

𡺲古文从𠂤

岪山脅道也脅者兩膀也山如人體其兩旁曰脅水經注曰江水又東逕赤岬城引淮南子彷徨於山岬之旁注云岬山脅也楚辭招隱士云坱兮軋山曲岪王注云盤結屈也結屈許書作詰詘山脅之道然也从山弗聲符勿切十五部

嵍山名按此篆許書本無後人增之許書果有是山則當廁於山名之類矣顏氏家訓柏人城東有山世或呼爲宣務山予讀柏人城西漢桓帝時所立碑銘云上有巏嵍王喬所仙巏字遂無所出嵍字依諸字書即旄丘之旄也嵍字字林一音忘付反今依附俗名當音權務經典釋文曰字林有嵍丘亡周反一音毛嵍丘也又有嵍亡附反一音毛亦云嵍丘也據顏陸之書字林乃有嵍字則許書之本無此顯然矣旄丘見詩爾雅曰前高曰旄丘劉成國曰如馬舉頭垂髦依字林嵍丘即旄丘乃丘名非山名也从山敄聲亡遇切古音在三部

嶢焦嶢山高皃楊雄傳曰泰山之高不嶕嶢則不能淳瀹雲而散歊烝嶕古祇作焦从山堯聲古僚切二部

嶘山陵也从山戔聲慈艮切十部

岊陬隅𠂤部曰隅者陬也陬者隅

也孟子虎負嵎是知隅者高山之卪也嵎卽隅字趙注曰虎依陬而怒

高山之卪也 卪各本作節今正山之卪曰𡵂猶竹卪曰節木卪曰科厄也劉逵注吳都賦引此謂之許氏記字 从山卪 會意卪亦聲子結切十二部

崔 大高也 齊風南山崔崔傳曰崔崔高大也此云大高未知孰是嵬下曰山石崔嵬高而不平也亦卽毛傳之土山戴石曰崔嵬也 从山隹聲 聲字鉉無今補胙回切十五部按小徐無此篆大徐此篆在部末非其次玉篇亦本無崔字於部末補之疑許益本無此莊子山林之畏隹隹卽今之崔也但人部有催手部有摧則山部當有崔矣

文五十三 今刪峯則五十二 重四

屾 二山也 此說義而形在是如玨之例 凡屾之屬皆从屾 闕 此闕謂闕其讀若也今音所臻切恐是肊說

嵞 會稽山也 左傳禹會諸侯於塗山執玉帛者萬國魯語昔禹致羣神於會稽之山防風氏後至禹殺而戮之二傳所說正是一事故云嵞山卽會稽山嵞塗古今字故今左傳作塗封禪書云管仲曰禹封泰山禪會稽吳越春秋曰禹登茅山以朝羣臣乃大會計更名茅山爲會稽封禪書又云秦幷天下自殽以東名山五大室恆山太山會稽湘山劉向上封事曰禹葬會稽蓋大禹以前名嵞山大禹以後則名會稽山故許以今名釋古名也杜注左傳云塗山在壽春東北非古說也會稽山在今浙江省紹興府治東南十二里 一曰九

江當涂也民俗㠯辛壬癸甲之日嫁娶一曰者別義謂嵞山在九江當塗也地理志九江郡當塗應劭曰禹所娶塗山氏國也郡國志九江郡屬縣有當塗有平阿平阿有塗山按平阿本當塗地漢當塗卽今安徽省鳳陽府懷遠縣縣東南有塗山非今在江南太平府治之當塗也咎繇謨曰予創若時娶于塗山辛壬癸甲鄭注云登用之年始娶于塗山氏三宿而爲帝所命治水水經注引呂氏春秋禹娶塗山氏女不以私害公自辛至甲四日復往治水故江淮之俗以辛壬癸甲爲嫁娶日也許云當塗民俗以辛壬癸甲之日嫁娶正與呂覽合鄭注尚書亦同呂覽尚書辛壬癸甲言娶塗山所歷之四日也縣之名當塗者葢以嵞山得名嵞塗古今字 从屾余聲同都切五部 虞書曰予娶嵞山咎繇謨文合二句爲一句如東方昌矣之類此證後說也

文二

屵 岸高也屵之言巘巘然也廣韵高山狀 从山厂厂亦聲五葛切十四十五部 凡屵之屬皆从屵

岸 水厓洒而高者各本無洒字今依爾雅補釋丘曰望厓洒而高岸夷上洒下不漘李巡曰夷上平上洒下陗下故名漘孫炎曰平上陗下故名曰漘不者葢衍字據李孫之釋漘則知李孫之釋岸亦必曰陗下而高上也陗下者謂其體斗陗平上高上者謂其顛有崖嵬平坦之不同嵬下曰高不平也對夷上言也洒釋爲陗者洒卽陵之假借二字古音同𠂤部曰陵者陗高也陗者陵也凡斗立不可上曰陗詩新臺

有洒傳曰洒高峻也峻同陖郭景純昧於其義乃釋高曰陵陖非高之謂也釋洒曰水深水之深淺何與於厓不得冠以望厓矣爾雅言厓許言水厓者申爾雅之說別於山邊之厓也衛風淇則有岸小雅高岸爲谷其本義也大雅誕先登于岸傳曰岸高位也其引伸之義也箋云岸訟也小雅小宛傳曰岸訟也此皆借岸爲犴獄字也 从屵干聲 五旰切十四部

崖 高邊也 辵部曰邊行垂崖也土部曰垂者遠邊也按垂爲遠邊邊崖爲高邊邊之義謂行於此二者此二者因名邊矣其字从屵也故爲高邊 从屵圭聲 五佳切十六部此與厂部之厓義別

⿱山⿸厂隹 高也 玉篇曰亦作陮按𨸏部曰陮隗高也義同字異 从屵隹聲 都回切十五部玉篇徒罪切

⿱山⿸厂肥 ⿰山朋也 列子黃帝篇目所偏視晉國爵之口所偏肥晉國黜之殷敬順釋文云肥皮美切說文字林皆作⿱山⿸厂肥又作圮皆毀也按古肥與非通口所偏肥猶云口所偏非耳不必援此也⿱山⿸厂肥與圮亦非一字 从屵肥聲 符鄙切十五部

嶏 ⿰山朋聲 从屵配聲讀若費 蒲沒切十五部按此葢卽⿱山⿸厂肥之或體耳玉篇有⿱山⿸厂肥無嶏可證廣韵傍佩切

文六

广 因厂爲屋也 厂各本作广誤今正厂者山石之厓巖因之爲屋是曰广廣韵琰儼二韵及昌黎集注皆作因巖可證因巖卽因厂也 从厂 各本無此二字今補 象對刺高屋之形

刺名本作刺今正讀七亦切謂對面高屋森聳上刺也首畫象巖上有屋 凡广之屬皆从广
讀若儼然之儼 魚儉切八部
府 文書藏也 文書所藏之處曰府引伸之爲府史胥徒之府周禮府六人史十有二人注云府治藏史掌書者又大宰以八法治官府注云百官所居曰府 从广付聲 方矩切古音在四部
廱 天子饗飲辟廱 饗飲謂鄉飲酒也食部曰饗者鄉人飲酒也辟廱者天子之學也在郊禮記文王世子曰凡大合樂必遂養老天子視學設三老五更羣老之席位焉注云以鄉飲酒禮言之席位之處則三老如賓五更如介羣老如衆賓必也又云遂養老者用大合樂之明日也鄉飲酒鄉射之禮明日乃息司正徵唯所欲以告於先生君子可也是養老之象類是則天子養老之禮卽鄉飲酒之禮水部泮下曰諸侯鄉射之宮鄉謂鄉飲酒射謂鄉射魯頌泮宮箋云在泮飲酒者徵先生君子與之行飲酒之禮而因以謀事也永錫難老者長賜之㝡壽考如王制所云八十月告存九十日有秩也是則天子諸侯養老皆用鄉飲酒禮韓詩說辟廱所以教天下春射秋饗尊事三老五更許但云饗飲者舉鄉飲以該鄉射也大雅曰於樂辟廱毛傳曰辟廱水旋丘如璧以節觀者也魯頌傳曰天子辟廱諸侯泮宮五經異義公羊說天子三諸侯二天子有靈臺以觀天文有時臺以觀四時施化有囿臺觀鳥獸魚鼈諸侯當有時臺囿臺諸侯卑不得觀天文無靈臺皆在國之東南二十五里東南少陽用事萬物著見用二十五里者吉行五十里朝行暮反也韓詩說辟雝者天子之學圓如璧壅之以水示圓言辟取辟有德不言辟水言辟雝者取其廱和也所以教天下春射秋

饗尊事三老五更在南方七里之內立明堂於中五經之文所
藏處蓋以茅草取其潔清也左氏說天子靈臺在太廟之中壅
之靈沼謂之辟廱諸侯有觀臺亦在廟中皆以望嘉祥也毛詩
說靈臺下足以監視靈者精也神之精明稱靈故稱臺曰靈臺
稱囿曰靈囿沼曰靈沼謹按公羊傳左氏說皆無明文說各無
以正之玄之聞也禮記王制天子命之教然後爲學在公宮之
左大學在郊天子曰辟廱諸侯曰泮宮天子將出征受命於祖
受成於學出征執有罪反釋奠於學以訊馘告然則太學卽辟
廱也詩頌泮水云既作泮宮淮夷攸服矯矯虎臣在泮獻馘淑
問如皋陶在泮獻囚此復與辟廱同義之證也大雅靈臺一篇
之詩有靈臺有靈囿有靈沼有辟廱其如是也則辟廱及三靈
皆同處在郊矣囿也沼也同言靈於臺下爲囿爲沼可知小學
在公宮之左大學在西郊王者相變之宜衆家之說各不昭晢
當然於郊差近之耳在廟則遠矣王制與詩其言察察亦足以
明之矣 从广雝聲 於容切九部 庠 禮官養老夏曰校殷
曰庠周曰序 孟子滕文公篇曰夏曰校殷曰序周曰庠史記儒林傳同漢書儒林傳則云夏曰校殷曰
庠周曰序許同漢書疑今孟子史記有誤孟子曰庠者養也 从广羊聲 似陽切十部 廬 寄
也秋冬去春夏居 大雅于時廬旅毛傳曰廬寄也小雅中田有廬箋云中田田中也農人作
廬焉以便其田事春秋宣十五年公羊傳注曰一夫受田百畝公田十畝廬舍二畝半凡爲田一頃十二畝半八家而九頃共
爲一井在田曰廬在邑曰里春夏出田秋冬入保城郭漢食貨志曰一井八家共之各受私田百畝公田十畝是爲八百八十

晦餘二十晦以爲廬舍在野曰廬在邑曰里春令民畢出在壄冬則畢入其詩曰四之日舉止同我婦子饁彼南畮又曰十月蟋蟀入我牀下嗟我婦子聿爲改歲入此室處所以順陰陽備寇賊習禮文也孟子曰五畮之宅趙注廬井邑居各二畮半以爲宅冬入保城二畮半故爲五畮也按許意廬與下文廛義互相足在野曰廬在邑曰廛皆二畮半也引伸之凡寄居之處皆曰廬周禮十里有廬廬有飲食左傳立戴公以廬於曹吾儕小人皆有闔廬以避燥溼寒暑皆是 从广盧聲 古亦與盧相假借力居切五部

庭 宮中也 下文曰中庭則此當曰中宮俗倒之耳中宮宮之中如詩之中林林中也廴部曰廷中朝也朝不屋故不从广宮者室也室之中曰庭詩曰殖殖其庭曰子有廷內曰洒埽庭內檀弓孔子哭子路於中庭注曰寢中庭也凡經有謂堂下爲庭者如三分庭一在南正當作廷廷爲義相近爾雅釋詁詩大田韓奕閔予小子傳曰庭直也引伸之義也庭者正直之處也 从广廷聲 特丁切十一部

霤 中庭也 中庭者庭之中也月令中央土其祀中霤注曰中霤猶中室也古者複穴是以名室爲霤正義引庾蔚之云複者謂地上累土爲之穴則穿地也複穴皆開其上取明故雨霤之是以後因名室爲中霤也按釋名曰室中央曰中霤古者復穴後室之句霤當今之棟下直室之中古者霤下之處也月令呂覽鄭劉皆作中霤許則霤謂屋水流廇謂中室畫分二字葢旣有宮室以後則霤在屋垂而屋中謂之廇以存古釋宮曰杗廇謂之梁葢言室內之制賦家所謂藻井其是與 从广畱聲 力救切三部

庉 樓牆也 樓者重屋也 从广屯聲 徒損切十三部

庌廡也从广牙聲 五下切古音在五部 周禮曰夏庌馬 夏官圉師職文注曰故書庌爲訝鄭司農云當爲庌玄謂庌廡也廡所以庇馬涼也按許亦用仲師說

廡堂周屋也 各本作堂下玄應引作堂周屋曰廡今從之釋名曰大屋曰廡幽冀人謂之庌說與許異許謂堂之四周爲屋也洪範晉語蕃廡皆假廡爲橆也 从广橆聲 文甫切五部 𢊬籀文从舞 舞聲

𢊍廡也从广虜聲讀若鹵 郎古切五部

庖廚也 王制三爲充君之庖注曰庖今之廚也周禮庖人注曰庖之言苞也苞裹肉曰苞苴 从广包聲 薄交切古音在三部

廚庖室也 室各本作屋今依御覽 从广尌聲 直株切古音在四部

庫兵車藏也 此庫之本義也引伸之凡貯物舍皆曰庫 从車在广下 會意車亦聲苦故切五部

廏馬舍也从广㲃聲 居又切三部 周禮曰馬有二百十四匹爲廏廏有僕夫 四當爲六字之誤也夏官校人曰乘馬一師四圉三乘爲皁皁一趣馬三皁爲毄毄一馭夫六毄爲廏廏一僕夫六廏成校校有左右注曰二耦爲乘四匹也自乘至廏其數二百一十六匹易乾爲馬此應乾之策也

𠩺古文从九 此从古文叀而九聲也

序東西牆也 釋宮曰東西牆謂之序按堂上以東西牆爲介禮經謂階上序端之南曰序南謂正堂近序之處曰東序西序古假

杅爲序尚書大傳天子賁庸諸矦疏杅鄭注云牆謂之庸杅亦牆也李善文選注引雒書天準聽天球河圖在東杅又攴部曰次弟謂之敘經傳多假序爲敘周禮儀禮序字注多釋爲次弟是也又周頌繼序思不忘傳曰序緒也此謂序爲緒之假借字从广予聲徐呂切五部

廦牆也與土部之壁音義同从广辟聲比激切十六部

廣殿之大屋也土部曰堂殿也倉頡篇曰殿大堂也廣雅曰堂堭合殿也殿謂堂無四壁漢書胡建傳注無四壁曰堂皇是也覆乎上者曰屋無四壁而上有大覆蓋其所通者宏遠矣是曰廣引伸之爲凡大之偁詩六月雝傳皆曰廣大也从广黃聲古晃切十部

廥芻稾之藏也天官書其南衆星曰廥積如淳漢書注曰芻稾積爲廥也史記正義曰芻稾六星在天苑西主積稾草者从广會聲古外切十五部

庾水漕倉也漢書孝文紀應劭注同謂水轉穀至而倉之也从广臾聲以主切古音在四部一曰倉無屋者無屋無上覆者也小雅楚茨傳曰露積曰庾甫田箋云庾露積穀也周語野有庾積韋注庾露積穀也釋名說同胡廣漢官解詁云在邑曰倉在野曰庾

庰蔽也此與尸部之屏義同而所謂各異此字从广謂屋之隱蔽者也廣雅曰圊圂庰廁也急就篇曰屏廁清溷糞土壤屏與庰通溷與圂通圊與清通下文云廁清也則庰亦謂廁戰國策云宋王鑄諸矦之象使侍屏匽周禮注云匽路廁也从广并聲必郢切十一部

廁清也清圊古今字釋名曰廁言人雜廁在上非一也或曰溷言

溷濁也或曰圊言至穢之處宜常修治使潔清也按凡云雜廁
者猶云溷雜急就篇說文敘皆曰分別部居不雜廁是也古多
假廁爲側如史記張釋之傳北臨廁漢書汲黯傳上踞廁視之是也从广則聲初吏切一部廛
二畝半也一家之凥二各本作一凥各本作居今正按說已見廬篆注合漢食貨志公羊
傳何注詩南山箋孟子梁惠王篇趙注知古者在野曰廬在邑曰里各二畝半趙注尤明里即廛也詩伐檀毛傳曰一夫之居
曰廛遂人夫一廛先鄭云廛居也後鄭云廛城邑之居載師以廛里任國中之地後鄭云廛里者若今云邑居里民居之區域
也里居也毛鄭皆未明言二畝半要其意同也許於廬不曰二畝半於廛曰二畝半以錯見互足从广里
八土里者凥也八土猶分土也亦謂八夫同井也以四字會意直連切十四部厇屋牡瓦也
牡各本作牝也各本作下今正廣韵二十七刪曰屋牡瓦名是也屋瓦下載者曰牝昌邑王傳之版瓦也上覆者曰牡玉篇甂
牡瓦也甂廣雅作瓪今俗猶以圓而上覆之瓦曰甂厇之言似環也甂之言似箭也一曰維綱也糸部
曰縜持綱紐也厇與縜音相近从广閱省聲讀若環戶關切十四部⿸广恖屋
階中會也謂兩階之中湊也西京賦曰刊層平堂設切厓隒今之階隒石必長石居中兩邊鬭合篇韵皆
作屋中會無階字非是从广恖聲倉紅切廣韵又作孔切九部㢋廣也上文殿之大屋
曰廣矣此廣則其引伸之義也凡讀說文者必知斯例而後無所庢廣雅曰㢋大也今人曰侈斂古字作㢋廉从广

侈聲 尺氏切古音在十七部 春秋國語曰侙溝而㢋我 吳語王孫雒曰齊宋徐夷曰吳旣敗矣將夾溝而㢋我韋注㫄擊曰㢋按㫄擊者開拓自廣之意也夾古書多作俠

廉 仄也 此與廣爲對文謂偪仄也廉之言斂也堂之邊曰廉天子之堂九尺諸侯七尺大夫五尺士三尺堂邊皆如其高賈子曰廉遠地則堂高廉近地則堂卑是也堂邊有隅有棱故曰廉廉隅也又曰廉棱也引伸之爲清也儉也嚴利也許以仄晐之仄者圻堮陵陗之謂今之筭法謂邊曰廉謂角曰隅 从广兼聲 力兼切七部

庍 開張屋也 謂屋之開張者也 从广秅聲 宅加切古音在五部今字作秺殊誤 濟陰有庍縣 地理志濟陰郡有秺孟康音妒此古音也

龐 高屋也 謂屋之高者也故字从广引伸之爲凡高大之偁小雅四牡龐龐傳曰龐龐充實也 从广龍聲 薄江切九部詩音義鹿同反徐扶公反

底 山尻也 尻各本譌作居今正山當作止字之誤也字从广故曰止尻玉篇曰底止也下也廣韵曰底下也止也皆本說文釋詁曰底止也又曰底止徯待也晉語戾久將底注曰底止也左傳昭元年勿使有所壅閉湫底服注底止也杜注底滯也楚語夫民氣縱則底底則滯注曰底箸也按底訓止與厂部厎訓柔石引伸之訓致也至也迥別俗書多亂之小雅伊于胡厎箋云厎至也俗本多作胡底 一曰下也 下爲底上爲蓋今俗語如是與前一義相足高唐賦曰不見其底虛聞松聲列子無底之谷名曰歸墟 从广氏聲 都禮切十五部按釋詁替戾底厎尼定曷遏止

也釋文及唐石經不誤郭注厎義見詩傳謂靡所厎止伊于胡厎傳曰厎至也郭又引國語戾久將厎此爲庢字作注也釋文底音丁禮反厎音之視反今蕭旨二韵區別亦如是

厔礙止也（石部曰礙者止也凡庢礙當作此字今俗作窒礙非也七發曰發怒庢沓言水初發怒礙止而涌沸也又右扶風有盩庢縣山曲曰盩水曲曰庢）从广至聲（陟栗切十二部）

廮安止也从广嬰聲（於郢切十一部）鉅鹿有廮陶縣（地理志郡國志同）

𢇛舍也（詩召南甘棠曰召伯所茇傳曰茇草舍也周禮大司馬中夏教茇舍注云茇讀如萊沛之沛茇舍草止之也軍有草止之法按許書艸部茇艸根也此废訓舍也與毛鄭說異以其字从艸从广別之耳同音故義相因茇废實古今字也毛傳又云草行曰跋跋即茇之假借字漢禮樂志拔蘭堂拔舍止也即废之假借字）从广犮聲（蒲撥切十五部）詩曰召伯所废（此蓋用三家詩字作废故與毛作茇訓草舍異）

庳中伏舍（謂高其兩旁而中低伏之舍也）从广卑聲（便俾切十六部）一曰屋卑（卑各本作庳今依韵會訂左傳曰宮室卑庳引伸之凡卑皆曰庳周禮其民豐肉而庳）或讀若逋（雙聲）

庇蔭也（蔭艸会也引伸之爲凡覆庇之偁釋言曰庇休蔭也）从广比聲（必至切十五部按周禮注庀具也左傳國語亦有庀字注或云具也或云治也攷周禮故書庀作比許從故書故說文無庀）

庶屋下眾也（諸家皆曰庶眾也許獨云屋下眾者以其字从广也釋言曰庶侈也侈鄭

箋作胗此引伸之義又引伸之釋言曰庶幸也詩素冠傳同又釋言曰庶幾尚也从广炗卉取眾盛之意商署
切五部炗古文光字見火部庤儲置屋下也庤與偫音義同二云置
屋下者以其字从广也周頌庤乃錢鎛傳曰庤具也从广寺聲直里切一部廙行屋
也行屋所謂幄也許書巾部無幄篆周禮帷幕幄帟注云四合象宮室曰幄王所居之帳也疏引顏延之纂要四合象
宮曰幄巾部曰帳張也木部曰幢者帳柱也帳有梁柱可移徙如今之蒙古包之類廙字本義如是魏晉後用爲翼字如魏丁
廙字敬禮是用爲小心翼翼字也篇韵皆曰廙敬也从广異聲與職切一部廔屋麗
廔也麗廔讀如離婁二音四字下曰窗牖麗廔闓明也長門賦靈光殿賦皆作離樓謂在屋在牆囱牖穿通之皃玉
篇作蠡廔从广婁聲洛侯切四部一曰所㠯穜也所㠯二字各本奪今補穜
之用切謂以廔貯穀播穜於地也木部曰椶穜樓也廣韵耬穜具也皆即廔字雇屋從上傾下
也雇之下推也从广隹聲都回切十五部廢屋頓也頓之言鈍謂屋鈍置無居
之者也引伸之凡鈍置皆曰廢淮南覽冥訓四極廢高注廢頓也古謂存之爲置棄之爲廢亦謂存之爲廢棄之爲置公羊傳
曰去其有聲者廢其無聲者鄭曰廢置也于去聲者爲廢謂廢置不去也左傳廢六關王肅家語作置六關淮南子舜葬蒼梧
不變其肆高注不頓市井之所廢莊子曰廢一於堂廢一於室仲尼弟子列傳子貢好廢居與時轉貨貲殖列傳作廢著鬻財

徐廣曰箸猶居也讀如貯廢之爲置如租之爲存苦之爲快亂之爲治去之爲藏 从广發聲 方肺切十五部古可入聲

庮 久屋朽木 朽同歺見歺部周禮內饔牛夜鳴則庮先鄭云庮朽木臭也內則鄭注云庮惡臭也引春秋傳一薰一庮許說同先鄭久屋而後有朽木故字从广 从广酉聲 與久切三部

周禮曰牛夜鳴則庮臭如朽木

廑 少劣之尻 尻舊作居誤今正少劣之居故从广引伸之義與人部之僅同古多用廑爲僅亦用爲勤字文選長楊賦注引古今字詁曰廑今勤字 从广堇聲 巨斤切十三部

廟 尊先祖皃也 尊其先祖而以是儀皃之故曰宗廟諸書皆曰廟皃也祭法注云廟之言皃也宗廟者先祖之尊皃也古者廟以祀先祖凡神不爲廟也爲神立廟者始三代以後 从广朝聲 聲字葢衍古文从苗爲形聲小篆从广朝謂居之與朝廷同尊者爲會意眉召切二部

庿 古文 見禮經十七篇凡十七篇皆作庿注皆作廟

𢈔 人相依𢈔也 从广且聲 子余切五部按篇韵皆七賜切則與且聲不相應廣雅無𢈔有庛音七賜切玉篇𢈔字亦不次於援引說文之處疑許本無𢈔

廅 屋迫也 廅之言遏也 从广曷聲 於歇切十五部

㡿 卻屋也 卻屋者謂開拓其屋使廣也與上屋迫成反對廣韵引作卻行也非是卻屋之義引伸之爲㡿逐爲充㡿魏都賦注引倉頡曰㡿廣也又引伸爲指㡿穀梁僖五年傳曰目晉侯㡿殺是也 从广屰聲

廣韵引無聲字非是昌石切古音在五部俗作厈作斥幾不成字

廞 陳輿服於庭也 周禮故書廞爲淫鄭司農云淫讀爲廞廞陳也許說同先鄭釋詁曰廞興也後鄭注周禮云廞興也興作之說同爾雅按易淫爲廞古音同在七部也釋廞爲興古六部七部合音也 从广欽聲讀若歆 許今切七部

廫 空虛也从广膠聲 此今之寥字洛蕭切古音在三部

文四十九 重三

厂 山石之厓巖人可凥 凥舊作居今正厓山邊也巖者厓也人可居者謂其下可居也屋其上則謂之广 象形 謂象厓岸空可居之形呼旱切十四部 凡厂之屬皆从厂

厈 籀文从干 象形而从干聲

厓 山邊也 高邊則曰崖 从厂圭聲 五佳切十六部

厜 厜㕒 逗 山顚也 顚者頂也俗造巔字唐風作首陽之巔謬甚釋山曰崒者厜㕒又作厜㕒又作嵳峩許書釋嵳峩曰山皃釋厜㕒曰山頂不曰同字也 从厂垂聲 姊宜切古音在十七部

㕒 厜㕒也从厂義聲 魚爲切古音在十七部

厰 崟也 崟者山之岑崟也 一曰地名 𡽹公羊傳𣪊之𡽹巖是也𡽹𡽹卽厰字 从厂敢聲 魚音切古音在八部隸作厰

厬 仄出泉也 小雅有洌氿泉釋水曰氿泉穴出穴出仄出也毛傳側出

曰氿泉按側出泉之字詩爾雅作氿許作厬水醮之字今爾雅作厬許作氿正互相易水部氿篆下引爾雅水醮曰氿則知許所據與今本絕異水厓枯土爲氿字側出泉當作厬字矣 从厂晷聲讀若軌 居洧切古音在三部讀如九氿亦讀如九是以二字通用

厎柔石也 柔石石之精細者鄭注禹貢曰厲摩刀刃石也精者曰砥尚書大傳其檢天子斲其材而礱之加密石焉注曰礱厲之也密石砥之也按厎者砥之正字後人乃謂砥爲正字厎與砥異用強爲分別之過也厎之引伸之義爲致也至也平也有假借者字爲之者如周頌耆定爾功傳曰耆致也是也 从厂氐聲 職雉切十五部按此字从氐聲俗从氏誤也古音氏聲在十六部氐聲在十五部不容稍誤唐以來知此者鮮矣五經文字石刻譌作厎少一畫不可從顧亭林與潘次耕書分別厎厎不同義不知古無从氏之厎厎與底爭首筆之有無末筆則從同也厎與底音義均別广部詳之

砥厎或从石 今字用此而厎之本義廢矣毛詩大東周道如砥孟子作厎

厲旱石也 旱石者剛於柔石者也禹貢厲砥砮丹大雅取厲取鍛引伸之義爲作也見釋詁又危也見大雅民勞傳虞注周易又烈也見招䰟王注俗以義異異其形凡砥厲字作礪凡勸勉字作勵惟嚴厲字作厲而古引伸假借之法隱矣凡經傳中有訓爲惡訓爲病訓爲鬼者謂厲卽癘之假借也訓爲遮列者謂厲卽𠛱之假借也周禮之厲禁是也有訓爲涉水者謂厲卽濿之假借如詩深則厲是也有訓爲帶之垂者如都人士垂帶而厲傳謂厲卽烈之假借也烈餘也 从厂蠆省聲 按說文萬與蠆篆形絕異厲从蠆省聲則字當作厲

而隸體蠆作蠆厲作厲皆从萬非也後人以隸改篆則又篆皆
从萬矣漢隸存者作蠆作厲可考也今篆體及說解皆正力制
切十五部𠪚或不省今各本篆从萬下虫非是漢人隸多作厲不省厥發石也發石
故从厂引伸之凡有撅發皆曰厥山海經曰相柳之所抵厥郭
云抵觸厥掘也孟子若崩厥角稽首趙云厥角者叩頭以額角
犀撅地也晉灼注漢書曰厥猶豎也叩頭則額角豎按厥角者
謂額角如有所發角部觺下云角有所觸發是也以上皆厥之
本義若釋言曰厥其也此假借也假借盛行而本義廢矣从厂欮聲欮或瘚字舉形聲該會意也俱月切
十五部厱厱諸治玉石也淮南說山訓玉待礛諸而成器高注曰礛諸攻玉之石礛
卽厱字也廣韵曰礛䃴青礪从厂僉聲魯甘切七部高誘曰礛讀曰廉氏之廉讀若藍
厤治也甘部曆下云从甘厤厤者調也按調和卽治之義也厤从秝秝者稀疏適秝也从厂
秝聲郎擊切十六部𠩺石利也謂石銳也漢書馮奉世傳器不犀利如淳曰今俗刀兵利爲犀
後漢張衡傳犀舟注同按石之利如砮砭厎厲厝是也犀與𠩺
雙聲假借石利之義引伸之凡利皆曰𠩺犀宋本漢書作犀
从厂異聲讀若枲胥里切一部𠩤美石也从厂古聲
矦古切五部廣韵又當古切厗唐厗石也四字句唐厗雙聲字石名也廣韵齊韵唐韵皆作磄
厗又曰䥢銻火齊也从厂屖省聲杜兮切十五部按屖固
玉篇曰厗古銻字辛聲然則厗亦辛聲也

蓋古辛亦讀如今西砬石聲也謂石㟫之聲吳都賦曰拉擸雷硍崩巒弛岑拉卽砬字也玉篇曰砬亦拉
字拉者折也柆木折也从厂立聲盧荅切七部硍石地惡也集韻類篇皆曰
碣硍石地按石部曰碣石地惡也二篆疊韵从厂皃聲五辭切十六部𠪚石地也
𠪚者堅閉之意从厂金聲讀若紟巨今切七部𠩺石閑見也閑讀
去聲閑見謂突兀忽見人部俔下云閑見是也𠩺史假逋字爲之魏書北史溫子昇傳皆云子昇詣梁客館不修容止謂人曰
詩章易作逋峭難爲字當作𠩺廣韵引字林云埔峭好形皃也埔卽𠩺之隸變凡字書因時而作故說文𠩺字林作埔說文祇
有𠩺字林有埔近世波俏之語又音字之遷移也从厂甫聲讀若敷芳無切五部
厝厝石也各本作厲石今正小雅鶴鳴曰他山之石可以爲錯傳曰錯錯石也今本少一錯字可以琢玉
舉賢用滯則可以治國下章曰他山之石可以攻玉傳曰攻錯也錯古作厝厝石謂石之可以攻玉者爾雅玉曰琢之玉至堅
厝石如今之金剛鑽之類非厲石也假令是厲石則當次厎厲二篆之下而不當次此矣金部鑢下云錯銅鐵也錯亦當作厝
謂刻磏之从厂昔聲蒼各切又七互切五部按許書厝與措錯義皆別而古多通用如抱火厝之積薪之
下假厝爲措也詩曰佗山之石可㠯爲厝厖石大也石大
其本義也引伸之爲凡大之偁釋詁曰厖大也左傳民生敦厖周語敦厖純固是也又引伸之爲厚也商頌爲下國駿厖毛傳

是也或假此厖爲尨襍字荀卿引商頌厖作蒙从厂尨聲莫江切九部

屵岸上見也岸者厓陖而高也岸上見故从厂屮會意上見者望之而見於上也从厂从㞢省按之省二字當作屮弓部㢸下曰屮巠飾與鼓同意皆以屮象上見者而豈下曰陳樂立而上見也从屮尢爲明證岸上見故以屮象之淺人乃改爲㞢省耳廣韵云說文作屵亦誤又按屮與㞢皆謂艸初生故凡上出者可以屮象之周禮作其鱗之而之謂上出而謂下垂此从㞢省與肯从㞢皆是也讀若躍以灼切二部

⿸厂夾辟也⿸厂夾與陝音同義近从厂夾聲胡甲切八部

仄側傾也傾下曰仄也此仄下云傾也是之謂轉注古與側昃字相假借从人在厂下會意阻力切一部

⿸厂矢籀文从矢矢亦聲矢傾頭也昃亦作吳當是籀文昃字

⿸厂辟仄也仄俗本譌作反今依篇韵正今人言偪仄乃當作⿸厂辟仄从厂辟聲普擊切十六部廣韵之石切

厞隱也隱者蔽也特牲饋食禮佐食徹尸薦俎敦于西北隅几在南厞有司徹有司官徹饋饌于室中西北隅設右几厞鄭云厞隱也喪大記甸人取所徹廟之西北厞薪用爨之按室西北隅曰屋漏厞者又西北隅隱蔽之處也屈原賦隱思君兮陫側陫蓋同厞禮注曰古文厞作茀从厂非聲扶沸切十五部詩音義引沈重云許愼凡非反計沈所見說文當有讀若某之云矣

厭笮也竹部曰笮者迫也此義今人字作壓乃古今字之殊土部壓訓壞也𡒄也無笮義凡喪服言尊之所厭皆笮義喪冠謂之厭冠謂冠出武

下也周禮巾車王后厭翟注云次其羽使相迫也禮經推手曰揖引手曰厭厭卽尚書大傳家語之葉拱家語注云兩手薄其心古文禮揖厭分別今文禮厭皆爲揖鄭不之從而禮經有厭譌作撎者周禮大祝疏竟作引手曰撎斷不可從撎爲跪而舉頭下手與厭爲立而引手箸胷不相涉也檀弓死而不弔者厭注行止危險之下已上皆笮之義其音於輒切从厂猒聲於輒切又一琰切八部按厭之本義笮也合也與壓義尚近於猒飽也義則遠而各書皆假厭爲猒足猒憎字猒足猒憎失其正字而厭之本義罕知之矣一曰合也周語克厭天心韋注厭合也韋注漢書敘傳亦同按倉頡篇云伏合人心曰厭字苑云厭眠內不祥也此合義之一耑寱下云寱而厭也是也俗字作魘徐鉉用爲新附字誤矣山海經服之使人不厭郭云不厭不厭夢也此厭字之㝡古者也其音一琰切

𠂆仰也从人在厂上會意魚毀切十六部危字从𠂆卪會意一曰屋梠也秦謂之楣齊謂之𠂆楣各本作檐今依木部訂木部曰楣秦名屋櫋聯也謂屋櫋聯秦謂之楣也木部又曰齊謂之檐楚謂之梠此云齊謂之𠂆者葢齊人或云檐或云𠂆也

文二十七　重四

丸圜也也字各本無今依韵會補以疊韵爲訓也今丸藥其一耑也商頌松柏丸丸傳曰丸丸易直也按謂其滑易而調直也丸義之引伸也大雅松柏斯兌傳亦云兌易直也兌與丸古葢音同而義同矣傾側而

轉者从反仄圜則不能平立故从反仄以象之仄而反復是爲丸也胡官切十四部凡丸之屬皆从丸

鷙鳥食已吐其皮毛如丸玉裁昔宰巫山縣親見鴟鳥所吐皮毛如丸从丸咼聲讀若骫於跪切十六部

丸之孰也俗所謂圜熟言旋轉之易也从丸而聲奴禾切十七部按而聲而奴禾切者如耎之从而合音也

闕謂其義其形其音說皆闕也廣韵入二十五願芳万切引說文其義闕其義二字乃廣韵所增耳玉篇同○芳萬切則與饅婏二字同音集韵云于願切引李舟云說文闕

文四

在高而懼也引伸爲凡可懼之偁喪大記注危棟上也从𠂊人在厓上自卪止之人在厓上四字依韵會補魚爲切十六部凡危之屬皆从危

鼭此複舉字之未刪者䧢也玄應所引云鼭䧢傾側不安也此乃以注家語入正文耳非是自部䧢下云鼭也與此爲轉注廣韵云鼭者不正也䧢者䧢隅不安皃俗用崎嶇字正此二字之孳變鼭爲不正故箸之訓曰飯鼭言鼭衺之以入飯於口中也有坐之器曰鼭器虛則鼭中則正滿則覆也今俗作攲又譌敧去之遠矣周禮奇衺之民注曰奇衺譎觚非常周禮之奇正鼭之假借字从危支聲去其切按去其當依廣韵作去奇十六部

文二

𥐘山石也或借爲碩大字或借爲祏字祏百二十斤也在厂之下口象形常隻切古音在五部凡石之屬皆从石

磺銅鐵樸石也文選注二引及玉篇無石字樸木素也因以爲凡素之偁銅鐵樸者在石與銅鐵之閒可爲銅鐵而未成者也不言金玉者舉𢫬以該精也周禮卝人掌金玉錫石之地而爲之厲禁以守之注云卝之言礦也金玉未成器曰礦未成器謂未成金玉从石黃聲讀若穬古猛切古音在十部按各本此下出卝篆解云古文礦周禮有卝人按周禮鄭注云卝之言礦也賈疏云經所云卝是總角之卝字此官取金玉於卝字無所用故轉從石邊廣之字語甚明析卝之言礦礦卝非礦字也凡云之言者皆就其雙聲疊韵以得其轉注假借之用卝本說文丱字古音如關亦如鯤引伸爲總角卝兮之卝又假借爲金玉樸之礦皆於其雙聲求之讀周禮者徑謂卝即礦字則非矣又或云與角卝之字有別亦誤至於說文丱字本作卝不作丱五經文字曰卝古患反見詩風說文以爲古丱字九經字樣曰卝丱上說文下隸變是說文丱字作卝唐時不誤確然可證五經文字又云卝字林不見可證卝變爲丱始於字林今時說文作丱不作卝則五季以後據字林改說文者所爲也說文既無卝乃有淺人於石部妄增之卝果是古文礦則鄭何必云之言賈何必云此官取金玉於卝字無所用哉今於丱部正之於石部刪之學者循是以求之許書之真面可見矣○五經文字云說文以爲古丱字謂說文作卝乃古丱也九經

字攈語甚明

碭 文石也 地理志梁國碭縣山出文石應劭云碭山在東師古云山出文石故以名縣也按以碭名山又以碭名縣本爲文石之名 从石昜聲 徒浪切十部

碝 石次玉者 子虛賦碝石武夫張揖曰皆石之次玉者碝石白如冰半有赤色武夫赤地白采蔥龍白黑不分按此注有奪誤如冰半謂如冰片也有赤色宜依山海經注作有赤色者蔥龍白黑不分亦宜依山海經注作色蔥龍不分了西都賦曰碝磩采致 从石耎聲 而沇切十四部按耎多譌需故山海經誤作礝玉藻誤作瓀

砮 砮石可以爲矢鏃 砮石之名淺人以爲複字刪之則不完鏃當作族族矢鋒也禹貢荊州梁州皆貢砮賈逵注國語曰砮矢鏃之石也按砮本石名韋昭注石砮云砮鏃也以石爲之乃少誤 从石奴聲 乃都切五部 夏書曰梁州貢砮丹 禹貢荊州貢厲砥砮丹梁州貢砮磬此乃許君筆誤 國語曰肅愼氏貢楛矢石砮 見魯語楛當作枯字之誤也說詳木部枯下

礜 毒石也 疑本作礜石也三字爲句後人改之礜石石名周禮注曰今醫方有五毒之藥作之合黃堥置石膽丹沙雄黃礜石慈石其中燒之三日三夜其煙上箸以雞羽埽取之以注創惡肉破骨則盡出本艸經曰礜石味辛有毒西山經曰礜可以毒鼠郭云蠶食之而肥按今世無此物 出漢中 本艸曰生漢中山谷及少室 从石與聲 羊茹切五部

碣 特立之石也 碣之言傑也 東海有碣石山

碣石山見禹貢地理志右北平郡驪成縣大碣石山在縣西南非東海郡也東海字疑誤 从石曷聲 渠列切十五部

𥗠 古文 磏 厲石也 與厱音義略同 赤色 廣韵曰磏赤礪石也礛磏青礪也

从石兼聲讀若鎌 力鹽切七部

碫 碫石也 碫篆舊作碬九經字據所引說文已然今依詩釋文及玉篇正碫石本作厲石自詩釋文所引已然今正大雅取厲取碫今本作取鍛當依釋文本又作碫毛傳曰碫遐碫石也今本奪一字箋云碫石此釋傳所以爲鍛質也箋意此石可爲椎段之椹質是則碫石者石名椎段字今多用鍛古祇作段考工段氏爲鎛器禮經段脩字皆作段是也段與厲絕然二事碫石厲石必是二物尚書粊誓段乃戈矛厲乃鋒刃段之欲其質之堅也厲之欲其刃之利也詩取厲取鍛亦明明分別言之毛傳亦旣確指云碫石矣豈許君於此乃忽𣿫淆之訓碫爲厲石乎揆厥所由由許依傳云碫石也三字爲句而刪複字者乃妄改爲厲字猶上礐篆下本云礐石也而刪複字者妄改爲毒石夫碫豈可爲厲礐豈可梅以毒哉大抵淺人於複字之不可刪者或刪或改刪之則如巂周之去巂離黃之去離改之則如碫石之改爲厲石䃌首頓首之改爲下首知刪者難知改者尤難○或問廣雅何以云碫礪也曰此自廣雅之誤廣雅之例每合異類之相近者爲一此則異類而逈別者也○又按上文云磏礪石赤色據淮南注礛讀廉氏之廉淮南礛諸許作厱諸然則磏卽厱礛三字一也以馬赤白色曰騢玉小赤曰瑕海賦瑕石詭暉蜀都賦吳都賦皆有瑕英江賦壁立赮駁言之則厲石赤色名碬宜矣磏篆恐當爲碬篆古本碬碫皆有而致舛譌如鼎部之鼏鼒二篆衣部之袗袀

二篆皆以形似致合爲一字〇又按椎段古祇用段不用鍛鍛者小冶也凡用鍛爲椎段者非古詩之碫石鄭箋謂可爲段質許意不如是許謂此石可段物故引鄭公孫段字子石古今物不同今之無碫石猶之無砭砮矣 从石段

段亦聲 各本作从石段聲四字今正會意兼形聲也殳部曰段椎物也丁亂切故爲會意碫都亂切十四部

春秋傳 舊有曰字今刪正 鄭公孫段字子石 段各本作碫乎加切繆甚矣而改爲碫字者恐亦尚未是葢此引經說字之例舉公孫段字子石以證碫之从段石會意也春秋傳多古文段者碫之古文也

礫小石也 釋名小石曰礫礫料也小石相枝柱其閒料料然出內氣也楚辭王逸注兩云小石爲礫西京賦薛注石細者曰礫 从石樂聲 郎擊切古音在二部

䂬水邊石也从石巩聲 居竦切古音在三部 春秋傳曰闕䂬之甲 左傳昭十五年定四年皆作鞏杜注闕鞏國所出鎧

磧水陼有石者 陼丘水中高者也三倉曰磧水中沙堆也吳都賦劉注曰磧礫淺水見沙石之皃 从石責聲 七迹切十六部

碑豎石也 聘禮鄭注曰宮必有碑所以識日景引陰陽也凡碑引物者宗廟則麗牲焉其材宮廟以石窆用木檀弓公室視豐碑三家視桓楹注曰豐碑斲大木爲之形如石碑於椁前後四角豎之穿中於閒爲鹿盧下棺以繂繞天子六繂四碑前後各重鹿盧也諸侯四繂二碑大夫二繂二碑士二繂無碑按此檀弓注即聘禮注所謂窆用木也非石而亦曰碑假借之偁也秦人但曰刻石不曰碑後此凡刻

石皆曰碑矣始皇本紀上鄒嶧山立石上泰山立石下皆云刻所立石其書法之詳也凡刻石必先立石故知豎石者碑之本
義宮廟識日影者是从石卑聲府眉切當依廣韵彼爲切十六部䃍陊也陊者落也䃍與
隊音義同隊者從高隊也廣韵曰磓䃍物墜也从石㒸聲徒對切十五部磒落也磒與
隕音義同隕者從高下也春秋經僖公十有六年隕石于宋五左穀作霣許所據左傳作磒釋詁隕磒落也郭云磒猶隕也
从石員聲本義石落也故从石于敏切十三部春秋傳曰磒石于宋
五偁此者說从石之意䃘碎石磒聲磒舊作隕今正其聲䃘䃘然从石炙聲
所責切古音在五部硞石聲今爾雅釋言硈鞏也郭云硈然堅固邢昺曰硈苦學切當从告說文別有硈苦
八切石堅也按邢語剖別甚精釋文苦角切故邢曰苦學切四覺韵字多從屋韵轉入如四江韵字多從東韵轉入告聲在古
音三部屋韵是以硞轉入覺韵據陸氏反語則知陸本作硞不作硈廣韵玉篇皆曰硞苦角切硈恪八切集韵類篇克角一切
內亦有硞無硈皆可證而釋文注疏唐石經皆譌作硈則與陸氏苦角之音不合矣且硈之與鞏音切近以尤韵與東韵切近
而硈與鞏不相關也硈斷無苦學之音硞斷無苦八之音此一定之音理學者不知古音不可與讀古者此也江賦曰幽㵎積
岨礐硞礐確礐硞當上音學下音角○或問何不正音之苦角爲苦八而謂正文字誤也曰音義積古相傳之學陸氏多從舊
當陸時字固未誤也○五經文字曰硈口八反又苦角反見爾雅知張時爾雅已誤而張云吉聲之字可有口八口角二反是

其不知音理也从石告聲苦角切三部

硍石聲从石艮聲此篆各本作硠从石良聲魯當切今正按今子虛賦磊石相擊硠硠磕磕史記文選皆同漢書且作琅以音求義則當爲硠硠而決非硍硍何以明之此賦言水蟲駭波鴻沸涌泉起奔揚會磊石相擊硠硠磕磕若雷霆之聲聞乎數百里之外謂水波大至動搖山石石聲礉天硠硠者石旋運之聲也磕磕者石相觸大聲也硍篇韵音諸眼切古音讀如痕可以皃石旋運大聲而硠硠字祇可皃清朗小聲非其狀也音不足以皃義則斷知其字之誤矣江賦曰巨石硉矹以前却又曰觸曲崖以縈繞駭奔浪而相磊皆卽此賦之意漢桂陽太守周憬碑㵸水之邪性順導其經脉斷硍溢之電波弱陽侯之洶涌此用子虛賦也而硍作硠可證予說之不繆釋名曰雷硠也如轉物有所硠雷之聲也取爲明證左思吳都賦𢶍擸雷硍崩巒弛岑雷卽子虛磊石之磊磊硍亦用子虛賦字也而俗本譌作硠李善不能正且曰音郎於是韓愈本之有乾坤擺雷硠之句蓋積譌之莫悟也久矣至於許書之本有此篆可以字林證之周禮典同釋文曰字林硍音限云石聲此必本諸說文說文必本子虛賦也至於許書本無硠字以硠从良聲當訓爲清澈之聲非石聲思玄賦伐河鼓之磅硠古作旁琅未可知也古音在十三部○周禮典同高聲䃂注曰故書䃂爲硍杜子春讀硍爲鏗鏗之鏗硍字見於經典者惟此

礐石聲也此與山部嶨義別爾雅假礐爲嶨耳江賦曰幽澗積岨礐硞磬確注云皆水激石險峻不平之皃按當云水激石聲也从石學省聲胡角切三部

磕石聲也高唐賦曰礫磥磥而相摩兮巆震天之磕磕子虛賦曰磊石相擊硍

硍磕磕甘泉賦曰登長平兮雷鼓磕今俗用爲磕破磕瞌字讀苦盍切从石盍聲篆體本如此俗字則
從蓋聲口太切十五部按玉篇磕與硍相屬云硍磕石聲廣韵亦云硍磕石聲是皆硍磕之誤也硈石堅
也从石吉聲格八切古音在十二部按廣韵恪八切一曰突也別一義硻
餘堅也也各本作者今依廣韵集韵類篇正按硈下當云石堅聲硻下當云餘堅聲皆轉寫之譌蓋自硋至磿八
篆皆皃石聲下文訓堅之礊與此訓堅聲之硻硈義固別也論語曰鄙哉硜硜乎又云硜硜然小人哉其字皆當作硻硻段借
古文磬字耳硜者古文磬字也鏗爾舍瑟亦當爲硻爾又樂記石聲磬磬當爲硻硻釋名磬者磬也其聲磬磬然堅緻當作硻硻
然堅緻从石堅省聲按此當云臤聲淺人所改也臤堅也讀若鏗鏘之鏗硻口莖切按古音在十二
部真耕之合也俗作硜韓退之詩用之磿石聲也左思蜀都賦原蕠鬼彈飛丸以碭礰集韵曰礰卽磿
字磿爲石聲者謂其聲歷歷然玉篇曰石小聲是也周禮遂師抱磿後鄭云磿者適歷執綍者名也是段磿爲歷史記樂毅傳
故鼎反乎磿室戰國策作歷室○蜀都賦語見太平御覽世說新語注引左思別傳作鬼彈飛丸以礌礉按鬼彈見水經注若
水篇非佳物也故改定之本無此語从石厤聲郎擊切十六部磛礹石也按磛礹二
篆之解似當依玉篇更正磛下云磛礹礹下云石皃也礹下云磛礹也乃合全書之例今本乃爲淺人所亂耳葢磛礹古多用爲連
緜字上林賦嶄巖參差郭云皆峯嶺之皃高唐賦登巉巖而下望西都賦蹷嶄巖皆卽此二篆也古二篆分用者小雅漸漸之

石傳曰漸漸山石高峻此磛碞之假借字也節南山傳曰節高峻皃巖巖積石皃此礹之假借字也巖詩音義作巖謂巖爲或本今按許書則巖者厓也礹者山石皃音同而義別詩當作巖爲長
从石斬聲鉏銜切八部
礹石山也从石巖主謂山故从山礹主謂石故从石詩曰維石巖巖嚴聲諸書多假巖爲礹如高唐上林是也五銜切八部
礊堅也从石毄聲楷革切十六部
确礊也依韵會訂确卽今之埆字與土部之墽音義同丘中有麻傳曰丘中墝埆之處也墝埆謂多石瘠薄犾部曰獄确也召南傳曰獄埆也謂堅剛相訟其引伸之義也鉉等曰今俗作確
从石角聲胡角切三部
㱿确或从㱿㱿聲管子地員剛而不觳觳薄也當是㱿之誤
磽礊也與土部之墽音義同墽下曰磽也孟子地有肥磽趙曰磽薄也
从石堯聲口交切二部
硪石巖也巖厓也石巖石厓也玉篇作礒
从石我聲五河切十七部
碞磛碞也磛碞各本作磛嵒非是今依集韵類篇正磛碞猶上文之磛礹積石高峻皃也周書召誥畏于民碞某氏曰碞僭也葢謂碞卽僭之假借字耳
从石品品象石之嶄礹品亦聲也五銜切七部
周書曰畏于民碞各本碞作嵒誤今依集韵類篇正
讀與巖同
磬石樂也石樂各本作樂石誤今正樂下云五聲八音總名也瑟下云弦樂也簫䶵下皆云管樂也則此當云石樂信矣匡謬正俗所引已作樂石其誤已久或疑樂石字見秦繹山刻石不知與

此無涉也彼謂可樂之石此謂製石之樂白虎通曰磬者夷則之氣也从石声象縣虡之形各本声作殸上屬今正豈下云陳樂立而上見也从屮此从屮謂虡之上出可見者崇牙樹羽是也一象栒之橫丨象虡之植𠁣象編磬係焉也或曰𠁣象磬之股丨象磬之鼓磬之縣股橫出而鼓直凡言磬折者取象於此程氏瑤田通藝錄言之詳矣殳所㠯擊之也所以二字今補說从殳之意磬从石殳會意而又象其形也苦定切十一部古者毋句氏作磬毋各本作毋今正明堂位注引世本作曰無句作磬風俗通山海經注廣雅皆作毋句古無毋通句其俱反殸籀文省非籀省篆乃篆加籀也硜古文从巠各本篆體誤今依汗簡正樂記曰石聲磬磬以立辨史記樂書作石聲硜硜以立別蓋硜本古文磬字後以爲堅确之意是所謂古今字論語子擊磬於衞下文既而曰鄙哉硜硜乎亦不以爲一字要之論語非不可作鄙哉磬磬也釋名曰磬者磬也其聲磬磬然堅緻也礙止也列子黃帝篇作硋从石疑聲五漑切古音在一部硩上摘山巖空青珊瑚陊之擿各本作摘今按手部擿搔也搔刮也當正作擿陊各本作墮今按吳都賦硩陊山谷正用許語當正作陊空青見本艸經珊瑚見玉部陊落也周禮硩蔟氏掌覆妖鳥之巢鄭司農云硩讀爲擿蔟讀爲爵蔟之蔟謂巢也先鄭擿音剔謂如今人以竿毀鳥巢也後鄭申其說曰玄謂硩古字从石析聲硩古字者謂硩擿爲古今字也从石析聲者謂古人以石上擲毀物故从石析會意而析亦聲也許意空青珊

瑚皆石也取石故其字从石而覆巢用此字乃引伸之義也从石析聲析各本作折篆體作硩今正按周禮音義云硩音摘它歷反徐丈列反沈勑徹反李又思亦反知周禮寫本故不同徐邈沈重本作硩从折聲李軌本作硩从析聲以先鄭讀爲擿許云上擿山巖之擿與析古音同在十六部蓋作硩者是作硩者非今本周禮說文作硩皆誤本許以擿訓硩以疊韵爲訓也集韵先的切依李音大徐丑列切依沈音周禮有硩蔟氏周禮下有曰字

硟以石衦繒也衦各本作扞今正衣部衦下曰衦摩展衣也廣韵二仙曰硟衦繒石者衍文也急就篇有硟字注曰硟以石輾繒色尤光澤也今俗謂之研从石延聲各本作延聲篆體作硟今依[illegible]𢀤字正尺戰切十四部

碎䊳也䊳各本作䃺其義迥殊矣䃺所以碎物而非碎也今正米部曰䊳碎也二篆爲轉注䊳各書假䃺爲之孟子假糜爲之碎者破也䊳者破之甚也義少別而可互訓瓦部曰㼽者破也音義同从石石可碎物物亦可碎石兼此二義卒聲蘇對切十五部

破石碎也瓦部曰㼽者破也然則碎㼽䊳三篆同義引伸爲碎之偁古有假破爲坡者如衛風傳云泮坡也亦作陂亦作破从石皮聲普過切十七部

礱䃺也下文云䃺者石磑也此云䃺也者其引伸之義謂以石䃺物曰礱也今俗謂磨穀取米曰礱从石龍聲盧紅切九部天子之桷椓而礱之椓當依類篇所引作斲穀梁傳晉語尚書大傳公羊何注皆作斲可證尚書大傳曰桷天子斲其材而礱之加密石焉大夫達菱士首本庶人

到加鄭云礱礪之也密石砥之也菱棱也按棱者謂斲其通體成稜首本者斲其首也韋注晉語亦云先粗礱之加以密砥是
可證厲厎之分觕細矣研䃺也亦謂以石䃺物曰研也手部曰摩者䃺也䃺者摩也爲轉注此亦研與䃺
爲轉注䃺摩以手故从手研䃺以石故从石从石幵聲五堅切十四部亦作硯䃺石磑
也䃺今字省作磨引伸之義爲研磨俗乃分別其音石磑則去聲模臥切研磨則平聲莫婆切其始則皆平聲耳按詩
如琢如磨釋器毛傳皆曰玉謂之琢石謂之磨詩釋文磨本又作摩詩爾雅皆言治石非謂以石治物然則作摩是矣釋玄應
引爾雅作石謂之摩乃舍本从石靡聲模臥切十四部磑䃺也从石豈
聲五對切十五部古者公輸班作磑廣韵云世本曰公輸般作磑語必出世本作篇矣班
與般古通是以檀弓作般孟子注作班碓所㠯舂也所㠯二字各本無今補舂者擣粟也杵臼
所以舂本斷木掘地爲之䇯其意者又皆以石爲之不用手而用足謂之碓桓譚新論宓犧制杵臼之利後世加巧借身踐碓
按其又巧者則水碓水磑失聖人勞其民而生其害心之意矣从石隹聲都隊切十五部䃧舂
已復擣之曰䃧䃧之言沓也取重沓之意廣雅䃧舂也从石以石舂沓聲
徒合切八部磻㠯石箸隿繳也隿者繳射飛鳥也繳者生絲縷系矰矢而以隿䠶也以石
箸於繳謂之磻戰國策被礛磻引微繳折清風而抎矣从石番聲博禾切十四十七二部合音也玉篇

廣韵礐字同此

䃴　斫也　斫者其器所以斫地因謂之斫也釋器曰斫謂之鐯鐯字又作櫡依許則當作䃴郭云钁也金部钁者大鉏也然則必以金爲之安得从石蓋上古始爲之用石如砮砭之類或以其可斫地𢳣石故从石歟

从石箸聲　張略切五部

硯　石滑也　謂石性滑利也江賦曰綠苔鬖髿乎研上李注研與硯同按字之本義謂石滑不澀今人研墨者曰硯其引伸之義也

从石見聲　五甸切十四部

砭　㠯石刺病也　以石刺病曰砭因之名其石曰砭石東山經高氏之山其下多箴石郭云可以爲砭針治癰腫者素問異法方宜論東方其治宜砭石王云砭石謂以石爲鍼按此篇以東方砭石南方九鍼並論知古金石並用也後世乃無此石矣

从石乏聲　方廉方驗二切七部

䃒　石地惡也　此與厂部之𠩺音義略同類篇曰䃒𠩺石地管子沙土之次曰五塥塥疑同䃒

从石鬲聲　下革切十六部

砢　磊砢也　磊砢二字雙聲上林賦曰水玉磊砢張揖云磊砢魁礨皃也又說樹曰坑衡閜砢郭樸云閜砢相扶持也世說新語曰其人磊砢而英多

从石可聲　來可切十七部

磊　眾石皃　皃各本作也今依廣韵訂石三爲磊猶人三爲众石磊之言絫也古音在十六部楚辭石磊磊兮葛蔓蔓

从三石　落猥切古音在紙韵是以亦作磥

文四十九　重五　按廣韵十二齊引說文磾染繒黑石出琅邪山

長 久遠也久者不暫也遠者不近也引伸之爲滋長長幼之長今音知丈切又爲多餘之長度長之長皆今音直亮切兄下曰長也是滋長長幼之長也 从兀从匕會意匕呼霸切 亾聲二字各本在變匕之下今依韵會正直良切十部 兀者高遠意也說从兀之意儿部曰兀者高而上平也 久則變匕匕各本作化今正說从匕之意匕下曰變也 𠂆者到亾也到各本作倒今正說𠂆卽亾字亾而倒變匕之意 凡長之屬皆从長 長 古文長 長 亦古文長

肆 極陳也陳當作敶敶列也極敶者窮極而列之也傳注有但言陳者如楚茨或肆或將傳行葦或肆之筵傳鄉飲酒禮鄉射禮燕禮注是也經傳有專取極意者凡言縱恣者皆是也釋言曰肆力也毛傳大明皇矣傳曰肆疾也皆極陳之義之引伸也又釋詁曰肆故也肆今也毛詩緜傳思齊傳曰肆故今也此以爲語詞也其他或以肆爲遂或以肆爲鬄或以肆爲肄蓋皆假借 从長嵩高其風肆好傳曰肆長也按極陳之則其勢必長此字之所以从長也 隶聲息利切十五部 肆 或从髟亦取長髮之意

镾 久長也镾今作彌蓋用弓部之𢐀代镾而又省王也彌行而镾廢矣漢碑多作𢐀可證镾之本義爲久長其引伸之義曰大也遠也益也深也滿也徧也合也縫也竟也其見於詩者大雅生民卷阿傳皆曰彌終也周禮小祝假爲敉史記禮書假爲靡 从長爾聲武移切十五十六部

镻 蝁也各本誤今正此用釋魚文也虫部曰蝁镻也二篆爲

轉注今各本蚩篆下作虺屬者非是 蛇毒長从長 說从長之意郭樸云蚩者蝮屬以上七字今本作蛇惡毒長也从長七字甚譌舛釋文引蛇毒長也無惡字亦可證今本之誤 失聲 徒結切十二部

文四　重二

勿 州里所建旗 九旗之一也州里當作大夫士周禮司常大夫士建物帥都建旗州里建旟許於旟下既偁州里建旟矣則此偁大夫士建勿必也蓋亦一時筆誤耳大司馬鄉家載物注云鄉家鄉大夫也鄉射禮旌各以其物注襍帛爲物大夫士之所建也士喪禮爲銘各以其物注襍帛爲物大夫之所建也文弗切十五部經傳多作物而假借勿爲毋字亦有借爲沒字者禮記勿勿乎其欲其饗之勿勿卽沒沒猶勉勉也 象其柄 謂右筆也 有三游 謂彡也三游別於旂九游旟七游旗六游旐四游 襍帛 句 幅半異 司常曰通帛爲旜襍帛爲物注云通帛謂大赤從周正色無飾襍帛者以帛素飾其側白殷之正色凡九旗之帛皆用絳按許云幅半異直謂正幅半赤半白鄭則云以素飾側釋名則云以襍色綴其邊爲翅尾說各不同似許爲長 所㠯趣民 趣者疾也色純則緩色駁則急故襍帛所以促民 故遽偁勿勿 遽韵會作宂遽二字偁舊作稱今正凡宂遽偁勿勿此引伸假借子下曰十一月陽氣動萬物滋人以爲偁亦是此例 凡勿之屬皆从勿

㫚 勿或从㫃 經傳多作物蓋㫃之訛也

昜 開也 此陰陽正字也陰陽行而侌昜廢矣

闢戶謂之乾故曰開也 从日一勿 从勿者取開展意與章切十部 一曰飛揚一曰長也一曰彊者衆皃

文二 重一

𠕁 毛𠕁𠕁也 𠕁𠕁者柔弱下垂之皃須部之𩑁取下垂意女部之姌取弱意離騷老𠕁𠕁其將至此借𠕁𠕁爲冘冘詩荏染柔木傳曰荏染柔意也染卽𠕁之假借凡言𠕁言姌皆謂弱 象形 而琰切七部 凡𠕁之屬皆从𠕁

文一

而 須也象形 各本作頰毛也象毛之形今正頰毛者須部所謂𩑁須之類耳禮運正義引說文曰而須也須謂頤下之毛象形字也知唐初本須篆下頤毛也而篆下云須也二篆相爲轉注其象形則首畫象鼻耑次象人中次象口上之須次象承漿及頤下者葢而爲口上口下之總名分之則口上爲頾口下爲須須本頤下之專偁頾與承漿與頰須皆得偁須是以而之訓曰須也象形引伸假借之爲語詞或在發端或在句中或在句末或可釋爲然或可釋爲如或可釋爲汝或釋爲能者古音能與而同叚而爲能亦叚耐爲能如之切一部 周禮曰作其鱗之而 考工記梓人文鄭云之而頰頷也戴先生云鱗屬頰側上出者曰之下垂者曰而此以人體之偁施於物也按顧氏

玉篇以而部次於毛毳冄之後角皮之前則其意訓而爲獸毛絕非許意凡而之屬皆从而

耏罪不至髡也罪當作辠高帝紀令郎中有罪耏以上請之應劭曰輕罪不至於髡完其耏鬢故曰耏古耏字从彡髮膚之意也杜林以爲法度之字皆从寸後改如是言耐罪以上皆當先請也耐音若能按耐之罪輕於髡髡者鬄髮也不鬄其髮僅去須鬢是曰耐亦曰完謂之完者言完其髮也刑法志曰當髡者完爲城旦舂王粲詩許歷爲完士一言猶敗秦江遂曰漢令謂完而不髡曰耐然則應仲遠言完其耏鬢正謂去而鬢而完其髮耳从彡而而亦聲彡拭畫之意此字从彡而彡謂拂拭其而去之會意字也而亦聲當如之切一部大徐奴代切非是

耐或从寸諸法度字从寸此爲罪名法度之類故或从寸也應仲遠高帝紀注意謂耏即而鬢字用爲耏罪字至杜林以後乃改从寸作耐許說不如是耐漢人叚爲能字本如之切後變音奴代切古音能讀如而今音耐能皆奴代切

文二　重一

豕彘也彑部彘豕也是二篆爲轉注小雅傳曰豕豬也毛渾言之許分別言名豕名彘名豬之故竭其尾故謂之豕此與後蹏廢故謂之彘相對成文於其音求其義也立部曰竭者負舉也豕怒而豎其尾則謂之豕象毛足而後有尾毛當作頭四二字轉寫之誤馬篆下曰象馬頭髦尾四足

之形象篆下曰象耳牙四足之形芊篆下曰从丫象四足尾之形豕首畫象其頭亥象其四足末象其尾讀與豨

同左傳封豕長蛇淮南書作封豨脩蛇式視切十五部廣韵施是切按今世字誤㠯豕

爲豕以彖爲彖何㠯䏍之爲啄琢从豕蠡从彖

皆取其聲㠯是䏍之此三十二字未必爲許語而各本譌舛特甚今正之啄琢用豕絆足

行之豕爲聲俗乃作啄琢是豕誤爲豕也蠡从彑部訓豕之彖爲聲俗乃作蠡是彖誤爲彖也故皆爲今世字誤彑部曰彖讀

若弛許書䖵部之蠡心部之⿰忄彖皆从彖爲聲在古音十六部各本譌云今世字誤以豕爲彖以彖爲豕何以明之爲啄琢从豕

蠡从彖彖皆取其聲不可讀或正之又不知蠡蠡之本彖聲而非从彖也凡豕之屬皆从豕

豕古文古文與亥同字說詳亥部按此下當有象髦足二字猶希下云象髦足也丿象髦乂象足乂象爪字

也

豬豕而三毛叢尻者尻舊作居今正三毛叢尻謂一孔生三毛也說見蘇頌本

艸圖經犀下今之豕皆然从豕者聲陟魚切五部豰小豚也豚者小豕也左傳晉

有先穀字彘子荅穀即豰字釋獸曰貔白狐其子豰異物而同名也从豕㱿聲步角切三部豯

生三月豚此當句下當有一曰二字爲別一義腹奚奚皃也奚奚各本作豯豯今正仌

部曰奚大腹也以疊韵爲訓方言曰豬其子或謂之豯从豕奚聲胡雞切十六部豵生六

月豚从豕從聲子紅切九部一曰一歲曰豵曰字今補召南傳邠傳大司馬職先鄭注皆云一歲曰豵釋獸曰豕生三豵尚叢聚也以疊韵爲訓

豝牝豕也釋獸召南傳皆曰豕牝曰豝从豕巴聲伯加切古音在五部一曰二歲豕豕字今補大司馬先鄭注云二歲爲豝能相杷拏者也者字今依韵會補杷舊作把譌今正杷者掊也拏牽引也以疊韵爲訓詩曰一發五豝召南騶虞文今詩一作壹

豣三歲豕齊風還曰並驅從兩肩兮傳云獸三歲曰肩邠七月獻豣于公傳曰三歲曰豣豣肩一物豣本字肩假借也大司馬先鄭注云四歲爲肩肩相及者也也字今補此以疊韵爲訓肩相及者謂與二歲之豕肩相差次从豕幵聲古賢切古音在十一部詩曰並驅從兩豣兮今詩豣作肩周禮注引邠風亦作肩

豶羠豕也羠騬羊也騬犗馬也犗騬牛也皆去勢之謂也或謂之劇亦謂之犍許書無此二字周易大畜六五豶豕之牙虞翻曰劇豕稱豶今俗本劇譌作劇从豕賁聲符分切十三部

豭牡豕也左傳野人歌曰既定爾婁豬盍歸吾艾豭此豭爲牡豕之證也方言曰豬北燕朝鮮之閒謂之豭郭云猶二云豭斗也从豕叚聲古牙切古音在五部

豰上谷名豬豰謂上谷評豬曰豰也上谷漢郡名領沮陽等縣十五沮陽在今直隸保安州从豕役省聲營隻切十六部

豨

豶也䝐豶釋獸文郭云俗呼小豶豬爲䝐子按蓋豶豕之小者也从豕隋聲以水切按當依廣韵
羊捶切古音在十七部䝐與豰音同疑䝐卽豰之或字豤豕齧也豕字今補人之齧曰齦字見齒部豕
之齧曰豤音同而字異也考工記髺豤薜暴不入市注云豤頓傷也此引伸假借字今本作墾非从豕艮
聲康狠切十三部豷豕息也息者喘也豷與屓呬齂音義皆同而有人豕之別从豕
壹聲許利切十二部春秋傳曰生敖及豷襄四年左傳文今左傳敖作澆論語
作奡及夰部豧豕息也从豕甫聲芳無切五部豢以穀圈
養豕也圈者養嘼之閑圈養者圈而養之圈豢曡韵樂記注曰以穀食犬豕曰豢月令注曰養牛羊曰芻犬豕曰
豢少儀假圂爲豢从豕𢍏聲胡慣切十四部豠豕屬凡言屬者類而別也別而類也廣雅
曰豠豕也从豕且聲疾余切五部豲豕屬也三字依戴氏侗六書故所偁唐本葢
晁氏說之所據也篇韵皆云豲豕屬則爲唐本信矣二徐本皆云逸也乃以下文逸周書割一字爲之韵會又增之云豕之逸
也更可笑矣廣雅說豕屬有豲豲非豪豬也或以豪豬說之殊誤从豕原聲讀若桓三字
舊在撅下今移此胡官切十四部逸周書曰豲有爪而不敢以撅見周
書周祝解今周書爪作蚤蚤齧人跳蟲也爪覆手也皆假借字許則叉爲本字撅者有所杷也豨豕走豨

豨也豨豨走皃以其走皃名之曰豨方言豬北燕朝鮮之閒謂之豭關東西謂之彘或謂之豕南楚謂之豨許說其本義故次於此方言說其引伸之義也下文言封豨則亦引伸之義从豕希聲虛豈切十五部古有封豨脩蛇之害上古有此害也左傳申包胥曰吳爲封豕長蛇以荐食上國淮南書說封豨脩蛇卽封豕長蛇也

㣇豕絆足行豕豕也豕豕艱行之皃孟子曰如追放豚既入其苙又從而招之趙曰招罥也按罥之謂絆其足經文招字與豕古音相近招之卽豕之也此猶州吁卽祝吁从豕繫二足繫當作係此从豕而象形也丑六切三部廣韵丑玉切

豦鬭相丮不解也鬭當作鬥兩丮相對也丮持也不言持言丮者以曡韵爲訓也从豕虍此會意虍者虎文也故卽以爲虎字豕虍之鬭當作鬥不相捨說會意之恉讀若蘮蒘艸之蘮蘮蒘當作蘮挐之蘮當作之挐蓋本無末二字後人增之而誤耳蘮蒘竊衣見釋艸強魚切五部司馬相如說豦封豕之屬此別一說也毛詩傳曰封大也封豕大豕也上林賦擽蜚遽遽或作虡廣韵引作虞其卽豦歟一曰虎兩足舉此又別一義

豙豕怒毛豎也毅妄怒也从此會意兼形聲一曰殘艾也艾當作乂乂或作刈芟艸也殘乂者刪夷之也从豕辛省各本無省字篆體从辛豕今按五經文字毅下云从辛省正从辛省之譌以毛豎如食辛辣也會意魚既

切十五部豩二豕也豳从此許書豳燹二篆皆用豩爲聲也然則其讀若尚略可識矣古音當在十三部闕謂其義其音皆闕也二豕乃兼頑鈍之物故古有讀若頑者大徐伯貧切又呼關切

文二十二詩音義引說文豥字爾雅音義引字林豥字未知說文本有此字否也

重一

㣇脩豪獸毛詩六月韓奕傳曰脩長也周秦之文攸訓爲長其後乃叚脩爲攸而訓爲長矣豪豕鬣如筆管者因之凡毛鬣皆曰豪釋獸曰隸脩豪希者正字隸者俗字或作肄者叚借字也按此言獸與下文𧰽豕非一物顏氏注漢書曰豪豬一名希非也一曰河內名豕也謂河內評豕爲希猶上谷之評豭也河內漢郡名領懷縣等縣十有八今懷慶衞輝以及彰德府南境皆是其地从彑象頭銳下象毛足彑象其髦也毛當者作髦巾象足凡㣇之屬皆从㣇讀若弟羊至切十五部

㣇籀文㣇古文𧰯豕屬从㣇呂聲呼骨切十五部

𧰽𧰽豕逗鬣如筆管者𧰽字各本無今補𧰽豕名西山經之豪彘長楊賦之豪豬也西山經曰竹山有獸焉其狀如豚而白毛大如笄而黑端郭云貆豬也能以脊上豪射物按本是豕名因其鬣如筆管遂以名其鬣凡言豪俊豪毛又皆引伸之義也俗乃別豪俊字从豕豪毛字从毛出南郡漢郡名領江陵等縣十有

八今荆州府北至襄陽府境是其地从希高聲乎刀切二部豪篆文从豕篆各
本作籒非是今正𢑚爲籒文則𢑚爲古文𢑚古文也豪則小篆改希从豕以豪附𢑚此正以上附二一之例下文以豚附㣇亦其
類孫強輩增竄玉篇所據說文已是誤本矣
𢑚彙蟲也彙字各本無今補也字依廣韵補釋獸曰彙毛
刺其字俗作蝟作猬周易拔茅茹以其彙鄭云勤也以爲謂之叚借也王弼云類也以爲會之叚借也似豪豬
而小从希而小二一字依廣韵補有毛刺似豪豬故从希也上文云𢑚籒文希此正从籒文胃省
聲于貴切十五部蝟或从虫作爾雅亦入之釋獸
𢑚𢑚希屬从二
希息利切十五部𢑚古文𢑚虞書曰虞當作唐說詳禾部𢑚類于上
帝堯典文許所據葢壁中古文也伏生尚書及孔安國以今文讀定之古文尚書皆作肆太史公史記作遂然則漢人
釋肆爲遂卽爾雅之肆故也壁中文作𢑚乃肆之假借字也此引書說叚借與𢑚卽好𡚶卽蔑爲一例

文五　重五

彑豕之頭篇韵曰彙類今義也象其銳而上見也象形也凡彑
之屬皆从彑讀若罽罽者籒文銳故音相通也居例切十五部彘豕也
與豕篆下彘也爲轉注後蹏廢謂之彘彘廢鈍置也彘之言滯也豕前足僅屈伸後足行步蹇踐劣故

謂之廢从彑从二匕矢聲直例切十五部𣬉足與鹿足同說从二匕之意也鹿𣬉能足皆从二匕

𧰨豕也从彑从豕讀若弛式視切按古音在十六十七部閒廣韵尺氏切是也蠡从䖵彖聲像从人象聲古音皆在十六部今韵蠡入薺像入佳皆不誤而字形从象則誤

㣇豕也从彑下象其足讀若瑕乎加切按小徐本此爲彖之古文篇韵皆無此字

彖豕走也玉篇作豕走悅也恐是許書古本如此周易卦辭謂之彖爻辭謂之象辭傳曰彖也者才也虞翻曰彖說三才象者言乎象者也虞翻曰八卦以象告彖說三才故言乎象也古人用彖字必系叚借而今失其說劉瓛曰彖者斷也从彑从豕省通貫切十四部

文五小徐作四

𧰼小豕也方言豬其子或謂之豚或謂之貕从古文豕各本作从彖省象形五字非也今正从又持肉以給祠祀也凡祭宗廟之禮豕曰剛鬣豚曰腯肥又手也徒魂切十三部凡𧰼之屬皆从𧰼各本𧰼作豚誤今正

豚篆文从肉豕上古文此小篆也亦以上附二之例不入豚於豕部附以古文𧰼者以有从𧰼之𧱏則不得不立此部首也爾雅音義曰籀文作豚玉篇亦曰豚者籀文皆誤恐學者惑焉故箸於此

𧱏豚屬从𧰼衛聲讀若

劂于歲切十五部

文二　重一

豸　獸長脊行豸豸然欲有所司殺形　總言其義其形故不更言象形也或曰此下當有象形二字司今之伺字許書無伺凡獸欲有所伺殺則行步詳宷其脊若加長豸豸然長皃文象其形也周禮射人以貍步張三侯注云貍善搏者也行則止而凝度焉其發必獲是以量侯道法之也許言獸者謂凡殺物之獸也釋蟲曰有足謂之蟲無足謂之豸按凡無足之蟲體多長如蛇蚓之類正長脊義之引伸也上林賦曰陂池貏豸郎子虛賦之罷池陂陁西京賦曰增嬋娟以此豸按貏豸謂迆邐之長此豸謂婀娜之長亦皆長義之引伸古多叚豸爲解廌之廌以二字古同音也廌與解古音同部是以廌訓解方言曰廌解也左傳庶有豸乎釋文作廌引方言廌解也正義作豸引方言豸解也今本釋文廌譌爲鳩今本方言廌譌爲瘜音胡計切葢古書之難讀如此池爾切十六部　凡豸之屬皆从豸

豹　佀虎圜文　豹文圜易曰君子豹變其文蔚也豹一名程　从虎勺聲　北教切二部

貙　貙獌似貍　各本下有者字今刪正貍篆下曰似貙其狀互見也釋獸貙以貍又曰貙獌似貍犬部獌下曰狼屬引爾雅貙獌似貍然則此襲爾雅貙似貍獌衍文耳貙黨以立秋日祭獸吳都賦注曰虎屬　从豸區聲　敕俱切古音在四部

貚　貙屬也从豸單聲　徒干

切十四部貔豹屬大雅韓奕傳曰貔猛獸也尚書某氏傳曰貔執夷虎屬也釋獸曰貔白狐舍人曰名白狐也按方言曰貔陳楚江淮之閒謂之貅北燕朝鮮之閒謂之貊關西謂之貍郭云貔未聞語所出玉裁謂方言所說貍也非貔也爾雅所說白狐蓋亦貍類非貔也而皆得貔名者俗評之相混也說文毛傳尚書傳則皆貔之本義也出貉國北方國也从豸毘聲房脂切十五部詩曰獻其貔皮大雅韓奕周書曰如虎如貔牧誓貔猛獸按上文豹屬當作貍屬許以貍屬爲貔本義以猛獸爲詩書之貔也於全書之例知之豼或从比比聲豺狼屬狗聲釋獸曰豺狗足許云狗聲似許長其聲如犬俗評豺狗从豸才聲士皆切古音在一部當入咍韵貐猰貐猰大徐作猰廣韵引許作猰無猰篆者疑許本作契無豸旁後人加之似貙虎爪依許當作叉食人迅走以上釋獸說如此从豸俞聲以主切古音在四部爾雅音義曰韋昭餘彼反按彼字必俟字或俟字之誤集韵類篇不知其誤乃云貐尹捶切入四紙蓋古書之襲繆有如此者貘似熊而黃黑色出蜀中即諸書所謂食鐵之獸也見爾雅上林賦蜀都賦注後漢書爾雅謂之白豹山海經謂之猛豹今四川川東有此獸薪采攜鐵飯甑入山每爲所齧其齒則奸民用爲僞佛齒从豸莫聲莫白切古音在五部字亦作貊亦作狛貗猛獸也猛當作貗三字爲句貗見上林賦郭璞曰貗似牛領有肉堆即

犎牛也按即爾雅之犦牛也字亦作㺢亦作犝漢書作庸从豸庸聲余封切九部

貜𧳟貜也𧳟廣韵引作㲉未知孰是蓋合二字為獸名與犬部玃字義別从豸矍聲王縛切五部

貀貀獸貀字各本無今補無前足前當作歬貀無前足釋獸文从豸出聲女滑切十五部漢律能捕豺貀購錢百錢百各本作百錢今正爾雅郭注律捕虎一購錢三千其貀半之蓋亦沿漢律也購者以財有所求也

貈似狐善睡獸也凡狐貉連文者皆當作此貈字今字乃皆假貉為貈造貊為貉矣从豸舟聲下各切按此切乃貉之古音非此字本音也其字舟聲則古音在三部邠詩貈貍裘為韵一部三部合音也論語曰狐貈之厚以居鄉黨篇文居當作凥

貆貈之類从豸亘聲按此篆舊系貉篆下云貉之類然則亦必入而豸種者而經傳不言有貆人則知轉寫譌舛耳釋獸曰貈子貆可援以證許書矣今更正而移其次於此胡官切十四部

豻胡地野狗禮記玉藻周禮巾車注皆云豻胡犬也正義皆云胡當作狐與犬合所生按犬有名狼名狐者見廣雅但此注胡犬證以說文高誘淮南注熊安生禮記正義云胡地野狗則其字不當作狐審矣从豸干聲五旰切十四部

犴豻或从犬詩曰宜犴宜獄小雅小宛文毛詩作岸釋文曰韓詩作犴云鄉亭之繫曰犴朝廷曰獄李善文選注亦引韓詩按毛詩傳曰岸訟也此謂岸為犴之假借也獄

从二犬故犴與獄同意皇矣箋亦曰岸訟也本小宛傳 貍伏獸似貙 伏獸謂善伏之獸鄭注大射云貍首逸詩貍之言不來也其詩有射諸矦首不朝者之言因以名篇皇侃以爲舊解云貍之取物則伏下其頭然後必得言射亦必中如貍之取物矣上文云貙似貍此云貍似貙言二物相似卽俗所謂野貓 从豸里聲 里之切一部

貒貒獸也 各本無貒字今補三字爲一句釋獸曰狐貍貒貈醜其足蹯其跡厹貒子貗 似豕而肥 各本無此四字今依韵會所據及爾雅音義所引補 从豸耑聲讀若耑 他耑切十四部

貛野豕也从豸雚聲 呼官切十四部按凥部引爾雅狐貍貒貈醜貒作貛蓋貒貛本一字貛乃貒之或體淺人刪去上文似豕而肥四字乃注野豕也三字於此以分別之耳其物非有二集韵類篇亦合爲一字宜正之曰貒或从雚聲

貁鼠屬善旋 按當作禺屬善倒縣周禮爾雅山海經有蜼字許無蜼貁卽蜼廣雅曰貁蜼也是也釋獸曰蜼卬鼻而長尾周禮注曰蜼禺屬卬鼻而長尾郭景純曰蜼似獼猴而大黃黑色尾長數尺末有兩岐雨則自縣於樹以尾塞鼻零陵南康人呼之音餘建平人呼之音相贈遺之遺又音余救反皆土俗輕重不同耳淮南覽冥注曰貁猨屬長尾而卬鼻吳都賦劉注引異物志曰貁猨類露鼻尾長四五尺居樹上雨則以尾塞鼻是以貁者貁之俗省蜼貁爲古今字許不取蜼用今字也與鼠部之鼨鼬分別爲三物 从豸穴聲 此穴散之穴俗譌作宂聲篆體亦誤今正穴之古音在三部余救切三部

貂鼠屬、大而黃黑

出胡丁零國郭氏山海經注曰今扶餘國卽濊貃故地在長城北去玄菟千里出名馬赤玉大珠如酸棗也从豸召聲都遼切二部

貉北方貉各本奪貉字今補此與西方羌从羊北方狄从犬南方蠻从虫東南閩越从虫東方夷从大參合觀之鄭司農云北方曰貉曰狄周禮大句䝤祭表貉注云貉讀爲十百之百豸種也从豸長脊獸之種也故从豸各聲莫白切古音在五部下各切俗作貊孔子曰貉之言貉貉惡也七字一句各本作貉之爲言惡也今依尚書音義五經文字正尚書音義作貊貊㦮人所改耳貉與惡疊韵貉貉惡皃○貂貉二篆各本在豻篆之後貆貍篆之前今以虫部之蠻閩次於以虫爲象之末犬部之狄次於犬末羊部之羌次於羊末人部之僥次於人末大部夷字次於大末依類求之移易次此必有合乎古本矣

文二十　重二小徐本文十七容有誤也其曰重三必合貓貛爲一字矣

𤉡如野牛青色其皮堅厚可制鎧青色各本作而青其皮堅厚可制鎧各本無此七字今補論語季氏疏爾雅釋獸疏詩何草不黃正義春秋左傳宣二年正義皆有此七字皆作青色或作青毛釋獸曰兕似牛許云如野牛者其義一也野牛卽今水牛與黃牛別古謂之野牛爾雅云似牛者似此也郭注山海經曰犀似水牛豬頭庳腳兕亦似水牛青色一角重三千斤考工記函人爲甲犀甲七屬兕甲六屬犀甲壽百年兕甲壽二百年

象形謂上象其頭下象其足尾也徐姊切十五部兕頭二字今補與禽离頭同凶部禽下亦曰禽离兕頭相似今人作楷兕作凹禽离作凶其頭不同矣篆法古當同凡兕之屬皆从兕

𠒋古文从儿蓋亦謂其似人𦙃也虎足亦與人足同今字兕行而兕不行漢隸作光經典釋文云本又作光

文一　重一

易蜥易蝘蜓守宮也虫部蜥下曰蜥易也蝘下曰在壁曰蝘蜓在艸曰蜥易釋魚曰榮螈蜥蜴蜥蜴蝘蜓蝘蜓守宮也郭云轉相解博異語別四名也方言曰守宮秦晉西夏謂之守宮或謂之蠦蝘或謂之蜥蜴其在澤中者謂之易蜴南楚謂之蛇醫或謂之蠑螈東齊海岱謂之螔蜍北燕謂之祝蜓桂林之中守宮大者而能鳴謂之蛤解按許舉其三者略也易本蜥易語言假借而難易之義出焉鄭氏贊易曰易之爲名也一言而函三義簡易一也變易二也不易三也按易象二字皆古以語言假借立名如象即像似之像也故許先言本義而後引祕書說云祕書者明其未必然也

象形上象首下象四足尾甚微故不象羊益切十六部古無去入之分亦以鼓切今俗書蜥易字多作蜴非也按方言蜥易其在澤中者謂之易蜴郭云蜴音析是可證蜴即蜥字非羊益切小雅胡爲虺蜴毛傳曰蜴螈也釋文蜴星歷反字又作蜥說文引詩正作蜥毛語正與方言合方言易蜴南楚謂之蛇醫或謂之蠑螈謂在澤中者也螈即虫部之蚖字蛇醫也陸

璣一云蜴一名蠑螈水蜴也或謂之蛇醫如蜥易然則蜥易者統名倒言易蜥及單言蜥者別其在澤中者言也　祕書

說曰日月爲易　祕書謂緯書目部亦云祕書瞋从戌按參同契曰日月爲易剛柔相當陸氏德明引虞翻注參同契云字从日下月　象侌易也　謂上从日象陽下从月象陰緯書說字多言形而非其義此雖近理要非六書之本　一曰从勿　又一說从旗勿之勿然下體亦非月也　皆字形之別說也　凡易之屬皆从易

文一

象　南越大獸　獸之㝡大者而出南越　長鼻牙　有長鼻長牙以上七字依韵會所據小徐本　三年一乳　左傳定四年正義作三年一乳字按古書多假象爲像人部曰像者似也似者像也像从人象聲許書一曰指事二曰象形當作像形全書凡言象某形者其字皆當作像而今本皆从省作象則學者不能通矣周易繫辭曰象也者像也此謂古周易象字卽像字之假借韓非曰人希見生象而案其圖以想其生故諸人之所以意想者皆謂之象似古有象無像然像字未製以前想像之義已起故周易用象爲想像之義如用易爲簡易變易之義皆於聲得義非於字形得義也韓非說同俚語　象耳牙四足尾之形　而非本無其字依聲托事之恉象當作像像耳牙疑當作鼻耳牙尾　凡象之屬皆从象　字各本無今補徐兩切十部

象之大者此豫之本義故其字从象也引伸之凡大皆偁豫故淮南子史記循吏傳魏都賦皆云市不豫價周禮司市注云防誑豫皆謂賣物者大其價以愚人也大必寬裕故先事而備謂之豫寬裕之意也寬大則樂故釋詁曰豫樂也易鄭注曰豫喜豫說樂之皃也亦借爲舒字如洪範豫恆燠若卽舒恆燠若也亦借爲與字如儀禮古文與作豫是也賈侍中說不害於物賈侍中名逵許所從受古學者也侍中說豫象雖大而不害於物故寬大舒緩之義取此字从象非許書則从象不可解予聲羊茹切五部俗作預[illegible]古文

文二　重一

四十六部　文四百九十六　重六十四宋本四作三　凡七千二百四十七字此以上言九篇部分篆文說解字三者之都數也

說文解字第九篇下

西元二〇二四年三月一日重製一版

說文解字段注　冊二（清段玉裁撰）

平裝四冊基本定價參仟參佰元正
（郵運匯費另加）

發行人　張敏君

發行處　中華書局
臺北市內湖區舊宗路二段一八一巷八號五樓（5FL., No. 8, Lane 181, JIOU-TZUNG Rd., Sec 2, NEI HU, TAIPEI, 11494, TAIWAN）
客服電話：886-8797-8396
公司傳真：886-8797-8909
匯款帳戶：華南商業銀行西湖分行
179100026931

印　刷：維中科技有限公司
海瑞印刷品有限公司

No. N0040-2

國家圖書館出版品預行編目(CIP)資料

說文解字段注/(清)段玉裁撰. -- 重製一版. -- 臺北市 :
中華書局, 2024.03
冊 ; 公分
ISBN 978-626-7349-09-0(全套 : 平裝)

1.CST: 說文解字 2.CST: 注釋

802.223 113001479